王蒙評點

红樓夢

（第二版）

上

曹雪芹 高鶚 著

責任編輯　蔡嘉蘋　王昊
書籍設計　任媛媛

書名　紅樓夢（第二版）（上）
著者　曹雪芹　高鶚
評點　王蒙
註釋、校點　馮統一
出版　三聯書店（香港）有限公司
香港北角英皇道四九九號北角工業大廈二十樓
Joint Publishing (H.K.) Co., Ltd.
20/F., North Point Industrial Building,
499 King's Road, North Point, Hong Kong
香港發行　香港聯合書刊物流有限公司
香港新界大埔汀麗路三十六號三字樓
印刷　美雅印刷製本有限公司
香港九龍觀塘榮業街六號四樓A室
版次　二〇〇四年二月香港第一版第一次印刷
二〇二〇年四月香港第二版第一次印刷
規格　十六開（170×240mm）五五二面
國際書號　ISBN 978-962-04-4534-7（套裝）

序

王蒙

我愛讀《紅樓夢》。《紅樓夢》是一本最經得住讀，經得住分析，經得住折騰的書。

《紅樓夢》是經驗的結晶。人生經驗，社會經驗，感情經驗，政治經驗，藝術經驗，無所不備。《紅樓夢》就是人生。《紅樓夢》幫助你體驗人生。讀一部《紅樓夢》，等於活了一次，至少是活了二十年。

讀《紅樓夢》，就是與《紅樓夢》作者的一次對話，一次「經驗交流」。以自己的經驗去理解《紅樓夢》的經驗，以《紅樓夢》的經驗去驗證、補充啟迪自己的經驗。你的經驗、你的人生便無比地豐富了，鮮活了。

《紅樓夢》又是一部充滿想像的書。它留下了太多的玄想、奇想、遐想、謎語、神話、還來不及好好梳理，因此需要歷來讀者的智慧的信息……它使你猜測，使你迷惑，使你入魔，使你進入了另一個世界。於是你覺悟了：原來世界不止一個，原來你有那麼多種有待探索和發現的世界。

讀完《紅樓夢》，你能和沒有讀它以前一樣麼？

《紅樓夢》是一部令人解脫的書。萬事都經歷了，便只有大憐憫、大淡漠、大歡喜、大虛空。便只有無。所有的有都像是譫妄直至欺騙，而只有無最實在。便不再有或不再那麼計較那些渺小的紅塵瑣事。便活得稍稍瀟灑了——當然也是悲涼了些。

讀過《紅樓夢》以後，你當懂得瀟灑裡自有悲涼，悲涼裡自有瀟灑的道理。

《紅樓夢》是一部執著的書。它使你覺得世界上本來還是有一些讓人值得為之生、為之死、為之哭、為之笑、為之發瘋的事情。它使你覺得，活一遭還是值得的。所以，死也是可以死得值得的。為了活而死是值得的。一百樣消極的情緒也掩蓋不下去人生的無窮滋味！

這樣，讀一次《紅樓夢》，又等於讓你年輕了二十年。《紅樓夢》令你嘆息。《紅樓夢》令你惆悵。《紅樓夢》令你聰明。《紅樓夢》令你迷惑。《紅樓夢》令你心碎。《紅樓夢》令你覺得漢語漢字真是無與倫比。《紅樓夢》使你覺得神秘，覺得冥冥中有一種不可思議的偉大。

你會覺得：不可能是任何個人寫出了《紅樓夢》。《紅樓夢》裡的人物都已經成了精。《紅樓夢》裡的事情已經都成了命。他們已經走入了你的生活，你甚至於無法驅逐他們。

是那冥冥中的偉大寫了《紅樓夢》。假曹雪芹之手寫出了它，又假那麼多人的眼睛，包括王蒙的眼睛，從中看出了一些什麼，得到了一些什麼。

《紅樓夢》是一部文化的書。它似乎已經把漢語、漢字、漢語文學的可能性用盡了，把我們的文化寫完了。

《紅樓夢》是一部百科全書，而且不僅是封建社會的。你的一切經歷經驗、喜怒哀樂，幾乎都能從《紅樓夢》裡找到參照，找到解釋，找到依託，也找到心心相印的共振。

《紅樓夢》又是一個智力與情感、推理與感悟、焦躁與寧安的交換交叉作用場。你有那些沒有唱完、沒有唱起來的戲麼？你有還需要操練和發揮的智力、精力和情感麼？你有需要賣弄或者奉獻的才華與學識麼？你有還沒有哭完的眼淚麼？請到《紅樓夢》來！來多少個這裡都容得下！

尤其是，《紅樓夢》其實什麼也沒有告訴你。你永遠為之爭論，為之痛苦，你說不明白，為什麼是這樣而不是那樣，是他而不是她。你更弄不明白，究竟是誰比誰好一些或者不好一些，誰比誰可愛一些或者不可愛一些，究竟哪一段更真實一些，還是哪一段更假語村言……

再加上「紅學」，你和《紅樓夢》較勁吧，你永遠不可能征服它，它卻強大到可以佔領你的一生。

《紅樓夢》永遠是一部剛剛出版的新書。

讀《紅樓夢》是一次勇敢的精神探求。在那個世界裡，你將聽到什麼、得到什麼呢？

在一次又一次探求中，我寫下了一些與曹雪芹，與寶玉、黛玉，與賈政、王夫人……的對話與辯論。評點，真是一個好主意。與《紅樓夢》朝夕相處，切磋琢磨，這是緣分，也是福氣。應該感謝出這個主意的漓江出版社與聶震寧先生。

也應該謝謝你，讀者，你也進入到這個緣分和福氣裡來了。你也在夢裡了。

版本說明

馮統一

小說《紅樓夢》的早期版本很是複雜，大體而言，可分為抄本和印本兩類。學者多重早期抄本而鄙棄程、高的活字印本。早期抄本只有前八十回，而程、高印本卻是一百二十回的「足本」。對於今人的《紅樓夢》評點來說，當然應採用一百二十回的足本。本書採用的是「程甲本」。

乾隆五十六年（辛亥，一七九一）萃文書屋木活字本一百二十回《新鐫繡像紅樓夢》，有程偉元、高鶚序，後稱「程甲本」。幾個月後（已在乾隆五十七年），程氏又印一版，改動很大，後稱「程乙本」。程乙本傳本較多，程乙系統的本子也流佈較廣；程甲本傳本卻不多見，公私收藏不過三四部，而程甲系統的本子，也很少見到。

文學作品在出版時一般都會經過編輯不同程度的處理，《紅樓夢》也不例外，高鶚即是它的編輯者，他對《紅樓夢》作了最初的編輯處理，包括增刪續寫。因此，程甲本已經與曹雪芹原作有了一定的距離，但作為最早的印本，比起以後改動更多的程乙本來說，程甲本前八十回應是更接近曹氏原作的。此外，近幾十年來出版的《紅樓夢》大多是程乙系統的校本，「文革」以後則大多採用庚辰本為底本，這次採用程甲本，也是為了使讀者多認識一個以往比較少見的《紅樓夢》版本。

本書在版本校勘中，儘量忠實於程甲本，只在有明顯矛盾、謬誤之處，參照其他抄本，加以補正。另外，「評點本」以評說為主，因此在版本整理中不出校記，註釋也力求簡明扼要，以方便讀者閱讀作品、領略評點者的評說。

本書特選輯程甲本程偉元、高鶚的序文，以便讀者了解程甲本的風貌。特此說明。

序

紅樓夢小說本名石頭記作
者相傳不一究未知出自何人
惟書內記雪芹曹先生刪改
數過好事者每傳抄一部置
廟市中昂其值得數十金可
謂不脛而走者矣然原目一百廿卷
今所傳祇八十卷殊非全本即間

稱有全部者及檢閱仍祇八十卷讀者頗以為憾不佞以是書既有百廿卷之目豈無全璧爰為竭力搜羅自藏書家甚至故紙堆中無不留心數年以來僅積有廿餘卷一日偶於鼓擔上得十餘卷遂重價購之欣然繙閱見其前後起伏

尚屬接筍然漶漫殆不可收
拾乃同友人細加釐剔截長
補短抄成全部復為鐫板以公
同好紅樓夢全書始至是告
成矣書成因並誌其緣起以告
海內君子凡我同人或亦先覩
為快者歟

小泉程偉元識

叙

予聞紅樓夢膾炙人口者幾廿餘年然無全璧無定本向曾從友人借觀竊以染指嘗鼎為憾今年春友人程子小泉過予

以其所購全書見示且曰此僕數年銖積寸累之苦心以付剞劂公同好予閒且憊矣盍分任之乎以是書雖稗官野史之流然尚不謬於名教欣然校訂正以竣斯

收見寶為幸遂襄其役工既
竣并識端末以告閱者
時
乾隆辛亥冬至後五日鐵嶺
高鶚敘并書

目錄

第一回
甄士隱夢幻識通靈　賈雨村風塵懷閨秀

此開卷第一回也。作者自云：曾歷過一番夢幻之後，故將真事隱去，而藉「通靈」說此《石頭記》一書也。故曰「甄士隱」云云。但書中所記何事何人？自己又云：「今風塵碌碌，一事無成，忽念及當日所有之女子，一一細考較去，覺其行止見識，皆出我之上。我堂堂鬚眉，誠不若彼裙釵，我實愧則有餘，悔又無益，大無可如何之日也！當此日，欲將以往所賴天恩祖德，錦衣紈絝之時，飫甘饜肥[1]之日，背父兄教育之恩，負師友規訓之德，以致今日一技無成，半生潦倒之罪，編述一集，以告天下知：我之負罪固多，然閨閣中歷歷有人，萬不可因我之不肖，自護己短，一並使其泯滅也。故當此蓬牖茅椽，繩床[2]瓦灶，未足妨我襟懷；況對着晨風夕月，階柳庭花，更覺潤人筆墨。雖我不學無文，又何妨用假語村言敷演出來，亦可使閨閣昭傳，復可破一時之悶，醒同人之目，不亦宜乎？」故曰「賈雨村」云云。更於篇中間用「夢」、「幻」等字，卻是此書本旨，兼寓提醒閱者之意。

看官，你道此書從何而起？說來雖近荒唐，細頑深有趣味。

既為夢幻，何真事之有？「曾歷……」「故隱……」可見所歷是真，非夢，但最後又確是一番夢幻，至少感到是夢了。夢耶？真耶？是人生的「根本」問題，也是文學的根本問題。無真無文學，無夢行嗎？

天恩祖德、錦衣紈絝、飫甘饜肥的追憶、懷舊、輓歌。「背教」、「負訓」、「無成」、「潦倒」，懺悔錄。能真誠懺悔的作家可愛了。立傳。

解悶。非不鄭重。非端起架子。懷舊、懺悔、立傳、解悶，這是曹雪芹的文學動機說兼文學功能論。

旨在提醒一切皆夢幻，不可太癡迷，這是作者的真誠表白，卻又自相矛盾。如盡為夢幻，還懷舊、懺悔、立傳做什麼？

卻說那女媧氏[3]煉石補天之時，於大荒山無稽崖[4]煉成高十二丈見方，二十四丈大的頑石三萬六千五百零一塊。那媧皇只用了三萬六千五百塊，單單剩下一塊未用，棄在青埂峰下。誰知此石自經煅煉之後，靈性已通，自去自來，可大可小，因見眾石俱得補天，獨自己無才不得入選，遂自怨自愧，日夜悲哀。

一日，正當嗟悼之際，俄見一僧一道遠遠而來，生得骨格不凡，豐神迥異，來到這青埂峰下席地坐談。見着這塊鮮瑩明潔的石頭，且又縮成扇墜一般，甚屬可愛。那僧托於掌上，笑道：「形體倒也是個靈物了，只是沒有實在的好處，須得再鐫上幾個字，使人人見了便知你是件奇物，然後攜你到那昌明隆盛之邦，詩禮簪纓[5]之族，花柳繁華地，溫柔富貴鄉那裡去走一遭。」石頭聽了大喜，因問：「不知可鐫何字，攜到何方？望乞明示。」那僧笑道：「你且莫問，日後自然明白。」說畢，便袖了，同那道人飄然而去，竟不知投向何方。

又不知過了幾世幾劫，因有個空空道人訪道求仙，從這大荒山無稽崖青埂峰下經過。忽見一塊大石上面字跡分明，編述歷歷。空空道人乃從頭一看，原來是無才補天，幻形入世，被那茫茫大士、渺渺真人攜入紅塵，引登彼岸的一塊頑石。上面敘着墮落之鄉，投胎之處，以及家庭瑣事，閨閣閒情，詩詞謎語倒還全備，只是朝代年紀失落無考。後面又有一偈[6]云：

*補天故事講得隨意，漫不經心，有信口開河的風格，又包含一種難捨的隱痛，近乎癲狂的自嘲，自嘲中流露出徹骨的悲哀。

一個糊裡糊塗的故事，恍兮惚兮，難得糊塗，混沌、無解。

混沌是無解，也是陶淵明不求的那種「甚解」。

中國特色的方法論：從大、玄、古、源破題，從發生學奠基，從〇→一開始。零一，餘一，注定了中式多餘的人（石塊）的命運。煅煉，或鍛煉！

未說眾石多麼「有才」，而自怨「無才不得入選」，真這樣謙虛麼？只說自怨自愧，自然無謗無爭。

嗟而悼之，作家本分，而已。

鮮瑩明潔——縮。確可愛也。

沒有商品意識，一笑。多管閒事。

人間自有好去處也。惜不是人皆去得。生前焉知生命事？死前焉知？

誰不知？石頭不知。僧亦不知嗎？人不知，「上帝」亦不知嗎？

不是俄見就是忽見，實無計劃。

彼岸是紅塵還是「後紅塵」？

確是失考，考它做甚？干朝代年紀的事麼？敢

＊曹雪芹寫了一大段對於「通俗文學」的批評，主要批評兩條，色情與公式化。倒也切中。一、曹公確有此意見。二、曹公表白自己還是正人君子，反對淫穢污臭，實是大大的好人。三、表白自己的嚴謹、獨創，並無不良居心的創作方法。三者皆存，以三為主。作者在文學上其實自負自信。小說裡夾着文論，倒也「現代」！

無材可去補蒼天，枉入紅塵若許年。
此係身前身後事，倩誰記去作奇傳？

空空道人看了一回，曉得這石頭有些來歷，遂向石頭說道：「石兄，你這一段故事，據你自己說來有些趣味，故鐫寫在此，意欲聞世傳奇。據我看來，第一件，無朝代年紀可考；第二件，並無大賢大忠理朝廷治風俗的善政，其中只不過幾個異樣女子，或情或癡，或小才微善，我總然抄去，也算不得一種奇書。」石頭果然答道：「我師何必太癡！我想，歷來野史的朝代，無非假借漢唐的名色，莫如我這石頭所記，不借此套，只按自己的事體情理，反倒新鮮別致。況且那野史中，或訕謗君相，或貶人妻女，姦淫兇惡，不可勝數。更有一種風月筆墨，其淫穢污臭，最易壞人子弟。至於才子佳人等書，則又開口文君，[7]滿篇子建，[8]千部一腔，千人一面，且終不能不涉淫濫。在作者不過要寫出自己的兩首情詩艷詞來，故假捏出男女二人名姓，又必旁添一小人撥亂其間，如戲中小丑一般。更可厭者，之乎者也，非理即文，大不近情，自相矛盾，竟不如我半世親見親聞的這幾個女子，雖不敢說強似前代書中所有之人，但觀其事跡原委，亦可消愁破悶。至於幾首歪詩，亦可以噴飯供酒。其間離合悲歡，興衰際遇，俱是按跡循蹤，不敢稍加穿鑿，至失其真。只願世人當那醉餘睡醒之時，或避世消愁之際，把此一玩，不但洗了舊套，換新眼目，卻也省了些壽命筋力，不比那謀虛逐妄，我師意為何如？」

干朝代年紀麼？

無材故而未補乎？未補故而無材乎？

雖未補天，尚可傳奇，爬格子者差強己意。

第一，時代性不強。

第二，沒有理想與理想人物。

小才微善，足矣。否則即是妄。

無非假借，請高抬貴手，莫過於執。

不借俗套，只按自己的（獨創的）事體情理（生活邏輯）。

既中要害，又因模糊處理而嫌打擊面略寬。

親見親聞！叫做有生活依據。但並非全是親見，聞就隔着一層了。所以亦不能刻舟求劍，按圖索驥。

既可噴飯，又循興衰。

把此一玩，不排斥玩，當然不僅僅是玩。這就通情達理了。

空空道人聽如此說，思忖半晌，將這《石頭記》再檢閱一遍。因見上面大旨不過談情，亦只實錄其事，絕無傷時淫穢之病，方從頭至尾抄寫回來，聞世傳奇。從此，空空道人因空見色，由色生情，傳情入色，自色悟空，[9]遂改名情僧，改《石頭記》為《情僧錄》。東魯孔梅溪題曰《風月寶鑑》。後因曹雪芹於悼紅軒中披閱十載，增刪五次，纂成目錄，分出章回，又題曰《金陵十二釵》，並題一絕。即此便是《石頭記》的緣起。詩云：

滿紙荒唐言，一把辛酸淚！
都云作者癡，誰解其中味？

《石頭記》緣起既明，正不知那上面記着何人何事？看官請聽，按那石上書云：

當日地陷東南。[10]這東南有個姑蘇城，城中閶門最是紅塵中一二等富貴風流之地。這閶門外有個十里街，街內有個古廟，因地方窄狹，人皆呼作葫蘆廟。廟傍住着一家鄉宦，[11]姓甄，名費，字士隱。嫡妻[12]封氏，性情賢淑，深明禮義。家中雖不甚富貴，然本地也推他為望族了。因這甄士隱秉性恬淡，不以功名為念，每日只以觀花種竹、酌酒吟詩為樂，倒是神仙一流人物，只是一件不足：年過半百，膝下無兒，只有一女，乳名英蓮，年方三歲。

一日，炎夏永晝，士隱於書房閒坐，手倦拋書，伏几盹睡，不覺朦朧中走至一處，不辨是何地方。忽見那廂來了一僧一道，且行且談。只聽道人問道：「你

只實錄，就能躲開傷時、淫穢的指責了麼？不傷時，不淫穢，就有了安全系數了。上保險。

亦道亦僧，亦色亦空，亦情亦僧，亦石頭記亦情僧錄亦金陵十二釵，亦荒唐亦辛酸，亦癡亦有味。中華文士實是辯證得緊！

很難找到比這二十個字更好的作家自嘆了。

石頭上寫的。當一個像樣的作家寫出一部像樣的作品的時候，他確實不認為那作品是他老兄「編」出來的，而認為是先驗地存在於宇宙的某個角落——如大荒、無稽、青埂、頑石上的。

神仙非人物，人物非神仙。

*一個絕妙的愛情神話故事。
神話故事確又是現實故事的升華。是悲哀的愛情故事的飛升。
這個故事統槩着寶黛愛情故事的全過程。
令人神往。令人能不淚下！

攜了此物，意欲何往？」那僧笑道：「你放心，如今現有一段風流公案正該了結，這一干風流冤家，尚未投胎入世。趁此機會，就將此物夾帶於中，使他去經歷經歷。」那道人道：「原來近日風流冤家又將造劫歷世，[13]但不知起於何處，落於何方？」那僧道：「此事說來好笑。只因西方靈河岸上，三生石[14]畔，有絳珠草一株。那時這個石頭因媧皇未用，卻也落得逍遙自在，各處去遊玩。一日，來到警幻仙子處，那仙子知他有些來歷，因留他在赤霞宮居住，就名他為赤霞宮神瑛侍者。他卻常在靈河岸上行走，看見這株仙草可愛，遂日以甘露灌溉。這絳珠始得久延歲月。後來既受天地精華，復得甘露滋養，遂脫了草木之胎，得換人形，僅僅修成女體，終日遊於離恨天外，飢餐秘情果，渴飲灌愁水，只因尚未酬報灌溉之德，故甚至五內鬱結着一段纏綿不盡之意，常說自己受了他雨露之惠，我並無此水可還他，若下世為人，我也同去走一遭，但把我一生所有的眼淚還他，也還得過了。因此一事就勾出多少風流冤家，都要下凡造歷幻緣，那絳珠仙草也在其中。今日這石復還原處，你我何不將他仍帶到警幻仙子案前，給他掛了號，同這些情鬼下凡，一了此案？」那道人道：「果是好笑。從來不聞有還淚之說，趁此你我何不也下世度脫幾個，豈不是一場功德？」那僧道：「正合吾意。你且同我到警幻仙子宮中，將這蠢物交割清楚，待這一干風流孽鬼下世，你我再去。如今有一半落塵，然猶未全集。」道人道：「既如此，便隨你去來。」

又搞上發生學了。發生學的魅力在於不清不楚。

笑比哭好！

美！

情結。

悲！

可見，為了「了」此案，要做許多「不了」「難了」之事。

忽成蠢物了！通了靈性才蠢了的。

卻說甄士隱俱聽得明白，遂不禁上前施禮，笑問道：「二位仙師請了。」那僧道也忙答禮相問。士隱因說道：「適聞仙師所談因果，實人世罕聞者。但弟子愚拙，不能洞悉明白，若蒙大開癡頑，備細一聞，弟子洗耳諦聽，稍能警省，亦可免沉淪之苦。」二仙笑道：「此乃玄機，[15]不可預泄者，到那時只不要忘了我二人，便可跳出火坑矣。」士隱聽了，不便再問。因笑道：「玄機固不可泄，但適云蠢物不知為何，或可得見否？」那僧說：「若問此物，倒有一面之緣。」說着，取出遞與士隱。士隱接了看時，原來是塊鮮明美玉，上面字跡分明，鐫着「通靈寶玉」四字，後面還有幾行小字。正欲細看時，那僧便說已到幻境，便強從手中奪了去，與道人竟過一大石牌坊，上面大書四字，乃是「太虛幻境」。兩邊又有一副對聯道：

太虛幻境是一個涵蓋性極強的概念。是夢中所見，抑或醒來後仍醒在幻境之中呢？

假作真時真亦假，
無為有處有還無。

士隱意欲也跟了過去，方舉步時，忽聽一聲霹靂，若山崩地陷。士隱大叫一聲，定睛看時，只見烈日炎炎，芭蕉冉冉，夢中之事便忘了一半。又見乳母抱了英蓮走來。士隱見女兒越發生得粉妝玉琢，乖覺可喜，便伸手接來，抱在懷中，逗他頑耍一回，又帶至街前，看那過會的熱鬧。方欲進來時，只見從那邊來了一僧一道。那僧癩頭跣足，那道跛足蓬頭，瘋瘋顛顛，揮霍談笑而至。及到了他門前，看見士隱抱着英蓮，那僧便大哭起來，又向士隱道：

夢中的僧道徑入現實。

＊真還是假？有還是無？中國式的哈姆雷特問題：「to be or not to be？」真、假、有、無，四字，夠用一輩子幾輩子的了。

*甄士隱這個人物帶有以意為之的「圖解」色彩。為某種旨趣而造一個人物，難免。賈雨村作為對立面，是個俗而又俗的人，這個人物反而較生動，能寫得下去。俗是有一定的生命力的。一味俗下去就噁心了。

「施主，你把這有命無運，累及爹娘之物，抱在懷內作甚？」士隱聽了，卻是瘋話，也不睬他。那僧還說：「捨我罷，捨我罷！」士隱不耐煩，便抱女兒轉身欲進去。那僧乃指着他大笑，口內唸了四句言詞，道是：

慣養嬌生笑你癡，菱花空對雪澌澌。
好防佳節元宵後，便是煙消火滅時。

士隱聽得明白，心下猶豫，意欲問他來歷。只聽道人說道：「你我不必同行，就此分手，各幹營生去罷。三劫後，我在北邙山等你，會齊了，同往太虛幻境銷號。」那僧道：「最妙，最妙！」說畢，二人一去，再不見個蹤影了。士隱心中此時自忖：這兩個人必有來歷，很該問他一問，如今後悔卻已晚了。

這士隱正癡想，忽見隔壁葫蘆廟內寄居的一個窮儒——姓賈名化，表字時飛，別號雨村的走了來。這賈雨村原係湖州人氏，也是詩書仕宦之族，因他生於末世，父母祖宗根基已盡，人口衰喪，只剩得他一身一口，在家鄉無益，因進京求取功名，再整基業。自前歲來此，又淹蹇[16]住了，暫寄廟中安身，每日賣文作字為生，故士隱常與他交接。當下雨村見了士隱，忙施禮陪笑道：「老先生倚門佇望，敢街市上有甚新聞麼？」士隱笑道：「非也，適因小女啼哭，引他出來作耍，正是無聊的狠，賈兄來得正好，請入小齋，彼此俱可消此永晝。」說着，便令人送女兒進去，自攜了雨村來至書房中。小

掛號完了還得銷號。掛號、銷號，至今活着的語言。

永晝？時間是個累贅？

僮獻茶。方談得三五句話，忽家人飛報：「嚴老爺來拜。」士隱慌的忙起身謝罪道：「恕誆駕[17]之罪，略坐，弟即來奉陪。」雨村起身亦讓道：「老先生請便。晚生乃常造之客，稍候何妨。」說着，士隱已出前廳去了。

此時的雨村是低聲下氣的。

這裡雨村且翻弄詩籍解悶。忽聽得窗外有女子嗽聲。雨村遂起身，往外一看，原來是一個丫鬟在那裡掐花，生得儀容不俗，眉目清秀，雖無十分姿色，卻也有動人之處。雨村不覺看得呆了。那甄家丫鬟掐了花，方欲走時，猛抬頭見窗內有人，敝巾舊服，雖是貧窘，然生得腰圓背厚，面闊口方，更兼劍眉星眼，直鼻方腮。這丫鬟忙轉身迴避，心下自想：「這人生的這樣雄壯，卻又這樣襤褸，想他定是我家主人常說的什麼賈雨村了，每有意幫助周濟他，只是沒甚機會。我家並無這樣貧窘親友，想一定就是此人了。怪道又說他必非久困之人。」如此想，不免又回頭一兩次。雨村見他回了頭，便以為這女子心中有意於他，便狂喜不禁。自謂此女子必是個巨眼英豪，風塵中之知己。一時小僮進來，雨村打聽得前面留飯，不可久待，遂從夾道中自便門中出去了。士隱待客既散，知雨村已去，便也不去再邀。

以鄙俗套套寫鄙俗之人。俗與拔俗的巧妙運用與過渡，也是重要的小說做法。

甚俗則濫。甚超拔則成了斷線風箏。

從夾道中出去，不再相邀，春秋筆法也夠損的。

一日，到了中秋佳節。士隱家宴已畢，又另具一席於書房，自己步月至廟中來邀雨村。原來雨村自那日見了甄家之婢曾回顧他兩次，自謂是個知己，便時刻放在心上。今又正值中秋，不免對月有懷，因而口占五言一律云：

連甄家一個丫頭都能使雨村如此放在心上。這也叫乘虛而入。

未卜三生願，頻添一段愁。

悶來時斂額，行去幾回頭。
自顧風前影，誰堪月下儔？
蟾光如有意，先上玉人樓。

這也反映了人的價值「剪刀差」。

雨村吟罷，因又思及平生抱負，苦未逢時，乃又搔首對天長嘆，復高吟一聯云：

玉在匱中求善價，釵在奩內待時飛。

俗人吟詩，必有俗味，俗味經過詩的美化，又漂亮了些，易接受一些了。

恰值士隱走來聽見，笑道：「雨村兄真抱負不凡也！」雨村忙笑道：「不敢，不過偶吟前人之句，何期過譽如此。」因問：「老先生何興至此？」士隱笑道：「今夜中秋，俗謂團圓之節，想尊兄旅寄僧房，不無寂寥之感，故特具小酌，邀兄到敝齋一飲，不知可納芹意[18]否？」雨村聽了，並不推辭，便笑道：「既蒙謬愛，何敢拂此盛情。」說着，便同了士隱復過這邊書院中來。

須臾茶畢，早已設下杯盤，那美酒佳肴自不必說。二人歸坐，先是款斟慢飲，漸次談至興濃，不覺飛觥獻斝[19]起來。當時街坊上家家簫管，戶戶笙歌，當頭一輪明月，飛彩凝輝，二人愈添豪興，酒到杯乾。雨村此時已有七八分酒意，狂興不禁，乃對月寓懷，口占一絕云：

時逢三五便團圓，滿把清光護玉欄。
天上一輪才捧出，人間萬姓仰頭看。

士隱聽了，大叫：「妙極！弟每謂兄必非久居人下者，今所吟之句，飛騰之兆已見，不日可接履於雲霄之上了。可賀，可賀！」乃親斟一斗為賀。雨村飲乾，忽嘆道：「非晚生酒後狂言，若論時尚之學，晚生也或可去充數掛名，只是如今行囊路費一概無措，神京路遠，非賴賣字撰文即能到得。」士隱不待說完，便道：「兄何不早言。弟已久有此意，但每遇兄時，並未談及，故未敢唐突。今既如此，弟雖不才，『義利』二字卻還識得。且喜明歲正當大比，兄宜作速入都，春闈[20]一捷，方不負兄之所學。其盤費餘事，弟自代為處置，亦不枉兄之謬識矣！」當下即命小僮進去，速封五十兩白銀，並兩套冬衣。又云：「十九日乃黃道之期，兄可即買舟西上，待雄飛高舉，明冬再晤，豈非大快之事！」雨村收了銀衣，不過略謝一語，並不介意，仍是吃酒談笑。那天已交三鼓，二人方散。

士隱送雨村去後，回房一覺，直至紅日三竿方醒，因思昨夜之事，意欲寫薦書兩封與雨村帶至都中去，使雨村投謁個仕宦之家為寄身之地。因使人過去請時，那家人回來說：「賈爺今日五鼓已進京去了，也曾留下話與和尚轉達老爺，說『讀書人不在黃道黑道，[21]總以事理為要，不及面辭了』。」士隱聽了，也只得罷了。

好急！

真是閒處光陰易過，倏忽又是元宵佳節。士隱令家人霍啟抱了英蓮去看社火花燈。[22]半夜中，霍啟因要小解，便將英蓮放在一家門檻上坐着。待他小解完了來抱時，那有英蓮的蹤影！急得霍啟直尋了半夜，至天明不見，那霍啟也不敢回來見主人，便逃往他鄉去了。那士隱夫婦，見女兒一夜不歸，便知有些不好。再使幾人去找尋，回來皆云影響全無。夫妻二人，半世只生此女，一旦失去，何等

宿命沒有邏輯。

煩惱！因此晝夜啼哭，幾乎不顧性命。看看一月，士隱已先得病；夫人封氏也因思女構疾，日日請醫問卦。

不想這日三月十五，葫蘆廟中炸供，[23]那和尚不小心，油鍋火逸，便燒着窗紙。此方人家俱用竹籬木壁，也是劫數，應該如此。於是接二連三，牽五掛四，將一條街燒得如火焰山一般。彼時雖有軍民來救，那火已成了勢了，如何救得下？直燒了一夜方息，也不知燒了多少人家。只可憐甄家在隔壁，早成了一堆瓦礫場了。只有他夫婦並幾個家人的性命不曾傷了。急得士隱惟跌足長嘆而已。與妻子商議，且到田莊上去住。偏值近年水旱不收，盜賊蜂起，官兵剿捕田莊上，又難以安身，只得將田地都折變了，攜了妻子與兩個丫鬟投他岳丈家去。

他岳丈名喚封肅，本貫大如州人氏，雖是務農，家中卻還殷實。今見女婿這等狼狽而來，心中便有些不樂。幸而士隱還有折變田產的銀子在身邊，拿出來託他隨便置買些房地，以為後日衣食之計。那封肅便半用半賺的略與他些薄田破屋。士隱乃讀書之人，不慣生理稼穡等事，勉強支持了一二年，越發窮了。封肅見面時，便說些現成話，且人前人後又怨他不善過活，只一味好吃懶做。士隱知投人不着，心中未免悔恨，再兼上年驚唬急忿，怨痛已傷，暮年之人，貧病交攻，竟漸漸的露出那下世[24]的光景來。

可巧這日拄了拐扎掙到街前散散心時，忽見那邊來了一個跛足道人，瘋狂落拓，麻鞋鶉衣，[25]口內唸着幾句言詞道：

命不好，又加上了不太平，社會因素。

完全可以理解。

現成話是什麼意思？現成話是一些小人的話麼？

世人都曉神仙好，惟有功名忘不了！
古今將相在何方，荒冢一堆草沒了。
世人都曉神仙好，只有金銀忘不了！
終朝只恨聚無多，及到多時眼閉了。
世人都曉神仙好，只有姣妻忘不了！
君生日日說恩情，君死又隨人去了。
世人都曉神仙好，只有兒孫忘不了！
癡心父母古來多，孝順子孫誰見了？

士隱聽了，便迎上來道：「你滿口說些什麼？只聽見些『好』『了』『好』『了』。」那道人笑道：「你若果聽見『好』『了』二字，還算你明白。可知世上萬般，好便是了，了便是好。若不了，便不好，若要好，須是了。我這歌兒，便名《好了歌》。」士隱本是有夙慧[26]的，一聞此言，心中早已徹悟。[27]因笑道：「且住！待我將你這《好了歌》註解出來何如？」道人笑道：「你就請解。」士隱乃說道：

沒有此等便利。

陋室空堂，當年笏[28]滿床；衰草枯楊，曾為歌舞場。蛛絲兒結滿雕樑，綠紗今又在蓬窗上。說什麼脂正濃、粉正香，如何兩鬢又成霜？昨日黃土隴頭[29]埋白骨，今宵紅綃帳底臥鴛鴦。金滿箱，銀滿箱，轉眼乞丐人皆謗。正嘆他人命不長，那知自己歸來喪！訓有方，保不定日後作強樑。[30]擇膏粱，[31]誰

*必將「了」，取代不了曾經的「好」，現在的「好」，渴望的「好」。

好是了不了的。再唱一萬年「好了歌」，仍是收效甚微。

知道「了」的趨勢，或可有助於一定程度的清醒。也就是可觀的悟性了。

*士隱的註解並無太大的價值，因為跡近詭辯。反過來辯亦可成立，笏滿床可以變成陋室空堂，陋室空堂也可以變成笏滿床。生生滅滅，向自己的對立物轉化，本是常理。轉化並不是單向的。

結尾處略見精彩：「你方唱罷……」云云令人嗟嘆。

「為他人作嫁」的話亦有一定深度，反映了對意志論的一定的批判，反映了動機與效果的分離。

* 甄、賈故事先鋪墊，先預演，先給讀者一點思想準備。

倒也寫得從容。甄、賈故事難說多麼精彩，但作者心中有數，營造有方，不慌不忙寫來，好戲在後頭呢。

石頭、侍者、仙草太虛一番之後，以賈雨村上任終，也算一種色彩的變幻和調劑。

承望流落在煙花巷！[32]因嫌紗帽小，致使鎖枷槓；昨憐破襖寒，今嫌紫蟒長。
亂哄哄，你方唱罷我登場，反認他鄉是故鄉。甚荒唐，到頭來都是為他人作嫁
衣裳！

那瘋跛道人聽了，拍掌大笑道：「解的切，解的切！」士隱便說一聲：「走罷！」將道人肩上搭褳[33]搶了過來揹上，竟不回家，同了瘋道人飄飄而去。當下哄動街坊，眾人當作一件新聞傳說。封氏聞知此信，哭個死去活來，只得與父親商議，遣人各處尋訪，那討音信？無奈何，只得依靠父母度日。幸而身邊還有兩個舊日的丫鬟伏侍，主僕三人，日夜做些針線，幫着父親用度。那封肅雖然每日抱怨，也無可奈何了。

這日，那甄家大丫鬟在門前買線，忽聽得街上喝道[34]之聲，眾人都說新太爺到任了。丫鬟隱在門內看時，只見軍牢快手[35]一對一對過去，俄而大轎內抬着一個烏帽猩袍[36]的官府過去。丫鬟倒發個怔，自思這官好面善，倒像在那裡見過的。於是進入房中，也就丟過不在心上。至晚間，正待歇息之時，忽聽一片聲打的門響，許多人亂嚷，說：「本縣太爺的差人來傳人問話。」封肅聽了，唬得目瞪口呆，不知有何禍事。且聽下回分解。

荒唐在於主觀意願與客觀效果脫節。

這就是小說了。簡單化也是小說家的武器。

對親閨女，總要好一點吧。

你方唱罷我登場的體現。

1 **飫甘饜肥：**飽食香甜肥美的食物。飫、饜，吃飽、吃膩的意思。

2 **繩床：**坐具，又稱「交椅」，古名「胡床」。以繩綳成椅面，可摺疊。

3 **女媧氏：**上古「三皇」之一，又稱「媧皇」，古代神話有女媧煉石補天的故事。

4 **大荒山無稽崖：**與下文的「青埂峰」俱是小說中虛擬的地名。

5 **簪纓：**古代貴人的冠飾，代指顯宦。簪，固定帽與髮髻的長針。纓，帽帶。

6 **偈：**梵語，佛經中四句一組的頌詩。

7 **文君：**卓文君，西漢富商卓王孫之女，寡居在家，與司馬相如私奔，結為夫妻。

8 **子建：**曹植字子建，三國時詩人，建安七子之一。

9 **空、色、情：**皆佛教用語。佛教認為世間萬物俱虛幻不實，最終歸於空寂，是為「空」。色，指有形有質的事物，佛教認為「色」不過是瞬間生滅的假象。情，指對「色」產生的情感慾念。

10 **地陷東南：**東南的陸地下沉，此處指小說所敘姑蘇城的方位。古代神話：共工與顓頊爭帝，怒觸不周之山，致天柱折，地維絕，天傾西北，地陷東南。

11 **鄉宦：**退居鄉里的官僚。

12 **嫡妻：**正妻。嫡與庶（側室）相對。

13 **造劫歷世：**經歷人世苦難。劫，劫難、苦難之意。上文的「幾世幾劫」和下文的「三劫」則是言時間之長。佛經謂宇宙萬物的生成至毀滅的一個過程為一劫。

14 **三生石：**三生是佛家語，又稱「三世」，指前生、今生、來生。唐人小說載，杭州天竺寺外有三生石。後人詩文中常用「三生石」表示宿緣。

15 **玄機：**道家用語，謂深奧微妙的道理。此處意同「天機」。

16 **淹蹇：**滯留耽擱之意。

17 **誑駕：**不能陪客的道歉之詞。

18 **芹意：**謙詞，言薄微之情意。

19 **觥、斝：**古代酒器。

20 **大比、春闈：**舊時科舉考試分三級，第一級院試，由省學政主持，考府縣童生，考取者為生員（秀才）。第二級鄉試，欽點主考主持，試一省的生員，中試者為舉人。第三級會試，由禮部主持，考全國舉子，考中者為進士。鄉試、會試均三年一科，稱「大比」。鄉試在秋天，稱「秋闈」，會試在第二年春天，稱「春闈」。闈，指考場。此處的「大比」指會試。

21 **黃道黑道**：本為我國古代天文學名詞，黃道指日，黑道指月。後迷信者將每日的干支分為黃道與黑道，認為黃道主吉，黑道主凶。

22 **社火花燈**：原指社日的各種賽會，後來節日間的雜耍燈火，也稱「社火」。此處指正月十五元宵節的各種慶祝節目。

23 **炸供**：油炸祭神的食品。

24 **下世**：指死亡。此處說「下世的光景」，是不久於世的意思。

25 **鶉衣**：破舊襤褸的衣服。

26 **夙慧**：即宿慧，前世帶來的智慧。

27 **徹悟**：佛家語，大徹大悟，看破紅塵之謂。

28 **笏**：古時臣子朝見皇帝時所執之手板。

29 **黃土隴頭**：指墳墓。隴通壟。

30 **強樑**：蠻橫不講道理，這裡指強盜。

31 **膏粱**：富貴人家子弟稱「膏粱子弟」。「擇膏粱」意為選擇富貴子弟作為婚姻對象。

32 **煙花巷**：舊時妓女聚集的地方。

33 **搭褳**：長方形的口袋，一面中間開口，兩端可盛放錢物，大者可搭在肩上，小者掛在腰帶上。

34 **喝道**：官員出行，衙役前引吆喝，使行人趨避，謂之「喝道」。

35 **軍牢快手**：地方官手下的隸卒。

36 **猩袍**：紅袍。猩，紅色，稱「猩猩紅」，言其紅似猩猩血。

第二回　賈夫人仙逝揚州城　冷子興演說榮國府

卻說封肅聽見公差傳喚，忙出來陪笑啟問。那些人只嚷：「快請出甄爺來！」封肅忙陪笑道：「小人姓封，並不姓甄。只有當日小婿姓甄，今已出家一二年了，不知可是問他？」那些公人道：「我們也不知什麼『真』『假』，既是你的女婿，便帶了你去面稟太爺便了。」大家把封肅推擁而去。封家各各驚慌，不知何事。

不厭其煩地真真假假。真假遊戲是概念遊戲還是人生遊戲？亦即，真假遊戲本身是真的還是假的呢？

至二更時分，封肅方回來。眾人忙問端的。「原來新任太爺姓賈名化，本湖州人氏，曾與女婿舊交，因在我家門首看見嬌杏丫頭買線，只說女婿移住在此間，所以來傳。我將緣故回明，那太爺感傷嘆息了一回；又問外孫女兒，我說看燈丟了。太爺說：『不妨，待我差人去，務必找尋回來。』說了一回話，臨走又送我二兩銀子。」甄家娘子聽了，不覺感傷。一夜無話。

剛當官就出口不俗了。二兩！怎麼也是「一夜無話」？

次日，早有雨村遣人送了兩封銀子、四匹錦緞，答謝甄家娘子，又一封密書與封肅，託他向甄家娘子要那嬌杏作二房。封肅喜得眉開眼笑，巴不得去奉承太爺，便在女兒前一力攛掇，[1]當夜用一乘小轎便把嬌杏送進衙內去了。雨村歡喜，自不必言，又封百金贈與封肅，又送甄家娘子許多禮物，令其且自過活，以待訪

小轎，不是大轎。

*性情狡猾（不老實），擅改禮儀（弄權），外沽清正之名（有非分之思），暗結虎狼之勢（這一條最重，拉幫結派，搞小艦隊，朝廷決不能容），幾句話也是一面鏡子。

故事發展並未可得出以上結論，可見這四條是曹公早有的對一些狗官的看法。這種概括與其說是來自賈雨村，不如說來自對更多的官員的觀察體會。來自官場生活。

尋女兒下落。

卻說嬌杏那丫鬟，便是當年回顧雨村的。因偶然一顧，便弄出這段奇緣，也是意想不到之事。誰知他命運兩濟，不承望自到雨村身邊，只一年便生一子；又半載，雨村嫡配忽染疾下世，雨村便將他扶作正室夫人。正是

偶因一回顧，便為人上人。

原來雨村因士隱那年贈銀之後，他於十六日便起身赴京，大比之期十分得意，中了進士，選入外班，[2]今已升了本縣太爺。雖才幹優長，未免貪酷；且恃才侮上，那官員皆側目而視。不上一年，便被上司參了一本，說他性情狡猾，擅改禮儀，外沽清正之名，暗結虎狼之勢，使地方多事，民命不堪等語。龍顏大怒，即批革職。部文一到，本府各官無不喜悅。那雨村雖十分慚恨，面上全無一點怨色，仍是嘻笑自若；交代過公事，將歷年所積宦囊並家屬人等送至原籍，安頓妥當，卻自己擔風袖月，遊覽天下勝跡。

那日，偶又遊至維揚地方，聞得今年鹽政[3]點的是林如海。這林如海姓林名海，表字如海，乃是前科的探花，今已升蘭台寺大夫，[4]本貫姑蘇人氏，今欽點為巡鹽御史，到任未久。原來這林如海之祖，曾襲過列侯，今到如海業經五世。起初，只襲三世，因當今隆恩聖德，額外加恩，至如海之父，又襲了一代，至如海，便從科第出身，雖係世祿之家，[5]卻是書香之族。[6]只可惜這林家支庶不盛，人丁有限，雖有幾門，卻與如海俱是堂族，沒甚親支

婚姻是宿命的，而且是「政治的」，回顧成了「感情投資」。但雨村能對嬌杏產生印象，一定還有情與慾的原因。如果是位夜叉，回顧也只能嚇退雨村的。

無事才是做官的訣竅。

早已傷了眾了。

起碼的「修養」。

為官而放縱情感，哭哭笑笑，比雨村亦低一等。

「聞得」云云，是生拉硬扯上的。像電視節目主持人的那種拉扯法。既是長篇，難以一線到底，不管怎樣拉扯，該出場的人物一定要出場，該退場的一定要退場，服從大局，不足詬病。

嫡派的。今如海年已四十，只有一個三歲之子，又於去歲亡了。雖有幾房姬妾，奈命中無子，亦無可如何之事。只嫡妻賈氏，生得一女，乳名黛玉，年方五歲。夫妻愛之如掌上明珠。見他生得聰明俊秀，也欲使他識幾個字，不過假充養子之意，聊解膝下荒涼之嘆。

林如海的事無關緊要，但是還是要說「圓」。未可太吝筆墨。

假充，聊解，適可而止。並非所有人物的出場都要戲劇化，匠心化。

且說雨村在旅店偶感風寒，癒後，又因盤費不繼，正欲得一居停之所，以為息肩之地。偶遇兩個舊友，認得新鹽政，知他正要請一西席，[7]教訓女兒，遂將雨村薦進衙門去。這女學生年紀幼小，身體又弱，工課不限多寡，其餘不過兩個伴讀丫鬟，雨村十分省力，正好養病。看看又是一載有餘，不料女學生之母賈氏夫人一病而亡。女學生奉侍湯藥，守喪盡禮，過於哀痛，素本怯弱，因此舊症復發，有好些時不曾上學，雨村閒居無聊，每當風日晴和，飯後便出來閒步。

這一日，偶至郊外，意欲賞鑑那村野風光。信步至一山環水漩、茂林修竹之處，隱隱有座廟宇，門巷傾頹，牆垣朽敗，有額題曰「智通寺」。門旁又有一副舊破的對聯，云：

身後有餘忘縮手，眼前無路想回頭。

雨村看了，因想道：「這兩句文雖甚淺，其意則深。也曾遊過些名山大剎，[8]倒不曾見過這話頭，其中想必有個翻過筋斗來的，[9]也未可知，何不進去一訪。」走入看時，只有一個龍鍾老僧在那裡煮粥。雨村見了，卻不在意。及至問他兩句話，那老僧既聾且昏，又齒落舌鈍，所答非所問。雨村不耐煩，仍退出來，意欲

不翻筋斗，哪兒來的小說？

龍鍾老僧宜煮粥，不能是煮雞湯排骨湯燕窩湯蓮子羹。

到那村肆[10]中沽飲三杯，以助野趣，於是款步行來。剛入肆門，只見座上吃酒之客有一人起身大笑，接了出來，口內說：「奇遇，奇遇。」雨村忙看時，此人是都中古董行[11]中貿易姓冷號子興的，舊日在都相識。雨村最讚這冷子興是個有作為大本領的人，這子興又藉雨村斯文之名，故二人最相投契。雨村忙亦笑問：「老兄何日到此？弟竟不知，今日偶遇，真奇緣也。」子興道：「去年歲底到家，今因還要入都，從此順路找個敝友說一句話，承他之情，留我多住兩日，我也無甚緊事，且盤桓兩日，待月半時也就起身了。今日敝友有事，我因閒步至此，不期這樣巧遇！」一面說，一面讓雨村同席坐了，另整上酒餚來。二人閒談慢飲，敘些別後之事。

雨村因問：「近日都中可有新聞沒有？」子興道：「倒沒有什麼新聞，倒是老先生的貴同宗[12]家，出了一件小小的異事。」雨村笑道：「弟族中無人在都，何談及此？」子興笑道：「你們同姓，豈非一族？」雨村問：「是誰家？」子興笑道：「榮國賈府中，可也不玷辱了老先生的門楣。」[13]雨村道：「原來是他家。若論起來，寒族人丁卻不少，自東漢賈復[14]以來，支派繁盛，各省皆有，誰能逐細考查？若論榮國一支，卻是同譜。[15]但他那等榮耀，我們不便去認他，故越發生疏了。」子興嘆道：「老先生休如此說。如今的這榮、寧兩府也都蕭索了，不比先時的光景。」雨村道：「當日寧榮兩宅人口也極多，如何便蕭索了？」冷子興道：「正是，說來也話長。」雨村道：「去歲我到金陵，因欲遊覽六朝[16]遺跡，

作家與企業家的「聯姻」古已有之，「紅」已有之。

雨村也還到處有酒喝。

心裡有底，不怕上一些閒閒散散乃至與前重複的場面。

慢慢道來。

說來話長，一部「紅樓」也沒說明白。

那日進了石頭城，從他老宅門前經過。街東是寧國府，街西是榮國府，二宅相連，竟將大半條街佔了。大門外雖冷落無人，隔着圍牆一望，裡面廳殿樓閣，也還都崢嶸軒峻；就是後邊一帶花園裡，樹木山石，也都還有蓊蔚洇潤[17]之氣，那裡像個衰敗之家？」子興笑道：「虧你是進士出身，原來不通！古人有言：『百足之蟲，死而不殭。』[18]如今雖說不似先年那樣興盛，較之平常士宦之家，到底氣象不同。如今生齒日繁，[19]事務日盛，主僕上下，安富尊榮盡多，運籌謀畫者無一；其日用排場費用，又不能將就省儉，如今外面的架子雖未甚倒，內囊卻也盡上來了。這也小事。更有一件大事：誰知這樣鐘鳴鼎食[20]之家，翰墨詩書之族，如今的兒孫，竟一代不如一代了。」雨村聽說也道：「這樣詩禮之家，豈有不善教育之理？別門不知，只說這寧、榮兩宅，是最教子有方的。」子興嘆道：「正說得是這兩門呢。待我告訴你：當日寧國公是一母同胞兄弟兩個，寧公居長，生了四個兒子。寧國公死後，長子賈代化襲了官，也養了兩個兒子：長名敷，八九歲上死了，只剩了一個次子賈敬襲了官，如今一味好道，只愛燒丹煉汞，餘者一概不在他心上，幸而早年留下一子，名喚賈珍，因他父親一心想作神仙，把官倒讓他襲了。他父親又不肯回原籍來，只在都中城外和那些道士們胡羼。[21]這位珍爺到也生了一個兒子，今年才十六歲，名叫賈蓉。如今敬老爺是一概不管。這珍爺哪裡肯讀書，只一味高樂不了，把那寧國府竟翻了過來，也沒有敢來管他的人。再說榮府你聽，方才所說異事，就出在這裡。自榮公死後，長子賈代善襲了

欲抑先揚。

死而不殭，本質與現象。

管理危機。

財政危機。

人事危機。

雨村非不世故，出此小兒之言，為了反襯子興的論述，不得不聽命於作家的調遣。

另一種可能，賈雨村裝糊塗，以使子興言之得趣。即是「套」子興的話，大凡陰謀家與誰說話都抱「套」的動機也。

襲了官卻一味好道，為什麼？誰知道？

官，娶的是金陵世家史侯的小姐為妻，生了兩個兒子：長名賈赦，次名賈政。如今代善早已去世，太夫人尚在，長子賈赦襲了官，為人平靜中和，也不管理家；次子賈政，自幼酷喜讀書，為人端方正直，祖父鍾愛，原要他以科甲出身的，不料代善臨終時，遺本一上，皇上因卹先臣，即時令長子襲官外，問還有幾子，立刻引見，遂又額外賜了這政老爺一個主事[22]之銜，令其入部習學，如今現已升了員外郎。[23]這政老爺的夫人王氏，頭胎生的公子，名喚賈珠，十四歲進學，[24]不到二十歲就娶了妻，生了子，一病就死了。第二胎生了一位小姐，生在大年初一就奇了；不想次年又生了一位公子，說來更奇，一落胎胞，嘴裡便銜下一塊五彩晶瑩的玉來，還有許多字跡，你道是新聞異事不是？」雨村笑道：「果然奇異。只怕這人的來歷不小。」子興冷笑道：「萬人皆如此說，因而乃祖母愛如珍寶。那周歲時，政老爺便要試他將來的志向，便將那世上所有之物擺了無數，與他抓取，誰知他一概不取，伸手只把些脂粉釵環抓來頑弄。那政老爺便不喜歡，說：『將來是酒色之徒耳！』因此便不甚愛惜。獨那太君還是命根一般。說來又奇，如今長了七八歲，雖然淘氣異常，但聰明乖覺，百個不及他一個。說起孩子話來也奇怪，他說：『女兒是水做的骨肉，男人是泥做的骨肉。我見了女兒便清爽，見了男子，便覺濁臭逼人。』你道好笑不好笑？將來色鬼無疑了！」雨村罕然厲色忙止道：「非也！可惜你們不知道這人來歷，大約政老前輩也錯以淫魔色鬼看待了。若非多讀書識事，加以致知格物[25]之功、悟道參玄[26]之力者，不能知也。」

平靜中和？為何對賈珍就揭露，對賈赦就隱諱呢？

奇，怪異與奇（畸）零共存。反映了宿命論，也反映了視奇為災的尚同精神。

子興見他說得這樣重大，忙請教其故。雨村道：「天地生人，除大仁大惡，餘者皆無大異。若大仁者，則應運[27]而生，大惡者，則應劫[28]而生。運生世治，劫生世危。堯、舜、禹、湯、文、武、周、召、孔、孟、董、韓、周、程、朱、張[29]皆應運而生者。蚩尤、共工、桀、紂、始皇、王莽、曹操、桓溫、安祿山、秦檜[30]等，皆應劫而生者。大仁者，修治天下；大惡者，擾亂天下。清明靈秀，天地之正氣，仁者之所秉也。殘忍乖僻，天地之邪氣，惡者之所秉也。今當祚永運隆[31]之日，太平無為之世，清明靈秀之氣所秉者，上至朝廷，下至野草，比比皆是。所餘之秀氣，漫無所歸，遂為甘露，為和風，洽然溉及四海。彼殘忍乖邪之氣，不能蕩溢於光天化日之下，遂凝結充塞於深溝大壑之中，偶因風蕩，或彼雲摧，略有搖動感發之意，一絲半縷誤而逸出者，值靈秀之氣適過，正不容邪，邪復妒正，兩不相下，如風水雷電，地中既遇，既不能消，又不能讓，必致搏擊掀發後始盡。故其氣亦必賦人，發泄一盡始散。使男女偶秉此氣而生者，上則不能為仁人君子，下亦不能為大兇大惡。置之千萬人之中，其聰俊靈秀之氣，則在千萬人之上；其乖僻邪謬不近人情之態，又在千萬人之下。若生於公侯富貴之家，則為情癡情種；若生於詩書清貧之族，則為逸士高人；縱偶生於薄祚寒門，亦斷不至為走卒健僕，甘遭庸夫驅制駕馭，必為奇優名倡。如前之許由、陶潛、阮籍、嵇康、劉伶、王謝二族、顧虎頭、陳後主、唐明皇、宋徽宗、劉庭芝、溫飛卿、米南宮、石曼卿、柳耆卿、秦少游，近日倪雲林、唐伯虎、祝枝山，再如

雨村忽然又高明深刻起來了。宇宙學與人才學的綜論。

太平無為！

秀氣過剩症。

也算二重組合。

李龜年、黃幡綽、敬新磨、卓文君、紅拂、薛濤、崔鶯、朝雲[32]之流，此皆易地則同之人也。」

大多是文人。

子興道：「依你說，『成則公侯，敗則賊』了。」雨村道：「正是這意。你還不知，我自革職以來，這兩年遍遊各省，也曾遇見兩個異樣孩子。所以，方才你一說這寶玉，我就猜着了八九亦是這一派人物。不用遠說，只這金陵城內，欽差金陵省體仁院總裁[33]甄家，你可知道？」子興道：「誰人不知，這甄府就是賈府老親，他們兩家來往極親熱的。至在下也和他家往來非止一日了。」

正是何意？又流露出對「不遇」的牢騷來了。

雨村笑道：「去歲我在金陵，也曾有人薦我到甄府處館。我進去看其光景，誰知他家那等榮貴，卻是個富而好禮之家，倒是個難得之館。但是這個學生，雖是啟蒙，卻比一個舉業的還勞神。說起來還可笑，他說：『必得兩個女兒伴着我讀書，我方能認得字，心上也明白；不然我自己心裡糊塗。』又常對着跟他的小廝們說：『這女兒兩個字，極尊貴、極清淨的，比那瑞獸珍禽，奇花異草更覺希罕尊貴呢！你們這種濁口臭舌，萬萬不可唐突了這兩個字，要緊，要緊。但凡要說的時節，必用淨水香茶漱了口方可；設若失錯，便要鑿牙穿腮的。』其暴虐頑劣，種種異常。只放了學進去，見了那些女兒們，其溫厚和平，聰敏文雅，竟變了一個樣子。因此，他令尊也曾下死笞楚過幾次，竟不能改。每打的吃疼不過時，他便『姐姐』『妹妹』的亂叫起來。後來聽得裡面女兒們拿他取笑：『因何打急了只管叫姐妹作什麼？莫不叫姐妹們去討情討饒？你豈不愧些！』他回答的最妙。他說：『急痛之時，

有甄士隱就有賈雨村。有賈寶玉就有甄寶玉，最重視最喜玩味的是宇宙萬物的一種既是客觀存在的又是主觀臆想的對應關係。

只叫「姐姐」「妹妹」字樣，或可解疼也未可知，因叫了一聲，果覺疼得好些，遂得了秘法：每疼痛之極，便連叫姐妹起來了。』你說可笑不可笑？為他祖母溺愛不明，每因孫辱師責子，我所以辭了館出來的，這等子弟，必不能守父祖基業，從師友規勸的。只可惜他家幾個好姊妹都是少有的。」

子興道：「便是賈府中，現在三個也不錯。政老爺之長女，名元春，因賢孝才德，選入宮作女史[34]去了。二小姐乃是赦老爺姨娘所生，名迎春。三小姐政老爺庶出，名探春。四小姐乃寧府珍爺之胞妹，名惜春。因史老夫人極愛孫女，多跟在祖母這邊，一處讀書，聽得個個不錯。」雨村道：「更妙在甄家風俗，女兒之名，亦皆從男子之名命取，不似別家另外用這些『春』『紅』『香』『玉』等艷字，何得賈府亦落此俗套？」子興道：「不然。只因現今大小姐是正月初一所生，故名元春，餘者方從了『春』字。上一輩的，卻也是從弟兄而來的，現有對證：目今你貴東家林公之夫人，即榮府中赦，政二公之胞妹，在家時名字喚賈敏。不信時，你回去細訪可知。」雨村拍手笑道：「是極。我這女學生名叫黛玉。他讀書，凡『敏』字，他皆唸作『密』[35]字，寫字遇着『敏』字，亦減一二筆，我心中每每疑惑。今聽你說，是為此無疑矣。怪道我這女學生言語舉止另是一樣，不與凡女子相同，度其母不凡，故生此女，今知為榮府之外孫，又不足罕矣，可惜上月其母竟亡故了。」子興嘆道：「老姊妹三個，這是極小的，又沒了。長一輩的姊妹，一

可笑可愛，有幾分天真爛漫。乃真情矣。

你一段我一段，商量好了給讀者講故事。

起名字也看出身份和習俗來。

*曹雪芹寫榮、寧二府，由遠及近，由大及小，由鳥瞰至細描，漸漸靠攏。賈雨村與冷子興的這次飲酒對談，是為作家的交待輪廓服務的，兩個人的話其實更多的是作家的話。拿人物當傳聲筒，本是現實主義所忌，但小說又畢竟是小說，小說聽命於作者不是秘密。好在主要人物主要關節都是活生生的，令人信服的。二人談話也大致符合客觀邏輯。如果膠柱鼓瑟地作為對二人的性格描寫來要求，就會失望了。

*讀《紅樓夢》可採此法：讀一段，回來對照溫習一下第二章的概述，收概述與具體進展相得益彰之妙。

個也沒了，只看這小一輩的，將來的東床[36]何如呢？」

雨村道：「正是。方才說政公已有了一個銜玉之子，又有長子所遺弱孫。這赦老竟無一個不成？」子興道：「政公既有玉兒之後，其妾又生了一個，倒不知其好歹。只眼前現有二子一孫，卻不知將來何如。若問那赦公，也有二子，次名賈璉，今已二十來往了，親上做親，娶的是政爺夫人王氏之內侄女，今已娶了二年。這位璉爺身上現捐的是個同知，[37]也是不喜讀書的，於世路上好機變，言談去得，所以目今現在乃叔政老爺家住，幫着料理家務。誰知自娶了他令夫人之後，倒上下無一人不稱頌他夫人的，璉爺倒退出了一舍[38]之地，模樣又極標致，言談又極爽利，心機又極深細，竟是一個男人萬不及一的。」

雨村聽了笑道：「可知我言不謬。你我方才所說的這幾個人，只怕都是那正邪兩賦而來一路之人，未可知也。」子興道：「正也罷，邪也罷，只顧算別人家的賬，你也吃一杯酒才好。」雨村道：「只顧說話，就多吃了幾杯。」子興笑道：「說着別人家的閒話，正好下酒，即多吃幾杯何妨。」雨村向窗外看道：「天也晚了，仔細關了城。我們慢慢進城再談，未為不可。」於是，二人起身，算還酒錢。方欲走時，忽聽得後面有人叫道：「雨村兄，恭喜了！特來報個喜的。」雨村忙回頭看時，要知是誰，且聽下回分解。

說人閒話下酒，妙極，真實極了。讀者，您有這種美習嗎？這算不算是一種認識世界研究問題的類似於為學問而學問的興趣呢？反正看不出他們的交談有多少功利目的。當然，了解大人物，對於較小人物永遠是有用、很有用的。

1 攛掇：慫恿、促成之意。
2 外班：舊時科考中進士，除留京入翰林院者外，其餘分發外地做官，稱「外班」。
3 鹽政：與下文「巡鹽御史」同是鹽務官員。清初沿襲明制，各省設巡鹽御史，康熙以後改為「鹽政」。
4 蘭台寺大夫：作者虛擬的官職。「蘭台」是漢代宮廷藏書之處，由御史中丞執掌。
5 世祿之家：世代承襲前人的俸祿的人家。
6 書香之族：世代出讀書人的家庭。
7 西席：家庭教師之稱謂。
8 剎：梵語，指寺廟。
9 翻過筋斗來的：指飽經世態炎涼而看破世情的人。
10 村肆：村中小酒館。
11 古董行：買賣古玩的行業。
12 同宗：原指同出一遠祖者為「同宗」。後同族同姓者亦可稱「同宗」。
13 門楣：楣是門上的橫木，「門楣」喻門第。「玷辱門楣」是使門第受辱的意思。

14 賈復：字君文，東漢南陽冠軍（今河南鄧縣）人，封膠東侯。
15 同譜：意即同一宗譜。
16 六朝：吳、東晉、宋、齊、梁、陳六朝，均建都金陵（今南京市）。
17 棻蔚洇潤：茂盛潤澤的樣子。
18 百足之蟲，死而不殭：百足之蟲指蜈蚣一類多足動物。殭，倒。這裡形容家勢雖敗落，尚能維持表面繁榮。
19 生齒日繁：指家族人口日益增多。
20 鐘鳴鼎食：鐘是古代樂器，鼎是古代食器。擊鐘列鼎而食，形容豪門氣派。
21 胡羼：胡鬧胡混的意思。
22 主事：官名。各部所屬司下設主事，清代為六品官。
23 員外郎：官名。各部所屬司官的副手，清代為從五品。
24 進學：童生被錄取為生員，進入府、州、縣學，稱為「進學」，即成為「秀才」。
25 致知格物：研究事物的道理，獲取知識。
26 悟道參玄：研究領悟深奧的道理。
27 運：指祥和的氣運。
28 劫：指災難時代。

29 **堯、舜、禹、湯、文、武、周、召、孔、孟、董、韓、周、程、朱、張：**皆為古代聖賢，即小說中所說應運而生的仁者。唐堯、虞舜、夏禹是傳說中的上古三代帝君。湯，商代開國君主。文，周文王姬昌；武，周武王姬發，為周代開國的兩位君主。周，周公旦，周文王之子；召，召公奭，周文王之子，周召為周代政治家，是賢臣的典範。孔，孔丘，春秋末期的思想家，儒學的創始人。孟，孟軻，戰國時思想家，儒家學派的代表人物。董，董仲舒，西漢今文經學大師，儒學的大力倡導者。韓，韓愈，唐代文學家，儒家道統的遵奉者。周，周敦頤，北宋哲學家，理學開創者。程，指北宋程顥程頤兄弟，是封建理學思想體系的奠基人。朱，朱熹，南宋理學家，為理學之集大成者。張，張載，宋代哲學家。

30 **蚩尤、共工、桀、紂、始皇、王莽、曹操、桓溫、安祿山、秦檜：**皆為古代暴君奸臣，即小說中所說應劫而生禍亂天下的惡者。蚩尤、共工：為傳說中的上古部落首領。桀：夏朝的亡國之君。紂：即帝辛，商殷的亡國之君。始皇：名嬴政，統一中國，建立秦朝的開國君主。王莽：漢代篡奪政權的奸臣。曹操：漢末政治、軍事家。桓溫：東晉時大將，曾陰謀篡位自立，未能成功而死。安祿山：唐明皇時叛將，與史思明率兵攻入長安，自號雄武皇帝，史稱「安史之亂」。秦檜：南宋高宗時宰相，執政十九年，力主與金議和，殺害岳飛，為賣國奸臣的典型。

31 **祚永運隆：**意為帝位長久，國運昌盛。

32 **許由、陶潛、阮籍、嵇康、劉伶、王謝二族、顧虎頭、陳後主、唐明皇、宋徽宗、劉庭芝、溫飛卿、米南宮、石曼卿、柳耆卿、秦少游、倪雲林、唐伯虎、祝枝山、李龜年、黃幡綽、敬新磨、卓文君、紅拂、薛濤、崔鶯、朝雲：**即小說中所說秉正、邪二氣所生之情癡情種、逸士高人、奇優名倡等。許由：相傳為唐堯時的隱士。陶潛：即陶淵明，東晉大詩人，曾為縣令，後歸隱。阮籍、嵇康、劉伶：皆為魏晉詩人，「竹林七賢」成員。王謝二族：東晉時最著名的兩個貴族世家。顧虎頭：即顧愷之，小字虎頭，東晉著名畫家、文學家。陳後主：南朝陳的亡國之君，名陳叔寶。唐明皇：唐玄宗李隆基。宋徽宗：北宋末代皇帝，名趙佶，擅書畫。劉庭芝：即劉希夷，唐詩人。溫飛卿：即溫庭筠，晚唐詩人、詞人。米南宮：即米芾，北宋書法家、畫家。石曼卿：北宋文學家。柳耆卿：即柳永，北宋詞人。秦少游：即秦觀，北宋詞人。倪雲林：即倪瓚，元代畫家。唐伯虎：名唐寅，明代畫家。祝枝山：即祝允明，明代書法家。李龜年：唐玄宗時的宮廷樂師。黃幡綽：唐玄宗時宮廷藝人。敬新磨：五代後唐莊宗時的宮廷藝人。卓文君：西漢富商女，與才子司馬相如私奔。紅拂：隋末越國公楊素的家妓，後與李靖私奔。薛濤：唐名妓，擅詩。崔鶯：即崔鶯鶯，唐元稹《會真記》、元王實甫《西廂記》中的女主人公，與張生相戀。朝雲：宋名妓，後被蘇軾納為妾。

33 **體仁院總裁**：作者虛擬的官銜。

34 **女史**：宮中女官名。

35 **「敏」作「密」**：古人對君主、尊前的名字有避諱之制，以示尊重，遇到這類字，要減筆畫，改讀音，或改書另一字以代。

36 **東床**：指女婿。

37 **同知**：地方官員的副手稱「同知」。

38 **一舍**：舍是古代計量單位，三十里為一舍。小說中說「倒退出了一舍之地」是形容賈璉的心機才幹不如鳳姐。

第三回 託內兄如海薦西賓 接外孫賈母惜孤女

卻說雨村忙回頭看時，不是別人，乃是當日同僚一案參革的張如圭。他係此地人，革後家居，今打聽得都中奏准起復[1]舊員之信，他便四下裡尋情找門路，忽遇見雨村，故忙道喜。二人見了禮，張如圭便將此信告知雨村，雨村歡喜，忙忙敘了兩句，各自別去回家。冷子興聽得此言，便忙獻計，令雨村央求林如海，轉向都中去央煩賈政。雨村領其意而別。回至館中，忙尋邸報，[2]看真確了。

說上就上，說下就下，不必細問，這也叫能上能下。

次日，面謀之如海。如海道：「天緣湊巧，因賤荊去世，都中家岳母念及小女無人依傍，前已遣了男女船隻來接，因小女未曾大痊，故尚未行。此刻正思送女進京。因向蒙教訓之恩未經酬報，遇此機會豈有不盡心圖報之理。弟已預籌之，修下薦書一封，托內兄務為周全，方可稍盡弟之鄙誠，即有所費，弟於內兄家信中注明，不勞吾兄多慮。」雨村一面打躬，謝不釋口，一面又問：「不知令親大人現居何職？只怕晚生草率，不敢進謁。」如海笑道：「若論舍親，與尊兄猶係一家，乃榮公之孫：大內兄現襲一等將軍之職，名赦，字恩侯；二內兄名政，字存周，現任工部員外郎，其為人謙恭厚道，大有祖父遺風，非膏粱輕薄之流，故

又是巧了。

再說賈政的好處。

弟致書煩託。否則不但有污尊兄清操，即弟亦不屑為矣。」雨村聽了，心下方信了昨日子興之言。於是又謝了林如海。林如海又說：「擇了出月初二日小女入都，吾兄即同路而往，豈不兩便？」雨村唯唯聽命，心中十分得意。如海遂打點禮物並餞行之事，雨村一一領了。

前後不斷照應，也是長篇小說的一個必要的麻煩。

得什麼意，將復出還是高攀？任何得意自旁觀之都帶有喜劇性。

那女學生原不忍棄父而去；無奈他外祖母必欲其往，且兼如海說：「汝父年已半百，再無續室之意，且汝多病，年又極小，上無親母教養，下無姊妹扶持，今去依傍外祖母及舅氏姊妹，正好減我內顧之憂，如何不去？」黛玉聽了，方灑淚拜別，隨了奶娘及榮府中幾個老婦，登舟而去。雨村另有一隻船，帶兩個小童，依附黛玉而行。

一日到了京都。雨村先整了衣冠，帶了小童，拿了宗侄的名帖，[3]至榮府門上投了。彼時賈政已看了妹丈之信，即忙請入相會。見雨村像貌魁偉，言談不俗，且這賈政最喜的是讀書人，禮賢下士，拯溺救危，大有祖風；況又係妹丈致意，因此優待雨村，更又不同，便極力幫助，題奏[4]之日，謀了一個復職，不上二月，便選了金陵應天府，辭了賈政，擇日到任去了。不在話下。

尊卑與長幼不一致。長幼關係服從於尊卑關係。

先通過子興，二通過如海，三作者乾脆跳出來說賈政的好話了。是禮貌，又不僅是禮貌。如果賈政是個壞蛋，悲劇性與認識價值反而貶損了。

且說黛玉自那日棄舟登岸時，便有榮府打發轎子並拉行李車輛伺候。這林黛玉嘗聽得母親說，他外祖母家與別家不同。他近日所見的這幾個三等的僕婦，穿吃用度已是不凡，何況今至其家。多要步步留心，時時在意，不要多說一句話，不可多行一步路，恐被人恥笑了去。自上了轎，進了城，從紗窗中瞧了一瞧，其

先是聽得。開始見的。

黛玉並非不諳人情事理，而且自律不謂不嚴。不僅聽見，而且留「心」，在「意」。

街市之繁華，人煙之阜盛，自與別處不同。又行了半日，忽見街北蹲着兩個大石獅子，三間獸頭大門，門前列坐着十來個華冠麗服之人。正門不開，只東西兩角門有人出入。正門之上有一匾，匾上大書「敕造[5]寧國府」五個大字。黛玉想道：這是外祖的長房了。又往西不遠，照樣也是三間大門，方是榮國府了。卻不進正門，只由西角門而進。轎子抬着走了一箭之遠，將轉彎時，便歇了。轎後面的婆子也都下來了。另換了四個衣帽周全的十七八歲的小廝上來，抬着轎子。眾婆子步下跟隨，至一垂花門前落下，眾小廝又退了出去。眾婆子上前打起轎簾，扶黛玉下了轎。林黛玉扶着婆子手，進了垂花門。[6]兩邊是抄手遊廊，[7]正中是穿堂，[8]當地放着一個紫檀架子大理石屏風。轉過屏風，小小三間廳房，廳後便是正房大院。正面五間上房，皆是雕樑畫棟，兩邊穿山遊廊[9]廂房，掛着各色鸚鵡、畫眉等鳥雀。台階上坐着幾個穿紅着綠的丫頭，一見他們來了，都笑迎上來，說道：「剛才老太太還唸呢，可巧就來了。」於是三四人爭着打簾子，一面聽得人說：「林姑娘來了。」

黛玉方進房，只見兩個人扶着一位鬢髮如銀的老母迎上來，黛玉知是外祖母了。正欲下拜，早被外祖母抱住，摟入懷中，心肝兒肉叫着大哭起來。當下侍立之人，無不下淚，黛玉也哭個不休。眾人慢慢解勸住了，黛玉方拜見了外祖母。當下賈母一一指與黛玉：「這是你大舅母；這是二舅母；這是你先珠大哥的媳婦珠大嫂。」黛玉一一拜見了，賈母又叫：「請姑娘們來。今日遠客初來，可以不

又見。

西角門進都是這等景象，走正門該是何等隆重！

派！

更派！禮數愈多愈威風！

也是手續。手續引起敬畏，只是影響效率。

親人久別，見面先哭，這種風俗在一些邊遠地區至今存在。還是哭出點感情、人情味來的。

必上學去。」眾眾答應了一聲，便去了兩個。

不一時，只見三個奶媽並五六個丫鬟，擁着三位姑娘來了。第一個肌膚微豐，身材合中，腮凝新荔，鼻膩鵝脂，温柔沉默，觀之可親。第二個削肩細腰，長挑身材，鴨蛋臉兒，俊眼修眉，顧盼神飛，文彩精華，見之忘俗。第三個身量未足，形容尚小。其釵環裙襖，三人皆是一樣的妝束。黛玉忙起身迎上來見禮，互相廝認，歸了坐位。丫鬟送上茶來，不過敘些黛玉之母如何得病，如何請醫服藥，如何送死發喪。不免賈母又傷感起來，因說：「我這些兒女，所疼者獨有你母，今一旦先我而逝，不得見一面，教我怎不傷心！」說着，攜了黛玉的手，又哭起來。家人忙相勸慰，方略略止住。

眾人見黛玉年貌雖小，其舉止言談不俗，身體面龐雖弱不勝衣，卻有一段風流態度，便知他有不足之症。[10]因問：「常服何藥，如何不治好了？」黛玉道：「我自來如此，從會吃飯時便吃藥，到如今了，經過多少名醫，總未見效。那一年我才三歲，記得來了一個癩頭和尚，說要化我去出家，我父母固是不從。他又說：『既捨不得他，但只怕他的病一生也不能好的。若要好時，除非從此以後總不許見哭聲；除父母之外，凡有外親一概不見，方可平安了此一生。』這和尚瘋瘋癲癲說了這些不經之談，也沒人理他。如今還是吃人參養榮丸。」賈母道：「這正好，我這裡正配丸藥呢。叫他們多配一料就是了。」

一語未休，只聽後院中有笑語聲，說：「我來遲了，不曾迎接遠客！」黛

學習的事也是家長說了算。教育未與家政分離。

四字一句的肖像描寫，好處是簡練，壞處是似近套話，過熟。

不過敘些什麼，通過對比為後面的熙鳳、寶玉出場作準備，突出熙鳳與寶玉。

都生活在和尚——無——太虛——的陰影下。

這一點與英蓮一樣，和尚說什麼就一定反而更什麼。不是和尚而是人生——生活的邏輯，哪壺不開提哪壺。

正配丸藥？醫院也沒有與家庭分離。封建家庭，無所不包。

玉思忖道：「這些人個個皆斂聲屏氣如此，這來者是誰，這樣放誕無禮？」心下想時，只見一群媳婦丫鬟擁着一個麗人，從後房進來。這個人打扮與姑娘們不同，彩繡輝煌，恍若神妃仙子：頭上戴着金絲八寶攢珠髻，[11]綰着朝陽五鳳掛珠釵，[12]項上戴着赤金盤螭瓔珞圈，[13]身上穿着縷金百蝶穿花大紅雲緞窄褃襖，[14]外罩五彩刻絲石青銀鼠褂；[15]下着翡翠撒花洋縐裙。[16]一雙丹鳳三角眼，兩彎柳葉掉梢眉，身量苗條，體格風騷，粉面含春威不露，丹唇未啟笑先聞。黛玉連忙起身接見。賈母笑道：「你不認得他，他是我們這裡有名的一個潑辣貨，南京所謂『辣子』，你只叫他『鳳辣子』就是了。」黛玉正不知如何稱呼，眾姊妹都忙告訴黛玉道：「這是璉嫂子。」黛玉雖不曾識面，聽見他母親說過，大舅賈赦之子賈璉，娶的就是二舅母王氏之內侄女，自幼假充男兒教養的，學名叫做王熙鳳。黛玉忙陪笑見禮，以嫂呼之。這熙鳳攜着黛玉的手，上下細細打諒了一回，便仍送至賈母身邊坐下，因笑道：「天下真有這樣標致人物，我今日才算見了！況且這通身的氣派，竟不像老祖宗的外孫女兒，竟是嫡親的孫女，怨不得老祖宗天天口頭心頭一刻不忘。只可憐我這妹妹這樣命苦，怎麼姑媽偏就去世了！」說着，便用帕拭淚。賈母笑道：「我才好了，你倒來招我，你妹妹遠路才來，身子又弱，也才勸住了，快休再提前話。」這熙鳳聽了，忙轉悲為喜道：「正是呢，我一見了妹妹，一心都在他身上，又是喜歡，又是傷心，竟忘記了老祖宗，該打，該打！」又忙攜黛玉之手，問：「妹妹幾歲了？可也上過學？現在吃什麼藥？在這裡不要

每個人都知道自己的角色，該怎麼演就怎麼演。特殊情況下也有反串的情形。

越高貴穿得越囉嗦，這也是時裝史的規律。

體格風騷是什麼意思？有無類似「性感」的含義？

被嘲弄，也是得寵的標誌。

忙陪笑，不敢造次，不敢使性。

現在就不會把嫡親看得那樣高於外孫女了。

着一「忙」字而出性情。

自然該打，亦是求寵術。

不等回答，先提一串問題：一、急脾氣。二、

想家，要什麼吃的、什麼玩的，只管告訴我；丫頭老婆們不好，也只管告訴我。」一面又問婆子們：「林姑娘的行李東西可搬進來了？帶了幾個人來？你們趕早打掃兩間下房，讓他們去歇歇。」

說話時，已擺了茶果上來。熙鳳親為捧茶捧果。又見二舅母問他：「月錢[17]放完了不曾？」熙鳳道：「月錢也放完了，剛才帶了人到後樓上找緞子，找了半日也沒見昨日太太說的那樣，想是太太記錯了？」王夫人道：「有沒有，什麼要緊。」因又說道：「該隨手拿出兩個來，給你這妹妹裁衣裳的，等晚上想着再叫人去拿罷！」熙鳳道：「倒是我先料着了，知道妹妹這兩日到的，我已預備下了，等太太回去過了目好送來。」王夫人一笑，點頭不語。

當下茶果已撤，賈母命兩個老嬤嬤帶了黛玉去見兩位舅舅去。維時賈赦之妻邢氏忙起身，笑回道：「我帶了外甥女過去，到底便宜[18]些。」賈母笑道：「正是呢，你也去罷，不必過來了。」那邢夫人答應了，遂帶了黛玉與王夫人作辭，大家送至穿堂垂花門前。早有眾小廝拉過一輛翠幄青油車[19]來。邢夫人攜了黛玉坐上，眾婆娘們放下車簾，方命小廝們抬起，拉至寬處，方駕上馴騾，亦出了西角門，往東過榮府正門，入一黑油大門內，至儀門[20]前方下車來。邢夫人挽了黛玉的手，進入院中。黛玉度其處，必是榮府中之花園隔斷過來的。進入三層儀門，果見正房廂廡遊廊，悉皆小巧別致，不似那邊的軒峻壯麗；且院中隨處之樹木山石皆好。及進入正室，早有許多盛妝麗服之姬妾丫鬟迎着。邢夫人讓黛玉坐了，

是關心的表示也是走過場。三、在「老祖宗」面前可以連珠炮般地說話提問，也是份兒、格兒。四、通過關心人顯示自己的全面性、細緻性、責任性。

見黛玉本屬禮儀活動，仍不停止理家政。端是大忙人也。

對物質財富不以為意，遠不像此後對繡春囊那樣看重。

王夫人放手，熙鳳精明。

拉屎放屁都要派車。

房偏小巧，妾有許多。靠邊住乎，寡人有疾乎？

一面令人到外書房中請賈赦。一時來回說：「老爺說了，連日身上不好，見了姑娘彼此傷心，暫且不忍相見。勸姑娘不要傷懷想家，跟着老太太和舅母，是同家裡一樣。姊妹們雖拙，大家一處伴着，亦可以解些煩悶。或有委曲之處，只管說得，不要外道才是。」黛玉忙站起身來，一一聽了。再坐一刻，便告辭。邢夫人苦留吃過飯去，黛玉笑回道：「舅母愛惜賜飯，原不應辭，只是還要過去拜見二舅，恐遲去不恭，異日再領，望舅母容諒。」邢夫人道：「這也罷了。」遂命兩個嬤嬤用方才坐來的車子送了過去。於是黛玉告辭，邢夫人送至儀門前，又囑咐了眾人幾句，眼看着車去了方回來。

賈赦不見，另一種行事方式，另一種風格，含義不明，亦留印象。

都講禮貌。

一時黛玉進入榮府，下了車，眾嬤嬤引着，便往東轉彎，走過一座東西的穿堂，向南大廳之後，儀門內大院落，上面五間大正房，兩邊廂房鹿頂耳門鑽山，[21]四通八達，軒昂壯麗，比賈母處不同。黛玉便知這方是正內室，一條大甬路，直接出大門的。進入堂屋，抬頭迎面先見一個赤金九龍青地大匾，匾上寫着斗大三個字，是「榮禧堂」，後有一行小字：「某年月日書賜榮國公賈源」，又有「萬幾宸翰之寶」。[22]大紫檀雕螭案上，設着三尺來高青綠古銅鼎，[23]懸着待漏隨朝墨龍大畫，[24]一邊是鏨金彝，[25]一邊是玻璃盒。地下兩溜十六張楠木椅子，又有一副對聯，乃是烏木聯牌，鑲着鏨銀字跡，道是：

比乃兄住得好。

座上珠璣昭日月，
堂前黼黻煥煙霞。[26]

下面一行小字，道是：「鄉世教弟勳襲東安郡王穆蒔拜書」。

原來王夫人時常居坐宴息，亦不在這正室，只在東邊的三間耳房內。於是老嬤嬤引黛玉進東房門來。臨窗大炕上鋪着猩紅洋毯，正面設着大紅金錢蟒引枕，[27]秋香色金錢蟒大條褥，兩邊設一對梅花式洋漆小几。左邊几上文王鼎匙箸香盒；[28]右邊几上汝窯美人觚，[29]內插着時鮮花卉，並茗碗茶具等物。地下面西一溜四張椅上，都搭着銀紅撒花椅搭，底下四副腳踏。兩邊又有一對高几，几上茗碗瓶花俱備。其餘陳設，不必細說。老嬤嬤讓黛玉上炕坐。炕沿上卻也有兩個錦褥對設。黛玉度其位次，便不上炕，只就東邊椅上坐了。本房的丫鬟忙捧上茶來。黛玉一面吃了，打諒這些丫鬟們，妝飾衣裙，舉止行動，果與別家不同。

茶未吃了，只見一個穿紅綾襖青綢掐牙[30]背心的一個丫鬟走來笑道：「太太說，請林姑娘到那邊坐罷。」老嬤嬤聽了，於是又引黛玉出來，到了東廊三間小正房內。正面炕上橫設一張炕桌，上面堆着書籍茶具，靠東壁面西，設着半舊的青緞靠背引枕。王夫人卻坐在西邊下首，亦是半舊青緞靠背坐褥。見黛玉來了，便往東讓。黛玉心中料定這是賈政之位。因見挨炕一溜三張椅子上也搭着半舊的彈花椅袱，[31]黛玉便向椅上坐了。王夫人再三讓他上炕，他方挨王夫人坐了。王夫人乃說：「你舅舅今日齋戒去了，再見吧。只是有一句話囑咐你：三個姊妹倒都極好，以後一處唸書認字學針線，或偶一玩笑，都有個盡讓的。但我最不放心的卻有一件：我有一個孽根禍胎，是家裡的『混世魔』，今日因廟裡還願去，

座位是不可掉以輕心的。

決不僭越。決非叛逆。

也不見。

是不是男性長輩對於女性晚輩不宜過熱呢？

先打預防針，可惜沒作用。

生活特別是情感預防，遠不如天花、霍亂預防

尚未回來，晚間你看見便知道了。你以後只不要睬他，你這些姊妹都不敢沾惹他的。」黛玉素聞母親說過，有個內侄，乃銜玉而生，頑劣異常，不喜讀書，最喜在內幃[32]廝混；外祖母又溺愛，無人敢管。今見王夫人所說，便知是這位表兄。因陪笑道：「舅母所說的，可是銜玉而生的這位表兄？在家時記得母親常說，這位哥哥比我大一歲，小名就叫寶玉，性雖憨頑，說待姊妹們極好的。況我來了，自然和姊妹們同一處，兄弟們自另院別室的，豈有得沾惹之理？」王夫人笑道：「你不知道原故：他與別人不同，自幼因老太太疼愛，原係同姊妹們一處嬌養慣的。若姊妹們不理他，他倒還安靜些。若一日姊妹們和他多說了一句話，他心上一喜，便生出許多事來。所以囑咐你別睬他。他嘴裡一時甜言蜜語，一時有天無日，瘋瘋傻傻，只休信他。」黛玉一一的都答應着。

忽見一個丫鬟來說：「老太太那裡傳晚飯了。」王夫人忙攜了黛玉從後房門由後廊西往，出了角門是一條南北夾道。南邊是倒座[33]三間小小抱廈[34]廳，北邊立一個粉油大影壁，後有一半大門，小小一所房室。王夫人笑指向黛玉道：「這是你鳳姐姐的屋子，回來你好向這裡找他去，少什麼東西，只管和他說就是了。」這院門上也有幾個才總角[35]的小廝，都垂手侍立。王夫人遂攜黛玉穿過一個東西穿堂，便是賈母的後院了。於是進入後房門，已有多人在此伺候，見王夫人來了，方安設桌椅。賈珠之妻李氏捧飲，熙鳳安箸，王夫人進羹。賈母正面榻上獨坐，兩旁四張空椅，熙鳳忙拉黛玉在左邊第一張椅子上坐下，黛玉十分推讓。賈母笑

之有效。

寫到哪兒就有哪兒。蓋作家不可能事先都計劃縝密也。

這也是突破時空的敘述。「紅」已有之。

《紅樓夢》中的重要人物都有許多預先介紹。

一喜便生事。經驗之談，宜慎喜。

「一一的都」，有幾分可憐了。

賈赦那裡寫「姬妾丫鬟」，鳳姐這裡寫「小廝」，有什麼弗洛伊德嗎？

四次讓坐。

道：「你舅母和嫂子們左右不在這裡吃飯，你是客，原該如此坐的。」黛玉方告了坐，就坐了。賈母命王夫人也坐了。迎春姊妹三個告了坐方上來。迎春坐右手第一，探春左第二，惜春右第二。旁邊丫鬟執着拂塵、漱盂、巾帕。李、鳳二人立於案旁佈讓。外間伺候之媳婦丫鬟雖多，卻連一聲咳嗽不聞。飯畢，各各有丫鬟用小茶盤捧上茶來。當日林家教女以惜福養身，每飯後必過片時方吃茶，不傷脾胃。今黛玉見了這裡許多規矩不似家中，亦只得隨和着些，接了茶，又有人捧過漱盂來，黛玉也漱了口，又盥手畢，然後又捧上茶來，這方是吃的茶。賈母便說：「你們去罷，讓我們自在說話兒。」王夫人聽了，忙起身，說了兩句閒話，方引李、鳳二人去了。賈母因問黛玉唸何書。黛玉道：「剛唸了《四書》。」[36]黛玉又問姊妹們讀何書。賈母道：「讀什麼書，不過認幾個字罷了。」

一語未了，只聽外面一陣腳步響，丫鬟進來報道：「寶玉來了！」黛玉心中想：「這個寶玉不知是怎生個憊懶[37]人物？」及至進來，原是一個年輕公子：頭上戴着束髮嵌寶紫金冠，[38]齊眉勒着二龍搶珠金抹額；[39]一件二色金百蝶穿花大紅箭袖，[40]束着五彩絲攢花結長穗宮絛；[41]外罩石青起花八團倭緞排穗褂，[42]蹬着青緞粉底小朝靴。[43]面若中秋之月，色如春曉之花，鬢若刀裁，眉如墨畫，鼻如懸膽，睛若秋波。雖怒時而似笑，即瞋視而有情。項上金螭纓絡，又有一根五色絲條繫着一塊美玉。黛玉一見，便吃一大驚，心中想道：「好生奇怪，倒像在那裡見過的，何等眼熟！」只見這寶玉向賈母請了安，賈母便命：「去見你娘

座位學的實質是座次學即名單學。

更不會隨地吐痰了。服務專人化。

入鄉隨俗，黛玉很乖啊。

讀什麼書？黛玉要是根本不讀書，是不是會多活幾年，幸福一些呢？

她想。

來。」即轉身去了。一回再來時，已換了冠帶：頭上周圍一轉的短髮，即結成小辮，紅絲結束，共攢至頂中胎髮，總編一根大辮，黑亮如漆，從頂至梢，一串四顆大珠，用金八寶墜腳；身上穿着銀紅撒花半舊大襖，仍舊帶着項圈、寶玉、寄名鎖、[44]護身符等物；下面半露松花撒花綾褲，錦邊彈墨襪，厚底大紅鞋。越顯得面如傅粉，唇若施脂，轉盼多情，語言若笑。天然一段風韻全在眉梢，平生萬種情思悉堆眼角。看其外貌最是極好，卻難知其底細。後人有作西江月二詞，批寶玉極確，其詞曰：

無故尋愁覓恨，有時似傻如狂。縱然生得好皮囊，腹內原來草莽。
潦倒不通庶務，愚頑怕讀文章。行為偏僻性乖張，那管世人誹謗！
富貴不知樂業，貧窮難耐淒涼。可憐辜負好韶光，於國於家無望。
天下無能第一，古今不肖無雙。寄語紈袴與膏粱，莫效此兒形狀！

卻說賈母笑道：「外客未見，就脫了衣裳，還不去見你妹妹！」寶玉早已看見了一個姊妹，便料定是林姑媽之女，忙來作揖。相見畢歸坐，細看形容與眾各別。兩彎似蹙非蹙籠煙眉，[45]一雙似喜非喜含情目。態生兩靨之愁，嬌襲一身之病。淚光點點，嬌喘微微。閒靜似嬌花照水，行動似弱柳扶風。心較比干多一竅，[46]病如西子勝三分。[47]寶玉看罷，笑道：「這個妹妹我曾見過的。」賈母笑道：「可又是胡說，你何曾見過他？」寶玉笑道：「雖然未曾見過他，然看着面善，心裡倒像是舊相識，恍若遠別重逢的一般。」賈母笑道：「好，好，若如此，

偏於俊秀，帶女性味。還不懂「尋找男子漢」。

多情，敏感。

草莽者，偏於自然，未深受文明之害也。

特立獨行，個性尚能保持。

公子哥兒的通病。

貶損有加，仍不失可愛，道是無情卻有情，作者寫這個人物最放得開。與寫賈政、王夫人、元春的精神狀態不同。

寶玉眼中的黛玉，包含着性中心的潛意識。與書中黛玉的實際表現不盡一致，他想了，並說了：「我曾見過。」黛玉也想了，卻沒說也不能說。

更相和睦了。」寶玉便走向黛玉身邊坐下，又細細打諒一番，因問：「妹妹可曾讀書？」黛玉道：「不曾讀書，只上了一年學，些須認得幾個字。」寶玉又道：「妹妹尊名？」黛玉便說了名。寶玉又道：「表字？」黛玉道：「無字。」寶玉笑道：「我送妹妹一字，莫若『顰顰』二字極妙。」探春便道：「何處出典？」寶玉道：「《古今人物通考》上說：『西方有石名黛，可代畫眉之墨。』況這妹妹眉尖若蹙，用取這兩個字，豈不甚美！」探春笑道：「只恐又是杜撰。」[48]寶玉笑道：「除《四書》，杜撰的太多，偏是我是杜撰不成？」又問黛玉：「可有玉沒有？」眾人都不解，黛玉便忖度着因他有玉，故問我有無，因答道：「我沒有。那玉亦是件罕物，豈能人人皆有。」寶玉聽了，登時發作起狂病來，摘下那玉就狠命摔去，罵道：「什麼罕物，人的高下不識，還說靈不靈呢！我也不要這勞什子！」[49]嚇的地下眾人一擁爭去拾玉。賈母急的摟了寶玉道：「孽障！你生氣要打罵人容易，何苦摔那命根子！」寶玉滿面淚痕泣道：「家裡姐姐妹妹都沒有，單我有，我說沒趣；如今來了這個神仙似的妹妹也沒有，可知這不是個好東西。」賈母忙哄他道：「這妹妹原有玉來的，因你姑媽去世時，捨不得你妹妹，無法可處，遂將他的玉帶了去：一則全殉葬之禮，盡你妹妹之孝心；二則你姑媽之靈，亦可權作見了你妹妹之意。因此他只說沒有，也是不便自己誇張之意。你如今怎比得他，還不好生慎重帶上，仔細你娘知道了。」說着，便向丫鬟手中接來，親與他帶上。寶玉聽如此說，想一想，也就不生別論了。

一見便親。

以變態寫人物，不但注意人物的常態，更注意其變態。

單我有也者，有無弗洛伊德呢？

怎麼編得這樣方便？莫非早有準備？

寶玉的病態，來得突兀，去得便宜。也是虎頭蛇尾。

當下，奶娘來問黛玉房舍，賈母便說：「將寶玉挪出來，同我在套間暖閣[50]裡，把你林姑娘暫安置碧紗廚[51]裡，等過了殘冬，春天再與他們收拾房屋，另作一番安置罷。」寶玉道：「好祖宗，我就在碧紗廚外的床上很妥當，又何必出來鬧你老祖宗不得安靜。」賈母想了一想說：「也罷了。」每人一個奶娘並一個丫頭照管，餘者在外間上夜聽喚。一面早有熙鳳命人送了一頂藕合色花帳並錦被緞褥之類。

黛玉只帶了兩個人來：一個是自己的奶娘王嬤嬤，一個是十歲的小丫頭，名喚雪雁。賈母見雪雁甚小，一團孩氣，王嬤嬤又極老，料黛玉皆不遂心，將自己身邊一個二等丫頭，名喚鸚哥的與了黛玉。亦如迎春等一般，每人除自幼乳母外，另有四個教引嬤嬤，[52]除貼身掌管釵釧盥沐兩個丫頭外，另有四五個灑掃房屋來往使役的小丫頭。當下，王嬤嬤與鸚哥陪侍黛玉在碧紗廚內。寶玉之乳母李嬤嬤，並大丫頭名喚襲人者，陪侍在外大床上。

原來這襲人亦是賈母之婢，本名珍珠。賈母因溺愛寶玉，生恐寶玉之婢不中任使，素知襲人心地純良，遂與寶玉。寶玉因知他本姓花，又曾見舊人詩句有「花氣襲人」之句，遂回明賈母，即更名襲人。這襲人有些癡處：伏侍賈母時，心中眼中只有一個賈母；今跟了寶玉，心中眼中又只有一個寶玉。只因寶玉性情乖僻，每每規諫，寶玉不聽，心中着實憂鬱。

是晚，寶玉、李嬤嬤已睡了，他見裡面黛玉、鸚哥猶未安歇，他自卸了

*寶玉見黛玉而問玉、摔玉，是寶黛愛情線索上的一個極重要的事件，但解讀起來不易。一、象徵的，有玉與無玉的矛盾從一開始便顯出來了。二、心理的，與「妹妹」認同，不要自己的多餘的「勞什子」。三、情感的，一見鍾情，一見就興奮躁狂，就「病」。四、準策略的，通過摔玉引起黛玉的注意。五、發泄的，隨時準備發泄，越是富貴越是憋悶，有玉無玉，找藉口罷了。六、宿命的，從一開始便是「不是冤家不聚頭」。

份外親近。

換主子不換忠心，有論者以為暗含貶意。存疑。按說有什麼理由讓襲人伏侍主子也必須從一而終呢？

妝，悄悄的進來，笑問：「姑娘怎麼還不安歇？」黛玉忙笑讓：「姐姐請坐。」襲人在床沿上坐了。鸚哥笑道：「林姑娘在這裡傷心，自己淌眼抹淚的說：『今兒才來了，就惹出你家哥兒的病，倘或摔壞了那玉，豈不是因我之過！』所以傷心，我好容易勸好了。」襲人道：「姑娘快休如此，將來只怕比這更奇怪的笑話兒還有呢！若為他這種行狀，你多心傷感，只怕你還傷感不了呢。快別多心！」黛玉道：「姐姐們說的，我記着就是了。」又敘了一回，方才安歇。

感情牽連，互相能觸動至此！

次早起來，省過賈母，因往王夫人處來，正值王夫人與熙鳳在一處拆金陵來的書信，又有王夫人之兄嫂處遣來的兩個媳婦兒來說話的。雖黛玉不知原委，探春等卻曉得是議論金陵城中居住的薛家姨母之子表兄薛蟠，倚財仗勢，打死人命，現在應天府案下審理。如今母舅王子騰得了信，遣人來告訴這邊，意欲喚取進京之意。畢竟怎的，下回分解。

＊從冷子興演說榮國府到林黛玉眼見（並心想）榮國府，是遞進寫法。戲剛剛開始，從摔玉開始。

長篇的頭緒多，鋪墊多，讀者幸勿急。

用林黛玉的眼睛看，才能「陌生化」。

用黛玉眼睛看，親熱有禮之中包含一種壓迫感和神秘感。

也是吊讀者的胃口，如此氣象不凡、威嚴繁複的深宅大府，瓤子裡頭有什麼秘密，有什麼好戲呢？所以至今，《豪門內外》、《浮華世家》都是吸引人的電視劇題目。

1 **起復**：舊時官員解職後重新出來做官，稱「起復」。

2 **邸報**：古時官府間傳抄的官報，又稱「邸抄」。

3 **名帖**：即名片，上書姓名、籍貫、官銜，拜訪通名之用。

4 **題奏**：明朝時上奏章疏有題本、奏本之別，凡例行公事用題本，其他則用奏本。清時已沒有這種區別。

5 **敕造**：奉皇帝詔旨建造的稱「敕造」或「敕建」。

6 **垂花門**：一種建築形式，用於內門。正面兩側懸一對垂蓮柱，故名垂花門。

7 **抄手遊廊**：院內兩邊環抱的走廊。

8 **穿堂**：前後院落間可穿行的廳堂。

9 **穿山遊廊**：建築物兩側的牆稱「山牆」，走廊穿過建築物的山牆，與建築物的前廊相接，稱「穿山遊廊」。

10 **不足之症**：中醫謂虛證為不足之症。

11 **金絲八寶攢珠髻**：以金絲穿聚珠寶的髻飾。

12 **朝陽五鳳掛珠釵**：一種五鳳朝陽形，鳳口銜珠掛的釵。清代命婦用五鳳珠釵。

13 **盤螭纓絡圈**：雕有盤螭（古代傳說中龍的一種）飾有纓絡的項圈。纓絡，亦作「瓔珞」，是用彩線編結珠玉而成的飾物。

14 **縷金百蝶穿花大紅雲緞窄褃襖**：一種紅底金線混織百蝶穿花圖案的緊身襖。褃，上衣前後兩片接縫處叫「褃」。窄褃，窄身、緊身之意。

15 **五彩刻絲石青銀鼠褂**：石青底色五彩刻絲面料，銀鼠裡子的皮外衣。刻絲，亦作緙絲，是在絲織品上平織圖案的工藝。

16 **翡翠撒花洋縐裙**：翡翠底色碎花圖案的縐裙。縐，一種絲織品，輕而薄，表面帶自然皺紋。

17 **月錢**：也稱「月例」，舊時大戶人家每月按家庭成員和僕人的名分等級分發的零用錢。

18 **便宜**：方便、適宜之意。

19 **翠幄青油車**：綠色車篷，清漆油飾的坐車。

20 **儀門**：泛指大門以內的門。

21 **兩邊廂房鹿頂耳門鑽山**：正房、廂房兩側的配房稱耳房。「鹿頂」即盝頂，平頂之意。「鑽山」即在山牆上開門洞與耳房相接之意。

22 **萬幾宸翰之寶**：這是皇帝玉璽上的文字。「萬幾」謂皇帝政務繁忙，「宸翰」為皇帝筆跡的專稱。

23 **古銅鼎**：「鼎」是古代炊具，盛行於商周時代，為名貴古董。

24 **待漏隨朝墨龍大畫**：畫面為水墨大龍和浪潮，暗喻大臣等待朝見皇帝。「漏」為古代計時器。

25 **鏨金彝**：「彜」為古代禮器，「鏨金」是一種嵌金工藝。下文「鏨銀字跡」是指嵌銀工藝。

26 **座上珠璣昭日月，堂前黼黻煥煙霞**：上聯意為座上客人文采風流，與日月交輝；下聯意為堂前來往的賓客多達官貴人，服飾燦若雲霞。「珠璣」比喻詩文之美，「黼黻」為古代禮服上的圖案花紋。

27 **金錢蟒引枕**：「金錢蟒」即織有小團龍花的蟒緞。「引枕」，一種方形或圓形放置肘下的靠枕，一稱「倚枕」。

28 **文王鼎匙箸香盒**：這是一整套焚香用具。「文王鼎」指仿周文王時鑄鼎式樣的香爐。「匙箸」指撥香料、鏟香灰的筷子和鏟子。

29 **汝窯美人觚**：「汝窯」，北京汝州的官窯，為宋代五大名瓷窯之一。「美人觚」，長身細腰的觚（古代酒器），形似美人，故名。

30 **掐牙**：衣服上滾邊內加嵌一條很細的滾條，稱「掐牙」。

31 **彈花椅袱**：「彈花」，印染工藝之一種，即把紙上的圖案鏤空，覆於織物上，用顏料噴灑，形成花紋，也稱「彈墨」。「椅袱」，即椅套。

32 **內幃**：即內室，指內眷居處。

33 **倒座**：與坐北朝南正房朝向相反的房子。

34 **抱廈**：在房屋的前後或兩側接出的有獨立屋頂的建築，稱「抱廈」。

35 **總角**：古時兒童的髮型，式樣如頭頂兩角，故名。

36 **四書**：《論語》、《大學》、《中庸》、《孟子》合稱四書。南宋朱熹註《論語》，又從《禮記》中抽出《大學》、《中庸》兩篇，分章斷句加註，再配以《孟子》，稱《四書章句集註》。是為舊時學塾必讀之書。

37 **憊懶**：也作「憊賴」，調皮，不馴服之意。

38 **束髮嵌寶紫金冠**：一種紫金質地，鑲嵌寶石，用以束髮髻的冠。

39 **二龍搶珠金抹額**：「抹額」是束在額前的飾物。「二龍搶珠」是抹額上的紋飾。

40 **二色金百蝶穿花大紅箭袖**：大紅質料上金銀兩色織出百蝶穿花圖樣的窄袖袍服。

41 **五彩絲攢花結長穗宮條**：「條」是絲帶，束於袍服腰際。「宮條」指宮樣絲帶。「長穗」指條帶兩端垂下的穗子，是條帶的飾物。「五彩絲攢花結」是用五色絲攢聚成花朵的結子，是絲帶上的裝飾。

42 **石青起花八團倭緞排穗褂**：「起花」，絲織物上凸起的花紋稱「起花」。「八團」指衣服面料上織有八個團形圖案花紋。「倭緞」，日本古稱「倭」，這裡指日本緞料。「排穗褂」，衣服下襬飾有流蘇的外衣。

43 **粉底小朝靴**：白底方頭靴。「朝靴」，明清官員入朝登方頭靴，故方頭靴稱「朝靴」。

44 **寄名鎖**：古人迷信，怕小兒夭亡，將小兒寄於他人名下為子女或僧道名下為弟子，叫「寄名」，並製鎖形飾物戴於小兒項間，叫「寄名鎖」。

45 **籠煙眉**：形容眉毛淺淡。

46 **心較比干多一竅**：「比干」為殷紂王叔父，相傳他心有七竅。這裡形容黛玉之聰慧。

47 **病如西子勝三分**：「西子」，春秋越國美人，相傳她生病時最美。這裡形容黛玉的嬌弱美麗。

48 **杜撰**：沒有根據的編造。

49 **勞什子**：對器物的貶稱，意近破東西，破玩意兒。

50 **套間暖閣**：指正房裡間。

51 **碧紗廚**：蒙紗的木槅扇，上配有門，用以隔斷室內空間。

52 **教引嬤嬤**：貴族家庭教導兒童規矩禮儀等等的僕婦。

第四回 薄命女偏逢薄命郎　葫蘆僧判斷葫蘆案

卻說黛玉同姊妹們至王夫人處，見王夫人與兄嫂處的來使計議家務，又說姨母家遭人命官司等語。因見王夫人事情冗雜，姐妹們遂出來至寡嫂李氏房中來了。

原來這李氏即賈珠之妻，珠雖夭亡，幸存一子，取名賈蘭，今方五歲，已入學攻書。這李氏亦係金陵名宦之女，父名李守中，曾為國子祭酒，[1]族中男女無不讀詩書者。至李守中繼續以來，便謂「女子無才便為德」，故生了便不十分認真讀書，只不過將些《女四書》、[2]《烈女傳》[3]讀讀，認得幾個字罷了，記得前朝這幾個賢女便了，卻以紡績女紅為要，因取名為李紈，字宮裁。因此這李紈雖青春喪偶，且居處於膏粱錦繡之中，竟如槁木死灰一般，一概不問不聞，惟知侍養親子，外則陪侍小姑等針黹誦讀而已。今黛玉雖客居於此，日有這幾個姑嫂相伴，除老父之外，餘者也就無用慮及了。

如今且說賈雨村授了應天府，一到任就有件人命官司詳至案下，乃是兩家爭買一婢，各不相讓，以致毆傷人命。彼時雨村即拘原告之人來審。那原

引出了薛家，卻先插敘一段李氏與賈蘭。從閱讀上說，不是好辦法。但又無法另寫李紈。長篇小說——特別是忠於生活的長篇，結構上的不得已處比比皆是。

為何處於膏粱錦繡之中有助於在喪偶前提下槁木死灰化呢？是不是在下層百姓中，寡婦身上的繩索稍稍鬆一些？今日讀之，怵目驚心。

又把賈雨村調動出來了。作家的工作，有時近似人事部長呢。

＊毛澤東倡第四回是總綱說，他是作為革命家、政治家，把「紅」定性為「政治小說」，把「紅」的內容定為「賈、王、史、薛四大家族興衰史」，以階級鬥爭為綱來探討的。當然四回極重要，四回確實講到了「四大家族」，言之有理。如果從哲理上掌握，還是第一回開宗明義。

*從愛情、從十二釵的命運及整個人物的命運來看呢，總綱卻是下一章了。一般紅學家最重視、最花力氣破譯的也是第五回。「總綱」多了，還算不算總綱呢？麻就麻煩在「紅」這部書太立體，太「多元」了。誰又能一以制之呢。

告道：「被毆死者乃小人之主人。因那日買了一個丫頭，不想係拐子拐來賣的。這拐子先已得了我家的銀子，我家小主人原說第三日方是好日子，再接入門。這拐子又悄悄的賣與了薛家，被我們知道了，去找拿賣主，奪取丫頭。無奈薛家原係金陵一霸，倚財仗勢，眾豪奴將我小主人竟打死了。兇身主僕已皆逃走，無蹤跡了，只剩了幾個局外之人。小人告了一年的狀，竟無人作主。求太老爺拘拿兇犯，以扶善良，存歿感激天恩不盡！」

雨村聽了大怒道：「豈有這等事！打死了人竟白白走了，拿不來的！」發籤差公人立刻將兇犯家屬拿來拷問。只見案旁立着一個門子，[4]使眼色不令他發籤。雨村心下狐疑，只得停了手，退堂，至密室，令從人退出，只留此門子一人伏侍。門子忙上前請安，笑問：「老爺一向加官進祿，八九年來就忘了我了？」雨村道：「卻十分面善，一時想不起來。」門子笑道：「貴人多忘事，把出身之地竟忘了，不記得當年葫蘆廟裡之事麼？」雨村大驚，方憶起往事。原來這門子本是葫蘆廟裡一個小沙彌，[5]因被火之後，無處安身，想這件生意倒還輕省，耐不得寺院淒涼景況，遂趁年紀尚輕，蓄了髮，充當門子。雨村那裡料得是他，便忙攜手笑道：「原來是故人。」因令坐了好談。這門子不敢坐。雨村笑道：「貧賤之交，不可忘也。此係私室，但坐何妨。」這門子方告了坐，斜簽着坐了。[6]

雨村道：「方才何故不令發籤？」這門子道：「老爺榮任到此，難道就

「拿不來的」即「豈有拿不來的」！「紅」的對白很口語化，故語法意義常不完整。

貴人忘出身，有點幽默了。但門子這樣說，放肆了。有禍生焉。

又是突破時空。

座位學不但考慮「位」，還要考慮坐姿，立如松、坐如鐘，不符合座位學原理。

沒抄一張本省的『護官符』來不成？」雨村忙問：「何為『護官符』？」門子道：「如今凡作地方官者，皆有一個私單，上面寫的是本省最有權勢極富貴的大鄉紳名姓，各省皆然；倘若不知，一時觸犯了這樣的人家，不但官爵，只怕連性命也難保呢！所以叫作『護官符』。方才所説的這薛家老爺，如何惹得他！他這件官司並無難斷之處，從前的官府，都因礙着情分臉面，所以如此。」一面説，一面從順袋中取出一張抄的「護官符」來，遞與雨村，看時，上面皆是本地大族名宦之家的諺俗口碑，云：

賈不假，白玉為堂金作馬。
阿房宮，[7]三百里，住不下金陵一個史。
東海缺少白玉床，龍王來請金陵王。
豐年好大雪，珍珠如土金如鐵。

雨村尚未看完，忽聞傳點，報：「王老爺來拜。」雨村忙具衣冠出去接迎。有頓飯工夫方回來問這門子。門子道：「這四家皆連絡有親，一損俱損，一榮俱榮，扶持遮飾，皆有照應的。今告打死人之薛，就是豐年大雪之薛也。不單靠這三家，他的世交親友在都在外者，本亦不少，老爺如今拿誰去？」雨村聽如此説，便笑問門子道：「如你這樣説來，卻怎麼了結此案？你大約也深知這兇犯躲的方向了？」

門子笑道：「不瞞老爺説，不但這兇犯躲的方向我知道，並這拐賣的人我也

一針見血，直奔主題。此門子堪為大夫師矣。

權貴是官場的主宰，不可不察。

生死攸關！

毛澤東概括為「四大家族」，極是。

哪個王老爺？拜什麼？作者在賣關子。

關係網的力量。

你知道得太多了！

知道，死鬼買主也深知道。待我細說與老爺聽：這個被打死的乃是一個小鄉宦之子，名喚馮淵，父母俱亡，又無兄弟，守着些薄產度日，年紀十八歲，酷愛男風，不甚好女色。這也是前生冤孽，可巧遇見這拐子賣丫頭，他便一眼看上了這丫頭，立意買來作妾，設意不近男色，也不再娶第二個了，所以鄭重其事，必待三日後方進門。誰知這拐子又偷賣與薛家，他意欲捲了兩家的銀子而逃。誰知又走不脫，兩家拿住，打了個半死，都不肯收銀，各要領人。那薛公子豈肯讓人的，便喝令下人動手，將馮公子打了個稀爛，抬回去三日竟死了。這薛公子原早擇下日子要上京去的，既打了馮公子，奪了丫頭，他便如沒事人一般，只管帶了家眷走他的路，並非為此而逃。這人命些些小事，自有他弟兄奴僕在此料理。這且別說，老爺可知這被賣之丫頭為誰？」雨村道：「我如何得知。」門子冷笑道：「這人還是老爺的大恩人呢，他就是葫蘆廟旁住的甄老爺的女兒，小名英蓮的。」雨村駭然道：「原來就是他！聞得他自五歲被人拐去，卻如今才賣呢？」門子道：「這種拐子單拐的是幼女，養至十二三歲帶至他鄉轉賣。當日這英蓮，我們天天哄他頑耍，極相熟的，所以隔了七八年，雖模樣出脱得齊整，然大段未改，所以認得他。且他眉心中原有米粒大的一點胭脂痦，從胎裡帶來的。偏生這拐子又租了我的房舍居住，那日拐子不在家，我也曾問他，他說是被拐子打怕了的，萬不敢說，只說拐子是他親爹，因無錢還債，故賣的。我哄他再四，他又哭了，只說『我原不記得小時之事！』這無可疑了。那日馮公子相見了，兑了銀子，因拐子醉了，英

警惕這種拐子吧！

些些小事，講得好。

蓮自嘆說：『我今日罪孽可滿了！』後又聽見馮公子三日後才令過門，他又轉有憂愁之態。我又不忍。等拐子出去，又叫內人去解釋他：『這馮公子必待好日期來接，可知必不以丫鬟相看，況他是個絕風流人品，家裡頗過得，素性又最厭惡堂客，[8]今竟破價買你，後事不言可知，只耐得三兩日，何必憂悶？』他聽如此說，方略解些，自謂從此得所。誰料天下竟有不如意事，第二日，他偏又賣與了薛家。若賣與第二家還好，這薛公子的混名，人稱他『呆霸王』，最是天下第一個弄性尚氣的人，而且使錢如土，這打了個落花流水，生拖死拽，把個英蓮拖去，如今也不知死活。這馮公子空喜一場，一念未遂，反花了錢，送了命，豈不可嘆！」

雨村聽了，亦嘆道：「這也是他們的孽障遭遇，亦非偶然，不然這馮淵如何偏只看上了這英蓮？這英蓮受了拐子這幾年折磨，才得了個頭路，且又是個多情的，若果聚合了，倒是件美事，偏又生出這段事來。這薛家縱比馮家富貴，想其為人，自然姬妾眾多，淫佚無度，未必及馮淵定情於一人。這正為夢幻情緣，恰遇見一對薄命兒女。且不要議論他人。只目今這官司如何剖斷才好？」門子笑道：「老爺當年何其明決，今日何反成個沒主意的人了！小的聞得老爺補升此任，係賈府王府之力，此薛蟠即賈府之親，老爺何不順水行舟做個人情，將此案了結，日後也好去見賈王二公。」雨村道：「你說的何嘗不是。但事關人命，蒙皇上隆恩，起復委用，正竭力圖報之時，豈可因私枉法？是實不忍為的。」門子聽了，冷笑道：「老爺說的何嘗不是，但如今世上是行不去的。豈不聞古人有言：

是他人，而不是「恩人」之女了。沒主意，是因為善心未全泯，惡得還不透。

把皇上的牌子都打出來了，最後還是得聽「門子」的。不為「皇上」一嘆乎？

『大丈夫相時而動』，又曰：『趨吉避凶者為君子』。依老爺這說，不但不敢報效朝廷，亦且自身不保，還要三思為妥。」

雨村低了頭半日方說道：「依你怎麼樣？」門子道：「小人已想了個極好的主意在此：老爺明日坐堂，只管虛張聲勢，動文書發籤拿人。兇犯自然是拿不來的，原告固是不依，自然將薛家族人及奴僕人等拿幾個來拷問。小的在暗中調停，令他們報個暴病身亡，令族中及地方上共遞一張保呈。老爺只說善能扶鸞[9]請仙，堂上設了乩壇，令軍民人等只管來看。老爺只說：『乩仙批了，死者馮淵與薛蟠原係夙孽，今狹路相遇，原應了結。今薛蟠已得了無名之病，被馮魂追索而死，其禍皆由拐子而起，除將拐子按法處治外，餘不略及』等語。小人暗中囑拐子，令其實招。眾人見乩仙批語與拐子相符，自然不疑了。薛家有的是錢，老爺斷一千也可，五百也可，與了馮家作燒埋之費。那馮家也無甚要緊的人，不過為的是錢，有了銀子也就無話了。老爺細想此計如何？」雨村笑道：「不妥，不妥。等我再斟酌斟酌，或可壓服口聲也罷了。」二人計議已定。

至次日坐堂，勾取一干有名人犯，雨村詳加審問，果見馮家人口稀少，不過賴此欲得些燒埋之銀。薛家仗勢倚情，偏不相讓，故致顛倒未決。雨村便循情枉法，胡亂判斷了此案。馮家得了許多燒埋銀子，也就無甚話說了。雨村便疾忙修書二封，與賈政並京營節度使[10]王子騰，不過說「令甥之事已完，不必過慮」之言，寄去。此事皆由葫蘆廟內沙彌新門子所為，雨村又恐他對人說出當日貧賤時

這是一切官員、而且不僅官員常常面臨的悖論——兩難選擇，不自保焉能報效？枉法以保自己，又哪裡談得上報效？報效難！

請出仙來為護官符所用。仙管得太具體了。

第一，雨村必須遵循門子的護官符辦事。第二，雨村不能一一照辦，否則豈不成了門子的傀儡？第三，一定要處理掉門子。這是合乎官術的。自取其咎。你說得放肆，知得仔細，管得具體；你算什麼東西？

事來，因此心中大不樂意。後來到底尋了他一個不是，遠遠地充發了才罷。

當下言不着雨村。且說那買了英蓮打死馮淵的那薛公子，亦係金陵人氏，本是書香繼世之家，只是如今這薛公子幼年喪父，寡母又憐他是個獨根孤種，未免溺愛縱容些，遂致老大無成。且家中有百萬之富，現領着內帑錢糧，[11]採辦雜料。這薛公子學名薛蟠，表字文起，性情奢侈，言語傲慢，雖也上過學，不過略識幾個字，終日惟有鬥雞走馬，遊山玩景而已。雖是皇商，一應經紀世事全然不知，不過賴祖父舊日的情分，户部掛虛名，支領錢糧，其餘事體自有夥計老家人等措辦。寡母王氏乃現任京營節度使王子騰之妹，與榮國府賈政的夫人王氏，是一母所生的姊妹，今年方四十上下，只有薛蟠一子。還有一女，比薛蟠小兩歲，乳名寶釵，生得肌骨瑩潤，舉止嫻雅。當時他父親在日，極愛此女，令其讀書識字，較之乃兄竟高十倍。自父親死後，見哥哥不能安慰母心，他便不以書字為念，只留心針黹家計等事，好為母親分憂代勞。近因今上崇尚詩禮，徵採才能，降不世之隆恩，除聘選妃嬪外，在世宦名家之女，皆得親名達部，以備選擇為宮主、郡主入學陪侍，充為才人、贊善[12]之職。自薛蟠父親死後，各省中所有的買賣承局、總管、夥計人等，見薛蟠年輕，不諳世事，便趁時拐騙起來，京都幾處生意漸亦消耗。薛蟠素聞得都中乃第一繁華之地，正思一遊，便趁此機會，一來送妹待選，二來望親，三來親自入部銷算舊賬，再計新支，——其實只為遊覽上國風光之意。

*門子的話寫得很細，很具體。老爺的處理寫得很虛。也是「為尊者諱」。少觸犯真正的官場，矛頭瞄得低一點，與人方便，自己方便。不知道喜歡給上司「教壞」的大小「門子」能從此「門子」的遭遇裡汲取點教訓不？有道是「狗改不了吃屎」。

溺愛以至於斯！

寄生性是病根，必然導致沉疴不治。

克己復禮，先人後己，有人無己。

送妹待選，何如此積極？宮中的事是好做的，宮中地方是一個女孩兒去得的麼？

因此早已檢點下行裝細軟，以及饋送親友各色土物人情等類，正擇日起身，不想偏遇了那拐子，買了英蓮。薛蟠見英蓮生得不俗，立意買了，又遇馮家來奪，因恃強喝令手下豪奴將馮淵打死。他便將家中事務一一囑託了族中人並幾個老家人，他便帶了母妹等竟自起身長行去了。人命官司，他卻視為兒戲，自謂花上幾個臭錢，沒有不了的。

在路不計其日。那日已將入都，又聞得母舅王子騰升了九省統制，[13]奉旨出都查邊。薛蟠心中暗喜道：「我正愁進京去有母舅管轄，不能任意揮霍；如今升出去，可知天從人願。」因和母親商議道：「咱們京中雖有幾處房舍，只是這十年來沒人居住，那看守的人未免偷着租賃與人，須得先着人去打掃收拾才好。」他母親道：「何必如此招搖！咱們這進京去，原是先拜望親友，或是在你舅舅處，或是你姨爹家，他兩家的房舍極是寬敞的，咱們且住下，再慢慢的着人去收拾，豈不消停些。」薛蟠道：「如今舅舅正升了外省去，家裡自然忙亂起身，咱們這回子反一窩一拖的奔了去，豈不沒眼色些。」他母親道：「你舅舅雖升了去，還有你姨爹家，況這幾年來，你舅舅姨娘兩處每每帶信捎書，接咱們來。如今既來了，你舅舅雖忙着起身，你賈家的姨娘未必不苦留我們。咱們且忙忙的收拾房子，豈不使人見怪？你的意思我卻知道，守着舅舅姨母住着，未免拘緊了你，不如各住，好任意施為。你既如此，你自去挑所宅子去住，我和你姨娘姊妹們別了這幾年，卻要廝守幾日，我帶了你妹子去投你姨娘家去，你道好不好？」薛蟠見母親

「出差」與「旅遊」相結合，「紅」已有之，「薛」已有之。

至今至少是在香港，喜用「不俗」作為褒語。北方反而少了。

表面上靠臭錢，實際上靠勢力。

如此說，情知扭不過的，只得吩咐人夫一路奔榮國府而來。

那時王夫人已知薛蟠官司一事，虧賈雨村就中維持了，才放了心。又見哥哥升了邊缺，正愁少了娘家的親戚來往，略加寂寞。過了幾日，忽家人報：「姨太太帶了哥兒姐兒，合家進京，在門外下車了。」

喜的王夫人忙帶了人接出大廳來，將薛姨娘等接了進去。姊妹們暮年相見，悲喜交集自不必說。敘了一番契闊，又引着拜見賈母，將人情土物各種酬獻了。合家俱廝見過，又治席接風。

四十上下就算暮年了！還是不能不肯定現代醫學保健與新中國衛生事業的成就。

薛蟠拜見過賈政，賈璉又引着見了賈赦、賈珍等。賈政便使人上來對王夫人說：「姨太太已有了春秋，外甥年輕不知庶務，在外住着恐又要生事，咱們東南角上梨香院一所十來間，白空閒着，叫人打掃了，請姨太太姐兒哥兒住了甚好。」王夫人原要留住，賈母也就遣人來說：「請姨太太就在這裡住下，大家親密些。」薛姨媽正欲同住一處，方可拘緊些兒，若另在外，恐縱性惹禍，遂忙道謝應允。又私與王夫人說明：「一應日費供給一概免卻，方是處常之法。」王夫人知他家不難於此，遂亦從其願。從此後薛家母子就在梨香院中住了。

佔地方不佔開支。務實態度。

原來這梨香院乃當日榮公暮年養靜之所，小小巧巧，約有十餘間房舍，前廳後舍俱全。另有一門通街，薛蟠家人就走此門出入。西南又有一角門，通一夾道，出了夾道便是王夫人正房的東院了。每日或飯後，或晚間，薛姨媽便過來，或與賈母閒談，或與王夫人相敘。寶釵日與黛玉、迎春姊妹等一處，或看書下棋，或

*黛玉進榮府，正戲開場，第三章才進了戲，第四章又岔出去，護官符呀，門子呀，馮淵呀，薛家呀，不得不打斷。一般較單純的作品的「主線」範疇，不很適用於《紅樓夢》。一個作品越是忠於生活，視野開闊，越是必須突破線性結構；它要撒出許多點，延伸許多線，它不是專門盯哪一個人物哪一個事件的，這就更需要功力，使每章每節每段每句都有引人入勝處，即使你尚未進戲，未抓住情節線索，仍然會津津有味地讀下去。

做針黹，倒也十分樂意。只是薛蟠，起初原不欲在賈府中居住，生恐姨父管束，不得自在；無奈母親執意在此，且賈宅中又十分殷勤苦留，只得暫且住下，一面使人打掃出自家的房屋，再移居過去。誰知自此閒住了不上一月，賈宅族中凡有的子侄，俱已認熟了一半，都是那些紈袴氣習，莫不喜與他來往，今日會酒，明日觀花，甚至聚賭嫖娼，無所不至，引誘的薛蟠比當日更壞了十倍。雖說賈政訓子有方，治家有法，一則族大人多，照管不到；二則現在房長乃是賈珍，彼乃寧府長孫，又現襲職，凡族中事，都是他掌管；三則公私冗雜，且素性瀟洒，不以俗事為要，每公暇之時，不過看書着棋而已。況這梨香院相隔兩層房舍，又有街門別開，任意可以出入，這些子弟們可以放意暢懷的。因此遂將移居之念漸漸打滅了。日後如何，下回分解。

因富貴而腐化墮落，擋也擋不住。

開始表現賈政的不中用。

1 **國子祭酒**：「國子」即國子監、太學，為封建社會最高學府。「祭酒」掌管國子監的官員。

2 **《女四書》**：明代萬曆年間把東漢班昭《女誡》、唐宋若莘、宋若昭《女論語》、明成祖徐皇后《內訓》、王相母劉氏《女范捷錄》合刻，稱《女四書》。

3 **《列女傳》**：西漢劉向編撰，記錄古代貞烈賢女的事跡。

4 **門子**：官衙中的侍役。

5 **沙彌**：梵語，佛教稱謂，指落髮受戒的小和尚。

6 **斜簽着坐了**：側身入座，表示謙恭。

7 **阿房宮**：秦代宮名，在今西安市西，後被項羽焚毀。

8 **堂客**：舊時稱男性為「官客」，女性為「堂客」。

9 **扶鸞**：又稱「扶乩」，舊時迷信活動，指召請神鬼，解釋疑難。

10 **京營節度使**：這裡借用古代官名。

11 **內帑錢糧**：宮廷內庫的錢糧。領用內庫錢糧作本錢的商人即下文所說的「皇商」。

12 **才人、贊善**：宮中女官員。

13 **九省統制**：此係作者虛擬的官名。

第五回 賈寶玉神遊太虛境　警幻仙曲演紅樓夢

第四回中既將薛家母子在榮府中寄居等事略已表明，此回則暫不能寫矣。

如今且說林黛玉自在榮府，一來賈母萬般憐愛，寢食起居一如寶玉，而迎春、惜春、探春三個孫女倒且靠後，便是寶玉和黛玉二人之親密友愛處，亦較別個不同，日則同行同坐，夜則同止同息，真是言和意順，如漆如膠。不想如今忽然來了個薛寶釵，年紀雖大不多，然品格端方，容貌美麗，人謂黛玉所不及。而寶釵行為豁達，隨分從時，不比黛玉孤高自許，目無下塵，故深得下人之心。便是那些小丫頭們亦多與寶釵頑笑，因此黛玉心中便有些不忿之意。寶釵卻渾然不覺。那寶玉亦在孩提之間，況自天性所秉一片愚拙偏僻，視姊妹兄弟皆出一意，亦無親疏遠近之別。如今與黛玉同處賈母房中坐臥，故略比別個姊妹熟慣些。既熟慣，則更覺親密；既親密，則未免有求全之毀，不虞之隙。[1]這日不知為何，他二人言語有些不合起來，黛玉又在房中獨自垂淚，寶玉又自悔言語冒撞，前去俯就，那黛玉方漸漸回轉來。

幾句大實話說得明明白白。越研究可就越複雜了。

從第三回對於黛玉的描寫看，實未見孤高自許。

渾然不覺是一種上等狀態，大致可能：一、大智若愚，確實不覺。二、不喜是非，有意「不覺」。三、以不覺勝有覺，以開朗勝計較，不戰而勝，是為上上。四、越有信心就越不需要去覺去察去忿去爭。五、越不覺越處於有利地位，越有「選票」。

*這段綜述，一般地技巧地說，本為小說家所忌，蓋綜合判斷跑到了敘述描寫、情節展開的前面去了，概念走到了藝術表現的前面，作者先期把結論捅給了讀者。然而，大師、巨著，自有不計小節處，由於有真情實感真生活真學問，由於有無數活生生的東西即將表現出來，技巧不再重要，技巧上的失策乃更是不拘一格，化腐朽為神

奇。而缺少總體價值的三流作家三流作品，即使手法講究，也只是化神奇為腐朽。大師就是大師，不服不行。

因東邊寧府花園內梅花盛開，賈珍之妻尤氏乃具酒，請賈母、邢夫人、王夫人等賞花。是日先帶了賈蓉夫妻二人來面請。賈母等於早飯後過來，就在會芳園遊玩，先茶後酒，不過是寧榮二府眷屬家宴，並無別樣新聞趣事可記。

一時寶玉倦怠，欲睡中覺，賈母命人好生哄着，歇息一回再來。賈蓉之妻秦氏便忙笑道：「我們這裡有給寶叔叔收拾下的屋子，老祖宗放心，只管交與我就是了。」親向寶玉的奶娘丫鬟等道：「嬤嬤姐姐們，請寶叔隨我這裡來。」賈母素知秦氏是極妥當的人，生得裊娜纖巧，行事又溫柔和平，乃重孫媳中第一個得意之人，見他去安置寶玉，自是安穩的。

極妥當是什麼意思？為何賈母素知秦氏極妥當？第一得意又是與誰比出來的？又強調一次安穩。不免欲擒故縱，令讀者警覺，關注她的妥當與否了。

當下秦氏引了一簇人來至上房內間。寶玉抬頭看見是一幅畫貼在上面，人物固好，其故事乃是燃藜圖[2]也，心中便有些不快。又有一幅對聯，寫的是：

世事洞明皆學問，人情練達即文章。

及看了這兩句，縱然室宇精美，鋪陳華麗，亦斷斷不肯在這裡了，忙說：「快出去！快出去！」秦氏聽了笑道：「這裡還不好，往那裡去呢？不然往我屋裡去吧。」寶玉點頭微笑。有一嬤嬤說道：「那裡有個叔叔往侄兒媳婦房裡睡覺的禮？」秦氏笑道：「哎喲，不怕他惱，他能多大了，就忌諱這些麼！上月你沒有看見我那個兄弟來了，雖然和寶叔同年，兩個人若站在一處，只怕那個還高些呢。」寶玉道：「我怎麼沒有見過他，你帶他來我瞧瞧。」眾人笑道：「隔着二三十里，那裡帶去，見的日子有呢。」說着大家來至秦氏房中。剛至房中，便有一股細細的甜香襲人，寶玉便覺得眼餳[3]骨軟，連說「好香！」入房向壁上看時，有唐伯虎[4]畫的《海棠春睡圖》，兩邊有宋學士秦太虛[5]寫的一對聯云：

嫩寒鎖夢因春冷，芳氣襲人是酒香。

案上設着武則天當日鏡室中設的寶鏡，[6]一邊擺着趙飛燕立着舞的金盤，[7]盤內盛着安祿山擲過傷了太真乳的木瓜。[8]上面設着壽昌公主於含章殿下臥的寶榻，[9]懸的是同昌公主製的連珠帳。[10]寶玉含笑道：「這裡好！這裡好！」秦氏笑道：「我這屋子大約神仙也可以住得的。」說着親自展開了西子浣過的紗衾，[11]移了紅娘抱過的鴛枕。[12]於是眾奶姆伏侍寶玉臥好了，款款散去，只留下襲人、秋紋、晴雯、麝月四個丫鬟為伴。秦氏便分付小丫鬟們，好生在檐下看着貓兒打架。

那寶玉才合上眼，便恍恍惚惚的睡去，猶似秦氏在前，遂悠悠蕩蕩隨了秦氏至一所在。但見朱欄玉砌，綠樹清溪，真是人跡不逢，飛塵罕到。寶玉在夢中歡喜，想道：「這個去處有趣，我就在這裡過一生，雖然失了家也願意，強如天天被父母先生打去。」忽胡思之間，聽見山後有人作歌曰：

春夢隨雲散，飛花逐水流；
寄言眾兒女，何必覓閒愁。

寶玉聽了是女兒的聲氣。歌音未息，早見那邊走出一個麗人來，蹁躚裊娜，與凡人不同。有賦為證：

什麼香？

這種氣味是極富性感的。底下種種描寫亦富性的暗示。

此室端的不凡，無怪乎劉心武倡秦可卿別有（大）來歷說，猜測秦是金枝玉葉，因家庭在政治風波中遭到厄運，才被賈府保護在府中。

俏皮。引起了許多紅學家的疑心。

這就叫感覺，這就是東方意識流。

夢不忘打，寶玉其實老實可憐。

認清萬物的好景不長，變動不羈，能銷愁乎？更添愁乎？

方離柳塢，[13]乍出花房。但行處，鳥驚庭樹；將到時，影度迴廊。仙袂[14]乍飄兮，聞麝蘭之馥郁；荷衣[15]欲動兮，聽環佩之鏗鏘。靨笑春桃兮，雲堆翠髻；唇綻櫻顆[16]兮，榴齒[17]含香。盼纖腰之楚楚兮，風回雪舞；[18]耀珠翠之輝煌兮，鴨綠鵝黃。[19]出沒花間兮，宜嗔宜喜；徘徊池上兮，若飛若揚。蛾眉顰笑兮，將言而未語；蓮步[20]乍移兮，欲止而欲行。羨彼之良質兮，冰清玉潤；[21]慕彼之華服兮，閃爍文章。[22]愛彼之容貌兮，香培玉篆；[23]美彼之態度兮，鳳翥龍翔。[24]其素若何，春梅綻雪；其潔若何，秋蕙披霜。其靜若何，松生空谷。其艷若何，霞映澄塘。其文若何，龍游曲沼。其神若何，月射寒江。應慚西子，實愧王嬙。[25]奇矣哉，生於孰地，來自何方；信矣乎，瑤池[26]不二，紫府[27]無雙。果何人哉？若斯之美也！

寶玉見是一個仙姑，喜的忙來作揖笑問道：「神仙姐姐不知從那裡來，如今要往那裡去？我也不知這裡是何處，望乞攜帶攜帶。」那仙姑道：「吾居離恨天之上，灌愁海之中，乃放春山遣香洞太虛幻境警幻仙姑是也：司人間之風情月債，掌塵世之女怨男癡。因近來風流冤孽纏綿於此，是以前來訪察機會，佈散相思。今日與爾相逢，亦非偶然。此離吾境不遠，別無他物，僅有自採香茗一盞，親釀美酒一甕，素練魔舞歌姬數人，新填《紅樓夢》仙曲十二支，可試隨我一遊否？」寶玉聽了，喜躍非常，便忘了秦氏在何處，竟隨了仙姑，至一所在，有石牌橫建，上書「太虛幻境」四大字，兩邊一副對聯，乃是：

假作真時真亦假，無為有處有還無。

加點詩詞歌賦，一為賣弄才學，二為調劑節奏、調劑閱讀興味，否則八十萬乃至一百二十萬字讀下來，誰不疲勞？三為刻畫、補充敘述。

曰離恨，曰愁，曰虛曰幻，曰債，曰怨曰癡，曰冤孽，本應最美好最幸福最屬於生命自身的愛情弄成了什麼樣子！沒有比這更愚蠢、更罪過的了。

此處已標明忘了秦氏。

又一次真假有無的遊戲。

*信仰上的宿命論與文學上的宿命感，內涵與價值十分不同。如果一個人告訴我們，我們的命運是寫好在一個什麼簿冊——內分正冊、副冊、又副冊，而由一位仙姑或仙叔保管的，我們只能對這種小兒科式的迷信付之一笑。顯然，這是把人間的檔案雛形搬到了仙界，這種說法根本不足掛齒。

轉過牌坊，便是一座宮門，上橫書四個大字，道是：「孽海情天」。又有一副對聯，大書云：

厚地高天，堪嘆古今情不盡；
癡男怨女，可憐風月債難酬。

寶玉看了，心下自思道：「原來如此。但不知何為『古今之情』，又何為『風月之債』？從今倒要領略領略。」寶玉只顧如此一想，不料早把些邪魔招入膏肓了。當下隨了仙姑進入二層門內，只見兩邊配殿皆有匾額對聯，一時看不盡許多，惟見幾處寫着的是：「癡情司」、「結怨司」、「朝啼司」、「暮哭司」、「春感司」、「秋悲司」。看了，因向仙姑道：「敢煩仙姑引我到那各司中遊玩遊玩，不知可使得？」仙姑道：「此中各司貯的是普天之下所有的女子過去未來的簿冊，爾凡眼塵軀，未便先知的。」寶玉聽了，那裡肯依，復央之再四。警幻便看這司的匾說：「也罷，就在此司內隨喜隨喜[28]罷。」寶玉喜不能勝，抬頭看這司的匾上，乃是「薄命司」三字，兩邊寫着對聯道：

春恨秋悲皆自惹，花容月貌為誰妍。

寶玉看了，便知感嘆。進入門中，只見有十數個大櫥，皆用封條封着。看那封條上，皆有各省字樣。寶玉一心只揀自己家鄉的封條看。只見那邊櫥上封條大書：「金陵十二釵正冊」。寶玉因問：「何為『金陵十二釵』？」

邪魔招入膏肓！愛使人如此抬不起頭。自戕也。

愛情的悲劇性與生命的悲劇性。社會的與超社會的——自來的。

*文學描寫是另一回事。作為人們對於自己主宰不了自己的命運的悲哀而又無可奈何的感受，作為只好如此、敗在命運面前的可憐的人類個體的悲哀和知其究裡的渴望與幻想，表達為一個故事化、文學化的太虛幻境經歷，我們只能為之嗟嘆，為之悲哀，我們讀完了這些簿子上的判詞只能感到肅穆、畏懼、痛惜，乃至為之驚心動魄。至於這個幻境是否真實，並不重要，假作真時真亦假。幻境即使是假的，幻滅感、宿命感、

警幻道：「即貴省中十二冠首女子之冊，故為正冊。」寶玉道：「常聽人説，金陵極大，怎麼只十二個女子？如今單我們家裡，上上下下，就有幾百個女孩子兒。」警幻微笑道：「貴省女子固多，不過擇其緊要者錄之，兩邊兩櫥則又次之。餘者庸常之輩，則無冊可錄矣。」寶玉再看下首一櫥上，寫「金陵十二釵副冊」，又一櫥上，寫着「金陵十二釵又副冊」。寶玉便伸手先將又副冊櫥門開了，拿出一本冊來，揭開看時，只見這首頁上畫的，既非人物，亦非山水，不過是水墨滃染[29]滿紙烏雲濁霧而已。後有幾行字跡，寫道是：

太虛幻境中，也不可能人人平等。

烏雲濁霧下的人生。

霽月[30]難逢，彩雲易散。心比天高，身為下賤。風流靈巧招人怨。壽夭多因誹謗生，多情公子空牽念。

「心比天高」云云，概括得精當而又殘酷！

痛惜！

寶玉看了，又見後面畫着一簇鮮花，一床破蓆，也有幾句言詞，寫道是：

枉自溫柔和順，空云似桂如蘭；
堪羨優伶有福，誰知公子無緣。

「枉自」，「空云」，「堪羨」，「誰知」，還是有感情的。

遺憾！

寶玉看了不解。遂擲下這個，去開了副冊櫥門，拿起一本冊來，揭開看時，只見畫着一枝桂花，下面有一池沼，其中水涸泥乾，蓮枯藕敗，後面書云：

根並荷花一莖香，平生遭際實堪傷。
自從兩地生孤木，致使香魂返故鄉。

哀傷。

寶玉看了又不解，又去取正冊看。只見頭一頁上便畫着兩株枯木，木上懸着一圍玉帶；又有一堆雪，雪下一股金釵。也有四句詩道：

痛苦、遺憾、無能為力而又戀戀難捨的感覺都是真的，比紀實文學報告文學新聞報道還真。文學承認客觀反映的真實，也承認主觀感受的真實，即使這種感受從認識論反映論的意義上可以判定為不真實也罷。

可嘆停機德，[31]誰憐詠絮才。[32]
玉帶林中掛，金釵雪裡埋。

釵黛合一，不是說兩個人處處合一，而是指作為曹雪芹以及賈寶玉的女性理想、審美理想，二人的各自的特點結合起來，就是完美，就是理想了。釵黛在理想、在幻境判詞中可以合一。在現實中只能分離乃至爭鬥。固可嘆也。

寶玉看了仍不解，待要問時，知他必不肯泄漏天機；待要丟下，又不捨。遂往後看時，只見畫着一張弓，弓上掛着一香櫞。也有一首歌詞云：

二十年來辨是非，榴花開處照宮闈。
三春怎及初春景，虎兕相逢大夢歸。

元春的判詞有宿命的威嚴。

後面又畫着兩人放風箏，一片大海，一隻大船，船中有一女子掩面泣涕之狀。也有四句寫云：

才自清明志自高，生於末世運偏消。
清明涕泣江邊望，千里東風一夢遙。

「末世」云云，夠刺激的。

後面又畫幾縷飛雲，一灣逝水。其詞曰：

富貴又何為，襁褓之間父母違。
展眼吊斜暉，湘江水逝楚雲飛。

湘雲。

後面又畫着一塊美玉，落在泥污之中，其斷語云：

欲潔何曾潔，云空未必空。
可憐金玉質，終陷淖泥中。

妙玉。

後面忽畫一惡狼，追撲一美女，欲啖之意。其書云：

子係中山狼，得志便猖狂。

迎春判詞平平。

金閨花柳質，一載赴黃粱。

後面便是一所古廟，裡面有一美人在內看經獨坐。其判云：

勘破三春景不長，緇衣[33]頓改昔年妝。可憐繡戶侯門女，獨臥青燈古佛旁。

惜春。

後面便是一片冰山，上有一隻雌鳳。其判云：

凡鳥偏從末世來，都知愛慕此生才。

又是末世。

一從二令三人木，哭向金陵事更哀。

王熙鳳。

後面又是一座荒村，野店裡有一美人在那裡紡績。其判曰：

勢敗休云貴，家亡莫論親。

巧姐。

偶因濟劉氏，巧得遇恩人。

詩後又畫一盆茂蘭，旁有一位鳳冠霞帔的美人。也有判云：

桃李春風結子完，到頭誰似一盆蘭。

李紈。

如冰水好空相妒，枉與他人作笑談。

詩後又畫一座高樓，上有一美人懸樑自盡。其判云：

情天情海幻情身，情既相逢必主淫。

可卿。

漫言不肖皆榮出，造釁開端實在寧。

寶玉還欲看時，那仙姑知他天分高明，性情穎慧，恐泄漏天機，便掩了卷冊，笑問寶玉道：「且隨我去遊玩奇景，何必在此打這悶葫蘆！」

寶玉恍恍惚惚，不覺棄了卷冊，又隨警幻來至後面。但見朱簾繡幕，畫棟

恍恍惚惚，有點涉筆下意識的意思。

雕檐，說不盡的光搖朱户金鋪地，雪照瓊窗玉作宮。更見仙花馥郁，異草芳芬，真個好所在。又聽警幻笑道：「你們快出來迎接貴客！」一言未了，只見房中走出幾個仙子來，皆是荷袂蹁躚，羽衣飄舞，嬌若春花，媚如秋月。一見了寶玉，都怨謗警幻道：「我們不知係何『貴客』，忙的接了出來！姐姐曾說，今日今時必有絳珠妹子的生魂前來遊玩，故我久待，何故反引這濁物來污染這清淨女兒之境？」

寶玉聽如此說，便嚇得欲退不能，果覺自形污穢不堪。警幻忙攜住寶玉的手，向眾姊妹笑道：「你等不知原委：今日原欲往榮府去接絳珠，適從寧府經過，偶遇榮寧二公之靈，囑吾云：『吾家自國朝定鼎[34]以來，功名奕世，[35]富貴流傳，已歷百年，奈運終數盡，不可挽回。我等之子孫雖多，竟無可以繼業者。惟嫡孫寶玉一人，稟性乖張，性情怪譎，雖聰明靈慧，略可望成，無奈吾家運數合終，恐無人規引入正，幸仙姑偶來，可望先以情慾聲色等事警其癡頑，或能使彼跳出迷人圈子，入於正路，亦吾兄弟之幸矣。』如此囑吾，故發慈心，引彼至此。先以彼家上中下三等女子之終身冊籍，令彼熟玩，尚未覺悟；故引彼再到此處，令其歷飲饌聲色之幻，或冀將來一悟，未可知也。」

說畢，攜了寶玉入室，但聞一縷幽香，不知所聞何物。寶玉遂不住相問。警幻冷笑道：「此香塵世中所無，爾何能知！此係諸名山勝境初生異卉之精，合各種寶林珠樹之油所製，名為群芳髓。」寶玉聽了，自是羡慕而已。大家入座，小

又扯出黛玉的前生來了。

濁物！

不知與弗洛伊德所論自卑心理有無干涉。

信筆開河，隨意性嘍。隨意性也是小說創作的一個契機，正像意圖性、刻意性是不可少的一樣。

扯上二公，有為自己找詞兒打掩護即拉旗為皮之意。似乎「紅」書不離教化宗旨，這裡有作者設防的色彩。

覺悟本佛家語。新中國成立後常講階級覺悟政治覺悟，借佛語通佛理也。

又是幽香，不能不想到秦氏房中之香。

鬟捧上茶來，寶玉自覺香味清美，迥非常品。因又問何名。警幻道：「此茶出在放春山遣香洞，又以仙花靈葉上所帶宿露而烹，此茶名曰：『千紅一窟』。」寶玉聽了，點頭稱賞。因看房內，瑤琴、寶鼎、古畫、新詩，無所不有；更喜窗下亦有唾絨，[36]奩間時漬粉污。壁上亦有一副對聯，書云：

幽微靈秀地，無可奈何天。

寶玉看畢，無不羨慕。因又請問眾仙姑姓名：一名癡夢仙姑，一名鍾情大士，一名引愁金女，一名度恨菩提，各各道號不一。少刻，有小鬟來調桌安椅，擺設酒饌，真是：瓊漿滿泛玻璃盞，玉液濃斟琥珀杯。更不用再說此饌之盛。寶玉因此酒香洌異常，又不禁相問。警幻道：「此酒乃以百花之蕊，萬木之汁，加以麟髓之醅、鳳乳之麯釀成，因名為『萬艷同杯』。」寶玉稱賞不迭。

飲酒間，又有十二個舞女上來，請問演何調曲。警幻道：「就將新製《紅樓夢》十二支演上來。」舞女們答應了，便輕敲檀板，款按銀箏，聽他歌道是：

開闢鴻蒙

方歌一句，警幻道：「此曲不比塵世中所填傳奇之曲，必有生旦淨末之則，又有南北九宮之調。[37]此或詠嘆一人，或感懷一事，偶成一曲，即可譜入管弦，若非個中人，不知其中之妙。料爾亦未必深明此調。若不先閱其稿，後聽其曲，反成嚼蠟矣。」說畢，回頭命小鬟取了《紅樓夢》原稿來，遞與寶玉。寶玉接過來，一面目視其文，耳聆其歌曰：

博採方能精用。

與後面的在妙玉那裡品茶呼應。

一哭。

中華料理，一直料理到了幻境。我們確有重視食文化的傳統。

同悲。

插話的傳統。「紅」已有之。

〔紅樓夢引子〕開闢鴻蒙，誰為情種？都只為風月情濃。奈何天，傷懷日，寂寥時，試遣愚衷。因此上，演出那，這悲金悼玉的《紅樓夢》。

〔終身誤〕都道是金玉良緣，俺只念木石前盟。空對著，山中高士晶瑩雪；終不忘，世外仙姝寂寞林。嘆人間，美中不足今方信。縱然是齊眉舉案，[38]到底意難平。

〔枉凝眉〕一個是閬苑[39]仙葩，一個是美玉無瑕。若說沒奇緣，今生偏又遇着他；若說有奇緣，如何心事終虛話？一個枉自嗟呀，一個空勞牽掛。一個是水中月，一個是鏡中花。想眼中能有多少淚珠兒，怎經得秋流到冬，春流到夏。

卻說寶玉聽了此曲，散漫無稽，未見得好處；但其聲韻淒婉，竟能銷魂醉魄。因此也不問其原委，也不究其來歷，就暫以此釋悶而已。因又看下面道：

〔恨無常〕喜榮華正好，恨無常又到。眼睜睜，把萬事全拋。蕩悠悠，芳魂消耗。望家鄉，路遠山高。故向爹娘夢裡相尋告：兒命已入黃泉，天倫呵，須要退步抽身早！

〔分骨肉〕一帆風雨路三千，把骨肉家園齊來拋閃。恐哭損殘年，告爹娘，休把兒懸念。自古窮通皆有定，離合豈無緣？從今分兩地，各自保平安。奴去也，莫牽連。

〔樂中悲〕襁褓中，父母嘆雙亡。縱居那綺羅叢，誰知嬌養？幸生來，英豪闊大寬宏量，從未將兒女私情略縈心上。好一似，霽月光風耀玉堂。廝配得才貌仙

又是釵黛並提。

「俺」與「都」的對立。

有情人終不成眷屬。

釵與黛分開了。

可解釋為只寫寶黛，亦可解釋為統寫寶對釵、黛的感情。皆通。多義性。不必強求一解。

不甚解——不問其原委，不知其來歷——也可以欣賞——銷魂醉魄釋悶，這是一種講直覺講感覺的接受美學。

郎，博得個地久天長，準折得幼年時坎坷形狀，終久是雲散高唐，水涸湘江。[40]這是塵寰中消長數應當，何必枉悲傷。

〔世難容〕氣質美如蘭，才華馥比仙，天生成孤癖人皆罕。你道是啖肉食腥膻，視綺羅俗厭；卻不知好高人愈妒，過潔世同嫌。可嘆這，青燈古殿人將老；辜負了，紅粉朱樓春色闌。到頭來，依舊是風塵骯髒違心願。一似無瑕白玉遭泥陷；又何須，王孫公子嘆無緣。

愈妒，同嫌，人間煩惱仍是逃避不成。

〔喜冤家〕中山狼，無情獸，全不念當日根由，一味的驕奢淫蕩貪歡媾。覷着那，侯門艷質同蒲柳；作踐的，公府千金似下流。嘆芳魂艷魄，一載蕩悠悠。

有性虐待的暗示。

〔虛花悟〕將那三春看破，桃紅柳綠待如何？把這韶華打滅，覓那清淡天和。說什麼，天上夭桃盛，雲中杏蕊多。到頭來，誰見把秋捱過？則看那，白楊村裡人嗚咽，青楓林下鬼吟哦。更兼着，連天衰草遮墳墓。這的是，昨貧今富人勞碌，春榮秋謝花折磨。似這般，生關死劫誰能躲？聞說道，西方寶樹喚婆娑，[41]上結着長生果。

〔聰明累〕機關算盡太聰明，反算了卿卿性命。前生心已碎，死後性空靈。家富人寧，終有個家亡人散各奔騰。枉費了，意懸懸半世心，好一似，蕩悠悠三更夢。忽喇喇似大廈傾，昏慘慘似燈將盡。呀！一場歡喜忽悲辛。嘆人世，終難定！

〔留餘慶〕留餘慶，留餘慶，忽遇恩人；幸娘親，幸娘親，積得陰功。勸人生，濟困扶窮，休似俺那愛銀錢忘骨肉的狠舅奸兄！正是乘除加減，上有蒼穹。

〔晚韶華〕鏡裡恩情，更那堪夢裡功名！那美韶華去之何迅！再休提繡帳鴛衾。只這戴珠冠，披鳳襖，也抵不了無常性命。雖說是，人生莫受老來貧，也須要陰騭[42]積兒孫。氣昂昂頭戴簪纓；光燦燦胸懸金印；威赫赫爵祿高登；昏慘慘黃泉路近。問古來將相可還存？也只是虛名兒與後人欽敬。

〔好事終〕畫樑春盡落香塵。擅風情，秉月貌，便是敗家的根本。箕裘頹墮[43]皆從敬，家事消亡首罪寧。宿孽總因情。

〔飛鳥各投林〕為官的，家業凋零；富貴的，金銀散盡；有恩的，死裡逃生；無情的，分明報應。欠命的，命已還；欠淚的，淚已盡。冤冤相報豈非輕，分離聚合皆前定。欲知命短問前生，老來富貴也真僥倖。看破的，遁入空門；癡迷的，枉送了性命。好一似食盡鳥投林，落了片白茫茫大地真乾淨！

歌畢，還又歌副歌。警幻見寶玉甚無趣味，因嘆：「癡兒竟尚未悟！」那寶玉忙止歌姬不必再唱，自覺朦朧恍惚，告醉求臥。警幻便命撤去殘席，送寶玉至一香閨繡閣中，其間鋪陳之盛，乃素所未見之物。更可駭者，早有一位女子在內，其鮮艷嫵媚，有似乎寶釵，風流裊娜，則又如黛玉。正不知何意，忽警幻道：「塵世中多少富貴之家，那些綠窗風月，繡閣煙霞，皆被淫污紈袴與那些流蕩女子悉皆玷辱。更可恨者，自古來，多少輕薄浪子，皆以『好色不淫』為解，又以『情而不淫』作案，此皆飾非掩醜之語也。好色即淫，知情更淫。是以巫山之會，雲雨之歡，皆由既悅其色、復戀其情所至也。吾所愛汝者，乃天下古今第一淫人

「從敬」、「罪寧」云云，包含的內容似比後面寫出來的更多。

悲哀至極，到了這一步反而透亮。真乾淨，甚至是轉悲為喜了呀！

亦釵亦黛，理想女性，幻境中所有，人間所無者也。

靈肉統一。

也。」

寶玉聽了，唬的忙答道：「仙姑差了。我因懶於讀書，家父母尚每垂訓飭，豈敢再冒『淫』字。況且年紀尚幼，不知『淫』為何物。」警幻道：「非也。淫雖一理，意則有別。如世之好淫者，不過悅容貌，喜歌舞，調笑無厭，雲雨無時，恨不能天下之美女供我片時之趣興，此皆皮膚濫淫之蠢物耳。如爾則天分中生成一段癡情，吾輩推之為『意淫』。唯『意淫』二字可心會而不可口傳，可神通而不能語達。汝今獨得此二字，在閨閣中固可為良友，然於世道中未免迂闊怪詭，百口嘲謗，萬目睚眥。[44]今既遇令祖寧榮二公剖腹深囑，吾不忍君獨為我閨閣增光，而見棄於世道，故引子前來，醉以美酒，沁以仙茗，警以妙曲，再將吾妹一人，乳名兼美，表字可卿者，許配與汝。今夕良時，即可成姻。不過令汝領略此仙閨幻境之風光尚然如此，何況塵境之情景哉？而今後，萬萬解釋，改悟前情，留意於孔孟之間，委身於經濟之道。」說畢，便秘授以雲雨之事，推寶玉入房中，將門掩上自去。

意淫，其實就是愛情。

此可卿即彼可卿乎？非彼可卿乎？亦難得要領，留待讀者見仁見智。用這種辦法鼓勵寶玉改弦更張，留意孔孟，似匪夷所思。自欺乎？欺人乎？太過辯證乎？見解高超，常人難解乎？

那寶玉恍恍惚惚，依警幻所囑之言，未免有兒女之事，難以盡述。至次日，便柔情繾綣，軟語溫存，與可卿難解難分。因二人攜手出去遊玩之時，忽然至一個所在，但見荊榛遍地，虎狼同行，迎面一道黑溪阻路，並無橋樑可通。正在猶豫之間，忽見警幻從後追來，說道：「快休前進，作速回頭要緊！」寶玉忙止步問道：「此係何處？」警幻道：「此即迷津[45]也。深有萬丈，遙亙千里，中無舟

人生者，迷津也。

楫可通，只有一個木筏，乃木居士[46]掌柁，灰侍者[47]撐篙，不受金銀之謝，但遇有緣者渡之。爾今偶遊至此，設如墮落其中，則深負我從前諄諄警戒之語矣。」話猶未了，只聽迷津內響如雷聲，有許多夜叉[48]海鬼將寶玉拖將下去。嚇得寶玉汗下如雨，一面失聲喊叫：「可卿救我！」嚇得襲人輩眾丫鬟忙上來摟住，叫：「寶玉不怕，我們在這裡！」

卻說秦氏正在房外囑咐小丫頭們好生看着貓兒狗兒打架，忽聽寶玉在夢中喚她的小名，因納悶道：「我的小名這裡從無人知道，他如何知得，在夢中叫出來？」正在不解，且聽下回分解。

誰不納悶？

*歷來紅學家重視此回，以之為推測人物命運，推測被認為是佚散了的最後四十回內容的依據。

從純小說閱讀的角度來看，這一回的最大作用是先把悲劇的結局告訴讀者，把虛無的感受傳達給讀者，底下再怎麼寫，都處在一種過來人的追憶的色調之中。這實是對時間這個因子的極靈動極大氣的處理。終將滅亡的陰影籠罩着全書，蓋第一回與第五回之功也。

《百年孤獨》上有一些對時間翻過來掉過去的處理，「紅」已略有之。

1 **求全之毀，不虞之隙**：化用《孟子．離婁上》：「有不虞之譽，有求全之毀」句，意為求全責備，反而發生一些意想不到的誤會。

2 **燃藜圖**：是一幅以漢代劉向勤學苦讀為內容的圖畫。晉代王嘉《拾遺記》載：劉向夜坐讀書，有黃衣老人以手持之藜杖燃火，為之照明。

3 **眼餳**：形容朦朧欲睡時眼皮黏澀的感覺。

4 **唐伯虎**：明代畫家唐寅，字伯虎。

5 **秦太虛**：宋代詞人秦觀，字少游、太虛。

6 **武則天當日鏡室設的寶鏡**：武則天，名曌，唐高宗后，高宗死後，自立為帝，為中國唯一之女皇帝。傳說武則天曾造一鏡殿，四壁皆設大鏡。

7 **趙飛燕立着舞的金盤**：趙飛燕，漢成帝后，身輕善舞，曾作盤中舞。

8 **安祿山擲過傷了太真乳的木瓜**：安祿山，唐玄宗時的叛將。太真，唐玄宗貴妃楊玉環，號太真。傳說楊玉環與安祿山關係曖昧，安祿山曾以指爪傷貴妃胸乳，為隱晦其事，以「擲木瓜」代「指爪」。

9 **壽昌公主於含章殿下臥的寶榻**：壽昌公主，應為壽陽公主。壽陽公主是南朝宋武帝劉裕之女，《太平御覽．時序部》載，壽陽公主人日（正月初七）臥於含章殿檐下，梅花落於公主額上，是為梅花妝。榻：一種矮床。

10 **同昌公主製的連珠帳**：同昌公主，唐懿宗之女，宅中設連珠帳。連珠帳即珍珠連穿而成的帳子。

11 **西子浣過的紗衾**：西施（西子）未入吳宮前為越國浣紗女子。衾，被子。原本缺「西子」二字，據補。

12 **紅娘抱過的鴛枕**：紅娘是《西廂記》中崔鶯鶯的使女，鶯鶯與張生幽會時，紅娘曾為送衾枕。以上借一系列古代香艷的典故，形容秦氏房中的陳設。

13 **柳塢**：此處指柳林。

14 **袂**：衣袖。

15 **荷衣**：仙人的裝束。

16 **櫻顆**：形容紅唇如櫻桃。

17 **榴齒**：形容牙齒如石榴子。

18 **「盼纖腰」二句**：形容腰肢纖細，體態輕盈飄逸，如空中隨風飄舞的雪花。

19 **「耀珠翠」二句**：形容首飾的光彩金碧輝煌。

20 **蓮步**：《南史．齊東昏侯紀》載東昏侯鑿金蓮花鋪地，令潘妃行其上，曰步步生蓮。後用以形容美人的步態。

21 **「羨彼」二句**：形容美人的品性，器質高潔。

22 **「慕彼」二句**：形容美人服飾燦爛華美。文章，花紋。

23 **「愛彼」二句**：形容美人如香料造就，美玉雕出一般。

24 **「美彼」二句**：讚美美人的神態灑脫飄逸如龍飛鳳舞。

25 **王嬙**：字昭君，漢元帝宮人。後嫁匈奴呼韓邪單于。為古代著名美人。

26 **瑤池**：神話傳說中西王母所居之地。

27 **紫府**：神話傳說中神仙的住地。

28 **隨喜**：佛教用語，指參與佛事。

29 **水墨滃染**：國畫技法，指烘托渲染。

30 **霽月**：指雨過天晴後的明月。

31 **停機德**：《後漢書．列女傳》載，樂羊子遊學，半途而歸，妻子停織機以織物為寸絲積累而成為喻，勸導丈夫向學。

32 **詠絮才**：《世說新語》載，謝安的侄女謝道蘊才華出眾，曾用「未若柳絮因風起」句形容雪，博得讚賞。

33 **緇衣**：黑衣，指僧尼的服裝。

34 **定鼎**：開國建立新王朝稱「定鼎」。

35 **奕世**：累世之意。

36 **唾絨**：古代婦女做針線時，用嘴咬斷並唾出的絲絨線頭。

37 **南北九宮之調**：戲曲音樂術語。指北曲宮調、南曲宮調。九宮調指五宮四調，即正宮、中宮、南宮、仙宮、黃鐘宮、大石調、雙調、商調、越調。

38 **齊眉舉案**：是東漢梁鴻、孟光夫妻故事，孟光為梁鴻送飯，將食案舉至齊眉的高度，以示恭敬。後用以稱夫妻相敬如賓。

39 **閬苑**：傳說中神仙居處。

40 **雲散高唐**：宋玉《高唐賦》寫楚懷王夢會巫山神女的故事。此處說「雲散高唐」表達夫妻分離。

41 **婆娑**：即娑羅，木名，相傳釋迦牟尼在此樹下涅槃。

42 **陰騭**：即陰德。

43 **箕裘頹墮**：箕裘，箕指簸箕，裘是皮衣，比喻先人事業。「箕裘頹墮」指子弟不肖，不能繼承祖業。

44 **睚眥**：怒目而視。

45 **迷津**：佛家用語，津，江河渡口，「迷津」謂迷失本性的虛妄之地。

46 **木居士**：指木製佛像。

47 **灰侍者**：指泥塑的僧像。

48 **夜叉**：梵語，天龍八部之一。後泛指惡鬼。

第六回　賈寶玉初試雲雨情　劉老老一進榮國府

卻說秦氏因聽見寶玉在夢中喚他的乳名，心中自是納悶，不好細問。彼時寶玉迷迷惑惑，若有所失。眾人忙端上桂圓湯來，喝了兩口，遂起身整衣。襲人伸手與他繫褲帶時，剛伸手至大腿處，只覺冰冷一片黏濕，唬的忙退出手來，問是怎麼了。寶玉紅漲了臉，把他的手一捻。襲人本是個聰明女子，年紀又比寶玉大兩歲，近來也漸省人事，今見寶玉如此光景，心中便覺察了一半，不覺羞的紅漲了臉，不敢再問。仍舊理好了衣裳，隨至賈母處來，胡亂吃過晚飯，過這邊來。

襲人趁眾奶娘丫鬟不在旁時，另取出一件中衣[1]與寶玉換上。寶玉含羞央道：「好姐姐，千萬別告訴別人！」襲人含羞笑問道：「你夢見什麼故事了？是那裡流出來的那些髒東西？」寶玉道：「一言難盡。」便把夢中之事細說與襲人知了。說至警幻所授雲雨之情，羞的襲人掩面伏身而笑。寶玉亦素喜襲人柔媚姣俏，遂與襲人同領警幻所訓雲雨之事。襲人自知係賈母將他與了寶玉的，今便如此，亦不為越理，遂和寶玉偷試了一番，幸無人撞見。自此寶玉視襲人更與別個不同，襲人待寶玉越發盡職。暫且別無話說。

可卿是人，可卿是夢中的仙，是寶玉的意識流。人的可卿並不了解夢中的仙的可卿。感受主體寶玉，以及雪芹，以及讀者卻隱隱感到了人的可卿與夢的仙的下意識中的可卿的聯繫，乃至與賈寶玉的黏濕生理現象的聯繫。這一處理，實在是妙極了，「先進」極了。作家的經驗、真情實感再加上才華，常常走在科學——如生理學——的前面。

問得嗲。

是東西髒還是研究處理得髒呢？

越不越理，作者其實提出了一個疑問。雪芹精於反語正說，問話斷說（明明是疑問卻作出明確判斷）。

按榮府一宅中合算起來，人口雖不多，從上至下也有三百餘口；事雖不多，一天也有一二十件，竟如亂麻一般，並沒有個頭緒可作綱領。正思從那一件事那一個人寫起方妙，卻好忽從千里之外，芥豆之微，小小一個人家，因與榮府略有些瓜葛，這日正往榮府中來，因此便就這一家說起，倒還是個頭緒。

原來這小小之家，姓王，乃本地人氏，祖上曾做過一個小小京官，昔年曾與鳳姐之祖、王夫人之父認識，因貪王家的勢利，便連了宗，[2]認作侄兒。那時只有王夫人之大兄、鳳姐之父與王夫人隨在京的，知有此一門遠族，餘者皆不知也。目今其祖早故，只有一個兒子，名喚王成，因家業蕭條，仍搬出城外原鄉中住了。王成亦相繼身故，有子，小名狗兒。娶妻劉氏，生子，小名板兒，又生一女，名喚青兒。一家四口，以務農為業。因狗兒白日間又作些生計，劉氏又操井臼等事，[3]青板姊弟兩個無人管着，狗兒遂將岳母劉老老接來一處過活。這劉老老乃是個久經世代的老寡婦，膝下又無子息，只靠兩畝薄田度日。如今女婿接了養活，豈不願意，遂一心一計幫着女兒女婿過活起來。

因這年秋盡冬初，天氣冷將上來，家中冬事未辦，狗兒未免心中煩慮，吃了幾杯悶酒，在家閒尋氣惱，劉氏不敢頂撞。因此劉老老看不過，乃勸道：「姑爺，你別嗔着我多嘴。咱們村莊人家，那一個不是老老誠誠，守着多大碗兒吃多大的飯。你皆因年小時託着那老的福，吃喝慣了，如今所以把持不定。有了錢就顧頭不顧尾，沒了錢就瞎生氣，成了什麼男子漢大丈夫了。如今咱們雖離城住着，

又岔開去了。初試雲雨本是主要人物的主要情節之一，是近乎主線上的事，偏偏輕輕帶過，竟扯到劉老老身上去了。真敢攤開了寫，撒開了寫。

久經世代的老寡婦，當然是「博士後」的水平。

與賈府的超高消費成為對比。

終是天子腳下。這長安城中，遍地皆是錢，只可惜沒人會去拿罷了。在家跳蹋[4]也沒用。」狗兒聽了道：「你老只會在炕頭上坐着混說，難道叫我打劫去不成？」劉老老說：「誰叫你打劫去呢。也到底大家想個方法兒才好，不然那銀子錢會自己跑到咱們家裡來不成？」狗兒冷笑道：「有法兒還等到這會子呢。我又沒有收稅的親戚，作官的朋友，有什麼法子可想的？便有也只怕他們未必來理我們呢！」

不患無錢，患「不會拿」。

劉老老道：「這倒也不然。謀事在人，成事在天。咱們謀到了，靠菩薩的保佑，有些機會，也未可知。我倒替你們想出一個機會來。當日你們原是和金陵王家連過宗的，二十年前，他們看承你們還好；如今是你們拉硬屎，[5]不肯去俯就他，故疏遠起來。想當初我和女兒還去過一遭。他家的二小姐着實爽快，會待人的，倒不拿大。如今現是榮國府賈二老爺的夫人。聽得他們說，如今上了年紀，越發憐貧恤老，最愛齋僧佈施。如今王府雖升了邊任，只怕二姑太太還認的咱們。你何不去走動走動，或者他還念舊，有些好處，亦未可知。只要他發一點好心，拔一根寒毛，比咱們的腰還壯呢。」劉氏一旁接口道：「你老說的是，你我這樣嘴臉，怎麼好到他門上去，只怕他那門上人也不肯去通報，沒的去打嘴現世。」

＊寫賈府，先通過冷子興的演說，再通過林黛玉的初至，意猶未盡，再通過劉老老與板兒的眼光，旁看，大(面上)看，保持一定的距離看，然後方可言投入。

誰知狗兒利名心重，聽如此說，心下便有些活動起來。又聽他妻子這番話，便笑接着道：「老老既如此說，況且當日你又見過這姑太太一次，何不你老人家明日就去走一遭，先試試風頭看。」劉老老道：「噯喲！可是說的，『侯門似海』，我是個什麼東西，他家人又不認得，我去了也是白去的。」狗兒道：「不妨，我教你個法兒：你竟帶了外孫小板兒，先去找陪房[6]周瑞，若見了他，就有些意思了。這周瑞先時曾和我父親交過一樁事，我們本極好的。」劉老老道：「我也知道。只是許多時不走動，知道他如今是怎樣。這說不得的了，你又是個男人，這樣個嘴臉，自然去不得；我們姑娘年輕媳婦，也難賣頭賣腳去，[7]倒還是捨了我這副老臉去碰一碰。果然有些好處，也大家有益。」當晚計議已定。

次日天未明時，劉老老便起來梳洗了，又將板兒教了幾句話：五六歲的孩子，聽見帶了他進城逛去，便喜的無不應承。於是劉老老帶了板兒進城，至寧榮街。來至榮府大門前石獅子旁，只見簇簇的轎馬，劉老老便不敢過去，且撣撣衣服，又教板兒幾句話，然後蹲在角門前。只見幾個挺胸凸肚指手畫腳的人，坐在大門上，說東談西的。劉老老只得挨上來問：「太爺們納福。」眾人打諒了他一會，便問：「是那裡來的？」劉老老陪笑道：「我找太太的陪房周大爺的，煩那位太爺替我請他出來。」那些人聽了都不睬他，半日方說：「你遠遠的那牆腳下等着，一會子他們家裡有人就出來的。」內中有一年老的說道：「不要誤了他的事，何苦耍他。」因問劉老老道：「那周大爺往南邊去了。他住後一帶住着，他娘子卻在家。你從這邊繞到後街門上找就是了。」

劉老老謝了，遂攜着板兒繞至後門上，只見門上歇着些生意擔子，也有賣

狗兒忽然門檻精起來了。與那吃了幾杯酒，鬧尋氣惱的形象不甚一致。

先「哈囉」後問路，古今中外都是這個禮貌。

老惜老，還好。

吃的，也有賣頑耍的物件，鬧吵吵三二十個孩子在那裡廝鬧。劉老老便拉住一個道：「我問哥兒一聲，有個周大娘可在家麼？」孩子道：「那個周大娘？我們這周大娘有三個呢，還有兩位周奶奶，不知是那一行當上的？」劉老老道：「他是太太的陪房。」孩子道：「這個容易，你跟我來。」引着劉老老進了後院，至一院牆，指道：「這就是他家。」忙又叫道：「周大媽，有個老奶奶來找你呢。」

周瑞家的在內，忙迎了出來問：「是那位？」劉老老迎上來問了個「好呀，周嫂子！」周瑞家的認了半日，方笑道：「劉老老，你好呀！你說，這幾年不見，我就忘了。請家裡坐。」劉老老一面走，一面笑說道：「你老是貴人多忘事了，那裡還記得我們。」說着來至房中。周瑞家的命僱的小丫頭倒上茶來吃着。周瑞家的又問板兒：「倒長了這麼大了！」又問了些別後閒話。又問：「劉老老今日還是路過，還是特來的？」劉老老便說：「原是特來瞧瞧你嫂子，二則也請請姑太太的安。若可以，領我見一見更好；若不能，便藉嫂子轉致意罷了。」

得體。

周瑞家的聽了，便已猜着幾分來意。只因他丈夫昔年爭買田地一事，多得狗兒之力，今見劉老老如此，心中難卻其意；二則也要顯弄自己的體面。便笑說：

人情是寶，人情是債。

「老老你放心。大遠的誠心誠意來了，豈有個不叫你見個正佛去的。論理，人來客至回話，卻不與我相干。我們這裡都是各佔一樣兒：我們男的只管春秋兩季地租，閒時只帶着小爺們出門就完了。我只管跟太太奶奶們出門的事。皆因你老是太太的親戚，又拿我當個人，投奔了我來，我竟破個例，與你通個信去。但只一件，老老有所不知，我們這裡不比五年前了。如今太太不大理事，都是璉二奶奶當家了。你道這璉二奶奶是誰？就是太太內侄女兒，當日大舅老爺的女兒，小名鳳哥的。」劉老老聽了，罕問道：「原來是他！怪道呢，我當日就說他不錯的。這等說來，我今兒還得見了他。」周瑞家的道：「這個自然的。如今有客來，都是這鳳姑娘周旋接待。今兒寧可不見太太，倒要見他一面，才不枉走這一遭兒。」劉老老道：「阿彌陀佛！這全仗嫂子方便了。」周瑞家的說：「老老說那裡話來。俗語說的：『自己方便，與人方便。』不過用我一句話兒，那裡費了我什麼事。」說着，便喚小丫頭到倒廳[8]上悄悄的打聽，老太太屋裡擺了飯沒有。小丫頭去了。這裡二人又說了些閒話。

劉老老因說：「這位鳳姑娘今年不過二十歲罷了，就這等有本事，當這樣的家，可是難得的。」周瑞家的聽了道：「嗐，我的老老，告訴不得你呢。這位鳳姑娘年紀雖小，行事卻比是人都大呢。如今出挑的美人一般的模樣兒，少說些有一萬個心眼子，再要賭口齒，十個會說的男人也說不過他呢。回來你見了，就知道了。就只一件，待下人未免嚴了些。」說着，小丫頭回來說：「老太太屋裡已擺完了飯，二奶奶在太太屋裡呢。」周瑞家的聽了，連忙起身，催着劉老老走：「這一下來，他吃飯是個空兒，咱們先等着去了，若遲一步，回事的人多了，就難說話，再歇了中覺，越發沒了時候了。」說着，一齊下了炕，整頓衣服，又教了板兒幾句話，隨着周瑞家的，逶迤往賈璉的住宅來。

既是介紹權力格局，又是從旁、大、遠處介紹鳳姐。

前面是一通買好，然後表示不費事，目的是為了讓對方安心，是禮貌，卻又小有虛偽。禮貌和真率常難得兼。

心眼與口齒，人的法寶。

能幹未免嚴，寬厚又常被識為無能。

先至倒廳，周瑞家的將劉老老安插在那裡略等一等，自己先過影壁，走進了院門，知鳳姐未出來，先找着了鳳姐的一個心腹通房大丫頭，[9]名喚平兒的。周瑞家的先將劉老老起初來歷說明，又說：「今日大遠的來請安。當日太太是常會的，今兒不可不見，所以我帶了他進來了，等奶奶下來，我細細回明，諒奶奶也不責我莽撞的。」平兒聽了，便作了個主意：「叫他們進來，先在這裡坐着就是了。」周瑞家的方出去領了他們進來。上了正房台階，小丫頭打起了猩紅氈簾，才入堂屋，只聞一陣香撲了臉來，竟不辨是何氣味，身子便似在雲端裡一般。滿屋中之物都是耀眼爭光，使人頭暈目眩。劉老老此時點頭咂嘴唸佛而已。於是引他到東邊這間屋裡，乃是賈璉的大女兒睡覺之所。平兒站在炕沿邊，打諒了劉老老兩眼，只得問個好，讓了坐。劉老老見平兒遍身綾羅，插金戴銀，花容月貌的，便當是鳳姐兒了。才要稱姑奶奶，只見周瑞家的說：「他是平姑娘。」又見平兒趕着周瑞家的叫他周大娘，方知不過是個有體面的丫頭。於是讓劉老老和板兒上了炕，平兒和周瑞家的對面坐在炕沿上，小丫頭們倒了茶來吃了。

劉老老只聽見咯當咯當的響聲，大有似乎打籮櫃篩麵[10]的一般，不免東瞧西望的。忽見堂屋中柱子上掛着一個匣子，底下又墜着一個秤砣般一物，卻不住的亂幌。劉老老心中想着：「這是什麼東西，有啥用呢？」正呆時，陡聽的噹的一聲，又若金鐘銅磬一般，倒唬了一跳。展眼接着又是一連八九下。方欲問時，只見小丫頭們一齊亂跑，說：「奶奶下來了。」平兒與周瑞家的忙起身，說：「劉

是步驟，是排場，也是一個重要人物的出現。

陌生化的效果。主觀鏡頭的效果。全知角度與人物視角並存，不拘，是大家風範。

掛鐘，來自西洋，引進的。

老老只管坐着，等是時候，我們來請你。」説着，迎出去了。

劉老老只屏聲側耳默候。只聽遠遠有人笑聲，約有一二十個婦人，衣裙窸窣，漸入堂屋，往那邊屋內去了。又見三兩個婦人都捧着大紅漆盒，進這邊來等候。聽得那邊説道：「擺飯」，漸漸的人才散出去，只有伺候端菜幾人。半日鴉雀不聞，忽見兩個人抬了一張炕桌來，放在這邊炕上，桌上碗盤擺列，仍是滿滿的魚肉在內，不過略動了幾樣。板兒一見了，便吵着要肉吃，劉老老一巴掌打了開去。忽見周瑞家的笑嘻嘻走過來，招手兒叫他。劉老老會意，於是帶着板兒下炕，至堂屋中，周瑞家的又和他唧唧了一會，方蹭到這邊屋內。

嘖嘖！

只見門外銅鉤上懸着大紅灑花軟簾，南窗下是炕，炕上大紅條氈，靠東邊板壁立着一個鎖子錦[11]靠背與一個引枕，鋪着金心綠閃緞[12]大坐褥，旁邊有銀唾盒。那鳳姐家常帶着紫貂昭君套，[13]圍着那攢珠勒子，[14]穿着桃紅灑花襖，石青刻絲灰鼠披風，大紅洋縐銀鼠皮裙，粉光脂艷，端端正正坐在那裡，手內拿着小銅火箸兒撥手爐[15]內的灰。平兒站在炕沿邊，捧着小小的一個填漆[16]茶盤，盤內一個小蓋鍾。鳳姐也不接茶，也不抬頭，只管撥手爐的灰，慢慢的道：「怎麼還不請進來？」一面説，一面抬身要茶時，只見周瑞家的已帶了兩個人立在面前了。這才忙欲起身；猶未起身，滿面春風的問好，又嗔周瑞家的怎麼不早説。劉老老已是在地下拜了數拜，問姑奶奶安。鳳姐忙説：「周姐姐，攙着不拜罷，我年輕，不大認得，可也不知是什麼輩數，不敢稱呼。」周瑞家的忙回道：「這就是我才

多麼有身份！多麼自我感覺良好！換個旁人，裝也裝不像，演也演不出來的。這是極高明的表演，有意識的表演，有時毫不做作的流露。最好的技巧是無技巧，最好的表演是無表演。

回的那個老老了。」鳳姐點頭。劉老老已在炕沿上坐下了。板兒便躲在他背後，百般的哄他出來作揖，他死也不肯。

鳳姐笑道：「親戚們不大走動，都疏遠了。知道的呢，説你們棄厭我們，不肯常來；不知道的那起小人，還只當我們眼裡沒有人似的。」劉老老忙唸佛道：「我們家道艱難，走不起，來了這裡，沒的給姑奶奶打嘴，就是管家爺們看着也不像。」鳳姐笑道：「這話沒的叫人噁心。不過藉賴着祖父虛名，作個窮官兒罷了。誰家有什麼，不過是個舊日的空架子。俗語説，『朝廷還有三門子窮親呢』，何況你我。」説着又問周瑞家的回了太太沒有。周瑞家的道：「如今等奶奶的示下。」鳳姐兒道：「你去瞧瞧，要是有人有事就罷，得閒呢就回，看怎麼説。」周瑞家的答應去了。

一切言談、動作、道理、姿態屬於王熙鳳！您佔得也太全了！

這裡鳳姐叫人抓些果子與板兒吃。剛問了幾句閒話時，就有家下許多媳婦管事的來回話。平兒回了。鳳姐道：「我這裡陪客呢，晚上再來回。若有要緊的，你就帶進現辦。」平兒出去，一會進來説：「我問了，沒什麼緊事，我就叫他們散了。」鳳姐點頭，只見周瑞家的回來，向鳳姐道：「太太説了，今日不得閒，二奶奶陪着便一樣的。多謝費心想着。白來逛逛呢便罷；若有甚説的，只管告訴二奶奶，都是一樣。」劉老老道：「也沒甚説的，不過是來瞧瞧姑太太、姑奶奶，也是親戚們情分。」周瑞家的説道：「沒有什麼説的便罷；若有話，只管回二奶奶，是和太太一樣的。」一面説，一面遞眼色與劉老老。劉老老會意，未語先飛紅的臉，

搭橋是必要的。

欲待不說，今日又所為何來？只得忍恥道：「論理今日初次見姑奶奶，卻不該說的，只是大遠的奔了你老這裡來，少不得說了。」剛說到這裡，只聽二門上小廝們回說：「東府裡小大爺進來了。」鳳姐忙止道：「劉老老，不必說了。」一面便問：「你蓉大爺在那裡呢？」只聽一路靴子響，進來了一個十七八歲的少年，面目清秀，身材夭嬌，[17]輕裘寶帶，美服華冠。劉老老此時坐不是，立不是，藏沒處藏。鳳姐笑道：「你只管坐着，這是我侄兒。」劉老老方扭扭捏捏在炕沿上坐了。

不說就滿足，廉價了。說完，俗透了，噁心了。讓你飛紅了臉，忍恥先說了，又不讓你說完，不讓你失望，這才是會施恩的。

廉價的應允與「直露滿」以後的應允都不漂亮，也不能給求幫者留下深刻印象。

賈蓉笑道：「我父親打發我來求嬸子，說上回老舅太太給嬸子的那架玻璃炕屏，[18]明日請一個要緊的客，借去略擺一擺就送過來的。」鳳姐道：「遲了一日，昨兒已給了人了。」賈蓉聽說，便嘻嘻的笑着，在炕沿子上下個半跪道：「嬸子若不借，我父親又說我不會說話了，又捱了一頓好打呢。嬸子只當可憐侄兒罷。」鳳姐笑道：「也沒見我們王家的東西都是好的。你們那裡也放着那些好東西，只是看不見我的東西才罷，一見了就要想拿去。」賈蓉笑道：「只求開恩吧！」鳳姐道：「碰壞一點，你可仔細你的皮！」因命平兒拿了樓門上鑰匙，傳幾個妥當人來抬去。賈蓉喜的眉開眼笑，忙說：「我親自帶了人拿去，別由他們亂碰。」說着便起身出去了。

又一個岔。生活不能單一。

賴皮而又自信。

這鳳姐忽又想起一事來，使向窗外叫：「蓉兒回來。」外面幾個人接聲說：「蓉大爺快回來。」賈蓉忙轉回來，垂手侍立，聽何指示。那鳳姐只管慢慢地吃茶，出了半日神，方笑道：「罷了，你且去罷。晚飯後你來再説罷。這會子有人，我也沒精神了。」賈蓉方慢慢退去。

這兒老老身心方安，便説道：「我今日帶了你侄兒，不為別的，只因他爹娘在家裡連吃的也沒有。天氣又冷了，只得帶了你侄兒奔了你老來。」説着又推板兒道：「你爹在家裡怎麼教你的？打發咱們來作煞事的？只顧吃果子呢。」鳳姐早已明白了，聽他不會説話，因笑止道：「不必説了，我知道了。」因問周瑞家的道：「這老老不知可用了早飯沒有呢？」劉老老忙道：「一早就往這裡趕，那裡還有吃飯的工夫咧。」鳳姐忙命快傳飯來。一時周瑞家的傳了一桌客饌來，擺在東邊屋裡，過來帶了劉老老和板兒過去吃飯。鳳姐説：「周姐姐好生讓着些兒，我不能陪了。」於是過東邊房裡來。鳳姐又叫過周瑞家的去道：「方才回了太太，説了些什麼？」周瑞家的道：「太太説，他們原不是一家，是當年他們的祖與老太爺在一處做官，因連了宗的，這幾年不大走動。當時他們來了，卻也從沒空過的。今來瞧瞧我們，也是他們好意，不可簡慢了他。便有什麼話説，叫二奶奶裁奪着就是了。」鳳姐聽了，説道：「怪道，既是一家子，我如何連影兒也不知道。」

説話間，劉老老已吃完了飯，拉了板兒過來，舔唇咂嘴的道謝。鳳姐笑道：「且請坐下，聽我告訴你老人家。方才的意思，我已知道了，論親戚之間，原該不待上門來就有照應才是。但如今家中事情太多，太太上了年紀，一時想不到是有的。況我接着管事，都不大知道這些親戚們。一則外面看着雖是烈烈轟轟，不知大有大的難處，説與人也未必信呢。今你既大遠的來了，又是頭一次兒向我張

留下空白。

寫表面現象，令讀者猜測其潛台詞。

不知道卻又待得這樣好，難得。

能聽鳳姐講這麼多話，也是面子！

大有大的難處，五十年代後期與六十年代，我

口，怎好叫你空手回去。可巧昨兒太太給我的丫頭們做衣裳的二十兩銀子，還沒動呢，你不嫌少，且先拿了去用罷。」

那劉老老先聽見告艱苦，只當是沒想頭了；又聽見給他二十兩銀子，喜的眉開眼笑道：「我們也知艱難的。但俗語道：『瘦死的駱駝比馬還大些』，憑他怎樣，你老拔一根寒毛比我們的腰還壯哩！」周瑞家的在旁，聽見他說的粗鄙，只管使眼色止他。鳳姐笑而不睬，叫平兒把昨日那包銀子拿來，再拿一串錢來，都送至劉老老跟前。鳳姐道：「這是二十兩銀子，暫且給這孩子們做件冬衣罷。改日無事，只管來逛逛，方是親戚們的意思。天也晚了，不虛留你們了，到家該問好的都問個好兒。」一面說，一面就站了起來了。

劉老老只管千恩萬謝的，拿了銀錢，隨周瑞家的走至外廂。周瑞家的道：「我的娘，你怎麼見了他倒不會說了？開口就是『你侄兒』。我說句不怕你惱的話，便是親侄兒，也要說和軟些。那蓉大爺才是他的侄兒呢，他怎麼又跑出這樣侄兒來了。」劉老老笑道：「我的嫂子，我見了他，心眼兒愛還愛不過來，那裡還說上話兒來。」二人說着，又到周瑞家坐了片刻。劉老老要留下一塊銀與周家的孩子們買果子吃，周瑞家的如何放在眼裡，執意不肯。劉老老感謝不盡，仍從後門去了。未知劉老老去後如何，且聽下回分解。

們常引用這句話分析超級大國的不足懼。宇宙的統一性表現為物質的統一性，也表現為事體情理的統一性。

粗鄙也罷，奉承起來仍令人不十分反感。只要決心奉承，不分粗細，成功率不會太低。

這埋怨也很親切，套近乎。

*劉老老進大觀園，如有神人助，到處綠燈。本來可以想像，侯門似海，劉老老能見熙鳳就夠難以相信的了，況及其他；完全吃閉門羹也是可能或更為可能的也。金克木教授就對於劉老老三進大觀園的真實可信性提出懷疑。竊以為，這就是小說了。小說的真實畢竟不全同於生活的真實，小說的真實往往是生活的可能性或然性與作家創作的必要性——為完成主題或人物或場面或情節或調劑或遊戲筆墨服務——的契合。作為小說觀之，這一段有趣可讀有參差，至少也沒有做到令人反感，這就行了。

1 **中衣：**即內褲。

2 **連了宗：**同姓而無宗族關係的人，認作本家，稱「連宗」。

3 **井臼等事：**指家務事。

4 **跳蹋：**俗語，意近「折騰」「鬧騰」。

5 **拉硬屎：**俗語，擺架子，充硬氣之意。

6 **陪房：**舊時女子出嫁，由嫁家攜至夫家的僕人、僕婦，稱「陪房」。

7 **賣頭賣腳：**拋頭露面之意。

8 **倒廳：**即與正房朝向相反的廳房。

9 **通房大丫頭：**與主人同居，但沒有姨太太身份的使女，稱「通房丫頭」。

10 **打籮櫃篩麵：**一種腳踏篩麵機，篩麵時發出有節奏的響聲，這裡形容掛鐘的聲音。

11 **鎖子錦：**一種用金線織出鎖形連環花紋的錦緞。

12 **閃緞：**緞料之一種，在光線下閃爍不定，有明暗變化。

13 **昭君套：**一種包住額頭的女用皮帽，因形似戲劇中昭君出塞時所戴之帽，故名。

14 **勒子：**一種帽箍。

15 **手爐：**暖手用的銅製小爐。

16 **填漆：**一種漆器工藝，於器物上雕花填彩，然後磨平即是填漆工藝。

17 **夭嬌：**應「夭矯」，身材靈活自如的樣子。

18 **炕屏：**擺在炕上，作為裝飾的一種座屏。

第七回　送宮花賈璉戲熙鳳　寧國府寶玉會秦鐘

話說周瑞家的送了劉老老去後，便上來回王夫人話。誰知王夫人不在上房。問丫鬟們，方知往薛姨媽那邊閒話去了。周瑞家的聽說，便出東角門至東院，往梨香院來。剛至院門前，只見王夫人的丫鬟金釧兒，和那一個才留了頭[1]的小女孩兒站在台階上頑。見周瑞家的來了，便知有話來回，因向內努嘴兒。

周瑞家的輕輕掀簾進去，只見王夫人和薛姨媽長篇大套的說些家務人情等話。周瑞家的不敢驚動，遂進裡間來。只見薛寶釵家常打扮，頭上只挽鬢兒，[2]坐在炕裡邊，伏在小炕几上同丫鬟鶯兒正描花樣子呢。見他進裡來，寶釵便放下筆，轉身來，滿面堆笑讓：「周姐姐坐。」周瑞家的也忙陪笑問道：「姑娘好？」一面炕沿邊坐了，因說：「這有兩三天也沒見姑娘到那邊逛逛去，只怕是你寶兄弟衝撞了你不成？」寶釵笑道：「那裡的話。只因我那種病又發了兩天，所以且靜養兩日。」周瑞家的道：「正是呢，姑娘到底有什麼病根兒，也該趁早請個大夫認真醫治。小小的年紀倒作下個病根，也

*賈璉戲熙鳳，入回目，有跡象，避其內容，這是可以理解的，畢竟是與熙鳳，下筆需禮貌些，不比多姑娘、鮑二家的，可以遊戲筆墨，寫其「下流」。會秦鐘亦入回目。這兩件事又有多大意義呢？

安分守己。

堆笑與陪笑，互相尊重總是可喜。

雖然「那裡的話」，周瑞家的問得事出有因。

不是頑的。」寶釵聽説，笑道：「再不要提起。為這病根也不知請了多少大夫，吃了多少藥，花了多少錢呢，總不見一點效驗。後來還虧了一個禿頭和尚，專治無名之病，因請他看了。他説我這是從胎裡帶來的一股熱毒，幸而我先天結壯，還不相干，若吃丸藥，是不中用的。他就説了一個海上方，[3]又給了一包末藥作引，[4]異香異氣的。他説發了時，吃一丸就好。倒也奇怪，這倒效驗些。」

周瑞家的因問道：「不知是什麼海上方？姑娘説了，我們也好記，説與人知道，倘遇見這樣的病，也是行好的事。」

寶釵笑道：「不問這方兒還好，若問這方，真真把人瑣碎壞了。東西藥料一概都有限，易得的，只難得『可巧』二字：要春天開的白牡丹花蕊十二兩，夏天開的白荷花蕊十二兩，秋天的白芙蓉蕊十二兩，冬天的白梅花蕊十二兩，將這四樣花蕊，於次年春分這日曬乾，和在藥末一處，一齊研好。又要雨水這日的天落水十二錢……」周瑞家的忙笑道：「噯喲，這樣説來，這就得三年的工夫。倘或雨水這日不下雨，可又怎處呢？」寶釵笑道：「所以了，那裡有這樣可巧的雨，也只好再等罷了。還要白露這日的露水十二錢，霜降這日的霜十二錢，小雪這日的雪十二錢。把這四樣水調勻，和了龍眼大的丸子，盛在舊磁罈內，埋在花根底下，若發了病時，拿出來吃一丸，用十二分黃柏煎湯送下。」

周瑞家的聽了笑道：「阿彌陀佛，真巧死了人！等十年都未必這樣巧呢。」

寶釵道：「竟好，自他説了去後，一二年間可巧都得了，好容易配成一料。如今

又是和尚，超驗的力量。

花粉素，今天也是肯定的。

對節氣（曆法）的敬畏來自天象崇拜。

從南帶至北，現埋在梨花樹下。」周瑞家的又道：「這藥本有名字沒有呢？」寶釵道：「有。這也是那癩和尚說下的，叫作『冷香丸』。」周瑞家的聽了點頭兒，因又說：「這病發了時，到底覺怎樣？」寶釵道：「也不覺什麼，只不過喘嗽些，吃一丸也就罷了。」

周瑞家的還要說話時，忽聽王夫人問道：「誰在裡頭？」周瑞家的忙出去答應了，便回了劉老老之事。略待半刻，見王夫人無話，方欲退出去。薛姨媽忽又笑道：「你且站住。我有一宗東西，你帶了去吧。」說着便叫香菱。簾櫳響處，才和金釧兒頑的那個小丫頭進來了，問：「奶奶叫我作什麼？」薛姨媽道：「把那匣子裡的花兒拿來。」香菱答應了，向那邊捧了個小錦匣兒來。薛姨媽道：「這是宮裡頭做的新鮮花樣兒堆紗花[5]十二枝。昨兒我想起來，白放着可惜舊了，何不給他們姊妹們戴去。昨兒要送去，偏又忘了。你今兒來得巧，就帶了去罷。你家的三位姑娘，每位二枝，下剩六枝，送林姑娘兩枝，那四枝給鳳姐兒罷。」王夫人道：「留着給寶丫頭戴也罷了，又想着他們。」薛姨媽道：「姨媽不知道，寶丫頭古怪呢，他從來不愛這些花兒粉兒的。」

說着，周瑞家的拿了匣子，走出房門，見金釧兒仍在那裡曬日陽。周瑞家的因問他道：「那香菱小丫頭子，可就是時常說的臨上京時買的，為他打人命官司的那個小丫頭子？」金釧道：「可不就是他。」正說着，只見香菱笑嘻嘻的走來。周瑞家的便拉了他的手，細細的看了一回，因向金釧兒笑道：「這個模樣兒，竟

這一段關於冷香丸的「海上」奇譚的內涵令人把握不住。如此的奇巧蹊蹺到底透露了什麼信息呢？巧得有些造作了。病本身卻又輕描淡寫。都說「紅」的謎多，寶釵的病藥也是一個謎。

又，與周瑞家的何至於講如此多的話，莫非有關係學的考慮？

抱樸守沖。

有些像咱們的東府裡蓉大奶奶的品格。」金釧笑道：「我也是這麼說呢。」周瑞家的又問香菱：「你幾歲投身到這裡？」又問：「你父母今在何處？今年十幾歲了？本處是那處人？」香菱聽問，搖頭說：「不記得了。」周瑞家的和金釧兒聽了，倒反為嘆息感傷一回。

評價甚高！

一時周瑞家的攜花至王夫人正房後，原來近日賈母說孫女們太多，一處擠着倒不便，只留寶玉黛玉二人在這邊解悶，卻將迎春、探春、惜春三人移到王夫人這邊三間抱廈內居住，令李紈陪伴照管。如今周瑞家的故順路先往這裡來。只見幾個小丫頭兒都在抱廈內聽呼喚默坐。迎春丫鬟司棋與探春的丫鬟侍書二人正掀簾子出來，手裡都捧着茶盤茶鍾。周瑞家的便知他姊妹在一處坐着，也進入內房，只見迎春探春二人正在窗下圍棋。周瑞家的將花送上，說明原故。他二人忙住了棋，都欠身道謝，命丫鬟們收了。

殊寵。

周瑞家的答應了。因說：「四姑娘不在房裡，只怕在老太太那邊呢。」丫鬟們道：「在那屋裡不是？」周瑞家的聽了，便往這邊屋裡來。只見惜春正同水月庵的小姑子智能兩個一處頑笑。見周瑞家的進來，惜春便問他何事。周瑞家的便將花匣打開，說明原故。惜春笑道：「我這裡正和智能兒說，我明兒也剃了頭，同他作姑子去，可巧兒又送了花來；若剃了頭，卻把這花戴在那裡？」說着，大家取笑一回，惜春命丫鬟入畫來收了。

直奔主題。

周瑞家的因問智能：「你是什麼時候來的？你師父那禿歪剌[6]那裡去了？」

智能道：「我們一早就來了。我師父見過太太，就往于老爺府裡去了，叫我在這裡等他呢。」周瑞家的又道：「十五的月例香供銀子可得了沒有？」智能道：「不知道。」惜春聽了，便問周瑞家的：「如今各廟月例銀子是誰管？」周瑞家的道：「是余信管着。」惜春聽了笑道：「這就是了。他師父一來，余信家的就趕上來，和他師父唧咕了半日，想就是為這事了。」那周瑞家的又和智能兒嘮叨了一回，便往鳳姐處來。

穿夾道，從李紈後窗下，越過西花牆，出西角門進入鳳姐院中。走至堂屋，只見小丫頭豐兒坐在鳳姐的房門檻上，見周瑞家的來了，連忙擺手兒，叫他往東屋裡去。周瑞家的會意，忙的躡手躡腳的往東邊房裡來。只見奶子拍着大姐兒睡覺呢。周瑞家的悄問奶子：「姐兒睡中覺呢？也該請醒了。」奶子搖頭兒。正問着，只聽那邊一陣笑聲，卻有賈璉的聲音。接着房門響處，平兒拿着大銅盆出來，叫豐兒舀水去。平兒便進這邊來，一見了周瑞家的便問：「你老人家又來作什麼？」周瑞家的忙起身，拿匣子與他，說送花來。平兒聽了，便打開匣子，拿了四枝，轉身去了。半刻工夫，手裡拿出兩枝來，先叫彩明來吩咐他，「送到那邊府裡，給小蓉大奶奶戴。」次後方命周瑞家的回去道謝。

關係網。關係裡套着關係。

周瑞家的這才往賈母這邊來。過了穿堂，頂頭忽見他的女兒打扮着才從他婆家來。周瑞家的忙問：「你這會子跑來作什麼？」他女兒說：「媽一向身上好？我在家裡等了這半日，媽竟不去，什麼事情這樣忙的不回家？我等煩了，自己先到了老太太跟前請了安了。這會子請太太安去。媽還有什麼不了的差事？手裡是什麼東西？」周瑞家的笑道：「噯，今兒偏生來了個劉老老，我自己多事，為他跑了半日；這會子被姨太太看見了，叫送這幾枝花兒與姑娘奶奶們，這會子還沒送完呢。你這會子來，一定有什麼事情的。」他女兒笑道：「你老人家倒會猜着，實對你老人家說，你女婿因前兒多吃了幾杯酒，和人分爭起來，不知怎的被人放了一把邪火，說他來歷不明，告到衙門裡，要遞解還鄉，[7]所以我來和你老人家商議商議，這個情分，求那一個可了事？」周瑞家的道：「我就知道的。這有什麼大不了的！你且家去等我，我送這林姑娘的花兒去了就回家來。此時太太二奶奶都不得閒兒，你回去等我，這有什麼忙的。」他女兒聽說便回去了，還說：「媽，好歹快來。」周瑞家的道：「小人兒家沒經過什麼事的，就急得這樣的。」說着，便到黛玉房中去了。

誰知此時黛玉不在自己房裡，卻在寶玉房中，大家解九連環[8]作戲。周瑞家的進來笑道：「林姑娘，姨太太着我送花來與姑娘戴。」寶玉聽說，便說：「什麼花？拿來與我看。」一面便伸手接過來了。開匣看時，原來是兩枝宮製堆紗新巧的假花。黛玉只就寶玉手中看了一看，便問道：「還是單送我一人，還是別的姑娘們都有的？」周瑞家的道：「各位都有了，這兩枝是姑娘的了。」黛玉冷笑道：「我就知道，不挑剩下的也不給我。」周瑞家的聽了，一聲兒不言語。寶玉問道：「周姐姐，你作什麼到那邊去了？」周瑞

遞解還鄉，「紅」已有之。

黛玉的態度與寶釵的滿臉堆笑，長談交流及迎春、探春的欠身道謝成為對比。

* 黛玉初進府的表現與現下的表現大相徑庭。因是時間長了放鬆了自我控制，卻也有當着心愛的人寶玉撒嬌使性的因素。

*這一段以周瑞家的為核心組織情節，實際是從側面反映了鳳姐的生活的一部分。這也是由遠及近，由表及裡的寫法。問及香菱，特別是問及智能的一些似是岔出去的話，增加了周瑞家的活動的實感——真實永遠不是線索單純的，也反映了鳳姐的管理領域的寬泛。對女婿的事不以為意，奴僕尚且如此，況主子乎！

家的因說：「太太在那裡，我回話去了，姨太太就順便就叫我帶來的。」寶玉道：「寶姐姐在家裡作什麼呢？怎麼這幾日也不過來？」周瑞家的道：「身上不太好呢。」寶玉聽了，便和丫頭們說：「誰去瞧瞧？就說我和林姑娘打發來問姨娘姐姐安，問姐姐是什麼病，吃什麼藥。論理我該親自來的，就說才從學裡回來，也着了些涼，改日再親來。」說着，茜雪便答應去了。周瑞家的自去，無話。

有推託的意味。

原來周瑞家的女婿，便是雨村的好友冷子興。近日因賣古董和人打官司，故叫女人來討情分。周瑞家的仗着主子的勢，把這些事也不放在心上。晚間只求求鳳姐兒便完了。

撒開去又拉回來，原來冷子興又出來了。可謂舒捲如意。

至掌燈時，鳳姐已卸了妝，來見王夫人回說：「今兒甄家送來的東西，我已收了。咱們送他的，趁着他家有年下送鮮[9]的船，交給他帶了去了。」王夫人點點頭。鳳姐又道：「臨安伯老太太生日的禮已經打點了，太太派誰送去？」王夫人道：「你瞧誰閒着，叫四個女人去就完了，又來問我。」鳳姐又道：「今日珍大嫂子來請我明日去逛逛，明日有沒有什麼事？」王夫人道：「有事沒事都害不着什麼，每常他來請，有我們，你自然不便。他既不請我們，單請你，可知是他誠心叫你散淡散淡，別辜負了他的心，倒該過去走走才是。」鳳姐答應了。當下，李紈、迎、探等姊妹們亦各定省畢，各歸

鳳姐的日理萬機管窺一斑。

王夫人一概放心，一概體貼照顧。

房無話。

次日鳳姐梳洗了，先回王夫人畢，方來辭賈母。寶玉聽了，也要逛去。鳳姐只得答應着，立等換了衣裳，姐兒兩個坐了車，一時進入寧府。早有賈珍之妻尤氏與賈蓉之妻秦氏婆媳兩個，引了多少侍妾丫鬟等接出儀門。那尤氏一見了鳳姐，必先嘲笑一陣，一手攜了寶玉同入上房來歸坐。秦氏獻茶畢，鳳姐便說：「你們請我來作什麼？拿什麼東西來孝敬，就快獻上來，我還有事呢。」尤氏秦氏未及答應，幾個媳婦們先笑道：「二奶奶今日不來就罷，既來了就依不得你二奶奶了。」正說着，只見賈蓉進來請安。寶玉因問：「大哥哥今日不在家麼？」尤氏道：「今日出城請老爺的安去了。」又道：「可是你怪悶的坐在這裡，何不出去逛逛？」

有點像接待出訪呢。

親熱、痛快。

秦氏笑道：「今日可巧，上回寶叔要見我兄弟，今兒也在這裡，想在書房裡，寶叔何不去瞧一瞧？」寶玉即下炕要走。尤氏便吩咐人小心跟着，別委曲着他，倒比不得跟着老太太過來就罷了。鳳姐道：「既這麼着，何不請進這小爺來，我也見見。難道我是見不得他的？」尤氏笑道：「罷，罷！可以不必見，他比不得咱家的孩子們，胡打海摔跌慣了的。人家的孩子都是斯斯文文慣了的，不像你這潑辣貨形象，倒要被你笑話死了呢。」鳳姐笑道：「我不笑話就罷，竟叫快領去！」賈蓉道：「他生得靦腆，沒見過大陣仗，嬸子見了，沒的生氣。」鳳姐啐道：「他是哪吒，我也要見一見！別放你娘的屁了。再不帶來，給你一頓好嘴巴子。」

這一段似乎在表面的調笑下面另有文章。如果鳳姐與可卿至親至密，何至於見秦鍾還要費唇舌？哪怕是調侃也罷。秦鍾是不是另有身份背景呢？

賈蓉笑道：「我不敢強，就帶他來。」

一會兒，果然帶了一個小後生來，較寶玉略瘦些，眉清目秀，粉面朱唇，身材俊俏，舉止風流，似在寶玉之上，只是怯怯羞羞，有女兒之態，靦腆含糊的向鳳姐作揖問好。鳳姐喜的先推寶玉，笑道：「比下去了。」一把攜了這孩子的手，就命他身旁坐下，慢慢問他年紀、讀書等事，方知他學名叫秦鍾。早有鳳姐跟的丫鬟媳婦們看見鳳姐初見秦鍾，並未備得表禮[10]來，遂忙過那邊去告訴平兒。平兒素知鳳姐與秦氏厚密，遂自作主意，拿了一匹尺頭，[11]兩個「狀元及第」的小金錁子，[12]交付來人送過去。鳳姐還說太簡薄些。秦氏等謝畢。一時吃過了飯，尤氏、鳳姐、秦氏等抹骨牌，不在話下。

寶玉、秦鍾二人隨便起坐說話。那寶玉自一見秦鍾人品，心中便有所失，癡了半日，自己心中又起了呆意，乃自思道：「天下竟有這等的人物！如今看了，我竟成了泥豬癩狗子。可恨我為什麼生在這侯門公府之家，若也生在寒儒薄宦之家，早得與他交接，也不枉生了一世。我雖比他尊貴，可知綾錦紗羅，也不過裹了我這枯株朽木；美酒羊羔，也只不過填了我這糞窟泥溝。『富貴』二字不啻遭我荼毒了！」秦鍾自見寶玉，形容出眾，舉止不浮，更兼金冠繡服，艷婢嬌童，——「果然怨不得人人溺愛他。可恨我偏生於清寒之家，那能與他交接，可知『富貴』二字限人，亦世界上大不快事。」二人一樣的胡思亂想。寶玉又問他讀什麼書。秦鍾見問，便依實而答。二人你言

*寶玉一見秦鍾，居然想了這麼多這麼深，令讀者甚至感到意外。可見：一、寶玉早有這些想法，秦鍾一見，形成一個自怨自嘆腹中牢騷的契機；二、作者早想寫寶玉的這些古怪念頭，利用這一契機。人自身（非常明顯地表現為容貌、體態、氣質）的價值淹沒在出身門第境遇之中，固是可嘆。寶玉秦鍾關係也許對大的情節無深刻影響（因秦鍾夭亡），但他們見面時的這些「活思想」，自當值得重視。在那時能這樣寫，也算可貴。

出語驚人。

秦氏姊弟到底是什麼金枝玉葉？這樣的厚禮還嫌簡薄。該不是鳳姐的唯友誼論在起作用吧？她能在人際關係中不考慮等級因素麼？

寶玉的反應似嫌突兀。寶玉崇拜美，特別是女性美，見美而自慚形穢。

平等的要求，來自這樣一個領域，頗別致。

一見鍾情，不限於異性之間。

我語，十來句後，越覺親密起來。

一時擺上茶果。寶玉便說：「我們兩個又不吃酒，把果子擺在裡間小炕上，我們那裡坐去，省得鬧你們。」於是二人進裡間來吃茶。秦氏一面張羅與鳳姐擺果酒，一面忙進來囑寶玉道：「寶叔，你侄兒年小，倘或言語不防頭，你千萬看着我，不要睬他。他雖靦腆，卻性子左強，不大隨和些是有的。」寶玉笑道：「你去罷，我知道了。」秦氏又囑了他兄弟一回，方去陪鳳姐。

一時鳳姐尤氏又打發人來問寶玉：「要吃什麼，外面有，只管要去。」寶玉只答應着，也無心在飲食間，只問秦鍾近日家務等事。秦鍾因言：「業師於去歲辭館，家父年紀老了，殘疾在身，公務繁冗，因此尚未議及延師，目下不過在家温習舊課而已。再讀書一事，也必須有一二知己為伴，時常大家討論，才能進益。」寶玉不待說完，便道：「正是呢，我們家卻有個家塾，闔族中有不能延師的，便可入塾讀書，親戚子弟可以附讀。我因上年業師回家去了，也現荒廢着，家父之意，亦欲暫送我去且温習舊課，待明年業師上來，再各自在家亦可。家祖母因說：一則家學裡子弟太多，生恐大家淘氣，反不好；二則也因我病了幾天，遂暫且耽擱着。如此說來，尊翁如今也為此事懸心。今日回去，何不稟明，就在我們這敝塾中來，我亦相伴，彼此有益，豈不是好事？」秦鍾笑道：「家父前日在家提起延師一事，也曾提起這裡的義學倒好，原要來和這裡的親翁商議引薦，因這裡又有事忙，不便為這點小事來聒絮的。寶叔果然度小侄或可磨墨滌硯，何

「紅」對秦氏的言行舉止誇獎得雖不少，正面寫得卻不多。這一段的含義也待挖掘，因後面的發展完全看不出秦鍾有什麼性子「左」來。或可解釋為表達她對寶玉的無微不至的、不一般的關切。

不速速的作成，彼此不致荒廢，又可以常相談聚，又可以慰父母之心，又可以得朋友之樂，豈不美事？」寶玉道：「放心，放心。咱們回來先告訴你姊夫姐姐和璉二嫂子。今日你回家就稟明令尊，我回去稟明了祖母，再無不速成之理。」二人計議已定。那天氣已是掌燈時分，出來又看他們頑了一回牌。算賬時，卻又是秦氏尤氏二人輸了戲酒的東道，言定後日吃這東道。一面又吃了晚飯。

因天黑了，尤氏說：「派兩個小子送了秦相公家去。」媳婦們傳出去半日，秦鍾告辭起身。尤氏問：「派誰送去？」媳婦們回說：「外頭派了焦大，誰知焦大醉了，又罵呢。」尤氏秦氏都道：「偏又派他作什麼！那個小子派不得？偏又惹他。」鳳姐道：「成日家說你太軟弱了，縱得家裡人這樣還了得呢。」尤氏道：「你難道不知這焦大的，連老爺都不理他的，你珍大哥哥也不理他，因他從小兒跟着太爺，出過三四回兵，從死人堆裡把太爺揹了出來，得了命；自己捱着餓，卻偷了東西給主子吃；兩日沒水，得了半碗水給主子喝，他自己喝馬溺。不過仗着這些功勞情分，有祖宗時都另眼相待，如今誰肯難為他。他自己又老了，又不顧體面，一味的好酒，喝醉了無人不罵。我常說給管事的，以後不要派他差使，只當他是個死的就完了。今兒又派了他。」鳳姐道：「我何曾不知這焦大。倒底是你們沒主意，何不遠遠的打發他到莊子上去就完了。」說着，因問：「我們的車可齊備了？」眾媳婦們說：「伺候齊了。」鳳姐也起身告辭，和寶玉攜手同行。尤氏等送至大廳。只見燈光輝煌，眾小廝都在丹墀侍立。那焦大又恃賈珍不在家，

寶玉很少務實，這件事上「抓」得如此具體，可見他也不是沒有組織能力。他缺少的是動力而不是能力。

不是吃就是玩。寄生蟲們的生活亦殊單調。

與此前周瑞家的說鳳姐「嚴」相呼應。

也是一種重要的類型，忠僕功臣，對主子恨鐵不成鋼，有用卻又討嫌。

調開，也是辦法。「紅」已有之。

因趁着酒興，先罵大總管賴二，說他不公道，欺軟怕硬，「有好差使派了別人，這樣黑更半夜送人就派我。沒良心的王八羔子！瞎充管家！你也不想想，焦大太爺蹺起一隻腿，比你的頭還高些。二十年頭裡的焦大太爺眼裡有誰？別說你們這一把子的雜種們！」

正罵得興頭上，賈蓉送鳳姐的車出來，眾人喝他不住，賈蓉忍不得，便罵了幾句，叫人捆起來，「等明日酒醒了，問他還尋死不尋死？」那焦大那裡有賈蓉在眼裡，反大叫起來，趕着賈蓉叫：「蓉哥兒，你別在焦大跟前使主子性兒。別說你這樣兒的，就是你爹、你爺爺，也不敢和焦大挺腰子呢！不是焦大一個人，你們作官兒享榮華受富貴？你祖宗九死一生掙下這個家業，到如今不報我的恩，反和我充起主子來了。不和我說別的還可，再說別的，咱們白刀子進去，紅刀子出來。」鳳姐在車上說與賈蓉：「還不早些打發了沒王法的東西！留在家裡豈不是害？親友知道，豈非笑話咱們這樣的人家，連個規矩都沒有。」賈蓉答應：「是了。」

眾人見他太撒野，只得上來了幾個，揪翻捆倒，拖往馬圈裡去。焦大益發連賈珍都說出來，亂嚷亂叫說：「要往祠堂哭太爺去。那裡承望到如今生下這些畜生來，每日偷狗戲雞，爬灰[13]的爬灰，養小叔子的養小叔子，我什麼不知道？咱們『胳膊折了往袖子裡藏』！」眾小廝見他說出來的話有天沒日的，唬得魂飛魄喪，便把他捆起來，用土和馬糞滿滿的填了他一嘴。

居功自傲，正氣凜然，一針見血，無私無畏。從大的方面看，他代表的是當時應肯定表彰的忠義的一方面，但仍逃不脫嘴灌馬糞的下場。沒有被割聲帶，算是便宜了他。

*這一回通過寫並不怎麼連貫的日常生活、日常起居諸事來漸漸靠攏矛盾。寫長篇，讀長篇，委實需要耐性。

鳳姐和賈蓉也遙遙聽得，都裝作不聽見。寶玉在車上聽見，因問鳳姐道：「姐姐，你聽他說『爬灰的爬灰』，是什麼？」鳳姐連忙喝道：「少胡說！那是醉漢嘴裡胡唚，你是什麼樣的人，不說不聽見，還倒細問，等我回了太太，仔細捶你不捶你！」唬得寶玉連忙央告：「好姐姐，我再不敢說這些話了。」鳳姐哄他道：「好兄弟，這才是。等回去，咱們回了老太太，打發人家學裡說明了，請了秦鍾家學裡唸書去要緊。」說着，自回榮府而來。要知端的，且聽下回分解。

欲蓋彌彰。

寧府之行，給人以「爛透了」之感。

1 **留了頭**：舊時女孩子長到一定年齡，先留頭頂心的頭髮，再留全髮，「留頭」是年齡的標誌。

2 **鬟兒**：女子的髮髻。

3 **海上方**：民間對所謂的神授治病仙方或秘方的說法。

4 **引**：中醫術語，即藥引，起引導其他藥物產生作用的藥。

5 **堆紗花**：指用彩紗堆簇而成的簪飾花朵。

6 **禿歪剌**：罵尼姑的話。

7 **遞解還鄉**：把人犯押解回原籍。

8 **九連環**：一種環環相套，分解非常繁複的智力玩具。

9 **送鮮**：舊時地方官員給皇帝進貢當地時鮮，稱「進鮮」，也叫「送鮮」。

10 **表禮**：也稱「表裡」，指作為禮品的衣料。

11 **尺頭**：指衣料。

12 **「狀元及第」的小金錁子**：黃金鑄成的小金錠，上鑄有「狀元及第」的圖樣或文字，是一種取吉利的禮品。

13 **爬灰**：指公公與兒媳私通。

第八回 賈寶玉奇緣識金鎖　薛寶釵巧合認通靈

第七回的裊裊餘音。

話說寶玉和鳳姐回家，見過眾人。寶玉便回明賈母要秦鍾上家塾之事，自己也有個伴讀的朋友，正好發憤；又着實稱讚秦鍾的人品行事，最使人憐愛。鳳姐又在一旁幫着說「改日秦鍾還來拜老祖宗哩」。說得賈母喜悅起來。鳳姐又趁勢請賈母後日過去看戲。賈母雖年高，卻極有興頭。至後日，又有尤氏來請，遂攜了王夫人、林黛玉、寶玉等過去看戲。至晌午，賈母便回來歇息了。王夫人本是好清淨的，見賈母回來，也就回來了。然後鳳姐坐了首席，盡歡至晚而罷。

卻說寶玉送賈母回來，待賈母歇了中覺，意欲還去看戲，又恐攪的秦氏等人不便，因想起寶釵近日在家養病，未去親候，意欲去望他。若從上房後角門過去，又恐遇見別事纏繞，又恐遇他父親，更為不安，寧可繞遠路而去。當下眾嬤嬤丫鬟伺候他換衣服，見不換，仍出二門去了，眾嬤嬤丫鬟只得跟隨出來，還只當他去那邊府中看戲。誰知到了穿堂，便向東向北繞廳後而去。偏頂頭遇見了門下清客[1]相公詹光單聘仁二人走來，一見了寶玉，便都趕上來笑，一個抱住腰，一

都有偶然性、隨意性。公子哥兒就更隨意。

個攜着手，都道：「我的菩薩哥兒，我說做了好夢呢，好容易遇見了你。」說着，請了安，又問好，嘮叨了半日，才走開。老嬤嬤叫住，因問：「你二位爺是往老爺跟前來的不是？」他二人點頭道：「老爺在夢坡齋小書房裡歇中覺呢，不妨事的。」一面說，一面走了。寶玉也笑了。於是轉彎向北奔梨香院來。可巧銀庫房的總領，名喚吳新登與倉上的頭目，名戴良，還有幾個管事的頭目，共七個人，從賬房裡出來，一見寶玉趕來，都一起垂手站立。獨有一個買辦，名喚錢華，因他多日未見寶玉，忙上來打千兒[2]請寶玉的安，寶玉忙含笑拉他起來。眾人都笑說：「前兒在一處看見二爺寫的斗方兒，[3]字法越發好了，多早晚賞我們幾張貼貼。」寶玉笑道：「在那處看見了？」眾人道：「好幾處都有，稱讚的了不得，還和我們尋呢。」寶玉笑道：「不值什麼，你們說給我的小幺兒[4]們就是了。」一面說，一面前走，眾人待他過去，方都各自散了。

閒言少述。且說寶玉來至梨香院中，先入薛姨媽屋中來，見薛姨媽打點針黹與丫鬟們呢。寶玉忙請了安，薛姨媽一把拉住了他，抱入懷中，笑說道：「這麼冷天，我的兒，難為你想着，來，快上炕來坐着罷。」命人倒滾滾的熱茶來。寶玉因問：「哥哥不在家？」薛姨媽嘆道：「他是沒籠頭的馬，天天逛不了，那裡肯在家一日。」寶玉道：「姐姐可大安了？」薛姨媽道：「可是呢，你前兒又想着打發人來瞧他。他在裡間不是，你去瞧他，那裡比這裡暖和。你那裡坐着，我收拾收拾就進來和你說話兒。」寶玉聽了，忙下炕來至裡間門前，只見吊着半舊

甚至在自己府中，甚至優寵有加的賈寶玉，也有享有隱私權的必要。

順手寫到一些管理機構與管理人員，略見端倪，堪稱（可以想像）其巨大與繁複。

寶玉亦不是不講應酬。

*嘲通靈寶玉的詩尚有看頭。突出荒唐感。又突出了「運敗」和「時乖」。生命本身的先驗的悲哀與社會世道的可悲共存。否定此岸的「臭皮囊」云云，可以解釋為消極頹廢的虛無主義，也可以解釋為嗟嘆乃至憤激的過甚其詞。

的紅綢軟簾。寶玉掀簾一步進去，先就看見寶釵坐在炕上作針線，頭上挽着黑漆油光的鬒兒，蜜合色棉襖，玫瑰紫二色金銀鼠比肩褂，[5]蔥黃綾棉裙，一色半新不舊，看去不覺奢華。唇不點而紅，眉不畫而翠，臉若銀盆，眼如水杏。罕言寡語，人謂裝愚；安分隨時，自云守拙。寶玉一面看，一面問：「姐姐可大癒了？」寶釵抬頭，只見寶玉進來，連忙起身含笑答道：「已經大好了，多謝記掛着。」說着，讓他在炕沿上坐了，即命鶯兒倒茶來，一面又問老太太姨娘安，又問別的姊妹們好。一面看寶玉頭上戴着累絲[6]嵌寶紫金冠，額上勒着二龍捧珠金抹額，身上穿着秋香色立蟒[7]白狐腋箭袖，繫着五色蝴蝶鸞條，項上掛着長命鎖、記名符，另外有那一塊落草時銜下來的寶玉。寶釵因笑說道：「成日家說你的這玉，究竟未曾細細賞鑑，我今兒倒要瞧瞧。」說着便挪進前來。寶玉亦湊了上去，從項上摘了下來，遞在寶釵手內。寶釵托在掌上，只見大如雀卵，燦若明霞，瑩潤如酥，五色花紋纏護。看官們須知道：這就是大荒山中青埂峰下的那塊頑石的幻相。後人曾有詩嘲云：

女媧煉石已荒唐，又向荒唐演大荒。
失去幽靈真境界，幻來新就臭皮囊。
好知運敗金無彩，堪嘆時乖玉不光。
白骨如山忘姓氏，無非公子與紅妝。

不是描花樣子就是作針線，真賢良淑女也。大家閨秀，不必（不喜）奢華。

「裝」不算好聽。「守」，則極佳。小小年紀，修煉得如此心性。

寶釵主動要玉瞧，主動表示對寶玉（物）及寶玉（人）的興趣。第三回，則是寫寶玉主動問黛玉：「可有玉沒有？」然後為黛玉話至而發癡。

小的情節多了，又不是緊密的因果關係（像其他傳統小說那樣），便別具一種映照與徵兆關係。

莫忘大荒，敢忘大荒？從大荒來，到大荒去，哀哉寶玉，哀哉眾生！

那頑石亦曾記下他這幻相並癩僧所鐫的篆文，今亦按圖畫於後，但其真體最小，方從胎中小兒口中銜下。今若按其體畫，恐字跡過於微細，使觀者大費眼光，亦非暢事。故按其形式，無非略展放些，使觀者便於燈下醉中可閱。今註明此故，方不至以胎中之兒口有多大，怎得銜此狼犺[8]蠢大之物為誚。

通靈寶玉正面圖式

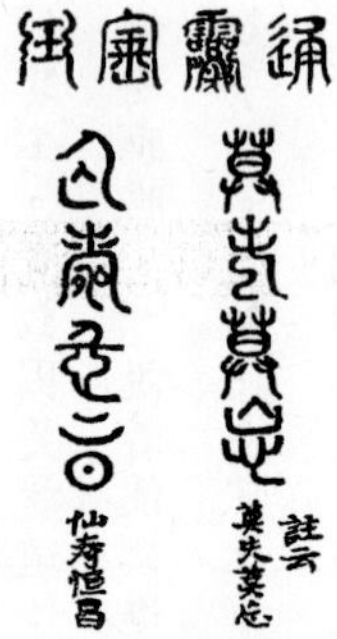

通靈寶玉反面圖式

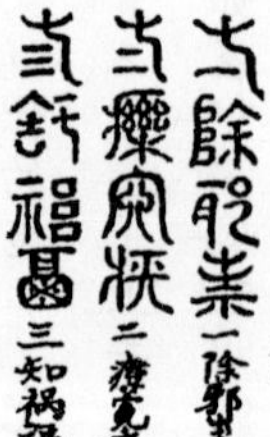

寶釵看畢，又從新翻過正面來細看，口裡唸道：「莫失莫忘，仙壽恆昌。」唸了兩遍，乃回頭向鶯兒笑道：「你不去倒茶，也在這裡發呆作什麼？」鶯兒嘻嘻的笑道：「我聽這兩句話，倒像和姑娘項圈上的兩句話是一對兒。」寶玉聽了，忙笑道：「原來姐姐那項圈上也有八個字，我也賞鑑賞鑑。」寶釵道：「你別聽他的話，沒有什麼字。」寶玉央道：「好姐姐，你怎麼瞧我的呢？」寶釵被他纏不過，因說道：「也是個人給了兩句吉利話兒，鏨上了，所以天天帶着，不然沉甸甸的，有什麼趣兒。」一面說，一面解了排扣，從裡面大紅襖上將那珠寶晶瑩黃金燦爛的瓔珞摘將出來。寶玉忙托着鎖看時，果然一面有四個字，兩面八個字，共成兩句吉讖。[9]亦曾按式畫下形相：

越發認真地荒唐起來了。沒有認真，如何成全得了荒唐呢？

音註云 不離不棄

音註云 芳齡永繼

寶玉看了，也唸了兩遍，又唸自己的兩遍，因笑問：「姐姐這八個字倒與我的是一對兒。」鶯兒笑道：「是個癩頭和尚送的，他說必須鏨在金器上——」寶釵不待他說完，便嗔他不去倒茶，一面又問寶玉從那裡來。

寶玉此時與寶釵就近，只聞一陣陣香氣，不知是何氣味，遂問：「姐姐熏的是何香？我竟從未聞過這味兒。」寶釵笑道：「我最怕熏香，好好的衣服，熏的煙火氣的。」寶玉道：「既如此，是什麼香？」寶釵想了一想，笑道：「是了，是我早起吃了冷香丸的香氣。」寶玉笑道：「什麼冷香丸這樣好聞？姐姐給我一丸嚐嚐。」寶釵笑道：「又混鬧了，一個丸藥也是混吃的？」

話猶未了，林黛玉已搖搖擺擺的來了。一見寶玉，便笑道：「哎喲，我來的不巧了！」寶玉等忙起身讓坐。寶釵因笑道：「這話怎麼說？」黛玉道：「早知他來，我就不來了。」寶釵道：「我不解這意。」黛玉笑道：「要來時一齊來，要不來一個也不來；今兒他來，明兒我來，如此間錯開了來，豈不天天有人來了？也不至太冷落，也不至太熱鬧。姐姐如何不解這意思？」

怎麼這麼巧？是命運的巧？

是作家的巧？打從寶釵向周瑞家的介紹自己的常備藥物冷香丸時便如此強調了「可巧」二字。抑是貶釵論者猜測的寶釵自己的巧安排？似不至於。如是寶釵、鶯兒一起用「托」做偽，還有什麼「停機德」或「詠絮才」？也是萬物皆備於我。

不巧與可巧的撞擊。有深意乎？隨口一說乎？

閒逗嘴之中，不無弦外之意，不無另外的潛台詞。

寶玉因見他外面罩着大紅羽緞[10]對衿褂子，因問：「下雪了麼？」地下婆子們說：「下了這半日了。」寶玉道：「取了我的斗篷來。」黛玉便笑道：「是不是，我來了，他就該去了。」寶玉道：「我何曾說要去？不過拿來預備着。」寶玉的奶母李嬤嬤因說道：「天又下雪，也要看早晚的，就在這裡和姐姐妹妹一處頑頑罷。姨媽那裡擺茶果呢。我叫丫頭去取了斗篷來，說給小幺兒們散了罷。」寶玉應了。李嬤嬤出去，命小廝們都散了。

寶玉已來了很長時間了麼？

語含機鋒。不知可否編入外交人員學習參考材料。

這裡薛姨媽已擺了幾樣細巧茶果，留他們吃茶。寶玉因誇前日在那邊府裡珍大嫂子的好鵝掌鴨信。薛姨媽連忙把自己糟的取來與他嚐。寶玉笑道：「這個需就酒方好。」薛姨媽便命人灌了上等的酒來。李嬤嬤便上來道：「姨太太，酒倒罷了。」寶玉笑央道：「媽媽，我只吃一杯。」李媽道：「不中用，當着老太太、太太，那怕你吃一罈呢。想那日我眼錯不見一會，不知是那個沒調教的，只圖討你的好，給你一口酒吃，葬送得我捱了兩日的罵。姨太太不知，他性子又可惡，吃了酒更弄性。有一日老太太高興，又儘着他吃，什麼日子又不許他吃，何苦我白賠在裡面。」薛姨媽笑道：「老貨，你只管放心吃你的去，我也不許他吃多了便是。老太太問，有我呢。」一面命小丫頭來：「讓你奶奶去，也吃杯搪搪寒氣。」那李嬤嬤聽如此說，只得且和眾人吃酒去。這裡寶玉又說：「不必燙暖了，我只愛吃冷的。」薛姨媽道：「這可使不得，吃了冷酒，寫字手打顫兒。」寶釵笑道：「寶兄弟，虧你每日家雜學旁收的，難道就不知道酒性最熱，若熱吃下去，發散

鴨信想是鴨舌。

僕人而為主人的監護或老師，這種角色注定了討嫌殺風景，愈是盡職愈是正正經經愈是可厭。

的就快；若冷吃下去，便凝結在內，五臟去暖他，豈不受害？從此還不改了，快不要吃那冷的了。」寶玉聽這話有情理，便放下冷的，令人燙來方飲。

黛玉磕着瓜子兒，只管抿着嘴笑。可巧黛玉的丫鬟雪雁走來，與黛玉送小手爐，黛玉因含笑問他：「誰叫你送來的？難為他費心，那裡就冷死了我！」雪雁道：「紫鵑姐姐怕姑娘冷，叫我送來的。」黛玉一面接了，抱在懷中，笑道：「也虧你倒聽他的話。我平日和你說的全當耳旁風；怎麼他說了你就依，比聖旨還快些！」寶玉聽這話，知是黛玉藉此奚落他，也無回覆之詞，只嘻嘻的笑一陣罷了。寶釵素知黛玉是如此慣了的，也不去睬他。薛姨媽因道：「你素日身子單弱，禁不得冷的，他們記掛着你倒不好？」黛玉笑道：「姨媽不知道，幸虧是姨媽這裡，倘或在別人家，豈不要惱？難道看得人家連個手爐也沒有，巴巴兒的從家裡送個手爐來。不說丫頭們太小心，還只當我素日是這等輕狂慣了呢。」薛姨媽道：「你是個多心的，有這樣想，我就沒有這些心。」

說話時，寶玉已是三杯過去了。李嬤嬤又上來攔阻。寶玉正在個心甜意洽之時，又兼姊妹們說說笑笑的，那裡肯不吃，只得屈意央告：「好媽媽，我再吃兩杯就不吃了。」李嬤嬤道：「你可仔細今兒老爺在家，提防着問你的書！」寶玉聽了此話，便心中大不悅，慢慢的放了酒，垂了頭。黛玉忙說：「別掃了大家的興！舅舅若叫你，只說姨媽留着呢。這個媽媽，他吃了酒，又拿我們來醒脾[11]了！」一面悄推寶玉，使他賭賭氣，一面悄悄的咕噥說：「別理那老貨，咱們只管樂咱

果然有「姐姐」風。

客觀上，在言語調侃來往中，寶玉與寶釵站到一起去了。

本是打趣寶玉，姨媽一問，又增加了一層「多心」的意思。語言深處有語言，語言分層次解讀。這倒很「現代」了。

從某種意義上說，乃至於可以說是評點者杜撰地說，「現代」永遠不是趨時的產物，趨時是二三流以下的作家的事。最新的「現代感」來自才華。才華的發現萬古常新，蘊涵豐富，與最現代的探索或學說相通。

李嬤嬤着實討嫌。

們的。」那李媽也素知黛玉的，因説道：「林姐兒，你不要助着他了。你倒勸他，只怕他還聽些。」林黛玉冷笑道：「我為什麼助他？我也不犯着勸他。你這媽媽太小心了，往常老太太又給他酒吃，如今在姨媽這裡多吃了一口，料也不妨事。必定姨媽這裡是外人，不當在這裡的也未可知。」李嬤嬤聽了，又是急，又是笑，説道：「真真這林姐兒，説出一句話來，比刀子還利害。我這話算什麼。」寶釵也忍不住，笑着把黛玉腮上一擰，説道：「真真這個顰丫頭的一張嘴，叫人恨又不是，喜歡又不是。」薛姨媽一面又説：「別怕，別怕，我的兒！來了這裡沒好的你吃，別把這點子東西嚇的存在心裡，倒叫我不安。只管放心吃，有我呢。越發吃了晚飯去，便醉了，就跟着我睡罷。」因命：「再燙些酒來！姨媽陪你吃兩杯，可就吃飯罷。」寶玉聽了，方又鼓起興來。

李嬤嬤因吩咐小丫頭：「你們在這裡小心着，我家去換了衣服就來，悄悄的回姨太太，別由他的性兒多吃了。」説着便家去了。這裡雖還有兩三個婆子，都是不關痛癢的，見李嬤嬤走了，也都悄悄自尋方便去了。只剩兩個小丫頭，樂得討寶玉的歡喜。幸而薛姨媽千哄萬哄，只容他吃了幾杯，就忙收過了。作了酸筍雞皮湯，寶玉痛喝了幾碗，又吃了半碗多碧粳粥。一時薛林二人也吃完了飯，又釅釅的吃了幾碗茶，薛姨媽方放了心。雪雁等三四人也吃了飯進來伺候。黛玉因問寶玉道：「你走不走？」寶玉乜斜倦眼道：「你要走，我和你一同走。」黛玉聽説，遂起身道：「咱們來了這一日，也該回去了。」説着，二人便告辭。

沒點牙口，上得了台盤嗎？

顯得更高一籌，更大一圈。

看來薛姨媽也要用實際行動還擊李嬤嬤的教師婆（仿教師爺）嘴臉的干涉。當然，也是為了哄寶玉。

李嬤嬤不支退下，嘴還不讓。

現在想起小丫頭來了，剛才怎麼唯我獨盡心呢。

小丫頭忙捧過斗笠來，寶玉便把頭略低一低，叫他戴上。那丫頭便將這大紅猩氈斗笠一抖，才往寶玉頭上一合，寶玉便說：「罷了，罷了！好蠢東西，你也輕些兒！難道沒見別人戴過？讓我自己戴罷。」黛玉站在炕沿上道：「過來，我與你戴罷。」寶玉忙近前來。黛玉用手輕輕籠住束髮冠兒，將笠沿掖在抹額之上，將那一顆核桃大的絳絨簪纓扶起，顫巍巍露於笠外。整理已畢，端相了一會，說道：「好了，披上斗篷罷！」寶玉聽了，方接了斗篷披上。薛姨媽忙道：「跟你們的媽媽都還沒來呢，且略等等。」寶玉道：「我們倒去等他們，有丫頭們跟也夠了。」薛姨媽不放心，吩咐兩個婦女跟着送了他兄妹們去。他二人道了擾，徑回至賈母房中。

賈母尚未用晚飯，知是薛姨媽處來，更加歡喜。因見寶玉吃了酒，遂命他自回房中歇着，不許再出來了，因命人好生看待着。忽想起跟寶玉的人來，遂問眾人：「李奶子怎麼不見？」眾人不敢直說他家去了，只說：「才進來的，想有事又出去了。」寶玉踉蹌回顧道：「他比老太太還受用呢，問他作什麼！沒有他只怕我還多活兩日。」一面說，一面來至自己臥室。只見筆墨在案，晴雯先接出來，笑道：「好，好，叫我研了墨，早起高興，只寫了三個字，丟下筆就走了，哄我等了這一天。快來給我寫完了這些墨才罷！」寶玉方才想起早起的事來，因笑道：「我寫的那三個字在那裡呢？」晴雯笑道：「這個人可醉了。你頭裡過那府裡去，囑咐我貼在門斗兒上的。我生怕別人貼壞了，親自爬高上梯貼了半日，

李嬤嬤處於賈母的視野之內，是受重視，也是體面。李嬤嬤如知賈母問她，一會後悔不該回家，一會受寵若驚，得意洋洋，更加受用呢。

口氣中透着親近和多情。

這會兒還凍得手僵呢。」寶玉笑道：「我忘了。你手冷，我替你握着。」便伸手攜着晴雯的手，同看門斗上新寫的三個字。

一時黛玉來了。寶玉笑道：「好妹妹，你別撒謊，你看這三個字那一個好？」黛玉仰天看見是「絳芸軒」三字，笑道：「個個都好。怎麼寫得這樣好法？明兒也替我寫個匾。」寶玉笑道：「又哄我呢。」說着又問：「襲人姐姐呢？」晴雯向裡間炕上努嘴。寶玉看時，只見襲人和衣睡着。寶玉笑道：「好，太睡早了些。」又問晴雯道：「今兒我那邊吃早飯，有一碟兒豆腐皮的包子，我想着你愛吃，和珍大嫂子說了，只說我留着晚上吃，叫人送過來的，你可曾見麼？」晴雯道：「快別提了。一送來，我便知道是我的，偏才吃了飯，就擱在那裡。後來李奶奶來了，看見說：『寶玉未必吃了，拿去給我孫子吃罷。』就叫人送了家去了。」正說着，茜雪捧上茶來。寶玉還讓：「林妹妹吃茶。」眾人笑道：「林姑娘早走了，還讓呢。」

寶玉吃了半盞茶，忽又想起早晨的茶來，因問茜雪道：「早起斟了一碗楓露茶，[12]我說過，那茶是三四次後出色的，這會子怎麼又斟上這個茶來？」茜雪道：「我原是留着的，那會子李奶奶來了，吃了去。」寶玉聽了，將手中杯子順手往地下一擲，豁琅一聲，打個粉碎，潑了茜雪一裙子，又跳起來問着茜雪道：「他是你那一門子的奶奶，你們這樣孝敬他？不過是我小時候吃過他幾日奶罷了。如今慣的比祖宗還大。攆了出去，大家乾淨。」說着，

動作天真爛漫而又親切。

老天真式的赤裸裸的自私。

酒後膽大。

*以寶玉受寵的地位，氣惱至此，又發了話，按道理驅逐掉李嬤嬤應無問題。但還是做不到。一、寶玉吃過她的奶，她有過硬的本錢。二、她的討嫌的干預的核心是規勸寶玉走「正路」，限制寶玉不要放縱，大節上，她比寶玉還有理，還符合賈家的根本利益。三、她多吃多佔，仍沒什麼大不了的。招人生氣卻又上不了綱，寶玉徒喚奈何。寶玉要月亮會有人給他摘，對於一個李嬤嬤卻氣得乾瞪眼，有趣。有點意思。

*這一回寶、黛、釵之間，寶、李嬤嬤之間開始出現一點前哨戰。黛玉的言談，帶有「火力偵察」的性質。

立刻便要去回賈母，攆他乳母。

原來襲人實未睡着，不過是故意裝睡，引寶玉來慪他頑耍。先聞得說字、問包子等，也還可以不必起來，後來摔了茶鍾，動了氣，遂連忙起來解釋勸阻。早有賈母遣人來問是怎麼了。襲人忙道：「我才倒茶來，被雪滑倒了，失手砸了鍾子。」一面又勸寶玉道：「你立意要攆他也好，我們都願意出去，不如趁勢連我們一齊攆了，我們也好，你也不愁沒有好的來伏侍你。」寶玉聽了，方無言語，被襲人等挾至炕上，脫了衣裳。不知寶玉口內還說些什麼，只覺口齒纏綿，眉眼愈加餳澀，忙伏侍他睡下。襲人摘下那通靈寶玉來，用手帕包好，塞在褥子下，次日帶時便冰不着脖子。那寶玉倒枕就睡着了。彼時李嬤嬤等已進來了，聽見醉了，也就不敢上前，只悄悄的打聽睡了，方放心散去。

次日醒來，就有人回：「那邊小蓉大爺帶了秦鍾來拜。」寶玉忙接出去，領了拜見賈母。賈母見秦鍾形容標致，舉止溫柔，堪陪寶玉讀書，心中十分歡喜，便留茶留飯，又命人帶去見王夫人等。眾人因愛秦氏，見了秦鍾是這樣人品，也都歡喜，臨去時都有表禮。賈母又與了一個荷包並一個金魁星，取文星和合之意。又囑咐他道：「你家住的遠，或一時寒熱不便，只管住在我這裡。只和你寶叔在一處，別跟着那不長進的東西們學。」秦鍾一一的答應，回家稟知他父親。

保境安民（也安「官」），息事寧人的方針是唯一正確的方針。如果把問題捅給賈母，襲人難辭其咎，寶玉和李嬤嬤都不會原諒襲人，襲人有成為寶、李矛盾的犧牲品的危險。那些喜歡搬弄是非的人應該借鑑。

細緻入微。可以作出一種想像，「紅」作者有過佩戴某種寄名符之類器物的經驗，既是公子哥兒的飾物（如今日之一些男青年亦戴項鏈然），又有一種迷信色彩。迷信到與之須臾不可分離，視之為自己的生命的依託，生命的物化，進一步產生出恍兮惚兮的銜之而生的幻覺來。如是生編硬造的故事，實難寫得如此體貼備至，細膩入微。

他父親秦邦業現任營繕郎，[13]年近七旬，夫人早亡。因當年無兒女，便向養生堂[14]抱了一個兒子並一個女兒。誰知兒子又死了，只剩女兒，小名喚可兒，長大時，生得形容裊娜，性格風流，因素與賈家有些瓜葛，故結了親。秦邦業五旬之上方得了秦鍾，因去歲業師回南，在家温習舊課。正要與賈親家商議附往他家塾中去，可巧遇見寶玉這個機會。又知賈家塾中司塾的乃賈代儒，現今之老儒，秦鍾此去可望學業進益，從此成名，因十分喜悦。只是宦囊羞澀，那邊都是一雙富貴眼睛，少了拿不出來，兒子的終身大事，說不得東拼西湊，恭恭敬敬封了二十四兩贄見禮，[15]帶了秦鍾到代儒家來拜見。然後聽寶玉揀的好日子，一同入塾。塾中鬧事如何，下回分解。

什麼瓜葛？養生堂抱的一個營繕郎的養女，如何配得上賈蓉？

「學業進益……成名」云云，成為以後真實發展的諷刺。想得愈誠愈美就愈諷刺。

秦鍾上個學都要如許的贄見禮，可卿的陪嫁又是怎麼解決的呢？

1 **清客**：舊時寄食官僚豪門，陪伴主人消遣的文人，稱「清客」。

2 **打千兒**：垂手半跪行禮。

3 **斗方兒**：方形紙塊，上書文字，貼在隔扇上作為裝飾。

4 **小幺兒**：即小聽差。

5 **比肩褂**：類似於坎肩的半袖外罩。

6 **累絲**：金絲堆疊成形的一種工藝。

7 **立蟒**：織有蟒形花紋的大緞，又稱「蟒緞」。

8 **狼犺**：形容笨重之物。

9 **吉讖**：預言吉祥的話。

10 **羽緞**：一種毛織品，也稱羽毛緞，可防雨雪。

11 **醒脾**：尋開心之意。

12 **楓露茶**：以香楓花葉製成香露，點入茶中，稱「楓露茶」。

13 **營繕郎**：管理繕修工程的官員。

14 **養生堂**：即孤兒院、育嬰堂。

15 **贄見禮**：專指學生致送老師的禮錢，封套上要寫「贄敬」。

第九回　訓劣子李貴承申飭　嗔頑童茗煙鬧書房

話説秦邦業父子專候賈家的人來送上學之信。原來寶玉急於要和秦鍾相遇，遂擇了後日一定上學。打發人送了信。

至日一早，寶玉起來時，襲人早已把書筆文物收拾停妥，坐在床沿上發悶。見寶玉來，只得伏侍他梳洗。寶玉見他悶悶的，因問道：「好姐姐，你怎麼又不自在了？難道怪我上學去丟的你們冷清了不成？」襲人笑道：「這是那裡的話。讀書是極好的事，不然就潦倒了一輩子，終久怎麼樣呢。但只一件，只是唸書的時節想着書，不唸的時節想着家。終別和他們一處頑鬧，碰見老爺不是頑的。雖説是奮志要強，那工課寧可少些，一則貪多嚼不爛，二則身子也要保重。這就是我的意思，你可時時體諒。」襲人説一句，寶玉應一句。襲人又道：「大毛衣服[1]我也包好了，交給小子們去了。學裡冷，好歹想着添換，比不得家裡有人照顧。腳爐手爐也交出去的了，你可逼着他們添。那一起懶賊，你不説，他們樂得不動，白凍壞了你。」寶玉道：「你放心，我出外頭自己都會調停的。你們也可別悶死在這屋裡，長和林妹妹一處去頑耍才好。」説着，俱已穿戴齊備。襲人催

自幼就害怕交際，害怕民眾，拼命提倡自我封閉。

襲人儼然是寶玉的第一個監護人、守護人、責任人。

這樣不放心，這樣叮囑，不造就出窩囊廢來才見鬼！

他去見賈母、賈政、王夫人等。寶玉又囑咐了晴雯、麝月幾句，方出來見賈母。賈母也未免有幾句囑咐的話。然後去見王夫人，又出來到書房中見賈政。

偏生這日賈政回家早，正在書房中與相公清客們閒話。忽見寶玉進來請安，回說上學裡去。賈政冷笑道：「你如果再提上學兩個字，連我也羞死了。依我的話，你竟頑你的去是正經。仔細站髒了我這地，靠髒了我這門。」眾清客相公們都起身笑道：「老世翁何必如此，今日世兄一去，二三年就可顯身成名的了，斷不似往年仍作小兒之態的。天也將飯時，世兄竟快請罷。」說着，便有兩個年老的攜了寶玉出去。

賈政因問：「跟寶玉的是誰？」只聽見外面答應了一聲，早進來三四個大漢，打千兒請安。賈政看時，認得寶玉奶母之子，名喚李貴的。因向他道：「你們成日家跟他上學，他到底唸了些什麼書，倒唸了些流言混語在肚子裡，學了些精緻的淘氣，等我閒一閒，先揭了你的皮，再和那不長進的算賬！」嚇的李貴忙雙膝跪下，摘了帽子碰頭，連連答應「是」，又回說：「哥兒已唸到第三本《詩經》，什麼『攸攸鹿鳴，荷葉浮萍』，[2]小的不敢撒謊。」說的滿座哄然大笑起來。賈政也撐不住笑了。因說道：「那怕再唸三十本《詩經》，也都是掩耳盜鈴，哄人而已。你去請學裡太爺的安，就道我說的：什麼《詩經》古文，一概不用虛應故事，只是先把《四書》一齊講明背熟，是最要緊的。」李貴忙答應「是」，見賈政無話，方退出去。

教育兒子，可以理解，怎麼這麼大情緒，說明這話也有失父親、貴族加正人君子的身份。頗有視子為敵的姿態。

賈政的詩論有高明與一針見血處。蓋《詩經》中的一些詩，不失真性情。只有讀《四書》，才能遏制住性情。賈政追求的是遏制直至消滅寶玉的性情，詩情對於性情只能略加疏導與美化，曰：「掩耳盜鈴」，不無道理。

此時寶玉獨站在院外屏聲靜候，等他們出來，便同走了。李貴等一面撣衣服，一面說道：「哥兒，可聽見了不曾？先要揭我們的皮呢！人家的奴才跟主子賺些好體面，我們這些奴才白陪着捱打受罵的，從此也可憐見些才好。」寶玉笑道：「好哥哥，你別委曲，我明兒請你。」李貴道：「小祖宗，誰敢望請，只求聽一兩句就有了。」說着，又至賈母這邊。秦鍾早已來了。賈母正和他說話呢。於是二人見過，辭了賈母。寶玉忽想起來未辭黛玉，忙又至黛玉房中來作辭。彼時黛玉在窗下對鏡理妝，聽寶玉說上學去，因笑道：「好，這一去可是要『蟾宮折桂』[3]了，我不能送你了。」寶玉道：「好妹妹，等我下學再吃晚飯，那胭脂膏子，也等我來再製。」嘮叨了半日，方抽身去了。黛玉忙又叫住問道：「你怎麼不去辭辭你寶姐姐來？」寶玉笑而不答，一徑同秦鍾上學去了。

實話。奴才不好當。奴才真心祝願主子長進。

問得好，笑得好，不答得更好。本來，又有什麼「怎麼不去」可說？

原來這義學也離家不遠，原係當日始祖所立，恐族中子弟有力不能延師者，即入此中讀書。凡族中為官者，皆有幫助銀兩，以為學中膏火[4]之費。舉年高有德之人為塾師。如今秦、寶二人來了，一一的都互相拜見過，讀起書來。自此以後，二人同來同往，同起同坐，愈加親密。兼賈母愛惜，也常留下秦鍾，一住三五天，自己重孫一般看待。因見秦鍾家中不甚寬裕，又助些衣服等物。不上一兩月工夫，秦鍾在賈府裡便慣熟了。寶玉終是個不能安分守理的人，一味的隨心所欲，因此發了癖性，又向秦鍾悄說：「咱們兩個人一樣的年紀，況又同窗，以後不必論叔侄，只論兄弟朋友就是了。」先是秦鍾不敢當，寶玉不從，只叫他「兄

再次要求平等。

弟」，或叫他的表字「鯨卿」，也只得混着亂叫起來。

原來這學中雖多是本族子弟與些親戚家的子侄，俗語說的好：「一龍九種，種種各別。」未免人多了，就有龍蛇混雜下流人物在內。自秦、寶二人來了，都生的花朵兒一般的模樣，又見秦鍾腼腆温柔，未語先紅，怯怯羞羞，有女兒之風；寶玉又是天生成慣能作小服低，賠身下氣，性情體貼，話語纏綿，因此二人又這般親厚，也怨不得那起同窗人起了嫌疑之念，背地裡你言我語 詬誶謠諑，佈滿書房內外。

人少了就不下流了？

原來薛蟠自來王夫人處住後，便知有一家學，學中廣有青年子弟，偶動了「龍陽」之興，[5]因此也假說了來上學，不過是「三日打魚，兩日曬網」，白送些束脩[6]禮物與賈代儒，卻不曾有一些進益，只圖結交些契弟。[7]誰想這學內的小學生，圖了薛蟠的銀錢穿吃，被他哄上手的，也不消多記。又有兩個多情的小學生，亦不知是那一房的親眷，亦未考真姓名，只因生得嫵媚風流，滿學中都送了兩個外號，一叫「香憐」，一叫「玉愛」，雖係都有竊慕之意，「將不利於孺子」[8]之心，只是都懼薛蟠的威勢，不敢來沾惹。如今秦、寶二人一來了，見了他兩個，亦不免繾綣羨愛，亦皆知係薛蟠相知，故未敢輕舉妄動。香、玉二人心中，一般的留情秦、寶。因此四人心中雖有情意，只未發跡。每日一入學中，四處各坐，卻八目勾留，或設言託意，或詠桑寓柳，遙以心照，卻外面自為避人眼目。不料偏又有幾個滑賊看出形景來，都背後擠眉弄眼，或咳嗽揚聲，這也非止一日。

那時的同性戀似比現在更普及更公開呢。

一日可巧代儒有事回家，只留下一句七言對聯，令學生對了，明日再來上書。[9]將學中之事，又命長孫賈瑞管理。妙在薛蟠如今不大上學應卯了，因此秦鍾趁此和香憐弄眉擠眼，二人假出小恭，[10]走至後院說話。秦鍾先問他：「家裡的大人可管你交朋友不管？」一語未了，只聽見背後咳嗽了一聲。二人唬的忙回顧時，原來是窗友名金榮的。香憐本有些性急，便羞怒相激，問他道：「你咳嗽什麼？難道不許我們說話不成？」金榮笑道：「許你們說話，難道不許我咳嗽不成？我只問你們：有話不明說，許你們這樣鬼鬼祟祟的幹什麼故事？我可也拿住了，還賴什麼！先讓我抽個頭兒，咱們一聲兒不言語，不然大家就翻起來。」秦、香二人就急得飛紅的臉，便問道：「你拿住什麼了？」金榮笑道：「我現拿住了是真的。」說着，又拍手笑嚷道：「貼得好燒餅，你們都不買一個吃去？」秦鍾、香憐二人又氣又急，忙進來向賈瑞前告金榮，說金榮無故欺侮他兩個。

原來這賈瑞最是個圖便宜沒行止的人，每在學中以公報私，勒索子弟們請他，後又助着薛蟠圖些銀錢酒肉，一任薛蟠橫行霸道，他不但不去管約，反助紂為虐討好兒。偏那薛蟠本是浮萍心性，今日愛東，明日愛西，近來有了新朋友，把香、玉二人丟開一邊。就連金榮也是當日的好友，自有了香、玉二人，便見棄了金榮。近日連香、玉亦已見棄。故賈瑞也無了提攜幫襯之人，不怨薛蟠得新厭故，只怨香、玉二人不在薛蟠前提攜了。因此賈瑞、金榮等一干人，也正醋妒他兩個。今見秦、香二人來告金榮，賈瑞心中便不自在起來，雖不敢呵叱秦鍾，卻

「貼燒餅」云云，不知是什麼行話。反正每個時期都有這樣的俚語、行話乃至黑話。可見語言的公共性可交流性也造成了弊端，所以人們熱心於搞一些含蓄些乃至保密些的代碼。

連家學中的孩子們也這樣骯髒，真是爛到家了。

醋妒心理，是「紅」人物的重要行為動機，內趨力。

拿着香憐作法，反說他多事，着實搶白了幾句。香憐反討了沒趣，連秦鍾也訕訕的各歸坐位去了。金榮越發得了意，搖頭咂嘴的，口內還說許多閒話，玉愛偏又聽了，兩個人隔坐咕咕唧唧的角起口來。金榮只一口咬定說：「方才明明的撞見他兩個在後院裡親嘴摸屁股，兩個商議定了一對兒。」論長道短之言，只顧得意亂說，卻不防還有別人。誰知早又觸怒了一個人。你道這一個人是誰？

原來這人名喚賈薔，亦係寧府中之正派玄孫，父母早亡，從小兒跟着賈珍過活，如今長了十六歲，比賈蓉生得還風流俊俏。他兄弟二人最相親厚，常共起居。寧府中人多口雜，那些不得志的奴僕，專能造言誹謗主人，因此不知又有什麼小人詬誶謠諑之辭。賈珍想亦風聞得些口風不好，自己也要避些嫌疑，如今竟分與房舍，命賈薔搬出寧府，自己立門戶過活去了。這賈薔外相既美，內性又聰敏，雖然虛名來上學，亦不過虛掩眼目而已，仍是鬥雞走狗，賞花閱柳為事。上有賈珍溺愛，下有賈蓉匡助，因此族中人誰敢觸逆於他。他既和賈蓉最好，今見有人欺侮秦鍾，如何肯依？如今自己要挺身出來報不平，心中且忖度一番：「金榮、賈瑞一等人都是薛大叔的相知，我又與薛大叔相好，倘或我一出頭，他們告訴了老薛，我們豈不傷和氣？欲不管，如此謠言，說的大家沒趣。如今何不用計制伏，又止息聲口，又不傷臉面。」想畢，也裝出小恭去，走至後面，悄悄把跟寶玉的書童茗煙叫至身邊，如此這般調撥他幾句。

這茗煙乃是寶玉第一個得用的，且又年輕不諳事，如今聽賈薔說金榮如此欺

一、專能誹謗。二、也可能確有根據，不是誹謗。即使是奴僕，也不能欺之太甚的。

侮秦鍾，「連你的爺寶玉都干連在內，不給他個知道，下次越發狂縱了。」這茗煙無故就要欺壓人的，如今得了這信，又有賈薔助着，便一頭進來找金榮，也不叫金相公了，只說：「姓金的是什麼東西！」賈薔遂跺一跺靴子，故意整整衣服，看看日影兒說：「正時候了。」遂先向賈瑞說有事要早走一步。賈瑞不敢止他，只得隨他去了。這裡茗煙走進來，便一把揪住金榮問道：「我們膫屁股不膫，管你毬爬𣬛𣬠相干，橫豎沒膫你爹就罷了！你是好小子，出來動一動你茗大爺！」嚇的滿室中子弟都怔怔地癡望。賈瑞忙喝：「茗煙不得撒野！」金榮氣黃了臉說：「反了！奴才小子都敢如此，我只和你主子說。」便奪手要去抓打寶玉，秦鍾剛轉出身來，聽得腦後颼的一聲，早見一方硯瓦飛來，並不知係何人打來，卻打了賈藍、賈菌的座上。

這賈藍、賈菌亦係榮府近派的重孫。這賈菌少孤，其母疼愛非常，書房中與賈藍最好，所以二人同座，誰知這賈菌年紀雖小，志氣最大，極是淘氣不怕人的。他在位上冷眼看見金榮的朋友暗助金榮，飛硯來打茗煙，偏打錯了，落在自己面前，將個磁硯水壺打了粉碎，濺了一書墨水。賈菌如何依得，便罵：「好囚囊的們，這不都動了手了麼！」罵着，也便抓起硯磚來要飛。賈藍是個省事的，忙按住硯磚，極口勸道：「好兄弟，不與咱們相干。」賈菌如何忍得，見按住硯磚，他便兩手抱起書篋子來，照這邊掄了來。終是身小力薄，卻掄不到，反掄至寶玉秦鍾案上就落下來了，只聽嘩啷一響，砸在桌上，書本紙片筆硯等物撒了一桌，

十六歲就練就了這等本事，等五十六歲六十六歲七十六歲可怎麼得了！嗚呼哀哉，嗚呼哀哉！

充分發揮了粗人（奴僕）的優越性，乾脆把粗話說到極致，反倒震了，沒了治了。

管點事就怕人撒野。

也叫志氣。

又把寶玉的一碗茶也砸得碗碎茶流。那賈菌即便跳出來，要揪打那飛硯的人。金榮此時抓了一根毛竹大板在手，地狹人多，那裡經得舞動長板，茗煙早吃了一下，亂嚷：「你們還不來動手！」寶玉還有幾個小廝：一名掃紅，一名鋤藥，一名墨雨，這三個豈有不淘氣的，一齊亂嚷：「小婦養的！動了兵器了！」墨雨遂掇起一根門閂，掃紅鋤藥手中都是馬鞭子，蜂擁而上。賈瑞急得攔一回這個，勸一回那個，誰聽他的話，肆行大亂。眾頑童也有幫打太平拳助樂的，也有膽小藏過一邊的，也有立在桌上拍手亂笑，喝着聲兒叫打的，登時鼎沸起來。

外邊幾個大僕人李貴等，聽見裡邊作反起來，忙都進來，一齊喝住。問是何故？眾聲不一，這一個如此說，那一個又如彼說。李貴且喝罵了茗煙等四個一頓，攆了出去。秦鍾的頭早撞在金榮的板上，打去一層油皮，寶玉正拿褂襟子替他揉，見喝住了眾人，便命李貴：「收書！拉馬來，我去回太爺去！我們被人欺負了，不敢說別的，守禮來告訴瑞大爺，瑞大爺反派我們的不是，聽着人家罵我們，還調唆人家打我們，茗煙見人欺負我，他豈有不為我的，他們反打夥兒打了茗煙，連秦鍾的頭也打破了，還在這裡唸書麼？」李貴勸道：「哥兒不要性急。太爺既有事回家去了，這會子為這點子事去聒噪他老人家，倒顯的咱們沒禮似的。依我的主意，那裡的事情那裡了結，何必驚動老人家。這都是瑞大爺的不是，太爺不在這裡，你老人家就是這學裡的頭腦了，眾人看你行事。眾人有了不是，該打的打，該罰的罰，如何等鬧到這個地步還不管？」賈瑞道：「我吆喝着都不聽。」

熱鬧！生動！好戲！人一急眼，語言就生動了，這八股那八股，都是不疼不癢的去了勢的玩藝兒。

眾皆好鬥乎？遇鬥則喜乎？喜不自勝乎？

寶玉似乎對這種場面也不陌生，語言對策頗現成、成套。

*李貴處理糾紛，實在是水平不低。第一，立足於息事寧人，而不是加劇矛盾，很對。本來就沒有大不了的。第二，本人超脱，不介入矛盾，連寶玉主子這邊也不盲目投和，這就贏得了化解糾紛的主動權。第三，先責備主管人員，而不是責備衝突中任何一方，既合情理，又轉移了衝突熱點。第四，適當彈壓過激分子，如茗煙，以收殺一儆百之效。第五，當然還是誰勢力大誰有理，所以最後還是讓金榮道歉。這一套，方針對、方法對、收效好。值得借鑑。這種生活中的智慧，固不可輕視也。

李貴道：「不怕你老人家惱我，素日你老人家到底有些不是，所以這些兄弟不聽。就鬧到太爺跟前去，連你老人家也脱不了的。還不快作主意撕羅[11]開了罷。」寶玉道：「撕羅什麼？我必要回去的！」秦鍾哭道：「有金榮在這裡，我是要回去的了。」寶玉道：「這是為什麼？難道別人家來得，咱們倒來不得的？我必回明白眾人，攆了金榮去。」又問李貴：「這金榮是那一房的親友？」李貴想一想道：「也不用問了，若説起那一房親戚，更傷了兄弟們的和氣。」

茗煙在窗外道：「他是東衚裡璜大奶奶的侄兒。那是什麼硬掙仗腰子[12]的，也來唬我們。璜大奶奶是他姑媽。你那姑媽只會打旋磨兒[13]給我們璉二奶奶跪着借當頭。[14]我眼裡就看不起他那樣主子奶奶！」李貴忙喝道：「偏這小狗養的知道，有這些蛆嚼！」[15]寶玉冷笑道：「我只當是誰的親戚，原來是璜嫂子的侄兒，我就去問他。」説着便要走。叫茗煙進來包書。茗煙進來包書，又得意洋洋的道：「爺也不用自己去見他，等我去他家，就説老太太有話問他呢，僱上一輛車子拉進去，當着老太太問他，豈不省事。」李貴忙喝道：「你要死！仔細回去我好不好先捶了你，然後回老爺太太，就説寶哥全是你調唆的。我這裡好容易勸哄的好了一半，你又來生了新法兒。你鬧了學堂，不説變個法兒壓息了才是，倒遂往火裡奔。」茗煙方不敢作聲。

此時賈瑞也生恐鬧不清，自己也不乾淨，只得委曲着來央告秦鍾，又央

僕以主榮，反之亦然。

在這個家學中，當然寶玉的身份最高，但他依

然接受了妥協。可見，誰的行為也不是不受客觀的合理性與可能性的限制的。寶玉其實明白並接受這樣的限制，所以他不是薛蟠式的混小子。

告寶玉。先是他二人不肯。後來寶玉說：「不回去也罷了，只叫金榮賠不是便罷。」金榮先是不肯，後來經不得賈瑞也來逼他權賠個不是。李貴等只得好勸金榮說：「原是你起的端，你不這樣，怎得了局？」金榮強不得，只得與秦鍾作了揖。寶玉還不依，定要磕頭。賈瑞只要暫息此事，又悄悄的勸金榮說：「俗語云：『忍得一時忿，終身無惱悶。』」

未知金榮從也不從，下回分解。

*這在「紅」中，也算大場面了。如聞其聲，如見其形，真切實在，令人信服。下流而不失天真，混亂而不失頭緒，可惱更復可笑，鬧劇而不失分寸。

任何矛盾一激化就往往演變為混戰，一混戰也就只能不了了之，稀泥和之。到這時候，見好就收也就是勝利了。如果動真格的，一定不依不饒（如茗煙），就是要捶要死了。

1 **大毛衣服**：皮衣有大毛、中毛、小毛之別，大毛一般指狐皮、貂皮。中毛一般指銀鼠、灰鼠等，小毛一般指羊皮一類。

2 **攸攸鹿鳴，荷葉浮萍**：原文是「呦呦鹿鳴，食野之苹」（《詩．小雅．鹿鳴》），這句是李貴誤聽學舌鬧出的笑話。

3 **蟾宮折桂**：折月宮中的桂枝，比喻科舉及第。

4 **膏火**：專指供給學生的讀書補貼。

5 **「龍陽」之興**：意為喜好男色。龍陽，戰國時魏王寵臣，封龍陽君，後世以「龍陽」代指男色。

6 **束脩**：學費的代稱。原是十條一紮的乾肉，古時作為送老師的禮品。

7 **契弟**：本是拜把兄弟之意，後來指與男風、男色有關的關係。

8 **將不利於孺子**：語出《尚書．金縢》，小說中意為賈府子弟對香憐、玉愛居心不良。

9 **上書**：指上新課。

10 **小恭**：即小便。

11 **撕羅**：排解之意。

12 **硬掙仗腰子**：有硬後台撐腰之意。

13 **打旋磨兒**：圍着人打轉兒，獻殷勤的樣子。

14 **借當頭**：借別人的東西去典當，叫「借當頭」。

15 **蛆嚼**：即嚼蛆，罵人話。

第十回 金寡婦貪利權受辱 張太醫論病細窮源

話説金榮因人多勢眾，又兼賈瑞勒令賠了不是，給秦鍾磕了頭，寶玉方才不吵鬧了。大家散了學，金榮自己回到家中，越想越氣，説：「秦鍾不過是賈蓉的小舅子，又不是賈家的子孫，附學讀書也不過和我一樣。他因仗着寶玉同他相好，就目中無人。既是這樣，就該行些正經事，也沒説的。他素日又和寶玉鬼鬼祟祟的，只當人多是瞎子，看不見。今日他又去勾搭人，偏偏撞在我眼裡，就是鬧出事來，我還怕什麼不成？」

他母親胡氏聽見他咕咕唧唧的，説：「你又要管什麼閒事？好容易我望你姑媽説了，你姑媽又千方百計的向他們西府裡璉二奶奶跟前説了，你才得了這個唸書的地方。若不是仗着人家，咱們家裡還有力量請得起先生麼？況且人家學裡茶飯都是現成的。你這二年在那裡唸書，家裡也省好大的嚼用[1]呢。省出來的，你又愛穿件鮮明衣服。再者，因你在那裡唸書，你就認得什麼薛大爺了。那薛大爺一年也幫了咱們七八十兩銀子。你如今要鬧出了這個學房，若再要找這樣一個地方，我告訴你説罷，比登天的還難呢！你給我老老實實的頑回子，睡你的覺去，

咕咕唧唧，金榮差矣！這種矛盾本不應帶回家來，更不應咕咕唧唧，太沒有男子漢品格了。

依靠別人施捨者，能有什麼尊嚴？

好多着的呢。」於是金榮忍氣吞聲，不多一時也自睡覺了。次日仍舊上學去了，不在話下。

且說他姑娘原來給的是賈家玉字輩的嫡派，名喚賈璜。但其族人那裡皆能像寧榮二府的富勢，原不用細說。這賈璜夫妻守着些小小的產業，又時常到寧榮二府裡去請安，又會奉承鳳姐兒並尤氏，所以鳳姐兒尤氏也時常資助資助他，方能如此度日。今日正遇天氣晴明，又值家中無事，遂帶了一個婆子，坐上車，來家裡走走，瞧瞧寡嫂並侄兒。

閒說之間，金榮的母親偏提起昨日賈家學房裡的事，從頭至尾，一五一十都向他小姑子說了。這璜大奶奶不聽則已，聽了怒從心上起，說道：「這秦鍾小子是賈門的親戚，難道榮兒不是賈門的親戚？人都別要勢利了，況且都做的是什麼有臉的事！就是寶玉，也不犯向着他到這個田地。等我去到東府瞧瞧我們珍大奶奶，再和秦鍾的姐姐說說，叫他評評這個理。」這金榮的母親聽了，唬的了不得，忙說：「這都是我的快嘴告訴了姑奶奶，求姑奶奶快別去說罷，別管他們誰是誰非，倘或鬧出來，怎麼在這裡站得住？若站不住，家裡不但不能請先生，反在他身上添出許多嚼用來呢。」璜大奶奶說道：「那裡管得許多，你等我說了，看是怎麼樣！」也不容他嫂子勸，一面叫老婆子瞧了車，坐了往寧府裡來。

到了寧府，進了東角門下了車，進去見了賈珍的妻子尤氏，未敢氣高，殷殷勤勤敘過了寒温，說了些閒話，方問道：「今日怎麼沒見蓉大奶奶？」尤氏說：

金榮母親約束金榮，但向璜大奶奶告狀，她以為璜大奶奶能為她做主呢！

自以為能說得上話。

一見着已矮了半截。

「他這些日子不知怎麼，經期有兩個多月沒有來，叫大夫瞧了，又說並不是喜。那兩日，到下半日就懶怠動了，話也懶怠說，眼神發眩，我叫他：『你且不必拘禮，早晚不必照例上來，你竟養養罷。就是有親戚來，還有我呢。就有長輩怪你，等我替你告訴。』連蓉哥我都囑咐了，我說：『你不許累掯[2]他，不許招他生氣，叫他好生靜養靜養就好了。他要想什麼吃，只管到我這裡來取，倘或他有個好歹，你再要娶這一個媳婦兒，這麼個模樣兒，這麼個性情兒，只怕打着燈籠兒也沒處去找呢。』他這為人行事，那個親戚，那個長輩不喜歡他？所以我這兩日好不心煩。偏生今兒早起他兄弟來瞧他，誰知他那小孩子家不知好歹，看見他姐姐身上不好，這些事也不當告訴他，就受了萬分委曲，也不該向着他說。誰知昨日學房裡打架，不知是那裡附學的學生倒欺負了他，裡頭還有些不乾不淨的話，都告訴了他姐姐。嬸子，你是知道的，那媳婦雖則見了人有說有笑的，他可心細，心又多，不拘聽見什麼話兒，多要忖量個三日五夜才罷。這病就是從這用心太過上得來的。今兒聽見有人欺負了他兄弟，又是惱，又是氣。惱的是那狐朋狗友搬弄是非，調三惑四；氣的是為他兄弟不學好，不上心讀書，以至如此學裡吵鬧。他為了這事，索性連早飯還沒吃。我才到他那邊，安慰了他一會，又勸解了他兄弟幾句。我叫他兄弟到那邊府裡找寶玉兒去了。我又瞧着他吃了半盞燕窩湯，我才過來的。嬸子，你說我心焦不心焦？況且今又沒個好大夫，我想到他這病上，我心裡如同針扎一般。你們知道有什麼好大夫沒有？」

何等的嬌氣！如非金枝玉葉，怎可能具有豌豆公主的脾氣？

尤氏這一套是早有準備的。雖係「家庭婦女」，生活在早早就有了蘇秦、張儀的國家，不免無師自通地練就了春秋戰國的外交口才。

金氏聽了這一番話，把方才在他嫂子家的那一團要向秦氏理論的盛氣，早嚇的丟在爪窪國[3]去了。聽見尤氏問他好大夫的話，連忙答道：「我們也沒聽見人說什麼好大夫。如今聽起大奶奶這個病來，定不得還是喜呢。嫂子倒別教人混治，倘若治錯了，可了不得。」尤氏道：「正是呢。」說話之間，賈珍從外進來，見了金氏便問尤氏道：「這不是璜大奶奶麼？」金氏向前給賈珍請了安。賈珍向尤氏說：「讓這大妹妹吃了飯去。」賈珍說着話，便向那屋裡去了。金氏此來，原要向秦氏說秦鍾欺負他侄兒的事。聽見秦氏有病，連提也不敢提了。況且賈珍尤氏又待的甚好，因轉怒為喜的又說了一會子閒話，方家去了。

金氏去後，賈珍方過來坐下，問尤氏道：「今日他來有什麼說的？」尤氏答道：「倒沒說什麼。一進來臉上倒像有些着惱的氣色似的，及至說了半天話，又提起媳婦的病，他倒漸漸的氣色平靜了。你又叫留他吃飯，他聽見媳婦這樣的病，也不好意思只管坐着，又說幾句閒話就去了，倒沒有求什麼事。如今且說媳婦這病，你那裡尋一個好大夫給他瞧瞧要緊，可別耽誤了。現今咱們家走的這群大夫，那裡要得，一個個都是聽着人的口氣兒，人怎麼說，他也添幾句文話兒說一遍，可倒殷勤的狠，三四個人一日輪流着倒有四五遍來看脈。大家商量着立個方兒，吃了也不見效，倒弄得一日三五次換衣服，坐起來見大夫，其實予病人無益。」賈珍說：「可是這孩子也糊塗，何必又脫脫換換的，倘或又着了涼，更添一層病還了得。任憑什麼好衣裳，又值什麼呢？孩子的身體要緊，就是一天穿一套新的，

勢不足氣盛，可哀可笑。氣終難勝勢，倒也轉得快。

轉怒為喜間，把侄兒扔到一邊去了。

對「這群大夫」的勾勒亦很傳神，可憐可嘆！

也不值什麼。我正要告訴你：方才馮紫英來看我，他見我有些抑鬱之色，問我是怎麼了。我告訴他，媳婦身子大不爽快，因為不得個好太醫，斷不透是喜是病，又不知有妨礙無妨礙，所以我心裡實在着急。馮紫英因說他有一個幼時從學的先生，姓張名友士，學問最淵博，更兼醫理極精，且能斷人的生死。今年是上京給他兒子捐官，現在他家住着呢。這樣看來，或者媳婦的病該在他手裡除災也未可定。我已叫人拿我的名帖去請了。今日天晚或未必來，明日想一定來的。且馮紫英又回家親替我求他，務必請他來瞧的。等待張先生來瞧了再說罷。」

尤氏聽說，心中甚喜，因說：「後日又是太爺的壽日，至底怎麼辦法？」賈珍說：「我方才到了太爺那裡去請安，兼請太爺來家受一受一家子的禮。太爺因說道：『我是清淨慣了的，我不願意往你們那是非場中去。你們必定說是我的生日，要叫我去受些眾人的頭，你莫如把我從前註的《陰騭文》[4]給我好好的叫人寫出來刻了，比叫我無故受眾人的頭還強百倍呢。倘或明日後日這兩天一家子要來，你就在家裡好好的款待他們就是了，也不必給我送什麼東西來，連你後日也不必來；你要心中不安，你今日就給我磕了頭去。倘或後日你又跟許多人來鬧我，我必和你不依。』如此說了，後日我是再不敢去的了。且叫來升來，吩咐他預備兩日的筵席。」尤氏因叫了賈蓉來：「吩咐來升照例預備兩日的筵席，要豐豐富富的。你再親自到西府裡請老太太、大太太、二太太和你璉二嬸子來逛逛。你父親今日又聽見一個好大夫，已打發人請去了，想明日必來，你可將他這些日

賈敬先生的聲氣不像清淨超脫——清淨超脫還說這麼多廢話幹啥？且說得相當俗。當俗人表白自己的清高的時候，就更俗得可厭了。

子的病症細細的告訴他。」

賈蓉一一答應着出去了。正遇着方才到馮紫英家去請那先生的小子回來了。因回道：「奴才方才到了馮大爺家，拿了老爺名帖請那先生去，那先生說道：『方才這裡大爺也向我說了。但是今日拜了一天的客才回到家，實在不能支持，就是去到府上也不能看脈，須得調息一夜，明日務必到府。』他又說：『醫學淺薄，本不敢當此重薦，因馮大爺和府上既已如此說了，又不得不去，你先代我回明大人就是了。大人的名帖着實不敢當。』仍叫奴才拿回來了。哥兒替奴才回一聲兒。」賈蓉復轉身進去回了賈珍和尤氏的話，方出來叫了來升吩咐預備兩日的筵席的話。來升聽畢，自去照例料理。不在話下。

且說次日午間，門上人回道：「請的那張先生來了。」賈珍遂延入大廳坐下。茶畢，方開言道：「昨日承馮大爺示知老先生人品學問，又兼深通醫理，小弟不勝欽敬。」張先生道：「晚生粗鄙下士，知識淺陋，昨因馮大爺示知，大人家第謙恭下士，又承呼喚，敢不奉命，但毫無實學，倍增汗顏。」賈珍道：「先生不必過謙，就請先生進去看看兒婦，仰仗高明，以釋下懷。」

於是賈蓉同了進去。到了內室，見了秦氏，向賈蓉說道：「這位就是尊夫人了？」賈蓉道：「正是。請先生坐下，讓我把賤內的病症說一說，再看脈如何？」那先生道：「依小弟意下，竟先看脈再請教病源為是。我初造尊

* 茗煙鬧書房後璜大奶奶、金榮及其母親的表現，不參透人情世故，是寫不了這樣準確的。

太醫診病一節，為何佔了這麼多篇幅？當然，中醫是中華傳統文化的重要組成部分，作為封建生活及中華文化的百科全書，「紅」是必須談醫的。寫長篇，確實也是需要多方面的涉獵的。長篇而寫得單調、單一、乾癟，不如不寫。

除此之外，對於秦可卿這個人物，從臨床診斷上再次強調了她好強、敏感、多思慮的特點。有沒有進一步的含意呢？

府，本也不知道什麼，但我們馮大爺務必叫小弟過來看看，小弟所以不得不來。如今看了脈息，看小弟說得是不是，再將這些日子的病勢講一講，大家斟酌一個方兒，可用不可用，那時大爺再定奪就是了。」賈蓉道：「先生實在高明，如今恨相見之晚。就請先生看一看脈息，可治不可治，得以使家父母放心。」於是家下媳婦們捧過大迎枕[5]來，一面給秦氏靠着，一面拉着袖口，露出手腕來。這先生方伸手按在右手脈上，調息了至數，[6]凝神細診了半刻工夫，換過左手，亦復如是。診畢了，說道：「我們外邊坐罷。」

賈蓉於是同先生到外邊屋裡炕上坐了，一個婆子端了茶來。賈蓉道：「先生請茶。」茶畢，問道：「先生看這脈息，還治得治不得？」先生道：「看得尊夫人脈息：左寸沉數，左關沉伏；右寸細而無力，右關虛而無神。其左寸沉數者，乃心氣虛而生火；左關沉伏者，乃肝家氣滯血虧。右寸細而無力者，乃肺經氣分太虛。右關虛而無神者，乃脾土被肝木克制。心氣虛而生火者，應現今經期不調，夜間不寐。肝家血虧氣滯者，應脅下痛脹，月信過期，心中發熱。肺經氣分太虛者，頭目不時眩暈，寅卯間必然自汗，如坐舟中。脾土被肝木克制者，必定不思飲食，精神倦怠，四肢酸軟。據我看，這脈當有這些症候才對，或以這個的為喜脈，則小弟不敢聞命矣。」旁邊一個貼身伏侍的婆子道：「何嘗不是這樣呢。真正先生說得如神，倒不用我們說的了。如今我們家裡現有好幾位太醫老爺瞧着呢，都不能說的這樣真切。有的說道是喜，有的說道是病，這位說不相干，這位

這裡，對於醫生診斷的期望竟與對於占卜的期望一致，顯得很天真可愛。至今這種占卜式期望仍然未衰。這可能也反映一種沒有文化的人考一考有文化的人的心理——對文化人的文化（或專業知識、專業能力）既敬畏，又心存疑惑——不是蒙我的吧？

「端茶」云云，從整體來看似是個「廢情節」，但沒有這幾句話就沒有一種真切的氛圍。

作者藉機賣弄其醫學知識。

又說怕冬至前後，總沒有個真着話兒。求老爺明白指示指示。」

那先生說：「大奶奶這個症候，可是眾位耽擱了。要在初次行經的時候就用藥治起，只怕此時已痊癒了。如今既是把病耽誤到這地位，也是應有此災。依我看起來，病倒尚有三分治得。吃了我這藥看，若是夜間睡的着覺，那時又添了二分拿手了。據我看這脈息：大奶奶是個心性高強聰明不過的人。但聰明太過，則不如意事常有；不如意事常有，則思慮太過。此病是憂慮傷脾，肝木特旺，經血所以不能按時而至。大奶奶從前行經的日子問一問，斷不是常縮，必是常長的，是不是？」這婆子答道：「可不是，從沒有縮過，或是長兩日三日，眕至十日不等都長過的。」先生聽道：「是了。這就是病源了。從前若能以養心調氣之藥服之，何至於此。這如今明顯出一個水虧火旺的症候來。待我用藥看。」於是寫了方子，遞與賈蓉，上寫的是：

益氣養榮補脾和肝湯

人參　白朮　雲苓　熟地　歸身　白芍　川芎　黃芪　香附米　醋柴胡

懷山藥　真阿膠　延胡索　炙甘草

引用建蓮子七粒去心大棗兩枚

賈蓉看了說：「高明的狠。還要請教先生，這病與性命終久有妨無妨？」先生笑道：「大爺是最高明的人。人病到這個地位，非一朝一夕的症候了。吃了這藥也要看醫緣了。依小弟看來，今年一冬是不相干的。總是過了春分，就可望全癒

醫生最懂不能打保票，事事需留有餘地的。因為他的責任大，驗證快。換句話說，大吹大擂者多是不負責任且內容無法驗證者。從症狀扯到性格，兼而行「心理諮詢」之事了。

養心調氣，其實有利百病。

醫緣，醫生也要：一、聽從命運的，二、聽從

了。」賈蓉也是個聰明人，也不往下細問了。

於是賈蓉送了先生去了。方將這藥方子並脈案都給賈珍看了，說的話也都回了賈珍並尤氏了。尤氏向賈珍道：「從來大夫不像他說的痛快，想必用藥不錯的。」賈珍道：「人家原來不是混飯吃的久慣行醫的人。因為馮紫英我們相好，他好容易求了他來的。既有了這個人，媳婦的病或者就能好了。他那方子上有人參，就用前日買的那一斤好的罷。」賈蓉聽說畢話，方出來叫人打藥去煎給秦氏吃。不知秦氏服了此藥病勢如何，且聽下回分解。

偶然性的。

這反映了中國人的又一個特殊觀念，職業的是低下的，業餘的方是高超的。

1 嚼用：指吃穿等日常生活費用。

2 累掯：拖累、難為之意。

3 爪窪國：古國名，在今印度尼西亞爪窪島，用以比喻很遠的地方。

4 陰騭文：道教書名，即《文昌帝君陰騭文》。是一篇宣傳因果報應的勸善文字。

5 迎枕：中醫診脈時墊在患者手下的小枕。

6 調息了至數：中醫診脈，首先調節自己的呼吸，叫作「調息」。人一呼一吸間脈搏跳動的次數，稱作「至數」。這裡是說大夫調整好自己的呼吸脈搏，去對比病人的呼吸脈搏。

第十一回 慶壽辰寧府排家宴 見熙鳳賈瑞起淫心

話說是日賈敬的壽辰，賈珍先將上等可吃的東西、稀奇的果品，裝了十六大捧盒，賈蓉帶領家下人送與賈敬去。向賈蓉說道：「你留神看太爺喜歡不喜歡，你就行了禮起來。說：『父親遵太爺的話不敢前來，在家裡率領合家都朝上行了禮了。』」賈蓉聽罷，即率領家人去了。

這裡漸漸的就有人來，先是賈璉、賈薔來，看了各處的座位，並問：「有什麼頑意兒沒有？」家人答道：「我們爺算計本來請太爺今日來家，所以並未敢預備頑意兒。前日聽見太爺不來了，現叫奴才們找了一班小戲兒並一檔子打十番[1]的，都在園子裡戲台上預備着呢。」

次後邢夫人、王夫人、鳳姐兒、寶玉都來了。賈珍並尤氏接了進去。尤氏的母親已先在這裡。大家見過了，彼此讓了坐。賈珍、尤氏二人遞了茶，因笑道：「老太太原是個老祖宗，我父親又是侄兒，這樣年紀、日子，原不敢請他老人家來；但是這時候天氣又涼爽，滿園的菊花盛開，請老祖宗過來散散悶，看看眾兒孫熱熱鬧鬧的，是這個意思。誰知老祖宗又不賞臉。」鳳姐兒未等王夫人開口，

千頭萬緒，各有來歷，前後呼應，逐漸適應，讀者被引進了小說世界，任憑作者的導遊矣。

文藝活動根據日曆安排。

前邊寫寶玉在薛姨媽處吃酒時似是冬日，現是次年秋季麼？「紅」對時間的順序並不清楚交待，「話說是日」云云，是日是哪一日誰也不

先說道：「老太太昨日還說要來呢，因為晚上看見寶兄弟吃桃兒，他老人家又嘴饞了，吃了有大半個，五更天時候就一連起來了兩次，今日早晨略覺身子倦些，因叫我回大爺，今日斷不能來了，說有好吃的要幾樣，還要狠爛的。」賈珍聽了笑道：「我說老祖宗是愛熱鬧的，今日不來，必定有個原故，這就是了。」

王夫人說：「前日聽見你大妹妹說，蓉哥媳婦身上有些不大好，到底是怎麼樣？」尤氏道：「他這個病得的也奇。上月中秋還跟着老太太、太太們頑了半夜，回家來好好的，到了二十日以後，一日比一日覺懶了，又懶得吃東西，這將近有半個多月。經期又有兩個月沒來。」邢夫人接說道：「莫是喜罷？」

正說着，外頭人回道：「大老爺、二老爺並一家的爺們都來了，在廳上呢。」賈珍連忙出去了。這裡尤氏復說：「從前大夫也有說是喜的。昨日馮紫英薦了他幼時從學過的一個先生，醫道很好，瞧了說不是喜，是一個大症候。昨日開了方子，吃了一劑藥，今日頭眩的略好些，仍不見大效。」鳳姐兒道：「我說他不是十分支持不住，今日這樣日子，再也不肯不掙扎着上來。」尤氏道：「你是初三日在這裡見他的，他強扎掙了半天，也是因你們娘兒兩個好的上頭，還戀戀的捨不得去。」鳳姐兒聽了，眼圈兒紅了一會子，方說道：「『天有不測風雲，人有旦夕禍福』。這點年紀倘或因這病上有個長短，人生在世有甚麼趣兒！」

正說着，賈蓉進來，給邢夫人、王夫人、鳳姐兒都請了安，方回尤氏道：「方才我給太爺送吃食去，並回說我父親在家伺候老爺們，款待一家子的爺們，遵太

清楚。山中方七日，世上已千年。反正立足大荒山無稽崖青埂峰，賈府的這些吃吃喝喝玩玩樂樂不過是瞬間的事。這也是心理時間，作為永不復返的往事，所有的舊事都停留在一個平面上。

奇。這樣不厭其煩地翻過來倒過去地研究秦氏的病，所為何來？

大症候。

頭眩，官能性的抑或器質性的疾患呢？

順便回溯一下日前的交往，粗粗一帶，意思意思即可。

甚不祥矣，何言重若是焉？

不管多麼骯髒腐爛，形式上的禮貌，從不或缺。禮的核心是對於尊卑（長幼）秩序的肯定與尊重。

爺的話並不敢來。太爺聽了甚歡喜說：『這才是。』叫告訴父親母親好生伺候太爺太太們，叫我好生伺候叔叔嬸子並哥哥們。還說那《陰騭文》，叫他們急急刻出來，印一萬張散人。我將此話都回了我父親了。我這會子還得快出去，打發太爺們並合家爺們吃飯。」鳳姐兒說：「蓉哥兒，你且站着。你媳婦今日到底是怎麼着？」賈蓉皺皺眉兒說道：「不好麼！嬸子回來瞧瞧去就知道了。」於是賈蓉出去了。

這裡尤氏向邢夫人、王夫人道：「太太們在這裡吃飯，還是在園子裡吃去？有小戲兒現在園子裡預備着呢。」王夫人向邢夫人道：「這裡狠好。」尤氏就吩咐媳婦婆子們：「快擺飯來。」門外一齊答應了一聲，都各人端各人的去了。不多時，擺上了飯。尤氏讓邢夫人、王夫人並他母親都上坐了，他與鳳姐兒、寶玉側席坐了。邢夫人、王夫人道：「我們來原為給大老爺拜壽，這豈不是我們來過生日了麼？」鳳姐兒說：「大老爺原是好靜養的，已修煉成了，也算得是神仙了。太太們這麼一說，就叫做『心到神知』了。」一句話說的滿屋裡都笑起來。

尤氏的母親並邢夫人、王夫人、鳳姐兒都吃了飯，漱了口，淨了手；才說要往園子裡去，賈蓉進來向尤氏道：「老爺們並各位叔叔哥哥們都吃了飯了。大老爺說家裡有事，二老爺是不愛聽戲，又怕人鬧的慌，都去了。別的一家子爺們被璉二叔並薔大爺都讓過去聽戲去了。方才南安郡王、東平郡王、西寧郡王、北靜郡王四家王爺，並鎮國公牛府等六家，中靖侯史府等八家都差人持名帖送壽禮

經過前十回墊底，特別是經過茗煙鬧書房的繪聲繪色的描寫——乃是前十回的一個小高潮，讀者也充分接受了「紅」的真實性、可信性、主動性。這樣，一切身邊瑣事、細節，便進一步鑿實了這種真實、可信、生動的性質，使一部長篇顯得更加細密結實。同樣的細節，在短篇中頗宜刪卻。

也算對俚語套語的創造性活用，為一句套話注入新的生命。能老話新用的人腦子都較通達靈活。甚至有「偉人」氣質。

貴族們的橫向聯繫當然有，但多在大面上「按例」進行，未有（不得有、不敢有）真正的交流。這也就使得越是大戶人家越封閉。

來，俱回了我父親，先收在賬房裡，禮單都上了檔子了。領謝名帖都交給各家的來人了，來人也各照例賞過，都讓吃了飯去了。母親該請二位太太、老娘、嬸子都過園子裡去坐着罷。」尤氏道：「也是才吃完了飯，就要過去了。」

鳳姐兒說：「我回太太，我先瞧瞧蓉哥媳婦去，我再過去罷。」王夫人道：「很是。我們都要去瞧瞧，倒怕他嫌我們鬧的慌，說我們問他好罷。」尤氏道：「好妹妹，媳婦聽你的話，你去開導開導他，我也放心，你就快些過園子裡來。」寶玉也要跟着鳳姐兒去瞧秦氏。王夫人道：「你看看就過去罷，那是侄兒媳婦呢。」於是尤氏請了邢夫人、王夫人並他母親都過會芳園去了。

鳳姐兒、寶玉方和賈蓉到秦氏這邊來。進了房門，悄悄的走到裡間房內，秦氏見了，要站起來，鳳姐兒說：「快別起來，看頭暈。」於是鳳姐兒緊行了兩步，拉住了秦氏的手說：「我的奶奶，怎麼幾日不見就瘦的這樣了！」於是就坐在秦氏坐的褥子上。寶玉也問了好，在對面椅子上坐了。賈蓉叫：「快倒茶來，嬸子和二叔在上房還未吃茶呢。」

秦氏拉着鳳姐的手，強笑道：「這都是我沒福。這樣人家，公公婆婆當自家的女兒似的待。嬸娘，你侄兒雖說年輕，卻是他敬我，我敬他，從來沒有紅過臉兒，就是一家子的長輩同輩之中，除了嬸子不用說了，別人也從無不疼我的，也從無不和我好的。如今得了這個病，把我那要強的心一分也沒有了。公婆面前未得孝順一天兒；就是嬸娘這樣疼我，我就有十分孝順的心，如今也不能夠了。我

又是秦氏的事！

開導什麼？即安慰麼？有沒有現代人的開導——解開思想疙瘩——含義？

無不疼，無不好者，除了秦氏（也許還有寶玉、寶釵），誰能說得這樣滿呢？

自想着，未必熬得過年去。」

寶玉正把眼瞅着那《海棠春睡圖》並那秦太虛寫的「嫩寒鎖夢因春冷，芳氣襲人是酒香」的對聯，不覺想起在這裡睡晌覺時夢到「太虛幻境」的事來。正在出神，聽得秦氏說了這些話，如萬箭攢心，那眼淚不覺流下來了。鳳姐兒見了，心中十分難過，但恐病人見了這個樣子反添心酸，倒不是來開導他勸解他的意思了。因說：「寶玉，你忒婆婆媽媽的了，他病人不過是這樣說，那裡就到這田地？況且年紀又不大，略病病就好。」又回向秦氏道：「你別胡思亂想，豈不是自家添病了麼？」賈蓉道：「他這病也不用別的，只吃得下些飯食就不怕了。」鳳姐兒道：「寶兄弟，太太叫你快些過去呢。你倒別在這裡只管這麼着，倒招的媳婦心裡不好過。太太那裡又惦着你。」因向賈蓉說道：「你先同寶叔過去，我還略坐坐呢。」賈蓉聽說，即同寶玉過會芳園去了。

這裡鳳姐兒又勸解了一番，又低低說了許多衷腸話兒。尤氏打發人來了兩三遍，鳳姐兒才向秦氏說道：「你好生養着，我再來看你罷。合該你這病要好了，所以前日遇見這個好大夫，再也是不怕的了。」秦氏笑道：「任憑他是神仙，治了病治不了命。嬸子，我知道，這病不過是捱日子的。」鳳姐兒說道：「你只管這麼想，這那裡能好呢？總要想開了才好。況且聽得大夫說，若是不治，怕的是春天不好。咱們若是不能吃人參的人家也難說了。你公公婆婆聽見治得好，別說一日二錢人參，就是二斤也吃得起。好生養着罷，我就過園子裡去了。」秦氏又

很悲觀。陰影來自何方？

含糊其詞了。

對秦氏的正面描寫惜墨如金，但別人的反應如此強烈，更加吊讀者胃口。

許多衷腸話兒是什麼意思？鳳的熱點在於管理、在於權，絲毫看不出秦有志於斯或有利害於斯呀。

道：「嬸子恕我不能跟過去了。閒了的時候還求過來瞧瞧我呢，咱們娘兒們坐坐多說幾句閒話兒。」鳳姐兒聽了，不覺眼圈兒又紅了，說道：「我得了閒兒，必常來看你。」於是帶跟來的婆子媳婦們並寧府的媳婦婆子們，從裡頭繞進園子的便門來。只見：

黃花滿地，白柳橫坡。小橋通若耶之溪，曲徑接天台之路。石中清流滴滴，籬落飄香；樹頭紅葉翩翩，疏林如畫。西風乍緊，猶聽鶯啼；暖日當暄，又添蛩語。遙望東南，建幾處依山之榭；近觀西北，結三間臨水之軒。笙簧盈座，別有幽情；羅綺穿林，倍添韻致。

是鳳姐忽然來了賞秋的雅興？還是作者急轉，急於轉換鏡頭，不想再繼續方才的畫面和話題呢？老是吞吞吐吐地渲染秦氏的病，作者也累了麼？

這一段賦何等突兀！

鳳姐兒正看園中景致，一步步行來正讚賞時，猛然從假山石後走出一個人來，向前對鳳姐說道：「請嫂子安。」鳳姐兒猛一驚，將身往後一退，說道：「這是瑞大爺不是？」賈瑞說道：「嫂子連我也不認得了？」鳳姐兒道：「不是不認得，猛然一見，想不到是大爺在這裡。」賈瑞道：「也是合該我與嫂子有緣。我方才偷出了席，在這裡清淨地方略散一散，不想就遇見嫂子。這不是有緣麼？」一面說，一面拿眼睛不住的覷看鳳姐。

鳳姐是個聰明人，見他這個光景，如何不猜八九分呢。因向賈瑞假意含笑道：「怪不得你哥哥常提你，說你好。今日見了，聽你這幾句話兒，就知道你是個聰明和氣的人了。這會子我要到太太們那邊去呢，不得和你說話，等閒了再會罷。」賈瑞道：「我要到嫂子家裡去請安，又怕嫂子年輕，不肯輕易見人。」鳳姐又假笑道：「一家骨肉，說什麼年輕不年輕的話。」賈瑞聽了這話，心中暗喜，因想道：「再不想今日得此奇遇。」那情景越發難看了。鳳姐兒說道：「你快去入席去罷，看他們拿住了罰你的酒。」賈瑞聽了，身上已木了半邊，慢慢的走着，一面回過頭來看。鳳姐兒故意的把腳放遲了，見他去遠了，心裡暗忖道：「這才是知人知面不知心呢，那裡有這樣禽獸的人。他果如此，幾時叫他死在我手裡，他才知道我的手段！」

不是提防，而是殺機，這樣的進攻型思路！

於是鳳姐兒方移步前來。將轉過了一重山坡兒，見兩三個婆子慌慌張張的走來，見鳳姐兒笑道：「我們奶奶見二奶奶不來，急的了不得，叫奴才們又來請奶奶來了。」鳳姐兒說：「你們奶奶就是這樣急腳鬼似的。」鳳姐兒慢慢的走着，問：「戲文唱了幾齣了？」那婆子回道：「唱了八九齣了。」說話之間，已到天香樓後門，見寶玉和一群丫頭小子們那裡頑呢。鳳姐兒說：「寶兄弟，別忒淘氣了。」一個丫頭說道：「太太們都在樓上坐着呢，請奶奶就從這邊上去罷。」

一齣多少時間？鳳姐與秦氏做了長時間的談話了麼？

鳳姐兒聽了，款步提衣上了樓。尤氏已在樓梯口等着。尤氏笑道：「你們娘兒兩個忒好了，見了面總捨不得來了，你明日搬來和他同住罷。你坐下，我先敬你一鍾。」於是鳳姐兒至邢夫人、王夫人前告坐。尤氏拿戲單來，讓鳳姐兒點戲。鳳姐兒說：「太太們在上，如何敢點。」邢夫人、王夫人說道：「我們和親家太太點了好幾齣了。你點幾齣好的我們聽。」鳳姐兒立起身來答應了，接過戲單來，從頭一看，點了一齣《還魂》，[2]一齣《彈詞》，[3]遞過戲單來說：「現在唱的這《雙官誥》[4]完了再唱這兩齣，也就是時候了。」王夫人道：「可不是呢，也該趁早叫你哥哥嫂子歇歇，他們心裡又不靜。」尤氏說道：「太太們又不是常來的，娘兒們多坐一會子去，才有趣，天氣還早呢。」鳳姐兒立起身來，望樓下一看，說：「爺們都往那裡去了？」旁邊一個婆子道：「爺們才到凝曦軒，帶了十番那裡吃酒去了。」鳳姐兒道：「在這裡不便宜，背地裡又不知幹什麼去了！」尤氏笑道：「那裡都像你這麼正經人呢。」

於是說說笑笑，點的戲都唱完了，方才撤下酒席，擺上飯來。吃畢，大家才出園子，來到上房坐下，吃了茶，才叫預備車，向尤氏的母親告了辭。尤氏率同眾姬妾並家人媳婦們送出來。賈珍率領眾子侄在車旁侍立，都等候着，見了邢王二夫人說道：「二位嬸子明日還過來逛逛。」王夫人道：「罷了，我們今兒整坐了一日，也乏了，明日也要歇歇。」於是都上車去了。賈瑞猶不住拿眼看鳳姐兒。賈珍進去後，李貴才拉過馬來，寶玉騎上，隨了王夫人去了。這裡賈珍同一家子的弟兄子侄吃過飯，方大家散了。

次日，仍是眾族人等鬧了一日，不必細說。此後，鳳姐兒不時親自來看秦氏。秦氏也有幾日好些，也有幾日歹些。賈珍、尤氏、賈蓉好不焦心。

且說賈瑞到榮府來了幾次，偏都值鳳姐兒往寧府去了。這年正是十一月三十日冬至。到交節的那幾日，賈母、王夫人、鳳姐兒日日差人去看秦氏，回來的人都說：「這幾日未見添病，也未見甚好。」王夫人向賈母說：「這個症候遇着這

亦不祥。

這些小節寫得綿密。

尤氏與鳳姐關係亦不同尋常，才能開這種玩笑。

吃吃喝喝，說說笑笑，玩玩樂樂，神仙過的日子。

享福也累人。

＊疾病與人物密不可分，到此，已寫到寶釵、黛玉的病，二人的病特別是黛玉的病更是人物性格與命運的組成部分。此後晴雯的病是重要關節。熙鳳的病也很重要，是大家族沒落的一個徵兆。

可卿的病潑墨如水地寫來寫去。欲為其暴死做鋪墊或打掩護嗎？藉此突出她的地位與人緣嗎？總覺得作者似在聲東擊西，以病寫一些隱情。把表面文章做足，把側面（眾人對秦病的關注）做足，其他則留下謎給讀者。

樣節氣不添病，就有指望了。」賈母說：「可是呢，好個孩子，若有個長短，豈不叫人疼死。」說着，一陣心酸，向鳳姐兒說道：「你們娘兒們好了一場，明日大初一，過了明日，你再看看他去。你細細的瞧瞧他的光景，倘或好些兒，你回來告訴我。那孩子素日愛吃什麼，你也常叫人送些給他。」鳳姐兒一一答應了。

賈母對秦氏亦如此關心。不知是否輩份關係，不便前去探望。

到初二日，吃了早飯，來到寧府裡，看見秦氏光景，雖未添甚病，但那臉上、身上的肉都瘦乾了。於是和秦氏坐了半日，說了些閒話，又將這病無妨的話開導了一番。秦氏道：「好不好，春天就知道了。如今現過了冬至，又沒怎麼樣，或者好的了也未可知。嬸子回老太太、太太放心罷。昨日老太太賞的那棗泥餡的山藥糕，我倒吃了兩塊，倒像克化[5]的動的似的。」鳳姐兒道：「明日再給你送來。我到你婆婆那裡瞧瞧，就要趕着回去回老太太話去。」秦氏道：「嬸子替我請老太太、太太的安罷。」

「瘦乾」云云，還是病重了。王夫人「指望」云云，恐是自慰而已。中國式的整體觀念，注意疾病與季節、地域、氣候……外部世界的聯繫。

病不忘禮。

鳳姐兒答應着就出來了。到了尤氏上房坐下。尤氏道：「你冷眼瞧媳婦是怎麼樣？」鳳姐兒低了半日頭說：「這個就沒法兒了。你也該將一應的後事給他料理料理，沖一沖[6]也好。」尤氏道：「我也暗暗的叫人預備了。就是那件東西不得好木頭，且慢慢的辦着呢。」於是鳳姐兒吃了茶，說了一會子話兒，說道：「我要快些回去回老太太的話去呢。」尤氏道：「你可緩緩的說，別嚇着老人家。」鳳姐兒道：「我知道。」

又發展了一步。

於是鳳姐兒就回來了。到家中見了賈母，說：「蓉哥媳婦請老太太安，給老太太磕頭，說他好些了，求老祖宗放心罷。他再略好些，還給老祖宗磕頭請安來呢。」賈母道：「你看他是怎麼樣？」鳳姐兒說：「暫且無妨，精神還好呢。」賈母聽了，沉吟了半日，因向鳳姐說：「你換換衣服歇歇去罷。」

鳳姐兒答應着出來，見過了王夫人，到了家中，平兒將烘的家常衣服給鳳姐兒換了。鳳姐兒方坐下，問：「家中沒有什麼事麼？」平兒方端了茶來，遞了過去，說道：「沒有什麼事，就是那三百兩銀子的利銀，旺兒媳婦送進來，我收了。再有瑞大爺使人來打聽奶奶在家沒有，他要來請安說話。」鳳姐兒聽了，哼了一聲說：「這畜生合該作死，看他來了怎麼樣！」平兒回道：「這瑞大爺是為什麼只管來？」鳳姐兒遂將九月裡在寧府園子裡遇見他的光景，他說的話，都告訴了平兒。平兒說道：「癩蛤蟆想吃天鵝肉，沒人倫的混賬東西，起這樣念頭，叫他不得好死！」鳳姐兒道：「等他來了，我自有道理。」不知賈瑞來時作何光景，且聽下回分解。

＊寫病如此佔篇幅，不知是否也反映了當時衛生保健條件之差與貴族人家衛生習慣之差，病正如煩惱，與生俱來，宜哉，生、老、病、死，並列為人生的大問題也。

賈母並非不懂，向她彙報的情況是儘量淡化了的，沉吟半日，說明她知道了嚴重性。

三百兩銀子，一帶而過，一閃而過，也就行了。更有神龍（神鳳）見首不見尾的效果。綿密處見生活，粗略處見關節。

鳳姐與平兒的同仇敵愾，反映的究竟是一種道德激情，捍衛貞節的激情呢？還是一種由於婦女的普遍的性壓抑處境（包括思想、心理上的壓抑）而變態成為的「性仇視」呢？

1 **十番**：一種器樂套曲。一說曲調反覆十次為「十番」，一說為十種打擊、吹奏樂器合奏，稱「十番」。

2 **《還魂》**：明湯顯祖《牡丹亭》第三十五齣《還魂》，寫女主人公杜麗娘還魂復生事。

3 **《彈詞》**：清洪昇《長生殿》第三十八齣《彈詞》，寫「安史之亂」後，宮廷藝人李龜年流落江南，將唐明皇與楊貴妃的宮廷情事，演為彈詞唱出。

4 **《雙官誥》**：清陳二白所撰，寫碧蓮守節撫孤，後來丈夫、兒子都顯貴還家，碧蓮得雙份官誥事。

5 **克化**：擋得住，制服得住之意。

6 **沖一沖**：舊時迷信，認為陰陽五行相沖相剋，「沖一沖」是利用沖剋的道理，消除災難。

第十二回 王熙鳳毒設相思局 賈天祥正照風月鑑

話説鳳姐正與平兒説話，只見有人回説：「瑞大爺來了。」鳳姐命：「請進來罷。」賈瑞見請，心中暗喜，見了鳳姐，滿面陪笑，連連問好。鳳姐兒也假意殷勤，讓坐讓茶。

賈瑞見鳳姐如此打扮，越發酥倒，因餳了眼問道：「二哥哥怎麼還不回來？」鳳姐道：「不知什麼緣故。」賈瑞笑道：「別是路上有人絆住了腳，捨不得回來了？」鳳姐道：「可知男人家見一個愛一個也是有的。」賈瑞笑道：「嫂子這話錯了，我就不是這樣。」鳳姐笑道：「像你這樣的人能有幾個呢？十個裡也挑不出一個來。」賈瑞聽了，喜的抓耳撓腮，又道：「嫂子天天也悶的很。」鳳姐道：「正是呢，只盼個人來説話解悶兒。」賈瑞笑道：「我倒天天閒着，若天天過來替嫂子解解悶兒可好麼？」鳳姐笑道：「你哄我呢，你那裡肯往我這裡來。」賈瑞道：「我在嫂子面前若有一句謊話，天打雷劈！只因素日聞得人説，嫂子是個利害人，在你跟前一點也錯不得，所以唬住了。我如今見嫂子是個有説有笑極疼人的，我怎麼不來，死了也情願！」鳳姐笑道：「果然你是個明白人，比賈蓉兄

進展未免太快、太直、太粗了。賈瑞居然能上圈套，除不了解鳳姐與色膽迷了心竅外，蓋賈府的性混亂已成了氣候，三勾兩搭便到手，不足為奇。

「那裡肯」云云，太假。鳳姐紅裡透紫，又漂亮，何談「肯往我這裡」？按說，鳳姐做假似不會這麼小兒科。想是曹公鄙棄這一段故事，寫其不堪，略過分了些。變成了一個假白癡與一個真白癡的對話。

弟兩個強遠了。我看他那樣清秀，只當他們心裡明白，誰知竟是兩個糊塗蟲，一點不知人心。」

賈瑞聽了這話，越發撞在心坎兒上，由不得又往前湊了一湊，覷着眼看鳳姐的荷包，又問戴着什麼戒指。鳳姐悄悄的道：「放尊重些，別叫丫頭們看見了。」賈瑞如聽綸音[1]佛語一般，忙往後退。鳳姐笑道：「你該去了。」賈瑞道：「我再坐一坐兒，好狠心的嫂子。」鳳姐兒又悄悄的道：「大天白日，人來人往，你就在這裡也不方便。你且去，等到晚上起了更你來，悄悄的在西邊穿堂兒等我。」賈瑞聽了，如得珍寶，忙問道：「你別哄我。但是那邊人過的多，怎麼好躲呢？」鳳姐道：「你只放心，我把上夜的小廝們都放了假，兩邊門一關了，再沒別人了。」賈瑞聽了，喜之不盡，忙忙的告辭而去，心內以為得手。

盼到晚上，果然黑地裡摸入榮府，趁掩門時鑽入穿堂。果見漆黑無一人來往，往賈母那邊去的門已倒鎖，只有向東的門未關。賈瑞側耳聽着半日，不見人來，忽聽咯噔一聲，東邊的門也關上了。賈瑞急的也不敢則聲，只得悄悄的出來，將門撼了撼，關的鐵桶一般。此時要出去亦不能了，南北俱是大牆，要跳也無攀援。這屋內又是過門風，空落落的；現是臘月天氣，夜又長，朔風凜凜，侵肌裂骨，一夜幾乎不曾凍死。好容易盼到早晨，只見一個老婆子先將東門開了，進來去叫西門。賈瑞瞅他背着臉，一溜煙抱了肩跑出來，幸而天氣尚早，人都未起，從後門一徑跑回家去。

也可以從另一個角度分析，封建社會不准有真正的愛情，作為愛情的一種蹩腳的形式——偷情，也無法發育充分，呈現出這樣一種連嫖妓的「豐富性」都不如的寒傖狀態。

原來賈瑞父母早亡，只有他祖父代儒教養。那代儒素日教訓最嚴，不許賈瑞多走一步，生怕他在外吃酒賭錢，有誤學業。今忽見他一夜不歸，只料定他在外非飲即賭，嫖娼宿妓，那裡想到這段公案。因此氣了一夜。賈瑞也捻着一把汗，少不得回來撒謊，只說：「往舅舅家去的，天黑了，留我住了一夜。」代儒道：「自來出門非稟我不敢擅出，如何昨日私自去了？據此也該打，何況是撒謊。」因此，發狠撳倒打了三四十板，還不許吃飯，令他跪在院內讀文章，定要補出十天工課來方罷。賈瑞先凍一夜，又遭了打，且餓着肚子跪在風地裡讀文章，其苦萬狀。

到處有肉體與靈魂的虐待。

此時賈瑞邪心未改，再想不到鳳姐捉弄他。過了兩日，得了空，仍來找尋鳳姐。鳳姐故意抱怨他失陪，賈瑞急的賭咒發誓。鳳姐因他自投羅網，少不得再尋別計，令他知改，故又約他道：「今日晚上，你別在那裡了。你在我這房後小過道裡那間空屋裡等我，可別冒撞了。」賈瑞道：「果真？」鳳姐道：「誰來哄你，你不信就別來。」賈瑞道：「來，來，來。死也要來！」鳳姐道：「這會子你先去罷。」賈瑞料定晚間必妥，此時先去了。鳳姐在這裡便點兵派將，設下圈套。

令他知改？豈不成了教育幫助了？鳳姐也搞置之死地而後生的教育麼？

決心大。

那賈瑞只盼不到晚上，偏生家裡親戚又來了，直吃了晚飯才去，那天已有掌燈時分。又等他祖父安歇，方溜進榮府，直往那夾道中屋子裡來等着，熱鍋上螞蟻一般，只是左等不見人影，右聞也沒聲響，心中害怕，不住猜疑道：「別是又不來了，又凍一夜不成？」正自胡猜，只見黑魆魆的來了一個人，賈瑞便意定是鳳姐，不管皂白，等那人剛至面前，便如餓虎撲食、貓兒撲鼠的一般，抱住叫道：

「親嫂子，等死我了。」說着，抱到屋裡炕上就親嘴扯褲子，滿口裡「親爹」「親娘」的亂叫起來。那人只不作聲。賈瑞扯了自己的褲子，硬幫幫就想頂入。忽見燈光一閃，只見賈薔舉着個蠟台照道：「誰在屋裡？」只見炕上那人笑道：「瑞大叔要肏我呢。」賈瑞一見，卻是賈蓉，直臊得無地可入，不知怎樣才好，回身就要跑脫，被賈薔一把揪住道：「別走，如今璉二嬸已經告到太太跟前，說你調戲他，他暫用了脫身計，哄你在那邊等着，太太氣死過去，因此叫我來拿你。快跟我去見太太去！」

賈瑞聽了，魂不附體，只說：「好侄兒，你只說沒有我，明日重重的謝你。」賈薔道：「放你不值什麼，只不知你謝我多少？況且口說無憑，寫一文契來。」賈瑞道：「這如何落紙呢？」賈薔道：「這也不妨，寫一個賭錢輸了外人賬目，借頭家銀若干兩便罷。」賈瑞道：「這也容易。」賈薔翻身出來，紙筆現成，拿來命賈瑞寫。他兩個做好做歹，只寫了五十兩銀子，畫了押，賈薔收起來。然後撕羅賈蓉。賈蓉先咬定牙不依，只說明日告訴族中的人評評理。賈瑞急的至於叩頭。賈薔做好做歹的，也寫了一張五十兩欠契才罷。賈薔又道：「如今要放你，我就擔着不是。老太太那邊的門早已關了，老爺正在廳上看南京來的東西，那一條路定難過去，如今只好走後門。若這一走，倘或遇見了人，連我也不好。等我先要探探，再來領你。這屋裡你還藏不住，少時就來堆東西，等我尋個地方。」說畢，拉着賈瑞，仍熄了燈，出至院外，摸着大台階底下，說道：「這窩兒裡好，

可知賈蓉賈薔與鳳姐的關係。雖未寫這種關係。

出了問題給以經濟補償，也是「紅」已有之。

只蹲着，別哼一聲，等我來再走。」說畢，二人去了。

賈瑞此時身不由己，只得蹲在那台階下。正要盤算，只聽頭頂上一聲響，唿喇喇一淨桶尿糞從上面直潑下來，可巧澆了他一身一頭。賈瑞掌不住噯喲一聲，忙又掩口，不敢聲張，滿頭滿臉皆是尿屎，渾身冰冷打戰。只見賈薔跑來叫：「快走，快走！」賈瑞方得了命，三步兩步從後門跑到家中，天已三更，只得叫開了門。家人見他這般光景，問是怎麼了。少不得撒謊說：「天黑了，失腳掉在茅廁裡了。」一面即到自己房中更衣洗濯，心下方想到鳳姐頑他，因此發一回狠；再想想鳳姐的模樣兒標致，又恨不得一時摟在懷裡，胡思亂想一夜不曾合眼。

自此，雖想鳳姐，只不敢往榮府去了。賈蓉等兩個常常來索銀子，他又怕祖父知道，正是相思尚且難禁，況又添了債務，日間工課又緊，他二十來歲人，尚未娶親，還來想着鳳姐不得到手，未免有些指頭兒告了消乏；[2]更兼兩回凍惱奔波，因此三五下裡夾攻，不覺就得了一病：心內發膨脹，口內無滋味，腳下如綿，眼中似醋，黑夜作燒，白日常倦，下溺遺精，嗽痰帶血。諸如此症，不上一年都添全了。於是不能支持，一頭躺倒，合上眼還只夢魂顛倒，滿口說胡話，驚怖異常。百般請醫療治，諸如肉桂、附子、鱉甲、麥冬、玉竹等藥，吃了有幾十斤下去，也不見個動靜。

倏又臘盡春回，這病更又沉重。代儒也着了忙，各處請醫療治，皆不見效。因後來吃「獨參湯」，代儒如何有這力量，只得往榮府裡來尋。王夫人命鳳姐稱

賈蓉賈薔的行為固有受鳳姐委託的任務性，也有惡作劇並勒索打劫的流氓性，更頗有一種尋開心的趣味性。這種趣味性的一大內容就是藉抓姦懲淫來發泄自己的精力。中國人對抓姦最有興趣，似乎內中有無窮的樂趣。既然自己的性本能得不到舒暢與滿足，便極其殘酷地取笑折磨別人的性本能。一個過於熱心地抓姦懲淫的人群，心理上是有病態的。

賈瑞病情十分明白。與秦氏病情不明不白大不相通。

二兩給他，鳳姐回說：「前兒新近替老太太配了藥，那整的太太又說留着送楊提督的太太配藥，偏偏昨兒我已着人送了去了。」王夫人道：「就是咱們這邊沒了，你打發個人往那邊你婆婆處問問，或是你珍大哥哥那裡有，尋些來湊着給人家吃好了，救人一命，也是你們的好處。」鳳姐應了，也不遣人去尋，只將些渣末湊了幾錢，命人送去，只說：「太太送來的，再也沒了。」然後向王夫人只說：「都尋了來，共湊了有二兩送去。」

何至於斯？難道也是迫害狂？

那賈瑞此時要命心急，無藥不吃，只是白花錢，不見效。忽然這日有個跛足道人來化齋，口稱專治冤業之症。賈瑞偏生在內聽了，直着聲叫喊說：「快去請進那位菩薩來救命！」一面在枕頭上叩首。眾人只得帶了那道士進來。賈瑞一把拉住，連叫：「菩薩救我！」那道士嘆道：「你這病非藥可醫。我有個寶貝與你，你天天看此時，命可保矣。」說畢，從搭褳中取出正反面皆可照人的鏡子來，鏡背上面鏨「風月寶鑑」四字，遞與賈瑞道：「這物出自太虛幻境空靈殿上，警幻仙子所製，專治邪思妄動之症，有濟世保生之功。所以帶他到世上來，單與那些聰明傑俊、風雅王孫等照看，千萬不可照正面，只照他的背面，要緊，要緊！三日後吾來收取，管叫他好了。」話畢，倘佯而去。眾人苦留不住。

不是癩頭就是跛足，有點殘疾崇拜（怪異崇拜）的味道。所以子不語「怪、力、亂、神」。子不語，留下了老百姓語、小說家語的可能性。也是網開一面。

賈瑞接了鏡子，想道：「這道士倒有意思，我何不照一照試試。」想畢，拿起「風月寶鑑」來，向反面一照，只見一個骷髏立在裡面，唬得賈瑞連忙掩了，罵：「道士混賬，如何嚇我！我倒再照照正面是什麼？」想着，便將正面一照，只見鳳姐在裡面點手兒叫他。賈瑞心中一喜，蕩悠悠覺得進了鏡子，與鳳姐雲雨一番，鳳姐仍送他出來，到了床上，噯喲了一聲，一睜眼，鏡子從新又掉過來，仍是反面立一個骷髏。賈瑞自覺汗津津的，底下已遺了一灘精。心中到底不足，又翻過正面來，只見鳳姐還招手叫他，他又進去。如此三四次。到了這次，剛要出鏡子來，只見兩個人走來，拿鐵鎖把他套住，拉了就走。賈瑞叫道：「讓我拿了鏡子再走。」只說這句，就再不能說話了。

旁邊伏侍的人，只見他先還拿着鏡子照，落下來仍睜開眼拾在手內，末後鏡子掉下來便不動了。眾人上來看看，已嚥了氣，身子底下冰涼精濕一大灘精，這才忙着穿衣抬床。代儒夫婦哭的死去活來，大罵道士，「是何妖鏡！若不毀此鏡，遺害人世不小。」遂命架火來燒，只聽空中叫道：「誰教你們瞧正面了的！你們自己以假為真，為何燒我此鏡？」忽見那鏡從空中飛出。代儒出門看時，只見還是那個跛足道人喊道：「誰毀『風月寶鑑』？」說着，搶了鏡子，眼看着他飄然去了。

當下，代儒料理喪事，各處去報，三日起經，[3]七日發引，[4]寄靈鐵檻寺，日後帶回原籍。一時賈家眾人齊來弔問，榮府賈赦贈銀二十兩，賈政也是二十兩，寧府賈珍亦有二十兩，其餘族中人貧富不一，或一二兩、三四兩不等，外又有各同窗家中分資，也湊了二三十兩。代儒家道雖然淡薄，得此幫助倒也豐豐富富完了此事。

*紅粉骷髏，風月寶鑑，其實很陳腐。這樣戒淫並無說服力。當然，沒有任何精神內容的偷雞摸狗之「情」令人鄙夷。虐殺故事成了喜劇，哪怕是賈瑞也罷，不知是否反映了對生命、對人的不以為意？人文主義思想還遠遠沒有傳過來。連寫法也嫌殘酷了。

加在一起，略等於賈瑞寫的欠據數字。未見賈蓉等來討債，看來意在儆戒取樂，還不是專向錢看。

誰知這年冬底，林如海因為身染重疾，寫書來特接林黛玉回去。賈母聽了，未免又加憂悶，只得忙忙的打點黛玉起身。寶玉大不自在，爭奈父女之情，也不好攔阻。於是賈母定要賈璉送他去，仍叫帶回來。一應土儀盤費，不消繁絮說，自然要妥貼。作速擇了日期，賈璉與林黛玉辭別了眾人，帶領僕從，登舟往揚州去了。要知端的，且聽下回分解。

寶黛感情的第一階段——童稚階段就此結束。

1 **綸音：**皇帝說的話，稱「綸音」。

2 **指頭兒告了消乏：**指手淫。

3 **起經：**舊俗人死後三日請僧道唸經，超度亡魂，謂「起經」。

4 **發引：**舊時出殯，送葬者牽引靈車出發，謂之「發引」。

第十三回

秦可卿死封龍禁尉[1] 王熙鳳協理寧國府

話說鳳姐兒自賈璉送黛玉往揚州去後，心中實在無趣，晚間不過同平兒説笑一回，就胡亂睡了。

這日夜間，正和平兒燈下擁爐倦繡，早命濃熏繡被，二人睡下，屈指算行程該到何處，不知不覺已交三鼓。平兒已睡熟了。鳳姐方覺睡眼微朦，恍惚只見秦氏從外走進來，含笑説道：「嬸嬸好睡，我今日回去，你也不送我一程。因娘兒們素日相好，我捨不得嬸嬸，故來別你一別。還有一件心願未了，非告訴嬸嬸，別人未必中用。」

鳳姐聽了，恍惚問道：「有何心願？只管託我就是了。」秦氏道：「嬸嬸，你是個脂粉隊裡的英雄，連那些束帶頂冠的男子也不能過你，你如何連兩句俗語也不曉得？常言『月滿則虧，水滿則溢』；又道是『登高必跌重』。如今我們家赫赫揚揚，已將百載，倘或樂極生悲，若應了那句『樹倒猢猻散』的俗語，豈不虛稱了一世詩書舊族了！」鳳姐聽了此話，心胸不快，十分敬畏，忙問道：「這話慮的極是，但有何法可以永保無虞？」秦氏冷笑道：「嬸嬸好癡也。否極泰來，

對賈瑞之死毫無反應麼？哪怕是拍手稱快稱解恨？心中無趣與此事無關麼？

此理甚好。可惜，僅僅是一般性的哲學解決不了賈家的命運問題，更不具有可操作性。

榮辱自古周而復始，豈人力所能常保的。但如今能於榮時籌畫下將來衰時的世業，亦可以常永保全了。即如今日諸事俱妥，只有兩件未妥，若把此事如此一行，則後日可保永全了。」

鳳姐便問何事。秦氏道：「目今祖塋雖四時祭祀，只是無一定的錢糧；第二，家塾雖立，無一定的供給。依我想來，如今盛時固不缺祭祀供給，但將來敗落之時，此二項有何出處？莫若依我定見，趁今日富貴，將祖塋附近多置田莊房舍地畝，以備祭祀供給之費皆出自此處，將家塾亦設於此。合同族中長幼，大家定了則例，日後按房掌管這一年的地畝、錢糧、祭祀、供給之事。如此周流，又無爭競，也沒有典賣諸弊。便是有罪，己物可入官，這祭祀產業連官也不入的。便敗落下來，子孫回家讀書務農，也有個退步，祭祀又可永繼。若目今以為榮華不絕，不思後日，終非長策。眼見不日又有一件非常喜事，真是烈火烹油、鮮花着錦之盛。要知道，也不過是瞬息的繁華，一時的歡樂，萬不可忘了那『盛筵必散』的俗語。若不早為後慮，只恐後悔無益了。」鳳姐忙問：「有何喜事？」秦氏道：「天機不可泄漏。只是我與嬸嬸好了一場，臨別贈你兩句話，須要記着。」因唸道：

三春去後諸芳盡，各自須尋各自門。

鳳姐還欲問時，只聽二門上傳事雲板連叩四下，正是喪音，將鳳姐驚醒。人回：「東府蓉大奶奶沒了。」鳳姐嚇一身冷汗，出了一回神，只得忙穿衣，往王夫人處來。

秦氏此話，何等深刻高遠？為何這樣的話出自未見根底的秦氏之口？作為夢來說，則或可解釋為實是王熙鳳的思想意識或下意識，植到了秦氏身上。

這種思路，不僅鳳姐敬畏，讀者能不敬畏嗎？敬畏完了，又有誰認真對待呢？

不但深遠，而且體入微。不但務虛，而且務實。究竟誰能這麼高明呢？秦氏？鳳姐？雪芹？是秦氏給鳳姐託夢，抑是曹公給各位赫赫一時的讀者「託夢」？

哲學、智慧、遠慮乃至神秘的預言，都是現實生活中的一種陰影。歸根結底，確有令人不待見的理由。

彼時合家皆知，無不納悶，都有些疑心。那長一輩的想他素日孝順，平輩的想他素日和睦親密，下一輩的想他素日的慈愛，以及家中僕從老小想他素日憐貧惜賤、愛老慈幼之恩，莫不悲號痛哭。

閒言少敘。卻說寶玉因近日林黛玉回去，剩得自己落單，也不和人頑耍，每到晚間便索然睡了。如今從夢中聽見說秦氏死了，連忙翻身爬起來，只覺心中似戳了一刀的，不覺哇的一聲，直奔出一口血來。襲人等慌慌忙忙上來扶，問是怎麼樣的，又要回賈母去請大夫。寶玉道：「不用忙，不相干，這是急火攻心，血不歸經。」說着便爬起來，要衣服換了，來見賈母，即時要過去。襲人見他如此，心中雖放不下，又不敢攔阻，只得由他罷了。賈母見他要去，因說：「才嚥氣的人，那裡不乾淨；二則夜裡風大，等明早再去不遲。」寶玉那裡肯依，賈母命人備車，多派跟從人役，擁護前來。

反應超常。

也是半個大夫。

一直到了寧國府前，只見府門大開，兩邊燈火照如白晝，亂烘烘人來人往，裡面哭聲搖山振嶽。寶玉下了車，忙忙奔至停靈之室，痛哭一番。然後見過尤氏。誰知尤氏正犯了胃痛舊症，睡在床上。然後又出來見賈珍。彼時賈代儒、代修、賈敕、賈效、賈敦、賈赦、賈政、賈琮、賈㻞、賈珩、賈珖、賈琛、賈瓊、賈璘、賈薔、賈菖、賈菱、賈芸、賈芹、賈蓁、賈萍、賈藻、賈蘅、賈芬、賈芳、賈藍、賈菌、賈芝等都來了。賈珍哭的淚人一般，正和賈代儒等說道：「合家大小，遠親近友，誰不知我這媳婦比兒子還強十倍。如今伸腿去了，可見這長房內絕滅無

名單洋洋大觀。

人了。」說着，又哭起來。眾人忙勸道：「人已辭世，哭也無益，且商議如何料理要緊。」賈珍拍手道：「如何料理，不過盡我所有罷了！」

正說着，只見秦業、秦鍾並尤氏的幾個眷屬尤氏姊妹也都來了。賈珍便命賈瓊、賈琛、賈璘、賈薔四個人去陪客，一面吩咐去請欽天監陰陽司[2]來擇日，擇准停靈七七四十九日，三日後開喪送訃聞。這四十九日單請一百零八僧眾在大廳上拜大悲懺，[3]超度前亡後化鬼魂；另設一壇於天香樓上，是九十九位全真道士，打四十九日解冤洗業醮。[4]然後停靈於會芳園中，靈前另外五十眾高僧、五十位高道，對壇按七作好事。那賈敬聞得長媳死了，因自為早晚就要飛升，如何肯又回家染了紅塵，將前功盡棄，故此並不在意，只憑賈珍料理。

且說賈珍恣意奢華，看板時，幾副杉木板皆不中意，可巧薛蟠來弔，因見賈珍尋好板，便說：「我們木店裡有一副板，叫作什麼檣木，出在潢海鐵網山上，作了棺材萬年不壞。這還是先父帶來的，原係忠義親王老千歲要的，因他壞了事，就不曾用。現在還封在店裡，也沒有人買的起。你若是要，就來看看。」賈珍聽說甚喜，即命抬來。大家看時，只見幫底皆厚八寸，紋若檳榔，味若檀麝，以手扣之，聲如玉石。大家稱奇。賈珍笑問道：「價值幾何？」薛蟠笑道：「拿着一千兩銀子只怕沒買處，什麼價不價，賞他們幾兩銀子作工錢便是了。」賈珍聽說，忙謝不盡，即命解鋸造成。賈政因勸道：

規格這樣高，不怕違例嗎？

老千歲壞事，不能用這樣的棺木。秦氏呢，秦氏莫非具有不曾壞事的千歲的「格」兒？

*從來紅學家分析這些描寫的可疑處，加上其他依據（如脂批）得出秦氏與賈珍有染，敗露自縊身亡的結論，應是不差。但此回尤為要緊處在於秦氏託夢，簡直是代表祖宗神靈說話，也代表作者曹雪芹說話，說的是金玉良言，完全符合「紅」的立意主旨。「紅」的內容充實豐富，作者自己意識到的立意遠沒有那樣充實，幾被秦氏說盡。秦氏到底是個什麼人，充當了這樣重要又這樣恍惚的角色呢？

「此物恐非常人可享，殮以上等杉木也罷了。」賈珍如何肯聽。

忽又聽見秦氏之丫鬟，名喚瑞珠的，見秦氏死了，也觸柱而亡。此事可罕，合族都稱嘆。賈珍遂以孫女之禮殯殮之，一並停靈於會芳園之登仙閣。又有小丫鬟名寶珠的，因秦氏無出，乃願為義女，請任摔喪駕靈之任。賈珍甚喜，即時傳命，從此皆呼寶珠為小姐。那寶珠按未嫁女之禮，在靈前哀哀欲絕。於是，合族人丁並家下諸人，都各遵舊制行事，自不得錯亂。

賈珍因想道，賈蓉不過是個黌門監，[5]靈旛上寫時不好看，便是執事也不多，因此心下甚不自在。可巧這日正是首七第四日，早有大明宮掌宮內監戴權，先備了祭禮遣人來，次坐了大轎，打道鳴鑼，親來上祭。賈珍忙接陪，讓坐至逗蜂軒獻茶。賈珍心中早打定了主意，因而趁便就說要與賈蓉捐個前程的話。戴權會意，因笑道：「想是為喪禮上風光些。」賈珍忙道：「老內相所見不差。」戴權道：「事倒湊巧，正有個美缺。如今三百員龍禁尉缺了兩員，昨兒襄陽侯的兄弟來求我，現拿了一千五百兩銀子送到我家裡。你知道，咱們都是老相好，不拘怎麼樣，看在他爺爺的分上，胡亂應了。還剩了一個缺，誰知永興節度使馮胖子，要求與他孩子捐，我就沒工夫應他。既是咱們的孩子要捐，快寫了履歷來。」賈珍忙命人寫了張紅紙履歷來。戴權看了，上寫道：

江南應天府江寧縣監生賈蓉，年二十歲。曾祖，原任京營節度使世襲一等神威將軍賈代化。祖，丙辰科進士賈敬。父，世襲三品爵威烈將軍賈珍。

極不尋常。內監豈可輕易弔唁賈珍一個兒媳婦？

所謂履歷，只寫乃祖乃父，個人項目極少，倒也反映習俗與觀念。

戴權看了，回手遞與一個貼身的小廝收了道：「回去送與户部堂官老趙，說我拜上他，起一張五品龍禁尉的票。再給個執照，就把這履歷填上，明日我來兑銀子送過去。」小廝答應了。戴權告辭。賈珍款留不住，只得送出府門。臨上轎，賈珍問：「銀子還是我到部去兑，還是送入內相府中？」戴權道：「若到部兑，你又吃虧了。不如平準一千兩銀子送到我家就完了。」賈珍感謝不盡。因說：「待服滿後，親帶小犬到府叩謝。」於是作別。

執照！

都是些什麼貓膩？

接着，又聽喝道之聲，原來是忠靖侯史鼎的夫人來了。王夫人、邢夫人、鳳姐等剛迎入正房，又見錦鄉侯、川寧侯、壽山伯三家祭禮也擺在靈前。少時，三人下轎，賈珍接上大廳。如此親朋你來我去，也不能計數。只這四十九日，寧國府街上一條白漫漫人來人往，花簇簇官來官去。

賈珍令賈蓉次日換了吉服，領憑回來。靈前供用執事等物俱按五品職例。靈牌疏上皆寫：「誥授賈門秦氏宜人[6]之靈位」。會芳園臨街大門洞開，兩邊起了樂鼓廳，兩班青衣按時奏樂，一對對執事擺的刀斬斧截。更有兩面朱紅銷金大牌豎在門外，上面大書道：「防護內廷紫禁道御前侍衛龍禁尉」。對面高起着宣壇，僧道對壇榜上大書：「世襲寧國公冢孫婦[7]防護內廷御前侍衛龍禁尉賈門秦氏宜人之喪。四大部州至中之地，奉天永建太平之國，總理虛無寂靜沙門僧錄司正堂[8]萬虛、總理元始正一教門道紀司正堂[9]葉生等，敬謹修齋，朝天叩佛」以及「恭請諸伽藍、揭諦、功曹等神，聖恩普錫，神威遠振，四十九日消災洗業平

頗見僧道的實用性能。

安水陸道場」[10]等語，亦不及繁記。

只是賈珍雖然心意滿足，但裡面尤氏又犯了舊疾，不能料理事務，惟恐各誥命來往虧了禮數，怕人笑話，因此心中不自在。當下正憂慮時，因寶玉在側便問道：「事事都算安貼了，大哥哥還愁什麼？」賈珍便將裡面無人的話告訴了他。寶玉聽說，笑道：「這有何難，我薦一個人與你權理這一個月的事，管保妥當。」賈珍忙問：「是誰？」寶玉見坐間還有許多親友，不便明言，走向賈珍耳邊說了兩句。賈珍聽了喜不自勝，笑道：「這果然妥貼，如今就去。」說着，拉了寶玉，辭了眾人，便往上房裡來。

可巧這日非正經日期，親友來的少，裡面不過幾位近親堂客。邢夫人、王夫人、鳳姐並合族中的內眷陪坐。聞人報：「大爺進來了。」唬的眾婆娘唿的一聲，往後藏之不迭。獨鳳姐款款站了起來。賈珍此時也有些病症在身；二則過於悲痛，因拄個拐踱了進來。邢夫人等因說道：「你身上不好，又連日事多，該歇歇才是，又進來做什麼？」賈珍一面拄拐，扎掙着要蹲身跪下請安道乏。邢夫人等忙叫寶玉攙住，命人挪椅子與他坐。賈珍不肯坐，因勉強陪笑道：「侄兒進來有一件事要求二位嬸嬸並大妹妹。」邢夫人等忙問：「什麼事？」賈珍忙笑道：「嬸嬸自然知道，如今孫子媳婦沒了，侄兒媳婦又病倒，我看裡頭着實不成體統，要屈尊大妹妹一個月，在這裡料理料理，我就放心了。」邢夫人笑道：「原來為

又提尤氏的病。無一人問候與照料地位並非不重要的尤氏。活現尤氏遠遠不及秦氏之重要。

寶玉極少過問這類事，這次大為破例。

這個，你大妹妹現在你二嬸嬸家，只和你二嬸嬸說就是了。」王夫人忙道：「他一個小孩子，何曾經過這些事，倘或料理不清，反叫人笑話，倒是再煩別人好。」賈珍笑道：「嬸嬸的意思侄兒猜着了，是怕大妹妹勞苦了。若說料理不開，從小兒大妹妹頑笑時就有殺伐決斷，如今出了閣，在那府裡辦事，越發歷練老成了。我想了這幾日，除了大妹妹，再無人可求了。嬸嬸不看侄兒與侄兒媳婦面上，只看死的分上罷。」說着流下淚來。

邢夫人並不管事。

殺伐決斷，自信，敢拍板，能迅速判明情況與抓住要害，確是領導人管理人的素質。

王夫人心中怕的是鳳姐未經過喪事，怕他料理不起，被人見笑。今見賈珍苦苦的說，心中已活了幾分，卻又眼看着鳳姐出神。那鳳姐素日最喜攬事，好賣弄能幹，今見賈珍如此央他，心中早已允了。又見王夫人有活動之意，便向王夫人道：「大哥說的如此懇切，太太就依了罷。」王夫人悄悄的問道：「你可能麼？」鳳姐道：「有什麼不能，算外面的大事，已經大哥哥料理清了，不過是裡面照管照管，便是我有不知的，問太太就是了。」王夫人見說的有理，便不出聲。賈珍見鳳姐允了，又陪笑道：「也管不得許多了，橫豎要求大妹妹辛苦辛苦，我這裡先與大妹妹行禮，等完了事，我再到那府裡去謝。」說着就作揖下去。鳳姐連忙還禮不迭。

說得輕鬆，而且不忘乘機向「太太」致敬。

賈珍便命人取了寧國府對牌[11]來，命寶玉送與鳳姐，說道：「妹妹愛怎麼就怎麼樣辦，要什麼只管拿這個取去，也不必問我。只求別存心替我省錢，要好看為上；二則也同那府裡一樣待人才好，不要存心怕人抱怨。只這兩件外，我再沒

*寫秦氏喪事，極盡鋪張渲染，但對其死因背景則諱莫如深，其中道理，紅學家所分析得極是，「淫喪天香樓」，固不宜寫得太直露也。

問題是，這樣做，反而增添了藝術反差與藝術效果，疏與密，明與暗，直與曲，這樣寫起來平添一種魅力，一種神秘。

秦氏託夢，十分旨要，緊接着被喪事排場所衝。這本身，也是一種象徵性的悲劇。但知悼秦死，誰思秦良言？良言常常沒有效用，即使臨死的其言也善也往往收不到理想的效果。話語的力量，切不可估計過高呀！

不放心的了。」鳳姐不敢就接牌，只看着王夫人。王夫人道：「珍哥既這麼說，你就照看照看罷了。只是別自作己意，有了事打發人問你哥哥嫂子一聲兒，要緊。」寶玉早向賈珍手裡接過對牌來，強遞與鳳姐了。又問：「妹妹還是住在這裡，還是天天來呢？若是天天來，越發辛苦了。我這裡趕着收拾出一個院落來，妹妹住過這幾日倒安穩。」鳳姐笑說：「不用，那邊也離不得我，倒是天天來的好。」賈珍說：「也罷，也罷。」然後又說了一回閒話，方才出去。

一時女眷散後，王夫人因問鳳姐：「你今兒怎麼樣？」鳳姐道：「太太只管請回去，我須得先理出一個頭緒來，才回去得呢。」王夫人聽說，便先同邢夫人回去，不在話下。

這裡鳳姐來至三間一所抱廈內坐了，因想：頭一件是人口混雜，遺失東西；二件，事無專管，臨期推委；三件，需用過費，濫支冒領；四件，任無大小，苦樂不均；五件，家人豪縱，有臉者不能服鈐束，無臉者不能上進。此五件實是寧府中風俗，不知鳳姐如何處治，且聽下回分解。

寶玉這麼積極做甚？

人、財、物的管理是行政管理的主要內容。鳳姐對寧府事如此一清到底，是否早已有心插一槓子？

1 **龍禁尉**：作者虛擬的官職。

2 **欽天監陰陽司**：「欽天監」是掌管天文氣象、編製曆書的機構。「陰陽司」是作者虛擬的官署機構。

3 **拜大悲懺**：「拜懺」是一種佛教儀式。「大悲懺」即《千手千眼觀世音菩薩廣大圓滿無礙大悲心陀羅尼經》。

4 **解冤洗業醮**：「打醮」是道教的儀式，「解冤洗業醮」謂為死者解除清洗罪業冤孽之意。

5 **黌門監**：「黌」，古代學校的稱謂，這裡指國子監。「監生」是取得國子監讀書資格的人。

6 **宜人**：明清時，五品官的妻子封「宜人」。

7 **冢孫婦**：嫡長孫的妻子。

8 **僧錄司正堂**：管理國家佛教事務的宗教官員。

9 **道紀司正堂**：管理國家道教事務的宗教官員。

10 **水陸道場**：一種佛教法會，為超度一切水陸亡魂而設。

11 **對牌**：領取錢物的憑證。

第十四回 林如海捐館[1]揚州城 賈寶玉路謁北靜王

話說寧國府中都總管來升聞知裡面委請了鳳姐，因傳齊同事人等說道：「如今請了西府裡璉二奶奶管理內事，倘或他來支取東西，或是說話，須要小心伺候。每日大家早來晚散，寧可辛苦這一個月，過後再歇息，不要把老臉面丟了。那是個有名的烈貨，臉酸心硬，一時惱了不認人的。」眾人都道：「有理。」又有一個笑道：「論理我們裡面也該得他來整治整治，都忒不像了。」正說着，只見來旺媳婦拿了對牌來領呈文經榜紙札，票上開着數目。眾人忙讓坐倒茶，一面命人按數取紙，來旺抱着，同來旺媳婦一路來至儀門，方交與來旺媳婦自己抱進去了。

「烈貨」云云，難說恭敬。畏而不敬，必有後患。

鳳姐即命彩明定造冊簿。即時傳了來升媳婦，要家口花名冊查看，又限明日一早傳齊家人媳婦進府聽差。大概點了一點數目單冊，問了來升媳婦幾句話，便坐車回家。

至次日，卯正二刻便過來了。那寧國府中婆子媳婦聞得到齊，只見鳳姐與來升媳婦分派，眾人執事不敢擅入，在窗外打聽。聽見鳳姐和來升媳婦道：「既託了我，我就說不得要討你們嫌了。我可比不得你們奶奶好性兒，由着你們去。再

勤政。

醜話說在前頭。

不要說你們這府裡原是這樣的話，如今可要依着我，行錯我半點兒，管不得誰是有臉的，誰是沒臉的，一例清白處置。」說罷，便吩咐彩明唸花名冊，按名一個一個叫進來看視。

一時看完，又吩咐道：「這二十個分作兩班，一班十個，每日在內單管人客來往倒茶，別事不用他們管。這二十個也分作兩班，每日單管本家親戚茶飯，也不管別事。這四十個也分作兩班，單在靈前上香添油，掛幔守靈，供飯供茶，隨起舉哀，也不管別事。這四個人專在內茶房收管杯碟茶器，若少了一件，四人分賠。這四個人單管酒飯器皿，少一件也是分賠。這八個人單管收祭禮。這八個單管各處燈油蠟燭紙札，我總支了來交與你八個人，然後按我的定數再往各處去分派。這三十個每日輪流各處上夜，照管門戶，監察火燭，打掃地方。這下剩的按房屋分開，某人守某處，某處所有桌椅古玩起，至於痰盒撣帚，一草一苗，或丟或壞，就問這看守之人賠補。來升家的每日攬總查看，或有偷懶的，賭錢吃酒，打架拌嘴的，立刻來回我。你要徇情，經我查出，三四輩子的老臉就顧不成了。如今都有了定規，以後那一行亂了，只和那一行說話。素日跟我的人，隨身俱有鐘錶，不論大小事，皆有一定時刻，橫豎你們上房裡也有時辰鐘。卯正二刻我來點卯，巳正吃早飯，凡有領牌回來的，只在午初二刻。戌初燒過黃昏紙，我親到各處查一遍，回來上夜的交明鑰匙。第二日仍是卯正二刻過來。說不得咱們大家辛苦這幾日罷，事完了，你們大爺自然賞你們的。」

有錯必糾。

分工必須明確。

責任制，或曰崗位責任制，「紅」已有之。

定額管理。

保衛組。

拿摩溫（領班）。

鐘錶已用在管理上。

說畢，又吩咐按數發與茶葉、油燭、雞毛撣子、笤帚等物，一面又搬取傢伙、桌圍、椅搭、坐褥、氈席、痰盒、腳踏之類。一面交發，一面提筆登記，某人管某處，某人領物件，開得十分清楚。眾人領了去，也都有了投奔，不似先時只揀便宜的做，剩下苦差沒個招攬。各房中也不能趁亂迷失東西。便是人來客往，也都安靜了，不比先前紊亂無頭緒。一切偷安、竊取等弊，一概都蠲了。

鳳姐自己威重令行，心中十分得意。因見尤氏犯病，賈珍也過於悲哀，不大進飲食，自己每日從那府中熬了各樣細粥，精美小菜，令人送來勸食。賈珍也另外吩咐每日送上等菜到抱廈內，單與鳳姐。鳳姐不畏勤勞，天天按時刻過來點卯理事，獨在抱廈內起坐，不與眾妯娌合群，便有眷客來往，也不迎送。

這日乃五七正五日上，那應佛僧[2]正開方破獄，[3]傳燈照亡，[4]參閻君，拘都鬼，[5]延請地藏王，開金橋，[6]引幢幡；那道士們正伏章申表，朝三清，[7]叩玉帝；禪僧們行香，放焰口，[8]拜水懺；[9]又有十二眾青年尼僧搭繡衣，靸紅鞋，在靈前默誦接引諸咒，[10]十分熱鬧。那鳳姐知道今日人客不少，寅正便起來梳洗，及收拾完備，更衣盥手，吃了兩口奶子，漱口已畢，正是卯正二刻了。來旺媳婦率領眾人伺候已久。鳳姐出至廳前，上了車，前面一對明角燈[11]上寫「榮國府」三個大字。來至寧府大門首，門燈朗掛，兩邊一色矗燈，[12]照如白晝，白汪汪穿孝家人兩行侍立。請車至正門上，小廝退去，眾媳婦上來揭起車簾。鳳姐下了車，一手扶着豐兒，兩個媳婦執着手把燈照着，簇擁鳳姐進來。寧府諸媳婦迎着請安。

威重令行，十分得意，早把秦氏的警告丟到九霄雲外了。

公事公辦，保持公事人員的嚴肅性。結果不免脫離了「妯娌」們，難以合群，留下後患了。

把喪事辦得「十分熱鬧」，這也是一種移情，把悲哀轉換為巨大的組織工作乃至炫耀風光的「宣傳」活動。最後，喪事本身變成了目的，為舉喪而舉喪，反與死者並無瓜葛了。

寫上「榮國府」三字，客卿身份更加高雅。無此三字，成了臨時給寧國府打工的了。

何等威風，一樣手續不能少。

揭車簾，放到現在類似開車門和用手掌擋住門頂了。

鳳姐款步入會芳園中登仙閣靈前，一見棺材，那眼淚恰似斷線之珠，滾將下來。院中多少小廝垂手侍立，伺候燒紙。鳳姐吩咐一聲：「供茶燒紙。」只聽一聲鑼鳴，諸樂齊奏，早有人端過一張大圈椅來，放在靈前，鳳姐坐了，放聲大哭。於是裡外上下男女，都接聲嚎哭。

禮儀表達了感情也規範了感情。這裡的哭，已經不是純然的個人感情流露，也就是可以控制的了。

一時賈珍尤氏令人勸止，鳳姐方止住。來旺媳婦倒茶漱口畢，鳳姐方起身別了族中諸人，自入抱廈來按名查點。各項人數俱已到齊，只有迎送親客上的一人未到。即令傳來，那人惶恐。鳳姐冷笑道：「原來是你誤了！你比他們有體面，所以不聽我的話。」那人回道：「小的天天都來的早，只有今兒來遲了一步，求奶奶饒過初次。」正說着，只見榮國府中的王興媳婦來，在前探頭。

鳳姐且不發放這人，卻問：「王興媳婦來作什麼？」王興媳婦近前說：「領牌取線，打車轎網絡。」說着，將個帖兒遞上去。鳳姐令彩明唸道：「大轎兩頂，小轎四頂，車四輛，共用大小絡子若干根，每根用珠兒線若干斤。」鳳姐聽了，數目相合，便命彩明登記，取榮國對牌擲下。王興家的去了。

鳳姐方欲說話，只見榮國府的四個執事人進來，都是要支取東西領牌的。鳳姐命他們要了帖唸過，聽了一共四件，因指兩件道：「這個開銷錯了，再算清了來領。」說着，將帖子擲下，那二人掃興而去。

必須自己昭昭，才能糾正昏昏。

鳳姐因見張材家的在旁，因問：「你有什麼事？」張材家的忙取帖子回道：「就是方才車轎圍做成，領取裁縫工銀若干兩。」鳳姐聽了，收了帖子，命彩明

*為秦氏辦喪事，是「紅」前十幾回的最大事件。一石多鳥。一、極寫秦氏之死的特殊性，透露出重要的難言之隱，令多少紅學家為之傾心。二、極寫喪事之排場，再加上元春省親，紅白喜事都有了，是謂興而衰之前的盛極。三、通過秦氏之死特別是死前託夢，寫出了衰敗的開始，秦氏是十二釵中第一個匆匆忙忙走上黃泉路的。四、給王熙鳳提供了新的活動舞台。新官上任三把火，這個諺語本身也與文學上的陌生化原理相通。

登記，待王興交過，得了買辦的回押相符，然後與張材家的去領。一面又命唸那一件，是為寶玉外書房完竣，支領買紙料糊裱。鳳姐聽了，即命收帖兒登記，待張材家的繳清再發。

鳳姐便說道：「明兒他也來遲了，後兒我也來遲了，將來都沒有人了。本來要饒你，只是我頭一次寬了，下次就難管別人了，不如開發的好。」登時放下臉來，命：「帶出去，打二十板子！」眾人見鳳姐動怒，不敢怠慢，拉出去照數打了，進來回覆。鳳姐又擲下寧府對牌：「說與來升，革他一月銀米。」吩咐：「散了罷！」眾人方各自辦事去了。那時被打之人亦含羞飲泣而去。彼時榮寧兩處領牌、交牌人往來不絕，鳳姐又一一開發了。於是寧府中人才知鳳姐利害。自此各兢兢業業，不敢偷安，不在話下。

放一放先不處理，更其威嚴。讓你在旁邊看着怎樣有條不紊而又嚴明不苟地管理，你就更知罪了。今日之交通警對於違章者常用此法，叫你在一旁等候。

這樣的厲害，完全必要。

如今且說寶玉因見人眾，恐秦鍾受了委曲，遂同他往鳳姐處坐坐。鳳姐正吃飯，見他們來了，笑道：「好長腿子，快上來罷。」寶玉道：「我們偏了。」[13]鳳姐道：「在這邊外頭吃的，還是那邊吃的？」寶玉道：「同那些渾人吃什麼，原是那邊我還同老太太吃了來的。」說着一面歸坐。

鳳姐飯畢，就有寧府一個媳婦來領牌，為支取香燈。鳳姐笑道：「我算着你今兒該來支取，想是忘了。要終久忘了，自然是你包出來，都便宜了我。」那媳婦笑道：「何嘗不是忘了，方才想起來，再遲一步也領不成了。」說畢，領牌而去。

一時登記交牌。秦鍾因笑道：「你們兩府裡都是這牌，倘別人私造一個，支了銀子去，怎樣？」鳳姐笑道：「依你說，都沒王法了。」寶玉因道：「怎麼咱們家沒人來領牌子支東西？」鳳姐道：「他們來領的時候，你還做夢呢。我且問你，你們多早晚才唸夜書呢？」寶玉道：「巴不得今日就唸才好。只是他們不快給收拾出書房來，也是沒法。」鳳姐笑道：「你請我一請，保管就快了。」寶玉道：「你也不中用，他們該做到那裡的時候，自然有了。」鳳姐道：「就是他們做，也得要東西，擱不住我不給對牌是難的。」寶玉聽說，便猴向鳳姐身上立刻要牌，說：「好姐姐，給他們牌，好支東西去收拾。」鳳姐道：「我乏的身上生痛，還擱得住你這樣揉搓。你放心罷，今兒才領了裱紙糊去了。他們該要的還等叫去呢，可不傻了？」寶玉不信，鳳姐便叫彩明查冊子與寶玉看了。

正鬧着，人來回：「蘇州去的昭兒來了。」鳳姐急令喚進來。昭兒打千兒請安。鳳姐便問：「回來做什麼的？」昭兒道：「二爺打發回來的。林姑老爺是九月初三巳時沒的。二爺帶了林姑娘同送林姑爺的靈到蘇州，大約趕年底就回來。二爺打發小的來報個信請安，討老太太示下，還瞧瞧奶奶家裡好，叫把大毛衣服帶幾件去。」鳳姐道：「你見過別人了沒有？」昭兒道：「都見過了。」說畢，連忙退出。鳳姐向寶玉笑道：「你林妹妹可在咱們家住長了。」寶玉道：「了不得，想來這幾日他不知哭的怎樣呢。」說着，蹙

*鳳姐協理寧國府，是鳳姐管理家政的頂峰，差不多是得心應手。且有餘力搞「智力輸出」，「都知愛慕此生才」！談到寫到管理的時候，不能否認「惡」的價值，如果王熙鳳是個腐儒、道德家、善人，還怎麼搞管理？

也是賈家親眷，為何對其過世只是「笑道」，就沒有什麼禮儀的表示或舉動要做麼？死個女婿就比死個孫子媳婦這樣不重要麼？

眉長嘆。

鳳姐見昭兒回來，因當着人不及細問賈璉，心中自是記掛，待要回去，奈事未了畢。少不得耐到晚上回來，復令昭兒進來，細問一路平安信息。連夜打點大毛衣服，和平兒親自檢點包裹，再細細追想所需何物，一並包裹交付昭兒。又細細吩咐昭兒：「在外好生小心伏侍，不要惹你二爺生氣，時時勸他少吃酒，別勾引他認得混賬女人，——回來打折你的腿。」趕亂完了，天已四更，睡下，不覺早又天明，忙梳洗過寧府來。

也算「先公後私」。

那賈珍因見發引日近，親自坐車帶了陰陽司吏往鐵檻寺來踏看寄靈所在。又一一囑咐住持色空，好生預備新鮮陳設，多請名僧，以備接靈使用。色空忙備晚齋。賈珍也無心茶飯，因天晚不及進城，竟在淨室胡亂歇了一夜。次日早，便進城來料理出殯之事，一面又派人先往鐵檻寺，連夜另外修飾停靈之處，並茶廚等項接靈人口。

鳳姐見日期有限，也預先逐細分派料理，一面又派榮府中車轎人從跟王夫人送殯，又顧自己送殯去佔下處。目今正值繕國公誥命亡故，王、邢二夫人又去打祭送殯；西安郡王妃華誕送壽禮；鎮國公誥命生了長男，預備賀禮；又有胞兄王仁連家眷回南，一面寫家信稟叩父母並帶往之物；又有迎春染疾，每日請醫服藥，看醫生啟帖、症源、藥案，各事冗雜，亦難盡述。又兼發引在邇，因此忙得鳳姐茶飯無心，坐臥不寧。剛到了寧府，榮府的人跟着，既回到榮府，寧府的人

活着一批寄生蟲，什麼事不幹，也還是各事冗雜，難以盡述。

又跟着。鳳姐雖然如此之忙，只因素性好勝，惟恐落人褒貶，故費盡精神，籌畫得十分整齊。於是合族上下無不稱嘆。

秦氏好勝已極，鳳猶好勝。魯迅曾斥「褒貶」此詞之不通，但口語上確有此言，「紅」已有之。或可推敲「褒」字的寫法。

這日伴宿之夕，[14]裡面兩班小戲並耍百戲的與親朋等伴宿，尤氏猶臥於內室，一切張羅款待，獨是鳳姐一人周全承應。合族中雖有許多妯娌，也有羞口羞腳的，也有不慣見人的，也有懼貴怯官的，種種之類，俱不及鳳姐舉止大雅，言語典則；因此也不把眾人放在眼裡，揮霍指示，任其所為，旁若無人。一夜中燈明火彩，客送官迎，那百般熱鬧，自不用說。至天明，吉時，一般六十四名青衣請靈，前面銘旌[15]上大書：「誥封一等寧國公冢孫婦防護內廷紫禁道御前侍衛龍禁尉享強壽[16]賈門秦氏宜人之靈柩。」一應執事陳設皆係現趕新做出來的，一色光彩奪目。寶珠自行未嫁女之禮，摔喪駕靈，十分哀苦。

又是百般熱鬧，成了過節了。

寶珠太聰明了，也就不用死了。

那時官客送殯的，有鎮國公牛清之孫現襲一等伯牛繼宗，理國公柳彪之孫現襲一等子柳芳，齊國公陳翼之孫世襲三品威鎮將軍陳瑞文，治國公馬魁之孫世襲三品威遠將軍馬尚，修國公侯曉明之孫世襲一等子侯孝康；繕國公誥命亡故，其孫石光珠守孝不得來。這六家與榮寧二家當日所稱「八公」的便是。餘者更有南安郡王之孫，西寧郡王之孫，忠靖侯史鼎，平原侯之孫世襲二等男蔣子寧，定城侯之孫世襲二等男兼京營游擊謝鯤，襄陽侯之孫世襲二等男戚建輝，景田侯之孫五城兵馬司裘良。餘者錦鄉伯公子韓奇，神武將軍公子馮紫英，陳也俊、衛若蘭等諸王孫公子，不可枚數。堂客也共有十來頂大轎，三四十頂小轎，連家下大小轎車輛，不下百餘十乘。連前面各色執事、陳設、百耍，浩浩蕩蕩，一帶擺三四里遠。

走不多時，路上彩棚高搭，設席張筵，和音奏樂，俱是各家路祭：[17]第一棚是東平王府的祭，第二棚是南安郡王的祭，第三棚是西寧郡王的祭，第四棚便是北靜郡王的祭。原來這四王，當日惟北靜王功最高，及今子孫猶襲王爵。現今北靜王世榮年未弱冠，生的秀美異常，情性謙和。近今寧國府冢孫婦告殂，[18]因想當日彼此祖父有相與之情，同難同榮，未以異姓相視，因此不以王位自居，上日也曾探喪上祭，如今又設路奠，命麾下各官在此候。自己五更入朝，公事一畢，便換了服，坐大轎鳴鑼張傘而來，至棚前落轎。手下各官兩旁擁侍，軍民人眾不得往還。

一時只見寧府大殯浩浩蕩蕩、壓地銀山一般從北而至。早有寧府開路傳事人等報與賈珍。賈珍急命前面駐紮，同賈赦、賈政三人連忙迎來，以國禮相見。世榮在轎內欠身，含笑答禮，仍以世交稱呼接待，並不自大。賈珍道：「犬婦之喪，累蒙郡駕下臨，蔭生[19]輩何以克當。」世榮笑道：「世交至誼，何出此言。」遂回頭令長府官主祭代奠。賈赦等一旁還禮，復親身來謝恩。

世榮十分謙遜，因問賈政道：「那一位是銜玉而誕者？久欲得一見為快，今日一定在此，何不請來。」賈政忙退下，命寶玉更衣，領他前來謁見。那寶玉素聞得世榮是個賢王，且才貌俱全，風流跌宕，不為官俗國體所縛。每思相會，只

嗚呼，盛哉！

太不一般了。

人人都相信並一再提及這個銜玉而誕，也就像是真有其事了。也算「堅持就是勝利」。

是父親拘束，不克如願，今見反來叫他，自是歡喜。一面走，一面瞥見那世榮坐在轎內，好個儀表。不知近前又是怎樣，且聽下回分解。

1 **捐館**：死亡的代稱。

2 **應佛僧**：專門應付佛事的和尚。

3 **開方破獄**：解度地獄亡魂的一種法事。

4 **傳燈照亡**：在亡人腳後燃燈，比喻佛法無邊，能為亡魂引路，驅除黑暗。

5 **都鬼**：酆都裡的鬼卒。

6 **金橋**：善人死後，魂魄走金橋、銀橋，往生福祿之地。惡人死後走奈何橋，入地獄。

7 **三清**：道教的三位尊神，即元始天尊、靈寶天尊、道德天尊。

8 **放焰口**：佛事。和尚為喪事人家唸「焰口經」，超度餓鬼，施捨飲食，為死者祈福。

9 **拜水懺**：和尚唸「水懺經」，為死者清洗罪業，解冤免災。

10 **接引諸咒**：接引死者往生西方淨土的咒語。

11 **明角燈**：又名「羊角燈」，燈罩用牛、羊角製成，半透明，可防風雨。

12 **矗燈**：又名「戳燈」，一種有底座，長柄，可立在地上的燈。

13 **偏了**：表示自己先已用過飯的客氣語。

14 **伴宿之夕**：喪家親友在出殯前一夜守靈，稱「伴宿之夕」。

15 **銘旌**：一種長條經幡，上書死者姓名官銜，豎於靈前右方。

16 **享強壽**：意為壽命很長，壽終正寢。也是青壯年夭亡的飾詞。

17 **路祭**：舊時出殯，親友在靈車經過的路上設祭，稱「路祭」。

18 **告殂**：死亡的婉稱。

19 **蔭生**：封建時代，因父祖先輩功勞而獲得監生資格或官職的人，叫「蔭生」。

第十五回 王鳳姐弄權鐵檻寺 秦鯨卿得趣饅頭庵

話說寶玉舉目見北靜王世榮頭上戴着淨白簪纓銀翅王帽，穿着江牙海水五爪龍白蟒袍，繫着碧玉紅鞓帶，[1]面如美玉，目似明星，真好秀麗人物。寶玉忙搶上來參見，世榮忙從轎內伸手挽住。見寶玉戴着束髮銀冠，勒着雙龍出海抹額，穿着白蟒箭袖，圍着攢珠銀帶，面若春花，目如點漆。世榮笑道：「名不虛傳，果然如寶似玉。」問：「銜的那寶貝在那裡？」寶玉見問，連忙從衣內取出，遞與世榮。世榮細細看了，又唸了那上頭的字，因問：「果靈驗否？」賈政忙道：「雖如此說，只是未曾試過。」世榮一面極口稱奇，一面理順彩條，親自與寶玉帶上，又攜手問寶玉幾歲，現讀何書，寶玉一一答應。

世榮見他語言清朗，談吐有致，一面又向賈政笑道：「令郎真乃龍駒鳳雛，非小王在世翁前唐突，將來『雛鳳清於老鳳聲』，[2]未可量也。」賈政陪笑道：「犬子豈敢謬承金獎。賴藩郡餘禎，[3]果如所言，亦蔭生輩之幸矣。」世榮又道：「只是一件，令郎如此資質，想老太夫人輩自然鍾愛極矣；但吾輩後生甚不宜溺愛，溺愛則未免荒失了學業。昔小王曾蹈此轍，想令郎亦未必不如是也。若令郎

一要重視儀表，二要重視應對，雖表面了些，仍有一定道理。（與進化論、優生學或不無關係。）如果交接邀賞的盡是些獐頭鼠目、形容萎瑣、口齒不清之輩，確也不好想像。

在家難以用功，不妨常到寒第。小王雖不才，卻多蒙海內眾名士凡至都者，未有不垂青目，是以寒第高人之頗聚。令郎常去談談會會，則學問可以日進矣。」賈政忙躬身答道：「是。」

世榮又將腕上一串念珠卸下來，遞與寶玉道：「今日初會，倉促無敬賀之物，此係聖上所賜蕶苓香念珠一串，權為賀敬之禮。」寶玉連忙接了，回身奉與賈政。賈政與寶玉一齊謝過了。於是賈赦、賈珍等一齊上來請回輿。世榮道：「逝者已登仙界，非碌碌你我塵寰中人也。小王雖上叨天恩，虛邀郡襲，豈可越仙輀[4]而進也。」賈赦等見執意不從，只得告辭謝恩回來，命手下人掩樂停音，將殯過完，方讓世榮過去。不在話下。

此事似無下文，想是這一番話作者寫時帶有臨場發揮的隨機性。

且說寧府送殯，一路熱鬧非常。剛至城門，又有賈赦、賈政、賈珍等諸同寅屬下各家祭棚接祭，一一的謝過，然後出城，竟奔鐵檻寺大路而來。彼時賈珍帶賈蓉來到諸長輩前，讓坐轎上馬，因而賈赦一輩的各自上了車轎，賈珍一輩的也將要上馬。鳳姐因記掛着寶玉，怕他在郊外縱性，不服家人的話，賈政管不着，惟恐有閃失，因此命小廝來喚他。寶玉只得到他車前。鳳姐笑道：「好兄弟，你是個尊貴人，同女孩兒一般人品，別學他們猴在馬上。下來，咱們姐兒兩個同車，豈不好麼？」寶玉聽說，便下了馬，爬上鳳姐車內，二人說笑前進。

鳳姐與寶玉，二位都是賈府中受殊寵之人，故常拍拖（結伴），宜哉趙姨娘視二人為死敵也。

不一時，只見那邊兩騎馬直奔鳳姐車，下馬扶車回道：「這裡有下處，奶奶請歇歇更衣。」鳳姐命請邢王二夫人示下。那二人回說：「太太們說不歇了，叫奶奶自便。」鳳姐便命歇歇再走。小廝帶着轅馬岔出人群，往北而來。寶玉在車內急命請秦相公。那時秦鍾正騎着馬隨他父親的轎，忽見寶玉的小廝跑來請他去打尖。[5]秦鍾遠看這寶玉所騎的馬，搭着鞍籠，隨着鳳姐的車往北而去，便知寶玉同鳳姐一車，自己也帶馬趕上來，同入一莊門內。那莊農人家無多房舍，婦女無處迴避。那些村姑莊婦見了鳳姐、寶玉、秦鍾的人品衣服，幾疑天人下降。

鳳姐進入茅屋，先命寶玉等出去頑頑。寶玉會意，因同秦鍾帶了小廝們各處遊玩。凡莊家動用之物，俱不曾見過的。寶玉見了都以為奇，不知何名何用。小廝中有知道的，一一告訴了名目並其用處。寶玉聽了，因點頭道：「怪道古人詩上說：『誰知盤中餐，粒粒皆辛苦』，正為此也。」一面說，一面又到一間房內，見炕上有個紡車，越發以為希奇。小廝們又告以紡線織布之用。寶玉便上炕搖轉作耍。只見一個村妝丫頭，約有十七八歲走來，說道：「別弄壞了！」眾小廝忙喝住了。寶玉也住了手，說道：「我因不曾見過，所以試一試頑兒。」那丫頭道：「你們不會，我轉給你瞧。」秦鍾暗拉寶玉道：「此卿有意趣。」寶玉推他道：「再胡說，我就打了。」說着，只見那丫頭紡起線來，果然好看。忽聽那邊老婆子叫道：「二丫頭，快過來！」那丫頭丢了紡車，一徑去了。

這也算接觸體驗一下生活。居然能想到此，「下去」一下，終受教育。

勞動也有審美價值。

寶玉悵然無趣，只見鳳姐打發人來叫他兩個進去。鳳姐洗了手，換了衣服，問他換不換。寶玉道：「不換。」也就罷了。僕婦們端上茶食果品來，又倒上香茶來。鳳姐等吃過茶，待他們收拾完備，便起身上車。外面旺兒預備賞封，賞了那莊户人家。那莊户婦人等來謝賞。寶玉留心看時，並不見紡線之女。走不多遠，卻見這二丫頭懷裡抱了個小孩子，想是他的兄弟，同着幾個小女孩子說笑而來。寶玉情不自禁，然身在車上，只得以目相送，一時電捲風馳，回頭已無蹤了。

說笑之間，忽已趕上大殯。早又前面法鼓金鐃，幢幡寶蓋；鐵檻寺中僧眾已列路旁。少時到了寺中，另演佛事，重設香壇，安靈於內殿偏室之中。寶珠安於裡寢室為伴，外面賈珍款待一應親友，也有擾飯的，也有就告辭的，一一謝過乏，從公侯伯子男一起一起的散去，至未末方散盡了。裡面的堂客皆是鳳姐陪伴接待，先從誥命散起，也到晌午方散完了。只有幾個近親本族，等做過三日道場方去。那時邢王二夫人知鳳姐必不能回家，便要進城。王夫人要帶了寶玉同去，寶玉乍到郊外，那裡肯回去，只要跟鳳姐住着。王夫人只得交與鳳姐而去。

忘了死人，快成旅遊了。

原來這鐵檻寺是寧榮二公當日修造的，現今還有香火地畝，以備京中老了[6]人口，在此停靈，其中陰陽兩宅俱是預備妥貼的，好為送靈人口寄居，不想如今後人繁盛，其中貧富不一，或情性參商；有那家業艱難安分的，便住在這裡了；有那有錢勢尚排場的，只說這裡不方便，一定另外或村莊或尼庵尋個下處，為事畢宴退之所。即今秦氏之喪，族中諸人皆權在鐵檻寺下榻，獨鳳姐嫌不方便，因遣人來和饅頭庵的姑子淨虛說了，騰出兩間房子來做下處。

原來這饅頭庵就是水月寺，因他廟裡做的饅頭好，就起了這個渾號，離鐵檻寺不遠。當下和尚工課已完，奠過晚茶，賈珍便命賈蓉請鳳姐歇息。鳳姐見還有幾個妯娌陪着女親，自己便辭了眾人，帶了寶玉、秦鍾往水月庵來。原來秦業年邁多病，不能在此，只命秦鍾等待安靈罷。那秦鍾只跟着鳳姐、寶玉，一時到了水月庵，淨虛帶領智善、智能兩個徒弟出來迎接，大家見過。鳳姐等至淨室更衣淨手畢，因見智能兒越發長高了，模樣兒越發出息了，因說道：「你們師徒怎麼這些日子也不往我們那裡去？」淨虛道：「可是這幾日都沒工夫，因胡老爺府裡產了公子，太太送了十兩銀子來這裡，叫請幾位師父唸三日《血盆經》[7]，忙的沒個空兒，就沒來請奶奶的安。」

「饅頭」云云，無隱含墳墓之意乎？

這也有幾分怪處。秦氏之喪，娘家無人，弟弟秦鍾了無悲痛，卻居然有這樣動天驚地的喪事舉行。內裡究竟有什麼文章呢？

不言老尼陪着鳳姐。且說秦鍾、寶玉二人正在殿上頑耍，因見智能過來，寶玉笑道：「能兒來了。」秦鍾說：「理那東西作什麼？」寶玉笑道：「你別弄鬼，那一日在老太太房裡，一個人沒有，你摟着他作什麼？這會子還哄我。」秦鍾笑道：「這可是沒有的話。」寶玉道：「有沒有也不管你，你只叫住他倒碗茶來我吃，就丟開手。」秦鍾笑道：「這又奇了，你叫他倒去，還怕他不倒，何必要我說呢。」寶玉道：「我叫他倒的是無情意的，不及你叫他倒的是有情意的。」秦鍾只得說道：「能兒倒碗茶來。」那能兒自幼在榮府走動，無人不識，常與寶玉、秦鍾頑笑。如今長大了，漸知風月，便看上了秦鍾人物風流，那秦鍾也愛他妍媚，二人雖未上手，卻已情投意合了。智能走去倒了茶來。秦鍾笑說：「給我。」寶

邪惡中略有天真。

庵寺變成附庸，宗教變成服務，尼姑也變成玩物了。為我佛一嘆。

玉又叫：「給我。」智能兒抿嘴笑道：「一碗茶也爭，難道我手上有蜜！」寶玉先搶得了，喝着，方要問話，只見智善來叫智能去擺果碟子，一時來請他兩個去吃茶果。他兩個那裡吃這些東西，略坐一坐仍出來頑耍。

說得甜。

鳳姐也略坐片時，便回至淨室歇息。老尼相送。此時眾婆娘媳婦見無事，都陸續散了，自去歇息，跟前不過幾個心腹小婢，老尼便趁機說道：「我有一事要到府裡求太太，先請奶奶一個示下。」鳳姐問何事。老尼道：「阿彌陀佛！只因當日我先在長安縣善才庵內出家的時節，那時有個施主姓張，是大財主。他有個女兒，小名金哥，那年都往我廟裡來進香，不想遇見了長安府太爺的小舅子李衙內。那李衙內一心看上，要娶金哥，打發人來求親，不想金哥已受了原任長安守備的公子的聘定。張家若退親，又怕守備不依，因此說已有了人家。誰知李公子執意要娶他女兒，張家正無計策，兩處為難。不料守備家一知此信，也不問青紅皂白，便來作踐辱罵，說一個女兒許幾家人家，偏不許退定禮，就打官司告狀起來。那家急了，只得着人上京來尋門路，賭氣偏要退定禮。我想，如今長安節度雲老爺與府上相契，可以求太太與老爺說聲，發一封書，求雲老爺和那守備說一聲，不怕他不依，若是肯行，張家連傾家孝順也都情願。」

老尼居然管這樣的事，又這樣會說話會辦事，對這一路人不可不防。

鳳姐聽了笑道：「這事到不大，只是太太再不管這樣的事。」老尼道：「太太不管，奶奶可以主張了。」鳳姐笑道：「我也不等銀子使，也不做這樣的事。」淨虛聽了，打去妄想，半晌嘆道：「雖如此說，只是張家已知我來求府裡，如今不管這事，張家不知道沒工夫管這事，不希罕他的謝禮，倒像府裡連這點子手段也沒有的一般。」鳳姐聽了這話，便發了興頭，說道：「你是素日知道我的，從來不信什麼陰司地獄報應的，憑是什麼事，我說要行就行。你叫他拿三千兩銀子來，我就替他出這口氣。」老尼聽說，喜之不勝，忙說：「有，有！這個不難。」鳳姐又道：「我比不得他們扯蓬拉牽的圖銀子，這三千兩銀子不過是給打發去說的小廝們作盤纏，使他賺幾個辛苦錢，我一個錢也不要。便是三萬兩，我此刻還拿的出來。」老尼忙答應道：「既如此，奶奶明日就開恩也罷了。」鳳姐道：「你瞧瞧我忙的，那一處少了我？既應了你，自然快快的了結。」老尼道：「這點子事，在別人眼前就忙的不知怎麼樣，若是奶奶跟前，再添上些也不夠奶奶一發揮的。只是俗語說的『能者多勞』，太太見奶奶大小事都妥貼，越發都推給奶奶了，奶奶也要保重貴體才是。」一路奉承的話，鳳姐越發受用，也不顧勞乏，更攀談起來。

誰想秦鍾趁黑晚無人，來尋智能。剛至後面房中，只見智能獨在那裡洗茶碗。秦鍾便摟着親嘴。智能急的跺腳說：「做什麼！」就要叫喚。秦鍾道：「好人，我已急死了，你今兒再不依我，我就死在這裡。」智能道：「你想怎麼樣？除非等我出這牢坑，離了這些人才好。」秦鍾道：「這也容易，只是遠水救不得近火。」說着一口吹了燈，滿屋漆黑，將智能抱到炕上，就雲雨起來。那智能百般掙扎不起，又不好叫，少不得依的。正在得趣，只見一人進來，將他二人按住，也不出

激到穴位上了。

鳳姐正在興頭上，正在盛極之時。強悍而至於狠毒，沒有任何約束了。鳳姐顯得幼稚了，輕易入了老尼的圈套。

不全是吹，是真的。權威本身變成了目的，是權威的異化。

「那一處少了我」的自我感覺，既是真實的，也是危險的。

不論多麼精明的人，也吃不住幾句奉承話，真了不得呀！

*在表面悲痛、莊嚴、排場、禮儀一絲不苟的喪事下面，玩尼姑，癖斷袖，包攬詞訟，仗勢欺人。內幕委實怵目驚心。賈寶玉也是封建特權階層的生活在這個圈子這個氛圍裡的，至少在這一兩回中，實看不出他與別的公子哥兒有什麼不同。

「弄權」云云，帶有「為藝術而藝術」的性質，帶有異化色彩，帶有非功利性性質。並無功利目的，卻要伸手干涉他人的事，更加令人毛骨聳然。

聲。他二人唬的魂飛魄散，倒是那人嗤的一聲笑了，方知是寶玉。秦鍾連忙起來，抱怨道：「這算什麼？」寶玉道：「你倒不依，咱們就叫喊起來。」羞得智能趁暗中跑了。寶玉拉了秦鍾出來道：「你可還和我強？」秦鍾笑道：「好人，你只別嚷的眾人知道，你要怎樣我都依你。」寶玉笑道：「這會子也不用說，等一會睡下再細細的算賬。」一時寬衣安歇的時節，鳳姐在裡間，秦鍾、寶玉在外間，滿地下皆是家下婆子打鋪坐更。鳳姐因怕通靈玉失落，便等寶玉睡下，令人拿來塞在自己枕邊。寶玉不知與秦鍾算何賬目，未見真切，此係疑案，不敢纂創。

一宿無語。至次日一早，便有賈母、王夫人打發了人來看寶玉，又命多穿兩件衣服，無事寧可回去。寶玉那裡肯回去，又有秦鍾戀着智能，調唆寶玉求鳳姐再住一天。鳳姐想了一想：喪儀大事雖妥，還有些小事未安排，可以指此再住一日，豈不又在賈珍跟前送了滿情；二則又可以完了淨虛的那件事；三則順了寶玉的心。因有此三益，便向寶玉道：「我的事都完了，你要在這裡逛，少不得越發辛苦了，明兒是一定要走的了。」寶玉聽說，千姐姐萬姐姐的央求：「只住一日，明兒必回去的。」於是又住了一夜。

鳳姐便命悄悄將昨日老尼之事，說與來旺兒。旺兒心中俱已明白，急忙進城找着主文的相公，假託賈璉所囑，修書一封，連夜往長安縣來，不過百里之遙，兩日工夫俱已妥協。那節度使名喚雲光，久見賈府之情，這些小事

這些地方反映了寶玉的靈肉二元論。寶玉在「肉」上，也是很不乾淨很不嚴肅的。

露骨至此。寶玉可惡，不能一味美化。

整天關在府第裡，確實痛苦。寶玉一出來，便覺有了興味。

這原來叫「妥協」。

豈有不允之理，給了回書，旺兒回來。不在話下。

且說鳳姐等又過了一日，次日方別了老尼，着他三日後往府裡去討信。那秦鍾與智能百般不忍分離，背地裡多少幽期密約，俱不用細述，只得含恨而別。鳳姐又到鐵檻寺中照望一番，寶珠執意不肯回家，賈珍只得派婦女相伴。且聽下回分解。

寶珠沒有別的選擇。

1 **鞓帶：** 皮革製成的帶子。

2 **雛鳳清於老鳳聲：** 比喻兒子會勝過父親。語出唐李商隱詩。

3 **賴藩郡餘禎：** 託賴郡王的吉祥福澤之意。

4 **輀：** 運靈的車，稱「輀」。

5 **打尖：** 旅途中吃飯休息，稱「打尖」。

6 **老了：** 即死了。古人忌說「死」，以「老」字代。

7 **血盆經：** 即《目連正教血盆經》。古人認為婦女產後出血不吉利，須請僧眾唸血盆經消災祈福。

第十六回 賈元春才選鳳藻宮 秦鯨卿夭逝黃泉路

且說秦鍾、寶玉二人跟着鳳姐自鐵檻寺照應一番，坐車進城到家，見過賈母、王夫人等，回到自己房中。一夜無話。

至次日，寶玉見收拾了外書房，約定了與秦鍾讀夜書。偏生那秦鍾秉賦最弱，因在郊外受了些風霜，又與智能兒偷期綣繾，未免失於調養，回來時便咳嗽傷風，懶怠進飲食，大有不勝之態，只在家中調養，不能上學。寶玉便掃了興，然亦無法，只得候他病痊再議了。

樂極生悲。

那鳳姐卻已得了雲光的回信，俱已妥協。老尼達知張家，果然那守備忍氣吞聲受了前聘之物。誰知愛勢貪財之父母，卻養了一個知義多情的女兒，聞得退了前夫，另許李門，他便一條汗巾悄悄的尋了個自盡。那守備之子聞知金哥自縊，他也是個情種，遂投河而死。可憐張李二家沒趣，真是人財兩空。這裡鳳姐卻安享了三千兩，王夫人連一點消息也不知道。自此鳳姐膽識愈壯，以後所作所為，諸如此類不可勝數。

這種悲劇結局的設計只能說是為了從道義上譴責鳳姐。弄權殺人不見血，能不慎之！

一日正是賈政的生辰，寧榮二處人丁都齊集慶賀，熱鬧非常。忽有門吏報道：「有六宮都太監夏老爺特來降旨。」唬的賈赦、賈政一干人不知何事，忙止了戲文，撤去酒席，擺香案，啟中門跪接。早見都太監夏秉忠乘馬而至，又有許多跟從的內監。那夏太監也不曾負詔捧敕，至正廳下馬，滿面笑容，走至廳上，南面而立，口內說：「奉特旨，立刻宣賈政入朝，在臨敬殿陛見。」說畢，也不吃茶，便乘馬去了。賈政等也猜不出是何兆頭，只得急忙更衣入朝。

賈母等合家人心俱惶惶不定，不住的使人飛馬來往報信。有兩個時辰，忽見賴大等三四個管家喘吁吁跑近儀門報喜，又說「奉老爺命，速請老太太率領太太等進宮謝恩」等語。那時賈母心神不定，在大堂廊下佇候。邢王二夫人、尤氏、李紈、鳳姐、迎春姊妹，以及薛姨媽等皆聚在一處，打聽信息。賈母又喚進賴大來細問端的。賴大稟道：「小的們只在臨敬門外伺候，裡頭的信息一概不知。後來夏太監出來道喜，說咱們家的大小姐晉封為鳳藻宮尚書，加封賢德妃。後來老爺出來亦如此吩咐小的。如今老爺又往東宮去了，還請老太太們去謝恩。」賈母等聽了方心安，一時皆喜見於面。於是都按品大妝起來。賈母率領邢王二夫人並尤氏，一共四乘大轎魚貫入朝。賈赦、賈珍亦換了朝服，帶領賈薔、賈蓉奉侍賈母前往。於是寧榮兩處上下內外人等，莫不欣喜，獨有寶玉置若罔聞。你道什麼緣故？

原來近日水月庵的智能私逃入京，來找秦鍾，不意被秦業知覺，將智能逐去，

不是生辰就是生病，要不就是死人。要不就是性混亂。生活內容極其空虛，只剩下人的生理內容了。

一級怕一級，誰都怕降旨。

惶惶不定。入朝意味着危險。

關上門封誥，威嚴認真得很，旁觀冷眼，又過上許多年，簡直像鬧劇。

人總是要自己給自己找些事做，找些麻煩發愁，找些樂子開心的。否則，什麼時候能「按品大妝」一番呢？不僅慾望生煩惱，空虛也生事。

秦業並未病弱到臥床不起的地步，卻不為女兒

將秦鍾打了一頓，自己氣的老病發了，三五日光景嗚呼哀哉了。秦鍾本自怯弱，又帶病未痊，受了笞杖，今見老父氣死，此時悔痛無及，又添了許多病症。因此寶玉心中悵悵不樂。雖有元春晉封之事，那解得他愁悶。賈母等如何謝恩，如何回家，親友如何來慶賀，寧榮兩府近日如何熱鬧，眾人如何得意，獨他一個皆視有如無，毫不介意。因此眾人嘲他越發呆了。

且喜賈璉與黛玉回來，先遣人來報信，明日就可到家了。寶玉聽了，方略有些喜意。細問原由，方知賈雨村亦進京引見，皆由王子騰累上薦本，此來候補京缺，與賈璉是同宗弟兄，又與黛玉有師徒之誼，故同路作伴而來。林如海已葬入祖塋了，諸事停妥。賈璉此番進京若按站而走，本該月初到家，因聞元春喜信，遂晝夜兼程而進，一路俱各平安。寶玉只問了黛玉平安二字，餘者也就不在意了。

好容易盼到明日午錯，果報璉二爺和林姑娘進府了。見面時彼此悲喜交集，未免大哭一場，又致慰慶之詞。寶玉心中忖度：黛玉越發出落的超逸了。黛玉又帶了許多書籍來，忙着打掃臥室，安排器具，又將些紙筆等物分送與寶釵、迎春、寶玉等。寶玉又將北靜王所贈蓉苓香串珍重取出來，轉送黛玉。黛玉說：「什麼臭男人拿過的，我不要這東西。」遂擲而不取。寶玉只得收回。暫且無話。

且說賈璉自回家見過眾人，回至房中，正值鳳姐事繁，無片刻閒空。見賈璉遠路歸來，少不得撥冗接待，房內外無人，便笑道：「國舅老爺大喜！國舅老爺一路的風塵辛苦，小的聽見昨日的頭起報馬來報，說今日大駕歸府，略預備了一

之死所動。

因此，又不僅因此。

視有若無，倒是境界。

這些書也是黛玉悲劇性格的一個來源，一個組成部分。

寶玉對北靜王的權勢與恩寵其實洋洋得意，遠不如黛玉清高。

杯水酒擇塵，不知可賜光謬領否？」賈璉笑道：「豈敢豈敢，多承多承。」一面平兒與眾丫鬟參見畢，獻茶。賈璉遂問別後家中諸事，又謝鳳姐的操持辛苦。鳳姐道：「我那裡管得這些事來，見識又淺，口角又笨，心腸又直率，人家給個棒槌，我就認作針，臉又軟，擱不住人給兩句好話，心裡就慈悲了。況且又沒經過大事，膽子又小，太太略有些不自在，就連覺也睡不着了。我苦辭過幾回，太太又不許，倒說我圖受用，不肯學習。殊不知我是捻着一把汗呢。一句也不敢多說，一步也不敢妄行。你是知道的，咱們家所有的這些管家奶奶，那一個是好纏的？錯一點兒他們就笑話打趣，偏一點兒他們就指桑說槐的抱怨。『坐山看虎鬥』，『借刀殺人』，『引風吹火』，『站乾岸兒』，『推倒油瓶不扶』，都是全掛子的武藝。況且我年紀輕，不壓人，怨不得不放我在眼裡。更可笑那府裡蓉兒媳婦死了，珍大哥再三在太太跟前跪着討情，只要請我幫他幾日；我是再四推辭，太太做情允了，只得從命，依舊被我鬧了個馬仰人翻，更不成個體統，至今珍大哥還抱怨後悔呢。你明兒見了他，好歹描補描補，就說我年紀小，沒見過世面，誰叫大爺錯委了他。」

說着，只聽外間有人說話。鳳姐便問：「是誰？」平兒進來回道：「姨太太打發了香菱妹子來問我一句話，我已經說了，打發他回去了。」賈璉笑道：「正是呢，我方才見姨媽去，和一個年輕的小媳婦子撞了個對面，生得好齊整模樣。我疑惑咱家並無此人，說話時問姨媽，方知是上京來買的那個小丫頭，名叫香菱

這種「謙虛」透着得意。所有的話按相反的意思解讀，就行了。

底下的話倒也是實情。

都是全掛子的武藝，形容得真好！這些武藝可不是拜師學來的，而是被生活實踐所培育的。洞悉這些「武藝」，鳳姐的武藝豈不更加超群？

的，竟與薛大傻子作了房裡人，[1]開了臉，[2]越發出挑的標緻了。那薛大傻子真玷辱了他。」鳳姐道：「哎，往蘇杭走了一趟回來，也該見些世面了，還是這樣眼饞肚飽的。你要愛他，不值什麼，我拿平兒去換了他來如何？那薛老大也是『吃着碗裡瞧着鍋裡』的，這一年來的光景，他為香菱兒不能到手，和姨媽打了多少饑荒。那姨娘看着香菱模樣兒好還是小事，其為人行事更又比別的女孩子不同，温柔安靜，差不多的主子姑娘還跟不上他，故此擺酒請客的費事，明堂正道與他做了妾，過了沒半月，也看的沒事人一大堆了，[3]我倒心裡可惜他。」一語未了，二門上小廝傳報：「老爺在大書房等二爺呢。」賈璉聽了，忙忙整衣出去。

倒也是見微知著。

這裡鳳姐乃問平兒：「方才姨媽有什麼事，巴巴的打發香菱來？」平兒道：「那裡來的香菱，是我藉他暫撒個謊兒。奶奶你說，旺兒嫂子越發連個成算也沒了。」說着，又走至鳳姐身邊悄悄說道：「奶奶的那利銀遲不送來，早不送來，這會子二爺在家，他偏送這個來了。幸虧我在堂屋裡碰見，不然他走了來回奶奶，二爺少不得要知道。我們二爺那脾氣，油鍋裡的還要撈出來花呢，知道奶奶有了體己，他還不大着膽子花麼。所以我趕着接過來，教我說了他兩句，誰知奶奶偏聽見了。我故此當着二爺的面前只說香菱兒來了。」鳳姐聽了笑道：「我說呢，姨娘知道你二爺來了，忽剌巴的[4]反打發個房裡人來了？原來你這蹄子鬧鬼。」

平兒真好幫手也。

*這實在是道德的尷尬。

道德上講夫為妻綱，講孝悌忠信，講舉案齊眉，但又不尊重夫與妻的個人的應有的尊嚴與獨立性。結果，背地裡爾虞我詐，鬼鬼祟祟。我們常常嘲笑外國的一對情人或夫妻吃完飯各付各的賬，我們可以認為或假設那確是值得嘲笑的。但賈璉、熙鳳這樣呢，難道不是更野蠻、更醜惡麼？

未必能斷定作者寫這些時懷着一種暴露的忿懣；他只是說出實情罷了。

說着，賈璉已進來了。鳳姐命擺上酒饌來，夫妻對坐。鳳姐雖善飲，卻不敢任興，只陪侍着。賈璉的乳母趙嬤嬤走來。賈璉、鳳姐忙讓吃酒，令其上炕去。趙嬤嬤執意不肯。平兒等早於炕沿設一杌，又有小腳踏，趙嬤嬤在腳踏上坐了。賈璉向桌上揀兩盤餚饌與他放在杌上自吃。鳳姐又道：「媽媽狠嚼不動那個，沒的倒硌了他的牙。」因問平兒：「早起我說那一碗火腿燉肘子很爛，正好給媽媽吃，你怎麼不拿去趕着叫他們熱來？」又道：「媽媽，你嚐一嚐你兒子帶來的惠泉酒。」趙嬤嬤道：「我喝呢。奶奶也喝一鍾，怕什麼？只不要過多了就是了。我這會子跑了來，倒也不為酒飯，倒有一件正經事，奶奶好歹記在心裡，疼顧我些罷。我們這爺只是嘴裡說的好，到了跟前就忘了我們。幸虧我從小兒奶了你這麼大。我也老了，有的是那兩個兒子，你就另眼照看他們些，別人也不敢呲牙兒[5]的。我還再三的求了你幾遍，你答應的倒好，如今還是燥屎。[6]這如今又從天上跑出這樣一件大喜事來，那裡用不着人？所以倒是來和奶奶說是正經，靠着我們爺，只怕我還餓死了呢。」鳳姐笑道：「媽媽，你的兩個奶哥哥都交給我。你從小兒奶的兒子，還有什麼不知他那脾氣的？拿着皮肉倒往那不相干的外人身上貼。可見現放着奶哥哥，那一個不比人強？你疼顧照看他們，誰敢說個不字兒，沒的白便宜了外人。——我這話也說錯了，我們看着是『外人』，你卻看着是『內人』一樣呢。」說着，滿屋裡人都笑了。趙嬤嬤也笑個不住，又唸佛道：「可是屋子裡跑出青天來了。若說『內人』『外人』這些混帳緣故，我們爺是沒有，不

又是座次學。

熙鳳顯得何等賢良善意，克己復禮！

「都交給我」四字，露出權威與自信來了。

有打有拉有嘲有笑，這樣的鳳姐作為妻子，也還是有趣味的。

過是臉軟心慈，擱不住人求兩句罷了。」鳳姐笑道：「可不是呢，有『內人』的他才慈軟呢，他在咱們娘兒們跟前才是剛硬呢！」趙嬤嬤道：「奶奶說的太盡情了，我也樂了，再吃一杯好酒。從此我們奶奶做了主，我就沒的愁了。」

鳳姐拉趙嬤嬤，畢竟是陽謀。

賈璉此時沒好意思，只是訕笑道：「你們別胡說了，快盛飯來吃，還要往珍大爺那邊去商議事呢。」鳳姐道：「可是別誤了正事。才剛老爺叫你說什麼？」賈璉道：「就為省親的事。」鳳姐忙問道：「省親的事竟准了？」賈璉笑道：「雖不十分准，也有八九分了。」鳳姐笑道：「可見當今的隆恩呢。歷來聽書、看戲，古時從來未有的。」趙嬤嬤又接口道：「可是呢，我也老糊塗了。我聽見上上下下吵嚷了這些日子，什麼省親不省親，我也不理論他去；如今又說省親，到底是怎麼個緣故？」賈璉道：「如今當今體貼萬人之心，世上至大莫如『孝』字，想來父母兒女之性皆是一理，不在貴賤上分的。當今自為日夜侍奉太上皇、皇太后，尚不能略盡孝意，因見宮裡嬪妃才人等皆是入宮多年，拋離父母，豈有不思念之理？且父母在家思念女兒，不能一見，倘因此成疾，亦大傷天和之事。故啟奏上皇、太后，每月逢二六日期，准其椒房[7]眷屬入宮請候省視。於是太上皇、皇太后大喜，深讚當今至孝純仁，體天格物。因此二位老聖人又下旨諭，說椒房眷屬入宮，未免有關國體儀制，母女尚未能愜懷。竟大開方便之恩，特降諭諸椒房貴戚，除二六日入宮之恩外，凡有重宇別院之家，可以駐蹕關防[8]者，不妨啟請內廷鑾輿[9]入其私第，庶可盡骨肉私情，共享天倫之樂事。此旨下了，誰不踴躍感

*諺云，好漢不提當年勇。蓋他老人家當今更勇也。反過來說，提當年勇者，已經無多少餘勇可賈，已算不得好漢了。一個大富之家，垂涎三尺地懷念祖上的富貴，不更透出一番沒落的淒涼麼？這種回味，有不祥的意味。

戴？現今周貴妃的父親已在家裡動了工，修蓋省親的別院呢。又有吳貴妃的父親吳天佑家也往城外踏看地方去了。這豈非有八九分了？」

趙嬤嬤道：「阿彌陀佛！原來如此。這樣說起，咱們家也要預備接大小姐了？」賈璉道：「這何用說！不然這會子忙的是什麼？」鳳姐笑道：「果然如此，我可也見個大世面了。可恨我小幾歲年紀，若早生二三十年，如今這些老人家也不薄我沒見世面了。說起當年太祖皇帝仿舜巡的故事，比一部書還熱鬧，我偏沒造化趕上。」趙嬤嬤道：「噯喲喲，那可是千載希逢的！那時候我才記事兒，咱們賈府正在姑蘇揚州一帶監造海船，修理海塘，只預備接駕一次，把銀子花的像淌海水似的！說起來……」鳳姐忙接道：「我們王府裡也預備過一次，那時我爺爺專管各國進貢朝賀的事，凡有外國人來，都是我們家養活，粵、閩、滇、浙所有的洋船貨物都是我們家的。」

趙嬤嬤道：「那是誰不知道的，如今還有個口號兒呢，說『東海少了白玉床，龍王來請江南王』，這說的就是奶奶府上了。如今還有現在江南的甄家，噯喲喲，好勢派！獨他家接駕四次，若不是我們親眼看見，告訴誰也不信的。別講銀子成了土泥，憑是世上有的，沒有不是堆山積海的，『罪過可惜』四個字竟顧不得了。」鳳姐道：「我常聽見我們太爺說也是這樣的，豈有不信的。只納罕他家怎麼就這樣富貴呢？」趙嬤嬤道：「告訴奶奶一句話，也不過拿着皇帝家的銀子往皇帝身上使罷了！誰家有那些錢買這個虛熱鬧去。」

所以終於破敗窮困下去了。

種種關於幾大家族的來歷、富貴、氣派、場面的不無誇張的說法，一方面表現了封建朝廷與皇親國戚們搜刮民脂民膏，揮霍浪費的驚心動魄的事實，另一方面與此後的交租莊頭的訴

正說着，王夫人又打發人來瞧鳳姐吃完了飯不曾。鳳姐便知有事等他，忙忙的吃了飯，漱口要走，又有二門上小廝們回：「東府裡蓉、薔二位哥兒來了。」賈璉才漱了口，平兒捧着盆盥手，見他二人來了，便問：「說什麼話？」鳳姐因亦止步。只聽賈蓉先回說：「我父親打發我來回叔叔：老爺們已經議定，從東邊一帶藉着東府裡花園起，至西北，丈量了，一共三里半大，可以蓋造省親別院了。已經傳人畫圖樣去，明日就得。叔叔才回家，未免勞乏，不用過我們那邊去，有話明日一早再請過去面議。」賈璉笑說：「多謝大爺費心體諒，我就從命不過去了。正經是這個主意才省事，蓋造也容易；若採置別的地方去，那更費事，且倒不成體統。你回去說這樣很好，若老爺們再要改時，全仗大爺諫阻，萬不可另尋地方。明日一早我給大爺請安去，再議細話。」賈蓉忙應幾個「是」。

苦，賈府的入不敷出直至最後的敗落成為對比。

賈薔又近前回說：「下姑蘇請聘教習，採買女孩子，置辦樂器行頭等事，大爺派了侄兒帶領來管家兩個兒子，還有單聘仁、卜固修兩個清客相公，一同前往，所以命我來見叔叔。」賈璉聽了，將賈薔打量了打量，笑道：「你能夠在行麼？這個事雖不甚大，裡頭卻有藏掖的。」賈薔笑道：「只好學習着辦罷了。」

賈蓉在身旁燈影下悄拉鳳姐的衣襟，鳳姐會意，因笑道：「你也太操心了，難道大爺比咱們還不會用人？偏你又怕他不在行了。誰都是在行的？孩子們已長的這麼大了，『沒見過豬肉，也看見過豬跑』。大爺派他去，原不過是個坐纛旗兒，[10]難道認真的叫他去講價錢會經紀呢？依我說很好。」賈璉道：「自然是這

與賈蓉這種下流坯子勾搭，也算「用人不當」。

*賈璉賈珍在管理上也還有相當的作用。特別是涉及府外包括朝廷旨意的事，鳳姐不知其詳，而那二位已經做了部署。鳳姐畢竟是「女流」，管的是內政。這樣，為鳳姐考慮，應注意與賈璉的結盟。可惜鳳姐過於自信，加上夫妻的其他矛盾摻和進來，此後鳳姐與賈璉實處於對立地位。這是鳳姐敗亡的一個原因。

樣，並不是我要駁回，少不得替他籌算籌算。」因問：「這一項銀子動那一處的？」賈薔道：「剛才也議到這裡。賴爺爺說，竟不用從京裡帶銀子去，江南甄家還收着我們五萬銀子，明日寫一封書信會票我們帶去，先支三萬兩，剩二萬兩存着，等置辦彩燈花燭並各色簾櫳帳幔的使用。」賈璉點頭道：「這個主意好。」

鳳姐忙向賈薔道：「既這樣，我有兩個在行妥當人，你就帶他們去辦，這個便宜了你呢。」賈薔忙陪笑道：「正要和嬸子討兩個人呢，這可巧了。」因問名字。鳳姐便問趙嬤嬤。彼時趙嬤嬤已聽話聽呆了，平兒忙笑推他，才醒悟過來，忙說：「一個叫趙天樑，一個叫趙天棟。」鳳姐道：「可別忘了，我幹我的去了。」說着便出去了。賈蓉忙跟出來，悄悄的向鳳姐道：「嬸娘要什麼東西，吩咐了開個賬兒給我兄弟按賬置辦了來。」鳳姐笑道：「別放你娘的屁！我的東西還沒處撂呢，希罕你們鬼鬼祟祟的！」說着一徑去了。

這裡賈薔也是問賈璉：「要什麼東西，順便織來孝敬。」賈璉笑道：「你別興頭。才學着辦事，倒先學會了這把戲。短了什麼，少不得寫信來告訴你，且不要論到這裡。」說畢，打發他二人去了。接着回事的人不止三四起，賈璉乏了，便傳與二門上，一應不許傳報，俱待明日料理。鳳姐至三更時分方下來安歇，一宿無話。

次日賈璉起來，見過賈赦、賈政，便往寧國府中來，合同老管事人等並

各種橫向聯繫。

見縫插針，倚馬可待。賈薔答得多乖，多招人疼，即使明知這樣的人多是壞種。

賤得可喜。罵得親熱。有點打是疼罵是愛的辯證法。人人玩花活鬧鬼祟。

一宿無話，有時大體上與現代電影手法相當，床上鏡頭進入一定情況後，暗轉了。

幾位世交門下清客相公，審察兩府地方，繕畫省親殿宇，一面參度辦理人丁。自此後，各行匠役齊全，金銀銅錫以及土木磚瓦之物，搬運移送不歇。先令匠役拆寧府會芳園牆垣樓閣，直接入榮府東大院中。榮府東邊所有下人一帶群房已盡拆去。當日寧榮二宅雖有一小巷界斷不通，然這小巷亦係私地，並非官道，故可以聯絡。會芳園本是從北牆角下引來一股活水，今亦無煩再引，其山樹石木雖不敷用，賈赦住的乃是榮府舊園，其中竹樹山石以及亭榭欄杆等物，皆可挪就前來。如此兩處又甚近，湊來一處，省許多財力，縱有不敷，所添有限。全虧一個胡老名公[11]號山子野，一一籌畫起造。

邊幹邊爛，邊爛邊幹。

賈政不慣於俗務，只憑賈赦、賈璉、賴大、來升、林之孝、吳新登、詹光、程日興等幾人安插擺佈。堆山鑿池，起樓竪閣，種竹栽花，一應點景，又有山子野制度。下朝閒暇，不過各處看望看望，最要緊處和賈赦等商議商議便罷了。賈赦只在家高臥，有芥豆之事，賈珍等或自去回明，或寫略節；或有話說，便傳呼賈璉、賴大等來領命。賈蓉單管打造金銀器皿。賈薔已起身往姑蘇去了。賈珍、賴大等又點人丁，開冊籍等事，一筆不能寫到，不過是喧闐熱鬧而已。暫且無話。

賈政為什麼不慣於俗務，如果是理政治、做學問、搞藝術、搞發明的人，捨棄俗務，可以理解。賈政不慣俗務又慣什麼呢？實看不出。哪怕他是道德家、國學家。是無能嗎？是擺譜嗎？是教條僵化、四書五經把他培養成了一個廢人嗎？

內行看門道，外行看熱鬧。

且說寶玉近因家中有這等大事，賈政不來問他的書，心中自是暢快。無奈秦鍾之病日重一日，也着實懸心，不能快樂。這日一早起來才梳洗了，意欲回了賈母去望候秦鍾，忽見茗煙在二門照壁前探頭縮腦。寶玉忙出來問他：「做什麼？」

茗煙道：「秦相公不中用了。」寶玉聽了，嚇了一跳，忙問道：「我昨兒才瞧了他，還明明白白，怎麼就不中用了？」茗煙道：「我也不知道，剛才是他家的老頭子來特告訴我的。」寶玉聽了，忙轉身回明賈母。賈母吩咐：「派妥當人跟去，到那裡盡一盡同窗之情就回來，不許多耽擱了。」寶玉忙出來更衣，到外邊車猶未備，急的滿廳亂轉。一時催促的車到，忙上了車，李貴、茗煙等跟隨。至秦家門首，悄無一人，遂蜂擁至內室，唬的秦鍾的兩個遠房嬸母並幾個弟兄都藏之不迭。

此時秦鍾已發過兩三次昏了，已易簀[12]多時矣。寶玉一見便不禁失聲。李貴忙勸道：「不可不可，秦相公是弱症，未免炕上挺扛的骨頭不受用，所以暫且挪下來鬆散些。哥兒如此，豈不反添了他的病？」寶玉聽了，方忍住近前，見秦鍾面如白蠟，合目呼吸轉展枕上。寶玉忙叫道：「鯨哥！寶玉來了。」連叫了兩三聲，秦鍾不睬。寶玉又叫道：「寶玉來了。」

那秦鍾早已魂魄離身，只剩的一口悠悠餘氣在胸，正見許多鬼判持牌提索來捉了。那秦鍾魂魄那裡肯就去，又記念着家中無人掌着家務，又記掛着智能尚無下落，因此百般求告鬼判。無奈這些鬼判都不肯徇私，反叱吒秦鍾道：「虧你還是讀過書的人，豈不知俗語說的『閻王叫你三更死，誰敢留人到五更』。我們陰間上下都是鐵面無私的，不比陽間瞻情顧意，有許多的關礙處。」正鬧着，那秦鍾魂魄忽聽見「寶玉來了」四字，便忙又央求道：「列位神差，略慈悲，讓我回去和一個好朋友說一句話就來了。」眾鬼道：「又是什麼好朋友？」秦鍾道：「不

秦鍾到底是何等人物？儀表很好，受到鳳姐好評並使寶玉為之自慚。行事無起色，出身很一般。作者居然以打趣筆調調侃他的死亡，不怎麼人道。賈家對其病、死亦不在意。莫非可卿

瞞列位，就是榮國公孫子，小名寶玉的。」都判官聽了，先就唬慌起來，忙喝罵鬼使道：「我說你們放了他回去走走罷，你們斷不依我的話，如今等的請出個運旺時盛的人來才罷。」眾鬼見都判如此，也皆忙了手腳，一面又抱怨道：「你老人家先是那等雷霆火炮，原來見不得『寶玉』二字。依我們愚見，他是陽，我們是陰，怕他亦無益於我們。」畢竟秦鍾死活如何？且聽下回分解。

已死，秦鍾的「茶」也就涼了嗎？

1 **房裡人：**指被收房的丫鬟。

2 **開了臉：**舊時女子出嫁時，用絲線絞去臉上汗毛，叫「開臉」。

3 **沒事人一大堆了：**不相干、不在乎的意思。

4 **忽剌巴的：**冒撞、突然、憑空之意。

5 **呲牙兒：**指背後議論別人。

6 **燥屎：**歇後語，燥屎——乾擱着。把事情拖延擱置，不予辦理之意。

7 **椒房：**漢代以花椒和泥塗飾后妃宮壁，取溫香、多子之義。後以「椒房」代指后妃。

8 **駐蹕關防：**皇帝后妃出行暫住之處的護衛防範。「駐」是車馬停留。「蹕」是戒嚴清道。

9 **鑾輿：**宮車儀仗。

10 **坐纛旗兒：**指坐鎮主事之人。纛，軍中主帥的大旗。

11 **名公：**著名的士人。

12 **易簀：**更換席簟。指將病危者由臥床上移下。

第十七回 大觀園試才題對額 榮國府歸省慶元宵

話說秦鍾既死，寶玉痛哭不止，李貴等好容易勸解半日方住，歸時還帶餘哀。賈母幫了幾十兩銀子外，又另備奠儀，寶玉去弔喪。七日後便送殯掩埋了。別無記述。只有寶玉日日感悼思念不已，然亦無可如何了。又不知過了幾時才罷。

「紅」中，死個人不比死個蒼蠅希罕。人命太廉價了。姐姐死得驚天動地。弟弟死得輕於鴻毛。

這日賈珍等來回賈政：「園內工程俱已告竣，大老爺已瞧過了，只等老爺瞧了，或有不妥之處，再行改造，好題匾額對聯的。」賈政聽了，沉思一會說道：「這匾對倒是一件難事。論理該請貴妃賜題才是，然貴妃若不親覩其景，亦難懸擬，若直待貴妃遊幸時再請題，偌大景致，若干亭榭，無字標題，任是花柳山水，也斷不能生色。」眾清客在旁笑答道：「老世翁所見極是，如今我們有個主意：各處匾對斷不可少，亦斷不可定。如今且按其景致，或兩字、三字、四字，虛合其意擬了來，暫且做出燈匾聯懸了。待貴妃遊幸時，再請定名，豈不兩全？」賈政聽了道：「所見不差，我們今日且看看去，只管題了，若妥便用；若不妥，再將雨村請來，令他再擬。」眾人笑道：「老爺今日一擬定佳，何必又等雨村。」賈政道：「你們不知，我自幼於花鳥山水題詠上就平平，如今上了年紀，且案牘

這日何日，起碼又過了一年左右吧？

一切準備齊，不定，等老闆拍板，確是至今有效的工作方法。

勞煩，於這怡情悅性文章上更生疏了。縱擬出來，不免迂腐古板，反使花柳園亭因而減色，轉沒意思。」眾清客道：「這也無妨。我們大家看了公擬，各舉所長，優則存之，劣則刪之，未為不可。」賈政道：「此論極是。且喜今日天氣和暖，大家去逛逛。」說着起身，引眾人前往。

老爺不善怡情悅性，只知殺情砍性。倒也有自知之明。

設想老爺如果是個文學愛好者，必通情達理得多——當然也會有另一方面的短處，如感情用事、神經兮兮之類。

賈珍先去園中知會眾人。可巧近日寶玉因思念秦鍾，憂傷不已，賈母常命人帶他到新園中來戲耍，此時亦才進去。忽見賈珍來了，向他笑道：「你還不快出去，一會子老爺來了。」寶玉聽了，帶着奶娘小廝們，一溜煙就出園來。方轉過彎，頂頭撞見賈政引着眾客來了，躲之不及，只得一旁站了。賈政近因聞得塾師稱讚他專能對對，雖不喜讀書，偏有些歪才，所以此時便命他跟入園中，意欲試他一試。寶玉未知何意，只得隨往。

剛至園門，只見賈珍帶領許多執事旁邊侍立。賈政道：「你且把園門閉了，我們先瞧外面再進去。」賈珍命人將門關上。賈政先秉正看門。只見正門五間，上面筒瓦泥鰍脊；[1]那門欄窗槅俱是細雕時新花樣，並無朱粉塗飾；一色水磨群牆，[2]下面白石台階，鑿成西番花樣。[3]左右一望，皆雪白粉牆，下面虎皮石，隨意亂砌，自然文理，不落富貴俗套，自是歡喜。遂命開門，只見一帶翠嶂擋在面前。眾清客都道：「好山，好山！」賈政道：「非此一山，一進來園中所有之景悉入目中，則有何趣。」眾人都道：「極是。非胸中大有丘壑，焉能想到這裡。」說畢，往前一望，見白石峻嶒，或如鬼怪，或似猛獸，縱橫拱立，上面苔蘚斑駁，或藤蘿掩映其中，微露羊腸小徑。賈政道：「我們就從此小徑遊去，回來由那一邊出去，方可遍覽。」

通過賈政眼睛大寫園林，也是陌生化。他怎麼那麼內行？說明已走過看過。

說畢，命賈珍前導，自己扶了寶玉，逶迤走進山口。抬頭忽見上有鏡面白石一塊，正是迎面留題處。賈政回頭笑道：「諸公請看，此處題以何名方妙？」眾人聽說，也有說該題「疊翠」二字的，也有說該題「錦嶂」的，又有說「賽香爐」的，又有說「小終南」的，種種名色，不止幾十個。原來眾客心中早知賈政要試寶玉的才，故此只將些俗套來敷衍。寶玉亦知此意。賈政聽了，便回頭命寶玉擬來。寶玉道：「嘗聞古人云：『編新不如述舊，刻古終勝雕今。』況此處並非主山正景，原無可題之處，不過是探景一進步耳。莫如直書古人『曲徑通幽』[4]這舊句在上，倒也大方。」眾人聽了，讚道：「是極，妙極！二世兄天分高，才情遠，不似我們讀腐了書的。」賈政笑道：「不當過獎他，他年小的人，不過以一知充十用，取笑罷了。再俟選擬。」

當門客，容易嗎？

說着，進入石洞來。只見佳木蘢蔥，奇花爛灼，一帶清流，從花木深處瀉於石隙之下。再進數步，漸向北邊，平坦寬豁，南邊飛樓插空，雕甍繡檻，皆隱於山坳樹杪之間。俯而視之，則清溪瀉玉，石磴穿雲，白石為欄，環抱池沼，石橋三港，[5]獸面銜吐。[6]橋上有亭。賈政與諸人到亭內坐了，問：「諸公以何題此？」諸人都道：「當日歐陽公《醉翁亭記》有云：『有亭翼然』，就名『翼然』罷。」賈政笑道：「『翼然』雖佳，但此亭壓水而成，還須偏於水題為稱。依我拙裁，歐陽公句『瀉於兩峰之間』，竟用他這一個『瀉』字。」有一客道：「是極，是極。竟是『瀉玉』二字妙。」賈政拈鬚尋思，因叫寶玉也擬一個來。寶玉回道：「老爺方才所說已是。但如今追究了去，似乎當日歐陽公題釀泉用一『瀉』字則妥，今日此泉也用『瀉』字，似乎不妥。況此處既為省親別墅，亦當依應制之體，[7]用此等字亦似粗陋不雅。求再擬蘊藉含蓄者。」賈政笑道：「諸公聽此論何如？方才眾人編新，你說不如述古，如今我們述古，你又說粗陋不妥。你且說你的。」寶玉道：「用『瀉玉』二字，則不若『沁芳』二字，豈不新雅？」賈政拈鬚點頭不語。眾人都忙迎合，稱讚寶玉才情不凡。賈政道：「匾上二字容易，再作一副七言對來。」寶玉四顧一望，機上心來，乃唸道：

寶玉的遵命文學。

也許古人的文學的一個重要用途就是待命以遵吧。

繞堤柳藉三篙翠，隔岸花分一脈香。

賈政聽了，點頭微笑。眾人又稱讚個不已。

於是出亭過池，一山一石，一花一木，莫不着意觀覽。忽抬頭見前面一帶粉垣，數楹修舍，有千百竿翠竹遮映。眾人都道：「好個所在！」於是大家進入。只見進門便是曲折遊廊，階下石子漫成甬路。上面小小三間房舍，兩明一暗，裡面都是合着地步打的床几椅案。從裡間房裡又有一小門，出去卻是後園，有大株梨花並芭蕉，又有兩間小小退步。[8]後院牆下忽開一隙，得水一派，開溝僅尺許，灌入牆內，繞階緣屋至前院，盤旋竹下而出。

賈政笑道：「這一處倒還好，若能月夜坐此窗下讀書，也不枉虛生一世。」

又提了不開的那一壺了。

說着，便看寶玉，唬的寶玉忙垂了頭。眾人忙用閒話解說。又二客說：「此處的區該題四個字。」賈政笑問：「那四字？」一個道是「淇水遺風」。[9]賈政道：「俗。」又一個道是「睢園遺跡」。[10]賈政道：「也俗。」賈珍在旁說道：「還是寶兄弟擬一個來。」賈政道：「他未曾作，先要議論人家的好歹，可見就是個輕薄人。」眾客道：「議論的極是，其奈他何。」賈政忙道：「休如此縱了他。」因命他道：「今日任你狂為亂道，先說出議論來，方許你作。方才眾人說的，可有使得的否？」寶玉見問，便答道：「都似不妥。」賈政冷笑道：「怎麼不妥？」寶玉道：「這是第一處行幸之所，必須頌聖方可。若用四字的匾，又有古人現成的，何必再作。」賈政道：「難道『淇水』『睢園』不是古人的？」寶玉道：「這太板了，莫若『有鳳來儀』[11]四字。」眾人都哄然叫妙。賈政點頭道：「畜生，畜生，可謂『管窺蠡測』[12]矣。」因命：「再題一聯來。」寶玉便唸道：

寶鼎茶閑煙尚綠，幽窗棋罷指猶涼。

賈政搖頭道：「也未見長。」說畢，引人出來。

方欲走時，忽想起一事來，問賈珍道：「這些院落屋宇並几案桌椅都算有了，還有那些帳幔簾子並陳設玩器古董，可也都是一處一處合式配就的麼？」賈珍回道：「那陳設的東西早已添了許多，自然臨期合式陳設。帳幔簾子，昨日聽見璉兄弟說，還不全。那原是一起工程之時就畫了各處的圖樣，量準尺寸，就打發人辦去的，想必昨日得了一半。」賈政聽了，便知此事不是賈珍的首尾，便叫人去

時時不忘老子的尊嚴。

「冷笑」云云，賈政態度漸漸差了。剛才還大致首肯的意思。

寶玉的遵命文學越好，發佈命令者越要貶而低之，一，不讓他翹尾巴，二，提醒列位：我是他老子！文章搞得再好也得管我叫爸爸！

喚賈璉。

一時來了。賈政問他共有幾種，現今得了幾種，尚欠幾種。賈璉見問，忙向靴筒內取出靴掖[13]內裝的一個紙摺略節來，看了一看，回道：「妝蟒繡堆、刻絲彈墨並各色綢綾大小帳子一百二十架，昨日得了八十架，下欠四十架。簾子二百掛，昨俱得了。外有猩猩氈簾二百掛，湘妃竹簾二百掛，金絲藤紅漆竹簾二百掛，黑漆竹簾二百掛，五彩線絡盤花簾二百掛，每樣得了一半，也不過秋天都全了。椅搭、桌圍、床裙、杌套，每分一千二百件，也有了。」

一面說，一面走着，忽見青山斜阻。轉過山懷中，隱隱露出一帶黃泥牆，牆上皆用稻莖掩護。有幾百枝杏花，如噴火蒸霞一般。裡面數楹茅屋，外面卻是桑、榆、槿、柘，各色樹稚新條，隨其曲折，編就兩溜青籬。籬外山坡之下，有一土井，旁有桔槔轆轤[14]之屬。下面分畦列畝，佳蔬菜花，一望無際。

賈政笑道：「倒是此處有些道理。雖係人力穿鑿，而入目動心，未免勾引起我歸農之意。我們且進去歇息歇息。」說畢，方欲進去，忽見籬門處路旁有一石，亦為留題之所。眾人笑道：「更妙，更妙！此處若懸匾待題，則田舍家風一洗盡矣。立此一碣，又覺生色許多，非范石湖田家之詠[15]不足以盡其妙。」賈政道：「眾公請題。」眾人道：「方才世兄云，『編新不如述舊』，此處古人已道盡矣，莫若直書『杏花村』[16]為妙。」賈政聽了，笑向賈珍道：「正虧提醒了我。此處都好，只是還少一個酒幌。[17]明日竟做一個來，就依外面村莊的式樣，不必華麗，

不是不慣俗務麼，又聽這樣具體的彙報做甚？想來不是賈政要聽，而是曹公要讓看官們聽一聽，震一震。也是鋪陳，也是炫耀。如果不鋪陳也不炫耀，又寫小說做甚？賈璉這位「秘書長」，有問必答，不怕突然襲擊，應算合格稱職。

既是重農，更是回歸自然之意。封建貴族的生活是極端封閉的，不能設想開放交流，但又不能完全絕對封閉，故園內求其野趣，求其包羅萬象。我國園林之發達，不知和這種又封閉又希望萬物皆備於我的心態有沒有關係。

用竹竿挑在樹梢頭。」賈珍應了，又回道：「此處竟不必養別樣雀鳥，只養些鵝鴨雞之類，才相稱。」賈政與眾人都説：「妙極。」賈政又向眾人道：「杏花村固佳，只是犯了正村名，直待請名方可。」眾客都道：「是呀，如今虛的卻是何字樣好？」

大家想想，寶玉卻等不得了，也不等賈政的命，便説道：「舊詩有云：『紅杏梢頭掛酒旗』。[18]如今莫若且題以『杏簾在望』四字。」眾人都道：「好個『在望』，又暗合『杏花村』意思。」寶玉冷笑道：「村名若用『杏花』二字，則俗陋不堪了。又有唐人詩云：『柴門臨水稻花香』，[19]何不用『稻香村』的妙？」眾人聽了，越發同聲拍手道：「妙！」賈政一聲斷喝：「無知的業障！你能知道幾個古人，記得幾首舊詩，也敢在老先生前賣弄！你方才那些胡説，也不過是試你的清濁，取笑而已，你就認真了！」

遵命而文學，文學一陣子也便起性，就是説有了創作衝動了。文學的骨頭，並不都是高貴的呀。

由貶而低之到罵而喝之，文學當真起了性，就會嫌放肆了。

説着，引眾人步入茆堂。裡面紙窗木榻，富貴氣象一洗皆盡。賈政心中自是歡喜，卻瞅寶玉道：「此處如何？」眾人見問，都忙悄悄的推寶玉，教他説好。寶玉不聽人言，便應聲道：「不及『有鳳來儀』多矣。」賈政聽了道：「無知的蠢物！你只知朱樓畫棟、惡賴富麗為佳，那裡知道這清幽氣象。終是不讀書之過！」寶玉忙答道：「老爺教訓的固是，但古人嘗云『天然』，此二字不知何意？」眾人見寶玉牛心，都怪他呆癡不改。今見問「天然」二字，眾人忙道：「別的都明白，如何『天然』反不明白？『天然』者，天之自成，而非人力之所為也。」

寶玉道：「卻又來！此處置一田莊，分明是人力造作而成，遠無鄰村，近不負郭，背山山無脈，臨水水無源，高無隱寺之塔，下無通市之橋，峭然孤山，似非大觀，爭似先處有自然之理，得自然之趣，雖種竹引泉，亦不傷穿鑿。古人云『天然圖畫』四字，正畏非其地而強為其地，非其山而強為其山，即百般精巧，終不相宜……」未及說完，賈政氣的喝命：「叉出去！」又喝命：「回來！」命再題一聯：「若不通，一並打嘴！」寶玉只得唸道：

新漲綠添浣葛[20]處，
好雲香護采芹人。

賈政聽了，搖頭道：「更不好。」一面引人出來，轉過山坡，穿花度柳，撫石依泉，過了荼蘼架，入木香棚，越牡丹亭，度芍藥圃，入薔薇院，來到芭蕉塢，盤旋曲折。忽聞水聲潺潺，出於石洞，上則蘿薜倒垂，下則落花浮蕩。眾人都道：「好景，好景！」賈政道：「諸公題以何名？」眾人道：「再不必擬了，恰恰乎是『武陵源』[21]三字。」賈政笑道：「又落實了，而且陳舊。」眾人笑道：「不然就用『秦人舊舍』四字也罷。」寶玉道：「越發過露了。『秦人舊舍』說避亂之意，如何使得？莫若『蓼汀花溆』[22]四字。」賈政聽了道：「更是胡說。」

於是賈政進了港洞，又問賈珍有船無船。賈珍道：「採蓮船共四隻，座船一隻，如今尚未造成。」賈政笑道：「可惜不得入了。」賈珍道：「從山上盤道亦可以進去。」說畢，在前導引，大家攀藤撫樹過去。只見水上落花愈多，其水愈

表面上看是爭論「稻香村」的景觀設計，實際上與寶玉的總的思路相通。生在這種形式主義的富貴大家，究無天趣，與他見秦鍾時的嗟嘆同屬一理。

叉出去，回來！太妙了。如果只叉出去，寶玉反倒解脫了。如果只回來，寶玉反倒入了圍了。一會兒叉出去，一會兒回來，才是真真的老子呢。

清，溶溶蕩蕩，曲折縈紆。池邊兩行垂柳，雜以桃杏，遮天蔽日，真無一些塵土。忽見柳蔭中又露出一個折帶朱欄板橋來，度過橋去，諸路可通，便見一所清涼瓦舍，一色水磨磚牆，清瓦花堵。那大主山所分之脈，皆穿牆而過。

賈政道：「此處這一所房子，無味的狠。」因而步入門時，忽迎面突出插天的大玲瓏山石來，四面群繞各式石塊，竟把裡面所有房屋皆遮住，且一株花木也無。只見許多異草：或有牽藤的，或有引蔓的，或垂山巔，或穿石腳，甚至垂檐繞柱，縈砌盤階，或如翠帶飄颻，或如金繩蟠屈，或實若丹砂，或花如金桂，味香氣馥，非凡花可比。賈政不禁道：「有趣！只是不大認識。」有的說：「是薜荔藤蘿。」賈政道：「薜荔藤蘿那得有此異香。」寶玉道：「果然不是。這眾草中也有藤蘿薜荔，那香的是杜若蘅蕪。那一種大約是茝蘭，這一種大約是金葛，那一種是金莖草，這一種是玉蕗藤，紅的自然是紫芸，綠的定是青芷。想來那《離騷》《文選》[23]所有的那些異草，有叫作什麼藿蒳薑蕁的，也有叫作什麼綸組紫絳的，還有什麼石帆、水松、扶留等樣的，見於左太沖[24]《吳都賦》；又有叫作什麼綠荑的，還有什麼丹椒、蘼蕪、風連，見於《蜀都賦》。如今年深歲改，人不能識，故皆象形奪名，漸漸的喚差了，也是有的……」未及說完，賈政喝道：「誰問你來！」唬的寶玉倒退，不敢再說。

賈政因見兩邊俱是抄手遊廊，便順着遊廊步入。只見上面五間清廈連着捲棚，[25]四面出廊，綠窗油壁，更比前清雅不同。賈政嘆道：「此軒中煮茶操琴，

寶玉會有這些知識，但未見得如此清晰並且講起來口若懸河。想來也是作者的意思。「紅」中的人物是「活的人物」，但畢竟又是曹雪芹筆下的角色。承認後者，並不貶低這些人物的生動性生活性典型性，卻又時時考慮到作者的匠心與難處。

亦不必再焚香矣。此造卻出意外，諸公必有佳作新題以顏其額，方不負此。」眾人笑道：「莫若『蘭風蕙露』貼切了。」賈政道：「也只好用這四字。其聯云何？」一人道：「我想了一對，大家批削改正。」道是：

麝蘭芳靄斜陽院，杜若香飄明月洲。

眾人道：「妙則妙矣，只是『斜陽』二字不妥。」那人引古詩「蘼蕪滿院泣斜陽」句。眾人云：「頹喪，頹喪。」又一人道：「我也有一聯，諸公評閱評閱。」念道：

三徑香風飄玉蕙，一庭明月照金蘭。

賈政拈鬚沉吟，意欲也題一聯。忽抬頭見寶玉在旁不敢作聲，因喝道：「怎麼你應說話時又不說了？還要等人請教你不成！」寶玉聽了，回道：「此處並沒有什麼『蘭麝』、『明月』、『洲渚』之類，若要這樣着跡說來，就題二百聯也不能完。」賈政道：「誰按着你的頭，叫你必定說這些字樣呢？」寶玉道：「如此說，則匾上莫若『蘅芷清芬』四字，對聯則是：吟成豆蔻詩猶艷，睡足荼蘼夢也香。」

賈政笑道：「這是套的『書成蕉葉文猶綠』，不足為奇。」眾人道：「李太白《鳳凰台》之作，全套《黃鶴樓》，[26]只要套得妙。如今細評起來，方才這一聯竟比『書成蕉葉』尤覺幽雅活動。」賈政笑道：「豈有此理！」

說着，大家出來，走不多遠，則見崇閣巍峨，層樓高起，面面琳宮[27]合抱，

人皆不喜頹喪，詩心偏常頹喪。詩人常常不招待見，頹喪是原因之一。

眾人道的話，是曹雪芹為賈寶玉、為自己的擬聯辯護的話。

想貶就貶，想斥就斥，想笑就笑，擬聯的人不會這麼自由，抓擬聯的人才有如此優越。

複道[28]縈紆，青松拂檐，玉蘭繞砌，金輝獸面，彩煥螭頭。賈政道：「這是正殿了。只是太富麗了些。」眾人道：「要如此方是。雖然貴妃崇尚節儉，然今日之尊，禮儀如此，不為過也。」一面說，一面走，只見正面現出一座玉石牌坊，上面龍蟠螭護，玲瓏鑿就。賈政道：「此處書以何文？」眾人道：「必是『蓬萊仙境』方妙。」賈政搖頭不語。寶玉見了這個所在，心中忽有所動，尋思起來，倒像在那裡見過的一般，卻一時想不起那年月日的事了。賈政又命他題詠，寶玉只顧細思前景，全無心於此了。眾人不知其意，只當他受了這半日折磨，精神耗散，才盡詞窮了；再要考難逼迫，着了急，或生出事來倒不便。遂忙都勸賈政道：「罷了，明日再題罷了。」賈政心中也怕賈母不放心，遂冷笑道：「你這畜生，也竟有不能之時了。也罷，限你一日，明日題不來，定不饒你。這是第一要緊處所，要好生作來！」

「尊」與「節儉」的悖論。

能走神，能有自己的精神世界精神游離，這是慧根，也是癡呆。

說着，引人出來，再一觀望，原來自進門至此，才遊了十之五六，又值人來回，有雨村處遣人回話。賈政笑道：「此數處不能遊了。雖如此，到底從那一邊出去，也可略觀大概。」說着，引客行來，至一大橋，水如晶簾一般奔入。原來這橋便是通外河之閘，引泉而入者。賈政因問：「此閘何名？」寶玉道：「此乃沁芳源之正流，即名『沁芳閘』。」賈政道：「胡說，偏不用『沁芳』二字。」

偏不用？老子要與兒子鬥氣嗎？

於是一路行來，或清堂，或茅舍，或堆石為垣，或編花為門，或山下得幽尼佛寺，或林中藏女道丹房，或長廊曲洞，或方廈圓亭，賈政皆不及進去。因半日未嘗歇息，腿酸腳軟，忽又見前面露出一所院落來，賈政道：「到此可要歇息歇息了。」說着，一徑引入，繞着碧桃花，穿過竹籬花障編就的月洞門，俄見粉垣環護，綠柳周垂。賈政與眾人進了門，兩邊盡是遊廊相接，院中點襯幾塊山石，一邊種幾本芭蕉，那一邊是一株西府海棠，其勢若傘，絲垂金縷，葩吐丹砂。眾人都道：「好花，好花！海棠也有，從沒見過這樣好的。」賈政道：「這叫做『女兒棠』，乃是外國之種，俗傳出『女兒國』，故花最繁盛，亦荒唐不經之說耳。」眾人道：「畢竟此花不同。『女國』之說，想亦有之。」寶玉云：「大約騷人詠士以此花紅若施脂，弱如扶病，近乎閨閣風度，故以女兒命名，世人以訛傳訛，都未免認真了。」眾人都說：「領教妙解。」

一面說話，一面都在廊下榻上坐了。賈政因道：「想幾個什麼新鮮字來題。」一客道：「『蕉鶴』二字妙。」又一個道：「『崇光泛彩』方妙。」賈政與眾人都道：「好個『崇光泛彩』！」寶玉也道：「妙。」又說：「只是可惜了。」眾人問：「如何可惜？」寶玉道：「此處蕉棠兩植，其意暗蓄『紅』『綠』二字在內。若說一樣，遺漏一樣，便不足取。」賈政道：「依你如何？」寶玉道：「依我題『紅香綠玉』四字，方兩全其美。」賈政搖頭道：「不好，不好！」

說着，引人進入房內。只見其中收拾的與別處不同，竟分不出間隔來的。原來四面皆是雕空玲瓏木板，或「流雲百蝠」，或「歲寒三友」，或山水人物，或翎毛花卉，或集錦，或博古，或萬福萬壽各種花樣，皆是名手雕鏤，五彩銷金嵌玉的。一槅一槅，或貯書，或設鼎，或安置筆硯，或供設瓶花，或安放盆景。其槅式樣，或圓，或方，或葵花蕉葉，或連環半壁。真是花團錦簇，玲瓏剔透。倏爾五色紗糊，竟係小窗；倏爾彩綾輕覆，竟如幽戶。且滿牆皆是隨依古董玩器之形摳成的槽子，如琴、劍、懸瓶之類，俱懸於壁，卻都是與壁相平的。眾人都讚：「好精緻！難為怎麼做的！」

原來賈政走了進來，未到兩層，便都迷了舊路，左瞧也有門可通，右瞧也有窗暫隔，及到跟前，又被一架書擋住。回頭又有窗紗明透，門徑可行；及至門前，忽見迎面也進來了一起人，與自己形相一樣，卻是一架玻璃鏡。轉過鏡去，益發見門多了。賈珍笑道：「老爺隨我來。從此門出去，便是後院，出了後院，倒比先近了。」引着賈政及眾人轉了兩層紗櫥，果得一門出去，院中滿架薔薇，轉過花障，則見青溪前阻。眾人詫異：「這水又從何而來？」賈珍遙指道：「原從那閘起流至那洞口，從東北山坳裡引到那村莊裡，又開一道岔口，引至西南上，共總流到這裡，仍舊合在一處，從那牆下出去。」眾人聽了，都道：「神妙之極！」說着，忽見大山阻路，眾人都迷了路。賈珍笑道：「隨我來。」乃在前導引，眾人隨着，由山腳下一轉，便是平坦大路，豁然大門現於面前。眾人都道：「有趣，有趣，搜神奪巧，至於此極！」於是大家出來。

那寶玉一心只記掛着裡邊姊妹們，又不見賈政吩咐，只得跟到書房。賈

越設計得好就越顯小氣，蓋怎麼設計也改不了封閉的特性，只好自己繞來繞去，自找麻煩。

*這樣一些去處，越是講究，越會產生一種寂寞孤獨之感。園內過於集中與完滿，園外一片荒蕪貧窮混亂骯髒。這是其一。花草山水越多，四時更迭，光陰流轉，逝者如斯之感越發濃了。此其二。建築講究過來講究過去，反而襯托出人的脆弱，人生的脆弱短暫。此其三。徜徉於園林之中，本身就更與進取心態、經風雨見世面闖世界的心志無緣。此其四。園林中是培養不出哥倫布、麥哲倫來的。

*寫大觀園、省親別墅也是先從大處寫全景寫輪廓，再一一依情節發展方便與需要寫下去。與寫冷子興演說，林黛玉初見，劉老老一進一樣的路子。中國式的思路，先大後小，先總後細，先抓根本，再推演下去。

政忽想起來道：「你還不去？恐老太太記念你，難道還逛不足麼？」寶玉方退了出來。至院外，就有跟賈政的小廝上來抱住，說道：「今日虧了老爺喜歡，方才老太太打發人出來問了幾次，我們回說老爺喜歡，若不然老太太叫你進去了，就不得展才了。人人都說，你才那些詩比眾人都強，今兒得了彩頭，該賞我們了。」寶玉笑道：「每人一吊。」眾人道：「誰沒見那一吊錢！把這荷包賞了罷！」說着，一個個都上來解荷包，解扇袋，不容分說，將寶玉所佩之物盡行解去。又道：「好生送上去罷。」一個個圍繞着，送至賈母門前。那時賈母正等着他，見他來了，知道不曾難為他，心中自是喜歡。

少時襲人倒了茶來，見身邊佩物一件不存，因笑道：「帶的東西又是那起沒臉的東西們解了去了。」林黛玉聽說，走過來一瞧，果然一件無存。因向寶玉道：「我給你的那個荷包也給他們了？你明兒再想我的東西，可不能夠了！」說畢，生氣回房，將前日寶玉囑咐他做而未完之香袋，拿起剪子來就鉸。寶玉見他生氣，便忙趕過來，早已剪破了。寶玉曾見過這香袋，雖未完工，卻十分精巧。無故剪了，卻也可氣。因忙把衣領解了，從裡面衣襟上將所繫荷包解了下來，遞與黛玉道：「你瞧瞧，這是什麼！我可曾把你的東西給人？」林黛玉見他如此珍重帶在裡面，可知是怕人拿去之意，因此又自悔莽撞，剪了香袋。低着頭，一言不發。寶玉道：「你也不用剪，我知你是懶怠給我東西，我連這荷包奉還，何如？」說着，擲向他懷中而去。黛玉越

老太太、老爺、寶玉三者的關係，為此後的寶玉捱打勾勒好了佈局。

眾小廝和寶玉的關係比較平等隨意，不知是否說明寶玉尚有某種民主作風。

黛玉的火來得忒快了些！恐不僅是由於帶的東西被小廝們解去，也有對襲人的某種情緒。襲人可以付諸一笑，黛玉可不能這樣輕賤，黛玉要惱要怒。襲人先發現的，黛玉不能無所反應……以及其他。

發氣得哭了，拿起荷包又剪。寶玉忙回身搶住，笑道：「好妹妹，饒了他罷！」黛玉將剪子一摔，拭淚説道：「你不用和我好一陣歹一陣的，要惱，就撂開手。」説着，賭氣上床，面向裡倒下拭淚。禁不住寶玉上來「妹妹長」「妹妹短」賠不是。

前面賈母一片聲找寶玉。眾人回説：「在林姑娘房裡。」賈母聽説道：「好，好，好！讓他姊妹們一處頑頑罷。才他老子拘了他這半天，讓他開心一會子罷，只別叫他們拌嘴。」眾人答應着。黛玉被寶玉纏不過，只得起來道：「你的意思不叫我安生，我就離了你。」説着，往外就走。寶玉笑道：「你到那裡，我跟到那裡。」一面仍拿着荷包來帶上。黛玉伸手搶道：「你説不要，這會子又帶上，我也替你怪臊的！」説着，「嗤」的一聲笑了。寶玉道：「好妹妹，明兒另替我做個香袋兒罷。」黛玉道：「那也瞧我的高興罷了。」一面説，一面二人出房，到王夫人上房中去了。可巧寶釵亦在那裡。

此時王夫人那邊熱鬧非常。原來賈薔已從姑蘇採買了十二個女孩子——並聘了教習——以及行頭等事來了。那時薛姨媽另遷於東北上一所幽靜房舍居住，將梨香院另行修理了，就令教習在此教演女戲。又另派家中舊曾學過歌唱的眾女人們——如今皆是皤然老嫗，着他們帶領管理。就令賈薔總理其日月出入銀錢等事，以及諸凡大小所需之物料賬目。又有林之孝家的來回：「採訪聘買得十二個小尼姑、小道姑都到了，連新做的二十分道袍也有了。外又有一個帶髮修行的，本是蘇州人氏，祖上也是讀書仕宦之家。因自幼多病，買了許多替身皆不中用，

真是兩小無猜。

人生能有幾次這樣的逗嘴？余年近花甲，讀之淚下矣。

人生能有幾次癡？

這畢竟是寶黛愛情的最清新最快樂的時期。

一手抓物質硬件，一手抓文藝軟件。

還有宗教軟件。物質條件越好，越要點綴解悶散心。尼姑道姑，本是神職人員，竟成為依附權貴的奴隸商品。

到底這姑娘入了空門方才好了，所以帶髮修行，今年十八歲，取名妙玉。如今父母俱已亡故，身邊只有兩個老嬤嬤、一個小丫頭伏侍。文墨也極通，經典也極熟，模樣又極好。因聽說長安都中有觀音遺跡並貝葉遺文，[29]去年隨了師父上來，現在西門外牟尼院住着。他師父精演先天神數，[30]於去冬圓寂了。遺言說他『不宜回鄉，在此靜候，自有結果。』所以未曾扶靈回去。」王夫人便道：「這樣，我們何不接了他來？」林之孝家的回道：「若請他，他說『侯門公府，必以貴勢壓人，我再不去的。』」王夫人道：「他既是宦家小姐，自然要傲些，就下個請帖請他何妨。」林之孝家的答應着出去，叫書啟相公寫個請帖去請妙玉。次日遣人備車轎去接，不知後來如何，且聽下回分解。

真正的佛尊是權貴。

妙玉再傲，也是上述宗教軟件中的一件罷了。

1 **筒瓦泥鰍脊**：「筒瓦」是半圓筒狀的瓦，「泥鰍脊」是一種屋脊的建築樣式，屋頂前後坡面連接相交處，呈半圓狀。也稱筒瓦捲棚脊。

2 **水磨群牆**：水磨磚砌成的圍牆。

3 **西番花樣**：即西番蓮花樣。西番蓮，蔓生植物，夏季開花。

4 **曲徑通幽**：語出唐常建《題破山寺後禪院》「曲徑通幽處」。

5 **三港**：「港」指橋下涵洞。

6 **獸面銜吐**：指橋涵洞上的獸面浮雕，作張口吞吐狀，也有口銜珠、環的。

7 **應制之體**：應帝王之命而作。詩文中的應制體，為歌功頌德之作。

8 **退步**：正房後面的小附屬建築。

9 **淇水遺風**：淇水在河南省北部，水濱多竹，稱「淇竹」。《詩·衛風·淇奧》「瞻彼淇奧，綠竹猗猗。有匪君子，如切如磋，如琢如磨」，以竹比君子。這裡「淇水遺風」四字，是用景物的多竹來映襯主人的風雅。

10 **睢園遺跡**：睢園，為漢梁孝王劉武所築，在今河南商丘。睢園以竹名，又名修竹園。

11 **有鳳來儀**：語本《尚書·益稷》「簫韶九成，鳳凰來儀」。連續演奏韶樂，引來鳳凰之意。

12 **管窺蠡測**：語出《漢書·東方朔傳》，意為通過管子裡看天，用瓢量海水，比喻眼界狹小，見識短淺。

13 **靴掖**：掖在靴筒內的小夾子。

14 **桔槔轆轤**：豎在井上的汲水工具。

15 **范石湖田家之詠**：范石湖，南宋詩人范成大，號石湖居士，晚年有描寫農村自然景色、田園生活的詩。

16 **杏花村**：唐杜牧《清明》詩有「借問酒家何處有，牧童遙指杏花村」句，後人因以「杏花村」代指酒店。

17 **酒幌**：即酒旗、酒招、望子，一般用竹竿懸於高處，招引酒客。

18 **紅杏梢頭掛酒旗**：語出明唐寅《題杏林春燕》詩「綠楊枝上囀黃鸝，紅杏梢頭掛酒旗」。

19 **柴門臨水稻花香**：語出唐許渾《晚自朝台津至韋隱居郊園》詩：「村徑繞山松葉暗，柴門臨水稻花香」。

20 **浣葛**：洗滌葛布衣服之意。

21 **武陵源**：晉詩人陶淵明有《桃花源記》，記武陵漁人入桃花源，見一片太平景象，儼然另一世界，居民稱先世避秦時亂，來此與世隔絕。下文「秦人舊舍」同出此典。

22 **蓼汀花漵：**水邊花草之意。蓼，紅蓼。汀，水邊平地。漵：水濱。

23 **《離騷》、《文選》：**《離騷》是《楚辭》篇名，戰國時楚國大夫屈原作。《文選》是南朝梁昭明太子蕭統編選的詩文集，世稱《昭明文選》。

24 **左太沖：**名左思，字太沖，晉詩人。他的《三都賦》包括《魏都賦》、《蜀都賦》、《吳都賦》，分寫三國時魏都鄴（今河南安陽以北）、蜀都益州（今四川成都）、吳都建業（今江蘇南京）三都的形勢、物產等。

25 **五間清廈連着捲棚：**即五開間頂部兩捲鉤連搭成的建築形式。

26 **黃鶴樓：**唐崔顥有《黃鶴樓》七言律詩，李白《登金陵鳳凰台》文法氣勢全仿崔作。

27 **琳宮：**神仙所居之地，這裡形容大觀園正殿。

28 **複道：**樓閣間架空連接的通道。

29 **貝葉遺文：**古代寫在貝葉上的經文。貝葉，貝多樹的葉子，可代紙用，古印度僧人用來寫經。

30 **先天神數：**北宋理學家邵雍根據《易傳》構先天八卦圖，用以推測自然和人事的變化。其學稱「先天學」。

第十八回 皇恩重元妃省父母 天倫樂寶玉呈才藻

話説彼時有人回，工程上等着糊東西的紗綾，請鳳姐去開庫拿紗綾；又有人來回，請鳳姐開庫收金銀器皿。王夫人並上房丫鬟等皆不得空閒。寶釵說：「咱們別在這裡礙手礙腳。」說着，同寶玉等往迎春房中來。

王夫人日日忙亂，直到十月裡才全備了：監督都交清賬目；各處古董文玩俱已陳設齊備；採辦鳥雀，自仙鶴、鹿、兔，以及雞鵝等已買全，交於園中各處飼養；賈薔那邊也演出二十齣雜戲來；一班小尼姑、道姑也都學會唸佛經咒。於是賈政方略心安意暢，又請賈母等到園中，色色斟酌，點綴妥當，再無些微不當之處。賈政才敢題本。本上之日，奉旨於明年正月十五日上元之日，貴妃省親。賈府奉了此旨，益發日夜不閒，連年也不曾好生過的。

轉眼元宵在邇，自正月初八就有太監出來，先看方向：何處更衣，何處燕坐，[1]何處受禮，何處開宴，何處退息。又有巡察地方總理關防太監，帶了許多小太監來各處關防，擋圍幕；指示賈宅人員何處出入，何處進膳，何處啟事，種種儀注。外面又有工部官員並五城兵馬司打掃街道，攆逐閒人。賈赦等監督匠人

古董玩具，鳥雀鶴兔，優伶雜戲，尼姑道姑，真假山水，圍簾幔帳……全放到了一個平面上。算不算「後現代主義」呢？一笑。

自己給自己找事，確是人類一大本領。

先遣人員。

保衛。

典禮、禮賓、儀仗。

紮花燈、煙火之類，至十四日，俱已停妥。這一夜，上下通不曾睡。

至十五日五鼓，自賈母等有爵者，俱各按品大妝。大觀園內帳舞蟠龍，簾飛彩鳳，金銀煥彩，珠寶生輝，鼎焚百合之香，瓶插長春之蕊，靜悄悄無一人咳嗽。賈赦等在西街門外，賈母等在榮府大門外。街頭巷口，用圍幕擋嚴。正等的不耐煩，忽然一個太監騎匹馬來了。賈政接着，問其消息。太監云：「早多着哩！未初用晚膳，未正還到寶靈宮拜佛，酉初進大明宮領宴看燈方請旨，只怕戌初才起身呢。」鳳姐聽了道：「既這樣，老太太與太太且請回房，等到了時候再來也未為晚。」於是賈母等且自便去了。園中賴鳳姐照料，命執事人等帶領太監們去吃酒飯。一面傳人挑進蠟燭，各處點起燈來。

忽聽外面馬跑之聲。不一時，有十來個太監喘吁吁跑來拍手兒。這些太監都會意，知道是「來了」，各按方向站立。賈赦領闔族子弟在西街門外，賈母領闔族女眷在大門外迎接。半日靜悄悄的。忽見兩個太監騎馬緩緩而來，至西街門下了馬，將馬趕出圍幕之外，便面西站立。半日又是一對，亦是如此。少時，便來了十來對，方聞隱隱鼓樂之聲，一對對龍旌鳳翣，雉羽宮扇，[2]又有銷金提爐焚着御香；然後一把曲柄七鳳金黃傘過來，便是冠袍帶履。又有執事太監捧着香巾、繡帕、漱盂、拂塵等物。一隊隊過完，後面方是八個太監抬一頂金頂金黃繡鳳鑾輿，緩緩行來。賈母等連忙跪下。早有太監過來，扶起賈母等。那鑾輿抬入大門、儀門往東一所院落門前，有太監跪請下輿更衣。於是抬入門，太監散去，

無一人咳嗽，隆重氛圍立現。可見中國人亦非都隨地吐痰。

活動的重要性與「提前量」成正比。

這些細節真實完備細密結實，不大可能是靠虛構。曹公當年確實見過大世面。

一跪一扶，俱甚得體。

只有昭容、彩嬪[3]等引元春下輿。只見苑內各色花燈閃灼，皆係紗綾紮成，精緻非常。上面有一匾寫「體仁沐德」四個字。元春入室，更衣出，復上輿進園。只見園中香煙繚繞，花影繽紛，處處燈光相映，時時細樂聲喧，說不盡這太平景象，富貴風流。

說不盡太平景象，卻孕育着那麼多危險。

卻說賈妃在轎內看了此園內外光景，因點頭嘆道：「太奢華過費了。」忽又見太監跪請登舟，賈妃下輿登舟。只見清流一帶，勢若游龍，兩邊石欄上，皆係水晶玻璃各色風燈，點的如銀光雪浪；上面柳杏諸樹雖無花葉，卻用各色綢綾紙絹及通草[4]為花，粘於枝上，每一株懸燈萬盞；更兼池中荷荇鳧鷺之屬，亦皆係螺蚌羽毛做就的。諸燈上下爭輝，真是玻璃世界，珠寶乾坤。船上又有各種盆景燈，珠簾繡幕，桂楫蘭橈，[5]自不必說。已而入一石港，港上一面匾燈，明現着「蓼汀花漵」四字。看官，聽說這「蓼汀花漵」四字及「有鳳來儀」等字，皆係上回賈政偶試寶玉之才，何至便認真用了？想賈府世代詩書，自有一二名手題詠，豈似暴發之家，竟以小兒語搪塞了事呢？

今人曾用此法拍電影。

只緣當日這賈妃未入宮時，自幼亦係賈母教養，後來添了寶玉，賈妃乃長姊，寶玉為幼弟，賈妃念母年將邁，始得此弟，是以獨愛憐之，且同侍賈母，刻未相離。那寶玉未入學之先，三四歲時，已得賈妃口傳，教授了幾本書，識了數千字在腹中。雖為姊弟，有如母子，自入宮後，時時帶信出來與父兄說：「千萬好生扶養，不嚴不能成器，過嚴恐生不虞，且致祖母之憂。」眷念之心，刻刻不忘。

本來這一回的主角是元妃，仍不忘拉到寶玉身上。也是辯證的。

前日賈政聞塾師讚他盡有才情，故於遊園時聊一試之，雖非名公大筆，卻是本家風味，且使賈妃見之，知愛弟所為，亦不負其平日切望之意。因此故將寶玉所題用了。那日未題完之處，後來又補題了許多。

且說賈妃看了四字，笑道：「『花漵』二字便好，何必『蓼汀』？」侍座太監聽了，忙下舟登岸，飛傳於賈政。賈政即刻換了。彼時，舟臨內岸，去舟上輿，便見琳宮綽約，石牌坊上「天仙寶境」四大字。賈妃命換了「省親別墅」四字。於是進入行宮。只見庭燎[6]繞空，香屑佈地，火樹琪花，金窗玉檻。說不盡簾捲蝦鬚，毯鋪魚獺，[7]鼎飄麝腦之香，屏列雉尾之扇。真是：

金門玉戶神仙府，桂殿蘭宮妃子家。

賈妃乃問：「此殿何無匾額？」隨侍太監跪啟道：「此係正殿，外臣不敢擅擬。」賈妃點頭不語。禮儀太監請升座受禮。兩階樂起。二太監引賈赦賈政等於月台[8]下排班上殿，昭容傳諭曰：「免。」乃退出。又引榮國太君及女眷等自東階陞月台上排班，昭容再諭曰：「免。」於是亦退。

茶三獻，賈妃降座，樂止。退入側室更衣，方備省親車駕出園。至賈母正室，欲行家禮，賈母等俱跪止之。賈妃垂淚，彼此上前廝見，一手挽賈母，一手挽王夫人，三個人滿心皆有許多話，俱說不出，只是嗚咽對泣而已。邢夫人、李紈、王熙鳳、迎春、探春、惜春等俱在旁，垂淚無言。半日，賈妃方忍悲強笑，安慰賈母、王夫人道：「當日既送我到那不得見人的去處，好容易今日回家娘兒們一

不但有奶奶賈母的寵愛，又加上貴人姐姐的寵愛，分量更重了。

地位高的人都喜歡當編輯，改別人的文字。怎麼即刻能換？似也應藉此吹一吹描一描。終審級別，畢竟高明。

「點頭」後面加了「不語」二字（本來寫賈妃點頭即可的），似有無聲的感慨：自己成了「貴妃」，而家人成了「外臣」了，還語什麼呢？

全部舉止都禮儀化、程序化，從而形式化了。跪止，焉得不垂淚。祖母給你跪下了，什麼滋味？

會，不說不笑，反倒哭個不了。一會子我去了，又不知多早晚才能一見呢！」說到這句，不禁又哽咽起來。邢夫人忙上來勸解。賈母等讓賈妃歸坐，又逐次一一見過，又不免哭泣一番。然後東西兩府執事人等在外廳行禮。及媳婦丫鬟行禮畢，賈妃嘆道：「許多親眷可惜都不能見面。」王夫人啟道：「現有外親薛王氏及寶釵、黛玉在外候旨，外眷無職，不敢擅入。」賈妃即請來相見。一時，薛姨媽等進來，欲行國禮，命免過，上前各敘闊別。又有賈妃原帶進宮的丫鬟抱琴等叩見，賈母連忙扶起，命入別室款待。執事太監及彩嬪、昭容各侍從人等，寧府及賈赦那宅兩處自有人款待，只留三四個小太監答應。母女姊妹敘些久別情景及家務私情。

又有賈政至簾外問安，賈妃於內行參等事。又向其父說道：「田舍之家，齏鹽布帛，[9]得遂天倫之樂；今雖富貴，骨肉分離，終無意趣。」賈政亦含淚啟道：「臣草莽寒門，鳩群鴉屬之中，豈意得徵鳳鸞之瑞。今貴人上錫天恩，下昭祖德，此皆山川日月之精奇、祖宗之遠德鍾於一人，幸及政夫婦。且今上體天地生生之大德，垂古今未有之曠恩，雖肝腦塗地，豈能報效於萬一！惟朝乾夕惕，[10]忠於厥職，伏願我君萬歲千秋，乃天下蒼生之福也。貴妃切勿以政夫婦殘年為念，更祈自加珍愛，惟勤慎肅恭以侍上，庶不負上眷顧隆恩也。」賈妃亦囑以「國事宜勤，暇時保養，切勿記念」。賈政又啟：「園中所有亭台軒館皆係寶玉所題，如果有一二可寓目者，請即賜名為幸。」元妃聽了寶玉能題，便含笑說道：「果進

嗚呼，哀哉

極盛大繁華的場面，極淒愴壓抑的情感，這是一個反差，使此回頗有戲劇性。

別室款待，周到。

中國儒生的忠君愛君意識，也是長期培育熏陶積澱的結果。賈政這一段話，頗有真情，特別是「勿以政夫婦殘年為念」幾字，更是把親子之情，忠君肝腦塗地之情合起來寫，令人感動，令人欷歔不已。

益了。」賈政退出。貴妃因問：「寶玉因何不見？」賈母乃啟道：「無職外男，不敢擅入。」元妃命引進來。小太監引寶玉進來，先行國禮畢，命他近前，攜手攬於懷內，又撫其頭頸笑道：「比先長了好些……」一話未終，淚如雨下。

尤氏、鳳姐等上來啟道：「筵宴齊備，請貴妃遊幸。」元妃起身，命寶玉導引，遂同眾人步至園門前。早見燈光之中，諸般羅列，進園先從「有鳳來儀」、「紅香綠玉」、「杏簾在望」、「蘅芷清芬」等處，登樓步閣，涉水緣山，眺覽徘徊。一處處鋪陳不一，一樁樁點綴新奇。賈妃極加獎讚，又勸：「以後不可太奢了，此皆過分。」既而來至正殿，諭免禮歸坐，大開筵宴。賈母等在下相陪，尤氏、李紈、鳳姐等捧羹把盞。

元妃乃命筆硯伺候，親拂羅箋，擇其喜者賜名。題其園之總名曰：「大觀園」。

正殿匾額云：

「顧恩思義」

對聯云：

天地啟宏慈，赤子蒼生同感戴；
古今垂曠典，九州萬國被恩榮。

又改題：

「有鳳來儀」賜名「瀟湘館」

「淚如雨下」四字本是熟語套語，用在這裡仍有極強的感染力。

賈妃一定要戒奢。眾人一定要以奢示忠，以奢示敬。所以，一面戒，一面繼續奢下去。

「紅香綠玉」改作「怡紅快綠」，賜名「怡紅院」

「蘅芷清芬」賜名「蘅蕪院」

「杏簾在望」賜名「浣葛山莊」

正樓曰「大觀樓」

東面飛閣曰「綴錦閣」

西面敘樓[11]曰「含芳閣」

更有「蓼風軒」、「藕香榭」、「紫菱洲」、「荇葉渚」等名；又有四字匾額，如「梨花春雨」、「桐剪秋風」、「荻蘆夜雪」等名，不可勝紀。又命舊有匾聯不可摘去。於是先題一絕句云：

銜山抱水建來精，多少工夫始築成。

天上人間諸景備，芳園應錫大觀名。

寫畢，向諸姊妹笑道：「我素乏捷才，且不長於吟詠，姊妹輩素所深知。今夜聊以塞責，不負斯景而已。異日少暇，必補撰《大觀園記》並《省親頌》等文，以記今日之事。妹等亦各題一匾一詩，隨意發揮，不可為我微才所縛。且知寶玉竟能題詠，益發可喜。此中『瀟湘館』、『蘅蕪院』二處，我所極愛，次之『怡紅院』、『浣葛山莊』，此四大處，必得別有章句題詠方妙。前所題之聯雖佳，如今再各賦五言律一首，使我當面試過，方不負我自幼教授之苦心。」寶玉只得答應了，下來自去構思。

迎春、探春、惜春三人中，要算探春又出於姊妹之上，然自忖亦難與薛林爭衡，只得勉強隨眾塞責而已。李紈也勉強湊成一律。賈妃挨次看姊妹們的，寫道是：

曠性怡情　匾額　迎春

園成景物特精奇，奉命羞題額曠怡。
誰信世間有此境，遊來寧不暢神思？

萬象爭輝　匾額　探春

名園築就勢巍巍，奉命多慚學淺微。
精妙一時言不盡，果然萬物有光輝。

文章造化　匾額　惜春

山水橫拖千里外，樓台高起五雲中。
園修日月光輝裡，景奪文章造化功。

文采風流　匾額　李紈

秀水明山抱復回，風流文采勝蓬萊。
綠裁歌扇迷芳草，紅襯湘裙舞落梅。
珠玉自應傳盛世，神仙何幸下瑤台。
名園一自邀遊賞，未許凡人到此來。

凝暉鍾瑞　匾額　薛寶釵

芳園築向帝城西，華日祥雲籠罩奇。
高柳喜遷鶯出谷，修篁[12]時待鳳來儀。
文風已著宸遊夕，孝化應隆歸省時。
睿藻仙才瞻仰處，自慚何敢再為辭。

世外仙源　匾額　林黛玉

宸遊增悅豫，仙境別紅塵。
借得山川秀，添來氣象新。
香融金穀酒，[13]花媚玉堂人。
何幸邀恩寵，宮車過往頻。

賈妃看畢，稱賞一番，又笑道：「終是薛林二妹之作與眾不同，非愚姊妹所及。」原來林黛玉安心今夜大展奇才，將眾人壓倒，不想賈妃只命一匾一詠，倒不好違諭多做，只胡亂做一首五言律應命罷了。

彼時，寶玉尚未做完，才做了「瀟湘館」、「蘅蕪院」兩首，正做「怡紅院」一首，起草內有「綠玉春猶捲」一句。寶釵轉眼瞥見，便趁眾人不理論，推他道：「貴人因不喜『紅香綠玉』四字才改了『怡紅快綠』，你這會子偏又用『綠玉』二字，豈不是有意和他分馳了。況且蕉葉之典故頗多，再想一個改了罷。」寶玉見寶釵如此說，便拭汗說道：「我這會子總想不起什麼典故出處來。」寶釵笑道：「你只把『綠玉』的『玉』字改作『蠟』字就是了。」寶玉道：「『綠蠟』

眾人奉命賦詩，既是製造吉慶氣氛，也是聯歡、遊戲，給眾姊妹以參與其盛的機會——也給曹雪芹以一次次大顯身手的機會。此諸詩雖乏善可陳，堆到一起卻也可觀——也算以量勝質。

古代重視詩、文，輕視小說，作者一寫到詩就頗來精神，源出於此。

可有出處？」寶釵悄悄的咂嘴點頭笑道：「虧你今夜不過如此，將來金殿對策，你大約連趙錢孫李都忘了呢！唐朝韓翃詠芭蕉詩頭一句『冷燭無煙綠蠟乾』都忘了麼？」寶玉聽了，不覺洞開心意，笑道：「該死！眼前現成之句一時竟想不到，姐姐真可謂一字師了。從此只叫你師傅，再不叫姐姐了。」寶釵亦悄悄的笑道：「還不快做上去，只姐姐妹妹的。誰是你姐姐，那上頭穿黃袍的才是你姐姐呢。」一面說笑，因怕他耽延工夫，遂抽身走開了。寶玉續成了此首，共有三首。

此時黛玉未得展才，心上不快。因見寶玉構思太苦，走至案旁，知寶玉只少「杏簾在望」一首，因叫他抄錄前三首，卻自己吟成一律，寫在紙條上，搓成個團子，擲向寶玉跟前。寶玉打開一看，覺比自己做的三首高得十倍，遂忙恭楷謄完呈上。賈妃看是：

有鳳來儀　寶　玉

秀玉初成實，堪宜待鳳凰。
竿竿青欲滴，個個綠生涼。
迸砌防階水，穿簾礙鼎香。
莫搖分碎影，好夢正初長。

蘅芷清芬

蘅蕪滿靜苑，蘿薜助芬芳。
軟襯三春草，柔拖一縷香。

乘機掉一掉書袋，亦大樂事。

有點逗趣的意思，也有羨慕貴人的意味。

寶玉本是聰明靈秀之人，但只要與女孩子們特別是與黛玉以及寶釵在一起，就形同傻了。智商大不如眾女子。這裡當然有藝術誇張——小說畢竟是小說。

釵給以指點，黛乾脆代勞；二人性格不同，與寶玉的關係不同，助寶玉的方法也不同。

輕煙迷曲徑，冷翠濕衣裳。
誰謂池塘曲，謝家幽夢長。[14]

怡紅快綠

深庭長日靜，兩兩出嬋娟。
綠蠟春猶捲，紅妝夜未眠。
憑欄垂絳袖，倚石護青煙。
對立東風裡，主人應解憐。

杏簾在望

杏簾招客飲，在望有山莊。
菱荇鵝兒水，桑榆燕子樑。
一畦春韭綠，十里稻花香。
盛世無飢餒，何須耕織忙。

賈妃看畢，喜之不盡，說：「果然進益了！」又指「杏簾」一首為四首之冠。遂將「浣葛山莊」改為「稻香村」。又命探春將方才十數首詩另以錦箋謄出，令太監傳與外廂。賈政等看了，都稱頌不已。賈政又進《歸省頌》。元春又命以瓊酪金膾等物，賜與寶玉並賈蘭。此時賈蘭尚幼，未諳諸事，只不過隨母依叔行禮而已。

那時賈薔帶領一班女戲子，在樓下正等得不耐煩，只見一個太監飛跑下

*人生體驗的實在性、豐富性與瞬時性是一個根本的悲哀。轉瞬即逝才寶貴誘人。卻又如夢如幻如泡如電……（佛家「六如」之說）。元妃省親，大場面寫得富麗輝煌，絲絲入扣。高貴、隆重、忠順、賢德、殊寵殊榮皇恩似海的氣氛中一番難言的淒愴。欲言又止，多少淚水吞下肚。賈妃及其餘人不可謂不忠，皇恩不可謂不重，禮儀不可謂不周，照顧（包括留下了說體己話的場合和時間）不可謂不周到，盛況不可謂不圓滿，仍令

黛玉不忘歌昇平而頌聖世，固亦良民百姓也。

不知是否純文藝的批評。

回到寶玉的思路上，但賈政這次為何不挑出寶玉的詩罵幾句「畜牲」，莫非堂堂老子見兒子沾了乃姊的勢力便沒了脾氣了麼？

為何這些活動都沒有賈環的份兒？連幼小的賈蘭都在眷顧之中。探春同樣是庶出，可見問題沒有出在嫡庶上。從元春到賈府衮衮諸公諸婆，直到曹雪芹，都不待見賈環。

人心潮難平。這不但是封建王朝的體制造成賈妃的不自由的悲哀，也是人生自身的悲哀：人有悲歡離合，月有陰晴圓缺，此事古難全！

來說：「做完了詩了，快拿戲目來！」賈薔忙將戲目呈上，並十二個人的花名冊子。少時點了四齣戲：

第一齣，《豪宴》；[15]

第二齣，《乞巧》；[16]

第三齣，《仙緣》；[17]

第四齣，《離魂》。[18]

賈薔忙張羅扮演起來。一個個歌有裂石之音，舞有天魔之態。雖是妝演的形容，卻做盡悲歡情狀。剛演完了，一太監執一金盤糕點之屬進來問：「誰是齡官？」賈薔便知是賜齡官之物，連忙接了，命齡官叩頭。太監又道：「貴妃有諭，說『齡官極好，再做兩齣戲，不拘那兩齣就是了。』」賈薔忙答應了，因命齡官做《遊園》、《驚夢》[19]二齣。齡官自為此二齣原非本角之戲，執意不從，定要做《相約》、《相罵》[20]二齣。賈薔扭他不過，只得依他做了。賈妃甚喜，命「莫難為了這女孩子，好生教習」，額外賞了兩疋宮綢、兩個荷包並金銀錁子、食物之類。然後撤宴，將未到之處復又遊玩。忽見山環佛寺，忙盥手進去焚香拜佛，又題一匾云：「苦海慈航」。又額外加恩與一般幽尼女道。

少時，太監跪啟：「賜物俱齊，請驗，按例行賞。」乃呈上略節。賈妃從頭看了無話，即命照此而行。太監下來，一一發放。原來賈母的是金玉如

齡官居然有此骨氣，不服行政命令，堅持藝術規律！

地位雖低也可以受寵。雖然受寵地位仍然低。抓完文藝緊接着抓宗教，與採購時思路同，反正都是精神生活方面的消費。

意各一柄，沉香拐杖一根，伽楠念珠一串，「富貴長春」宮緞四匹，「福壽綿長」宮綢四匹，紫金「筆錠如意」錁十錠，「吉慶有餘」銀錁十錠。邢夫人等二分只減了如意、拐、珠四樣。賈敬、賈赦、賈政等每分御製新書二部，寶墨二匣，金銀盞各二隻，表禮按前。寶釵、黛玉諸姊妹等每人新書一部，寶硯一方，新樣格式金銀錁二對。寶玉亦同。賈蘭是金銀項圈二個，金錁二對。尤氏、李紈、鳳姐等皆金銀錁四錠，表禮四端。另有表禮二十四端，清錢一千串是賞與賈母、王夫人及各姊妹房中奶娘眾丫鬟的。賈珍、賈璉、賈環、賈蓉等皆是表禮一端，金銀錁一對。其餘彩緞百匹，白銀千兩，御酒數瓶，是賜東西兩府及園中管理工程、陳設、答應及司戲、掌燈諸人的。外又有清錢五百串，是賜廚役、優伶、百戲、雜行人等的。

眾人謝恩已畢，執事太監啟道：「時已丑正三刻，請駕回鑾。」賈妃不由的滿眼又滾下淚來。卻又勉強笑着，拉了賈母、王夫人的手不忍放，再四叮嚀：「不須記掛，好生保養。如今天恩浩蕩，一月許進內省視一次，見面盡容易的，何必過悲。倘明歲天恩仍許歸省，不可如此奢華糜費了！」賈母等已哭的哽噎難言了。賈妃雖不忍別，奈皇家規矩，違錯不得的，只得忍心上輿去了。這裡諸人好容易將賈母勸住，及王夫人攙扶出園去了。未知如何，下回分解。

寫到各種物——禮物、設備、財產、飾物……之時，作者的炫耀依戀之情溢於語表，個中又包含着哀嘆的潛台詞：「我們當年曾怎樣地闊過，而今……還能說什麼呢？」

物質的光澤，物質的群體，物質的微笑。

提到賈環，可見其「法定」身份並不差。

淚下而強笑，拉手而不放，賢哉賈妃，哀哉賈妃，浩蕩哉上恩！

＊烈火烹油，鮮花着錦之盛的結果是「哭的哽噎難言」，「皇家規矩，違錯不得」（很希望能違錯，是麼?），「好容易勸住」，「攙扶出園」。盛筵散後，只有蕭索淒涼。蕭索淒涼中，回憶起以前的盛筵，說不定又眉飛色舞起來。人啊，人！

1 **燕坐**：隨意閒坐之意。

2 **龍旂鳳翣，雉羽宮扇**：帝王后妃的儀仗用品。

3 **昭容、彩嬪**：泛指宮廷女官、女侍等。

4 **通草**：即通脫木，莖含大量白髓，採髓作薄片，可製通草花或其他裝飾品。

5 **桂楫蘭橈**：楫和橈都是船槳，這裡作為講究、華麗的船的代稱。

6 **庭燎**：庭院中用以照明的大燭。

7 **簾捲蝦鬚，毯鋪魚獺**：細竹絲編織的簾子，稱「蝦鬚簾」。水獺皮製成的地毯，稱「魚獺毯」。

8 **月台**：正殿前的露天平台，三面有階，稱「月台」。

9 **齏鹽布帛**：布衣素食之意，形容清苦生活。「齏」，切碎的腌菜。

10 **朝乾夕惕**：從早到晚，兢兢業業，不敢懈怠之意。「乾」，勤勞不懈，「惕」，小心謹慎，語出《易·乾》「君子終日乾乾，夕惕若厲，無咎」。

11 **敘樓**：正殿的西配樓。

12 **修篁**：修長的竹子。

13 **金谷酒**：晉代石崇有金谷園，在今河南洛陽東北。石崇嘗與客遊宴其中，各賦詩文，不能者，罰酒三斗。後用「金谷酒」指飲酒賦詩。

14 **「誰謂」一聯**：南朝詩人謝靈運《登池上樓》詩有「池塘生春草」句，據說是夢中所得。

15 **《豪宴》**：明末清初李玉《一捧雪》傳奇中的第五齣。

16 **《乞巧》**：即清洪昇《長生殿》傳奇第二十二齣《密誓》。

17 **《仙緣》**：即明湯顯祖《邯鄲記》傳奇第三十齣《合仙》。

18 **《離魂》**：即明湯顯祖《牡丹亭》傳奇第二十齣《鬧殤》。

19 **《遊園》、《驚夢》**：明湯顯祖《牡丹亭》第十齣《驚夢》，演出本分為《遊園》、《驚夢》兩齣。

20 **《相約》、《相罵》**：明月榭主人《釵釧記》傳奇第八、第十三兩齣。

第十九回 情切切良宵花解語 意綿綿靜日玉生香

話說賈妃回宮，次日見駕謝恩，並回奏歸省之事，龍顏甚悅。又發內帑彩緞金銀等物，以賜賈政及各椒房等員，不必細說。

且說榮寧二府中連日用盡心力，真是人人力倦，個個神疲，又將園中一應陳設動用之物收拾了兩三天方完。第一個鳳姐事多任重，別人或可偷閒躲靜，獨他是不能脫得的；二則本性要強，不肯落人褒貶，只扎掙着與無事的人一樣。第一個寶玉是極無事最閒暇的。偏這一早，襲人的母親又親來回過賈母，接襲人家去吃年茶，晚間才得回來。因此，寶玉只和眾丫頭們擲骰子趕圍棋作戲。正在房內頑得沒興頭，忽見丫頭們來回說：「東府裡珍大爺來請過去看戲、放花燈。」寶玉聽了，便命換衣裳。才要去時，忽又有賈妃賜出糖蒸酥酪來；寶玉想上次襲人喜吃此物，便命留與襲人了。自己回過賈母，過去看戲。

誰想賈珍這邊唱的是《丁郎認父》、[1]《黃伯央大擺陰魂陣》，[2]更有《孫行者大鬧天宮》、[3]《姜太公斬將封神》[4]等類的戲文，倏爾神鬼亂出，忽又妖

閒愁最苦，這顯然也是（上帝）整人的一種辦法，讓他吃飽穿暖，養尊處優，卻一生無一件正經事可做。

魔畢露，內中揚幡過會，號佛行香，鑼鼓喊叫之聲遠聞巷外。滿街上個個都讚：「好熱鬧戲，別人家斷不能有的。」寶玉見繁華熱鬧到如此不堪的田地，只略坐了一坐，便走往各處閒耍。先是進內去和尤氏並丫頭姬妾說笑了一回，便出二門來。尤氏等仍料他出來看戲，遂也不曾照管。賈珍、賈璉、薛蟠等只顧猜謎行令，百般作樂，縱一時不見他在座，只道裡面去了，也不理論。至於跟寶玉的小廝們，那年紀大些的，知寶玉這一來了，必是晚間才散，因此偷空也有會賭錢的，也有往親友家去吃年茶的，或賭或飲，都私自散了，待晚間再來；那小些的，都鑽進戲房裡瞧熱鬧去了。寶玉見一個人沒有，因想「素日這裡有個小書房，內曾掛一軸美人，極畫的得神。今日這般熱鬧，想那裡自然無人，那美人自然也是寂寞的，須得我去望慰他一回」。想着，便往那廂來。剛到窗前，聞得房內呻吟之聲。寶玉倒唬了一跳，敢是美人活了不成？乃大着膽子，舔破窗紙，向內一看，那軸美人卻不曾活，卻是茗煙按一個女孩子，也幹那警幻所訓之事。寶玉禁不住大叫：「了不得！」一腳踹進門去，將那兩個唬開了，抖衣而顫。

茗煙見是寶玉，忙跪下哀求。寶玉道：「青天白日，這是怎麼說。珍大爺知道，你是死是活？」一面看那丫頭，雖不標緻，倒白淨，些微亦有動人心處，羞的臉紅耳赤，低首無言。寶玉跺腳道：「還不快跑！」一語提醒了那丫頭，飛也似的去了。寶玉又趕出去叫道：「你別怕，我是不告訴人的。」急的茗煙在後叫：「祖宗，這是分明告訴人了！」寶玉因問：「那丫頭十幾歲了？」茗煙道：「大

這似乎也反映了作者對這一類武打戲鬧劇的不喜歡。為何不堪？如何不堪？如果放在今天，一個小說家就寶玉「逃戲」大概可以寫幾千字。與我國傳統小說相比，「紅」是很寫了人物的心理活動內心世界的。「逃戲」與情節故事沒什麼關係，反映的只是寶玉的百無聊賴卻又不堪熱鬧的精神世界。但這些心理活動，多是點到就止，令讀者分析去。

一直體貼到畫上去了。端是情種。

寶玉自己早幹過了，見別人幹便不甚以為奇。不像有的人自己專幹無恥之事，卻又道貌岸然，專門整頓別人。

也算一種體貼。

在奴婢面前，寶玉確實算是個「自由派」。

不過十六七歲了。」寶玉道：「連他的歲數也不問問，別的自然越發不知了。可見他白認的你了。可憐，可憐！」又問：「名字叫什麼？」茗煙笑道：「若說出名字來話長，真正新鮮奇文。他說，他母親養他的時節做了一個夢，夢得了一匹錦，上面是五色富貴不斷頭的卍字花樣，[5]所以他的名字就叫作萬兒。」寶玉聽了，笑道：「真也新奇，想必他將來有些造化。」說着，沉思一會。

於世事，常麻木不覺；聽怪夢，便沉思一會，倒有幾分藝術家氣質。

茗煙因問：「二爺為何不看這樣的好戲？」寶玉道：「看了半日，怪煩的，出來逛逛，就遇見你們了。這會子作什麼呢？」茗煙微微笑道：「這會子沒人知道，我悄悄的引二爺往城外逛去，一會兒再往這裡來，他們就不知道了。」寶玉道：「不好，仔細花子[6]拐了去。且是他們知道了，又鬧大了，不如往近些的地方去，還可就來。」茗煙道：「就近地方，誰家可去？這卻難了。」寶玉笑道：「依我的主意，咱們竟找花大姐姐去，瞧他在家作什麼呢。」茗煙笑道：「好，好！倒忘了他家。」又道：「他們知道了，說我引着二爺胡走，要打我呢？」寶玉道：「有我呢。」茗煙聽說，拉了馬，二人從後門就走了。

主僕互相行方便，雖是主僕關係，形同哥兒們。

勿謂言之不預，先討下「有我呢」的保證，討下預應力。

幸而襲人家不遠，不過一半里路程，轉眼已到門前。茗煙先進去叫襲人之兄花自芳。此時襲人之母接了襲人與幾個外甥女兒、幾個侄女來家，正吃果茶。聽見外面有人叫「花大哥」，花自芳忙出去看時，見是他主僕兩個，

*寶玉行事並非多麼清高，他並無黛玉那種潔癖，這一點從他的上學、鬧饅頭庵及此後的與薛蟠等吃酒等情節可以看出來。偏偏聽一齣戲鬧了個「與俗鮮諧」。或寶玉本來不怎麼喜歡聽戲，或這是反映了寶玉的世故，別的事牽扯到人際關係，他便隨和，聽戲，畢竟是個人口味問題，可以自由裁奪。

唬的驚疑不定，連忙抱下寶玉，來至院內嚷道：「寶二爺來了！」別人聽見還可，襲人聽了，也不知為何，忙跑出來，迎着寶玉，一把拉着問：「你怎麼來了？」寶玉笑道：「我怪悶的，來瞧瞧你作什麼呢。」襲人聽了，才把心放下來，說：「還有誰跟來？」茗煙笑道：「別人都不知，就只我們兩個。」襲人聽了，復又驚慌，說道：「這還了得！倘或撞見了人，或是遇見了老爺，街上人擠馬碰，有個閃失，也是頑得的！你們的膽子比斗還大，都是茗煙調唆的，回去我定告訴嬤嬤們打你。」茗煙撅了嘴道：「二爺罵着打着，叫我引了來的，這會子推到我身上。我說別要來罷，——不然我們還去罷。」花自芳忙勸道：「罷了，已是來了，也不用多說了。只是茅檐草舍，又窄又不乾淨，爺怎麼坐呢？」

襲人之母也早迎了出來。襲人拉了寶玉進去。寶玉見房中三五個女孩兒，見他進來，都低了頭，羞臉通紅。花自芳母子兩個恐怕寶玉寒冷，又讓他上炕，又忙另擺果桌，又忙倒好茶。襲人笑道：「你們不用白忙，我自然知道。果子也不用擺了，不敢亂給東西吃。」一面說，一面將自己的坐褥拿了鋪在一個杌子上，寶玉坐了；用自己的腳爐墊了腳；向荷包內取出兩個梅花香餅兒[7]來，又將自己的手爐掀開焚上，仍蓋好，放在寶玉懷內；然後將自己的茶杯斟了茶，送與寶玉。彼時他母兄已是忙着齊齊整整的擺上一桌子果品來。襲人見總無可吃之物，因笑道：「既來，沒有空去的理，好歹嚐一點兒，也是來我家一趟。」說着，便拈了幾個松子穰，吹去細皮，用手帕托着送與寶玉。

襲人在自己的家人面前樂於顯派她最了解寶玉，最會侍候寶玉。別人張羅則是「白忙」。你張羅就不是「白忙」了嗎？

看來花家生活過得去，幾近小康。不知是否得

寶玉看見襲人兩眼微紅，粉光融滑，因悄悄問襲人：「好好的哭什麼？」襲人笑道：「何嘗哭，才迷了眼揉的。」因此便遮掩過了。因見寶玉穿着大紅金蟒狐腋前袖，外罩石青貂裘排穗褂，說道：「你特為往這裡來，又換新衣服，他們就不問你往那裡去的？」寶玉笑道：「原是珍大爺請過去看戲換的。」襲人點頭。又道：「坐一坐就回去罷，這個地方不是你來的。」寶玉笑道：「你就家去才好呢，我還替你留着好東西呢。」襲人笑道：「悄悄的，叫他們聽着什麼意思。」一面又伸手從寶玉項上將通靈玉摘下來，向他姊妹們笑道：「你們見識見識。時常說起來都當希罕，恨不能一見，今兒可盡力瞧了再瞧。什麼希罕物兒，也不過是這麼個東西。」說畢，遞與他們傳看了一遍，仍與寶玉掛好。又命他哥哥去或僱一乘小轎，或僱一輛小車，送寶玉回去。花自芳道：「有我送去，騎馬也不妨了。」襲人道：「不為不妨，為的是碰見人。」

花自芳忙去僱了一頂小轎來，眾人也不好相留，只得送寶玉出去。襲人又抓些果子與茗煙，又把些錢與他買花爆放，教他「不可告訴人，連你也有不是」。一面說着，一面送寶玉至門前，看着上轎，放下轎簾。茗煙二人牽馬跟隨。來至寧府街，茗煙命住轎，向花自芳道：「須得我同二爺還到東府裡混一混，才好過去的，不然人家就疑惑了。」花自芳聽說有理，忙將寶玉抱出轎來，送上馬去。寶玉笑說：「倒難為你了。」於是仍進後門來，俱不在話下。

益於襲人的為奴。

襲人哭，留下公案。

親昵逗弄，話語並不像她素日標榜的那樣正經。

卻説寶玉自出了門，他房中這些丫鬟們都越性恣意的頑笑，也有趕圍棋的，也有擲骰抹牌的，磕了一地的瓜子皮。偏奶母李嬤嬤拄拐進來請安，瞧瞧寶玉。見寶玉不在家，丫鬟們只顧頑鬧，十分看不過，因嘆道：「只從我出去了，不大進來，你們越發沒了樣兒了，別的嬤嬤越不敢説你們了。那寶玉是個丈八的燈枱——照見人家，照不見自己的。只知嫌人家腌臢，這是他的屋子，由着你們遭塌，越不能體統了。」這些丫頭們明知寶玉不講究這些，二則李嬤嬤已是告老解事出去的了，如今管不着他們，因此只顧頑笑，並不理他。那李嬤嬤還只管問「寶玉如今一頓吃多少飯」、「什麼時候睡覺」。丫頭們總胡亂答應。有的説：「好個討厭的老貨！」

李嬤嬤又問：「這蓋碗裡是酥酪，怎不送與我吃？」説畢，拿起就吃。一個丫頭道：「快別動！那是説了給襲人留着的，回來又惹氣了。你老人家自己承認，別帶累我們受氣。」李嬤嬤聽了，又氣又愧，便説道：「我不信他這樣壞了腸子。別説我吃了一碗牛奶，就是再比這個值錢的，也是應該的。難道待襲人比我還重？難道他不想想怎麼長大了？我的血變的奶，吃的長這麼大，如今我吃他一碗牛奶，他就生氣了？我偏吃了，看他怎樣！你們看襲人不知怎樣，那是我手裡調理出來的毛丫頭，什麼阿物兒！」[8]一面説，一面賭氣將酥酪吃盡。又一個丫頭笑道：「他們不會説話，怨不得你老人家生氣。寶玉還送東西孝敬你老人家去，豈有為這個不自在的。」李嬤嬤道：「你們也不必妝狐媚子[9]哄我，打量上

一地瓜子皮！遙想三十七年前，拙著《組織部來了個年輕人》中有一地「荸薺皮」的描寫，並被批評為「小資產階級的瘋狂性、散漫性」，往事何堪回首！

兩方面的思路不同，缺乏溝通。

有好吃的理應給我，修煉到了嬰兒境界了。

又氣又愧，惱羞成怒，更加不服氣。去與襲人爭、比，失了體統，出了醜。這樣提問題就丟了人，年高功大的李嬤嬤，去與襲人爭一口吃的，您不想想這影響麼。

賭氣吃盡酥酪，更天真可愛。

次為茶攆茜雪的事我不知道呢。明兒有了不是，我再來領！」說着，賭氣去了。

少時，寶玉回來，命人去接襲人。只見晴雯躺在床上不動。寶玉因問：「敢是病了？再不然輸了？」秋紋道：「他倒是贏的。誰知李老太太來了，混輸了，他氣的睡去了。」寶玉笑道：「你們別和他一般見識，由他去就是了。」說着，襲人已來，彼此相見。襲人又問寶玉何處吃飯，多早晚回來，又代母妹問諸同伴姊妹好。一時換衣卸妝。寶玉命取酥酪來，丫鬟們回說：「李奶奶吃了。」寶玉才要說話，襲人便忙笑說道：「原來是留的這個，多謝費心。前日我吃的時候好吃，吃過了好肚子疼，鬧的吐了才好了。他吃了倒好，擱在這裡倒白遭塌了。我只想風乾栗子吃，你替我剝栗子，我去鋪床。」

寶玉聽了，信以為真，方把酥酪丟開，取栗子來，自向燈前檢剝。一面見眾人不在房中，乃笑問襲人道：「今兒那個穿紅的，是你什麼人？」襲人道：「那是我兩姨妹子。」寶玉聽了，讚嘆了兩聲。襲人道：「嘆什麼？我知道你心裡的緣故，想是說，他那裡配穿紅的。」寶玉笑道：「不是，不是。那樣的人不配穿紅的，誰還敢穿。我因為見他實在好得很，怎麼也得他住咱們家就好了。」襲人冷笑道：「我一個人是奴才命罷了，難道連我的親戚都是奴才命不成？還要揀實在好的丫頭才往你家來。」寶玉聽了，忙笑道：「你又多心了。我說往咱們家來必定是奴才不成？說親戚就使不得？」襲人道：「那也般配不上。」寶玉便不肯再說，只是剝栗子。襲人笑道：「怎麼不言語了？想是我才冒撞衝犯了你，明兒

與眾丫頭為敵。好話不信，壞話發火。

李嬤嬤的表現或可稱之為「忘年嫉（妒）」。

息事寧人，克己復禮。既是為寶玉着想，也是為自己着想。像李嬤嬤這樣的老小孩，還是不得罪為上。

奴才比主人有城府，是生活的教訓也是生活的需要，對於奴才，生活的教訓更嚴厲也更複雜，生活的要求更高。主人可以賣弄自己的天真單純善良被騙，奴才可沒有這種機會、這種可能與這種雅興。

襲人的反唇相譏既是確實意識到自己「奴才命」的可悲，更是討厭寶玉的貪婪，「還要揀實在好的丫頭……」也有自然而然的嫉妒心理。

在上之人講平等是坐着說話不腰疼。在下之人要少幻想得多。階級地位越低下，人們越易於

賭氣花幾兩銀子買他們進來就是了。」寶玉笑道：「你說的話，怎麼叫人答言呢。我不過是讚他好，正配生在這深堂大院裡，沒的我們這種濁物倒生在這裡。」襲人道：「他雖沒這造化，倒也是嬌生慣養的，我姨父姨娘的寶貝。如今十七歲，各樣的嫁妝都齊備了，明年就出嫁。」

寶玉聽了「出嫁」二字，不禁又嗐了兩聲。正不自在，又聽襲人嘆道：「只從我來這幾年，姊妹們都不得在一處，如今我要回去了，他們又都去了。」寶玉聽這話內有文章，不覺吃一驚，忙丟下栗子，問道：「怎麼，你如今要回去了？」襲人道：「我今兒聽見我媽和哥哥商議，教我再忍耐一年，明年他們上來就贖我出去呢。」寶玉聽了這話，越發忙了，因問：「為什麼要贖你？」襲人道：「這話奇了，我又比不得是你這裡的家生子兒，[10]我一家子都在別處，獨我一個人在這裡，怎麼是個了局？」寶玉道：「我不叫你去也難。」襲人道：「從來沒有這理。便是朝廷宮裡也有定例，或幾年一選，幾年一入，沒有長遠留下人的理，別說你家。」寶玉想一想，果然有理。又道：「老太太不放你也難。」襲人道：「為什麼不放？我果然是個最難得的，或者感動了老太太、太太，必不放我出去的，設或多給我家幾兩銀子，留下，然或有之；其實我也不過是個最平常的人，比我強的多而且多。自我從小兒來，跟着老太太，先伏侍了史大姑娘幾年，如今又伏侍了你幾年。如今我們家來贖，正是該叫去的，只怕連身價也不要，就開恩叫我去呢。若說為伏侍得你好，不叫我去，斷然沒有的事。那伏侍的好，分內應當的，

面對現實。

乾脆把針扎到穴位上。

見襲人家的紅衣少女而思之，襲人十分不悅，不能不規勸寶玉了，更不能不考驗寶玉了。

比我強的多……不純是自謙，襲人至少自知貌不驚人，她確有疑惑。她正處於選擇的十字路口，她需要盤實寶二爺的心思，她方才在家已經掉了眼淚，她到了動真格的時候了。她並沒

不是什麼奇功。我去了，仍舊又有好的了，不是沒了我就成不得的。」

寶玉聽了這些話，竟是有去的理，無留的理，心裡越發急了。因又道：「雖然如此說，我只一心留下你，不怕老太太不和你母親說，多多給你母親些銀子，他也不好意思接你了。」襲人道：「我媽自然不敢強。且慢說和他好說，又多給銀子；就便不好和他說，一個錢也不給，安心要強留下我，他也不敢不依。但只是咱們家從沒幹過這倚勢仗貴霸道的事。這比不得別的東西，因為喜歡，加十倍利弄了來給你，那賣的人不得吃虧，可以行得。如今無故憑空留下我，於你又無益，反教我們骨肉分離，這件事，老太太、太太斷不肯行的。」寶玉聽了，思忖半晌，乃說道：「依你說來說去，是去定了？」襲人道：「去定了。」寶玉聽了，自思道：「誰知這樣一個人，這樣薄情無義呢。」乃嘆道：「早知道都是要去的，我就不該弄了來，臨了剩我一個孤鬼兒。」說着，便賭氣上床睡了。

原來襲人在家，聽見他母兄要贖他回去，他就說至死也不回去的。又說：「當日原是你們沒飯吃，就剩我還值幾兩銀子，若不叫你們賣，沒有個看着老子娘餓死的理。如今幸而賣到這個地方，吃穿和主子一樣，又不朝打暮罵。況如今爹雖沒了，你們卻又整理的家成業就，復了元氣。若果然還艱難，把我贖上來，再多掏摸幾個錢，也還罷了，其實又不難了。這會子又贖我做什麼？權當我死了，再不必起贖我的念頭！」因此哭鬧了一陣。

他母兄見他這般堅執，自然必不出來的了。況且原是賣倒的死契，明仗着賈

有十成把握可以被寶玉永遠「要」下去。

寶玉的天真的利己主義，天真的自我中心，他毫不鬼祟，便不顯得有什麼邪惡。

關鍵的話在這裡，襲人強調自己「最平常」、「於你無益」，是激將法，是呼喚寶玉的情意表示。

這也算兩面三刀。

宅是慈善寬厚之家，不過求一求，只怕連身價銀一並賞了還是有的事呢。二則，賈府中從不曾作踐下人，只有恩多威少的，且凡老少房中，所有親侍的女孩子們，更比待家下眾人不同。平常寒薄人家的小姐，也不能那樣尊重的。因此，他母子兩個就死心不贖了。次後，忽然寶玉去了，他二人又是那般景況，他母子二人心中更明白了，越發一塊石頭落了地，而且是意外之想，彼此放心，再無贖念了。

且說襲人自幼見寶玉性格異常，且淘氣憨頑自是出於眾小兒之外，更有幾件千奇百怪口不能言的毛病兒。近來仗着祖母溺愛，父母亦不能十分嚴緊拘管，更覺放縱弛蕩，任情恣性，最不喜務正，每欲勸時，諒不能聽，今日可巧有贖身之論，故先用騙詞，以探其情，以壓其氣，然後好下箴規。今見寶玉默默睡去了，知其情有不忍，氣已餒墮。自己原不想栗子吃，只因怕為酥酪生事，又像那茜雪之茶，是以假要栗子為由，混過寶玉不提就完了。於是命小丫頭們將栗子拿去吃了，自己來推寶玉。只見寶玉淚痕滿面。襲人便笑道：「這有什麼傷心的，你果然留我，我自然不出去了。」寶玉見這話有因，便說道：「你倒說說，我還要怎麼留你，我自己也難說。」襲人笑道：「咱們素日好處，自不用說。但今日你安心留我，不在這上頭。我另說出三件事來，你果然依了我，就是你真心留我了，刀擱在脖子上，我也是不出去的了。」

寶玉忙笑道：「你說那幾件？我都依你。好姐姐，好親姐姐，別說兩三件，就是兩三百件，我也依的。只求你們同看着我，守着我，等我有一日化成了飛灰，——飛灰還不好，灰還有形有跡，還有知識。——等我化成一股輕煙，風一吹便散了的時候，你們也管不得我，我也顧不得你們了。那時憑我去，我也憑你們愛那裡去就去了。」急的襲人忙握他的嘴說：「好，好。我正為勸你這些，更說的狠了。」寶玉忙說道：「再不說這話了。」襲人道：「這是頭一件要改的。」寶玉道：「改了。再說，你就擰嘴。還有什麼？」

襲人道：「第二件，你真喜讀書也罷，假喜也罷，只在老爺跟前或在別人跟前，你別只管批駁誚謗，只作出個喜讀書的樣子來，也叫老爺少生些氣，在人前也好說嘴。他心裡想着，我家代代讀書，只從有了你，不承望你不但不喜讀書，已經他心裡又氣又惱了，而且背前面後亂說那些混話，凡讀書上進的人，你就起個名字叫做『祿蠹』；[11] 又說只除『明明德』[12] 外無書，都是前人自己不能解聖人之書，便另出己意，混編纂出來的。這些話，怎怨得老爺不氣，不時時打你。叫別人怎麼想你？」寶玉笑道：「再不說了。那是我小時不知天高地厚，信口胡說，如今再不敢說了。還有什麼？」

襲人道：「再不可謗僧毀道，調脂弄粉，還有更要緊的一件事，再不許吃人嘴上擦的胭脂了，與那愛紅的毛病兒。」寶玉道：「都改，都改。再有什麼，快說。」襲人道：「再也沒有了。只是百事檢點些，不任意任情的就是了。你若果然都依了，便拿八人轎也抬不出我去了。」寶玉笑道：「你這裡長遠了，不怕沒八人轎你坐。」襲人冷笑道：「這我可不希罕的，有那個

*通過襲人的規勸，展現寶玉的面貌。襲人以奴才的身份，這樣忠於主子，這樣忠於沒有幾個主子真正做得到的道德標準，忠於主子的長遠利益，以當時的價值標準看，襲人的「覺悟」已臻於至善了。她為何這樣至善？「紅」沒有回答，但至少說明封建道德自有它發生、存在的依據與適用的功能，又說明了封建道德的深入人心。簡單一罵，一醜化（襲人），是罵不倒的。

天真的悲觀主義。原發的——來自對於「化飛灰」的前景的深切而又超前的體認，及出於此的頹廢思想，也是來自人生的虛空、此生的無謂的體認。這也是一種「悟性」，可以通向宗教，可以通向藝術，也可以通向加倍的奮發有為，如「生命誠可貴，愛情價更高，若為自由故，二者皆可拋」。寶玉呢，他的高度優寵地位，注定了他哪裡也通向不了，只略略重視一下女孩子們的感情。

反襯寶玉頗有見地、頗能一針見血。前人自己不能解聖人之書，便另出己意，混編纂出來，說得何等深刻透闢，恰中要害！此曹公之高見也。

謗僧毀道與調脂弄粉列為一項，令人忍俊不禁。

又要讀書上進，又要尊敬僧道，也是相反相成，相輔相成。

任意任情，正是寶玉的特點，寶玉的可愛處。沒有任意任情，也就沒有賈寶玉了。

*襲人的規勸今天看來也並非全無道理。僅用封建兩字並不能取消歷史，取消生活，取消世世代代無數的活人的生活。我們今天的人是幫不上賈寶玉反封建的（他是否夠算得上反封建，另當別論），也很難為襲人設計出更合理更有利的思路言路。生活在封建社會的人也得生存，正像生活在別的社會的人一樣，不能只是消極頹廢，罵倒一切，任意任性。何況當時並沒有民主主義啟蒙主義的氣候。

福氣，沒有那個道理，總坐了也沒甚趣。」

二人正説着，只見秋紋走進來，説：「三更天了，該睡了。方才老太太打發嬤嬤來問，我答應睡了。」寶玉命取錶來看時，果然針已指到亥正，方從新盥漱，寬衣安歇，不在話下。

寶玉並非不懂現實利害，更知襲人希罕這種利，才說得如此低級。襲人冷笑，心裡未必冷。

至次日清晨，襲人起來，便覺身體發重，頭疼目脹，四肢火熱，先時還掙扎的住，次後捱不住，只要睡着，因而和衣躺在炕上。寶玉忙回了賈母，傳醫診視，説道：「不過偶感風寒，吃一兩劑藥疏散疏散就好了。」開方去後，令人取藥來煎好。剛服下去，命他蓋上被窩渥汗，寶玉自去黛玉房中來看視。

大概與襲人為自己的命運也為規勸寶玉而動了真格的，傷心、傷肝、傷氣、傷人有關。誰不關心自己，襲人能含糊嗎？

彼時，黛玉自在床上歇午，丫鬟們皆出去自便，滿屋內靜悄悄的。寶玉揭起繡線軟簾，進入裡間，只見黛玉睡在那裡。忙走上來推他道：「好妹妹，才吃了飯，又睡覺。」將黛玉喚醒。黛玉見是寶玉，因説道：「你且出去逛逛，我前兒鬧了一夜，今兒還沒歇過來，渾身酸疼。」寶玉道：「酸疼事小，睡出來的病大，我替你解悶兒，混過去睏就好了。」黛玉只合着眼説道：「我不睏，只略歇歇兒，你且別處去鬧會子再來。」寶玉推他道：「我往那去呢？見了別人就怪膩的。」

吃了飯即睡不好，不無科學道理。

黛玉聽了，嗤的一聲笑道：「你既要在這裡，那邊去老老實實的坐着，咱們說話兒。」寶玉道：「我也歪着。」黛玉道：「你就歪着。」寶玉道：「沒有枕頭，咱們在一個枕頭上。」黛玉道：「放屁！外面不是枕頭？拿一個來枕着。」寶玉出至外間，看了一看，回來笑道：「那個我不要，也不知是那個腌臢老婆子的。」黛玉聽了，睜開眼，起身笑道：「真真你就是我命中的天魔星！請枕這一個。」說着，將自己枕的推與寶玉，又起身將自己的再拿了一個來，自己枕了，二人對面方倒下。

黛玉很少說粗話，這次居然「放屁」，說明了他們的相處已日益放鬆，這次說笑更加放鬆。也說明「放屁」也屬「國罵」，與「他媽的」媲美，再偉大再清高紳士淑女，都離不開的。

黛玉因看見寶玉左邊腮上有鈕扣大小的一塊血漬，便欠身湊近前來，以手撫之細看，又道：「這又是誰的指甲刮破了？」寶玉側身，一面躲，一面笑道：「不是刮的，只怕是剛替他們淘澄胭脂膏子，濺上了一點兒。」說着，便找手帕子要揩拭。黛玉便用自己的帕子替他揩拭了，口內說道：「你又幹這些事了。幹也罷了，必定還要帶出幌子來，便是舅舅看不見，別人看見了，又當奇事新鮮話兒去學舌討好，吹到舅舅耳朵裡，又大家不乾淨惹氣。」

寶玉總未聽見這些話，只聞的一股幽香，卻是從黛玉袖中發出，聞之令人醉魂酥骨。寶玉一把便將黛玉的衣袖拉住，要瞧籠着何物。黛玉笑道：「這等時候，誰帶什麼香呢。」寶玉笑道：「既如此，這香是那裡來的？」黛玉道：「連我也不知道，想必是櫃子裡頭的香氣，衣服上熏染的也未可知。」寶玉搖頭道：「未必。這香的氣味奇怪，不是那些香餅子、香球子、香袋子的香。」黛玉冷笑道：「難道我也有什麼羅漢真人給我些奇香不成？便是得了奇香，也沒有親哥哥、親

寶釵的香味是人為的，巧配的。黛玉的香是天然的，原生的。誰能勝得過誰呢？

兄弟弄了花兒、朵兒、霜兒、雪兒替我炮製。我有的是那些俗香罷了。」

寶玉笑道：「凡我說一句，你就拉上這些，不給你個利害，也不知道，從今兒可不饒你了。」說着，翻身起來，將兩隻手呵了兩口，便伸向黛玉膈肢窩內兩脅下亂撓。黛玉素性觸癢不禁，寶玉兩手伸來亂撓，便笑的喘不過氣來，口裡說：「寶玉！你再鬧，我就惱了。」寶玉方住了手，笑問道：「你還說這些不說了？」黛玉笑道：「再不敢了。」一面理鬢，笑道：「我有奇香，你有暖香沒有？」

寶玉見問，一時解不來，因問：「什麼暖香？」黛玉點頭笑嘆道：「蠢才，蠢才！你有玉，人家就有金來配你；人家有冷香，你就沒有暖香去配？」寶玉方聽出來。寶玉笑道：「方才求饒，如今更說狠了。」說着，又去伸手。黛玉忙笑道：「好哥哥，我可不敢了。」寶玉笑道：「饒便饒你，只把袖子我聞一聞。」說着，便拉了袖子籠在面上，聞個不住。黛玉奪了手道：「這可該去了。」寶玉笑道：「要去不能，咱們斯斯文文的躺着說話兒。」說着，復又倒下。黛玉也倒下，用手帕蓋上臉，寶玉有一搭沒一搭的說些鬼話，黛玉只不理。寶玉問他幾歲上京，路上見何景致古跡，揚州有何遺跡故事，土俗民風。黛玉只不答。

寶玉只怕他睡出病來，便哄他道：「噯喲！你們揚州衙門裡有一件大故事，你可知道？」黛玉見他說的鄭重，又且正言厲色，只當是真事，便問：「什麼事？」寶玉見問，便忍着笑，順口謅道：「揚州有一座黛山，山上有個林子洞。」黛玉笑道：「這就扯謊，自來也沒有聽見這山。」寶玉道：「天下山水多着呢，

不忿之心，一直使黛玉不愉快。

天真可以諒解一切。如果不是兩孩子，這種舉止，就涉嫌不堪了。

你那裡知道這些不成。等我說完了，你再批評。」黛玉道：「你且說。」寶玉又謅道：「林子洞裡原來有一群耗子精。那一年臘月初七日，老耗子升座議事，說：『明日乃是臘八日，世上人都熬臘八粥。如今我們洞中果品短少，須得趁此打劫些來方好。』乃拔令箭一支，遣一能幹小耗前去打聽。一時小耗回報：『各處察訪打聽已畢，惟有山下廟裡果米最多。』老耗問：『米有幾樣？果有幾品？』小耗道：『米豆成倉，不可勝記。果品有五種：一紅棗，二栗子，三落花生，四菱角，五香芋。』老耗聽了大喜，即時點耗前去。乃拔令箭問：『誰去偷米？』一耗便接令去偷米。又拔令箭問：『誰去偷豆？』又一耗接令去偷豆。然後一一的都各領令去了。只剩香芋一種，因又拔令箭問：『誰去偷香芋？』只見一個極小極弱的小耗應道：『我願去偷香芋。』老耗並眾耗見他這樣，恐不諳練，又恐怯懦無力，都不准他去。小耗道：『我雖年小身弱，卻是法術無邊，口齒伶俐，機謀深遠，此去管比他們偷得還巧呢。』眾耗忙問：『如何得比他們巧呢？』小耗道：『我不學他們直偷。我只搖身一變，也變成個香芋，滾在香芋堆裡，使人看不出，聽不見，卻暗暗的用分身法搬運，漸漸的就搬運盡了，豈不比直偷硬取的巧些？』眾耗聽了，都道：『妙卻妙，只是不知怎麼個變法，你去先變個我們瞧瞧。』小耗聽了，笑道：『這個不難，等我變來。』說畢，搖身說『變』，竟變了一個最標緻美貌的一位小姐。眾耗忙笑道：『變錯了，變錯了。原說變果子的，如何變出小姐來？』小耗現形笑道：『我說你們沒見世面，只認得這果子是香芋，

熬臘八粥的風俗由來已久。中華粥文化，源遠流長。

＊在寶黛的相愛相處中，靜日玉生香一節十分愉快、放鬆，簡直兩個孩子進入了自由王國，無差別境界，獲得的是天真爛漫而又相親相愛的高峰體驗。嗟乎，寶黛相處中，這種局面何其短暫，何其稀少！而猜疑、隔膜、嫉妒、陰影又何其多也。人生能有幾許天真？人生能有幾次笑？能有幾次與異性伴侶的孩子式的混鬧？也是一種「反璞歸真」。

卻不知鹽課林老爺的小姐才是真正的香玉呢。』」

黛玉聽了，翻身爬起來，按着寶玉笑道：「我把你爛了嘴的！我就知道你是編我呢。」說着，便擰的寶玉連連央告：「好妹妹，饒我罷，再不敢了！我因為聞見你的香氣，忽然想起這個故典來。」黛玉笑道：「饒罵了人，還說是故典呢。」

一語未了，只見寶釵走來，笑問：「誰說故典呢？我也聽聽。」黛玉忙讓坐，笑道：「你瞧瞧，還有誰！他饒罵了人，還說是故典。」寶釵笑道：「原來是寶兄弟，怪不得他，他肚子裡的故典原多。只是可惜一件，凡該用故典之時，他偏就忘了。有今日記得的，前兒夜裡的芭蕉詩就該記得。眼面前的倒想不起來，見別人冷的那樣，他急的只出汗。這會子偏又有記性了。」黛玉聽了，笑道：「阿彌陀佛！到底是我的好姐姐，你一般也遇見對子了。可知一報還一報，不爽不錯的。」剛說到這裡，只聽寶玉房中一片聲吵嚷起來。

未知何事，下回分解。

善於守拙的寶釵，這話卻居功優越一番。僅僅是一笑嗎？

1 **《丁郎認父》**：戲文為明代高中舉、丁郎父子悲歡離合的故事。

2 **《黃伯央大擺陰魂陣》**：戲文為春秋時燕國樂毅的師傅黃伯央擺迷魂陣圍困齊國孫臏的故事。

3 **《孫行者大鬧天宮》**：戲文為《西遊記》故事。

4 **《姜太公斬將封神》**：戲文為《封神演義》故事。

5 **卍字花樣**：「卍」是梵字，意同「萬」，為一種吉祥符號。

6 **花子**：即「拍花的」，指專門誘拐兒童的拐子。

7 **香餅兒**：用香料研細製成餅狀，可佩帶，也可入爐焚燒。

8 **阿物兒**：猶如「東西」、「玩意兒」，含有蔑視之意。「什麼阿物兒」如同說「什麼玩意兒」。

9 **妝狐媚子**：因狐狸善用媚態迷人，比喻獻媚討好。

10 **家生子兒**：家奴所生的子女，一出生就是奴僕的身份，謂之「家生子」。

11 **祿蠹**：先秦韓非子提出五種於國有害的人，稱為「五蠹」。這裡借用韓非子的說法，把追求功名利祿的人也算作一害，稱為「祿蠹」。

12 **明明德**：語出《大學》「大學之道，在明明德」。這裡代指《大學》等書。

第二十回 王熙鳳正言彈妒意 林黛玉俏語謔嬌音

話說寶玉在林黛玉房中說「耗子精」，寶釵撞來，諷刺寶玉元宵不知「綠蠟」之典，三人正在房中互相譏刺取笑，那寶玉正恐黛玉飯後貪眠，一時存了食，或夜間走了睏，皆非保養身體之法，幸而寶釵走來，大家談笑，那林黛玉方不欲睡，自己才放了心。忽聽他房中嚷起來，大家側耳聽了一聽，林黛玉先笑道：「這是你媽媽和襲人叫喚呢。那襲人待他也罷了，你媽媽再要認真排揚他，可見老背晦了。」

即使是小心眼的黛玉以及有城府的寶釵，也知道諷刺，譏刺並非定是惡意，也有「互相譏刺取笑」的幽默感。如今的某些人，莫非狹於黛而深於釵乎？

寶玉忙欲趕過去。寶釵一把拉住道：「你別和你媽媽吵才是，他老糊塗了，倒要讓他一步為是。」寶玉道：「我知道了。」說畢走來，只見李嬤嬤拄着拐杖，在當地罵襲人：「忘了本的小娼婦，我抬舉你起來，這會子我來了，你大模大樣的躺在炕上，見我也不理一理，一心只想妝狐媚子哄寶玉，哄的寶玉不理我，只聽你們的話。你不過是幾兩銀子買來的毛丫頭，這屋裡你就作耗，如何使得！好不好拉出去配一個小子，看你還妖精似的哄人不哄！」襲人先只道李嬤嬤不過為他躺着生氣，少不得分辯說「病了，才出汗，蒙着頭，原沒看見你老人家。」後來，

報昨日吃酥酪面上無光之仇。

襲人頭一天正氣凜然、頭頭是道地教育寶玉，委曲求全地維護大局，十分成功。越是成功越難逃一罵。李嬤嬤罵襲人是必然的——關鍵是襲人佔據了李嬤嬤自認為自己這個功臣應該佔據的位置。再說李是老經驗，說不定掌握了她與寶玉初試雲雨情的蛛絲馬跡。

聽見他說「哄寶玉」，又說「配小子」，由不得又羞又委屈，禁不住哭起來了。

寶玉雖聽了這些話，也不好怎樣，少不得替他分辯：病了吃藥，又說：「你不信，只問別的丫頭們。」李嬤嬤聽了這話，越發氣起來了，說道：「你只護着那起狐狸，那裡還認得我了，叫我問誰去？誰不幫着你呢，誰不是襲人拿下馬來的！我都知道那些事，我只和你在老太太、太太跟前去講，把你奶了這麼大，到如今吃不着奶了，把我丟在一旁，逞丫頭們要我的強。」一面說，一面也哭起來。彼時黛玉寶釵等也走過來勸道：「媽媽，你老人家擔待他們些就完了。」李嬤嬤見他二人來了，便訴委曲，將當日吃茶，茜雪出去，與昨日酥酪等事，嘮嘮叨叨說個不了。

可巧鳳姐正在上房算了輸贏賬，聽得後面一片聲嚷動，便知是李嬤嬤老病發了，排揎寶玉的人，——正值他今兒輸了錢，遷怒於人。便連忙趕過來，拉了李嬤嬤笑道：「媽媽別生氣。大節下，老太太剛喜歡了一日，你是個老人家，別人吵嚷，還要你管他們才是；難道你反不知規矩，在這裡嚷起來，叫老太太生氣不成？你說誰不好，我替你打他。我家裡燒的滾熱的野雞，快跟我來吃酒去。」一面說，一面拉着走，又叫：「豐兒，替你李奶奶拿着拐棍子，擦眼淚的手帕子。」那李嬤嬤腳不沾地跟了鳳姐兒走了，一面還說：「我也不要這老命了，索性今兒沒了規矩，鬧一場子，討個沒臉，強似受那娼婦的氣！」後面寶釵黛玉見鳳姐兒這般，都拍手笑道：「虧他這一陣風來，

果然，抖露出了要害。拿下馬與「那些事」，別以為「老背晦」是好惹的。沒有這點老本，不會敢於責備寶玉的。

不同性質的矛盾，用不同的方法解決。

李嬤嬤硬是不知己醜。

*李嬤嬤如此可厭，居然暢通無阻。一、有老本可吃。主子吃過她的奶，她有伴主的威風或功績。二、她責難狐狸精，隱含着防淫防妖（精）的好意，不准寶玉吃酒，也有理。大方向還是對的，自以為是正確的。三、倚老賣老，人人讓三分，這也是道德傳統。

把個老婆子撮了去。」

寶玉點頭嘆道：「這又不知是那裡的賬，只揀軟的欺侮。又不知是那個姑娘得罪了，上在他賬上。」一句未完，晴雯在旁說道：「誰又不瘋了，得罪他做什麼。便得罪了他，就有本事承認，不犯着帶累別人。」襲人一面哭，一面拉着寶玉道：「為我得罪了一個老奶奶，你這會子又為我得罪這些人，這還不夠我受的，還只是拉別人。」寶玉見他這般病勢，又添了這些煩惱，連忙忍氣吞聲，安慰他仍舊睡下出汗。又見他湯燒火熱，自己守着他，歪在旁邊，勸他只養着病，別想那些沒要緊的事生氣。襲人冷笑道：「要為這些事生氣，屋裡一刻還留得了？但只是天長日久只管如此吵鬧，可叫人怎麼樣過呢。你只顧一時為我們得罪了人，他們都記在心裡，遇着坎兒，說的好說不好聽，大家什麼意思。」一面說，一面禁不住流淚，又怕寶玉煩惱，只得又勉強忍着。

一時雜使的老婆子端了二和藥[1]來。寶玉見他才有汗意，不叫他起來，便自己端着與他就枕上吃了，即令小丫鬟們鋪炕。襲人道：「你吃飯不吃飯，到底老太太、太太跟前坐一會子，和姑娘們頑一會子再回來。我就靜靜的躺一躺也好。」寶玉聽說，只得依他去了簪環，看他躺下，自往上房來，同賈母吃飯。飯畢，賈母猶欲同那幾個老當家的嬤嬤鬥牌，寶玉記着襲人，便回至房中，見襲人朦朧睡去。自己要睡，天氣尚早。彼時晴雯、綺霞、秋紋、碧痕都尋熱鬧，找鴛鴦、琥珀等耍戲去了。見麝月一人在外間房裡燈下抹骨牌。寶玉笑道：「你怎麼不同他

晴雯插話及時必要。李嬤嬤「誰不是襲人拿下馬的」的詰問，並非沒有效果。勿以為話有大用，勿以為話無用，尤其是符合事實的話。

不把自己當外人，經過初試雲雨，又經過良宵花解語，似已覺得寶玉屬於自己了。

「他們」云云，襲人很明白自己由於受到寶玉的殊寵而處於與眾人對立的地位。她的成功就是她的孤立的根源。

知止而後有定，並不沒完沒了地向寶玉索取（關懷）。

們去？」麝月道：「沒有錢。」寶玉道：「床底下堆着那些，還不夠你輸的？」麝月道：「都頑去了，這屋子交給誰呢？那一個又病了，滿屋裡上頭是燈，下頭是火，那些老婆子們都老天拔地[2]伏侍了一天，也該叫他歇歇；小丫頭們也伏侍了一天，這會子還不叫他們頑頑去。所以我在這裡看着。」

寶玉聽了這話，公然又是一個襲人。因笑道：「我在這裡坐着，你放心去罷。」麝月道：「你既在這裡，越發不用去了，咱們兩個說話頑笑豈不好？」寶玉道：「咱們兩個做什麼呢？怪沒意思的。也罷了，早上你說頭癢，這會子沒什麼事，我替你篦頭罷。」麝月聽了，便道：「就是這樣。」說着，將文具鏡匣搬將來，卸去釵釧，打開頭髮，寶玉拿了篦子，替他一一梳篦。只篦了三五下，見晴雯忙忙走進來取錢。一見他兩個，便冷笑道：「哦，交杯盞[3]還沒吃，倒上了頭[4]了！」寶玉笑道：「你來，我也替你篦一篦。」晴雯道：「我沒這麼樣大福。」說着，拿了錢，便摔了簾子出去了。

寶玉在麝月身後，麝月對鏡，二人在鏡內相視。寶玉便向鏡內笑道：「滿屋裡就只他磨牙。」麝月聽說，忙向鏡中擺手，寶玉會意。忽聽唿一聲簾子響，晴雯又跑進來，問道：「我怎麼磨牙了，咱們倒得說說。」麝月笑道：「你去你的罷，何苦來問人了。」晴雯笑道：「你又護着。你們那瞞神弄鬼的，我都知道，等我撈回本兒來再說話。」說着，一徑出去了。這裡寶玉通了頭，命麝月悄悄的伏侍他睡下，不肯驚動襲人。一宿無話。

你享得了襲人之福嗎？

這話極幽默，令人哭笑不得。並非隨機之回答。博愛多勞。

雖是逗嘴，反映了眾女爭春爭寵的大好（危險）局面。即使同為爭寵而處於屈辱地位也罷，各人性格不同，路數不同，格調不同，未免難壞了令某些讀者羨煞的寶玉。

次日清晨起來，襲人已是夜間發了汗，覺得輕省了些，只吃些米湯靜養。寶玉放了心，因飯後走到薛姨媽這邊來閒逛。彼時正月內，學房中放年學，閨閣中忌針黹，都是閒時。因賈環也過來頑，正遇見寶釵、香菱、鶯兒三個趕圍棋作耍。賈環見了也要頑。寶釵素昔看他也如寶玉，並沒他意，今兒聽他要玩，讓他上來，坐了一處頑。一磊十個錢，頭一回自己贏了，心中十分歡喜。誰知後來接連輸了幾盤，便有些着急，趕着這盤正該自己擲骰子，若擲個七點便贏，若擲個六點，下該鶯兒擲三點就贏了。因拿起骰子來，狠命一擲，一個坐定了五，那一個亂轉。鶯兒拍着手只叫「幺」，賈環便瞪着眼，「六、七、八」混叫。那骰子偏生轉出幺來。賈環急了，伸手便抓起骰子，然後就拿錢，說是個六點。鶯兒便說：「分明是個幺！」寶釵見賈環急了，便瞅鶯兒說道：「越大越沒規矩，難道爺們還賴你？還不放下錢來！」鶯兒滿心委曲，見寶釵說，不敢出聲，只得放下錢來，口內嘟囔說：「一個做爺的，還賴我們這幾個錢，連我也不放在眼裡。前兒和寶二爺頑，他輸了那些，也沒着急。下剩的錢，還是幾個小丫頭子們一搶，他一笑就罷了。」寶釵不等說完，連忙喝住了。賈環道：「我拿什麼比寶玉。你們怕他，都和他好，都欺侮我不是太太養的。」說着便哭。寶釵忙勸他：「好兄弟，快別說這話，人家笑話你。」又罵鶯兒。

賴皮性格者定不能公平遊戲——「費厄潑賴」(Fair Play)。

誰沒規矩？沒有規則怎麼遊戲？要面子還是要規則呢？

賈環直奔主題，專提不開的壺，使別人原不這樣想的也終於這樣想起來。怎麼可以蠢到這種匪夷所思的境地？

正值寶玉走來，見了這般情形，問是怎麼了。賈環不敢則聲。寶釵素知他家規矩，凡做兄弟的，怕哥哥。卻不知那寶玉是不要人怕他的。他想着：「兄弟們一並都有父母教訓，何必我多事，反生疏了。況且我是正出，他是庶出，饒這樣看待，還有人背後談論，還禁得轄治他了。」更有個呆意思存在心裡，你道是何呆意？因他自幼姐妹叢中長大，親姊妹有元春、探春，叔伯的有迎春、惜春，親戚中又有史湘雲、林黛玉、薛寶釵等人。他便料定，天地靈淑之氣只鍾於女子，男兒們不過是些渣滓濁沫而已。因此把一切男子都看成濁物，可有可無。只是父親伯叔兄弟之倫，因是聖人遺訓，不敢違忤，只得聽他幾句。所以，弟兄之間，不過盡其大概的情理就罷了。並不想自己是男子，須要為子弟之表率，是以賈環等都不怕他，卻怕賈母，才讓他三分。現今寶釵生怕寶玉教訓他，倒沒意思，便連忙替賈環掩飾。寶玉道：「大正月裡哭什麼？這裡不好，到別處頑去。你天天唸書，倒唸糊塗了。比如這件東西不好，橫豎那一件好，就捨了這件取那件。難道你守着這件東西哭會子就好了不成？你原來是取樂的，倒招的自己煩惱，不如快去呢。」賈環聽了，只得回來。

替賈環着想，誰養的這個問題最好淡而化之，有賈政做老子，心虛什麼？

說了半天，雖不要人怕他仍是有兄長之風，說到他自己，怕是沒有這樣瀟灑。

趙姨娘見他這般，因問：「是那裡墊了踹窩[5]來了？」賈環便說：「同寶姐姐頑來着，鶯兒欺侮我，賴我的錢，寶玉哥哥攆我來了。」趙姨娘啐道：「誰叫你上高台盤了？下流沒臉的東西！那裡頑不得？誰叫你跑了去討這沒意思！」

趙姨娘一張口就出水平，出風格，出故事。一件小事，罵到了「綱」上了。小題大作，激化矛盾，固趙姨娘之特色也。

正說着，可巧鳳姐在窗外過，都聽在耳內，便隔窗說道：「大正月裡怎麼了？

兄弟們小孩子家，一半點兒錯了，你只教導他，說這樣話做什麼！憑他怎麼去，還有太太、老爺管他呢，就大口家啐他！他現是主子，不好，橫竪有教導他的人，與你什麼相干！環兄弟，出來，跟我頑去。」賈環素日怕鳳姐比怕王夫人更甚，聽見叫他，忙的出來。趙姨娘也不敢出聲。鳳姐向賈環說道：「你也是個沒性氣的東西！時常說給你：要吃，要喝，要頑，要笑，你愛同那一個姐姐妹妹哥哥嫂子頑，就同那個頑。你總不聽我的話，反教這些人教的歪心邪意，狐媚子霸道的。自己又不尊重，要往下流裡走，安着壞心，還只怨人家偏心呢。輸了幾個錢？就這麼樣兒！」因問賈環：「你輸了多少錢？」賈環見問，只得諾諾的說道：「輸了一二百錢。」鳳姐道：「虧你還是爺們，輸了一二百錢就這樣！」回頭叫：「豐兒，去取一吊錢來，姑娘們都在後頭頑呢，把他送了頑去。——你明兒再這樣下流狐媚子，我先打了你，再叫人告訴學裡，皮不揭了你的！為你這不尊重，你哥哥恨得牙癢癢，不是我攔着，窩心脚把你的腸子窩出來呢。」喝令：「去罷！」賈環諾諾的跟了豐兒，得了錢，自去和迎春等頑去，不在話下。

鳳姐也是一句話捅到主奴身份有別的要害穴位上，也算是殺人不見血！話恁狠！

當然。

趙姨娘安得不將鳳姐恨之入骨。鳳姐對她是一味鎮壓，不留餘地。

且說寶玉正和寶釵頑笑，忽見人說：「史大姑娘來了。」寶玉聽了，抬身就走。寶釵笑道：「等着，咱們兩個一齊走，瞧瞧他去。」說着，下了炕，同寶玉來至賈母這邊。只見史湘雲大笑大說的，見了他兩個，忙問好廝見。正值林黛玉在旁，因問寶玉：「在那裡來？」寶玉便說：「在寶姐姐家來。」黛玉冷笑道：

「我説呢，虧在那裡絆住，不然早就飛了來了。」寶玉道：「只許同你頑，替你解悶兒。不過偶然去他那裡一遭，就説這話。」黛玉道：「好沒意思的話！去不去管我什麼事，又沒叫你替我解悶兒。可許你從此不理我呢！」説着，便賭氣回房去了。

寶玉忙跟了來，問道：「好好的，又生氣了，就是我説錯句話，你到底也還坐在那裡，和別人説笑一會子，又自己來納悶。」黛玉道：「你管我呢！」寶玉笑道：「我自然不敢管你，只是你自己作踐了身子呢。」黛玉道：「我作踐了我的身子，我死我的，與你何干！」寶玉道：「何苦來，大正月裡，死了活了的。」黛玉道：「偏説死！我這會子就死！你怕死，你長命百歲的，何如？」寶玉笑道：「要像只管這樣的鬧，我還怕死呢？倒不如死了乾淨。」黛玉忙道：「正是了，要是這樣鬧，不如死了乾淨。」寶玉道：「我説自家死了乾淨，別錯聽了話，賴人。」正説着，寶釵走來説：「史大妹妹等你呢。」説着，便推寶玉走了。這裡黛玉越發氣悶，只向窗前流淚。

沒兩盞茶時，寶玉仍來了。黛玉見了，越發抽抽噎噎的哭個不住。寶玉見了這樣，知難挽回，打疊起千百樣的款語温言來勸慰，不料自己未張口，只聽黛玉先説道：「你又來作什麼，死活憑我去罷了，橫豎如今有人和你頑耍，比我又會唸，又會作，又會寫，又會説笑，又怕你生氣，拉了你去，你又來作什麼？」寶玉聽了，忙上前悄悄的説道：「你這個明白人，難道連『親不間疏，後不僭先』

一句話半句話引起口角，口角內容無謂，但一下子就「死了活了的」，如此嚴重，實際反映與寶玉的情感關係已帶有生死攸關的性質了。

吵得可笑，可嘆，可憐。寶釵素來是統籌兼顧方方面面的，如何能不管黛玉，推着寶玉便走？

或謂，寶釵知道（聽見了）二人正在吵，吵的高潮中拉走一方，脫離接觸，是恢復冷靜的唯一辦法。

或謂，寶釵這樣，是「救」了寶玉，寶玉自會感激她的吧？推寶玉走前至少應禮貌性地向黛玉做一個交待或撫慰。

也不知道？我雖糊塗，卻明白這兩句話。頭一件，咱們是姑舅姊妹，寶姐姐是兩姨姊妹，論親戚，他比你疏；第二件，你先來，咱們兩個一桌吃，一床睡，自小兒一處長大的，他是才來的，豈有個為他疏你的？」黛玉啐道：「我難道叫你疏他？我成了什麼人了呢！我為的是我的心。」寶玉道：「我也為的是我的心。難道你就知道你的心，絕不知道我的心不成？」黛玉聽了，低頭不語，半日說道：「你只怨人行動嗔怪你了，你再不知道你自己慪人難受。就拿今日天氣比，分明今兒冷些，怎麼你倒脫了青肷[6]披風呢？」寶玉笑道：「何嘗不穿着，見你一惱，我一暴燥就脫了。」黛玉嘆道：「回來傷了風，又該餓着吵吃的了。」

二人正說着，只見湘雲走來，笑道：「愛哥哥，林姐姐，你們天天一處頑，我好容易來了，也不理我一理兒。」黛玉笑道：「偏是咬舌子愛說話，連個『二』哥哥也叫不上來，只是『愛』哥哥『愛』哥哥的。回來趕圍棋兒，又該你鬧『么愛三』了。」寶玉笑道：「你學慣了，明兒連你還咬起來呢。」湘雲道：「他再不放人一點兒，專挑人的不是。你自己便比世人好，也不犯着見一個打趣一個。我指出一個人來，你敢挑他麼，我就服你。」黛玉便問：「是誰？」湘雲道：「你敢挑寶姐姐的短處，就算你是個好的。」黛玉聽了，冷笑道：「我當是誰，原來是他！我那裡敢挑他呢。」寶玉不等說完，忙用

*「妒意」云云，是「紅」的人物行事的一個重要因素，是事件發展的一個重要動力能源。鳳姐「妒」到了平兒為掩護她而造出來的香菱身上（見前）。李嬤嬤妒到襲人身上。晴雯妒到襲人、麝月身上。趙姨娘、賈環妒寶玉，又受到鳳姐鎮壓，壓的結果只能是越發妒。林黛玉妒寶釵。湘雲的天真中似略有妒黛玉之意。賈寶玉越是博施所愛，四面打躬，委曲求全，就越是四面楚歌。誰讓他成為眾女性的目光的聚焦點呢？確實很難把

只得這樣言不及義地論述，令後人替他急。

這個邏輯是講不清楚的，因為這根本不是一個邏輯論證的問題。黛玉對寶釵有一種嫉妒，也有一種提防，每每向寶玉流露。至於說要「疏」誰，她確實未曾這樣想過。那麼她到底要什麼呢？要寶玉的心。怎麼個「心」法呢？這就更弄不清楚也無法面對的了。

雨過天晴。

說笑，打趣，逗嘴，惱了，好了……本身沒有多少意義也罷，卻為青春的天真無邪、親密無間的善意所照耀，變得生氣灌注，活靈活現，無慮無憂。多麼美好的青春年華！多麼美好的青春友誼！多麼難忘的畢竟是單純透亮的歲月！

當這些都一去不復返後，回溯寫之，能不涕零於玩笑之中！

這當然只是湘雲的即興發揮的玩笑，但仍然令讀者笑不出來。是啊，她們誰知道誰的夫君將會是什麼樣子，說話咬不咬舌子呢？她們自己

話岔開。湘雲笑道：「這一輩子我自然比不上你。我只保佑着明兒得一個咬舌兒林姐夫，時時刻刻你可聽『愛』呀『厄』的去。阿彌陀佛！那時才現在我眼裡呢！」說的眾人一笑，湘雲忙回身跑了。要知端詳，且聽下回分解。

的命運，是自己做不了主的啊。

焉知這玩笑沒觸及（不僅是黛玉的）痛處？

愛與妒截然分開。也很難斷然判定愛美妒醜。感情的辨析是困難的。「紅」裡的感情關係，真是「剪不斷，理還亂」呀。

1 **二和藥：**中醫湯劑的服法，指同劑的二煎。

2 **老天拔地：**長時間辛辛苦苦的樣子。

3 **交杯盞：**舊時婚禮儀式。新婚夫婦交換酒杯飲酒，叫「飲交杯酒」。

4 **上了頭：**舊時女子出嫁改梳髮髻謂「上頭」。

5 **墊了踹窩：**「踹窩」是路上被踩出的小坑。「墊了踹窩」意為被人欺負，被人踐踏，供人泄忿。

6 **青賺：**青狐腋下皮毛。

第二十一回 賢襲人嬌嗔箴寶玉 俏平兒軟語救賈璉

話說史湘雲跑了出來，怕林黛玉趕上，寶玉在後忙說：「絆倒了！那裡就趕上了。」林黛玉趕到門前，被寶玉叉手在門框上攔住，笑道：「饒他這一遭兒罷。」林黛玉拉着手說道：「我要饒了雲兒，再不活着！」湘雲見寶玉攔着門，料黛玉不能出來，便立住腳笑道：「好姐姐，饒我這遭兒罷。」卻值寶釵來在湘雲身背後，也笑道：「我勸你兩個看寶兄弟面上，都丟開手罷。」黛玉道：「我不依，你們是一氣的，都戲弄我，不成！」寶玉勸道：「誰敢戲弄你，你不打趣他，他焉敢說你。」四人正難分解，有人來請吃飯，方往前邊來。那天已掌燈時分，王夫人、李紈、鳳姐、迎春、探春、惜春姊妹等都往賈母這邊來，大家閒話了一回，各自歸寢。湘雲仍往黛玉房中安歇。

寶玉送他二人到房，那天已二更多時，襲人來催了幾次，方回自己房中來睡。次早天方明時，便披衣靸鞋往黛玉房中來，卻不見紫鵑、翠縷二人，只有他姊妹兩個尚臥在衾內。那黛玉嚴嚴密密裹着一幅杏子紅綾被，安穩合目而睡。那史湘雲卻一把青絲拖於枕畔，被只齊胸，一彎雪白的膀子撂於被外，又帶着兩個金鐲

既然管理也是服務，那麼，服務也是管理。在管理寶玉的起居方面，襲人這位大服務員領班，不是當仁不讓、從嚴治玉的嗎？

子。寶玉見了，嘆道：「睡覺還是不老實！回來風吹了，又嚷肩窩疼了。」一面說，一面輕輕的替他蓋上。林黛玉早已醒了，覺得有人，就猜着定是寶玉，因翻身一看，果不出所料，因說道：「這早晚[1]就跑過來作什麼？」寶玉道：「這早晚還早呢！你起來瞧瞧。」黛玉道：「你先出去，讓我們起來。」寶玉出至外間。

黛玉起來叫醒湘雲，二人都穿了衣裳。寶玉復又進來，坐在鏡台旁邊，只見紫鵑、雪雁進來伏侍梳洗。湘雲洗了臉，翠縷便拿殘水要潑，寶玉道：「站着，我趁勢洗了就完了，省得又過去費事。」說着，便走過來彎腰洗了兩把。紫鵑遞過香皂去。寶玉道：「這盆裡就不少，不用搓了。」再洗了兩把，便要手巾。翠縷道：「還是這個毛病兒，多早晚才改呢。」寶玉也不理他，忙忙的要青鹽擦了牙，漱了口，完畢，見湘雲已梳完了頭，便走過來笑道：「好妹妹，替我梳上頭。」湘雲道：「這可不能了。」寶玉笑道：「好妹妹，你先時怎麼替我梳了呢？」湘雲道：「如今我忘了，怎麼梳呢？」寶玉道：「橫豎我不出門，又不戴冠子、勒子，不過打幾根辮子就完了。」說着，又千妹妹萬妹妹的央告。湘雲只得扶過他的頭來，一一梳篦，在家不戴冠子，並不總角，只將四圍短髮編成小辮，往頂心髮上歸了總，編一根大辮，紅條結住，自髮頂至辮梢一路四顆珍珠，下面有金墜腳。湘雲一面編着，一面說道：「這珠子只三顆了，這一顆不是的，我記得是一樣的，怎麼少了一顆？」寶玉道：「丟了一顆。」湘雲道：「必定是外頭去掉下來，不防被人揀了去，倒便宜他。」黛玉旁邊冷笑道：「也不知是真丟，也不知

又體貼上了。見一個體貼一個，倒也難得。

如果說寶玉有某些色情狂的表現，並不過分，也不是糟踐了他。只是由於他天真，止於親昵體貼，故亦引不起太大的反感。

已有香皂，未有牙膏牙粉。

跟史湘雲又糾纏上了。也確實可以說是不肖——沒出息。

是給了人鑲什麼戴去了。」寶玉不答。因鏡台兩邊都是妝奩等物，順手拿起來賞玩，不覺順手拈了胭脂，意欲往口邊送，又怕湘雲說。正猶豫間，湘雲在身後伸過手來，「啪」的一下，將胭脂從他手中打落，說道：「不長進的毛病兒，多早晚才改！」

一語未了，只見襲人進來，見這光景，知是梳洗過了，只得回來自己梳洗。忽見寶釵走來，因問：「寶兄弟那裡去了？」襲人冷笑道：「寶兄弟那裡還有在家的工夫！」寶釵聽說，心中明白。又聽襲人嘆道：「姊妹們和氣，也有個分寸禮節，也沒個黑家白日鬧的，憑人怎麼勸，都是耳旁風。」寶釵聽了，心中暗忖道：「倒別看錯了這個丫頭，聽他說話，倒有些識見。」寶釵便在炕上坐了，慢慢的閒言中套問他年紀家鄉等語，窺察其言語志量，深可敬愛。

一時寶玉來了，寶釵方出去。寶玉便問襲人：「怎麼寶姐姐和你說的這麼熱鬧，見我進來就跑了？」問一聲不答，再問時，襲人方道：「你問我麼？我那裡知道你們的原故。」寶玉聽了這話，見他臉上氣色非往日可比，便笑道：「怎麼又動了真氣了？」襲人冷笑道：「我那裡敢動氣，只是你從今別進這屋子了，橫豎有人伏侍你，再不必來支使我，我仍舊還伏侍老太太去。」一面說，一面便在炕上合眼倒下。寶玉見了這般景況，深為駭異，禁不住趕來勸慰。那襲人只管合着眼不理。寶玉無了主意，因見麝月進來，便問道：「你姐姐怎麼了？」麝月道：「我知道麼？問你自己便明白了。」寶玉聽說，呆了一回，自覺無趣，便起身嘆

寶玉不答，因黛玉說得正對。此公案存而不論。

主子之間互妒，奴婢之間也互妒。襲人更妒到了湘雲身上，並講出了一番大道理，道理不講給別人而講給寶釵，自非偶然。

此是襲投靠釵，釵器重襲，釵襲結盟的開端。

一個丫頭，能使城府如寶釵者感到「深可敬愛」，容易嗎？

一次又一次地主動降服寶玉。這確是女性的本事。

讀者初也駭異，繼而明白，此勢已成，寶玉離不開襲人，已是定勢。

不知與前述襲人投靠寶釵成功有無關係。有了

*襲人處事，本來是夠忍讓的。對寶玉卻是當仁不讓。

第一，寶玉是否接受她的壟斷性服務，是頭等大事，關係到她的命運，不能讓。

第二，她自信寶玉離不開她，這是既成事實，既定態勢，既有格局。

第三，她自認為自己是代表正確的方面、道德的方面，她的告誡符合正統，符合賈政、王夫人的意圖。她決不能對寶玉與眾姐妹的混鬧置之不理。

第四，她確實也「愛」寶玉。愛不但可以生發出

道：「不理我罷，我也睡去。」說着，便起身下炕，到自己床上睡下。襲人聽他半日無動靜，微微的打鼾，料他睡着，便起來拿一領斗篷來替他蓋上。只聽「忽」的一聲，寶玉便掀過去，仍合目裝睡。襲人明知其意，便點頭冷笑道：「你也不用生氣，從此後我也只當啞了，再不說你一聲，何如？」寶玉禁不住，起身問道：「我又怎麼了？你又勸我。你勸也罷了，剛才又沒勸，我一進來你就不理我，賭氣睡了。我還摸不着是為什麼，這會子你又說我惱了。我何嘗聽見你勸我的是什麼話兒。」襲人道：「你心裡還不明白，還等我說呢！」

正鬧着，賈母遣人來叫他吃飯，方往前邊來，胡亂吃了幾碗飯，仍回至自己房中，只見襲人睡在外頭炕上，麝月在旁抹骨牌。寶玉素知麝月與襲人親厚，一並連麝月也不理，揭起軟簾自往裡間來。麝月只得跟進來。寶玉便推他出去，說：「不敢驚動你們。」麝月只得笑着出來，喚兩個小丫頭進來。寶玉拿一本書歪着看了半天，因要茶，抬頭只見兩個小丫頭在地下站着。一個大些的生得十分清秀，寶玉便問：「你叫什麼名字？」那丫頭答道：「叫『蕙香』。」寶玉又問：「是誰起的這個名字？」蕙香道：「我原叫芸香，是花大姐姐改的。」寶玉道：「正經該叫『晦氣』罷咧，什麼蕙香呢。」又問：「你姊妹幾個？」蕙香道：「四個。」寶玉道：「你第幾個？」蕙香道：「第四。」寶玉道：「明日就叫『四兒』，不必什麼蕙香蘭氣的，那一個配比這

寶釵的理解與含蓄的支持（釵深深敬愛，襲能不知麼？），襲的自我感覺自然不同。

性格、地位、思路迥然不同，但襲人擠兌寶玉方法與黛玉略同。

既是主僕關係，又是少男少女的友誼關係，才出現這種微妙情事。

主可以佔有僕的勞動直至其他，卻贏得不了僕的愛心。只有以友待之才行。

妒，也生發出干預的趨向，生發出「管」的權力。愛也可以有二重性，故評點者提出「理解比愛更高」的命題。

些花，沒的玷辱了好名好姓的。」一面說，一面命他倒了茶來吃。襲人和麝月在外間聽了半日，抿嘴兒笑。

這一日，寶玉也不出房門，自己悶悶的，只不過拿書解悶，或弄筆墨，也不使喚襲人，只叫四兒答應。誰知這個四兒是個乖巧不過的丫頭，見寶玉用他，他便變盡方法籠絡寶玉。至晚飯後，寶玉因吃了兩杯酒，眼餳耳熱之餘，若往日則有襲人等大家嘻笑有興，今日卻冷清清的一人對燈，好沒興趣。待要趕了他們去，又怕他們得了意，以後越來勸了；若拿出作上人的模樣鎮唬他們，似乎無情太甚。說不得橫了心只當他們死了，橫豎自家也要過的。便權當他們死了，毫無牽掛，反能怡然自悅。因命四兒剪燭烹茶，自己看了一回《南華經》至外篇《胠篋》[2]一則，其文曰：

故絕聖棄知，[3]大盜乃止；擿[4]玉毀珠，小盜不起；焚符破璽，[5]而民樸鄙；掊斗折衡，[6]而民不爭；殫殘[7]天下之聖法，而民始可與論議。擢亂六律，[8]鑠絕竽瑟，[9]塞瞽曠[10]之耳，而天下始人含其聰[11]矣；滅文章，散五采，膠離朱[12]之目，而天下始人含其明矣；毀絕鉤繩[13]而棄規矩，[14]攦工倕之指，[15]而天下始人有其巧矣。

看至此，意趣洋洋，趁着酒興，不禁提筆續曰：

焚花散麝，而閨閣始人含其勸[16]矣；戕寶釵之仙姿，灰黛玉之靈竅，喪

寶玉的思路與眾不同。一直體貼到花上去，也是至仁之心。

四兒的名字起得好。

兩難。

兩難是人生的基本處境之一。哈姆雷特的永恆問題：活着，還是死亡？存在，還是虛無？就是兩難的根本。

很難說寶玉接受了《南華經》的什麼老莊思想。他只是體會到這種煩惱，需要老莊的邏輯來調劑自己的心靈，減輕自己的苦悶。對於寶玉，老莊與其說是一種指導性的哲學、一種我們視為重要的君臨思想感情的「世界觀」，不如說是一種心靈的遊戲，概念與語言的遊戲。對於他來說，很難說某種哲學比可吃的胭脂或女孩子洗剩下的洗臉水更重要。

滅情意，而閨閣之美惡始相類矣。彼含其勸，則無參商之虞矣；戕其仙姿，無戀愛之心矣；灰其靈竅，無才思之情矣。彼釵、玉、花、麝者，皆張其羅而穴其隧，[17]所以迷眩纏陷[18]天下者也。

續畢，擲筆就寢，頭剛着枕，便忽然睡去，一夜竟不知所之，直至天明方醒。翻身看時，只見襲人和衣睡在衾上。寶玉將昨日的事已付之度外，便推他說道：「起來好生睡着，看凍了。」

原來襲人見他無曉夜和姊妹們廝鬧，若真勸他，料不能改，故用柔情以警之，料他不過半日片刻仍復好了。不想寶玉一日夜竟不回轉，自己反不得主意，直一夜沒好生睡。今忽見寶玉如此，料是他心意回轉，便索性不睬他。寶玉見他不應，便伸手替他解衣，剛解開了鈕子，被襲人將手推開，又自扣了。寶玉無法，只得拉他的手笑道：「你到底怎麼了？」問了幾聲，襲人睜眼說道：「我也不怎麼。你睡醒了，自過那邊房裡去梳洗，再遲了，就趕不上了。」寶玉道：「我過那裡去？」襲人冷笑道：「你問我，我知道嗎？你愛過那裡去，就過那裡去，從今咱們兩個丟開手，省得雞聲鵝鬥，叫別人笑，橫豎那邊膩了，過來這邊又有個什麼『四兒』『五兒』伏侍。我們這起東西，可是白『玷辱了好名好姓』的。」寶玉笑道：「你今兒還記着呢！」襲人道：「一百年還記着呢！比不得你，拿着我的話當耳邊風，夜裡說了，早起就忘了。」寶玉見他嬌嗔滿面，情不可禁，便向枕邊拿起一根玉簪來，一跌兩段，說道：「我再不聽你說，就同這簪一樣。」襲人

異性之間的情感關係，也常常是你消我長，你生我滅，相反相成，相生相剋，相依相悖。一味遷就或一味逞強都是不行的。個中道理，亦頗可咀嚼。

襲人竟可大膽地將矛頭直指湘雲為寶玉梳頭事。服務專利是絕對不能讓的，代為伺候必遭嫉——喜獻勤者不可不察。

立即捎帶上了「四兒」。

以百年言其長，「紅」已有之。

並非接受了襲人的批評，而是對襲人動了情，求其情。

忙的拾了簪子，說道：「大早起，這是何苦來！聽不聽什麼要緊，也值得這個樣子。」寶玉道：「你那裡知道我心裡急！」襲人笑道：「你也知道着急麼，可知我心裡怎麼樣？快起來洗臉去罷。」說着，二人方起來梳洗。

為什麼女性希望自己喜歡的男性「聽說」？物極必反，鬧氣亦如此。真急完了，開始轉化。

寶玉往上房去後，誰知黛玉走來，見寶玉不在房中，因翻弄桌上書看，可巧便翻出昨兒的《莊子》來。看見寶玉所續之處，不覺又氣又笑，不禁也題筆續一絕云：

無端弄筆是何人，剿襲南華莊子文。
不悔自己無見識，卻將醜語詆他人！

題畢，也往上房來見賈母，後往王夫人處來。

又氣又笑，並未認真。看來「紅」人不重視哲學，不重視世界觀問題。把哲學——世界觀問題看得那麼重，是新中國建國以後的事情。

誰知鳳姐之女大姐兒病了，正亂着請大夫診脈。大夫說：「替夫人奶奶們道喜，姐兒發熱是見喜[19]了，並非別症。」王夫人、鳳姐聽了，忙遣人問：「可好不好？」大夫回道：「症雖險，卻順，倒還不妨。預備桑蟲豬尾要緊。」鳳姐聽了，登時忙將起來，一面打掃房屋，供奉痘疹娘娘，一面傳與家人忌煎炒等物，一面命平兒打點鋪蓋衣服與賈璉隔房，[20]一面又拿大紅尺頭與奶子丫頭親近人等裁衣。外面又打掃淨室，款留兩位醫生，輪流斟酌診脈下藥，十二日不放家去。賈璉只得搬出外書房來安歇，鳳姐與平兒都隨王夫人日日供奉娘娘。

孩子出天花時的風習殊有趣。

「隔房」云云離不開視性為骯髒的基本觀念。

那賈璉只離了鳳姐便要尋事，獨寢了兩夜，十分難熬，只得暫將小廝內清俊的選來出火。不想榮國府內有一個極不成才破爛酒頭[21]廚子，名喚多官，人見他懦弱無能，都喚他作「多渾蟲」。因他父母給他娶了一個媳婦，今年方二十歲，也有幾分人才，又兼生性輕薄，最喜拈花惹草，多渾蟲又不理論，只是有酒有肉有錢，便諸事不管了。所以寧榮二府之人都得入手。因這媳婦妖調異常，輕浮無比，眾人都呼他作「多姑娘兒」。如今賈璉在外熬煎，往日也見過這媳婦，垂涎久了，只是內懼嬌妻，外懼孌童，[22]不曾下得手。那多姑娘兒也有意於賈璉，只恨沒空。今聞賈璉挪在外書房來，他便沒事也要走三四趟去招惹。賈璉似飢鼠一般，少不得和心腹的小廝們計議，多以金帛相許，焉有不允之理。況都和這媳婦是舊友，一說便成。是夜，多渾蟲醉倒在炕，二鼓人定，賈璉便溜進來相會。一見面早已神魂失據，也不及情談款敘，便寬衣動作起來。誰知這媳婦有天生的奇趣，一經男子挨身，便覺遍體筋骨癱軟，使男子如臥綿上；更兼淫態浪言，壓倒娼妓，賈璉此時恨不得渾身化在他身上。那媳婦故作浪語，在下說道：「你家女兒出花兒，供着娘娘，你也該忌兩日，倒為我腌臢了身子，快離了我這裡罷。」賈璉一面大動，一面喘吁吁答道：「你就是娘娘！那裡還管什麼娘娘！」那媳婦越浪起來，賈璉不覺醜態畢露。一時事畢，兩個又盟山誓海，難捨難分。自此後，遂成相契。

怎知壓倒娼妓，作者亦不無嫖妓經驗乎？

一日大姐毒盡瘢回，十二日後送了娘娘，闔家祭天祭祖宗，還願焚香，慶賀放賞已畢，賈璉仍復搬進臥室。見了鳳姐，正是俗語云「新婚不如遠別」，更有

*這一段是以平兒為中心寫璉、鳳、平三者的關係的。三者有打有拉，有攻有防，有求有應，有信任更有不信任，有幫忙更有背叛，有愛有慾有妒有恨，這也是「三國演義」。機變、手腕、陰謀、虛實，三十六計，竟用到了夫、妻、妾之間，真是奇觀，真是有過輝煌的春秋戰國歷史經驗的民族。平兒完全了解璉、鳳之惡，整個賈府人際關係之惡，但她大體上以善制惡，難得，可嘆。大體上平兒與鳳姐結盟而不是與賈璉結盟，

無限恩愛，自不必細說。

次日早起，鳳姐往上屋裡去，平兒收拾外邊拿進來的衣服鋪蓋，不承望枕套中抖出一綹青絲來。平兒會意，忙藏在袖內，便走至這邊房內拿出頭髮來，向賈璉笑道：「這是什麼？」賈璉一見，連忙搶上來要奪。平兒便跑，被賈璉一把揪住，按在炕上，從手中來奪。平兒笑道：「你是沒良心的，我好意瞞着他來問你，你倒賭狠，等他回來，我告訴了，看你怎麼樣。」賈璉聽說，忙陪笑央求道：「好人，你賞我罷，我再不敢賭狠了。」

一語未了，只聽鳳姐聲音進來。賈璉聽見，鬆了不是，搶又不是，只叫：「好人，別叫他知道。」平兒才起身，鳳姐已走進來，命平兒快開匣子，替太太找樣子。平兒忙答應了找時，鳳姐見了賈璉，忽然想起來，便問平兒：「前日拿出去的東西都收進來沒有？」平兒道：「收進來了。」鳳姐道：「可少什麼沒有？」平兒道：「細細查了，並沒少一件兒。」鳳姐又道：「可多什麼沒有？」平兒笑道：「不少就罷了，怎麼還有得多出來？」鳳姐又笑道：「這半個月難保乾淨，或者有相厚的丟下的東西：戒指、汗巾[23]等物，亦未可定。」一席話，說的賈璉臉都黃了，在鳳姐身背後，只望着平兒殺雞抹脖使眼色，求他遮蓋。平兒只作看不見，因笑道：「怎麼我的心就和奶奶一樣，我就怕有這樣的，留神搜了一搜，竟一點破綻也沒有。奶奶不信，親自搜一搜。」鳳姐笑道：「傻丫頭，他便有這些東西，那裡就叫咱們搜！」說着，

知夫莫若妻。料事如神。

這不符合姨娘文化的一般原則，姨娘，豈有不把爭寵放在第一位的。說明了鳳姐的實力實在不尋常，也說明了平兒的清醒理智。

拿了樣子去了。

平兒指着鼻子，搖着頭兒笑道：「這件事，你該怎麼謝我呢？」喜的賈璉眉開眼笑，跑過來摟着，「心肝腸兒肉兒」亂叫。平兒手裡拿着頭髮笑道：「這是一輩子的把柄兒，好就好，不好咱們就抖出這個來。」賈璉笑着央告道：「你好生收着罷，千萬可別叫他知道。」口裡說着，瞅他不提防，一把便搶過來，笑道：「你拿着終是禍胎，不如我燒了就完了事了。」一面說，一面掖在靴掖子內。平兒咬牙道：「沒良心的，過了河就拆橋，明兒還想我替你撒謊呢！」賈璉見他嬌俏動情，便摟着求歡，平兒奪手跑了出來，急的賈璉彎腰恨道：「死促狹[24]小娼婦兒，一定浪上人的火來，他又跑了。」平兒在窗外笑道：「我浪我的，誰叫你動火？難道圖你受用，叫他知道了，又不待見[25]我呀。」賈璉道：「你不用怕他，等我性子上來，把這醋罐子打個稀爛，他才認得我呢！他防我像防賊似的，只許他同男子說話，不許我和女人說話；我和女人說話略近些，他就疑惑，他不論小叔子侄兒，大的小的，說說笑笑，就不怕我吃醋了。以後我也不許他見人！」平兒道：「他醋你使得，你醋他使不得，他原行的正，走的正；你行動便有壞心，連我也不放心，別說他呀。」賈璉道：「你兩個一口賊氣，都是你們行得是，我凡行動都存壞心，多早晚才叫你們都死在我手裡呢！」

一句未了，鳳姐走進院來，因見平兒在窗外，就問道：「要說話怎麼不

能這樣說話，平兒也夠老辣的了。

「只許他同男子說話」云云似有隱情。男女權利義務不同，本不可以相比的。如今竟比了，而且賈璉忿忿然，怎麼回事？

一句話好生突兀。伏筆乎？「求歡」不得發狠乎？

在屋裡，跑出來隔着窗子，是什麼意思？」賈璉在內接嘴道：「你可問他，倒像屋裡有老虎吃他呢。」平兒道：「屋裡一個人沒有，我在他跟前作什麼？」鳳姐笑道：「正是沒人才好呢。」平兒聽說，便道：「這話是說我麼？」鳳姐便笑道：「不說你，說誰？」平兒道：「別叫我說出好話來了。」說着，也不打簾子，一徑往那邊去了。鳳姐自掀簾子進來，說道：「平兒丫頭瘋魔了。這蹄子認真要降伏起我來了，仔細你的皮要緊！」賈璉聽了，倒在炕上，拍手笑道：「我竟不知平兒這麼利害，從此倒服了他了。」鳳姐道：「都是你興的他，我只和你算賬就完了。」賈璉聽了啐道：「你兩個不睦，又拿我來墊喘兒，我躲開你們。」鳳姐道：「我看你躲到那裡去。」賈璉道：「我有去處。」說着就走。鳳姐道：「你別走，我有話和你說呢。」不知何事，且聽下回分解。

任何關係都不可能是絕對單向的。鳳姐甚威，平兒甚忠，忠極則可反方向起作用。威極則隨處都是挑戰與反彈。

1 **這早晚**：猶言這時候。下文「多早晚」意謂什麼時候。

2 **《南華經》、外篇《胠篋》**：《南華經》即《莊子》，分內、外篇和雜篇，外篇為莊子門人和後學所作。《胠篋》為外篇篇名之一，「胠篋」二字意為從旁開啟箱子之意。

3 **絕聖棄知**：摒棄聰明智巧之意，語出《老子》第十九章「絕聖棄知，民利百倍」。

4 **擿**：音、意皆同擲。

5 **焚符破璽**：燒毀信符，砸碎玉璽。「符」「璽」皆為徵信憑據。

6 **掊斗折衡**：擊碎斗，折斷秤之意。

7 **殫殘**：盡毀的意思。

8 **擢亂六律**：攪亂音律之意。「六律」指音律。

9 **鑠絕竽瑟**：銷毀樂器的意思。「鑠」，銷熔之意。「竽」是簧管，吹奏樂器。「瑟」是琴類，撥弦樂器。

10 **瞽曠**：即師曠，春秋晉平公時樂師。「瞽」，盲目。古代樂官多為盲者。

11 **聰**：聽覺靈敏謂之耳聰。

12 **離朱**：也叫離婁，古代傳說中視力最強的人。

13 **鉤繩**：古人定曲線的工具稱「鉤」。定直線的工具稱「繩」。

14 **規矩**：古人畫圓形的工具稱「規」。畫方形的工具稱「矩」。

15 **攦工倕之指**：折斷工倕攦的手指。「攦」，折斷。「工倕」，相傳為上古時的巧工。

16 **人含其勸**：人人收斂起勸戒之意。

17 **張其羅而穴其隧**：張開了羅網又挖好了陷阱。「穴」作動詞用。「隧」借指陷阱。

18 **迷眩纏陷**：指迷惑人和纏繞陷溺人。

19 **見喜**：舊時視小兒痘疹（天花）為險症，避諱直說，又因痘疹發出可保終身不患此症，因稱「見喜」。

20 **隔房**：據云家有生痘疹小孩，夫妻不得有性生活，故需分居隔房。

21 **酒頭**：愚蠢之意。

22 **孌童**：男寵。

23 **汗巾**：又稱腰巾，一種繫腰用的長巾。

24 **促狹**：捉弄人的意思。

25 **不待見**：不喜歡之意。

第二十二回 聽曲文寶玉悟禪機 製燈謎賈政悲讖語

話說賈璉聽鳳姐兒說有話商量，因止步問是何話。鳳姐道：「二十一是薛妹妹的生日，你到底怎麼樣？」賈璉道：「我知道怎麼樣！你連多少大生日都料理過了，這會子倒沒有主意了？」鳳姐道：「大生日是有一定的則例，如今他這生日，大又不是，小又不是，所以和你商量。」賈璉聽了，低頭想了半日道：「你竟糊塗了。現有比例，那林妹妹就是例。往年怎麼給林妹妹做的，如今也照依給薛妹妹做就是了。」鳳姐聽了，冷笑道：「我難道這個也不知道？我原也這麼想定了，但昨日聽見老太太說，問起大家的年紀生日來，聽見薛大妹妹今年十五歲，雖不是整生日，也算得將笄之年。[1]老太太說要替他做生日，自然與往年給林妹妹的不同了。」賈璉道：「既如此，就比林妹妹的多增些。」鳳姐道：「我也這麼想着，所以討你的口氣，我若私自添了東西，你又怪我不告訴明白你了。」賈璉笑道：「罷，罷，這空頭情我不領，你不盤察我就夠了，我還怪你！」說着，一徑去了，不在話下。

且說史湘雲住了兩日，因要回去。賈母因說：「等過了你寶姐姐的生日，看

起於青萍之末。

一個小事，反映了寶釵地位的上升，而且扯到了老太太身上，就不僅是十五不十五的問題了。道理都是人說的，區別對待總會有區別對待的道理。問題是表面的道理下面，還興許有更深的潛道理。

與其說是鳳姐搞空頭情，做尊重賈璉狀，不如說是鳳姐向賈璉通報風向。

果然，賈母親自講起寶姐姐的生日來。

了戲再回去。」史湘雲聽了，只得住下。又一面遣人回去，將自己舊日做的兩件針線活計取來，為寶釵生辰之儀。

誰想賈母自見寶釵來了，喜他穩重和平，正值他才過第一個生辰，便自己蠲資二十兩，喚了鳳姐來，交與他備酒戲。鳳姐湊趣笑道：「一個老祖宗給孩子們做生日，不拘怎樣，誰還敢爭，又辦什麼酒戲。既高興要熱鬧，就說不得自己花費幾兩老庫裡的體己。這早晚找出這霉爛的二十兩銀子來做東，意思還叫我們賠上。果然拿不出來也罷了，金的、銀的、圓的、扁的，壓塌了箱子底，只是累掯我們。舉眼看看，誰不是你老人家的兒女？難道將來只有寶兄弟頂你老人家上五台山[2]不成？那些東西只留與他，我們如今雖不配使，也別苦了我們。這個夠酒的？夠戲的？」說的滿屋裡都笑起來。賈母亦笑道：「你們聽聽這嘴！我也算會說的了，怎麼說不過這猴兒。你婆婆也不敢強嘴，你就和我啣呵啣呵的。」鳳姐笑道：「我婆婆也是一樣的疼寶玉，我也沒處去訴冤，倒說我強嘴。」說着，又引賈母笑了一會，賈母十分喜悅。

到晚上，眾人都在賈母前定省之餘，大家娘兒姊妹等說笑時，賈母因問寶釵愛聽何戲，愛吃何物。寶釵深知賈母年老人，喜熱鬧戲文，愛吃甜爛之物，便總依賈母素喜者說了一遍。賈母更加歡喜。次日先送過衣服玩物去，王夫人、鳳姐、黛玉等諸人皆有隨分的，不須細說。

進一步挑明。非同一般。

鳳姐一是撒嬌，二是奉承老太太之富，嘴臭心甜，還是招人疼。

猴兒也者，說明了鳳姐的一個重要職能，弄臣兼寵物的職能，解悶的職能。

親自落實親自抓。寶釵果然有戲。寶釵還報，亦在理中，不必深責。

絕對的一己率真，會有傷於禮貌。禮貌本身包含着某種虛偽——如寶釵點食點戲——這也是文化的尷尬之處。

至二十一日，就賈母內院搭了家常小巧戲台，定了一班新出小戲，昆弋兩腔[3]俱有。就在賈母上房擺了幾席家宴酒席，並無一個外客，只有薛姨媽、史湘雲、寶釵是客，餘者皆是自己人。這日早起，寶玉因不見林黛玉，便到他房中來尋，只見黛玉歪在炕上。寶玉笑道：「起來吃飯去，就開戲了。你愛聽那一齣？我好點。」黛玉冷笑道：「你既這樣說，你就特叫一班戲，揀我愛的唱與我聽，這會子犯不上借着光兒問我。」寶玉笑道：「這有什麼難的。明兒就這樣行，也叫他們借着咱們的光兒。」一面說，一面拉他起來，攜手出去吃了飯。

當然有反應，立竿見影。

寶玉也只是說說而已。

點戲時，賈母一定先叫寶釵點。寶釵推讓一遍，無法，只得點了一折《西遊記》。賈母自是歡喜。然後命鳳姐點。鳳姐雖有王夫人在前，但因賈母之命，不敢違拗，且知賈母喜熱鬧，更喜謔笑科諢，[4]便先點了一出，卻是《劉二當衣》。[5]賈母果真更又喜歡。然後便命黛玉點，黛玉又讓王夫人等先點。賈母道：「今兒原是我特帶着你們取樂，咱們只管咱們的，別理他們。我巴巴的唱戲擺酒為他們不成？他們在這裡白聽白吃，已經便宜了，還讓他們點戲呢！」說着，大家都笑。黛玉方點了一齣。然後寶玉、史湘雲、迎春、探春、惜春、李紈等俱各點了，按齣扮演。

賈母好說笑話，很少裝腔端架，是她的一大可愛之處。幽默感與架子最矛盾，幽默感本身帶有自由、平等、博愛的意味。

至上酒席時，賈母又命寶釵點。寶釵點了一齣《魯智深醉鬧五台山》。[6]寶玉道：「你只好點這些戲。」寶釵道：「你白聽了這幾年戲，那裡知道這齣戲的好處，排場又好，詞藻更妙。」寶玉道：「我從來怕這些熱鬧戲。」寶釵笑道：

「要說這一齣熱鬧，還算你不知戲呢。你過來，我告訴你，這一齣戲是一套〔北點絳唇〕，[7]鏗鏘頓挫，那音律不用說是好的了，只那詞藻中有一支〔寄生草〕填得極妙，你何曾知道。」寶玉見說的這般好，便湊近來央告：「好姐姐，唸與我聽聽。」寶釵便唸道：

漫揾[8]英雄淚，相離處士[9]家。謝慈悲，剃度[10]在蓮台[11]下。沒緣法，轉眼分離乍。[12]赤條條來去無牽掛。那裡討，煙蓑雨笠捲單[13]行？一任俺，芒鞋破缽隨緣化！[14]

寶釵的戲曲知識——雪芹的戲曲知識——豐富。

寶玉聽了，喜的拍膝搖頭，稱賞不已，又讚寶釵無書不知。林黛玉道：「安靜看戲罷，還沒唱《山門》，你就《妝瘋》[15]了。」說的湘雲也笑了。於是大家看戲。

到晚方散。賈母深愛那做小旦的與一個做小丑的，因命人帶進來，細看時益發可憐見。因問年紀，那小旦才十一歲，小丑才九歲，大家嘆息了一回。賈母令人另拿些肉果與他兩個，又另賞錢兩吊。鳳姐笑道：「這個孩子扮上活像一個人，你們再看不出。」寶釵心內也知道，只點點頭不說。寶玉也點了點頭，亦不敢說。史湘雲便接口道：「倒像林姐姐的模樣。」寶玉聽了，忙把湘雲瞅了一眼，使個眼色。眾人聽了這話，留神細看，都笑起來了。說果然像得狠。

一時散了。晚間湘雲便命翠縷把衣包收拾了。翠縷道：「忙什麼，等去的那日包也不遲。」湘雲道：「明早就走。還在這裡做什麼？看人家的嘴臉。」寶玉聽了這話，忙近前說道：「好妹妹，你錯怪了我。林妹妹是個多心的人，別人分明知道，不肯說出來，也皆因怕他惱。誰知你不防頭就說了出來，他豈不惱。我怕你得罪了人，所以才使眼色。你這會子惱了我，豈不辜負了我？若是別個，那怕他得罪了十個人，與我何干呢。」湘雲摔手道：「你那花言巧語別望着我說。我也原不如你林妹妹，別人拿他取笑都使得，只我說了就有不是。我原不配說他，他是主子小姐，我是奴才丫頭，得罪了他了。」寶玉急的說道：「我倒是為你為出不是來了。我要有壞心，立刻化成灰，叫萬人踐踏。」湘雲道：「大正月裡，少信口胡說這些沒要緊的惡誓、散語、歪話，說給那些小性兒、行動愛惱人、會轄治你的人聽去！別叫我啐你。」說着，至賈母裡間屋裡，忿忿的躺着去了。

寶玉沒趣，只得又來尋黛玉。誰知才進門，便被黛玉推出來，將門關上了。寶玉又不解何故，在窗外只是低聲叫：「好妹妹。」黛玉總不理他。寶玉悶悶的垂頭不語。襲人早知端的，當此時再不能勸。那寶玉只呆呆的站着。黛玉只當他回去了，卻開了門，只見寶玉還站在那裡。黛玉不好再閉門，寶玉因隨進來，問道：「凡事都有個緣故，說來，人也不委曲。好好的就惱了，到底是為什麼？」黛玉冷笑道：「問的我倒好，我也不知為什麼。我原是給你們取笑的，拿着我比戲子給眾人取笑。」寶玉道：「我並沒有比你，也並沒有笑你，為什麼惱我呢？」黛玉道：「你還要比？你還要笑？你不比不笑，比人家比了笑了的還利害呢！」寶玉聽說，無可分辯。

按下葫蘆起了瓢，變成一場混戰了。寶玉的博愛引起了博妒，引起了普遍的不平衡。湘雲本來豪爽，火起來更厲害。

剛向襲人起了誓，又輪到向湘雲起誓了。勾勒得亦出彩。

*清官難斷兒女情。看戲多心事件，平心而論，寶玉錯處很小，所以他因此頗心灰意懶。黛玉的惱火也還說得通，一、他們看不起戲子，二、她不容忍寶玉當場與湘雲的擠眉弄眼。湘雲也惱火，看來有更深刻的原因，湘雲已看出寶黛的特殊關係來了。

鳳姐是信口開個玩笑麼？她是否在體察到賈母的天平傾斜以後，下意識地對黛玉有些不敬呢？

赤條條無牽掛的問題反映了人類生存的又一兩難選擇，又一困境。

黛玉又道：「這一節還可恕。再者你為什麼又和雲兒使眼色？這安的是什麼心？莫不是他和我頑，他就自輕自賤了？他是公侯的小姐，我原是貧民家的丫頭，他和我頑，設如我回了口，豈不是他自惹輕賤。你是這個主意不是？你卻也是好心，只是那一個不領你的情，一般也惱了你。你又拿我作情，倒說我小性兒，行動肯惱人。你又怕他得罪了我。我惱他，與你何干？他得罪了我，又與你何干？」

愛之深，要求高，不可原諒，不可和稀泥。

寶玉聽了，知方才與湘雲私談，他也聽見了。細想自己原為怕他二人生隙，故在中間調停，不料自己反落了兩處的貶謗。正與前日所看《南華經》內：「巧者勞而智者憂，無能者無所求，飽食而遨遊，汎若不繫之舟」；[16]又曰：「山木自寇，源泉自盜」[17]等句。因此越想越無趣。再細想來，如今不過這幾個人，尚不能應酬妥協，將來猶欲何為？想到其間，也無庸分辯，自己轉身回房。林黛玉見他去了，便知回思無趣，賭氣去了，一言也不曾發，不禁自己越添了氣，便說：「這一去，一輩子也別來了，也別說話。」

調停是極險的事。不可不察。

個體生命是孤獨的，孤獨是自由的也是痛苦的。所以人需要社會，需要家庭，需要友情、愛情、人際關係、公共關係。而人際相處又帶來許多不快、煩惱、紛爭、誤解。處於這種「他人即是地獄」的不幸中的人傾向於假想的自我的孤獨化，赤條條來去無牽掛化，這也是自然的。

那寶玉不理，竟回來躺在床上，只是悶悶的。襲人深知原委，不敢就說，只得以他事來解說。因笑道：「今兒看了戲，又勾出幾天戲來，寶姑娘一定要還席呢。」寶玉冷笑道：「他還不還，與我什麼相干。」襲人見這話不似往日口吻，因又笑道：「這是怎麼說？好好的大正月裡，娘兒們姊妹們都喜喜歡歡，你又怎麼這個形景了？」寶玉冷笑道：「他們娘兒們姊妹們歡

客觀上已形成釵襲為一方爭取寶玉了。

＊痛苦於人際的愛慾煩惱，否定此岸的價值，翻過去尋找禪理禪境，這已經與一般的寫實或教化故事（如「三言」「二拍」）不同了。再翻一個筋頭，把初級的「覺悟」貶低，只好仍回到此岸，乖乖地翻回來，就更高明了。這就是否定之否定。

喜不歡喜，也與我無干。」襲人笑道：「他們隨和，你也隨和些，豈不喜歡？」寶玉道：「什麼大家彼此，他們有大家彼此，我只是赤條條無牽掛的。」言及此句，不覺淚下。襲人見此景況，不敢再說。寶玉細想這一句意味，不禁大哭起來，翻身起來至案邊，提筆立占一偈云：

你證我證，心證意證。
是無有證，斯可云證。
無可云證，是立足境。[18]

寫畢，自己雖解悟，又恐人看此不解，因又填一支〔寄生草〕，寫在偈後。又唸一遍，自覺心中無有掛礙，便上床睡了。

誰知黛玉見寶玉此番果斷而去，假以尋襲人為由，來視動靜。襲人回道：「已經睡了。」黛玉聽了，就欲回去。襲人笑道：「姑娘請站着，有一個字帖兒，瞧瞧是什麼話。」便將寶玉方才所寫的與黛玉看。黛玉看了，知寶玉為一時感忿而作，不覺可笑可嘆，便向襲人道：「作的是頑意兒，無甚關係。」說畢，便拿了回房去，與湘雲同看。次日又與寶釵看，寶釵唸其詞曰：

無我原非你，從他不解伊。肆行無礙憑來去。茫茫着甚悲愁喜，紛紛說甚親疏密。從前碌碌卻因何，到如今回頭試想真無趣！[19]

看畢，又看那偈語，又笑道：「這個人悟了。都是我的不是，是我昨兒一支曲子惹出來的。這些道書、機鋒[20]最能移性。明兒認真起來說些瘋話，存了

用語言的消解取代現實矛盾的消解。這是語言的魔術，也是語言的陷阱。豈無牽掛？即使你不牽掛人家了，人家還牽掛你呢！

*這一段寫釵黛聯合教育寶玉，把寶玉從參禪的走火入魔中挽救過來，這種格局很少見也很耐尋味。一、二人的悟性都高於寶玉，稍一較量，寶玉就沒了脾氣。二、二人都有一種健康的女性現實主義，懂哲學而不沉迷哲學，不會墮入哲學（神學）的深淵。三、二人都愛寶玉。二人也畢竟是寶玉最親敬的。寶玉雖然泛愛，對二人畢竟不同。四、二人都是曹雪芹精心塑造的女性形象，代表了作者對女性的美麗、智慧、見

這個念頭，豈不是從我這一支曲子起，我成了個罪魁了。」説着，便撕了個粉碎，遞與丫頭們，叫快燒了。黛玉笑道：「不該撕了，等我問他，你們跟我來，包管叫他收了這個癡心邪説。」

三人果往寶玉屋裡來。黛玉先笑道：「寶玉，我問你，至貴者寶，至堅者玉。爾有何貴？爾有何堅？」寶玉竟不能答。三人笑道：「這樣愚鈍，還參禪呢。」湘雲也拍手笑道：「寶哥哥可輸了！」黛玉又道：「你那偈末云：『無可云證，是立足境』，固然好了，只是據我看來，還未盡善。我還續兩句在後。」因唸云：「無立足境，方是乾淨。」寶釵道：「實在這方悟徹。當日南宗六祖惠能，[21]初尋師至韶州，聞五祖弘忍在黃梅，他便充役火頭僧。五祖欲求法嗣，[22]令徒弟諸僧各出一偈。上座[23]神秀説道：『身是菩提樹，心如明鏡台，時時勤拂拭，莫使有塵埃。』[24]彼時惠能在廚房碓米，聽了這偈説道：『美則美矣，了則未了。』因自唸一偈曰：『菩提本非樹，明鏡亦非台，本來無一物，何處染塵埃？』[25]五祖便將衣缽[26]傳他。今兒這偈語，亦同此意了。只是方才這句機鋒尚未完全了結，這便丟開手不成？」黛玉笑道：「他不能答，就算輸了。這會子答上了，也不為出奇了。只是以後再不許談禪了，連我們兩個所知所能的，你還不知不能呢，還去參禪呢。」寶玉自己以為覺悟，不想忽被黛玉一問，便不能答；寶釵又比出「語錄」[27]來，此皆素不見他們能者。自己想了一想：「原來他們比我的知覺在先，尚未解

雖未坑儒，卻有「焚書」（撕書）的端倪。

用極端的乾淨透徹批判寶玉的初步的虛無主義，猶如用「極左」來反對「左」，只能回到「右」上去。

這個故事頗帶詭辯性。如果這樣唸偈高明，一聲不吭，一個字不唸，連禪本身亦鄙棄之否定之，豈不更高明？何必脫褲子放屁證明無屎無屎呢？既不穿又不脫褲子豈不更好？比賽誰更虛無本身就是自相矛盾。

識的兩極，或可稱為曹氏對女性的美學理想的兩極。五、二人的活動最終還是要聽作者的指揮。（不必迴避，也不必認為是殺風景，小說就是小說，不是神佛顯靈。這也與小說人物的相對的客觀性、獨立性、生動性並不矛盾。）

悟，我如今何必自尋苦惱。」想畢，便笑道：「誰又參禪，不過是一時的頑話兒罷了。」說罷，四人仍復如舊。

知道自己是最終難以解悟的，倒確實算一悟。

忽然人報，娘娘差人送出一個燈謎來，命他們大家去猜，猜後每人也作一個送進去。四人聽說，忙出來至賈母上房。只見一個小太監拿了一盞四角平頭白紗燈，專為燈謎而製，上面已有了一個。眾人都爭看亂猜。小太監又下諭道：「眾小姐猜着，不要說出來，每人只暗暗的寫了一齊封送進去，候娘娘自驗是否。」寶釵聽了，近前一看，是一首七言絕句，並無新奇，口中少不得稱讚，只說難猜，故意尋思，其實一見早猜着了。寶玉、黛玉、湘雲、探春四個人也都解了，各自暗暗的寫了。一並將賈環、賈蘭等傳來，一齊各揣心機猜了，寫在紙上。然後各人拈一物，作成一謎，恭楷寫了，掛於燈上。

太監去了，至晚出來傳諭道：「前日娘娘所製，俱已猜着，惟二小姐與三爺猜的不是。小姐們作的也都猜了，不知是否。」說着，也將寫的拿出來，也有猜着，也有猜不着的。太監又將頒賜之物送與猜着之人，每人一個宮製詩筒，[28]一柄茶筅，[29]獨迎春賈環二人未得。迎春自以為頑笑小事，並不介意，賈環便覺得沒趣。且又聽太監說：「三爺所作這個不通，娘娘也沒猜着，叫我帶回問三爺是個什麼？」眾人聽了，都來看他作的是什麼，寫道：

大哥有角只八個，二哥有角只兩根。
大哥只在床上坐，二哥愛在房上蹲。

眾人看了，大發一笑。賈環只得告訴太監說是：「一個枕頭，一個獸頭。」太監記了，領茶而去。

賈環何至於斯。

賈母見元春這般有興，自己益發喜樂，便命速作一架小巧精緻圍屏燈來，設於堂屋，命他姊妹們各自暗暗的作了，寫出來粘在屏上，然後預備下香茶細果以及各色玩物，為猜着之賀。賈政朝罷，見賈母高興，況在節間，晚上也來承歡取樂。上面賈母、賈政、寶玉一席。王夫人、寶釵、黛玉、湘雲又一席，迎春、探春、惜春三人又一席，俱在下面。地下婆子丫鬟站滿。李宮裁、王熙鳳二人在裡間又一席。賈政因不見賈蘭，便問：「怎麼不見蘭哥兒？」地下女人們忙進裡間問李氏，李氏起身笑着回道：「他說方才老爺並沒去叫他，他不肯來。」婆子回復了賈政。眾人都笑說：「天生的牛心古怪。」賈政忙遣賈環與兩個婆子將賈蘭喚來。賈母命他在身邊坐了，抓果子與他吃，大家說笑取樂。

是不是賈母忘了他？賈政想起了他？反正賈母心中只寵寶玉。賈蘭自己則絕不僭越。

往常間只有寶玉長談闊論，今日賈政在這裡，便唯唯而已。餘者湘雲雖係閨閣弱質，卻素喜談論，今日賈政在席，也自緘口禁語。黛玉本性嬌懶，不肯多話。寶釵原不妄言輕動，便此時亦是坦然自若。故此一席雖是家常取樂，反見拘束。賈母亦知因賈政一人在此所致。酒過三巡，便攆賈政去歇息。賈政亦知賈母之意，攆了他去，好讓他姊妹兄弟取樂。因陪笑道：「今日原聽見老太太這裡大設春燈雅謎，故也備了彩禮酒席，特來入會。何疼孫子孫女之心，便不略賜與兒子半點？」賈母笑道：「你在這裡，他們都不敢說笑，沒的倒叫我悶的慌。你要猜謎，我便說一個你猜，猜不着是要罰的。」賈政忙笑道：「自然受罰。若猜着了，也要領賞呢。」賈母道：「這個自然。」便唸道：

猴子身輕站樹梢。

——打一果名

賈政已知是荔枝，故意亂猜，罰了許多東西；然後方猜着了，也得了賈母的東西。然後也唸一個燈謎與賈母猜，唸道：

身自端方，體自堅硬。
雖不能言，有言必應。

——打一用物

說畢，便悄悄的說與寶玉。寶玉會意，又悄悄的告訴了賈母。賈母想了一想，果然不差，便說：「是硯台。」賈政笑道：「到底是老太太，一猜就是。」回頭說：「快把賀彩獻上來。」地下婦女答應一聲，大盤小盒一齊捧上。賈母逐件看去，都是燈節下所用所頑新巧之物，心中甚喜，遂命：「給你老爺斟酒。」寶玉執壺，迎春送酒。賈母因說：「你瞧瞧那屏上，都是他姐兒們做的，再猜一猜我聽。」賈政答應，起身走至屏前，只見第一個是元妃的，寫道：

能使妖魔膽盡摧，身如束帛氣如雷。
一聲震得人方恐，回首相看已化灰。

——打一物

賈政確實正經，但正經到扼殺一切生機的地步，未免面目可憎。真正的仁者，不該是這樣可厭的吧？

膝下承歡，堪稱孝子。搞點「貓膩」，亦屬善心。但失了規則，遊戲無趣。

人生與一切富貴榮華均是瞬間的事，物極必反。由瞬間感而產生的破滅感。

*人們已經感到「運」並不決定於、不僅決定於主觀努力——功。運是多方面的因素造成的，所謂天時地利人和，缺一不可。人和尤其難，鎮日紛紛亂如麻的是人的主觀意志。諸謎均甚可悲。不必怕這個悲。這些確是人生的一個側面。當然不是全部。不承認無益於人生。承認、正視這些可悲的方面，超而越之包而容之戰而勝之才是辦法。

賈政道：「這是炮竹呢。」寶玉答道：「是。」又看迎春的，道：

天運人功理不窮，有功無運也難逢。
因何鎮日紛紛亂，只為陰陽數不同。

——打一用物

從詩的角度，這一首選材比較獨特，勝似炮竹、風箏。

賈政道：「是算盤。」迎春笑道：「是。」又往下看，是探春的，道：

階下兒童仰面時，清明妝點最堪宜。
游絲一斷渾無力，莫向東風怨別離。

——打一物

孤獨感，距離感，漂泊與流浪的體味。

賈政道：「好像風箏。」探春道：「是。」再往下看，是黛玉的，道：

朝罷誰攜兩袖煙，琴邊衾裡兩無緣。
曉籌不用雞人[30]報，五更不煩侍女添。
焦首朝朝還暮暮，煎心日日復年年。
光陰荏苒須當惜，風雨陰晴任變遷。

——打一物

焦灼感。焦慮。也是憂患意識。

賈政道：「這個莫非是更香？」寶玉代言道：「是。」賈政又看道：

南面而坐，北面而朝，像憂亦憂，像喜亦喜。

——打一物

麻木，被動。哀莫大焉。

賈政道：「好，好！如猜鏡子，妙極。」寶玉笑回道：「是。」賈政道：

「這一個卻無名字，是誰做的？」賈母道：「這個大約是寶玉做的。」賈政就不言語，往下再看，寶釵的道：

有眼無珠腹內空，荷花出水喜相逢。
梧桐葉落分離時，恩愛夫妻不到冬。
——打一物

賈政看完，心內自忖道：「此物還倒有限，只是小小年紀作此等言語，更覺不祥，看來皆非福壽之輩。」想到此處，愈覺煩悶，大有悲戚之憂，只是垂頭沉思。

賈母見賈政如此光景，想到他身體勞乏，又恐拘束了他眾姊妹不得高興頑耍，即對賈政道：「你竟不必在這裡了，安歇去罷。讓我們再坐一會子，也就散了。」賈政一聞此言，連忙答應幾個是，又勉強勸了賈母一回酒，方才退出去了。回至房中，只是思索，翻來覆去，甚覺淒惋。

這裡賈母見賈政去了，便道：「你們樂一樂罷。」一語未了，只見寶玉跑至圍屏燈前，指手畫腳，信口批評，這個這一句不好，那個破的不恰當，如同開了鎖的猴子一般。黛玉便道：「還像方才大家坐着說說笑笑，豈不斯文些兒。」鳳姐自裡間屋裡出來，插口說道：「你這個人，就該老爺每日和你寸步不離方好。剛才我忘了，為什麼不當着老爺，攛掇叫你作詩謎兒。這會子不怕你不出汗呢。」說的寶玉急了，扯着鳳姐兒廝纏了一會。賈母又與

*這一批燈謎與其作為讖語來讀，不如作為中國式的人生處境的反思。虛無感、憂患意識、孤獨感、荒謬感……都有。這當然不是說曹雪芹是個什麼「主義」者，只是說曹的天才，曹的敏感，曹的經驗與深思，形成了他的比哲學還要哲學的先期體驗和自省。

這與詠算盤的詩一樣，透露的也是一種荒謬感。

對言語的祥與不祥之辨，這也是一種源遠流長的傳統。至今我們只愛聽吉利話，未免有些孩子氣。

這種淒惋不可能只是源於幾個謎；這種淒惋與令他淒惋的謎，均是來自生活與內心的體察。

猴子，難得開一次鎖。

＊生命本體、宇宙本體，總是先於、大於、優於關於生命關於宇宙的理論，通向——緊緊聯繫着本體的小說，甚至於在某種意義上先於、大於、優於哲學（當然缺少哲學的明晰性與系統性、嚴整性）。而文學本體，常常比文學理論更豐富。《紅樓夢》比「紅學」，「闊多啦！」

李宮裁並眾姊妹等說笑了一會子，也覺有些睏倦。聽了聽已交四鼓了，因命將食物撤去，賞與眾人，隨起身道：「我們安歇罷。明日還是節呢，該當早起。明日晚上再頑罷。」於是眾人散去。且聽下回分解。

1 **將笄之年**：古時女子十六而戴笄（一種簪子），表示成年。故女子十五稱「將笄之年」。

2 **頂**：頂靈、頂喪之意。**五台山**：佛教名山之一。這裡說頂上五台山，是避諱說死，用成佛來比喻。

3 **昆弋兩腔**：兩種戲曲聲腔。昆腔又稱昆山腔，起源於江蘇昆山縣，以後又稱昆曲。弋腔又稱弋陽腔，起源於江西弋陽縣。

4 **詼笑科諢**：戲曲中令人發笑的穿插。

5 **《劉二當衣》**：弋陽腔中一齣滑稽戲，又叫劉二叩當或叩當。

6 **《魯智深醉鬧五台山》**：又名《醉打山門》或《山門》，清初邱園（或作朱佐朝）所作《虎囊彈》傳奇中的一齣。

7 **〔北點絳唇〕**：北曲牌名。下文〔寄生草〕也是曲牌名。

8 **搵**：揩拭。

9 **處士**：隱居不仕的人稱「處士」。

10 **剃度**：剃去鬚髮，是出家為僧的儀式。

11 **蓮台**：佛像所坐之台座，周遭雕蓮花瓣，名「蓮台」。

12 **乍**：這裡有倉促之意。

13 **捲單**：即離寺而去。僧人投寺寄宿稱「掛單」，離寺而行稱「捲單」。

14 **芒鞋**：草鞋。**缽**：缽盂，佛門食器。**隨緣化**：隨機緣而募化。

15 **《妝瘋》**：北曲摺子戲，元人雜劇《功臣宴敬德不服老》第三摺。

16 **「巧者勞」四句**：語出《莊子．列禦寇》，意謂心靈手巧和聰明智慧的人總是勞苦和憂愁，而無能的人沒有過多的要求，吃飽飯四處遨遊，好像江河中沒有繫纜的小船自由自在，隨水漂流。

17 **「山木自寇」**：語見《莊子．人間世》。**「源泉自盜」**：語本《莊子．山木》「直木先伐，甘井先竭」。意為山木因成材而招人來砍伐，泉水因甘甜而惹人來飲用，從根本上說盜寇就是自身。

18 **「你證我證」一偈**：「證」：驗證、印證，用作佛語作領悟解。意為互相印證彼此感情，到無須印證、無可印證時，才是了悟之境。

19 **「無我原非你」一首**：為「你證我證」一偈作注，用人與人之間互為依存又互相隔膜的關係來說明禪理。

20 **機鋒**：禪宗用以研討和表達禪理的語言和動作。

21 **南宗六祖惠能**：佛教禪宗據傳為天竺僧人達摩所創立，稱為禪宗始祖，五傳至五祖弘忍後，分為南北二宗，北宗以神秀為代表，主張「漸悟」。南宗以六祖惠能為首，主張「頓悟」，是為中國佛教禪宗的主流。

22 **法嗣**：繼承衣缽的弟子稱「法嗣」。

23 **上座**：高級僧職，僅次於寺院主持。

24 **菩提樹**：相傳釋迦牟尼在菩提樹下悟道成佛。菩提樹為一種長綠喬木，果實菩提子可製成唸珠。這首偈代表了禪宗北派逐步修煉，達到覺悟的觀點。

25 **「菩提本非樹」一偈**：代表了禪宗南派的禪學觀點，這一派主張心悟、頓悟、見性成佛。

26 **衣缽**：指僧人的袈裟和食器，後用作代表教派傳承關係的法器。

27 **語錄**：一種文體，記錄對答的口語。

28 **詩筒**：佩在身邊收存詩歌草稿的竹筒。

29 **茶筅**：涮洗茶具的竹刷子，舊時是一種高雅的禮品。

30 **雞人**：官名。古代宮廷中專司報曉的衛士，因頭戴象徵雄雞的紅巾，故稱「雞人」。

第二十三回

西廂記妙詞通戲語　牡丹亭艷曲警芳心

話說賈元春自那日幸大觀園回宮去後，便命將那日所有的題詠，命探春依次抄錄妥協，自己編次，敘其優劣，又令在大觀園勒石，[1]為千古風流雅事。因此，賈政命人各處選拔精工名匠，在大觀園磨石鐫字。賈珍率領賈蓉、賈萍等監工。因賈薔又管理着文官等十二個女戲子並行頭等事，不得空閒，因此，又將賈菖、賈菱喚來監工。一日，湯蠟釘朱，[2]動起手來。這也不在話下。

也是編輯「出版」事宜。

元春一面告誡不可奢靡，一面出題目令賈家做文章，再加開支。

且說那個玉皇廟並達摩庵兩處，一班的十二個小沙彌並十二個小道士，如今挪出大觀園來，賈政正想發到各廟去分住，不想後街上住的賈芹之母周氏，正打算到賈政這邊謀一個大小事件與兒子管管，也好弄些銀錢使用，可巧聽見這邊有事，便坐車來求鳳姐。鳳姐因見他素日不大拿班做勢的，便依允了，想了幾句話便回王夫人說：「這些小和尚道士萬不可打發到別處去，一時娘娘出來就要應承的。倘或散了，若再用時，可又費事。依我的主意，不如將他們都送到家廟鐵檻寺去，月間不過派一個人拿幾兩銀子去買柴米就是了。說聲用，走去叫一聲就來，一點兒不費事。」王夫人聽了，便商之於賈政。賈政聽了笑道：「倒是提醒了我，

＊周氏為子求職，鳳姐因人設事，稟王夫人，王夫人請示賈政，賈政喚賈璉來，這當然是要一個過程的。但作者一口氣寫下來，如「貫口」然，而且說什麼「正同鳳姐吃飯」。對事件的過程性、時間性以及動詞的「時」，比較馬虎從事。

就是這樣。」即時喚賈璉。

賈璉正同鳳姐吃飯，一聞呼喚，放下飯便走。鳳姐一把拉住，笑道：「你且站住，聽我說話。若是別的事我不管，若是為小和尚小道士們的那事，好歹依我這麼着。」如此這般教了一套話。賈璉笑道：「我不知道，你有本事你說去。」鳳姐聽說，把筷子一放，腮上帶笑不笑的瞅着賈璉道：「你當真，還是頑話兒？」賈璉道：「西廊下五嫂子的兒子芸兒來求了我兩三遭，要件事管管，我應了，叫他等着。好容易出來這件事，你又奪了去。」鳳姐兒笑道：「你放心。園子東北角上，娘娘說了，還叫多多的種松柏樹，樓底下還叫種些花草。等這件事出來，我包管叫芸兒管這工程。」賈璉道：「果然這樣也倒罷了。只是昨兒晚上，我不過是要改個樣兒，你就扭手扭腳的。」鳳姐聽了，嗤的一聲笑了，向賈璉啐了一口，低下頭便吃飯。

賈璉一徑笑着去了。走到前面，見了賈政，果然是為小和尚的事。賈璉便依了鳳姐的主意，說道：「看來芹兒倒大大的出息了，這件事竟交與他去管辦，橫豎照在裡頭的規例，每月叫芹兒支領就是了。」賈政原不大理論這些小事，聽賈璉如此說，便依允了。賈璉回至房中告訴鳳姐，鳳姐即命人去告訴周氏。賈芹便來見賈璉夫妻，感謝不盡。鳳姐又做情，先支三個月的費用，叫他寫了領字，賈璉批票畫了押，登時發了對牌出去。銀庫上按數發出三個月的供給來，白花花三百兩。賈芹隨手拈了一塊與掌秤的人，叫他們吃

叫作「養起來」，然後召之即來，揮之即去。

各人想用各人的人，故而要有所謹讓，有所妥協，有所安排。

竟把用人上的合作與性合作聯繫了起來！

了茶罷。於是命小廝拿了回家，與母親商議。登時僱個腳驢自己騎，又僱幾輛車子至榮國府角門前，喚出二十四個人來，坐上車子，一徑往城外鐵檻寺去了。當下無話。

如今且說賈元春在宮中編大觀園題詠之後，忽然想起那園中的景致，自從幸過之後，賈政必定敬謹封鎖，不叫人進去，豈不辜負此園。況家中現有幾個能詩會賦的姊妹們，何不命他們進去居住，也不使佳人落魄，花柳無顏。卻又想，寶玉自幼在姊妹叢中長大，不比別的兄弟，若不命他進去，又怕冷落了他，恐賈母、王夫人心上不喜，須得也命他進去居住方妥。命太監夏忠到榮府下一道諭，命寶釵等在園中居住，不可封錮。命寶玉也隨進去讀書。

元春想得周到，不那麼壟斷。不錯。

賈政、王夫人接了諭，命夏忠去後，便回明賈母，遣人進去各處收拾打掃，安設簾幔床帳。別人聽了還猶自可，惟寶玉喜之不勝。正和賈母盤算，要這個，要那個，忽見丫鬟來說：「老爺叫寶玉。」寶玉呆了半晌，登時掃了興，臉上轉了色，便拉着賈母扭的扭股兒糖似的，死也不敢去。賈母只得安慰他道：「好寶貝，你只管去，有我呢，他不敢委曲了你。況你作了這篇好文章。想是娘娘叫你進園去住，他吩咐你幾句話，不過是怕你在裡頭淘氣。他說什麼，你只好生答應着就是了。」一面安慰，一面喚了兩個老嬤嬤來，吩咐「好生帶了寶玉去，別叫他老子唬着他。」老嬤嬤答應了。

賈母越這樣說，寶玉越發不喜歡他的父親了。

＊僅僅從階級的、意識形態的觀點分析賈政、寶玉的父子矛盾似亦牽強。如果寶玉之對賈政反感純屬一個衛道、捍衛封建，一個反封建、叛逆封建的話，賈母豈不客觀上也成了反封建的後台？這種父子關係的形成因素亦相當複雜。

寶玉只得前去，一步挪不了三寸，蹭到這邊來。可巧賈政在王夫人房中商議事情，金釧兒、彩雲、彩鳳、繡鸞、繡鳳等眾丫鬟都在廊檐下站着呢，一見寶玉來，都抿着嘴兒笑他。金釧一把拉着寶玉，悄悄的說道：「我這嘴上是才擦的香漬的胭脂，你這會子可吃不吃了？」彩雲一把推開金釧笑道：「人家心裡正不自在，你還要奚落他，趁這會子喜歡，快進去罷。」寶玉只得挨門進去。原來賈政和王夫人都在裡間呢。趙姨娘打起簾子，寶玉挨身而入。只見賈政和王夫人對坐在炕上說話，地下一溜椅子，迎春、探春、惜春、賈環四人都坐在那裡。一見他進來，惟有探春、惜春和賈環站了起來。

賈政一舉目，見寶玉站在跟前，神采飄逸，秀色奪人；又看見賈環，人物委瑣，舉止粗糙；忽又想起賈珠來，再看看王夫人，只有這一個親生的兒子，素愛如珍，自己的鬍鬚將已蒼白：因這幾件上，把平日嫌惡寶玉之心不覺減了八九分。半晌說道：「娘娘吩咐你說，日日在外遊嬉，漸次疏懶，如今叫禁管你同姐妹們在園裡讀書，你可好生用心學習，再不守分安常，你可仔細！」寶玉連連答應了幾個「是」。王夫人便拉他在身邊坐下。他姊弟三人依舊坐下。

王夫人摸索着寶玉的脖項說道：「前兒的丸藥都吃完了沒有？」寶玉答應道：「還有一丸。」王夫人說：「明早再取十丸來，天天臨睡時候，叫襲人伏侍你吃了再睡。」寶玉道：「自從太太吩咐了，襲人天天臨睡打發我吃

正說明她們都與寶玉關係不錯，叫作「過得着」。

亦有慈父之情。

平日嫌惡之情驚人。何至於嫌惡？如是嫌惡，必是一種心理現象：是一種逆向的俄狄浦斯（不是子弒父，而是父弒子）情結。寶玉那樣泛愛女孩子並在女孩子中受寵，安知賈政潛意識裡不嫉妒？

在那種醫療保健條件下，吃藥也是一種特權享

的。」賈政便問：「誰叫襲人？」王夫人道：「是個丫頭。」賈政道：「丫頭不拘叫個什麼罷了，是誰起這樣刁鑽的名字？」王夫人見賈政不自在了，便替寶玉掩飾道：「是老太太起的。」賈政道：「老太太如何曉得這樣的話，一定是寶玉。」寶玉見瞞不過，只得起身回道：「因素日讀詩，曾記古人有句詩云：『花氣襲人知晝暖』。因這丫頭姓花，便隨意起的。」王夫人忙向寶玉說道：「你回去改了罷。老爺也不用為這小事生氣。」賈政道：「其實也無妨礙，不用改。只可見寶玉不務正，專在這些濃詞艷詩上做工夫。」說畢，斷喝了一聲：「作孽的畜生，還不出去！」王夫人也忙道：「去罷，去罷，怕老太太等吃飯呢。」寶玉答應了，慢慢的退出去，向金釧兒笑伸伸舌頭，帶着兩個老嬤嬤一溜煙去了。

剛至穿堂門前，只見襲人倚門而立，見寶玉平安回來，堆下笑來問道：「叫你做什麼？」寶玉告訴：「沒有什麼，不過怕我進園淘氣，吩咐吩咐。」一面說，一面回至賈母跟前，回明原委。只見林黛玉正在那裡。寶玉便問他：「你住在那一處好？」黛玉正盤算這事，忽見寶玉一問，便笑道：「我心裡想着瀟湘館好，我愛那幾竿竹子隱住一道曲欄，比別處幽靜。」寶玉聽了，拍手笑道：「正合我的主意，我也要叫你那裡去住，我就住怡紅院，咱們兩個又近，又都清幽。」

二人正計議，就有賈政遣人來回賈母說：「二月二十二日是好日子，哥

受。

一提「濃詞艷詩」就來氣，賈政的心理乃至功能或有不正常處。

只能與金釧兒略有交流。

比對金釧兒正經多了。

*賈寶玉在大觀園裡的日子，帶有理想主義（當然是富有賈寶玉特色的理想主義）色彩。因此，對其真實性可信性自來有多種說法。還是當作小說來看最好。其實也是小說的真實，合情合理而又有滋有味就行了。可以想像作者有類似的經驗。不一定太虛（如說是影射皇帝生活），似亦不必太拘泥。

＊農民的理想是「三十畝地一頭牛，老婆孩子熱炕頭」，「樣板戲」中英烈的理想是紅旗招展滿神州，賈寶玉的理想則是大觀園。每個人的理想都不完全憑空，也都難以原封不動地完滿實現。

兒姐兒們好搬進去的。這幾日內遣人進去分派收拾。」薛寶釵住了蘅蕪苑，林黛玉住了瀟湘館，賈迎春住了綴錦樓，探春住了秋掩書齋，惜春住了蓼風軒，李氏住了稻香村，寶玉住怡紅院。每一處添兩個老嬤嬤，四個丫頭，除各人奶娘親隨丫頭外，另有專管收拾打掃的。至二十二日一齊進去。登時園內花招繡帶，柳拂香風，不似前番那等寂寞了。

閒言少敘。且說寶玉自進園來，心滿意足，再無別項可生貪求之心，每日只和姊妹丫鬟們一處，或讀書，或寫字，或彈琴下棋，作畫吟詩，以至描鸞刺鳳，鬥草簪花，低吟悄唱，拆字猜枚，無所不至，倒也十分快意。他曾有幾首四時即事詩，[3]雖不算好，卻是真情真景。

賈寶玉的天國——風景秀美的大觀園，與眾多聰明美麗的女孩子朝夕相處，享受着丫鬟們的服務，養尊處優。這也是一種人間天堂的圖影。一種情的烏托邦。

「春夜即事」云：

霞綃雲幄任鋪陳，隔巷蛙聲聽未真。
枕上輕寒窗外雨，眼前春色夢中人。
盈盈燭淚因誰泣，點點花愁為我嗔。
自是小鬟嬌懶慣，擁衾不耐笑言頻。

「夏夜即事」云：

倦繡佳人幽夢長，金籠鸚鵡喚茶湯。
窗明麝月開宮鏡，室靄檀雲品御香。
琥珀杯傾荷露滑，玻璃檻納柳風涼。

水亭處處齊紈[4]動，簾捲朱樓罷晚妝。

「秋夜即事」云：

絳雲軒裡絕喧嘩，桂魄[5]流光浸茜紗。
苔鎖石紋容睡鶴，井飄桐露濕棲鴉。
抱衾婢至舒金鳳，倚檻人歸落翠花。
靜夜不眠因酒渴，沉煙重撥索烹茶。

「冬夜即事」云：

梅魂竹夢已三更，錦罽鸘衾[6]睡未成。
松影一庭惟見鶴，梨花滿地不聞鶯。
女奴翠袖詩懷冷，公子金貂酒力輕。
卻喜侍兒知試茗，掃將新雪及時烹。

不說寶玉閒吟，且說這幾首詩，當時有一等勢利人，見是榮國府十二三歲的公子作的，抄錄出來各處稱頌；再有一等輕薄子弟，愛上那風流妖艷之句，也寫在扇頭壁上，不時吟哦賞讚。因此上竟有人來尋詩覓字，倩畫求題的，寶玉益發得意，每日家做這些外務。

誰想靜中生動，忽一日不自在起來，這也不好，那也不好，出來進去，只是悶悶的。園中那些女孩子，正是混沌世界天真爛熳之時，坐臥不避，嬉笑無心，那裡知寶玉此時的心事。那寶玉心裡不自在，便懶在園內，只在外頭鬼混，卻又

詩好詩壞，有詩就有一種審美情操。寶玉常能以一種審美的眼光看異性，這就比珍、璉、蓉輩高出一大截了。

也時而躊躇意滿於自己的風流公子哥兒的生活。

青春萌動，寫得略顯直白。

癡癡的。茗煙見他這樣，因想與他開心，左思右想，皆是寶玉頑煩了的，只有這件，寶玉不曾看見過。想畢，便走到書坊內，把那古今小說並那飛燕、合德、武則天、楊貴妃的外傳與那傳奇角本買了許多來引寶玉。寶玉一看，如得珍寶。[7]茗煙又囑咐道：「不可拿進園去，若叫人知道了，我就吃不了兜着走呢。」寶玉那裡肯不拿進去，踟躕再四，單把那文理雅道些的揀了幾套進去，放在床頭上，無人時方看。那粗俗過露的，都藏在外面書房內。

那日正當三月中浣，[8]早飯後，寶玉攜了一套《會真記》，[9]走到沁芳閘橋那邊桃花底下一塊石上坐着，展開《會真記》從頭細看。正看到「落紅成陣」，[10]只見一陣風過，樹上桃花吹下一大半來，落得滿身滿書滿地皆是花片。寶玉要抖將下來，恐怕腳步踐踏了，只得兜了那花瓣來至池邊，抖在池內。那花瓣浮在水面，飄飄蕩蕩，竟流出沁芳閘去了。

回來只見地下還有許多花瓣，寶玉正踟躕間，只聽背後有人說道：「你在這裡做什麼？」寶玉一回頭，卻是林黛玉來了，肩上擔着花鋤，花鋤上掛着紗囊，手內拿着花帚。寶玉笑道：「好，好，來把這個花掃起來，撂在那水裡去罷，我才撂了好些在那裡呢。」林黛玉道：「撂在水裡不好，你看這裡的水乾淨，只一流出去，有人家的地方什麼沒有，仍舊把花遭塌了。那畸角上我有一個花冢，如今把他掃了，裝在這絹袋裡，埋在那裡，日久隨土化了，豈不乾淨。」

寶玉聽了，喜不自禁，笑道：「待我放下書，幫你來收拾。」黛玉道：「什

由茗煙來啟蒙。

為主子尋求點突破，並分擔一點突破的風險，是奴才的重要使命與職能之一。

茗煙又是跟誰學的？他怎麼知道有這些書？區別處理。自古都有約束。卻始終禁不絕。蓋禁得了書，禁不掉「性」也。

這一段寫得情景交融，膾炙人口。

對美的尊重與珍惜。與某種毀滅美的本能（如「文革」中給漂亮女演員推陰陽頭，砸碎工藝品等）成為對比。

這種珍惜又是軟弱的，脆弱的。一個醜惡粗暴的世界，有誰能這樣珍惜美呢？

麼書？」寶玉見問，慌的藏之不迭，便說道：「不過是《中庸》《大學》。」黛玉道：「你又在我跟前弄鬼。趁早兒給我瞧瞧，好多着呢。」寶玉道：「妹妹，若論你，我是不怕的。你看了，好歹別告訴別人。真正這是好文章！你若看了，連飯也不想吃呢。」一面說，一面遞了過去。黛玉把花具放下，接書來瞧，從頭看去，越看越愛，不須飯時，將十六齣俱已看完。但覺詞句警人，餘香滿口，雖看完了，卻只管出神，心內還默默記誦。

寶玉笑道：「妹妹，你說好不好？」林黛玉笑道：「果然有趣。」寶玉笑道：「我就是個『多愁多病的身』，你就是那『傾國傾城的貌』。」[11]林黛玉聽了，不覺帶腮連耳通紅，登時豎起兩道似蹙非蹙的眉，瞪了兩隻似睜非睜的眼，桃腮帶怒，薄面含嗔，指寶玉道：「你這該死的胡說！好好的把這淫詞艷曲弄了來，說這些混賬話來欺負我。我告訴舅舅舅母去。」說到「欺負」二字，就把眼圈兒紅了，轉身就走。寶玉着了忙，向前攔住道：「好妹妹，千萬饒我這一遭，原是我說錯了。若有心欺負你，明兒我掉在池子裡，叫個癩頭黿吃了去，變個大忘八，等你明兒做了『一品夫人』，病老歸西的時候，我往你墳上替你馱一輩子碑去。」說的林黛玉撲嗤的一聲笑了，一面揉着眼，一面笑道：「一般唬的這個調兒，還只管胡說。『呸，原來也是個銀樣蠟鎗頭』。」[12]寶玉聽了，笑道：「你說說，你這個呢？我也告訴去。」林黛玉笑道：「你說你會過目成誦，難道我就不能一目十行麼？」寶玉一面收書，一面笑道：「正經快把花埋了罷，別提那個了。」

[11] 看看閒書還湊和，聯繫實際就罪該萬死了。特立獨行如林黛玉，也是自我矛盾，不敢不能不想解放的。誰能解放自己的真心性？

[12] 賠不是賠得好。幽而默之，化解矛盾一法。

二人便收拾落花，正才埋妥，只見襲人走來說道：「那裡沒找到，摸在這裡來。那邊大老爺不好，姑娘們都過去請安，老太太叫打發你去呢，快回去換衣服罷。」寶玉聽了，忙拿了書，別了黛玉，同襲人回房換衣不提。

林黛玉見寶玉去了，聽見眾姐妹也不在房中，自己悶悶的。正欲回房，剛走到梨香院牆角下，只聽見牆內笛韻悠揚，歌聲婉轉。林黛玉便知是那十二個女子演習戲文，雖未留心去聽，偶然兩句吹到耳內，明明白白，一字不落道：「原來是姹紫嫣紅開遍，似這般都付與斷井頹垣。」[13]林黛玉聽了，倒也十分感慨纏綿，便止步側耳細聽，又唱道是：「良辰美景奈何天，賞心樂事誰家院。」聽了這兩句，不覺點頭自嘆，心下自思：「原來戲上也有好文章，可惜世人只知看戲，未必能領略其中的趣味。」想畢，又後悔不該胡想，耽誤了聽曲子。再聽時，恰唱到：「只為你如花美眷，似水流年……」黛玉聽了這兩句，不覺心動神搖。又聽道「你在幽閨自憐」等句，越發如醉如癡，站立不住，便一蹲身，坐在一塊山子石上，細嚼「如花美眷，似水流年」八個字的滋味。忽又想起，前日見古人詩中有「水流花謝兩無情」[14]之句，再詞中又有「流水落花春去也，天上人間」[15]之句，又兼方才所見《西廂記》中「花落水流紅，閒愁萬種」之句，都一時想起來，湊聚在一處，仔細忖度，不覺心痛神馳，眼中落淚。正沒個開交，忽覺背後有人擊他一下，及回頭看時，原來是個女子。未知是誰，下回分解。

能夠聽得如此清晰麼？閱讀般地清晰？看來也是人物心理活動描寫的需要，使黛玉的耳朵分外靈敏。

*文藝作品常起一種催春的作用。以為「春」大逆不道的人自然認為文藝也大逆不道。其實「春」的到來並不決定於文藝，文藝只是鮮明了、豐富了、共鳴了人對於自己的生命的春、夏、秋、冬的體驗。

文藝幫助人享受了、體驗了生命。體驗了花開，也體驗了花落，體驗了情，也體驗了無情。

文藝本身便是生命的鮮花，卻也是落葉，也是無情的流水。無論怎麼說，以寶、黛之靈性，在他們青春萌動的時候接觸到《西廂記》、《牡丹亭》之屬，是他們的幸福。這是書成全了他們。王實甫、湯顯祖，可以因為有這樣的讀者而感到安慰。

1 勒石：即刻碑。

2 湯蠟釘朱：刻碑的工序。在碑上用硃砂筆寫好字，叫作「書丹」，用熔化了的白蠟塗在字上，保護朱字，叫作「湯蠟」，也稱「燙蠟」，刻工按朱字鐫刻，叫作「釘朱」。

3 即事詩：以眼前的事為題材而寫成的詩。

4 齊紈：齊國出產的細絹。這裡指團扇。

5 桂魄：指月光，傳說月宮中有桂樹。

6 錦罽鸘衾：彩色提花毛毯和繡有鸘鸘（雁類的一種）圖案的被子。

7 合德：趙合德，漢成帝皇后趙飛燕之妹，後入宮為妃。

8 中浣：即中旬。

9 《會真記》：唐元稹傳奇小說《鶯鶯傳》，又稱《會真記》。

10 落紅成陣：《西廂記》第二本第一折中鶯鶯的唱詞。

11 「多愁多病的身」、「傾國傾城的貌」：是《西廂記》中第一本第四折中張生的唱詞，前者指自己，後者指鶯鶯。

12 銀樣蠟鎗頭：《西廂記》第四本第二折紅娘嘲張生的話，意為中看不中用。

13 「原來」兩句及下文中「良辰」二句、「只為你」句、「你在」句：都是《牡丹亭．驚夢》中的唱詞。

14 水流花謝兩無情：語出唐崔塗《春夕》詩。

15 流水落花春去也，天上人間：南唐後主李煜《浪淘沙》句。

第二十四回

醉金剛輕財尚義俠　癡女兒遺帕惹相思

話說林黛玉正在情思縈逗纏綿固結之時，忽有人從背後擊了他一下，說道：「你做什麼一個人在這裡？」林黛玉唬了一跳，回頭看時，不是別人，卻是香菱。林黛玉道：「你這個傻丫頭，唬我一跳。你這會子打那裡來？」香菱嘻嘻的笑道：「我來尋我們姑娘的，總找不着他。你們紫鵑也找你呢，說璉二奶奶送了什麼茶葉來給你的。回家去坐着罷。」一面說，一面拉着黛玉的手回瀟湘館來。果然鳳姐送了兩小瓶上用新茶來。林黛玉和香菱坐了，談講些這一個繡的好，那一個刺的精，又下一回棋，看兩句書，香菱便走了。不在話下。

如今且說寶玉因被襲人找回房去，只見鴛鴦歪在床上看襲人的針線呢，見寶玉來了，便說道：「你往那裡去了？老太太等着你呢，叫你過那邊請大老爺安去。還不快去換了衣服走呢。」襲人便進房去取衣服。寶玉坐在床沿上，褪了鞋等靴子穿的工夫，回頭見鴛鴦穿着水紅綾子襖兒，青緞子背心，

＊從情節主線結構的觀點來看，讀到這裡仍然令讀者摸不着頭腦。寶、黛、釵、鳳……這些主要人物的故事屢屢被打斷。這一回有一搭無一搭地寫到了賈赦生病又無大病，寶玉被邢夫人留飯一事，又憑空插進一個賈芸直至小紅的故事。依常規來看，編輯們該批評作者太漫天撒網了吧？

《紅樓夢》更像大海，至少是大江，不是小溪。只因哪兒都精彩，所以看得下去。長篇小說而能句句段段有魅力，太難了。

束着白縐綢汗巾兒，臉向那邊低着頭看針線，脖子上帶着扎花領子。寶玉便把臉湊在脖項上，聞那香氣，不住用手摩挲，其白膩不在襲人以下，便猴上身去涎臉笑道：「好姐姐，把你嘴上的胭脂賞我吃了罷。」一面說，一面扭股糖似的粘在身上。鴛鴦便叫道：「襲人，你出來瞧瞧，你跟他一輩子，也不勸勸他，還是這麼着。」襲人抱了衣服出來，向寶玉道：「左勸也不改，右勸也不改，你倒是怎麼樣？你再這麼着，這個地方可就難住了。」一邊說，一邊催他穿衣服，同鴛鴦往前面來。

見過賈母，出至外面，人馬俱已齊備。剛欲上馬，只見賈璉請安回來，正下馬。二人對面，彼此問了兩句話，只見旁邊轉出一個人來，「請寶叔安」。寶玉看時，只見這人生的容長臉，長挑身材，年紀只有十八九歲，生得着實斯文清秀，倒也十分面善，只是想不起是那一房的，叫什麼名字。賈璉笑道：「你怎麼發呆，連他也不認得？他是後廊上住的五嫂子的兒子芸兒。」寶玉笑道：「是了，是了，我怎麼就忘了。」因問他母親好，這會子什麼勾當。[1]賈芸指賈璉道：「找二叔說句話。」寶玉笑道：「你倒比先越發出挑了，倒像我的兒子。」賈璉笑道：「好不害臊！人家比你大四五歲呢，就給你做兒子了？」寶玉笑道：「你今年十幾歲？」賈芸道：「十八了。」

原來這賈芸最伶俐乖巧的，聽寶玉說像他的兒子，便笑道：「俗語說的好，『搖車兒裡的爺爺，拄拐棍兒的孫子』。雖然年紀大，山高遮不住太

又鬧到了鴛鴦身上。

寶玉的這些無賴行徑實在難說與蓉璉輩有什麼大原則的區別，他年紀小，就鬧成這個樣子。但他畢竟還有真情，有靈性，有悟性，有他的大悲哀——也就是說有了靈魂。按某種觀點，這些鏡頭都應剪掉。

寶玉性情之真實恰在於不僅寫雅的詩，也行俗的事。寶玉的身份決定了他能上能下，可以與林黛玉共讀《西廂》，也可以緊接着與丫頭們鬼混。

既是丫頭，鬼混一下亦不失禮。寶玉見了黛玉或寶釵可沒這麼幹過。

既是階級的分離也是靈與肉的分離。

機會抓住不放。

*這一段寫得淡淡的，多少反映了一些賈氏人物的關係。寶玉來看望賈赦，似有賈母特使的意味。按說賈赦是賈母兒子，關係更近才對。卻向寶玉「回了賈母問的話」。邢氏對寶玉賈環態度亦親疏完全不同。

陽，只從我父親死了這幾年，也沒人照管。若寶叔不嫌侄兒蠢，認做兒子，就是侄兒的造化了。」賈璉笑道：「你聽見了？認了兒子不是好開交的。」說着就進去了。寶玉笑道：「明兒你閒了，只管來找我，別和他們鬼鬼祟祟的。這會子我不得閒兒。明日你到書房裡來，和你說天話兒，我帶你園子裡頑去。」說着，扳鞍上馬，眾小廝隨往賈赦這邊來。

見了賈赦，不過是偶感些風寒，先述了賈母問的話，然後自己請了安。賈赦先站起來回了賈母問的話，便喚人來：「帶進哥兒去太太屋裡坐着。」寶玉退出來，至後面，到上房。邢夫人見了，先站了起來，請過賈母的安，寶玉方請安。邢夫人拉他上炕坐了，方問別人，又命人倒茶。茶未吃完，只見賈琮來問寶玉好。邢夫人道：「那裡找活猴兒去，你那奶媽子死絕了，也不收拾收拾，弄得你黑眉烏嘴的，那裡還像個大家子唸書的孩子！」

正說着，只見賈環、賈蘭小叔侄兩個也來請安。邢夫人叫他兩個在椅子上坐着。賈環見寶玉同邢夫人坐在一個坐褥上，邢夫人又百般摩挲撫弄他，早已心中不自在了。坐不多時，便向賈蘭使個眼色要走。賈蘭只得依他，一同起身告辭。寶玉見他們起身，也就要一同回去。邢夫人笑道：「你且坐着，我還和你說話。」寶玉只得坐了。邢夫人向他兩個道：「你們回去，各人替我問各人母親好罷。你們姑娘姐妹們都在這裡呢，鬧得我頭暈，今兒不留你們吃飯了。」賈環等答應着，便出去了。

別人教育寶玉、秦鍾都提到不要與「他們」混到一起，寶玉又這樣教誨賈芸。「他們」是指誰呢？為什麼籠統一說「他們」，就有貶意而且彼此明白呢？只能說是寶玉仍是站在貴族立場而蔑視鄙視平民的。

聲氣不佳，與身份不甚合。

寶玉笑道：「可是姐姐們都過來了，怎麼不見？」邢夫人道：「他們坐了會子，都往後頭不知那屋裡去了。」寶玉說：「大娘說有話說，不知是什麼話？」邢夫人笑道：「那裡什麼話，不過叫你等着同姐妹們吃了飯去。還有一個好頑的東西給你帶回去頑兒。」娘兒兩個說着，不覺又晚飯時候。請過眾位姑娘們來，調開桌椅，羅列杯盤，母女姊妹們吃畢了飯。寶玉辭別賈赦，同眾姐妹回家，見過賈母、王夫人等，各自回房安歇。不在話下。

且說賈芸進去見了賈璉，因打聽可有什麼事情。賈璉告訴他說：「前兒倒有一件事情出來，偏生你嬸娘再三求了我，給了賈芹了。他許我說，明兒園裡還有幾處要栽花木的地方，等這個工程出來，一定給你就是了。」那賈芸聽了，半晌說道：「既是這樣，我就等着罷。叔叔也不必先在嬸娘跟前提我今兒來打聽的話，到跟前再說也不遲。」賈璉道：「提他做什麼，我那裡有這工夫說閒話呢。明日還要到興邑去走一走，必須當日趕回來方好。你先去等着，後日起更以後你來討信，早了我不得閒。」說着，便向後面換衣服去了。

賈芸出了榮國府回家，一路思量，想出一個主意來，便一徑往他母舅卜世仁家來。原來卜世仁現開香料舖，方才從舖子裡回來。一見賈芸便問：「為什麼事來？」賈芸道：「有件事求舅舅幫襯。要用冰片、麝香，好歹舅舅每樣賒四兩給我，八月節按數送了銀子來。」卜世仁冷笑道：「再休提賒欠一事。前日也是我們舖子裡一個夥計，替他的親戚賒了幾兩銀子的貨，至今總未還上。因此我們大

半晌，不快與思謀同時進行。為什麼要這樣請求？鬼鬼祟祟的。

家賠上，立了合同，再不許替親友賒欠，誰要犯了，就罰他二十兩銀子的東道。況且如今這個貨也短，你就拿現銀子到我們這小舖子裡來買，也還沒有這些，只好倒扁兒[2]去。這是一件。二則你那裡有正經事，不過賒了去又是胡鬧。你只說舅舅見你一遭兒，就派你一遭兒不是。你小人家狠不知好歹，也要立個主意，賺幾個錢，弄弄穿的吃的，我看着也喜歡。」賈芸笑道：「舅舅說得有理。但我父親沒的時節，我年紀又小，不知事體。後來聽我母親說，都還虧舅舅們在我們家去出主意，料理的喪事。難道舅舅是不知道的，還是有一畝地兩間房子在我手裡花了不成？巧媳婦做不出沒米的飯來，叫我怎麼樣呢？還虧是我呢，要是別個，死皮賴臉的三日兩頭兒來纏舅舅，要三升米二升豆子的，舅舅也就沒有法兒呢。」

卜世仁道：「我的兒，舅舅要有，還不是該的。我天天和你舅母說，只愁你沒個算計，你但凡立得起來，到你大房裡，就是他們爺兒們見不着，便下個氣，和他們的管家或者管事的人們嬉和嬉和，[3]也弄個事兒管管。前兒我出城去，撞見你三房裡的老四，騎着大叫驢，帶着四五輛車，有四五十和尚道士，往家廟裡去了。他那不虧能幹，就有這樣的事到他了！」賈芸聽了嘮叨的不堪，便起身告辭。卜世仁道：「怎麼急的這樣？吃了飯去罷。」一句話未說完，只見他娘子說道：「你又糊塗了。說着沒有米，這裡買了半斤麵來下給你吃，這會子還裝胖呢。留下外甥捱餓不成？」卜世仁道：「再買半斤來添上就是了。」他娘子便叫女兒：「銀姐，往對門王奶奶家去問，有錢借二三十個，明日就送來還的。」夫妻兩個

窮自然有不是。

一個大戶周圍，必然有這麼一些爬蟲。

嬉和嬉和，傳神。無賴的賴辦法。

完全可以編入相聲。對付窮親戚，也要有厚黑學功夫。

説話，那賈芸早説了幾個「不用費事」，去的無影無蹤了。

不言卜家夫婦。且説賈芸賭氣離了母舅家門，一徑回來，心下正自煩惱，一邊想，一邊走，低着頭，不想一頭就碰在一個醉漢身上，把賈芸一把拉住，罵道：「你瞎了眼，碰起我來了。」賈芸聽聲音像是熟人，仔細一看，原來是緊鄰倪二。這倪二是個潑皮，專放重利債，在賭博場吃飯，專愛喝酒打架。此時正從欠錢人家索債歸來，已在醉鄉，不料賈芸碰了他，就要動手。賈芸叫道：「老二住手！是我衝撞了你。」倪二一聽他的語音，將眼睜開一看，見是賈芸，忙鬆了手，趔趄着笑道：「原來是賈二爺，這會子那裡去？」賈芸道：「告訴不得你，平白的又討了個沒趣。」倪二道：「不妨，有什麼不平的事，告訴我，我替你出氣。這三街六巷憑他是誰，若得罪了我醉金剛倪二的街鄰，管叫他人離家散。」

賈芸道：「老二，你別生氣，聽我告訴你這緣故。」便把卜世仁一段事告訴了倪二。倪二聽了大怒道：「要不是二爺的親戚，我便罵出來，真正氣死我。也罷，你也不必愁，我這裡現有幾兩銀子，你要用，只管拿去。我們好街坊，這銀子是不要利錢的。」一頭説，一頭從搭包內掏出一包銀子來。

賈芸心下自思：「倪二素日雖然是潑皮，卻也因人而施，頗有義俠之名，若今日不領他這情，怕他臊了，倒恐不美。不如用了他的，改日加倍還他就是了。」因笑道：「老二，你果然是個好漢，既蒙高情，怎敢不領，回家照例寫了文約送過來便了。」倪二大笑道：「這不過是十五兩三錢銀子。你若要寫文契，我就不借了。」賈芸聽了，一面接銀子，一面笑道：「我便遵命罷了，何必着急。」倪二笑道：「這才是了。天氣黑了，也不讓茶讓酒，我還有事情到那邊去，你竟請回。我還求你帶個信兒與我們家，叫他們閉門睡罷，我不回家去；倘或有事，叫我們女孩兒明兒一早到馬販子王短腿家找我。」一面說，一面趔趄腳兒去了，不在話下。

倪二大方，賈芸並不大方。

且說賈芸偶然碰了這件事，心下也十分稀罕，想那倪二倒果然有些意思，只是怕他一時醉中慷慨，到明日加倍要來便怎麼處。忽又想道：「不妨，等那件事成了，可也加倍還得起他。」因走到一個錢舖內，將那銀子稱一稱，分兩不錯，心上越發喜歡。到家，先把倪二的話捎與他娘子，方回家來，見他母親自在炕上拈線，見他進來，便問：「那裡去了一天？」賈芸恐他母親生氣，便不提卜世仁的事來，只說在西府裡等璉二叔的，問他母親吃了飯不曾。他母親說吃了，還留飯在那裡，叫小丫頭拿過來與他吃。

也是小人物的卑微處境。但與西方批判現實主義的思路不同。「紅」寫到賈府周圍的小人物，多半是又卑微又卑劣，下作得很。比蛆蟲還要不堪。

那天已是掌燈時候，賈芸吃了飯便收拾安歇，一宿無話。次日一早，起來洗了臉，便出南門大街，在香舖買了冰麝，便往榮府來。打聽賈璉出了門，賈芸便往後面，來到賈璉院門前。只見幾個小廝拿大高的笤帚在那裡掃院子呢。忽見周瑞家的從門裡出來，叫小廝們：「先別掃，奶奶出來了。」賈芸忙上去笑道：「二嬸娘那裡去？」周瑞家的道：「老太太叫，想必是裁什麼尺頭。」

正說着，只見一群人簇擁着鳳姐出來了。賈芸深知鳳姐是喜奉承愛排場的，

「喜奉承愛排場」六字，是多少強者的弱點，

使多少強者在蛆蟲們的小小伎倆面前就範。

忙把手逼着，恭恭敬敬搶來請安。鳳姐連正眼也不看，仍往前走，只問他母親好，「怎麼不來我們家逛逛？」賈芸道：「只是身上不好，倒時常記掛嬸娘，要瞧瞧，總不能來。」鳳姐笑道：「可是你會撒謊，不是我提起他，他就不想我了。」賈芸笑道：「侄兒不怕雷打，就敢在長輩跟前撒謊。昨日晚上還提起嬸娘來，說嬸娘身子生得單弱，事情又多，虧嬸娘好大精神，竟料理的周周全全，要是差一點兒的，早累的不知怎麼樣了。」

開始上了道。

鳳姐兒聽了滿臉是笑，不由的止了步，問道：「怎麼好好的，你娘兒兩個在背地裡嚼說起我來？」賈芸道：「有個緣故，只因我有個極好的朋友，家裡有幾個錢，現開香舖。因他身上捐了個通判，[4]前日選了雲南不知那一府，連家眷一齊去，他這香舖也不開了。便把貨物攢了一攢，該給人的給人，該賤發的賤發，像這貴重的，都送與親友，所以我得了些冰片、麝香。我就和我母親商量，賤賣了可惜，若送人也沒有人家配使這些香料。因想嬸娘往年間還拿大包的銀子買這東西呢，別說今年貴妃宮中，就是這個端陽節所用，也一定比往常要加上十幾倍。故此孝敬嬸娘。」一邊將一個錦匣遞過去。

鳳姐正是辦端陽節的禮，須用香料，便命豐兒：「接過芸哥兒的來，送了家去，交給平兒。」因又說道：「看着你這樣知道好歹，怪道你叔叔常提起你來，說你好，說話明白，心裡有見識。」賈芸聽這話入港，便打進一步來故意問道：「原來叔叔也常提我的？」鳳姐見問便要告訴給他事情管的話，一想，又恐被他看輕了，只說得了這點香料便混許他管事了。因又止住。且把派他種花木工程的事都一字不提，隨口說了幾句淡話，便往賈母房裡去了。賈芸也不好提的，只得回來。

因昨日見了寶玉，叫他到外書房等着，故此吃了飯，便又進來，到賈母那邊儀門外綺散齋書房裡來。只見茗煙，改名焙茗的並鋤藥兩個小廝下象棋，為奪「車」正拌嘴呢；還有引泉、掃花、挑雲、伴鶴四五個，在房檐下掏小雀兒頑。賈芸進入院內，把腳一跺，說道：「猴兒們淘氣，我來了。」眾小廝看見了他，都才散去。賈芸進書房內，便坐在椅子上問：「寶二爺下來沒有？」焙茗道：「今日總沒下來。二爺說什麼，我替你哨探哨探去。」說着，便出去了。

這裡賈芸便看字畫古頑，有一頓飯工夫，還不見來，再看看別的小子，都頑去了。正在煩悶，只聽門前嬌音嫩語的叫了一聲「哥哥」。賈芸往外瞧時，只見是一個十五六歲的丫頭，生的倒也十分精細乾淨。那丫頭見了賈芸，便抽身躲了。恰值焙茗走來，見那丫頭在門前，便說道：「好，好，正抓不着個信兒。」賈芸見了焙茗，也就趕出來問：「怎麼樣？」焙茗道：「等了這一日，也沒個人兒過來。這就是寶二爺房裡的。」因說道：「好姑娘，你進去帶個信兒，就說廊上二爺來了。」

那丫頭聽見，方知是本家的爺們，便不似從前那等迴避，下死眼把賈芸盯了兩眼。聽那賈芸說道：「什麼廊上廊下的，你只說芸兒就是了。」半晌，那丫頭

這方面的心思，實在也沒高明到哪裡去。詭詐之心，遍及各人各處各事，他們的原則是可說假話可不說假話的一律說假話，可刁難可不刁難別人的一律刁難。痼疾已成性矣。

「下死眼」，也算出手（眼）不凡，出手（眼）驚人！

冷笑道：「依我說，二爺且請回去罷，明日再來。今兒晚上得空兒我回一聲。」焙茗道：「這是怎麼說？」那丫頭道：「他今兒也沒睡中覺，自然吃的晚飯早，晚上又不下來，難道只是要二爺在這裡等捱餓不成！不如家去，明兒來是正經。就便回來有人帶信，不過口裡答應，他肯給帶到嗎？」賈芸聽這丫頭的話簡便俏麗，待要問他名字，因是寶玉房裡的，又不便問，只得說道：「這話倒是，我明日再來。」說着便往外去了。焙茗道：「我倒茶去，二爺吃茶再去。」賈芸一面走，一面回頭說：「不吃茶，我還有事呢。」口裡說話，眼睛瞧那丫頭還站在那裡呢。

那賈芸一徑回來。至次日來至大門前，可巧遇見鳳姐往那邊去請安，才上了車，見賈芸來，便命人喚住，隔窗子笑道：「芸兒，你竟有膽子在我跟前弄鬼。怪道你送東西給我，原來你有事求我。昨日你叔叔才告訴我，說你求他。」賈芸笑道：「求叔叔的事，嬸娘休提，我這裡正後悔呢。早知這樣，我一起頭就求嬸娘，這會子也早完了。誰承望叔叔竟不能的。」鳳姐笑道：「怪道你那裡沒成，昨日又來尋我。」賈芸道：「嬸娘辜負了我的孝心，我並沒有這個意思。若有這意，昨兒還不求嬸娘。如今嬸娘知道了，我倒要把叔叔丟下，少不得求嬸娘好歹疼我一點兒。」

鳳姐冷笑道：「你們要揀遠路兒走，叫我也難。早告訴我一聲兒，什麼不成了，多大點兒事，耽誤到這會子。那園子裡還要種樹種花，我只想不出個人來，

能捱上鳳姐罵，有門兒了。

乾脆說實話，一針扎到穴位上。

專權擅權弄權，固人生一樂也，鳳姐這樣一說，讀者也為她感到痛快。

*曹雪芹寫賈府的窮親戚、小人物，也很生動。賈芸去母舅家借物一節，便寫盡了卑微者的辛酸。

但總體說來，曹對這些人並不同情，這是曹與十九世紀的批判現實主義作家的根本區別所在。小仲馬對茶花女，陀斯妥耶夫斯基對被侮辱與被損害的，托爾斯泰對卡秋莎——馬斯洛娃，契訶夫對小公務員、趕車人和萬卡是懷着怎樣的感情呀！而在曹筆下，最好如劉老老，不過是裝瘋賣傻取笑討好，打打抽豐。其他人更是卑鄙下流，

早說不早完了。」賈芸笑道：「這樣，明日嬸娘就派我罷。」鳳姐半晌道：「這個我看着不大好，等明年正月裡的煙火燈燭那個大宗兒下來，再派你罷。」賈芸道：「好嬸娘，先把這個派了我罷，果然這件辦的好，再派我那件。」鳳姐笑道：「你倒會拉長線兒。罷了，若不是你叔叔說，我不管你的事。我不過吃了飯就過來，你到午錯時候來領銀子，後日就進去種花。」說着，命人駕起香車徑去了。

也還要適當照顧一下丈夫的臉面影響，大獲全勝以後說點便宜話，高一下姿態——終比連這樣的話都不說要強。

賈芸喜不自禁，來至綺散齋打聽寶玉，知寶玉一早便往北靜王府裡去了。賈芸便呆呆的坐到晌午，打聽鳳姐回來，便寫個領票來領對牌。至院外，命人通報了，彩明走了出來，單要了領牌進去，批了銀數年月，一並連對牌交與賈芸。賈芸接看那批上批着二百兩銀子，心中喜悅，翻身走到銀庫上領了銀子。回家告訴他母親，自是母子俱喜。次日五更，賈芸先找了倪二，還了銀子。又拿了五十兩銀子，出西門找到花兒匠方椿家裡去買樹，不在話下。

且說寶玉，自這日見了賈芸，曾說過明日着他進來說話，這原是富貴公子的口角，那裡還記在心上，因而便忘懷了。這日晚上，卻從北靜王府裡回來，見過賈母、王夫人等，回至園內，換了衣服，正要洗澡。襲人因被薛寶釵煩了去打結子；秋紋、碧痕兩個去催水；檀雲又因他母親病了，接了出去；麝月又現在家中病着；還有幾個做粗活聽使喚的丫頭，料是叫他不着，

已與北靜王來往上了。

襲薛來往頻繁。

五毒俱全，一心只想騙坑賈府罷了。

倒是寫賈府府內的女奴——丫頭們，筆下有情。

但這些丫頭們又無不是爭向寶玉或別的主子獻媚的。鴛鴦目無寶玉，但更忠於賈母。丫頭們最怕的是「攆出去配小子」——即失去自己的奴隸地位。

曹雪芹大體上是站在寶玉的立場——一個沒落的貴族公子的立場來看一切的。我們的人文主義傳統很薄弱，而現實主義是離不開人文主義的。

都出去尋伙覓伴的去了。不想這一刻的工夫，只剩了寶玉在房內。偏生的寶玉要吃茶，一連叫了兩三聲，方見兩三個老婆子走進來。寶玉見了，連忙搖手說：「罷，罷，不用了。」老婆子們只得退出。

寶玉見沒丫頭們，只得自己下來，拿了碗向茶壺去倒茶。只聽背後有人說道：「二爺仔細燙了手，等我來倒。」一面說，一面走上來，接了碗去。寶玉倒唬了一跳，問：「你在那裡的？忽然來了，唬我一跳。」那丫頭一面遞茶，一面笑着回道：「我在後院裡，才從裡間後門進來，難道二爺就沒聽見腳步響？」寶玉一面吃茶，一面仔細打量：那丫頭穿着幾件半新不舊的衣裳，倒是一頭黑鴉鴉的好頭髮，挽着鬢兒，容長臉面，細巧身材，卻十分俏麗甜淨。

寶玉便笑問道：「你也是我這屋裡的人麼？」那丫頭道：「是的。」寶玉道：「既是這屋裡的，我怎麼不認得？」那丫頭聽說，便冷笑一聲道：「不認得的也多呢，豈止我一個。從來我又不遞茶遞水，拿東拿西，眼前的事一件也做不着，那裡認得呢。」寶玉道：「你為什麼不做那眼前的事？」那丫頭道：「這話我也難說。只是有一句話回二爺：昨日有個什麼芸兒來找二爺。我想二爺不得空兒，便叫焙茗回他今日早起來，不想二爺又往北府裡去了。」

也算「官僚主義」？

不說也罷，說也白說。

剛說到這句話，只見秋紋、碧痕嘻嘻哈哈的笑着進來，兩個人共提一桶水，一手撩衣裳，趔趔趄趄，潑潑撒撒的。那丫頭便忙迎出去接。那秋紋、碧痕正對抱怨，「你濕了我的衣裳」，那個又說「你踹了我的鞋」。忽見走出一個人來接水，二人看時，不是別人，原來是小紅。二人便都詫異，將水放下，忙進房看時，並沒別人，只有寶玉，便心中俱不自在。只得且預備下洗澡之物。待寶玉脫了衣裳，二人便帶上門出來，走到那邊房內找着小紅，問他方才在屋裡做什麼。小紅道：「我何曾在屋裡的，只因我的手帕不見了，往後頭找去。不想二爺要茶吃，叫姐姐們一個也沒有，是我進去倒了碗茶，姐姐們便來了。」

秋紋兜臉啐了一口道：「沒臉面的下流東西，正經叫你催水去，你說有事，倒叫我們去，你可做這個巧宗兒，一里一里的，[5]這不上來了。難道我們倒跟不上你麼？你也拿那鏡子照照，配遞茶遞水不配！」碧痕道：「明兒我說給他們，凡要茶要水拿東西的事，咱們都別動，只叫他去便是了。」秋紋道：「這麼說，還不如我們散了，單讓了他在這屋裡呢。」二人你一句，我一句，正鬧着，只見有個老嬷嬷進來，傳鳳姐的話說：「明兒有人帶花兒匠來種樹，叫你們嚴禁些，衣服裙子別混曬混晾的。那土山一帶都攔着圍幕，可別混跑。」秋紋便問：「明日不知是誰帶着匠人來監工？」那婆子道：「什麼後廊上的芸哥兒。」秋紋、碧痕俱不知道，只管混問別的話。那小紅心內明白，知是昨日外書房所見的那人了。

原來這小紅本姓林，小名紅玉，因「玉」字犯了寶玉、黛玉的名，便單喚他做小紅，原來是府中世僕，他父親現在收管各處田房事務。這紅玉年十六，進府當差把他派在怡紅院中，倒也清幽雅靜。不想後來命姊妹及寶玉等進大觀園居

油然而生的嫉妒心何等自然，何等厲害！

不敢承認。

所謂同輩的嫉妒，所謂已經佔先者的霸道，確是「人才」頭上壓着的磐石。

照一照想來是配的，寶玉對她的形象觀感甚佳也。

甚佳也沒有辦法，寶玉也沒有膽量冒得罪自己的服務班子的危險去提拔新人。

住，偏生這一所兒又被寶玉點了。這小紅雖然是個不諳事體的丫頭，因他原有三分容貌，心內妄想向上攀高，每每要在寶玉面前現弄現弄。只是寶玉身邊一干人，都是伶牙利爪的，那裡插得下手去。不想今日才有些消息，又遭秋紋等一場惡語，心內早灰了一半。正悶悶的，忽然聽見老嬤嬤說起賈芸來，不覺心中一動，便悶悶回房，睡在床上暗暗思量，翻來掉去，正沒個抓尋。忽聽窗外低低的叫道：「小紅，你的手帕子我拾在這裡呢。」小紅聽了，忙走出來看，不是別人，正是賈芸。小紅不覺粉面含羞，問道：「二爺在那裡拾着的？」賈芸笑道：「你過來，我告訴你。」一面說，一面就上來拉他。那小紅轉身一跑，卻被門檻絆倒。要知端的，下回分解。

是碰到寶玉這兒的，不是派到寶玉這兒的，所以身份不高。

看來，寶玉對派誰來服務，發言權有限。寶玉有寵，卻無權無勢。

*就小紅倒茶一事，寫寶玉的伶牙利爪的丫頭們組成的服務班子及其組成格局，與突破此種格局的不可能，入木三分，合情合理，而且作者不加臧否。可思可嘆！即使如一些紅學家分析的或高鶚續作所寫的那樣，小紅後來對賈家很不好，也是逼出來的。不能見愛見用，最後成了對立面。

1 **勾當：**辦什麼事情的意思。

2 **倒扁兒：**指無貨可售，到別處挪借或套購來應付。

3 **嬉和嬉和：**拉攏、巴結、討好之意。

4 **通判：**官名，明清兩代府裡設通判，協助知府處理政務。

5 **一里一里的：**一步一步的。

第二十五回 魘魔法叔嫂逢五鬼[1] 通靈玉蒙蔽遇雙真

話說小紅心神恍惚，情思纏綿，忽朦朧睡去，遇見賈芸要拉他，卻回身一跑，被門檻絆了，一唬醒過來，方知是夢。因此翻來覆去，一夜無眠。至次日天明，方才起來，就有幾個丫頭來會他去打掃房子地面，提洗臉水。這小紅也不梳洗，向鏡中胡亂挽了一挽頭髮，洗了手，腰中束一條汗巾，便來打掃房屋。誰知寶玉昨兒見了他，也就留心。若要指名喚他來使用，一則怕襲人等多心；二則又不知他是何性情，因而納悶，早晨起來也不梳洗，只坐着出神。一時下了窗子，隔着紗屜子，向外看的真切，只見幾個丫頭打掃院子，都擦胭脂抹粉插花帶柳的，獨不見昨兒那一個。寶玉便靸了鞋，走出了房門，只裝作看花，東瞧西望，一抬頭，只見西南角上遊廊下欄子旁有一個人倚在那裡，卻為一株海棠花所遮，看不真切。前進一步，仔細一看，正是昨日那個丫頭在那裡出神。要迎上去，又不好意思。正想着，忽見碧痕來請他洗臉，只得進去了。不在話下。

卻說小紅正自出神，忽見襲人招手叫他，只得走上前來。襲人笑道：「我們的噴壺壞了，你到林姑娘那邊借來一用。」小紅便走向瀟湘館去。到翠煙橋，抬

寶玉也怕她們，如皇帝亦怕侍臣然。

還得遮遮掩掩，奴隸主在奴隸中並不自由。任何格局，哪怕是奴役與佔有的格局，對於格局主體，仍然是一個限制。

頭一望，只見山坡高處都攔着幃幕，方想起今日有匠役在此種樹。原來遠遠的一簇人在那裡掘土，賈芸正坐在山子石上監工。小紅待要過去，又不敢過去，只得悄悄向瀟湘館取了噴壺而回，無精打采自向房內倒着。眾人只說他是身子不快，也不理論。

過了一日，原來次日是王子騰夫人的壽誕，那裡原打發人來請賈母、王夫人的，王夫人見賈母不去，也便不去了。倒是薛姨媽同着鳳姐兒並賈家三個姊妹、寶釵、寶玉一齊都去了。至晚方回。

王夫人正過薛姨媽房裡坐着，見賈環下了學，命他去抄《金剛經咒》唪誦。[2]那賈環便來到王夫人炕上坐着，命人點了蠟燭，拿腔做勢的抄寫，一時又叫彩雲倒杯茶來，一時又叫玉釧剪燭花，又說金釧攪了燈亮兒。眾丫鬟們素日厭惡他，都不答理他。只有彩霞還和他合得來，倒了茶與他。因向他悄悄的道：「你安分些罷，何苦討人厭。」賈環把眼一瞅道：「我也知道，你別哄我，如今你和寶玉好，不大理我，我也看出來了。」彩霞咬着牙向他頭上戳了一指頭道：「沒良心的，狗咬呂洞賓，不識好歹。」

兩人正說，只見鳳姐同王夫人都過來了。王夫人便一長一短問他，今日是那幾位堂客，戲文好歹，酒席如何。不多時，寶玉也來了，見了王夫人也規規矩矩說了幾句話，便命人除去了抹額，脫了袍服，拉了靴子，便一頭滾在王夫人懷裡，

只能是失之交臂。

封建主義對於少男少女的禁錮當然可惡。問題是在這種條件下，形成一些特殊的際遇和體驗，不失為極好的文學材料。不失為對於一種生存方式——「活法」的生動表現。

人是不斷地探索自己的生存方式戀愛婚姻方式交合方式的。對於古人，亦不必一味否定。後之視今，如今之視昔也。

是眾丫鬟，而且是素日厭惡，嗚呼！

一、確實無賴下流，確實可厭。

二、丫鬟們也勢利眼，既然賈環不得煙抽，便也厭他。

三、作者也厭他，寫到他與乃母，決無好話。

三種可能，或其一，或其二，或三種並存。

王夫人對寶玉與環兒態度如此不同，有失大家風範。

王夫人便用手摩挲撫弄他，寶玉也扳着王夫人的脖子説長説短。王夫人道：「我的兒，又吃多了酒，臉上滚熱的，你還只是揉搓，一會子鬧上酒來，還不在那裡靜靜的躺一會子去呢。」説着，便叫人拿枕頭。寶玉因就在王夫人身後倒下，又叫彩霞來替他拍着。寶玉便和彩霞説笑，只見彩霞淡淡的，不大答理，兩眼只向着賈環。寶玉便拉他的手，説道：「好姐姐，你也理我理兒。」一面説，一面拉他的手，彩霞奪手不肯，便説：「再鬧，就嚷了。」

二人正鬧着，原來賈環聽見了，素日原恨寶玉，今見他和彩霞頑耍，心上越發按不下這口氣，因一沉思，計上心來，故作失手，將那一盞油汪汪的蠟燭向寶玉臉上只一推，只聽寶玉「噯喲」的一聲，滿屋裡人都唬一跳，連忙將地下的戳燈移過來一照，只見寶玉滿臉是油。王夫人又氣又急，一面命人替寶玉擦洗，一面罵賈環。鳳姐三步兩步上炕去替寶玉收拾着，一面説道：「老三還是這樣毛腳雞似的，我説你上不得台盤。趙姨娘平時也該教導教導他。」一句話提醒了王夫人，遂叫過趙姨娘來罵道：「養出這樣黑心種子來，也不教訓教訓，幾番幾次我都不理論，你們益發得了意了，益發上來了。」

那趙姨娘也只得忍氣吞聲，也上去幫他們替寶玉收拾，只見寶玉左邊臉上起了一溜燎泡，幸而沒傷眼睛。王夫人看了又心疼，又怕賈母問時難以回答，急的又把趙姨娘罵一頓。又安慰了寶玉，一面取了敗毒散來敷上。寶玉道：「有些疼，還不妨事。明日老太太問，只説我自己燙的就是了。」鳳姐道：「便説自己燙的，

這些情節，究竟是賈環可厭還是寶玉可厭呢？我們畢竟老到，不會全讓雪芹牽着鼻子走。

如果不是站在寶玉角度，賈環此舉堪稱「造反有理」——當然最後還是無理。有理也不是這個造法。

鳳姐上次訓斥趙姨娘，明主奴之辨，是嚴正指出趙姨娘不配介入主子們包括賈環的事的。現在又想到趙來了，不講道理。

王夫人罵得極不得體，呸！

也要罵人不小心，橫豎有一場氣的。」王夫人命人好生送了寶玉回房去。襲人等見了，都慌的了不得。

林黛玉見寶玉出了一天的門，便悶悶的，晚間打發人來問了兩三遍，知道燙了，便親自趕過來。只瞧見寶玉自己拿鏡子照呢，左邊臉上滿滿的敷了一臉藥。林黛玉只當十分燙得利害，忙近前瞧瞧。寶玉卻把臉遮了，搖手叫他出去。——知他素性好潔，故不要他瞧。黛玉也就罷了，但問他「疼得怎樣？」寶玉道：「也不很疼，養一兩日就好了。」林黛玉坐了一會，回去了。次日，寶玉見了賈母，雖自己承認自己燙的，賈母免不得又把跟從的人罵了一頓。

過了一日，有寶玉寄名的乾娘馬道婆到府裡來。見了寶玉唬了一大跳，問其緣由，說是燙的，便點頭嘆息，一面向寶玉臉上用指頭畫了幾畫，口內嘟嘟囔囔的又咒誦了一回，說道：「包管好了。這不過是一時飛災。」又向賈母道：「老祖宗老菩薩那裡知道，那佛經上說的利害，大凡王公卿相人家的子弟，只一生長下來，暗裡便有許多促狹鬼跟着他，得空便擰他一下，或掐他一下，或吃飯時打下他的飯碗來，或走着推他一跤，所以往往的那些大家子孫多有長不大的。」賈母聽如此說，便問：「這有什麼佛法解釋沒有呢？」馬道婆道：「這個容易，只是多替他做些因果善事也就罷了。再那經上還說，西方有位大光明普照菩薩，[3]專管照耀陰暗邪祟，若有善男信女虔心供奉者，可以永保兒孫康寧，再無撞客[4]邪祟之災。」賈母道：「倒不知怎麼供奉這位菩薩？」馬道婆說：「也不值什麼，

林黛玉來看望寶玉，寫得很粗略。寶玉去看黛玉，黛對他慪氣，則寫得很細膩。除了作者意圖外，莫非二人的愛情的滋味恰恰不在常態（如此段）而在那哭哭笑笑的猜忌和挑剔裡？

出了事就罵人而且是混罵，不知算一種什麼人性或傳統。

這個說法極荒謬，卻又頗能歪打正着地表述一種感受乃至一種實際。

越是嬌貴尊貴越覺得四面樹敵，四面都是「促狹鬼」。

「促狹鬼」三字妙極。

不過除香燭供奉以外，一天多添幾斤香油，點了個大海燈。這海燈便是菩薩現身法像，[5]晝夜不敢息的。」賈母道：「這一天一夜也得多少油？我也做個好事。」馬道婆說道：「也不拘多少，隨施主願心，像我家裡就有好幾處的王妃誥命供奉的：南安郡王府裡太妃，他許的願心大，一天是四十八斤油，一斤燈草，那海燈也只比缸略小些；錦鄉侯的誥命次一等，一天不過二十斤油；再有幾家或十斤、八斤、三斤、五斤的不等，也少不得要替他點。」賈母點頭思忖。馬道婆道：「還有一件，若是為父母尊長的，多捨些不妨；若老祖宗為寶玉，若捨多了，怕哥兒擔不起，反折了福。要捨，大則七斤，小則五斤，也就是了。」賈母道：「既是這樣說，便一日五斤，每月打總兒來關了去。」馬道婆道：「阿彌陀佛慈悲大菩薩！」賈母又叫人來吩咐：「以後寶玉出門，拿幾串錢交給他小子們，一路施捨與僧道貧苦之人。」

說畢，那道婆便往各房間安閒逛去了。一時來到趙姨娘房裡。二人見過，趙姨娘命小丫頭倒茶給他吃。趙姨娘正粘鞋呢。馬道婆見炕上堆着些零星綢緞，因說：「我正沒有鞋面子，奶奶給我些零碎綢子緞子，不拘顏色，做雙鞋穿罷。」趙姨娘嘆口氣道：「你瞧那裡還有塊成樣的麼？就有好東西，也到不了我這裡！你不嫌不好，挑兩塊去就是了。」馬道婆便挑了幾塊，掖在懷裡。

趙姨娘又問：「前日我打發人送了五百錢去，你可在藥王[6]面前上了供沒有？」馬道婆道：「早已替你上了供了。」趙姨娘嘆氣道：「阿彌陀佛！我手裡

嚮往永遠的光明普照！有大光明普照菩薩，吾輩均應供奉之。

煞有介事。

曹公對這樣的迷信並不客氣，賈母信，曹公不信。

本是寶玉與賈環為彩霞而生的矛盾，經馬道婆一解釋，便有了形而上的意味。反而緩解了形而下的矛盾。

顯然與趙姨娘有舊。

但凡從容些，也時常來上供，只是心有餘而力不足。」馬道婆道：「你只放心，將來熬的環哥大了，得了一官半職，那時你要做多大功德還怕不能麼？」趙姨娘聽了笑道：「罷，罷，再別提起。如今就是榜樣兒，我們娘兒們跟的上這屋裡那一個兒！寶玉兒還是小孩子家，長的得人意兒，大人偏疼他些兒也還罷了；我只不服這個主兒。」一面說，一面伸了兩個指頭。馬道婆會意，便問道：「可是璉二奶奶？」趙姨娘唬的忙搖手，起身掀簾子一看，見無人，方回身向道婆說：「了不得，了不得！提起這個主兒，這一分家私要不都叫他搬了娘家去，我也不是個人。」

馬道婆見說，便探他的口氣道：「我還用你說，難道都看不出來。也虧你們心裡也不理論，只憑他去。倒也好。」趙姨娘道：「我的娘，不憑他去，難道誰還敢把他怎麼樣呢？」馬道婆道：「不是我說句造孽的話，你們沒本事！也難怪。——明裡不敢怎樣，暗裡也算計了，還等到如今！」趙姨娘聞聽這話裡有話，心內暗暗的歡喜，便說道：「怎麼暗裡算計？我倒有個心，只是沒這樣的能幹人。你若教給我這法子，我大大的謝你。」馬道婆聽了這話打攏了一處，便又故意說道：「阿彌陀佛！你快休問我，我那裡知道這些事。罪罪過過的。」趙姨娘道：「你又來了。你是最肯濟困扶危的人，難道就眼睜睜的看人家來擺佈死了我們娘兒兩個不成？難道還怕我不謝你麼？」馬道婆聽如此，便笑道：「若說我不忍你們娘兒兩個受別人委曲還猶可，若

*趙姨娘、馬道婆類人物，由於精神世界、感情世界的貧乏，在「紅」諸女性中顯得極蒼白，評點者有時認為是曹公對這一類姨娘的成見所致。我曾忖度，曹公是否有過與姨娘及庶出兄弟相處的不愉快經驗。

但換一個角度想，趙馬這一類人物亦頗有典型性：一、粗鄙，文化品位低到了令人做嘔的地步。二、促狹，自己不靈，又嫉妒得要死，誰強嫉妒誰。三、低下，上不了台盤。四、陰謀詭計，愚而詐的鬼蜮伎倆。五、消

趙姨娘出口不凡，胸有「大志」，才把矛頭對準「兩個指頭」。

馬道婆雖對賈母也畢恭畢敬，畢竟是「面」上的哄騙。對趙則交心，深談。

莫非她們有什麼共同利害關係？恐不僅是人格上的認同。

馬道婆為何介入得恁多恁深？從整個對白看來，幾乎是馬佔主動，逗引着、挑撥着、激發着趙來幹一件大事。

莫非馬道婆另有主使（曹公又為之隱去了）不曾？

嗚呼，語言！這叫——濟困扶危！

極，除了恨別人，沒有任何正面的建樹。這類人也參加到賈府的奪權鬥爭裡來了，而且做法初見成效，不也是戲嗎？

說謝我，還想你們什麼東西麼？」趙姨娘聽這話鬆動了些，便說：「你這麼個明白人，怎麼糊塗了。果然法子靈驗，把他兩人絕了，這家私還怕不是我們的。那時候，你要什麼不得呢？」馬道婆聽了，低頭半日說：「那時節事情妥當了，又無憑據，你還理我呢！」趙姨娘說：「這有何難。我攢了幾兩體己，還有些衣服首飾，你先拿幾樣去，我再寫個欠銀文契給你，到那時我照數給你。」馬道婆道：「使得。」趙姨娘將一個小丫頭也支開，連忙開了箱櫃，將衣服首飾拿了些出來，並體己散碎銀子，又寫了五十兩一張欠約，遞與馬道婆道：「你先拿去作個供養。」馬道婆見了這些東西，又有欠字，遂不顧青紅皂白，滿口應承，伸手先將銀子拿了，然後收了欠契。向趙姨娘要了張紙，拿剪子鉸了兩個紙人兒遞與趙姨娘，叫把他二人的年庚寫在上面。又找了一張藍紙鉸了五個青面鬼，叫他：「併在一處，拿針釘了。我在家中作法，自有效驗的。」說完，忽見王夫人的丫頭進來道：「奶奶可在這裡，太太等你呢。」二人散了，不在話下。

卻說林黛玉因寶玉燙了臉，不大出門，倒時常在一處說閒話兒。這日飯後看了兩篇書，又同紫鵑等做了一會針線，總悶悶不舒，一同信步出來，看庭前才迸出的新筍，不覺出了院門。來到園中，四望無人，惟見花光鳥語，信步便往怡紅院來，只見幾個丫頭舀水，都在迴廊上看畫眉洗澡呢。聽見房

這個邏輯是從哪兒來的呢？如係指賈環成為政老爺獨苗，害寶玉一人即可。再者，害死鳳姐，還有賈璉，還有璉父賈赦與母邢氏，怎麼不考慮？莫非已得到了賈赦夫婦的默許，已形成了默契？

收錢一節，很有些職業殺手（killer）的意味。「紅」已有之。

用這個辦法暗害自己的仇人，其實這也是古今中外一些人的共同課題，共同心願。儘管「紙人年庚」的具體辦法不一定站得住，但馬道婆式的人物、心計至今不絕，而且為趙姨娘式的人物所需要，所信賴，所用。萬勿以此段為不經之談而忽視之！

請想想，您的周圍有馬道婆嗎？

內笑聲，原來是李宮裁、鳳姐、寶釵都在這裡。一見他進來都笑道：「這不又來了一個。」黛玉笑道：「今兒齊全，誰下帖子請的？」鳳姐道：「我前日打發人送兩瓶茶葉與姑娘，可還好麼？」黛玉道：「我正忘了，多謝想着。」寶玉道：「我嚐了不好，不知別人嚐了怎麼樣？」寶釵道：「味倒好，只是沒甚顏色。」鳳姐道：「那是暹羅國[7]貢的，我嚐了，也不覺甚好，還不如我們常吃的呢。」黛玉道：「我吃着好，不知你們的脾胃是怎樣的？」寶玉道：「你說好，把我的都拿了去吃罷。」鳳姐道：「我那裡還多着的呢。」黛玉道：「我叫丫頭取去。」鳳姐道：「不用，我打發人送來。我明日還有一事求你，一同叫人送來。」

黛玉聽了笑道：「你們聽聽，這是吃了他家一點子茶葉，就使喚起人來了。」鳳姐笑道：「你既吃了我家的茶，[8]怎麼還不給我們家作媳婦兒？」眾人都大笑不止。黛玉紅了臉，回過頭去，一聲兒不言語。寶釵笑道：「我們二嫂子的詼諧是好的。」黛玉道：「什麼詼諧，不過是貧嘴賤舌的討人厭罷了。」說着，又啐了一口。鳳姐兒道：「你替我家做了媳婦少些什麼？」指着寶玉道：「你瞧瞧，人物兒配不上，門第兒配不上，根基、家私配不上？那一點兒玷辱了你？」

黛玉起身便走。寶釵叫道：「顰兒急了，還不回來呢。走了倒沒意思。」說着站起來拉住。才至房門，只見趙姨娘和周姨娘兩個人都來瞧寶玉。寶玉與眾人都起身讓坐，獨鳳姐不理。寶釵正欲說話，只見王夫人房裡的丫頭來說：「舅太太來了，請奶奶姑娘們出去呢。」李宮裁連忙同着鳳姐兒走了。趙、周兩人也辭

「暹羅國貢的」云云，不知是鳳姐吹還是曹公吹。說不怎麼好，就更吹出水平來了。

鳳姐這個玩笑天真無邪，並無負擔，也無計謀。卻多少意識到一點蛛絲馬跡。

連周姨娘也不理嗎？

了出去。寶玉道：「我不能出去，你們好歹別叫舅母進來。」又說：「林妹妹，你略站一站，與你說句話。」鳳姐聽了，回頭向林黛玉道：「有人叫你說話呢。」便把林黛玉往後一推，和李紈一同去了。

這一推有點起上一闋的意思。

這裡寶玉拉了黛玉的手，只是笑，又不說話。黛玉不覺又紅了臉，掙着要走。寶玉道：「噯喲，好頭疼！」黛玉道：「該，阿彌陀佛！」寶玉大叫一聲，將身一跳，離地有三四尺高，口內亂嚷，盡是胡話。黛玉並眾丫鬟都唬慌了，忙報知王夫人與賈母。此時王子騰的夫人也在這裡，一齊來看，寶玉益發拿刀弄杖，尋死覓活的，鬧的天翻地覆。賈母、王夫人一見，唬的抖衣亂戰，「兒」一聲，「肉」一聲，放聲大哭。於是驚動了眾人，連賈赦、邢夫人、賈珍、賈政並璉、蓉、芸、萍、薛姨娘、薛蟠並周瑞家的一干家中上下人等並丫鬟媳婦等，都來園內看視。登時亂麻一般。正沒個主意，只見鳳姐手持一把明晃晃的刀砍進園來。見雞殺雞，見犬殺犬，見了人，瞪着眼就要殺人。眾人益發慌了。周瑞媳婦帶幾個力大的女人，上去抱住，奪了刀，抬回房中。平兒、豐兒等哭的哀天叫地。賈政也心中着忙。

當下眾人七言八語，有說送祟[9]的，有說跳神[10]的，有薦玉皇閣張道士捉怪的，整鬧了半日。祈求禱告，百般醫治並不見好。日落後，王子騰夫人告辭去了。次日，王子騰也來問候。接着小史侯家、邢夫人弟兄並各親戚都來瞧看，也有送符水的，也有薦僧道的，也有薦醫的。他叔嫂二人益發糊塗，

*每次讀到這裡總覺得作者有過青春期精神病的經驗。把這解釋為趙姨娘與馬道婆的邪術能不能站得住則是另一問題。

從前面數回看來，寶玉本身差不多有精神病基因，即使沒有這次發作，他也是潛在的精神病患者，是亟需心理保健的一個準病人。

鳳姐的發作則近似於躁狂症——情緒型精神病。一個人自我感覺好到無以復加的地步，快發病了。

＊如果是象徵地（這一部分內容本來是不可以做寫實的論證的）看，趙、馬的能量與破壞性不可低估。視為荒唐一笑本身，反倒是書生氣了。

不省人事，身熱如火，在床上亂說。到夜裡更甚，因此那些婆子丫鬟不敢上前。故將他叔嫂二人都搬到王夫人的上房內，着人輪班守視。賈母、王夫人、邢夫人並薛姨媽寸步不離，只圍着哭。

此時賈赦、賈政又恐哭壞了賈母，日夜熬油費火，鬧的上下不安。賈赦還各處去尋覓僧道。賈政見不效驗，因阻賈赦道：「兒女之數總由天命，非人力可強。他二人之病，百般醫治不效，想是天意該如此，也只好由他去。」賈赦不理，仍是百般忙亂。看看三日光陰，那鳳姐、寶玉躺在床上，連氣息都微了。合家都說沒了指望了，忙的將他二人的後事都治備下了。賈母、王夫人、賈璉、平兒等更哭的死去活來。只有趙姨娘外面假作憂愁，心中稱願。

至第四日早，寶玉忽睜開眼向賈母說道：「從今以後，我可不在你家了，快打發我走罷。」賈母聽見這話，如同摘了心肝一般。趙姨娘在旁勸道：「老太太也不必過於悲傷。哥兒已是不中用了，不如把哥兒的衣服穿好，讓他早些回去，也免他受些苦；只管捨不得他，這口氣不斷，他在那裡也受罪。」這些話沒說完，被賈母照臉啐了一口唾沫，罵道：「爛了舌頭的混帳老婆，怎麼見得不中用了！你願意他死了有什麼好處？你別作夢！他死了，我只和你們要命。都是你們素日調唆着，逼他唸書寫字，把膽子唬破了，見了他老子就像個避貓鼠兒一樣，都不是你們這起小婦調唆的？這會子逼死了他，你們就隨了心了，我饒那一個！」一面哭，一面罵。賈政在旁聽見這些話，心

治備了後事。趙姨娘後來那樣說話就有了根據了。

或謂趙姨娘此番話不夠策略。也難說，這樣說話並不違例，也不含願寶玉死之意。賈母之罵是早有看法，並非單純因此幾句話而起。

罵得倒也痛快，有情。可見賈母也不是「善良百姓」，罵起人來絲毫不含糊，起碼掌握了足夠的罵人語詞，有過撒村的基本訓練。誰都有兩手，文明一手與野的一手。光文的一手不夠用的時候，野的一手就上來了。

裡越發着急，忙喝退了趙姨娘，委婉勸解了一番。忽有人來回：「兩口棺木都做齊了。」賈母聞之，如刀刺心，益發哭着大罵問：「是誰叫做的棺材？快把做棺材的人拿來打死！」鬧了個天翻地覆。

忽聽見空中隱隱有木魚聲，唸了一句：「南無解冤解結菩薩！有那人口不利，家宅不安，中祟逢凶險的，我們善醫治。」賈母、王夫人便命人向街上找尋去，原來是一個癩和尚同一個跛道士。那和尚是怎的模樣：

鼻如懸膽兩眉長，目似明星有寶光，
破衲芒鞋無住跡，腌臢更有一頭瘡。

那道人是如何模樣：

一足高來一足低，渾身帶水又拖泥，
相逢若問家何處，卻在蓬萊弱水西。

賈政因命人請了進來，問他二人：「在何山修道？」那僧笑道：「長官不消多話，因知府上人口欠安，特來醫治的。」賈政道：「有兩個人中了邪，不知有何方可治？」那道人笑道：「你家現有希世之寶可治此病，何須問方！」賈政心中便動了，因道：「小兒生時雖帶了一塊玉來，上面刻着能除凶邪，然亦未見靈效。」那僧道：「長官有所不知，那寶玉原是靈的，只因為聲色貨利所迷，故此不靈了。你今將此寶取出來，待我持頌持頌，就依舊靈了。」

*自開篇至現在，每隔一段就出現一下和尚道士。這裡有曹公的自相矛盾處。他是要寫人生如夢，萬事終成空，終歸大荒的。但寫起現實的（曾經現實或可能現實的）生活來，又是千般生動，萬般逼真，情絲不斷，懷念有加，這與「歸大荒」的寫作宗旨背道而馳了。故而，時不時需要一個情節，需要和尚道士人物（代表彼岸）來提醒讀者，你們看到的花花世界，其實線是牽在彼岸的，轉瞬即逝的，哀哉！

以骯髒、頭瘡、跛足、水泥來疏離於世俗，可憐也。

沒有慾望，何談人生？慾望——「聲色貨利」云云，又可能異化為迷途、為陷阱、為災害；

*逢五鬼，中魘魔，僧道救援，再談「寶玉」，寫起來略有不自然處。前邊的寫實氣氛太濃了，難以轉到這種象徵式、魔幻式的描寫上來。

但畢竟還不懂什麼創作方法、主義，故不失自由，不失從一個世界轉入另一個世界的能力。

小說畢竟是小說。一本正經，一點荒誕不經的東西都沒有，會乏味的。一味荒誕不經，信「手」開河，也難以撼動人心。

賈政便向寶玉項上取下那塊玉來遞與他二人。那和尚擎在掌上，長嘆一聲道：「青埂峰下別來十三載矣！人世光陰迅速，塵緣未斷，奈何奈何！可羨你當日那段好處：

天不拘兮地不羈，心頭無喜亦無悲；
只因鍛煉通靈後，便向人間惹是非。

可惜今日這番經歷呀：

粉漬脂痕污寶光，房櫳日夜困鴛鴦。
沉酣一夢終須醒，冤債償清好散場！

唸畢，又摩弄了一回，說了些瘋話，遞與賈政道：「此物已靈，不可褻瀆，懸於臥室上檻，除自己親人外，不可令陰人[11]衝犯。三十三日之後，包管好了。」賈政忙命人讓茶，那二人已經走了，只得依言而行。

鳳姐、寶玉果一日好似一日的漸漸醒來，知道餓了。賈母、王夫人才放了心。眾姊妹都在外間聽消息，黛玉先唸一聲佛。寶釵笑而不言。惜春道：「寶姐姐笑什麼？」寶釵道：「我笑如來佛比人還忙：又要度化眾生；又要保佑人家病痛，都叫他速好；又要管人家的婚姻，叫他成就。你說可忙不忙，可好笑不好笑。」一時林黛玉紅了臉，啐了一口道：「你們都不是好人，再不跟着好人學，只跟着鳳丫頭學的貧嘴。」一面說，一面掀簾子出去了。欲知端詳，下回分解。

同樣，控制調節這種慾望的企圖，也可能異化為教條、為自戕、為枷鎖。人生是麻煩的呀。自由與麻木為伍，靈與是非共生。

裝神弄鬼，嚮往大荒。除了說話比馬道婆多了一點哲學性，操作上與馬道婆無大區別。破馬道婆的法，仍未能徹底脫離馬道婆模式，可惜了。

1 **魘魔法**：一種迷信的法術，可以驅使鬼神折磨、傷害人。**五鬼**：迷信說法中的惡煞，取象於二十八宿鬼宿的第五星。

2 **《金剛經咒》唪誦**：《金剛經》是佛經名，全稱《金剛般若波羅蜜經》，經的最後部分是咒語，唸之可以消災祈福。唪誦即高聲唸誦。

3 **大光明普照菩薩**：即大光普照觀音，是觀音的六種形象之一。

4 **撞客**：迷信說法，即鬼神附體作祟。

5 **現身法像**：佛變幻出的形象。佛教稱佛、菩薩本身為法身，為普度眾生而幻化的形象，稱「現身法像」。

6 **藥王**：佛教中菩薩名。供奉藥王為求解除病痛。

7 **暹羅國**：今泰國一帶的古國名。

8 **吃了我家的茶**：古時女子受聘，稱「吃茶」，這裡是雙關語，意謂接受了婚約。

9 **送祟**：古人稱鬼怪禍人為祟，「送祟」即請巫焚化紙錢送走祟的儀式。

10 **跳神**：巫師請神仙附體，手舞足蹈來驅除災病，稱「跳神」。

11 **陰人**：這裡指女人。

第二十六回　蜂腰橋設言傳心事　瀟湘館春睏發幽情

話說寶玉養過了三十三天之後，不但身體強壯，亦且連臉上瘡痕平復，仍回大觀園去。這也不在話下。

且說近日寶玉病的時節，賈芸帶着家下小廝坐更看守，晝夜在這裡。那小紅同眾丫鬟也在這裡守着寶玉，彼此相見多日，都漸漸混熟了。小紅見賈芸手裡拿着手帕子，倒像是自己從前掉的，待要問他，又不好問的。不料那和尚道士來過，用不着一切男人，賈芸仍種樹去了。這件事待放下，又放不下，待要問去，又怕人猜疑，正是猶豫不決，神魂不定之際，忽聽窗外問道：「姐姐在屋裡沒有？」小紅聞聽，在窗眼內往外一看，原來是本院的個小丫頭，名叫佳蕙的，因答說：「在家裡呢，你進來罷。」佳蕙聽了跑進來，就坐在床上，笑道：「我好造化！才在院子裡洗東西，寶玉叫往林姑娘那裡送茶葉，花大姐姐交給我送的。可巧老太太給林姑娘送錢來，正分給他們的丫頭們呢。見我去了，林姑娘就抓了兩把給我，也不知多少。你替我收着。」便把手帕子打開，把錢

小紅是個有頭腦的人，她多思慮，頗思慮到了一些不愉快的東西。所以她顯得有一些邪惡。我國常常把智力與道德分離開。「愚忠」有，「智忠」或「愚奸」就沒有。

倒了出來。小紅就替他一五一十的數了收起。

佳蕙道：「你這一陣子心裡到底覺怎麼樣？依我說，你竟家去住兩日，請一個大夫來瞧瞧，吃兩劑藥就好了。」小紅道：「說那裡的話，好好的，家去做什麼！」佳蕙道：「我想起來了，林姑娘生的弱，時常他吃藥，你就和他要些來吃，也是一樣。」小紅道：「胡說！藥也是混吃的。」佳蕙道：「你這也不是個長法兒，又懶吃懶喝的，終久怎麼樣？」小紅道：「怕什麼，還不如早些死了倒乾淨！」佳蕙道：「好好的，怎麼說這些話？」小紅道：「你那裡知道我心中的事！」

佳蕙點頭想了一會，道：「可也怨不得你，這個地方本也難站，就像昨兒老太太因寶玉病了這些日子，說伏侍的人都辛苦了。如今身上好了，各處還香了願，教把跟着的人都按着等兒賞他們。我們算年紀小，上不去，我也不抱怨；像你怎麼也不算在裡頭？我心裡就不服。襲人那怕他得十分兒，也不惱他，原該的。說句良心話，誰還能比他呢？別說他素日殷勤小心，便是不殷勤小心，也拚不得。只可氣晴雯、綺霞他們這幾個，都算在上等裡去，仗着老子娘的臉面，眾人倒捧着他去。你說可氣不可氣？」小紅道：「也不犯着氣他們。俗語說的，『千里搭長棚，沒有個不散的筵席』，誰守一輩子呢？不過三年五載，各人幹各人的去了。那時誰還管誰呢？」這兩句話不覺感動了佳蕙心腸，由不得眼圈兒紅了，又不好意思無端的哭，只得勉強笑道：「你這話說的是。昨兒寶玉還說，明兒怎麼樣收拾房子，怎麼樣做衣裳，倒像有幾百年的熬煎。」

有向着燈的，有向着火的，世界永遠不太平。

小紅也有這等林黛玉式的觀念。

比小紅地位更低，牢騷更盛。

沒有等級不行，等級又造成了種種怨懣、矛盾。

晴雯的危機不僅在上面，也在「下面」。

越說越深，再說，小紅快成「思想家」了。命運常常發出梟鳥的聲音。但佳蕙的邏輯不對。「逆旅」「過客」之說自古有之。只住一個晚上（的旅館），也得打掃安置呀！收拾房子做衣裳並不是妄，用幾百年的熬煎做判斷標準，才是詭辯，才是妄。

小紅聽了，冷笑兩聲，方要説話，只見一個未留頭的小丫頭走進來，手裡拿着些花樣子並兩張紙，説道：「這兩個花樣子，叫你描出來呢。」説着，向小紅擲下，回轉身就跑了。小紅向外問道：「到底是誰的？也等不的説完就跑，誰蒸下饅頭等着你，怕冷了不成！」那小丫頭在窗外只説得一聲：「是綺大姐姐的。」抬起腳來咕咚咕咚又跑了。小紅便賭氣把那樣子擲在一邊，向抽屜內找筆，找了半天都是禿了的。因説道：「前兒一枝新筆，放在那裡了？怎麼想不起來。」一面説，一面出神，想了一回，方笑道：「是了，前兒晚上鶯兒拿了去了。」便向佳蕙道：「你替我取了來。」佳蕙道：「花大姐姐還等着我替他拿箱子，你自取去罷。」小紅道：「他等着你，你還坐着閒打牙兒？[1]我不叫你取去，他也不等你了。壞透了的小蹄子！」説着，自己便出房來，出了怡紅院，一徑往寶釵院內來。

與佳蕙並非真是一黨。說說空話挑撥一下是非容易，真給你幫忙，難。

剛至沁芳亭畔，只見寶玉的奶娘李嬤嬤從那邊來。小紅立住，笑問道：「李奶奶，你老人家那裡去了？怎麼打這裡來？」李嬤嬤站住將手一拍道：「你説，好好的又看上了那個什麼雲哥兒、雨哥兒的，這會子逼着我叫了他來。明兒叫上房裡聽見，可又是不好了。」小紅笑道：「你老人家當真的就信着他去叫麼？」李嬤嬤道：「可怎麼樣呢？」小紅笑道：「那一個要是知好歹，就回不進來才是。」李嬤嬤道：「他又不傻，為什麼不進來？」小紅道：「既是進來，你老人家該同他一齊兒來，回來叫他一個人亂碰，可是不好呢。」李嬤嬤道：「我有那麼大工夫和他走，不過告訴了他，回來打發個小丫頭子或是老婆子，帶進他來就

小紅先問清楚有關情況。很有心計。

完了。」說着，拄着拐一徑去了。小紅聽說，便站着出神，且不去取筆。

不多時，只見一個小丫頭跑來，見小紅站在那裡，便問道：「紅姐姐，你在這裡作什麼呢？」小紅抬頭，見是小丫頭子墜兒。小紅道：「那裡去？」墜兒道：「叫我帶進芸二爺來。」說着一徑跑了。這裡小紅剛走至蜂腰橋門前，只見那邊墜兒引着賈芸來了。那賈芸一面走，一面拿眼把小紅一溜。那小紅只裝和墜兒說話，也把眼去一溜賈芸：四目恰好相對，小紅不覺把臉一紅，一扭身往蘅蕪苑去了。不在話下。

限制得越嚴，交流得越迅速簡單可貴。

這裡賈芸隨着墜兒逶迤來至怡紅院中。墜兒先進去回明了，然後方領賈芸進去。賈芸看時，只見院內略略有幾點山石，種着芭蕉，那邊有兩隻仙鶴在松樹下剔翎。一溜迴廊上吊着各色籠子，各色仙禽異鳥。上面小小五間抱廈，一色雕鏤新鮮花樣隔扇，上面懸着一個匾，四個大字，題道是「怡紅快綠」。賈芸想道：「怪道叫『怡紅院』，原來匾上是這四個字。」正想着，只聽裡面隔着紗窗子笑說道：「快進來罷。我怎麼就忘了你兩三個月！」賈芸聽見是寶玉的聲音，連忙進入房內，抬頭一看，只見金碧輝煌，文章閃灼，卻看不見寶玉在那裡。一回頭，只見左邊立一架大穿衣鏡，從鏡後轉出兩個一對兒十五六歲的丫頭來說：「請二爺裡頭屋裡坐。」賈芸連正眼也不敢看，連忙答應了。又進一道碧紗廚，只見小小一張填漆床上，懸着大紅銷金撒花

通過賈芸的眼睛寫怡紅院，寫寶玉的生活環境與講究排場，是曹公慣用的方法。

*賈芸進大觀園又進怡紅院，也算殊榮，也算偶然。從曹公筆意看，這似乎是一件壞事，孕育着日後的危險。賈府只能封閉，不能開放，開放就飛進了賈芸這樣的蒼蠅蚊子。

帳子。寶玉穿着家常衣服，靸着鞋，倚在床上拿着本書，看見他進來，將書擲下，早帶笑立起身來。賈芸忙上前請了安。寶玉讓坐，便在下面一張椅子上坐了。寶玉笑道：「只從那個月見了你，我叫你往書房裡來，誰知接接連連許多事情，就把你忘了。」賈芸笑道：「總是我沒福，偏偏又遇着叔叔欠安。叔叔如今可大安了？」寶玉道：「大好了。我倒聽見說你辛苦了好幾天。」賈芸道：「辛苦也是該當的。叔叔大安了，也是我們一家子的造化。」

說着，只見有個丫鬟端了茶來與他。那賈芸口裡和寶玉說話，眼睛卻瞅那丫鬟：細挑身子，容長臉兒，穿着銀紅襖兒，青緞子背心，白綾細褶兒裙子。那賈芸只從寶玉病了，他在裡頭混了兩天，卻把有名人口記了一半。他看見這丫鬟，知道是襲人，他在寶玉房中比別人不同，如今端了茶來，寶玉又在旁邊坐着，便忙站起來笑道：「姐姐怎麼替我倒起茶來，我來到叔叔這裡，又不是客，讓我自己倒罷了。」寶玉道：「你只管坐着罷。丫頭們跟前也是這樣。」賈芸笑道：「雖如此說，叔叔房裡姐姐們，我怎麼敢放肆呢。」一面說，一面坐下吃茶。

那寶玉便和他說些沒要緊的散話。[2]又說道誰家的戲子好，誰家的花園好，又告訴他誰家的丫頭標緻，誰家的酒席豐盛，又是誰家有奇貨，又是誰家有異物。那賈芸口裡只得順着他說。說了一會，見寶玉有些懶懶的了，便起身告辭。寶玉也不甚留，只說：「你明兒閒了，只管來。」仍命小丫頭子墜兒送出去了。

出了怡紅院，賈芸見四顧無人，便腳步慢慢的停着些走，口裡一長一短和墜

對寶二爺的近侍、侍衛長，賈芸安敢大意？人際關係是複雜的。奴仗主勢，主分十等，奴分十級。

「不甚留」三字說明天真如寶玉，也有做姿態俯就的時候。

兒說話，先問他「幾歲了？名字叫什麼？你父母在那行上？在寶叔房內幾年了？一個月多少錢？共總寶叔房內有幾個女孩子？」那墜兒見問，便一樁樁的都告訴他了。賈芸又道：「才剛那個與你說話的，他可是叫小紅？」墜兒笑道：「他就叫小紅。你問他作什麼？」賈芸道：「方才他問你什麼手帕子，我倒揀了一塊。」墜兒聽了笑道：「他問了我好幾遍，可有看見他的帕子的。我那麼大工夫管這些事。今兒他又問我。他說，我替他找着了，他還謝我呢。才在蘅蕪院門口說的，二爺也聽見了，不是我撒謊。好二爺，你既揀了，給我罷。我看他拿什麼謝我。」

原來上月賈芸進來種樹之時，便揀了一塊羅帕，知道是這園內的人失落的，但不知是那一個人的，故不敢造次。今聽見小紅問墜兒，知是他的，心內不勝喜幸，又見墜兒追索，心中早得了主意，便向袖內將自己的一塊取了出來，向墜兒笑道：「我給是給你，你若得了他的謝禮，可不許瞞我的。」墜兒滿口裡答應了，接了手帕子，送出賈芸，回來找小紅，不在話下。

如今且說寶玉打發賈芸去後，意思懶懶的歪在床上，似有朦朧之態。襲人便走上來，坐在床沿上推他說道：「怎麼又要睡覺？你悶的狠，出去逛逛不好？」寶玉見說，攜着他的手笑道：「我要去，只是捨不得你。」襲人笑道：「快起來罷！」一面說，一面拉了寶玉起來。寶玉道：「可往那裡去呢，怪膩膩煩煩的。」襲人道：「你出去了就好了。只管這麼葳蕤，[3]越發心裡膩煩了。」

提問太多，便給人以奸詐之感，別有用心之感。

拾手帕也罷，拾玉鐲也罷，拾到異性一樣東西就這樣敏感，這樣大做文章。

「膩煩」二字（或四字），頗能說明無事可做而又養尊處優的公子哥兒的心態。

寶玉無精打采，只得依他。晃出了房門，在迴廊上調弄了一回雀兒，出至院外，順着沁芳溪看了一回金魚。只見那邊山坡上兩隻小鹿箭也似的跑來。寶玉不解何意，正自納悶，只見賈蘭在後面拿着一張小弓兒追了下來，一見寶玉在前，便站住了，笑道：「二叔叔在家裡呢，我只當出門去了。」寶玉道：「你又淘氣了。好好的，射他做什麼？」賈蘭笑道：「這會子不唸書，閒着做什麼？所以演習演習騎射。」寶玉道：「把牙磕了，那時候才不演呢。」

說着，順着腳一徑來至一個院門前，鳳尾森森，龍吟細細，[4]卻是瀟湘館。寶玉信步走入，只見湘簾垂地，悄無人聲。走至窗前，覺得一縷幽香從碧紗窗中暗暗透出。寶玉便將臉貼在紗窗上，往裡看時，耳內忽聽得細細的長嘆了一聲道：「『每日家情思睡昏昏。』」[5]寶玉聽了，不覺心內癢將起來，再看時，只見黛玉在床上伸懶腰。寶玉在窗外笑道：「為什麼『每日家情思睡昏昏』的？」一面說，一面掀簾子進來了。

黛玉自覺忘情，不覺紅了臉，拿袖子遮了臉，翻身向裡裝睡着了。寶玉才走上來要扳他的身子，只見黛玉的奶娘並兩個婆子都跟了進來說：「妹妹睡覺呢，等醒來再請罷。」剛說着，黛玉便翻身坐了起來，笑道：「誰睡覺呢。」那兩三個婆子見黛玉起來，便笑道：「我們只當姑娘睡着了。」說着，便叫紫鵑說：「姑娘醒了，進來伺候。」一面說，一面都去了。

黛玉坐在床上，一面抬手整理鬢髮，一面笑向寶玉道：「人家睡覺，你進來

下層人凍餓苦累，公子哥兒溫飽享樂，卻只有膩煩了。

百無聊賴。膩煩確是一種罪過。

說「好好的，射他做什麼」時，寶玉還有一點仁及幼鹿的意思，立即卻歸結到「磕牙」上。

也在膩煩。因膩煩而訪黛，不免可嘆。

這些細節不乏少女情趣。

做什麼？」寶玉見他星眼微餳，香腮帶赤，不覺神魂早蕩，一歪身坐在椅子上，笑道：「你才說什麼？」黛玉道：「我沒說什麼。」寶玉笑道：「給你個榧子吃[6]呢！我都聽見了。」

二人正說話，只見紫鵑進來。寶玉笑道：「紫鵑，把你們的好茶倒碗我吃。」紫鵑道：「那裡有好的呢？要好的，只好等襲人來。」黛玉道：「別理他，你先給我舀水去罷。」紫鵑道：「他是客，自然先倒了茶來再舀水去。」說着倒茶去了。寶玉笑道：「好丫頭，『若共你多情小姐同鴛帳，怎捨得叫你疊被鋪床。』」[7]黛玉登時撂下臉來，說道：「二哥哥，你說什麼？」寶玉笑道：「我何嘗說什麼。」黛玉便哭道：「如今新興的，外頭聽了村話，也來說給我聽；看了混賬書，也拿我取笑兒，我成了替爺們解悶兒的。」一面哭，一面下床來往外就走。寶玉不知要怎樣，心下慌了，忙趕上來說：「好妹妹，我一時該死，你別告訴去。我再敢說這樣話，嘴上就長個疔，爛了舌頭。」

紫鵑極厚道，說此話亦有點酸溜溜的。

這不是，膩煩出口角來了，反倒不膩煩了。黛玉生活在某種陰影下面，她視愛情為唯一的生活寄託，無法接受寶玉的非鄭重表示。黛玉沒有條件具有寶玉的那種幽默感。有福氣的人才幽默呀。

正說着，只見襲人走來說道：「快回去穿衣服，老爺叫你呢。」寶玉聽了，不覺打了個焦雷一般，也顧不得別的，疾忙回來穿衣服。出園來，只見焙茗在二門前等着。寶玉問道：「你可知道叫我是為什麼？」焙茗道：「爺，快出來罷，橫豎是見去的，到那裡就知道了。」一面說，一面催着寶玉。

又膩煩出一個「焦雷」來。

轉過大廳，寶玉心裡還自狐疑，只聽牆角邊一陣呵呵大笑，回頭見薛蟠拍手跳了出來，笑道：「要不說姨父叫你，你那裡肯出來的這麼快。」焙茗也笑着跪

這也是假做真時，真亦假。有此一假，預兆了下次（捱打）賈政叫寶玉的「焦雷」之真。人生許多事確帶有預演性質。

下了。寶玉怔了半天，方解過來，是薛蟠哄他出來。薛蟠連忙打恭作揖賠不是，又求「不要難為了小子，都是我央他去的。」寶玉也無法了，只好笑問道：「你哄我也罷了，怎麼說我父親呢？我告訴姨娘去，評評這個理，可使得麼？」薛蟠忙道：「好兄弟，我原為求你快些出來，就忘了忌諱這句話。改日你要哄我，也說我父親就完了。」寶玉道：「噯喲，越發的該死了。」又向焙茗道：「反叛肏的，還跪着做什麼！」焙茗連忙叩頭起來。薛蟠道：「要不是，我也不敢驚動，只因明兒五月初三日是我的生日，誰知古董行的程日興，他不知那裡尋來的這麼粗這麼長粉脆的鮮藕，這麼大的西瓜，這麼長這麼大一個暹羅國進貢的靈柏香薰的暹羅豬、魚。你說，這四樣禮物可難得不難得？那魚、豬不過貴而難得，這藕和瓜虧他怎麼種出來的。我連忙孝敬了母親，趕着給你們老太太、姨母送了些去。如今留了些，我要自己吃，恐怕折福，左思右想，除我之外，惟你還配吃，所以特請你來。可巧唱曲兒的一個小子又來了，我同你樂一日何如？」

一面說，一面來至他書房裡。只見詹光、程日興、胡斯來、單聘仁等並唱曲兒的都在這裡。見他進來，請安的，問好的，都彼此見過了。吃了茶，薛蟠即命人擺酒來。說猶未了，眾小廝七手八腳擺了半天，方才停當歸坐。寶玉果見瓜藕新異，因笑道：「我的壽禮還未送來，倒先擾了。」薛蟠道：「可是呢，你明兒來拜壽，打算送什麼新鮮禮物？」寶玉道：「我沒有什麼送的。若論銀錢穿吃等類的東西，究竟還不是我的，惟有寫一張字，或畫一張畫，這算是我的。」薛蟠

薛蟠此話渾得可愛。

葷話一罵，也就可以大赦了。也是罰了不打，打了不罰之類。國人自有其馬馬虎虎處。

又是暹羅國的。

笑道：「你提畫兒，我才想起來了。昨兒我看人家一本春宮兒，[8]畫的着實好，上面還有許多的字，我也沒細看，只看落的款，原來是什麼『庚黃』的，真好的了不得！」寶玉聽說，心下猜疑道：「古今字畫也都見過些，那裡有個『庚黃』？」想了半天，不覺笑將起來，命人取過筆來，在手心裡寫了兩個字，又問薛蟠道：「你看真了，是『庚黃』麼？」薛蟠道：「怎麼看不真！」寶玉將手一撒，與他看道：「可是這兩個字罷？其實與『庚黃』相去不遠。」眾人都看時，原來是「唐寅」兩個字。都笑道：「想必是這兩字，大爺一時眼花了也未可知。」薛蟠自覺沒意思，笑道：「誰知他是『糖銀』，是『果銀』的。」

正說着，小廝來回：「馮大爺來了。」寶玉便知是神武將軍馮唐之子馮紫英來了。薛蟠等一齊都叫「快請」。說猶未了，只見馮紫英一路說笑已進來了。眾人忙起席讓坐。馮紫英笑道：「好呀，也不出門了，在家裡享樂罷。」寶玉、薛蟠都笑道：「一向少會，老世伯身上康健？」紫英答道：「家父倒也託庇康健。近來家母偶着了些風寒，不好了兩天。」薛蟠見他面上有些青傷，便笑道：「這臉上又和誰揮拳來？掛了幌子了。」馮紫英笑道：「從那一遭把仇都尉的兒子打傷了，我記了，再不慪氣，如何又揮拳？這個臉上是前日打圍，在鐵網山叫兔鶻[9]捎了一翅膀。」寶玉道：「幾時的話？」紫英道：「三月二十八日去的，前兒也就回來了。」寶玉道：「怪道前兒初三四兒，我在沈世兄家赴席不見你呢。我要問，不知怎麼忘了。單你去了，還是老世伯也去了？」紫英道：「可不是家

漢字讀白字，是重要的幽默之一種，也是讀書人自以為可以吹吹驕傲一下的一種。

「打圍」云云，馮紫英的生活方式倒顯得比寶玉開闊些，男子漢些。

父去，我沒法兒，去罷了。難道我閒瘋了，咱們幾個人吃酒聽唱的不樂，尋那個苦惱去？這一次大不幸之中卻有大幸。」

薛蟠眾人見他吃完了茶，都說道：「且入席，有話慢慢的說。」馮紫英聽說，便立起身來，說道：「論理，我該陪飲幾杯才是，只是今兒有一件大大要緊事，回去要見家父面回，實不敢領。」薛蟠、寶玉眾人那裡肯依，死拉着不放。馮紫英笑道：「這又奇了，你我這些年，那一回有這個道理的？果然不能遵命，若必定叫我領，拿大杯來，我領兩杯就是了。」眾人聽說，只得罷了。薛蟠執壺，寶玉把盞，斟了兩大海。那馮紫英站着，一氣而盡。寶玉道：「你到底把這個『不幸之幸』說完了再走。」馮紫英笑道：「今兒說的也不盡興。我為這個，還要特治一個東兒，請你們去細談一談；二則還有奉懇之處。」說着撒手就走。薛蟠道：「越發說的人熱剌剌的丟不下，多早晚才請我們，告訴了，也免的人猶疑。」馮紫英道：「多則十日，少則八天。」一面說，一面出門，上馬去了。眾人回來，依席又飲了一回方散。

寶玉回至園中，襲人正記掛着他去見賈政，不知是禍是福；只見寶玉醉醺醺回來，因問其原故，寶玉一一向他說了。襲人道：「人家牽腸掛肚的等着你，你且享樂去，也打發個人來給個信兒。」寶玉道：「我何嘗不要送信兒，因馮世兄來了，就混忘了。」正說，只見寶釵走進來，笑道：「偏了我們新鮮東西了。」寶玉笑道：「姐姐家的東西，自然先偏了我們了。」寶釵搖頭笑道：「昨兒哥哥倒特特的請我吃，我不吃，我叫他留着送與別人罷。我知道我的命小福薄，不配吃那個。」說着，丫鬟倒了茶來，吃茶說閒話兒，不在話下。

寶釵的自我約束機制特別發達。

　　卻說那林黛玉聽見賈政叫了寶玉去了，一日不回來，心中也替他憂慮。至晚飯後，聞得寶玉來了，心裡要找他問問是怎麼樣了，一步步行來，見寶釵進寶玉的院內去了，自己也隨後走了來。剛到了沁芳橋，只見各色水禽盡都在池中浴水，也認不出名色來，但見一個個文彩閃灼，好看異常，因而站住看了一回。再往怡紅院來，門已關了，黛玉便叩門。

分憂。

　　誰知晴雯和碧痕二人正拌了嘴，沒好氣，忽見寶釵來了，那晴雯正把氣移在寶釵身上，正在院內報怨說：「有事沒事跑了來坐着，叫我們三更半夜的不得睡覺！」忽又聽有人叫門，晴雯越發動了氣，也並不問是誰，便說道：「都睡下了，明兒再來罷！」林黛玉素知丫頭們的情性，他們彼此頑耍慣了，恐怕院內的丫頭沒聽見是他的聲音，只當別的丫頭們了，所以不開門，因而又高聲說道：「是我，還不開門麼？」晴雯偏生還沒聽見，便使性子說道：「憑你是誰，二爺吩咐的，一概不許放人進來呢！」林黛玉聽了，不覺氣怔在門外，待要高聲問他，逗起氣來，自己又回思一番：「雖說是舅母家如同自己家一樣，到底是客邊。如今父母雙亡，無依無靠，現在他家依棲。如今認真慪氣，也覺沒趣。」一面想，一面又滾下淚珠來了。正是回去不是，站着不是。正

所謂陰差陽錯。

錯歸錯，卻也不純是偶然。

果然聯繫到了自己寄人籬下的處境。

＊寫黛玉之悲，不渲染，不鋪排，不用力，不帶樣，不過輕描淡寫，寥寥幾筆而情境全出，連形容詞副詞也沒用幾個。豈不令吾輩愧死！

黛玉被關在門外，而門內寶玉與寶釵歡聲笑語，這是生活，也是象徵、預兆。生活的本質，矛盾的本質總是要多次外化、多次表現出來的，最初有所表現的時候很可能不過是偶然、誤會、小事一段。而後，玩笑成為真實，偶然成為必然，誤會成為真正的不兩立，小事成為大事。

＊預兆只能逆推，過程終結了，才體會到當初的預兆（讖語亦如是），開始時，誰想得到辨得出預兆呢？辨出預兆又能怎麼樣？人對於自己的命運，究竟有多大的自主的可能呢？此是大悲哀也。

沒主意，只聽裡面一陣笑語之聲，細聽一聽，竟是寶玉、寶釵二人。林黛玉心中越發動了氣，左思右想，忽然想起早起的事來：「必竟是寶玉惱我告他的原故，但只我何嘗告你去了，你也不打聽打聽，就惱我到這步田地。你今兒不叫我進來，難道明兒就不見面了！」越想越傷感起來，也不顧蒼苔露冷，花徑風寒，獨立牆角邊花陰之下，悲悲切切嗚咽起來。

也是預兆，預演。

原來這林黛玉秉絕代姿容，具希世俊美，不期這一哭，那附近柳枝花朵上宿鳥棲鴉一聞此聲，俱忒楞楞飛起遠避，不忍再聽。正是：

花魂點點無情緒，鳥夢癡癡何處驚。

浪漫的一筆，何等感人！感情＋靈氣，能不浪漫？

因有一首詩道：

顰兒才貌世應稀，獨抱幽芳出繡闈；
嗚咽一聲猶未了，落花滿地鳥驚飛。

用形式規範的詩一寫，反倒使感情也規範化，不那麼泛濫了。

那林黛玉正自啼哭，忽聽「吱嘍」一聲，院門開處，不知是那一個出來。要知端的，下回分解。

1 閒打牙兒：聊閒天，說閒話的意思。

2 散話：拉雜的閒話。

3 葳蕤：此為委頓、懶散之意。

4 鳳尾森森，龍吟細細：形容竹林的茂盛和風吹竹葉的聲響。

5 每日家情思睡昏昏：《西廂記》第二本第一折中鶯鶯的唱詞。

6 給你個榧子吃：用拇指和中指相捻，打出響聲，叫「打榧子」，向人打榧子是一種頑皮戲謔的動作。

7 「若共你」二句：是《西廂記》第一本第二折裡張生的唱詞。

8 春宮兒：即春宮圖。

9 兔鶻：一種獵鷹。

第二十七回 滴翠亭楊妃戲彩蝶 埋香冢飛燕泣殘紅

話說林黛玉正自悲泣，忽聽院門響處，只見寶釵出來了，寶玉、襲人一群人送了出來。待要上前去問着寶玉，又恐當着眾人問羞了寶玉不便，因而閃過一邊，讓寶釵去了，寶玉等進去關了門，方轉過來，尚望着門灑了幾點淚。自覺無味，轉身回來，無精打采的卸了殘妝。

無味最苦，二字勝過許多誇張性的詞字。

紫鵑、雪雁素日知道林黛玉的情性：無事悶坐，不是愁眉，便是長嘆，且好端端的不知為了什麼，常常的便自淚不乾的。先時還有人解勸，或怕他思父母，想家鄉，受委曲，用話來寬慰解勸。誰知後來一年一月的竟常常如此，把這個樣兒看慣了，也都不理論了，所以也沒人去理，由他悶坐，只管睡覺去了。那林黛玉倚着床欄杆，兩手抱着膝，眼睛含着淚，好似木雕泥塑的一般，直坐到二更多天，方才睡了。一宿無話。

苦得太深了，就不知為什麼了。正如生病，受涼感冒，過食瀉肚，病因好找。真得了癌，醫生就解釋不了了。

中國傳統小說很少寫這種人物姿勢造型——以外觀造型傳達人的內心世界。內心是看不到的，所以，寫外也是寫內。

至次日乃是四月二十六日，原來這日未時交芒種節。尚古風俗：凡交芒種節的這日，都要擺設各色禮物，祭餞花神，言芒種一過，便是夏日了，眾花皆卸，

黛玉葬花的民俗依據。

花神退位，須要餞行。閨中更興這件風俗，所以大觀園中之人都早起來了。那些女孩子們或用花瓣柳枝編成轎馬的，或用綾錦紗羅疊成干旄旌幢[1]的，都用彩線繫了。每一棵樹，每一枝花上都繫了這些物事。滿園裡繡帶飄飄，花枝招展，更兼這些人打扮的桃羞杏讓，燕妒鶯慚，一時也道不盡。

多美的風俗！

且說寶釵、迎春、探春、惜春、李紈、鳳姐等並大姐兒、香菱與眾丫鬟們都在園內頑耍，獨不見林黛玉。迎春因說道：「林妹妹怎麼不見？好個懶丫頭！這會子還睡覺不成？」寶釵道：「你們等着，等我去鬧了他來。」說着，便丟了眾人，一直往瀟湘館來。正走着，只見文官等十二個女孩子也來了，上來問了好，說了一回閒話。寶釵回身指道：「他們都在那裡呢，你們找他們去。我找林姑娘去就來。」說着逶迤往瀟湘館來。忽然抬頭見寶玉進去了。寶釵便站住，低頭想了一想：寶玉和林黛玉是從小兒一處長大，他兄妹間多有不避嫌疑之處，嘲笑不忌，喜怒無常，況且黛玉素昔猜忌，好弄小性兒的，此刻自己也跟了進去，一則寶玉不便，二則黛玉嫌疑，倒是回來的妙。想畢，抽身回來。

少女的世界。

寶釵想的極是。如果不想，就更可愛。如果想，就更合適。人——少女，要可愛，也要舉措得宜——合適。

剛要尋別的姊妹去，忽見面前一雙玉色蝴蝶，大如團扇，一上一下迎風翩躚，十分有趣。寶釵意欲撲了來頑，遂向袖中取出扇子來，向草地下來撲。只見那一雙蝴蝶忽起忽落，來來往往，將欲過河去了。倒引的寶釵躡手躡腳的，一直跟到池邊滴翠亭上，香汗淋漓，嬌喘細細。寶釵也無心撲了，剛欲回來，只聽那亭裡邊嘁嘁喳喳有人說話。原來這亭子四面俱是遊廊曲欄，蓋在池中水上，四面雕鏤槅子糊着紙。

寶釵在亭外聽見說話，便煞住脚往裡細聽。只聽說道：「你瞧瞧這手帕子，果然是你丢的那塊，你就拿着；要不是，就還芸二爺去。」又一個人說話：「可不是我那塊！拿來給我罷。」又聽道：「你拿什麼謝我呢？難道白找了來不成？」又答道：「我已經許了謝你，自然是不哄你的。」又聽說道：「我找了來給你，自然謝我，但只是那揀的人，你就不謝他麼？」那一個又說道：「你別胡說，他是個爺們家，揀了我們的東西，自然該還的，叫我拿什麼謝他呢？」又聽說道：「你不謝他，我怎麼回他呢？況且他再三再四的和我說了，若沒謝的，不許我給你呢。」半晌，又聽說道：「也罷，拿我這個給他，算謝他的罷。你要告訴別人呢？須說一個誓。」又聽說道：「我要告訴人，嘴上就長一個疔，日後不得好死！」又聽說道：「噯呀！咱們只顧說話，看有人來悄悄的在外頭聽見。不如把這槅子都推開了，便是人見咱們在這裡，他們只當我們說頑話呢。若走到跟前，咱們也看的見，就別說了。」

到處有陰謀。

到處有壓迫。

到處有眼。

寶釵外面聽見這話，心中吃驚，想道：「怪道從古至今那些姦淫狗盜的人，心機都不錯。這一開了，見我在這裡，他們豈不臊了。況且說話的聲音，大似寶玉房裡紅兒的言語。他素昔眼空心大，是個頭等刁鑽古怪東西，今兒我聽了他的短兒，人急造反，狗急跳牆，不但生事，而且我還沒趣。如今便趕躲了，料也躲不及，少不得要使個『金蟬脫殼』的法子。」猶未想完，只聽「咯吱」一聲，寶

從一個帕子上得出「姦淫狗盜」的結論。

說別人心機如何如何的人，自己的心機又如何呢？

你怎麼會了解紅兒？寶玉才剛剛接觸、知其存在的。

也是唯女子與小人難養的意思。

不使自己陷入無謂的矛盾中，這是應該的。

釵便故意放重了腳步，笑着叫道：「顰兒，我看你往那裡藏！」一面故意往前趕。那亭裡的小紅、墜兒剛一推窗，只聽寶釵如此說着往前趕，兩個人都唬怔了。寶釵反向他二人笑道：「你們把林姑娘藏在那裡了？」墜兒道：「何曾見林姑娘了。」寶釵道：「我才在河那邊看着林姑娘在這裡蹲着弄水兒呢，我要悄悄的唬他一跳，還沒有走到跟前，他倒看見我了，朝東一繞就不見了，別是藏在裡頭了。」一面說，一面故意進去尋了一尋，抽身就走，口內說道：「一定又鑽在山子洞裡去了，遇見蛇，咬一口也罷了。」一面說，一面走，心中又好笑：這件事算遮過去了，不知他二人是怎樣。

誰知小紅聽了寶釵的話，便信以為真，讓寶釵去遠，便拉墜兒道：「了不得了，林姑娘蹲在這裡，一定聽了話去了。」墜兒聽說，也半日不言語。小紅又道：「這可怎麼樣呢？」墜兒道：「便聽見了，管誰筋疼，各人幹各人的就完了。」小紅道：「若是寶姑娘聽見，還倒罷了。林姑娘嘴裡又愛刻薄人，心裡又細，他一聽見了，倘或走露了，怎麼樣呢？」二人正說，只見文官、香菱、司棋、侍書等上亭子來了。二人只得掩住這話，且和他們頑笑。

只見鳳姐兒站在山坡上招手叫，小紅連忙棄了眾人，跑至鳳姐前，堆着笑問：「奶奶使喚做什麼事？」鳳姐打諒了一回，見他生的乾淨俏麗，說話知趣，因笑道說：「我的丫頭今兒沒跟進我來。我這會子想起一件事來，要使喚個人出去，不知你能幹不能幹，說的齊全不齊全？」小紅笑道：「奶奶

話多了一點，容易露假。如果寶釵高明，不必說如許多的。

墜兒此語，實是金玉良言。

玩笑中掩蓋着什麼？

天生我材必有用。

*寶釵的金蟬脫殼，為歷來評者所詬病。或曰，寶釵故意陷害黛玉。不完全像。天衣無縫，是很難做到的。天衣少縫，像寶釵這樣處事，也不易了。

有什麼話只管吩咐我說去，若說的不齊全，誤了奶奶的事，任憑奶奶責罰就是了。」鳳姐笑道：「你是那位姑娘房裡的？我使你出去，他回來找你，我好替你說。」小紅道：「我是寶二爺房裡的。」鳳姐聽了笑道：「噯喲！你原來是寶玉房裡的，怪道呢。也罷了，等他問，我替你說。你到我們家，告訴你平姐姐：外頭屋裡桌子上汝窯盤子架兒底下放一捲銀子，那是一百二十兩給繡匠的工價，等張材家的來，要當面秤給他瞧了，再給他拿去。再裡頭床頭上有一個小荷包拿了來。」

小紅聽說撤身去了。不多時回來了，只見鳳姐不在這山坡上了。因見司棋從山洞裡出來，站着繫裙子，便趕來問道：「姐姐，不知道二奶奶往那裡去了？」司棋道：「沒理論。」小紅聽了，回身又往四下裡一看，只見那邊探春、寶釵在池邊看魚。小紅上來陪笑道：「姑娘們可知道二奶奶剛才那裡去了？」探春道：「往你大奶奶院裡找去。」小紅聽了，再往稻香村來。只見晴雯、綺霞、碧痕、秋紋、麝月、侍書、入畫、鶯兒等一群人來了。晴雯一見小紅便說道：「你只是瘋罷！院子裡花兒也不澆，雀兒也不餵，茶爐子也不弄，就在外頭逛。」小紅道：「昨兒二爺說了，今兒不用澆花，過一日澆一回罷。我餵雀兒的時候，姐姐還睡覺呢。」碧痕道：「茶爐子呢？」小紅道：「今兒不該我的班，有茶沒茶休問我。」綺霞道：「你聽聽他的嘴！你們別說了，讓他逛罷。」小紅道：「你們再問問我逛了沒逛。二奶奶才使喚我說話取東西去的。」說着將荷包舉給他們看，方沒言

司棋也不友好。

底氣足了些。

讀這一段而笑小紅者，不覺得自己亦可笑嗎？

語了，大家走開。晴雯冷笑道：「怪道呢，原來爬上高枝兒去了，把我們不放在眼裡了。不知說了一句話半句話，名兒姓兒知道了不曾，就把他興頭的這個樣！這一遭兒半遭兒的算不得什麼，過了後兒還得聽呵！有本事從今兒出了這園子，長長遠遠的在高枝上才算得。」一面說着去了。

這裡小紅聽說，不便分證，只得忍着氣來找鳳姐兒。到了李氏房中，果見鳳姐兒在這裡和李氏說話呢。小紅上來回道：「平姐姐說，奶奶剛出來了，他就把銀子收起來了。才張材家的來取，當面秤了給他拿去了。」說着將荷包遞了上去，又道：「平姐姐叫我來回奶奶，才旺兒進來討奶奶的示下，好往那家子去的。平姐姐就把那話按着奶奶的主意打發他去了。」鳳姐笑道：「他怎麼按我的主意打發去了？」小紅道：「平姐姐說：我們奶奶問這裡奶奶好，原是我們二爺不在家，雖然遲了兩天，只管請奶奶放心，等五奶奶好些，我們奶奶還會了五奶奶來瞧奶奶呢。五奶奶前兒打發人來說，舅奶奶帶了信來了，問奶奶好，還要和這裡的姑奶奶尋兩丸延年神驗萬金丹。若有了，奶奶打發人來，只管送在我們奶奶這裡。明兒有人去，就順路給那邊舅奶奶帶去的。」

話未說完，李氏道：「噯喲喲！這話我就不懂了，什麼奶奶爺爺的一大堆。」鳳姐笑道：「怨不得你不懂，這是四五門子的話呢。」說着又向小紅笑道：「好孩子，難為你說的齊全，不像他們扭扭捏捏蚊子似的。嫂子不知道，如今除了我隨手使的這幾個丫頭老婆子之外，我就怕和別人說話，他們必定把一句話拉長了

世間有多少鬚眉小紅，混得不如小紅呢。如果——例如——賈瑞有小紅的機遇！

晴雯此話本對，而且說得痛快。但與小紅比，晴雯是已經爬上高枝的既得利益者，嘲弄正在爬的小紅，未免太不厚道了。

*語言的明快與條理，往往反映了思維的明快與條理。

鳳姐以此取人，良有以也。

對這種「裝蚊子哼哼」的習尚也批得痛快。

當然，僅考慮到這一面，亦有皮相處。

與話也說不清楚的人打交道，確實是人生一「怕」。

作兩三截兒，咬文嚼字，拿着腔兒，哼哼唧唧的，急的我冒火，他們那裡知道！先是我們平兒也是這麼着，我就問着他：難道必定裝蚊子哼哼就是美人了？說了幾遭才好些了。」李宮裁笑道：「都像你潑辣貨才好。」鳳姐道：「這一個丫頭就好，方才兩遭說話雖不多，聽那口角就很剪斷。」說着又向小紅笑道：「明兒你伏侍我去罷，我認你做女兒，我一調理，你就出息了。」

小紅聽了，撲哧一笑。鳳姐道：「你怎麼笑？你說我年輕，比你能大幾歲，就做你的媽了？你做春夢呢！你打聽打聽，這些人比你大的，趕着我叫媽，我還不理他呢。今兒抬舉了你了！」小紅笑道：「我不是笑這個，我笑奶奶認錯了輩數兒了。我媽是奶奶的女兒，這會子又認我做女兒。」鳳姐道：「誰是你媽？」李宮裁笑道：「你原來不認得他？他是林之孝的女兒。」鳳姐聽了十分詫異，因說道：「哦，原來是他的丫頭！」又笑道：「林之孝兩口子都是錐子扎不出一聲兒來的，我成日家說，他們倒是配就了的一對夫妻，一個天聾，一個地啞。那裡承望養出這麼個伶俐丫頭來！你十幾歲了？」小紅道：「十七歲了。」又問名字，小紅道：「原叫紅玉，因為重了寶二爺，如今只叫紅兒了。」

鳳姐聽說，將眉一皺，把頭一回說道：「討人嫌的狠！得了玉的便宜似的，你也玉，我也玉。」因說：「嫂子不知道，我和他媽說，『賴大家的如今事多，也不知這府裡誰是誰，你替我好好的挑兩個丫頭我使，他一般的答

鳳姐此話頗有趣。她管事，注意條理和效率，形成了所謂急脾氣。這話說得很解放。

當然。

這麼一對比，小紅及其父母給人的印象更深了。

或謂有貶黛意，難說。鳳姐此情此景此處貶黛難以說通。作者有意逐漸透露出黛的行市見「落」的信息，則完全可能。

何者是人物的，何者是作者的，你永遠說不十

應着。他饒不挑，倒把他這女孩子送了別處去。難道跟我必定不好？」李紈笑道：「你可是又多心了。進來在先，你說在後，怎麼怨的他媽！」鳳姐說道：「你這麼着，明兒我和寶玉說，叫他再要人，叫這丫頭跟我去。可不知本人願意不願意？」小紅笑道：「願意不願意，我們也不敢說。只是跟着奶奶，我們學些眉眼高低，出入上下，大小的事兒也得見識見識。」剛說着，只見王夫人的丫頭來請，鳳姐便辭了李宮裁去了。小紅回怡紅院去，不在話下。

如今且說林黛玉因夜間失寐，次日起來遲了，聞得眾姊妹都在園中做餞花會，恐人笑他癡懶，連忙梳洗了出來。剛來到了院中，只見寶玉進門來了，便笑道：「好妹妹，你昨兒可告了我不曾，我懸了一夜心。」黛玉便回頭叫紫鵑道：「把屋子收拾了，下一扇紗屜，看那大燕子回來，把簾子放了下來，拿獅子[2]倚住；燒了香就把爐罩上。」一面說，一面又往外走。寶玉見他這樣，還認作是昨日晌午的事，那知晚間的這件公案，還打恭作揖的。林黛玉正眼也不看，各自出了院門，一直找別的姊妹去了。寶玉心中納悶，自己猜疑：看起這樣光景來，不像是為昨兒的事；但只昨日我回來得晚了，又沒有見他，再沒有衝撞了他的去處了。一面想，一面由不得隨後追了來。

只見寶釵、探春在那邊看鶴舞，見黛玉來了，三個一同站着說話兒。又見寶玉來了，探春便笑道：「寶哥哥，身上好？我整整的三天沒見你了。」寶玉笑道：

分清楚。以為人物可以當作者的傳聲筒，是三流作家的觀念。以為人物百分之百地「不依作者意志為轉移」，是二流論者的見解。

答得得體。本來，小紅是無權講願不願意的，她只能服從主子，怎可有自己的意志？

亦不忘安排內務，並非絕對地不食煙火。只是紗屜、燕子、簾子、獅子、香、爐罩，意趣與方才鳳姐吩咐小紅亦及小紅來回的汝窯盤子架底下的銀子床頭上的荷包以及延年神驗萬金丹……完全不同。

可憐寶玉。你最多弄清一件事，卻弄不清基本的深層問題。

「妹妹身上好？我前兒還在大嫂子跟前問你呢。」探春道：「寶哥哥，你往這裡來，我和你說話。」寶玉聽說，便跟了他離了釵玉兩個，到了一棵石榴樹下。探春因說道：「這幾天老爺可曾叫你？」寶玉笑道：「沒有叫。」探春道：「昨天我恍惚聽見說老爺叫你出去的。」寶玉笑道：「那想是別人聽錯了，並沒叫的。」探春又笑道：「這幾個月我又攢了有十來吊錢了，你還拿了去，明兒出門逛去的時候，或是好字畫，好輕巧玩意兒，替我帶些來。」寶玉道：「我這麼逛去，城裡城外、大廊大廟的逛，也沒見個新奇精緻東西，總不過是那些金玉銅磁器沒處撂的古董，再就是綢緞吃食衣服了。」探春道：「誰要這些。怎麼像你上回買的那柳枝兒編的小籃子，真竹子根挖的香盒兒，膠泥垛的風爐兒，這就好了。我喜歡的什麼似的。誰知他們都愛上了，都當寶貝似的搶了去了。」寶玉笑道：「原來要這個，這不值什麼，拿幾百錢給小子們，管拉兩車來。」探春道：「小廝們知道什麼。你揀那樸而不俗，直而不拙的這些東西，你多多替我帶了來，我還像上回的鞋做一雙你穿，比那雙還加工夫，如何呢？」

寶玉笑道：「你提起鞋來，我想起故事來了：一回穿着，可巧遇見了老爺。老爺就不受用，問是誰做的。我那裡敢提『三妹妹』三個字，我就回說是前兒我生日，是舅母給的。老爺聽了是舅母給的，才不好說什麼的，半日還說：『何苦來，虛耗人力，作踐綾羅，做這樣的東西。』我回來告訴了襲人，襲人說這還罷了，趙姨娘氣的抱怨的了不得：『正經兄弟，鞋踹拉襪踹拉的沒人看得見，且做這些

「老爺叫」的陰影無處不在。

探春的趣味不俗。

探春與寶玉十分親，與賈環成為鮮明對比。

東西。』」探春聽說，登時沉下臉來道：「你說，這話糊塗到什麼田地！怎麼我是該做鞋的人麼？環兒難道沒有分例的？衣裳是衣裳，鞋襪是鞋襪，丫頭老婆一屋子，怎麼抱怨這些話！給誰聽呢！我不過閒着沒事，作一雙半雙，愛給那個哥哥兄弟，隨我的心。誰敢管我不成！這也是他瞎氣。」寶玉聽了，點頭笑道：「你不知道，他心裡自然又有個想頭了。」探春聽說，益發動了氣，將頭一扭，說道：「連你也糊塗了！他那想頭自然是有的，不過是那陰微鄙賤的見識，他只管那麼想，我只管認得老爺、太太兩個人，別人我一概不管。就是姊妹兄弟跟前，誰和我好，我就和誰好，什麼偏的庶的，我也不知道。論理，我不該說他，但他忒昏聵的不像了！還有笑話兒呢：就是上回我給你那錢，替我帶那頑耍的東西。過了兩天，他見了我，也是說沒錢使怎麼難處，我也不理論。誰知後來丫頭們出去了，他就抱怨起我來，說我攢的錢為什麼給你使，倒不給環兒使了。我聽見這話，又好笑又好氣。我就出來往太太跟前去了。」正說着，只見寶釵那邊笑道：「說完了，來罷。顯見的是哥哥妹妹了，丟下別人，且說體己去。我們聽見一句兒就使不得了！」說着，探春、寶玉二人方笑着來了。

寶玉因不見了林黛玉，便知他躲了別處去了。想了一想，索性遲兩日，等他的氣息一息再去也罷了。因低頭看見許多鳳仙石榴等各色落花，錦重重的落了一地，因嘆道：「這是他心裡生了氣，也不收拾這花兒來了。待我送

＊這一段堪稱是探春的人生定向定性宣言。或謂，她這是正氣凜然，界線分明。或謂，這是人性扭曲，令人毛骨聳然。

登時沉下臉，可見碰到了不能碰的原則問題。

陰微鄙賤？如此說來，探春的見識則是光明正大了。

因為是親生母親，更要劃清界線。這也是親不親，階級分。

探春與趙、環劃清界線，本是可以理解的。直接聯繫到當事人寶玉，有些俗得有損探春自己的形象。即使事實如此，亦應迴避這種交流。不宜把疏趙、環與親寶玉放在一起敘說。

了去，明兒再問他。」說着，只見寶釵約着他們往外頭去。寶玉道：「我就來。」等他二人去遠，把那花兜了起來，登山渡水，過樹穿花，一直奔了那日同林黛玉葬桃花的去處來。將已到了花冢，猶未轉過山坡，只聽山坡那邊有嗚咽之聲，一面數落着，哭的好不傷心。寶玉心下想道：「這不知是那房裡的丫頭，受了委曲，跑到這個地方來哭。」一面想，一面煞住腳步，聽他哭道是：

花謝花飛飛滿天，紅消香斷有誰憐？　孤獨。
游絲軟繫飄春榭，落絮輕沾撲繡簾。　軟弱飄泊的做客。
閨中女兒惜春暮，愁緒滿懷無釋處，　遲暮。
手把花鋤出繡閨，忍踏落花來復去。　不忍。
柳絲榆莢自芳菲，不管桃飄與李飛。　意難平。
桃李明年能再發，明年閨中知有誰？　瞬間。無定。
三月香巢已壘成，樑間燕子太無情！　怨。
明年花發雖可啄，卻不道人去樑空巢亦傾。　危機。
一年三百六十日，風刀霜劍嚴相逼，　與環境不相容。
明媚鮮妍能幾時，一朝飄泊難尋覓。　匆迫。
花開易見落難尋，階前悶殺葬花人，　窒息。
獨把花鋤淚暗灑，灑上空枝見血痕。　刻骨之痛。

*在「紅」諸詩中，葬花詩最為普及。悲哀，細膩，動人而又相當通俗。對人與物與時的吟詠完全融合在一道。

不以林黛玉的名義，很難寫這樣的詩，寫了也難流傳，詩界是不能容忍這種「灰」的，讀者也不喜歡頹喪至此。小說家以小說人物的名義與心境推出自己的詩，確是高招。

內容並不新鮮，但體物抒情無所不至。

生命的根本悲哀還是孤獨與死亡，這首詩寫了這永恆的題材。

杜鵑無語正黃昏，荷鋤歸去掩重門。

掩重門很有封閉的象徵意味。

青燈照壁人初睡，冷雨敲窗被未溫。

冷清。

怪奴底事倍傷神，半為憐春半惱春：

沒有結果的憐（愛）與憂傷。

憐春忽至惱忽去，至又無言去不聞。

無可奈何。

昨宵庭外悲歌發，知是花魂與鳥魂？

物我同悲。

花魂鳥魂總難留，鳥自無言花自羞。

在造物面前低垂下頭。

願奴脇下生雙翼，隨花飛到天盡頭。

天盡頭，何處有香丘？

想超脫。想到了死——香丘。

未若錦囊收艷骨，一抔淨土掩風流。

否定生。

質本潔來還潔去，強於污淖陷渠溝。

潔癖。

爾今死去儂收葬，未卜儂身何日喪？

對生死的無知無力。

儂今葬花人笑癡，他年葬儂知是誰？

癡。

試看春殘花漸落，便是紅顏老死時。

死之意識遍處。

一朝春盡紅顏老，花落人亡兩不知。

意識終於消亡。悲夫！

寶玉聽了不覺癡倒。要知端詳，下回分解。

＊黛玉的人生（社會）處境與生命的基本困境是聯在一起寫的。

此詩確實感人，一而再再而三地抒發了黛玉的悲哀。

一味悲哀，一再渲染，當然也讓人覺得黛玉未免鑽牛角尖——叫做悲其一點，不及其餘。對人生的理解，還是太窄太窄了啊！這樣的詩，豈不成了錐子詩？只扎出了一個洞。

1 **干旄旌幢：**「干」是盾牌，「旄」「旌」「幢」是三種形狀、裝飾不同的旗子。

2 **獅子：**這裡是指壓簾的石獅子。

第二十八回　蔣玉菡情贈茜香羅　薛寶釵羞籠紅麝串

話說林黛玉只因昨夜晴雯不開門一事，錯疑在寶玉身上，次日又可巧遇見餞花之期，正在一腔無明未曾發泄，又勾起傷春愁思，因把些殘花落瓣去掩埋，由不得感花傷己，哭了幾聲，便隨口唸了幾句。不想寶玉在山坡上聽見，先不過點頭感嘆，次又聽到「儂今葬花人笑癡，他年葬儂知是誰」，「一朝春盡紅顏老，花落人亡兩不知」等句，不覺慟倒山坡上，懷裡兜的落花撒了一地。試想林黛玉的花顏月貌，將來亦到無可尋覓之時，寧不心碎腸斷！既黛玉無可尋覓之時，推之於他人，如寶釵、香菱、襲人等，亦可以到無可尋覓之時矣。寶釵等終歸無可尋覓之時，則自己又安在哉？且自身尚不知何在何往，則斯處、斯園、斯花、斯柳，又不知當屬誰姓矣！——因此一而二，二而三，反覆推求了去，真不知此時此際如何解釋這段悲傷。正是：

花影不離身左右，鳥聲只在耳東西。

那林黛玉正自傷感，忽聽山坡上也有悲聲，心下想道：「人人都笑我有癡病，難道還有一個癡子不成？」抬頭一看，見是寶玉。黛玉便道：「啐！我當是誰，

「隨口唸」云云，不過於強調。也是一種力透紙背而又輕描淡寫的寫法，也是對人物既能入乎其內又能出乎其外的把握，乃至與「怨而不怒，哀而不傷」的傳統有關。

為宇宙、萬物、人生一哭。也是「哀人生之須臾」，「前不見古人，後不見來者，念天地之悠悠，獨愴然而涕下」。

情須癡。覓知音就是覓知癡。

*為生命的短促而悲傷，從這一個起點可以獲得不同的啟示。
一、因短促而更加珍惜生命，追求事業。「人最寶貴的是生命……」（奧斯特洛夫斯基：《鋼鐵是怎樣煉成的》）
二、因而及時行樂。「秉燭夜遊，良有以也。」（李白：《春夜宴桃李園序》）
三、放棄一切追求，或遁入空門，或和光同塵。以無視無，以求解脫。
四、……
而寶玉則只剩下了瞬時生命體驗中的女孩子們對他的感情的慰藉。

原來是這個狠心短命的……」剛說到「短命」二字，又把口掩住，長嘆一聲，自己抽身便走了。

關係已經不同。如不是對已經定情的人，是罵不出這種話的。

這裡寶玉悲慟了一回，見黛玉去了，便知黛玉看見他躲開了，自己也覺無味，抖抖土起來，下山尋歸舊路，往怡紅院來。可巧看見黛玉在前頭走，連忙趕上去，說道：「你且站住，我知你不理我，我只說一句話，從今以後撂開手。」林黛玉回頭見是寶玉，待要不理他，聽他說只說一句話，便道：「請說來。」寶玉笑道：「兩句話，說了你聽不聽？」黛玉聽說，回頭就走。寶玉在身後面嘆道：「既有今日，何必當初！」黛玉聽了這話，由不得站住，回頭道：「當初怎麼樣？今日怎麼樣？」寶玉道：「嗳，當初姑娘來了，那不是我陪着頑笑？憑我心愛的，姑娘要就拿去；我愛吃的，聽見姑娘也愛吃，連忙收拾的乾乾淨淨收着，等了姑娘到來。一桌子吃飯，一床兒上睡覺。丫頭們想不到的，我怕姑娘生氣，我替丫頭們想到。我心裡想着：姊妹們從小兒長大，親也罷，熱也罷，和氣到了兒，才見得比人好。如今誰承望姑娘人大心大，不把我放在眼睛裡，倒把外四路的什麼寶姐姐、鳳姐姐的放在心坎上，倒把我三日不理，四日不見的。我又沒個親兄弟親妹妹——雖然有兩個，你難道不知道是我隔母的？我也和你是獨出，只怕同我的心一樣。誰知我是白操了這一番心，有冤無處訴！」說着，不覺滴下淚來。

看描寫，寶玉過了一會兒才起來，「可巧」看見黛玉。巧在黛玉等他。

有京劇對白味道。可見京劇也是來自生活的。

有話劇對白味道。即是說，這一段話很有戲劇性，搬上舞台，效果當佳。

說得挺委屈。

為什麼素日不見他這樣「不幸」呢？為什麼一說，果然可憐見呢？

那時黛玉耳內聽了這話，眼內見了這形景，心內不覺灰了大半，也不覺

他實際上是停留於起點，停留於原始的悲傷，沒有向前走一步。所以寶玉非僧非道非老非莊，他乾脆什麼都不是。

*「啊，青春，青春，你什麼都不在乎，連憂愁也給你以安慰，連悲哀也對你有幫助……」（屠格涅夫：《初戀》）事後回憶起寶黛少年時的這一切追求、試探、猜忌、誤解、言歸於好，是多麼純真，多麼甜蜜！可惜，到以後，想再哭哭笑笑地癡鬧一番，亦不可得矣。

滴下淚來，低頭不語。寶玉見這般形象，遂又說道：「我也知道，我如今不好了，但只任憑我怎麼不好，萬不敢在妹妹跟前有錯處。便有一二分錯處，你或教導我，戒我下次，或罵我幾句，打我幾下，我都不灰心。誰知你總不理我，叫我摸不着頭腦，少魂失魄，不知怎麼樣才是，就便死了，也是個屈死鬼，任憑高僧高道懺悔也不能超脫，還得你申明了緣故，我才得託生呢！」

黛玉聽了這話，不覺將昨晚的事都忘在九霄雲外了，便說道：「你既這麼說，為什麼我去了，你不叫丫頭開門？」寶玉詫異道：「這話從那裡說起？我要是這樣，立刻就死了！」黛玉啐道：「大清早起死呀活的，也不忌諱，你說有呢就有，沒有就沒有，起什麼誓呢。」寶玉道：「實在沒有見你去，就是寶姐姐坐了一坐，就出來了。」林黛玉想了一想，笑道：「是了，想必是你丫頭們懶待動，喪聲歪氣的也是有的。」寶玉道：「想必是這個原故，等我回去問了是誰，教訓教訓他們就好了。」黛玉道：「你的那些姑娘們也該教訓教訓，只是論理我不該說。今兒得罪了我的事小，倘或明兒寶姑娘來，什麼貝姑娘來，也得罪了，事情豈不大了。」說着抿着嘴笑。寶玉聽了，又是咬牙，又是笑。二人正說話，見丫頭來請吃飯，遂都往前頭來了。王夫人見了黛玉，因問道：「大姑娘，你吃那鮑太醫的藥可好些？」黛玉道：「也不過這麼着。老太太還叫我吃王大夫的藥呢。」寶玉道：「太太不知道，林妹妹是內症，先天生的弱，所以禁不住一點兒風寒，不過吃兩劑煎藥，疏散

很有孩子氣，稚氣。但又想得深，說得重。

真難過呀！非浮言枉語可比。

何必輕易樹敵？

笑了就好。

寶玉咬牙，就更可愛可笑。

了風寒，還是吃丸藥的好。」王夫人道：「前兒大夫說了個丸藥的名字，我也忘了。」寶玉道：「我知道那些丸藥，不過叫他吃什麼『人參養榮丸』。」王夫人道：「不是。」寶玉又道：「『八珍益母丸』？『左歸』？『右歸』？再不就是『八味地黃丸』？」王夫人道：「都不是。我只記得有個『金剛』兩個字的。」寶玉拍手笑道：「從來沒聽見有個什麼『金剛丸』。若有了『金剛丸』，自然有『菩薩散』了。」說的滿屋裡人都笑了。寶釵抿嘴笑道：「想是『天王補心丹』。」王夫人笑道：「是這個名兒。如今我也老糊塗了。」寶玉道：「太太倒不糊塗，都是叫『金剛』『菩薩』支使糊塗了。」王夫人道：「扯你娘的臊！又欠你老子捶你了。」寶玉笑道：「我老子再不為這個捶我。」

王夫人道：「既有這個名兒，明兒就叫人買些來吃。」寶玉道：「這些藥都是不中用的。太太給我三百六十兩銀子，我替妹妹配一料丸藥，包管一料不完就好了。」王夫人道：「放屁！什麼藥就這麼貴？」寶玉笑道：「當真的呢，我這個方子比別的不同，那個藥名兒也古怪，一時也說不清，只說那頭胎紫河車，人形帶葉參，三百六十兩不足。龜大何首烏，千年松根茯苓膽，諸如此類的藥不算為奇，只在群藥裡算。那為君的藥，說起來唬人一跳。前年薛大哥哥求了我一二年，我才給了他這方子。他拿了方子去又尋了二三年，花了有上千的銀子，才配成了。太太不信，只問寶姐姐。」寶釵聽說，笑着搖着手兒說道：「我不知道，也沒聽見，你別叫姨娘問我。」王夫人笑道：「到底是寶丫頭好孩子，不撒謊。」

寶玉怎麼知道這麼多藥和藥理？吃的藥多，知的藥多，也是炫耀富貴吧？中藥的藥名都有心理治療作用。

寶玉因解開與黛玉的誤會而過於興奮了。對老子也挺放心了。但畢竟又現「老子捶」的陰影。

國罵。

寶玉今天話如許多，不自覺地說起「相聲」來了。（相聲的起源是因高興而饒舌嗎？）

封建貴族的貪婪、佔有慾，不僅表現在財富、建築、美食、美服、美女上，也表現在吃藥上。似乎得天下之名貴藥材而吃之是人生一大幸事。

寶玉站在當地，聽見如此説，一回身，把手一拍，説道：「我説的倒是真話呢，倒説撒謊。」説着，忽一回身，只見林黛玉坐在寶釵身後，抿着嘴笑，用手指頭在臉上畫着羞他。

曹公這裡寫得這樣鋪張，不無擺闊之意。

鳳姐因在裡間房間裡看着人放桌子，聽如此説，便走來笑道：「寶兄弟不是撒謊，這倒是有的。前日薛大哥親自和我來尋珍珠，我問他做什麼，他説配藥。他還抱怨説不配也罷了，如今那裡知道這麼費事。我問什麼藥，他説是寶兄弟的方子，説了多少藥，我也不記得。他又説：『不然我也買幾顆珍珠了，只是定要頭上帶過的，所以來和妹妹尋。妹妹就沒散的，花兒那上頭折下來的也使得，過後我揀好的再給妹妹穿了來。』我沒法兒，把兩支珠花現折了給他，還要一塊三尺長上用的大紅紗，拿乳缽乳了面子呢。」鳳姐説一句，寶玉唸一句佛，説：「太陽在屋子裡[1]呢！」鳳姐説完了，寶玉又道：「太太想，這不過是將就呢。正經按那方子，這珍珠寶石定要在古墳裡的，有那古時富貴人家裝裹的頭面，[2]拿了來才好。如今那裡為這個去刨墳掘墓，所以只是活人帶過的，也可以使得。」王夫人聽了道：「阿彌陀佛，不當家花拉的！[3]就是墳裡有，人家死了幾百年，這會子翻屍盜骨的，作了藥也不靈！」

薛家殷富，吃起藥來也要高人一等。

藥學與迷信。

聯想到當代作家古華的小説《九十九堆禮俗》。

寶玉因向黛玉説道：「你聽見了沒有，難道二姐姐也跟着我撒謊不成？」臉望着林黛玉説，卻拿眼睛瞟着寶釵。林黛玉便拉王夫人道：「舅母聽聽，

臉望眼瞟，有趣。

*寶玉大談他的藥方，還扯了薛蟠、鳳姐，加上王夫人、釵、黛等重要人物的反應，這一大段除炫耀用藥之富外還有無更深刻更具體的含義。也或有與家敗之後藥也吃不上的情狀對比的意思。

寶姐姐不替他圓謊，他只問着我。」王夫人也道：「寶玉狠會欺侮你妹妹。」寶玉笑道：「太太不知道這原故。寶姐姐先在家裡住着，那薛大哥哥的事，他也不知道，何況如今在裡頭住着呢，自然是越發不知道了。林妹妹才在背後以為是我撒謊就羞我。」

不知道薛大哥的事，為何卻知道寶玉房中丫頭們的事？

正說着，見賈母房裡的丫頭找寶玉、林黛玉去吃飯。黛玉也不叫寶玉，便起身拉了那丫頭走。那丫頭說等着寶二爺一塊兒走。林黛玉道：「他不吃飯，不同咱們走。我先走了。」說着便出去了。寶玉道：「我今兒還跟着太太吃罷。」王夫人道：「罷，罷，我今兒吃齋，你正經吃你的去罷。」寶玉道：「我也跟着吃齋。」說着便叫那丫頭「去罷」，自己跑到桌子上坐了。王夫人向寶釵等笑道：「你們只管吃你們的，由他去罷。」寶釵因笑道：「你正經去罷。吃不吃，陪着林妹妹走一趟，他心裡打緊的不自在呢。」寶玉道：「理他呢，過一會子就好了。」

這一節王夫人也比較放鬆，沒有端架子。可看出她與寶玉的母子之情。

「愛」，也累人。方才賠不是、訴心曲未免太累了，不自覺地說出「理他呢」的話，也是發泄下意識裡對黛玉的「小性」的不滿。

一時吃過飯，寶玉一則怕賈母記掛，二則也記掛着林黛玉，忙忙的要茶漱口。探春、惜春都笑道：「二哥哥，你成日家忙些什麼？吃飯吃茶也是這麼忙忙碌碌的。」寶釵笑道：「你叫他快吃了瞧黛玉妹妹去罷，叫他在這裡胡鬧些什麼。」

寶釵想得開，看得開，說得開。幾乎可以說是一種政治風度。

寶玉吃了茶，便出來，一直往西院來。可巧走到鳳姐兒院前，只見鳳姐在門前站着，蹬着門檻子拿耳挖子剔牙，看着十來個小廝們挪花盆呢。見寶玉來了，笑道：「你來的好，進來，進來，替我寫幾個字兒。」寶玉只得跟了進來，到了房裡，鳳姐命人取過筆硯紙來，向寶玉道：「大紅妝緞四十匹，蟒緞四十匹，各色上用紗一百匹，金項圈四個。」寶玉道：「這算什麼？又不是賬，又不是禮物，怎麼個寫法？」鳳姐兒道：「你只管寫上，橫豎我自己明白就罷了。」寶玉聽說，只得寫了。鳳姐一面收起來，一面笑道：「還有句話告訴你，不知依不依？你屋裡有個丫頭叫小紅的，我要叫了來使喚，明兒我再替你挑幾個，可使得麼？」寶玉道：「我屋裡的人也多的狠，姐姐喜歡誰，只管叫了來，何必問我。」鳳姐笑道：「既這麼着，我就叫人帶他去了。」寶玉道：「只管帶去。」説着便要走。鳳姐道：「你回來，我還有一句話呢。」寶玉道：「老太太叫我呢，有話等回來罷。」説着便至賈母這邊，只見都已吃完飯了。賈母因問他：「跟着你娘吃了什麼好的？」寶玉笑道：「也沒什麼好的，我倒多吃了一碗飯。」因問：「林姑娘在那裡？」賈母道：「裡頭屋裡呢。」

寶玉進來，只見地下一個丫頭吹熨斗，炕上兩個丫頭打粉線，黛玉彎着腰拿着剪子裁什麼呢。寶玉走進來笑道：「哦，這是做什麼呢？才吃了飯，這麼控着頭，一會子又頭疼了。」黛玉並不理，只管裁他的。有一個丫頭説道：「那塊綢子角兒還不好呢，再熨他一熨。」黛玉便把剪子一擱，説道：「理他呢，過一會子就好了。」寶玉聽了，自是納悶。只見寶釵、探春等也來了，和賈母説了一回話。寶釵也進來問：「林妹妹做什麼呢？」因見林黛玉裁剪，笑道：「越發能幹了，連裁剪都會了。」黛玉笑道：「這也不過是撒謊哄人罷了。」寶釵笑道：「我告訴你個笑話兒，才剛為那個藥，我説了個不知道，寶兄弟心裡不受用了。」林

自己明白就行。「貓膩」多了。

毫無反應嗎？他不是已經對小紅產生了興趣了麼？這裡似乎略嫌粗疏。

什麼話？

納悶什麼？寶玉的話她聽見了麼？寶玉說什麼，黛玉立即知道。黛玉「真神人也。」寶黛愛情真是得天獨厚的愛情也。

黛玉道：「理他呢，過會子就好了。」寶玉向寶釵道：「老太太要抹骨牌，正沒人，你抹骨牌去罷。」寶釵聽說，便笑道：「我是為抹骨牌才來麼？」說着便走了。林黛玉道：「你倒是去罷，這裡有老虎，看吃了你！」說着又裁。寶玉見他不理，只得還陪笑說道：「你也去逛逛再裁不遲。」黛玉總不理。寶玉便問丫頭們：「這是誰叫他裁的？」黛玉見問丫頭們，便說道：「憑他誰叫我裁，也不管二爺的事！」寶玉方欲說話，只見有人進來回說「外頭有人請」。寶玉聽了，忙撤身出來。黛玉向外頭說道：「阿彌陀佛！趕你回來，我死了也罷了。」

寶玉出來外面，只見焙茗說：「馮大爺家請。」寶玉聽了，知道是昨日的話，便說：「要衣裳去。」自己往書房裡來。焙茗一直到了二門前等人，只見出來了一個老婆子，焙茗上去說道：「寶二爺在書房裡等出門的衣裳，你老人家進去帶個信兒。」那婆子道：「放你娘的屁！倒好，寶二爺如今在園裡住着，跟他的人都在園裡，你又跑了這裡來帶信兒！」焙茗聽了笑道：「罵的是，我也糊塗了。」說着，一徑往東邊二門前來，可巧門上小廝在甬路底下踢球，焙茗將原故說了。有個小廝跑了進去，半日才抱了一個包袱出來，遞與焙茗。回到書房裡，寶玉換了，命人備馬，只帶着焙茗、鋤藥、雙瑞、壽兒四個小廝去了。

一徑到了馮紫英門口，有人報與馮紫英，出來迎接進去。只見薛蟠早已在那裡久候了，還有許多唱曲兒的小廝們並唱小旦的蔣玉菡、錦香院的妓女雲兒。大

一波未平，一波又起。寶玉的不是算是賠不完了。

動不動講死，固是慪寶玉，卻也確實反映了二人的感情已帶有生死與之的性質。

為何糊塗？有那麼緊迫和複雜麼？

家都見過了，然後吃茶。寶玉擎茶笑道：「前日所言幸與不幸之事，我晝夜懸想，今日一聞呼喚即至。」馮紫英笑道：「你們令表兄弟倒都心實。前日不過是我的設辭，誠心請你們一飯，恐又推託，故說下這句話。今日一邀即至，誰知都信真了。」說畢，大家一笑，然後擺上酒來，依次坐定。馮紫英先命唱曲兒的小廝過來讓酒，然後命雲兒也來敬。

那薛蟠三杯下肚，不覺忘了情，拉着雲兒的手，笑道：「你把那體己新樣兒的曲子唱個我聽，我吃一罈如何？」雲兒聽說，只得拿起琵琶來唱道：

> 兩個冤家都難丟下，想你來又記掛着他。兩個人形容俊俏，都難描畫。想昨宵幽期私定在荼蘼架，一個偷情，一個尋拿，拿住了三曹[4]對案，我也無回話。

唱畢笑道：「你喝一罈子罷了。」薛蟠聽說，笑道：「不值一罈，再唱好的來。」

寶玉笑道：「聽我說來，如此濫飲，易醉而無味。我先喝一大海，發一個新令，有不遵者，連罰十大海，逐出席外，與人斟酒。」馮紫英、蔣玉菡等都道：「有理，有理。」寶玉拿起海來，一氣飲盡，說道：「如今要說『悲、愁、喜、樂』四字，卻要說出女兒來，還要註明這四字原故。說完了，飲門杯，[5]酒面[6]要唱一個新鮮時樣曲子；酒底[7]要席上生風[8]一樣東西，或古詩、舊對、《四書》《五經》成語。」薛蟠未等說完，先站起來攔道：「我不來，別算我，這竟是捉弄我呢！」雲兒也站起來，推他坐下，笑道：「怕什麼？還虧你天天吃酒呢，難道連

高高舉起，輕輕放下，前詐而今實乎？前真而今詐乎？誰知道？

令人想起俄羅斯歌曲《山楂樹》。

造句。屬於文學遊戲。考的是文字能力與構思能力。反應要快，聯想力要豐富。

我也不如！我回來還說呢。說是了，罷；不是了，不過罰上幾杯，那裡就醉死了。你如今一亂令，倒喝十大海，下去斟酒不成？」眾人都拍手道妙。薛蟠聽說無法，只得坐了。聽寶玉說道：「女兒悲，青春已大守空閨。女兒愁，悔教夫婿覓封侯。女兒喜，對鏡晨妝顏色美。女兒樂，鞦韆架上春衫薄。」

眾人聽了，都說道：「好。」薛蟠獨揚着臉搖頭說：「不好，該罰！」眾人問：「如何該罰？」薛蟠道：「他說的我全不懂，怎麼不該罰？」雲兒便擰他一把，笑道：「你悄悄想你的罷。回來說不出，又該罰了。」於是拿琵琶聽寶玉唱道：

滴不盡相思血淚拋紅豆，開不完春柳春花滿畫樓，睡不穩紗窗風雨黃昏後，忘不了新愁與舊愁，嚥不下玉粒金波噎滿喉，照不盡菱花鏡裡形容瘦。展不開的眉頭，捱不明的更漏。呀！恰便似遮不住的青山隱隱，流不盡的綠水悠悠。

把敘寫女子心事的曲子變成佐酒的酒令。血淚，愁，都成了遊戲。成了遊戲就不會一味煽情濫情。煽情濫情與矯情無情是一樣的可厭的。這也算是玩文學吧？只玩，或聞玩暴怒，視玩為大逆不道，未免都有些走火入魔。

唱完，大家齊聲喝彩。獨薛蟠說無板。寶玉飲了門杯，便拈起一片梨來，說道：「雨打梨花深閉門。」完了令。

下該馮紫英，說道：「女兒喜，頭胎養了雙生子。女兒樂，私向花園掏蟋蟀。女兒悲，兒夫染病在垂危。女兒愁，大風吹倒梳妝樓。」說畢，端起酒來，唱道：

你是個可人，你是個多情，你是個刁鑽古怪鬼靈精，你是個神仙也不靈。我說的話兒你全不信，只叫你去背地裡細打聽，才知道我疼你不疼！

有民歌風。

唱完，飲了門杯，說道：「雞鳴茅店月。」令完，下該雲兒。

雲兒便說：「女兒悲，將來終身倚靠誰？」薛蟠笑道：「我的兒，有你薛大爺在，你怕什麼！」眾人都道：「別混他，別混他！」雲兒又道：「女兒愁，媽媽打罵何時休！」薛蟠道：「前兒我見了你媽，還吩咐他不叫他打你呢。」眾人都道：「再多言者罰酒十杯。」薛蟠連忙自己打了一個嘴巴子，說道：「沒耳性，再不許說了。」雲兒又道：「女兒喜，情郎不捨還家裡。女兒樂，住了簫管弄弦索。」說完，便唱道：

這個哏捧得好。戲曲表演上常有這種笑料。

豆蔻花開三月三，一個蟲兒往裡鑽。鑽了半日鑽不進去，爬到花兒上打鞦韆。肉兒小心肝，我不開了，你怎麼鑽？

有妓女風。但仍不算粗鄙。象徵化能有淨化的效果。雲兒有一定的文化素養。

唱畢，飲了門杯，說道：「桃之夭夭。」令完，下該薛蟠。

薛蟠道：「我可要說了：女兒悲——」說了半日，不見說底下的。馮紫英笑道：「悲什麼？快說！」薛蟠登時急的眼睛鈴鐺一般，便說道：「女兒悲——」又咳嗽了兩聲，方說道：「女兒悲，嫁了個男人是烏龜。」眾人聽了都大笑起來。薛蟠道：「笑什麼，難道我說的不是？一個女兒嫁了漢子，要做忘八，怎麼不傷心呢？」眾人笑的彎腰，忙說道：「你說的是，快說底下的罷！」薛蟠瞪了瞪眼，又說道：「女兒愁——」說了這句，又不言語了。眾人道：「怎麼愁？」薛蟠道：「繡房鑽出個大馬猴。」眾人哈哈笑道：「該罰，該罰！先還可恕，這句更不通。」說着便要斟酒。寶玉笑道：「押韻就好。」薛蟠道：「令官都准了，你們鬧什麼？」眾人聽說，方罷了。雲兒笑道：「下兩句越發難說了，我替你說罷。」薛蟠道：

好！

薛蟠體的詩，仍然會有人做的。

薛蟠橫蠻，「有血債」。但他的率直和幽默給人以好感。與同樣橫蠻乃至狠毒而又詭詐和一板正經的人相比，薛蟠簡直可愛起來了！

*蔣玉菡行酒令中竟說出了「花氣襲人」。聯想到襲人最終嫁給了蔣，現在的這一筆令人震驚！真是震撼人心的一筆！冥冥中萬事皆有定數，一飲一啄莫非前定，這不是科學，而是神學。但同時，它非常文學！就是說，他是對自己的命運無能為力而又飽經滄桑的人返視自己的、親人友人仇人的遭遇時的主觀感受。作為一種觀念，它是不（符合客觀的）真實的。作為一種感受，它是刻骨的真實的。

「胡說！當真我就沒好的了！聽我說罷：女兒喜，洞房花燭朝慵起。」眾人聽了，都詫異道：「這句何其太雅？」薛蟠道：「女兒樂，一根毤毢往裡戳。」眾人聽了，都回頭說道：「該死，該死！快唱了罷。」薛蟠便唱道：「一個蚊子哼哼哼。」眾人都怔了，說道：「這是個什麼曲兒？」薛蟠還唱道：「兩個蒼蠅嗡嗡嗡。」眾人都說：「罷，罷，罷！」薛蟠道：「愛聽不聽，這是新鮮曲兒，叫作哼哼韻兒。你們要懶待聽，連酒底都免了，我就不唱。」眾人都道：「免了罷，倒別耽誤了別人家。」

於是蔣玉菡說道：「女兒悲，丈夫一去不回歸。女兒愁，無錢去打桂花油。女兒喜，燈花並頭結雙蕊。女兒樂，夫唱婦隨真和合。」說畢，唱道：

可喜你天生成百媚姣，恰便似活神仙離碧霄。度青春，年正小；配鸞鳳，真也巧。呀！看天河正高，聽譙樓鼓敲，剔銀燈同入鴛幃悄。

唱畢，喝了門杯，笑道：「這詩詞上我倒有限。幸而昨日見了一副對子，只記得這句，可巧席上還有這件東西。」說畢，便乾了酒，拿起一朵木樨來，唸道：「花氣襲人知晝暖。」

眾人倒都依了，完令。薛蟠又跳了起來，喧嚷道：「了不得，了不得！該罰，該罰！這席上並沒有寶貝，你怎麼說起寶貝來？」蔣玉菡忙說道：「何曾有寶貝？」薛蟠道：「你還賴呢！你再唸來。」蔣玉菡只得又唸了一遍。薛蟠道：「襲人可不是寶貝是什麼！你們不信，只問他。」說畢，指着

任何事物都要一波三折才好。薛蟠雖粗，不可能生在那樣人家一點文詞不接觸。我們毋寧設想，他的粗魯也是他表示自己的特權、放縱與享樂的一種手段。有這句雅的，才有了起、承、轉，最後就更上一層樓了。

優伶風。

偶然乎？偶然在生活中，在小說中，何等有魅力。因偶然而無法解釋，因偶然無法解釋而帶有宿命——必然性質。偶然便成了神明，成了神意了。

寶玉。寶玉沒好意思起來。說：「薛大哥，你該罰多少？」薛蟠道：「該罰，該罰！」說着，拿起酒來，一飲而盡。馮紫英與蔣玉菡等猶問他原故，雲兒便告訴了出來。蔣玉菡忙起身陪罪。眾人都道：「不知者不作罪。」

少刻，寶玉出席解手，蔣玉菡隨了出來。二人站在廊檐下，蔣玉菡又陪不是。寶玉見他嫵媚温柔，心中十分留戀，便緊緊的搭着他的手，叫他：「閒了往我們那裡去。還有一句話問你，也是你們貴班中有一個叫琪官兒的，他如今名馳天下，可惜我獨無緣一見。」蔣玉菡笑道：「就是我的小名兒。」寶玉聽說，不覺欣然跌足笑道：「有幸，有幸！果然名不虛傳。今兒初會，便怎麼樣呢？」想了一想，向袖中取出扇子，將一個玉玦扇墜解下來，遞與琪官道：「微物不堪，略表今日之誼。」琪官接了笑道：「無功受祿，何以克當！也罷，我這裡也得了一件奇物，今日早起方繫上，還是簇新，聊可表我一點親熱之意。」說畢，撩衣將繫小衣兒一條大紅汗巾子解了下來，遞與寶玉道：「這汗巾子是茜香國女國王所貢之物，夏天繫着肌膚生香，不生汗漬。昨日北靜王給的，今日才上身，若是別人，我斷不肯相贈。二爺請把自己繫的解下來，給我繫着。」寶玉聽說，喜不自禁，連忙接了，將自己一條松花汗巾解了下來，遞與琪官。二人方束好，只聽一聲大叫：「我可拿住了！」只見薛蟠跳了出來，拉着二人道：「放着酒不吃，兩個人逃席出來幹什麼？快拿出來我瞧瞧。」二人都道：「沒有什麼。」薛蟠那裡肯依，還是馮紫英出來才解開了。於是復又歸坐飲酒，至晚方散。

薛亦知寶玉與襲人的貓膩。

「隨」的可笑，亦有些下作。

已經有點那個。一解釋來路更加弗洛伊德了。

想當年寶玉與秦鍾亦這樣黏黏糊糊，嘻嘻鬧鬧。而今鯨卿何在？寶玉這樣悲那樣也悲，為何不為鯨卿一悲？是真有情乎？太泛太博的情容易顧此失彼，喜新厭舊，故而會成為無情薄情寡情的另一面。

寶玉回至園中，寬衣吃茶。襲人見扇子上的扇墜兒沒了，便問他：「往那裡去了？」寶玉道：「馬上丟了。」睡覺時，只見腰裡一條血點似的大紅汗巾子，襲人便猜了八九分，因說道：「你有了好的繫褲子，把我那條還我罷。」寶玉聽說，方想起那條汗巾子原是襲人的，不該給人才是。心裡後悔，口裡說不出來，只得笑道：「我賠你一條罷。」襲人聽了，點頭嘆道：「我就知道又幹這些事！也不該拿我的東西給那起混賬人。也難為你，心裡沒個算計兒。」欲再說幾句，又恐慪上他的酒來，少不得也睡了，一宿無話。

定數。真是「混賬人」啊！

至次日天明，方才醒了，只見寶玉笑道：「夜裡失了盜也不曉得，你瞧瞧褲子上。」襲人低頭一看，只見昨日寶玉繫的那條汗巾子繫在自己腰裡呢，便知是寶玉夜間換了，忙一頓就解下來，說道：「我不希罕這行子，趁早兒拿了去！」寶玉見他如此，只得委婉解勸了一回。襲人無法，只得繫上。過後寶玉出去，終久解下來，擲在個空箱子裡，自己又換了一條繫着。

無法怎樣，只得怎樣，襲人一生就是這樣。

寶玉並未理論，因問起昨日可有什麼事情。襲人便回說：「二奶奶打發人叫了小紅去。他原要等你來的，我想什麼要緊，我就做了主，打發他去了。」寶玉道：「狠是，我已知道了，不必等我罷了。」襲人又道：「昨兒貴妃打發夏太監出來，送了一百二十兩銀子，叫在清虛觀初一到初三打三天平安醮，[9]唱戲獻供，叫珍大爺領着眾位爺們跪香拜佛呢。還有端午兒的節禮也賞了。」說着，命小丫頭來將昨日的所賜之物取了出來，只見上等宮扇兩柄，紅麝香珠[10]二串，鳳

毫不依依。

尾羅[11]二端，芙蓉簟[12]一領。寶玉見了，喜不自勝，問：「別人的也都是這個？」襲人道：「老太太多一個香玉如意，一個瑪瑙枕。老爺、太太、姨太太的只多一個香玉如意。你的同寶姑娘的一樣。林姑娘同二姑娘、三姑娘、四姑娘只單有扇子同數珠兒，別的都沒有。大奶奶、二奶奶他兩個是每人兩匹紗，兩匹羅，兩個香袋兒，兩個錠子藥。」寶玉聽了笑道：「這是怎麼個原故？怎麼林姑娘的倒不同我的一樣，倒是寶姐姐的同我一樣，別是傳錯了罷？」襲人道：「昨兒拿出來都是一份一份的寫着籤子，怎麼就錯了！你的是在老太太屋裡的，我去拿了來了。老太太說了，明兒叫你一個五更天進去謝恩呢。」寶玉道：「自然要走一趟。」說着便叫了紫鵑來：「拿了這個到你們姑娘那裡去，就說是昨兒我得的，愛什麼留下什麼。」紫鵑答應了，拿了去。不一時回來說：「姑娘說了，昨兒也得了，二爺留着罷。」

寶玉聽說，便命人收了。剛洗了臉出來，要往賈母那裡請安去，只見林黛玉頂頭來了。寶玉趕上去笑道：「我的東西叫你揀，你怎麼不揀？」林黛玉昨日所惱寶玉的心事早又丟開，只顧今日的事了，因說道：「我沒這麼大福禁受，比不得寶姑娘，什麼金什麼玉的，我們不過是個草木之人罷了。」寶玉聽他提出「金玉」二字來，不覺心動疑猜，便說道：「除了別人說什麼金什麼玉，我心裡要有這個想頭，天誅地滅，萬世不得人身。」林黛玉聽他這話，便知他心裡動了疑，忙又笑道：「好沒意思，白白的說什麼誓？管你什麼金什麼玉的呢！」寶玉道：

襲人如此掌握全局，心中有數，奇了。沒有區別就沒有政策，元妃賞物亦本着這個原則。

沒有親疏、遠近、貴賤、高下，哪裡還有人生？黛玉葬花的不幸預感，正在有條不紊地兌現為事實。

由襲人來論證「不錯」，合適。說明了元妃的意圖符合襲人的「民心」。

可嘆！

金、玉其實是沒有生命的，它們的珍貴是人為地造成的。草木是生命自身，是自身的生長與凋謝。

「我心裡的事也難對你説，日後自然明白。除了老太太、老爺、太太這三個人，第四個就是妹妹了。要有第五個人，我也起個誓。」林黛玉道：「你也不用起誓，我狠知道你心裡有『妹妹』，但只是見了『姐姐』，就把『妹妹』忘了。」寶玉道：「那是你多心，我再不是這樣的。」林黛玉道：「昨兒寶丫頭不替你圓謊，為什麼問着我呢？那要是我，你又不知怎麼樣了。」

正説着，只見寶釵從那邊來了，二人便走開了。寶釵分明看見，只裝看不見，低頭過去了，到了王夫人那裡，坐了一回，然後到了賈母這邊，只見寶玉也在這裡呢。寶釵因往日母親對王夫人等曾提過「金鎖是個和尚給的，等日後有玉的方可結為婚姻」等語，所以總遠着寶玉。昨日見元春所賜的東西，獨他與寶玉一樣，心裡越發沒意思起來。幸虧寶玉被一個林黛玉纏綿住了，心心念念只記掛着林黛玉，並不理論這事。此刻忽見寶玉笑道：「寶姐姐，我瞧瞧你的那香串子。」可巧寶釵左腕上籠着一串，見寶玉問他，少不得褪了下來。寶釵原生的肌膚豐澤，容易褪不下來。寶玉在旁邊看着雪白的臂膊，不覺動了羡慕之心，暗暗想道：「這個膀子若長在林姑娘身上，或者還得摸一摸，偏長在他身上，正是恨我沒福。」忽然想起「金玉」一事來，再看看寶釵形容，只見臉若銀盆，眼同水杏，唇不點而紅，眉不畫而翠，比林黛玉另具一種嫵媚風流，不覺呆了。寶釵褪下串子來遞與他，他也忘了接。寶釵見他呆了，自己倒不好意思的，丟下串子，回身才要走，只見林黛玉登

這是說不清楚的。如果僅僅是這三個人的感情糾葛，事猶可說。加上元妃的意圖，還有什麼可說的？寶玉賭咒起誓，又有何用？

寶釵已吃了定心丸，便不計較別的了。

果如黛玉所說，見了姐姐，就把妹妹忘了。

*「紅」的愛情糾葛，又包括兩方面的內容：一、寶、黛、釵的三角關係，三人的感情波瀾。釵並非純然的第三者。三個人的感情世界都很複雜。二、賈府環境對他們的情感——婚姻的影響。寫到這一回，氣候已經變了，已經是「西風壓倒東風」了。作者的寫法是：循序漸進，不慌不忙，不誇不飾。只寫其「然」，不寫其「所以然」，不事先回答疑問，填補空白。「滿紙荒唐言」，「誰解其中味」？儘管曹公寫得很周密，仍然留下大

着門檻子，嘴裡咬着手帕子笑呢。寶釵道：「你又禁不得風吹，怎麼又站在那風口裡。」林黛玉笑道：「何曾不是在房裡的，只因聽見天上一聲叫，出來瞧了瞧，原來是個呆雁。」寶釵道：「呆雁在那裡呢？我也瞧瞧。」林黛玉道：「我才出來，他就『忒兒』一聲飛了。」口裡說，將手裡帕子一甩，向寶玉臉上甩來。寶玉不知，正打在眼上，「噯喲」了一聲。要知端的，且聽下回分解。

曹公敢於面對和描寫他的最富自況意味的人物寶玉的這一面，這是很了不起的。他並不想捏出一個理想化的「情種」來。他正視作為一個活人的賈寶玉的七情六慾——不是單情獨慾。

量內裡的空白，供你捉摸品味，無盡之意盡在「水下」。（按海明威的說法，小說如冰山，「露出水面的只是它的八分之一，八分之七卻藏在海裡」。）這不僅是一個含蓄的手法問題，技巧問題。更是作者的生活經驗、閱歷問題，作者的含蓄並非僅僅出自一種拒絕饒舌的藝術修養，更出自他的經驗的豐富性。經驗壓制着判斷，作者可以敘述描寫自己的經驗，卻分析不完它。這樣的作者有福了。

1 **太陽在屋子裡**：意為自己沒說謊，太陽可以作證。

2 **裝裹的頭面**：這裡指死人殉葬的首飾。

3 **不當家花拉的**：方言，猶言「罪過」。

4 **三曹**：即三造，指訴訟案件中的原告、被告和證人。

5 **門杯**：又叫門前杯，指酒席上每人面前的酒杯。

6 **酒面**：行令前斟滿一杯酒，在飲酒前行的令稱「酒面」。

7 **酒底**：飲酒後繼續行完的令稱「酒底」。

8 **席上生風**：限用席上現有的東西，作為行令的題材，雅稱「席上生風」。

9 **平安醮**：一種道教儀式，為祈福消災而延請道士設壇唸經。

10 **紅麝香珠**：即回目中的「紅麝串」，指用麝香配以其他香料製成的唸珠串。

11 **鳳尾羅**：細綾之一種。

12 **芙蓉簟**：編有荷花（芙蓉）圖案的細竹蓆。

第二十九回 享福人福深還禱福　多情女情重愈斟情

話說寶玉正自發怔，不想黛玉將手帕子甩了來，正碰在眼睛上，倒唬了一跳，問是誰。林黛玉搖着頭兒笑道：「不敢，是我失了手。因為寶姐姐要看呆雁，我比給他看，不想失了手。」寶玉揉着眼睛，待要說什麼，又不好說的。

仍然不失稚趣，天真爛漫。人是永遠可以原諒孩子的，也比較可以原諒童心的保有者。

一時，鳳姐兒來了，因說起初一日在清虛觀打醮的事來，約着寶釵、寶玉、黛玉等看戲去。寶釵笑道：「罷，罷，怪熱的。什麼沒看過的戲，我不去的。」鳳姐道：「他們那裡涼快，兩邊又有樓。咱們要去，我頭幾天打發人去把那些道士都趕出去，把樓上打掃了，掛起簾子來，一個閒人不許放進廟去，才是好呢。我已經回了太太了，你們不去，我自家去。這些日子也悶的狠了。家裡唱動戲，我又不得舒舒服服的看。」

遇事謙讓收縮，很像是一種本能，本能化了的修養。客觀上則很像是謀略。

淨場方能迎賓。

賈母聽說，就笑道：「既這麼着，我同你去。」鳳姐聽說，笑道：「老祖宗也去，敢情好！可就是我又不得受用了。」賈母道：「到明兒我在正面樓上，你在旁邊樓上，你也不用到我這邊來立規矩，可好不好？」鳳姐笑道：

＊福無涯，情無盡。

「這就是老祖宗疼我了。」賈母因向寶釵道：「你也去，連你母親也去。長天老日的，在家裡也是睡覺。」寶釵只得答應着。

鳳姐一身而兼「宰相」與「弄臣」，不亦偉哉！
這也是寶釵的體面——應老祖宗之命而去。

賈母又打發人去請了薛姨媽，順路告訴王夫人，要帶了他們姊妹去。王夫人因一則身上不好；二則預備元春有人出來，早已回了不去的。聽賈母如此說，笑道：「還是這麼高興。」打發人去園裡告訴：「有要逛去的，只管初一跟老太太逛去。」這個話一傳開了，別人都還可以，只是那些丫頭們天天不得出門檻兒，聽了這話，誰不要去。便是各人的主子懶怠去，他也百般的攛掇了去。因此李宮裁等都說去。賈母越發心中喜歡，早已吩咐人去打掃安置，不必細說。

難得一出園。

單表到了初一這一日，榮國府門前車輛紛紛，人馬簇簇，那底下凡執事人等，聞得是貴妃做好事，賈母親去拈香，正是初一日乃月之首日，況是端陽節間，因此凡動用的什物，一色都是齊全的，不同往日。少時，賈母等出來。賈母坐一乘八人大轎，李氏、鳳姐、薛姨媽每人一乘四人轎，寶釵、黛玉二人共坐一輛翠蓋珠纓八寶車，迎春、探春、惜春三人共坐一輛朱輪華蓋車。然後賈母的丫頭鴛鴦、鸚鵡、琥珀、珍珠，林黛玉的丫頭紫鵑、雪雁、春纖，寶釵的丫頭鶯兒、文杏，迎春的丫頭司棋、繡桔，探春的丫頭侍書、翠墨，惜春的丫頭入畫、彩屏，薛姨媽的丫頭同喜、同貴，外帶香菱，香菱的丫頭臻兒，李氏的丫頭素雲、碧月，鳳姐兒的丫頭平兒、豐兒、小紅並王夫人的兩個丫頭金釧、彩雲也跟了鳳姐兒來。奶子抱着大姐兒另在一車上，還有兩個丫頭，一共又連上各房的老嬤嬤、奶娘並

「找樂」（陳建功有以此命名的小說），也是自找麻煩。

陣容強大。
只列姓名也是陣容，也是氣氛。
一般地說，小說忌羅列人物姓名而無描寫刻畫。但這裡不同，羅列出了氣氛。此亦「文無定法」一例。
籠統描寫，亦見生動，可觀可聞，活靈活現。

跟出門的家人媳婦子，黑壓壓的站了一街的。賈母等已經坐轎去了多遠，這門前尚未坐完。這個說「我不同你在一處」，那個說「你壓了我們奶奶的包袱」，那邊車上又說「招了我的花兒」，這邊又說「碰了我的扇子」，咭咭呱呱，說笑不絕。周瑞家的走來過去的說道：「姑娘們，這是街上，看人笑話。」說了兩遍，方見好了。前頭的全副執事擺開，早已到了清虛觀門口。寶玉騎着馬，在賈母轎前。街上人都站在兩邊。

將至觀前，只聽鐘鳴鼓響，早有張法官[1]執香披衣，帶領眾道士在路旁迎接。賈母的轎剛至山門以內，見了土地、本境城隍、各位泥塑聖像，便命住轎。賈珍帶領各子弟上來迎接。鳳姐兒知道鴛鴦等在後面趕不上，賈母自己下了轎，忙要上來攙。可巧有個十二三歲的小道士兒，拿剪筒照管剪各處燭花，正欲得便且藏出去，不想一頭撞在鳳姐兒懷裡。鳳姐兒便一揚手，照臉一下，把那小孩子打了一個斤斗，罵道：「小野雜種，往那裡跑！」那小道士也不顧拾燭剪，爬起來往外還要跑。正值寶釵等下車，眾婆娘媳婦正圍隨的風雨不透，但見一個小道士滾了出來，都喝聲叫「拿，拿！打，打！」

賈母聽了忙問：「是怎麼了？」賈珍忙出來問，鳳姐上去攙住賈母，就回說：「一個小道士兒，翦燭花的，沒躲出去，這會子混鑽呢。」賈母聽說忙道：「快帶了那孩子來，別唬着他，小門小户的孩子，都是嬌生慣養慣了的，那裡見過這個勢派。倘或唬着他，倒怪可憐見的，他老子娘豈不疼的慌？」說着，便叫賈珍

鳳姐說過：「那些道士，都趕出去」，張不在「那些」之列也。

出手又快又狠，有乒乓球運動員之風。

一齊喊打，很是弱者卑怯者的一種英雄主義樂趣。

老祖宗是來做好事的。叫作「閻王好惹，小鬼

去好生帶了來。賈珍只得去拉了。那孩子一手拿着燭剪，跪在地下亂顫。賈母命賈珍拉起來，叫他不要怕。問他幾歲了。那孩子總說不出話來。賈母還說：「可憐見的。」又向賈珍道：「珍阿哥，帶他去罷，給他些錢買果子吃，叫人別難為了他。」賈珍答應，領他去了。這裡賈母帶着眾人，一層一層的瞻拜觀玩。外面小廝們見賈母等進入二層山門，忽見賈珍領了一個小道士出來，叫人來帶去，給他幾百錢，不要難為了他。家人聽說，忙上來領了下去。

賈珍站在台磯上，因問：「管家在那裡？」底下站的小廝們見問，都一齊喝說：「叫管家！」登時林之孝一手整理着帽子跑了來，到賈珍跟前。賈珍道：「雖說這裡地方大，今兒咱們人多。你使的人，你就帶了在這院裡罷；使不着的，打發到那院裡去，把小幺兒們多挑幾個在這二層門上同兩邊的角門上，伺候着要東西傳話。你可知道不知道，今兒姑娘奶奶們都出來，一個閒人也不許到這裡來。」林之孝忙答應「曉得」，又說了幾個「是」。賈珍道：「去罷。」又問：「怎麼不見蓉兒？」一聲未了，只見賈蓉從鐘樓裡跑了出來。賈珍道：「你瞧瞧他，我這裡也沒熱，他倒乘涼去了。」喝令家人啐他。那小廝們都知道賈珍素日的性子，違拗不得，便有個小廝上來向賈蓉臉上啐了一口。賈珍還眼向着他，那小廝便問賈蓉道：「爺還不怕熱，哥兒怎麼先乘涼去了？」賈蓉垂着手，一聲不敢說。那賈芸、賈萍、賈芹等聽見了，不但他們慌了，亦且連賈璉、賈㻞、賈瓊等也都忙了，一個一個從牆根下慢慢的溜下來。賈珍又向賈蓉道：「你站着做什麼？還不

難纏」。然而，閻王是小鬼的後台。又見小鬼，又見閻王，怎生不怕？

評點者頗懷疑此小道士是否真的能夠得到「寬大處理」。

精彩。

看來早有訓練，早有演習，可說是家常便飯。不然，小廝豈敢又啐又質詢？大主子教訓小主子，以示嚴明。

騎了馬跑到家裡，告訴你娘母子去！老太太同姑娘們都來了，叫他們快來伺候。」

果然。

賈蓉聽説，忙跑了出來，一疊連聲的要馬，一面抱怨道：「早都不知做什麼的，這會子尋趁[2]我。」一面又罵小子：「捆着手呢麼？馬也拉不來。」要打發小廝去，又恐怕後來對出來，説不得親自走一趟，騎馬去了。

自然不服。再怨下一層。

且説賈珍方要抽身進來，只見張道士站在旁邊陪笑説道：「論理我不比別人，應該裡頭伺候。只因天氣炎熱，眾位千金都出來了，法官不敢擅入，請爺的示下。恐老太太問，或要隨喜那裡，我只在這裡伺候罷了。」賈珍知道這張道士雖然是當日榮國公的替身，曾經先皇御口親呼為「大幻仙人」，如今現掌「道錄司」印，又是當今封為「終了真人」，現今王公藩鎮都稱為「神仙」，所以不敢輕慢；二則他又常往兩個府裡去，凡夫人小姐都是見的。今見他如此説，便笑道：「咱們自己，你又説起這話來，再多説，我把你這鬍子還揪了你的呢！還不跟我進來。」那張道士呵呵大笑着，跟了賈珍進來。

替榮國公當了道士。真是好主意，什麼都佔全了，什麼都不動真的不吃虧。

身份不同，關係不同，背景不同，點到為止，含而不露。

賈珍到賈母跟前，控身陪笑説道：「張爺爺進來請安。」賈母聽了忙道：「攙他來。」賈珍忙去攙了過來。那張道士先呵呵笑道：「無量壽佛！老祖宗一向福壽康寧？眾位奶奶小姐納福？一向沒到府裡請安，老太太氣色越發好了。」賈母笑道：「老神仙，你好？」張道士笑道：「託老太太的萬福，小道也還康健。別的倒罷了，只記掛着哥兒，一向身上好？前日四月二十六，我這裡做遮天大王的聖誕，人也來的少，東西也很乾淨，我説請哥兒來逛逛，怎麼説不在家？」賈母說：「果真不在家。」一面回頭叫寶玉。誰知寶玉解手去了才來，忙忙上前問：「張爺爺好？」張道士忙抱住問了好，又向賈母笑道：「哥兒越發發福了。」賈母道：「他外頭好，裡頭弱，又搭着他老子逼着他唸書，生生的把個孩子逼出病來了。」張道士道：「前日我在好幾處看見哥兒寫的字，做的詩，都好的了不得，怎麼老爺還抱怨說哥兒不大喜歡唸書呢？依小道看來，也就罷了。」又嘆道：「我看見哥兒的這個形容身段，言談舉動，怎麼就同當日國公爺一個稿子！」說着，兩眼流下淚來。賈母聽了，也由不得滿臉淚痕，說道：「正是呢，我養了這些兒子孫子，也沒一個像他爺爺的，就只這玉兒像他爺爺。」

那張道士又向賈珍道：「當日國公爺的模樣兒，爺們一輩的不用說，自然沒趕上，大約連大老爺、二老爺也記不清楚了。」說畢又呵呵大笑道：「前日在一個人家看見一位小姐，今年十五歲，生的倒也好個模樣兒，我想着哥兒也該尋親事了。若論這個小姐模樣兒，聰明智慧，根基家當倒也配的過。但不知老太太怎麼樣，小道也不敢造次。等請了老太太示下，才敢向人去張口呢。」賈母道：「上回有個和尚說了，這孩子命裡不該早娶，等再大一大兒再定罷。你如今也訊聽着，不管他根基富貴，只要模樣兒配的上，就來告訴我。便是那家子窮，不過給他幾兩銀子，只是模樣兒性格兒難得好的。」

說畢，只見鳳姐兒笑道：「張爺爺，我們丫頭的寄名符兒你也不換去。前兒虧你還有那麼大臉，打發人和我要鵝黃緞子去！要不給你，又恐怕你那老臉上過

念念不忘控訴他老子。

很與賈母投合。

難得有個人與賈母一起回憶一下榮國公。增加了寶玉受寵的一個因素。

不知算不算賈母的「移情」。

「但是我記得清」，他的潛台詞在這裡。

什麼時候說的？有點招之即來、要什麼有什麼的味道。畢竟是小說。

話說得很好。

用「辣子」方法與張道士「套磁」。

不去。」張道士呵呵大笑道：「你瞧，我眼花了，也沒見奶奶在這裡，也沒道謝。寄名符早已有了，前日原想送去的，不指望娘娘來做好事，也就混忘了，還在佛前鎮着，待我取來。」說着跑到大殿上去，一時拿了一個茶盤，搭着大紅蟒緞經袱子，[3]托出符來。大姐兒的奶子接了符。張道士方欲抱過大姐兒來，只見鳳姐笑道：「你就手裡拿出來罷了，又用個盤子托着。」張道士道：「手裡不乾不淨的，怎麼拿，用盤子潔淨些。」鳳姐笑道：「你只顧拿出盤子倒唬我一跳。我不說你是為送符，倒像是和我們化佈施來了。」眾人聽說，鬨然一笑，連賈珍也掌不住笑了。賈母回頭道：「猴兒，猴兒，你不怕下割舌地獄？」鳳姐笑道：「我們爺兒們不相干。他怎麼常常的說我該積陰騭，遲了就短命呢！」

笑料俯拾即是，鳳姐的智商就是高。玩笑中又出現了宿命陰影。

張道士也笑道：「我拿出盤子來一舉兩用，卻不為化佈施，倒要將哥兒的這玉請了下來，托出去給那些遠來的道友並徒子徒孫們見識見識。」賈母道：「既這麼着，你老人家老天拔地的跑什麼，就帶他去瞧了，叫他進來，豈不省事？」張道士道：「老太太不知道，看着小道是八十歲的人，託老太太的福，倒也健朗；二則外面的人多，氣味難聞，況是個暑熱的天，哥兒受不慣，倘或哥兒中了腌臢氣味，倒值多了。」賈母聽說，便命寶玉摘下通靈玉來，放在盤內。那張道士兢兢業業的用蟒袱子墊着，捧了出去。

張道士何等體面。此外，誰能要下玉來拿出去供參觀？

這裡賈母與眾人各處遊玩一回，方去上樓。只見賈珍回說：「張爺爺送了玉來。」剛說着，只見張道士捧了盤子，走到跟前笑道：「眾人託小道的福，見了

*三齣戲各似有深意。

這種另有「所指」的文字在「紅」中比比皆是。這樣，就造就了一種閱讀方法，當稱之為讀「天書」的方法，拿文本當「密電碼」來破譯，有時嘗到甜頭，嘗到一種探秘的趣味，一味這樣搞，又容易神經兮兮，牽強附會。評點者則更傾向於首先拿「紅」當小說讀。小說中有象徵隱喻的文字是可能的。通篇既是可讀可嘆的小說又是密電碼，從創作論上看，完全不可能。搞密電碼式的文學，

哥兒的玉，實是希罕。都沒什麼敬賀，這是他們各人傳道的法器，都願意為敬賀之禮，哥兒便不希罕，只留着頑耍賞人罷。」賈母聽說，向盤內看時，只見也有金璜，也有玉玦，或有事事如意，或有歲歲平安，皆是珠穿寶嵌，玉琢金鏤，共有三五十件。因說道：「你也胡鬧，他們出家人是那裡來的，何必這樣，這斷不能收。」張道士笑道：「這是他們一點敬意，小道也不能阻擋。老太太若不留下，豈不叫他們看着小道微薄，不像是門下出身了。」賈母聽如此說，方命人接下了。寶玉笑道：「老太太，張爺爺既這麼說，又推辭不得，我要這個也無用，不如叫小子捧了這個，跟着我出去散給窮人罷。」賈母笑道：「這話說的是。」張道士又忙攔道：「哥兒雖要行好，但這些東西雖說不甚希罕，到底也是幾件器皿，若給了乞丐，一則與他們也無益；二則反倒遭塌了這些東西。要捨給窮人，何不就散錢與他們。」寶玉聽說便命收下，等晚間拿錢施捨罷。說畢，張道士方才退出。

這裡賈母與眾人上了樓，在正面樓上歸坐。鳳姐等上了東樓，眾丫頭等在西樓，輪流伺候。賈珍一時來回道：「神前拈了戲，頭一本《白蛇記》。」[4]賈母問：「《白蛇記》是什麼故事？」賈涖道：「漢高祖斬蛇方起首的故事。第二本是《滿床笏》。」[5]賈母道：「這倒是第二本？也還罷了，神佛要這樣，也只得罷了。」又問第三本，賈珍道：「第三本是《南柯夢》。」[6]賈母聽了便不言語。賈珍退了下來，至外邊預備着申表、焚錢糧、[7]開戲，不在話下。

人皆有「玉」或「準玉」。這是什麼意思呢？按照好萊塢警匪片的邏輯，會不會是張道士把真玉通過這個手段換走了呢？換了又怎樣？不換又怎樣？真乎假乎，有乎無乎，到了大荒山，都一樣啊。

張道士說得很合情合理而又照顧周到。更主要的原因沒說出來，應該照顧敬獻者們的臉面呀！

三齣戲，無非是始而終，盛而衰，最後一場虛空之意。虛空自然是要虛空的，問題是虛空之前，又委實真實要緊。

頂多搞到《水滸傳》中藏頭詩的低劣水平。

且說寶玉在樓上，坐在賈母旁邊，因叫個小丫頭子捧着方才那一盤子賀物，將自己的玉帶上，用手翻弄尋撥，一件一件的挑與賈母看。賈母因看見有個赤金點翠的麒麟，便伸手拿起來笑道：「這件東西好像是我看見誰家的孩子也帶着一個的。」寶釵笑道：「史大妹妹有一個，比這個小些。」賈母道：「原來是雲兒有這個。」寶玉道：「他這麼往我們家去住着，我也沒看見。」探春笑道：「寶姐姐有心，不管什麼他都記得。」林黛玉冷笑道：「他在別的上頭心還有限，惟有這些人帶的東西上越發留心。」寶釵聽說，便回頭裝沒聽見。寶玉聽見史湘雲有這件東西，自己便將那麒麟忙拿起來，揣在懷裡。一面心裡又想到怕人看見他聽是史湘雲有了，他就留着這件，因此手裡揣着，卻拿眼睛瞟人。只見眾人倒都不理論，惟有林黛玉瞅着他點頭兒，似有讚嘆之意。寶玉不覺心裡沒意思起來，又掏出來，向黛玉訕笑道：「這個東西倒好頑，我替你留着，到家穿上你帶。」林黛玉將頭一扭道：「我不希罕。」寶玉笑道：「你既不希罕，我少不得就拿着。」說着又揣了起來。

又稀罕神秘了。是史家的事了。

玉、釵、鎖佈成了迷魂陣。不但令黛玉淒愴，也令無數讀者迷惑。

天數有定，但天數本身又如此相悖相擾，一場糊塗！

這也是「因何鎮日紛紛亂，只為陰陽數不通」。

寶玉無趣得可憐了。

剛要說話，只見賈珍之妻尤氏和賈蓉新近續娶的媳婦婆媳兩個來了，見了賈母。賈母道：「你們又來做什麼，我不過沒事來逛逛。」一句話說了，只見人報：「馮將軍家有人來。」原來馮紫英家聽見賈府在廟裡打醮，連忙預備豬羊香燭茶食之類的東西送禮。鳳姐聽了，忙趕過正樓來，拍手笑道：「噯呀！我卻不防這個，只說咱們娘兒們來閒逛逛，人家只當咱們大擺齋壇

續娶了誰？為何說得如此含糊？

動不動拍手說笑，倒還不是沒落恐慌心態。

*玉、鎖、麒麟之屬，聚訟紛紜。胡適並曾因之而批評「紅」夠不上「自然主義」。對此不能求真，不能求證，不能用形式邏輯去分析推導。只能偏重於象徵地、幻化地、主觀地去直觀整體感受之。命數之奇，之亂，而又無獨有偶，不僅寶玉有玉，寶釵有鎖，湘雲有麒麟，而且張道士處又有一麒麟。能解釋多少就解釋多少，能猜測(那就沒有準兒了)多少就猜測多少。解不開，猜不着，就只好存疑存在那裡，這才是閱讀之道。

的來送禮，都是老太太鬧的。這又不得預備賞封兒。」剛說了，只見馮家的管家兩個婆子上樓來了。馮家兩個未去，接着趙侍郎家也有禮來了。於是接二連三，都聽見賈府打醮，女眷都在廟裡，凡一應遠親近友、世家相與都來送禮。賈母才後悔起來說：「又不是什麼正經齋事，我們不過閒逛逛，沒的驚動人。」因此雖看了一天戲，至下午便回來了。次日便懶怠去。鳳姐又說：「打牆也是動土，已經驚動了人，今兒樂得還去逛逛。」賈母因昨日見張道士提起寶玉說親的事來，誰知寶玉一日心中不自在，回家來生氣，嗔着張道士與他說了親，口口聲聲說從今以後再不見張道士了，別人也並不知為什麼原故；二則林黛玉昨日回家又中了暑：因此二事，賈母便執意不去了。鳳姐見不去了，自己帶了人去，也不在話下。

且說寶玉因見林黛玉病了，心裡放不下，飯也懶得吃，不時來問。黛玉又怕他有個好歹，因說道：「你只管看你的戲去，在家裡做什麼？」寶玉因昨日張道士提親事，心中大不受用，今聽見林黛玉如此說，心裡因想道：「別人不知道我的還可恕，連他也奚落起我來。」因此心中更比往日更煩惱加了百倍。若是別人跟前，斷不能動這肝火，只是黛玉說了這話，倒又比往日別人說這話不同，由不得立刻沉下臉來，說道：「我白認得你，罷了，罷了！」林黛玉聽說，便冷笑了兩聲道：「白認得了我，那裡像人家有什麼配的上呢。」寶玉聽了，便向前來直問到臉上：「你這麼說，是安心咒我天誅

全都是沒事找事。

賈母是個貪玩愛熱鬧的人，卻也有嫌煩的時候。

張道士是個什麼角色？怎麼能有如許大的影響？如當時只是信口一說，為何餘音裊裊不絕？

命運的陰影，愛情的達摩克利斯之劍。

強不知以為知，郢書燕說，難免鑽牛角尖。保留幾分命運的暗示的神秘性——就算是故弄玄虛吧，也是小說家言小說之道。緊緊地把握住「紅」是小說，有些事情就好辦了。

地滅！」林黛玉一時解不過這話來。寶玉又道：「昨兒還為這個賭了幾回咒，今兒你到底又重我一句，我便天誅地滅，你又有什麼益處？」黛玉一聞此言，方想起上日的話來。今日原自己說錯了，又是着急，又是羞愧，便戰戰兢兢的說道：「我要安心咒你，我也天誅地滅。何苦來！我知道，昨日張道士說親，你怕攔了你的姻緣，你心裡生氣來拿我煞性子。」

原來那寶玉自幼生成有一種下流癡病，況從幼時和黛玉耳鬢廝磨，心情相對；如今稍明時事，又看了那些邪書僻傳，凡遠親近友之家所見的那些閨英閨秀，皆未有稍及林黛玉者，所以早存一段心事，只不好說出來，故每每或喜或怒，變盡法子暗中試探。那林黛玉偏生也是個有些癡病的，也每用假情試探。因你也將真心真意瞞了起來，只用假意，我也將真心真意瞞了起來，只用假意，如此兩假相逢，終有一真。其間瑣瑣碎碎，難保不有口角之爭。即如此刻，寶玉的心內想的是：「別人不知我的心還可恕，難道你就不想我的心裡眼裡只有你，你不能為我解煩惱，反來以這話奚落堵噎我，可見我心裡一時一刻白有你，你心裡竟沒我了。」寶玉是這個意思，只口裡說不出來。那林黛玉心裡想着：「你心裡自然有我，雖有『金玉相對』之說，你豈是重這邪說不重我的。我便時常提這『金玉』，你只管了然無聞的，方見得是待我重，無毫髮私心了。如何我只一提『金玉』的事，你就着急，可知你心裡時時有『金玉』，見我一提，你又怕我多心，故意着急，安心哄我。」

愛情是怎樣地不講道理，不講邏輯！面對你心愛的女子的時候，切勿念念不忘形式邏輯的論證規則！

中國傳統小說很少寫心理活動，如「紅」之寫寶、黛心事，絕無僅有，實一突破。這種突破自非來之於某種文學觀念，創作方法的更新，而是來自生活的啟示，小說文本自身的啟示也。「紅」對於傳統小說，實是全面的大突破。

看來兩個人原本是一個心，卻多生了枝葉，反弄成兩個心了。那寶玉心中又想着：「我不管怎麼樣都好，只要你隨意，我便立刻因你死了也情願。你知也罷，不知也罷，只由我的心，那才是你和我近，不和我遠。」林黛玉心裡又想：「你只管你，你好我自好，你何必為我把自己失了。殊不知你失我也失。可見你不叫我近你，竟叫我遠你了。」如此看來，卻都是求近之心，反弄成疏遠之意，此皆他二人素昔所存私心，難以備述。

如今只述他們外面的形容。那寶玉又聽見他說「好姻緣」三個字，越發逆了己意，心裡乾噎，嘴裡說不出話來，便賭氣向頸上摘下通靈玉來，咬咬牙狠命往地下一摔道：「什麼勞什子，我砸了你就完了事了！」偏生那玉堅硬非常，摔了一下竟文風不動。寶玉見不破便回身找東西來砸。黛玉見他如此，早已哭起來，說道：「何苦來，你摔砸那啞巴東西。有砸他的，不如來砸我。」二人鬧着，紫鵑、雪雁等忙解勸。後來見寶玉下死砸玉，忙上來奪，又奪不下來，見比往日鬧的大了，少不得去叫襲人。襲人忙趕了來，才奪了下來。寶玉冷笑道：「我是砸我的東西，與你們什麼相干！」

襲人見他臉都氣黃了，眼眉都變了，從來沒氣的這樣，便拉着他的手笑道：「你和妹妹拌嘴，不犯着砸他；倘砸壞了，叫他心裡臉上怎麼過的去？」林黛玉一行哭着，一行聽了這話說到自己心坎兒上來，可見寶玉連襲人不如，越發傷心，大哭起來。心裡一煩惱，方才吃的香薷飲解暑湯便承受不住，「哇」

*如今只述外面形容，極是。心理活動描寫得再多，最後還是要表現為「外面的形容」。人人都是通過「外面的形容」，才使旁人感覺到自己的心事的，那麼，某些情況下，與其去一覽無遺又難免不掛一漏萬乃至失之武斷地去講某某的心理活動，不如展其外面形容，測其心理依據。

讀之心酸不已。

什麼勞什子，砸不爛甩不掉離不開，橫亙在兩個有情男女之間！使愛者不能溝通，不能信任，不能滿意！世上有幾多這樣的勞什子，我們的身邊又有幾多這樣的勞什子呢？

襲人來奪，可嘆可惱！

這個具體情節合情合理，十分動人，絲絲入扣。

愛情是相互照耀。

愛情是相互期待。

的一聲都吐了出來。紫鵑忙上來用手帕子接住，登時一口一口的把塊手帕子吐濕。雪雁忙上來捶。紫鵑道：「雖然生氣，姑娘到底也該保重着，才吃了藥好些，這會子因和寶二爺拌嘴，又吐出來。倘或犯了病，寶二爺怎麼過的去呢？」寶玉聽了這話說到自己心坎兒上來，可見黛玉不如一紫鵑，又見黛玉臉紅頭脹，一行啼哭，一行氣湊，[8]一行是淚，一行是汗，不勝怯弱。寶玉見了這般，又自己後悔，方才不該同他較證，這會子他這樣光景，我又替不了他。心裡想着，也由不得滴下淚來了。襲人見他兩個哭，由不得守着寶玉也心酸起來。又摸着寶玉的手，待要勸寶玉不哭罷，一則又恐寶玉有什麼委曲悶在心裡；二則又恐薄了黛玉，不如大家一哭就丟開手了，因此也流下淚來。紫鵑一面收拾了吐的藥，一面拿扇子替黛玉輕輕的搧着，見三個人都鴉雀無聲，各自哭各自的，也由不得傷起心來，也拿手拍子拭淚。四個人都無言對泣。

愛得深，期待得多。愛情是利他的，又是自私的。期待實現不了，便怨、惱、恨，互相折磨起來。折磨起來，便覺「愛人」還不如路人。

一時，襲人勉強笑向寶玉道：「你不看別的，你看看這玉上穿的穗子，也不該同林姑娘拌嘴。」黛玉聽了，也不顧病，趕來奪過去，順手抓起一把剪子來要剪。襲人、紫鵑剛要奪，已經剪了幾段。黛玉哭道：「我也是白效力。他也不希罕，自有別人替他再穿好的去。」襲人忙接了玉道：「何苦來，這是我才多嘴的不是了。」寶玉向林黛玉道：「你只管剪，我橫豎不帶他，也沒什麼。」

四人同哭，讀者亦為之一哭可也。

只顧裡頭鬧，誰知那些老婆子們見黛玉大哭大吐，寶玉又砸玉，不知道要鬧到什麼田地，倘或連累了他們，一齊往前頭回賈母、王夫人知道，好不干連了他們。那賈母、王夫人見他們忙忙的做一件正經事來告訴，也都不知有了什麼大禍，便一齊進園來瞧他兄妹。急的襲人抱怨紫鵑為什麼驚動了老太太、太太；紫鵑又只當是襲人去告訴的，也抱怨襲人。那賈母、王夫人進來，見寶玉也無言，黛玉也無話，問起來又沒為什麼事，便將這禍移到襲人、紫鵑兩個人身上，說「為什麼你們不小心伏侍，這會子鬧起來都不管了。」因此將二人連罵帶說教訓了一頓。二人都沒話，只得聽着。還是賈母帶出寶玉去了，方才平服。

芝麻大的事，兒女情長的事，卻也變成一場混戰、一鍋粥。

代主人受過是忠僕的一大任務，也是一大榮耀。別人還攤不上呢。

過了一日，至初三日，乃是薛蟠生日，家裡擺酒唱戲，賈府諸人都去了。寶玉因得罪了黛玉，二人總未見面，心中正自後悔，無精打采的，那裡還有心腸去看戲，因而推病不去。林黛玉不過前日中了些暑溽之氣，本無甚大病，聽見他不去，心裡想：「他是好吃酒看戲的，今日反不去，自然是因為昨兒氣着了。再不然，他見我不去，他也沒心腸去。只是昨兒千不該萬不該不該剪了那玉上的穗子。管定他再不帶了，還得我穿了他才帶。」因而心中十分後悔。

那賈母見他兩個都生了氣，只說趁今兒那邊去看戲，他兩個見了也就完了，不想又都不去。老人家急的抱怨說：「我這老冤家是那世裡孽障，偏生遇見這麼兩個不省事的小冤家，沒有一天不叫我操心。真是俗語說的：『不是冤家不聚頭』。幾時我閉了眼，斷了這口氣，憑這兩個冤家鬧上天去，我眼不見，心不煩，也就罷了。偏又不嚥這口氣。」自己抱怨着也哭了。這話傳入寶林二人耳內，他二人竟從未聽見過「不是冤家不聚頭」的這句俗語，如今忽然得了這句話，好似

愛而生怨，怨而益親，是幸福也是災難，總算嚐到了這味道！

參禪的一般，都低頭細嚼這句話的滋味，都不覺潸然泣下。雖不曾會面，然一個在瀟湘館臨風灑淚，一個在怡紅院對月長吁，卻不是人居兩地，情發一心麼！

有沒有第六感官的作用？

襲人因勸寶玉道：「千萬不是，都是你的不是。往日家裡小廝們和他的姊妹拌嘴，或是兩口子分爭，你聽見了，還罵小廝們蠢，不能體貼女孩兒們的心腸。今兒你也這麼着了。明兒初五，大節下，你們兩個再這麼仇人似的，老太太越發要生氣，一定弄的不安生。依我勸，你正經下個氣，賠個不是，大家還是照常一樣，這麼也好，那麼也好。」寶玉聽了，不知依與不依，要知端詳，下回分解。

這樣勸寶玉，其實是投寶玉之所好，設想如是相反，勸寶玉「以後再莫理她！」不是只能使寶玉憤怒麼。也叫顧全大局。襲人角色，大不易也。

*人生一世，愛情體驗是最強烈也最不分明，最快樂也最苦惱的體驗。有這樣的體驗，哪怕愛情沒有成功，也不枉活一世了。愛、憐、疑、嗔、怨、惱、恨……這些感情相接相生，如一圓環。這一回，寶黛感情實又前進了一步，發展到了新階段。而此情與張道士的提親示玉，還禮有關。似有幾分不可思議處。

1 **法官**：舊時對有職位的道士的尊稱。

2 **尋趁**：故意找碴兒的意思。

3 **經袱子**：舊時用綢、布包裹書卷的小包袱，稱「袱子」，僧道用以包裹經卷，稱「經袱子」。

4 **《白蛇記》**：元白樸有《斬白蛇》雜劇，已佚。明有《白蛇記》弋陽腔劇本。

5 **《滿床笏》**：清代傳奇，范希哲撰。寫唐郭子儀滿門富貴的故事。

6 **《南柯夢》**：明代傳奇，湯顯祖「臨川四夢」之一。寫富貴榮華不過是南柯一夢的故事。

7 **焚錢糧**：焚燒金銀箔紙摺疊的元寶以供神，稱「焚錢糧」。

8 **氣湊**：氣緊，喘不過氣來的意思。

第三十回
寶釵借扇機帶雙敲　椿齡畫薔癡及局外

話說林黛玉自與寶玉口角後，也自後悔，但又無去就他之理，因此日夜悶悶，如有所失。紫鵑度其意，乃勸道：「論前日之事，竟是姑娘太浮躁了些。別人不知那寶玉脾氣，難道咱們也不知道的？為那玉也不是鬧了一遭兩遭了。」黛玉啐道：「你倒來替人派我的不是。我怎麼浮躁了？」紫鵑笑道：「好好的，為什麼剪了那穗子？豈不是寶玉只有三分不是，姑娘倒有七分不是。我看他素日在姑娘身上就好，皆因姑娘小性兒，常要歪派[1]他，才這麼樣。」

度其意而勸，這是紫鵑的聰慧，也是一切「勸解」的局限性所在。

林黛玉欲答話，只聽院外叫門。紫鵑聽了一笑道：「這是寶玉的聲音，想必是來賠不是來了。」黛玉聽了說：「不許開門！」紫鵑道：「姑娘又不是了。這麼熱天毒日頭地下，曬壞了他如何使得呢！」口裡說着，便出去開門，果然是寶玉。一面讓他進來，一面笑着說道：「我只當寶二爺再不上我們的門了，誰知道這會子又來了。」寶玉笑道：「你們把極小的事倒說大了。好好的，為什麼不來？我便死了，魂也要一日來一百遭。妹妹可大好了？」紫鵑道：「身上病好了，只是心裡氣還不大好。」寶玉笑道：「我曉得有什麼氣。」一面說着，一面進來，只見林黛玉又在床上哭。

為你而哭！

那黛玉本不曾哭，聽見寶玉來，由不得傷心了，止不住滾下淚來。寶玉笑着走近床來道：「妹妹身上可大好了？」黛玉只顧拭淚，並不答應。寶玉因便挨在床沿上坐了，一面笑道：「我知道你不惱我，但只是我不來，叫旁人看見，倒像是咱們又拌了嘴的似的。若等他們來勸咱們，那時節豈不咱們倒覺生分了？不如這會子，你要打要罵，憑着你怎麼樣，千萬別不理我。」說着，又把「好妹妹」叫了幾十聲。黛玉心裡原是再不理寶玉的，這會子聽見寶玉說別叫人知道咱們拌了嘴就生分[2]了似的這一句話，又可見得比別人原親近，因又掌不住，便哭道：「你也不用來哄我。從今以後，我也不敢親近二爺，權當我去了。」寶玉聽了笑道：「你往那裡去呢？」黛玉道：「我回家去。」寶玉笑道：「我跟了去。」黛玉道：「我死了呢？」寶玉道：「你死了，我做和尚！」黛玉一聞此言，登時把臉放下來，問道：「想是你要死了，胡說的是什麼！你家倒有幾個親姐姐親妹妹呢，明日都死了，你幾個身子去做和尚？明日我倒把這話告訴別人去評評。」

由怨怒而傷心，漸趨平復了。

歷來紅學家極重視這話。似乎是脫口而出而且近乎荒誕不經的話，竟成了事實，則此話也就是讖語了。讖語是迷信？是胡思亂想？是威嚴的命運和神靈的暗示？亦或是小說作者對於書的結局的預先透露？他知道後四十回稿會佚散嗎？這種種可能性，對於小說家言來說，又有什麼區別呢？這也是假做真時真亦假呀！戲曲性場面。

寶玉自知這話說的造次了，後悔不來，登時臉上紅漲，低了頭不敢則一聲。幸而屋裡沒人。黛玉兩眼直瞪瞪的瞅他半天，氣的「噯」了一聲，說不出話來。見寶玉憋得臉上紫漲，便咬着牙，用指頭狠命的在他額上戳了一下，哼了一聲，咬着牙說道：「你這……」剛說了兩個字，便又嘆了一口氣，仍拿起手帕子來擦眼淚。寶玉心裡原有無限心事，又兼說錯了話，正自後悔；又見黛玉戳他一下，要說也說不出來，自嘆自泣，因此自己也有所感，不覺滾下淚來。要用帕子揩拭，不想又忘了帶來，便用衫袖去擦。黛玉雖然哭着，卻一眼看見了他穿着簇新藕合紗衫，竟去拭淚，便一面自己拭着淚，一面回身將枕上搭的一方綃帕拿起來，向寶玉懷裡一摔，一語不發，仍掩面而泣。寶玉見他摔了帕子來，忙接住拭了淚，又挨近前些，伸手挽了黛玉一隻手，笑道：「我的五臟都碎了，你還只是哭，走罷，我同你往老太太跟前去。」黛玉將手摔道：「誰同你拉拉扯扯的。一天大似一天的，還這麼涎皮賴臉的，連個理也不知道。」

一句話沒說完，只聽嚷道：「好了！」寶黛兩個不防，都唬了一跳，回頭看時，只見鳳姐兒跑了進來，笑道：「老太太在那裡抱怨天抱怨地，只叫我來瞧瞧你們好了沒有。我說不用瞧，過不了三天，他們自己就好了。老太太罵我，說我懶。我來了，果然應了我的話。也沒見你們兩個有些什麼可拌的，三日好了，兩日惱了，越大越成了孩子了！有這會子拉着手哭的，昨兒為什麼又成了烏眼雞[3]呢！還不跟我走，到老太太跟前，叫老人家也放些心。」說着，拉了黛玉就走。黛玉回頭叫丫頭們，一個也沒有。鳳姐道：「又叫他們做什麼，有我伏侍呢。」一面說，一面拉了就走。寶玉在後面跟着出了園門。到了賈母跟前，鳳姐笑道：「我說他們不用人費心，自己就會好的。老祖宗不信，一定叫我去說和。我及至到那裡要說和，誰知兩個人倒在一處對賠不是，對笑對說呢。倒像黃鷹抓住鷂子的腳，兩個都扣了環了，那裡還

至今有許多電影借用這一場面，如《董存瑞》就有連長批評哭了董存瑞，又遞給他手帕擦淚的鏡頭，並受到影評家鍾惦棐的激賞。不知來源與「紅」是否有關。實乃不朽的細節也。

中國少男少女的感情生活從一開始就被那麼多（親）人關心干預撮和勸慰，實大不幸！太沒有privacy（獨處）觀念了。

*寶玉與黛玉互愛得好苦，強烈的與深摯的感情，超常的近乎先驗的感情是人生的厚味，是人生的真諦所在。但是，當這種情感體驗過於超常，過於不流俗、不苟且、不輕薄、不讓步的時候，它就會不容於人，亦不容於天！安娜·卡列尼娜的悲劇以至羅密歐與朱麗葉的悲劇亦可做如是解。

要人去。」說的滿屋裡都笑起來。

此時寶釵正在這裡。那林黛玉只一言不發，挨着賈母坐下。寶玉沒甚說的，便向寶釵笑道：「大哥哥好日子，偏生的又不好了，沒別的禮送，連個頭也不磕去。大哥哥不知我病，倒像我懶，推故不去呢。倘或明兒閒了，姐姐替我分辯分辯。」寶釵笑道：「這也多事，你便要去也不敢驚動，何況身上不好。弟兄們終日一處，要存這個心倒生分了。」寶玉又笑道：「姐姐知道體諒我就好了。」又道：「姐姐怎麼不看戲去？」寶釵道：「我怕熱，看了兩齣，熱的狠。要走，客又不散。我少不得推身上不好就來了。」寶玉聽說，自己由不得臉上沒意思，只得又搭訕笑道：「怪不得他們拿姐姐比楊貴妃，原也體胖怯熱。」寶釵聽說，不由的大怒，待要怎樣，又不好怎樣。回思了一回，臉紅起來，便冷笑了兩聲說道：「我倒像楊貴妃，只是沒一個好哥哥好兄弟可以做得楊國忠的。」二人正說着，可巧小丫頭靚兒因不見了扇子，和寶釵笑道：「必是寶姑娘藏了我的。好姑娘，賞我罷。」寶釵指他道：「你要仔細！我和誰頑過，你來疑我。和你素日嘻皮笑臉的那些姑娘們，你該問他們去。」說的靚兒跑了。寶玉自知又把話說造次了，當着許多人，更比才在林黛玉跟前更不好意思，便急回身，又同別人搭訕去了。

按下葫蘆起了瓢，寶玉算是慘了。

直搗要害！

黛玉聽見寶玉奚落寶釵，心中着實得意，才要搭言也趁勢取個笑，不想靚兒因找扇子，寶釵又發了兩句話，他便改口說道：「寶姐姐，你聽了兩齣什麼戲？」寶釵因見黛玉面上有得意之態，一定是聽寶玉方才奚落之言，遂了他的心願，忽又見問他這話，便笑道：「我看的是李逵罵了宋江，後來又賠不是。」寶玉便笑道：「姐姐通今博古，色色都知道，怎麼連這一齣戲的名兒也不知道，就說了這麼一串，這叫個《負荊請罪》。」[4]寶釵笑道：「原來這叫《負荊請罪》！你們通今博古，才知道『負荊請罪』，我不知什麼是『負荊請罪』。」一句話未說了，寶玉、黛玉二人心裡有病，聽了這話早把臉羞紅了。鳳姐這些上雖不通，但只看他三人形景便知其意，也笑問道：「你們大熱天，誰還吃生薑呢？」眾人不解其意，便說道：「沒有吃生薑的。」鳳姐故意用手摸着腮，詫異道：「既沒人吃生薑，怎麼這樣辣辣的？」寶玉、黛玉二人聽見這話，越發不好意思了。寶釵再欲說話，見寶玉十分羞愧，形景改變，也就不好再說，只得一笑收住。別人總未解得他四人個言語，因此付之一笑。

有理有利有節。

一時寶釵、鳳姐去了，黛玉笑向寶玉道：「你也試着比我利害的人了。誰都像我心拙口笨的，由着人說呢。」寶玉正因寶釵多心，自己沒趣，又見黛玉來問着他，越發沒好氣起來。欲待要說兩句，又恐黛玉多心，說不得忍氣，無精打采一直出來。

愛呀愛得夠疲倦的了。

誰知目今盛暑之際，又當早飯已過，各處主僕人等多半都因日長神倦，寶玉背着手，到一處，一處鴉雀無聲。從賈母這裡出來往西，走過了穿堂，便是鳳姐的院落。到他院門前，只見院門掩着，知道鳳姐素日的規矩，每到

*這一段凸現寶釵的尊嚴的不可侵犯性與應對（外交）才能。寶玉有點自討沒趣。寶釵也是人不犯我，我不犯人，人若犯我，我必犯人。

天熱，午間要歇一個時辰的，進去不便，遂進角門來到王夫人上房內。只見幾個丫頭，手裡拿着針線卻打盹兒。王夫人在裡間涼榻上睡着，金釧兒坐在旁邊捶腿，也乜斜着眼亂恍。

寶玉輕輕的走到跟前，把他耳上帶的墜子一摘，金釧兒睜眼見是寶玉，寶玉便悄悄的笑道：「就睏的這麼着？」金釧抿嘴一笑，擺手令他出去，仍合上眼。寶玉見了他，就有些戀戀不捨的，悄悄的探頭瞧瞧王夫人合着眼，便自己向身邊荷包裡帶的香雪潤津丹掏了一丸出來，便向金釧兒口裡一送。金釧兒並不睜眼，只管噙了。寶玉上來，便拉着手悄悄的笑道：「我和太太討你，咱們在一處罷。」金釧兒不答。寶玉又道：「不然，等太太醒來我就討。」金釧兒睜開眼，將寶玉一推，笑道：「你忙什麼！『金簪兒掉在井裡，有你的只是有你的』，連這句俗語難道也不明白？我告訴你個巧方兒，你往東小院子裡拿環哥兒同彩雲去。」寶玉笑道：「憑他怎麼去罷，我只守着你。」只見王夫人翻身起來，照金釧臉上就打了一個嘴巴子，指着罵道：「下作小娼婦，好好爺們，都叫你們教壞了。」寶玉見王夫人起來，早一溜煙去了。

這裡金釧兒半邊臉火熱，一聲不敢言語。登時眾丫頭們聽見王夫人醒了，都忙進來。王夫人便叫：「玉釧兒，把你媽叫上來，帶出你姐姐去。」金釧兒聽見，忙跪下哭道：「我再不敢了，太太要打要罵只管發落，別叫我出去就是天恩了。我跟了太太十來年，這會子攆出去，我還見人不見人呢！」王夫人固然是個寬仁

身份不同，關係不同，背景不同，點到為止，含而不露。

也是女禍論。

寧做奴隸，不要自由，這恐怕不僅是覺悟問題。

慈厚的人，從來不曾打過丫頭們一下，今忽見金釧兒行此無恥之事，此乃平生最恨者，故氣忿不過，打了一下，罵了幾句，雖金釧兒苦求，亦不肯收留，到底喚了金釧兒之母白老媳婦來領了下去。那金釧兒含羞忍辱的出去，不在話下。

且說寶玉見王夫人醒了，自己沒趣，忙進大觀園來。只見赤日當天，樹陰合地，滿耳蟬聲，靜無人語。剛到了薔薇架下，只聽見有人哽噎之聲。寶玉心中疑惑，便站住細聽，果然架下那邊有人。此時正是五月，那薔薇花葉茂盛之際，寶玉悄悄的隔着籬笆洞兒一看，只見一個女孩子蹲在花下，手裡拿着根綰頭的簪子在地下摳土，一面悄悄的流淚呢。寶玉心中想道：「難道這也是個癡丫頭，又像顰兒來葬花不成？」因又自笑道：「若真也葬花，可謂東施效顰，[5]不但不為新特，且更可厭了。」想畢，便要叫那女子說：「你不用跟着林姑娘學了。」話未出口，幸而再看時，這女孩子面生，不是個侍兒，倒像是那十二個學戲的女孩子之內一個，卻辨不出他是生旦淨丑那一個角色來。寶玉忙忙把舌頭一伸，將口掩住。自己想道：「幸而不曾造次，上兩回皆因造次了，顰兒也生氣，寶兒也多心，如今再得罪了他們，越發沒意思了。」

一面想，一面又恨，認不得這個是誰。再留神細看，只見這女孩子眉蹙春山，眼顰秋水，面薄腰纖，裊裊婷婷，大有林黛玉之態。寶玉早又不忍棄他而去，只管癡看。只見他雖然用金簪畫地，並不是掘土埋花，竟是向土上

*這一段很像一個美麗的短篇小說。朦朧而又美麗，視角很有特色，夏日的煩悶，陣雨的從天而降，互不相識（甚至性別也鬧誤會）的少男少女的心心相印，傳達着一種天真美好的青春氣息，若明若暗，瞬間邂逅，各有苦衷，一種不得不必交流中的似有交流，都使它成為一篇不同尋常的微妙的心態小說。此短篇小說可以命名為《夏天》《雨》或《青春》……你甚至會覺得它寫得相當「現代」，它與以勸善懲惡為主旨，

「平生最恨」幾字，表達了王夫人正人君子、大義凜然的性格。蓋封建道德的最敏感最偉大部分在於反淫防淫，尤其是防女性之淫。女性防女性，更甚於男性。王夫人如此深惡痛絕，實有她的心理深層依據。自己越是壓抑就越是要壓抑別人摧殘別人，這是中國的反性滅性道德的運轉能源和動力保障體系。

讓人物主觀主義犯判斷錯誤以吊讀者的胃口，也是欲擒故縱，欲彰彌蓋。

只記得得罪釵黛，忘了金釧了麼？

以因果報應為邏輯，以人物命運（情節聯結）為主體的「三言」「二拍」式的中國傳統小說是怎樣地不同啊！

畫字。寶玉用眼隨着簪子的起落，一直到底一畫一點一句的看了去，數一數，十八筆，自己又在手心裡用指頭按着他方才下筆的規矩寫了，猜是個什麼字。寫成一想，原來就是個薔薇花的「薔」字。寶玉想道：「必定是他要做詩填詞，這會子見了這花，因有所感，或者偶成了兩句，一時興至恐忘，在地下畫着推敲也未可知。且看他底下再寫什麼。」一面想，一面又看，只見那女孩子還在那裡面呢，畫來畫去，還是個「薔」字。裡面的原是早已癡了，畫完了一個「薔」，又畫一個「薔」，已經畫了有幾十個。外面的不覺也看癡了，兩個眼睛珠兒只管隨着簪子動，心裡卻想：「這女孩子一定有什麼話說不出的大心事，這麼個形景。外面他既是這個形景，心裡不知怎麼煎熬呢。看他的模樣兒這般單薄，心裡那還擱的住熬煎。可恨我不能分些過來。」

伏中陰晴不定，片雲可以致雨，忽一陣涼風過了，颯颯的落下了一陣雨來。寶玉看那女子頭上滴下水來，紗衣裳登時濕了。寶玉想道：「這是下雨了。他這個身子如何禁得驟雨一激！」因此禁不住便說道：「不用寫了。你看下大雨，身上都濕了。」那女孩子聽說，倒唬了一跳，抬頭一看，只見花外一個人叫他不要寫，下大雨了。一則寶玉臉面俊秀；二則花葉繁茂，上下俱被枝葉隱住，剛露出半邊臉。那女孩子只當是個丫頭，再不想是寶玉，因笑道：「多謝姐姐提醒了我，難道姐姐在外頭有什麼避雨的？」一句提醒了寶玉，「噯喲」了一聲，才覺得渾身冰涼。低頭看看，自己身上也都濕了，說：「不好！」

以寶玉的眼睛看陌生者的外面形容，便更多一種陌生感、間離感卻又有一種情種間的共鳴感。既溝通又絕對地不溝通，妙極。

情景交融，天人互感，颯颯落雨，更有長夏永晝之感。

寶玉也是「惺惺惜惺惺」。「以情會友」。寶玉誤以為她是效顰，她誤以為寶玉是丫頭，這個「兩岔口」頗有內在的戲劇性。

寶玉因情而忘我，動人得緊。跑回怡紅院還記

只得一氣跑回怡紅院去了，心裡卻還記掛那女孩子沒處避雨。

原來明日是端陽節，那文官等十二個女孩子都放了學，進園來各處頑耍，可巧小生寶官、正旦玉官兩個女孩子正在怡紅院和襲人頑笑，被雨阻住。大家把溝堵了，水積在院內，把些綠頭鴨、花鸂鶒、彩鴛鴦捉的捉，趕的趕，縫了翅膀，放在院內頑耍，將院門關了。襲人等都在遊廊上嘻笑。

寶玉見關着門，便用手扣門，裡面諸人只顧笑，那裡聽見，叫了半日，拍得門山響，裡面方聽見了，料着寶玉這會子再不回來的。襲人笑道：「誰這會子叫門，沒人開去。」寶玉道：「是我。」麝月道：「是寶姑娘的聲音。」晴雯道：「胡說！寶姑娘這會子做什麼來。」襲人道：「讓我隔着門縫兒瞧瞧，可開就開，別叫他淋着回去。」說着，便順着遊廊到門前，往外一瞧，只見寶玉淋得雨打雞一般。襲人見了，又是着忙，又是可笑，忙開了門，笑的彎腰拍手道：「那裡知道是爺回來了，你怎麼大雨裡跑了來？」

寶玉一肚子沒好氣，滿心裡要把開門的踢幾腳，方開了門，並不看真是誰，還只當是那些小丫頭們，便抬腿踢在肋上。襲人「噯喲」了一聲。寶玉還罵道：「下流東西們，我素日擔待你們得了意，一點兒也不怕，越發拿我取笑兒了。」口裡說着，一低頭見是襲人哭了，方知踢錯了，忙笑道：「噯喲，是你來了，踢在那裡了？」襲人從來不曾受過一句大話的，今忽見了寶玉生

掛女孩子沒處避雨，可稱餘音裊裊，三日不絕。

與前述夏日午後落雨的季節描寫氣象描寫呼應得好。

寶玉想「平等」就平等，想「主子」就主子，想「姐姐」就姐姐，想踢腳就踢腳。說下天來，主子就是主子，自由平等博愛如賈寶玉先生，也是那個階級的呀！

*這一回堪稱是寶玉的無賴紀事，寶玉的泛愛主義的碰壁紀事。他得罪了黛玉，剛稍有好轉又得罪了寶釵，緊接着害了金釧，到此回結束，他已把金釧完全忘到了一邊。他完全沒有估計到後果的嚴重性。然後去關心起齡官畫薔來。該時他的心情是純潔、美好、忘我的。回怡紅院，惡的一面突又上升，稱王稱霸的一面又凸現出來了。不論襲人怎樣忍辱負重，委曲求全，事情本身留給寶玉的當然也不是成功和勝利的喜

悅。寶玉的悲劇在於他本是個花花公子，無賴霸王，卻又那麼性靈，那麼不甘心下流。性靈可悲！多情可悲！乃至可厭可恥！但誰又能為他設計更好的選擇呢？

氣踢他一下，又當着許多人，又是羞，又是氣，又是疼，真一時置身無地。待要怎麼樣，料着寶玉未必是安心踢他，少不得忍着，說道：「沒有踢着。還不換衣裳去。」寶玉一面進房來解衣，一面笑道：「我長了這麼大，今日是頭一遭生氣打人，不想偏生遇見了你！」襲人一面忍痛換衣裳，一面笑道：「我是個起頭兒的，也不論事大事小，是好是歹，自然也該從我起。但只是別說打了我，明日順了手也打起別人來。」寶玉道：「我才也不是安心。」襲人道：「誰說是安心呢！素日開門關門的都是那起小丫頭們的事，他們是憨皮慣了的，早已恨的人牙癢癢，他們也沒個怕懼。你原打諒是他們，踢一下子唬唬也好。剛才是我淘氣，不叫開門的。」

何等地識大體！

說着，雨已住了。寶官、玉官也早去了。襲人只覺肋上疼得心裡發鬧，晚飯也不曾吃。至晚間洗澡時，脫了衣服，只見肋上青了碗大一塊，自己倒唬了一跳，又不好聲張。一時睡下，夢中作痛，由不得「噯喲」之聲從睡中哼出。寶玉雖說不是安心，因見襲人懶懶的，也不安穩。忽夜間聞得「噯喲」，便知踢重了。自己下床來悄悄的秉燈來照，剛到床前，只見襲人嗽了兩聲，吐出一口痰來，「噯喲」一聲，睜眼見了寶玉，倒唬了一跳道：「做什麼？」寶玉道：「你夢裡『噯喲』，必定踢重了，我瞧瞧。」襲人道：「我頭上發暈，嗓子裡又腥又甜，你倒照一照地下罷。」寶玉聽說，果然持燈向地下一照，只見一口鮮血在地。寶玉慌了，只說：「了不得了！」襲人見了，也就心冷了半截。要知端的，下回分解。

1 **歪派：**故意歪曲的意思。

2 **生分：**疏遠的意思。

3 **烏眼雞：**烏眼雞好鬥，形容爭吵時怒目而視的樣子。

4 **負荊請罪：**背負荊條，請求對方責罰，表示認錯賠罪。本戰國時趙國廉頗、藺相如故事，這裡指元康進之的《李逵負荊》雜劇。

5 **東施效顰：**相傳春秋時越女西施因病捧心皺眉，顯得更美，鄰女東施如法仿效，卻顯得更醜。比喻不自量效法別人，反而適得其反。

第三十一回　撕扇子作千金一笑　因麒麟伏白首雙星

話說襲人見了自己吐的鮮血在地，也就冷了半截，想着往日常聽人說：「少年吐血，年月不保，縱然命長，終是廢人了。」想起此言，不覺將素日想着後來爭榮誇耀之心盡皆灰了，眼中不覺的滴下淚來。寶玉見他哭了，也不覺心酸起來，因問道：「你心裡覺得怎麼樣？」襲人勉強笑道：「好好的，覺怎麼呢？」寶玉的意思即刻便要叫人燙黃酒，要山羊血黎峒丸來。襲人拉了他的手笑道：「你這一鬧不打緊，鬧起多少人來倒抱怨我輕狂。分明人不知道，倒鬧得人知道了，你也不好，我也不好。正經明日你打發小子問問王太醫去，弄點子藥吃吃就好了。人不知鬼不覺的，可不好？」寶玉聽了有理，也只得罷了。向案上斟了茶來，給襲人漱了口。襲人知寶玉心內也不安穩的，待要不叫他伏侍，他又必不依；二則定要驚動別人，不如由他去罷，因此倚在榻上由寶玉去伏侍。一交五更，寶玉也顧不得梳洗，忙穿衣出來，將王濟仁叫來，親自確問。王濟仁問其原故，不過是傷損，便說了個丸藥的名字，怎麼服，怎麼敷。寶玉記了，回園來依方調治，不在話下。

＊襲人吐血而灰心，以「紅」的觀點，這本是一個重要的契機，本應該藉此而看穿撤手的，當然，襲人無此靈性，不可能的。即使頗有慧根而且參過禪的寶玉也是做不到的。誰能看得透？即使看透了，誰又能身體力行自己的大徹大悟？即使身體力行了，又能有什麼影響，什麼意思？

襲人處理問題先考慮影響，自然要降低透明度了。

保密才好。

寶玉要踢小丫頭，卻踢了襲人，而且後果嚴重，使襲人和寶玉陷入尷尬狀態。這是：一、偶然誤傷？二、實是上帝的（亦即作品的上帝——作者的）意旨，是對於識大體賢良忠順「獻身」的襲人及離不開襲人的寶二爺的一大調侃？

這也是高高舉起，輕輕放下。人間這樣的事多着呢。

這日正是端陽佳節，蒲艾簪門，虎符繫背。[1]午間，王夫人治了酒席，請薛家母女等賞午。[2]寶玉見寶釵淡淡的，也不和他說話，自知是昨日的原故。王夫人見寶玉沒精打采，也只當是昨日金釧兒之事，他沒好意思的，越發不理他。林黛玉見寶玉懶懶的，只當是他因為得罪了寶釵的原故，心中不自在，形容也就懶懶的。鳳姐昨日晚間王夫人就告訴了他寶玉金釧兒的事，知道王夫人不自在，自己如何敢說笑，也就隨着王夫人氣色行事，更覺淡淡的。迎春姊妹見眾人無意思，也都無意思了。因此大家坐了一坐就散了。

淡淡懶懶沒精打采也如傳染病。

林黛玉天性喜散不喜聚。他想得也有個道理，他說，「人有聚就有散，聚時歡喜，到散時豈不清冷？既清冷則生感傷，所以不如倒是不聚的好。比如那花開時令人愛慕，謝時則增惆悵，所以倒是不開的好」。故此人以為歡喜時，他反以為悲。那寶玉的情性只願常聚，生怕一時散了；那花只願常開，生怕一時謝了；只到筵散花謝，雖有萬種悲傷，也就無可如何了。因此，今日之筵，大家無興散了，林黛玉倒不覺得，倒是寶玉心中悶悶不樂，回至自己房中長吁短嘆。偏生晴雯上來換衣服，不防又把扇子失了手跌在地下，將扇骨跌折。寶玉因嘆道：「蠢才，蠢才！將來怎麼樣？明日你自己當家立業，難道也是這麼顧前不顧後的？」

「散時清冷」云云，不也是不喜散嗎？她的不聚的好的實質，不正是因長聚不散的烏托邦主義的破滅所生嗎？悲得提前了一些。大略像給一個人祝壽時預致追悼。然而這是真實的心情，雖然是荒唐的邏輯。

晴雯冷笑道：「二爺近來氣大的狠，行動[3]就給臉子瞧，前日連襲人都打了，今日又來尋我們的不是。要踢要打憑爺去。就是跌了扇子，也是平常的事。先時連

晴雯的風格果然不同，起碼這一點上毫不奴顏婢膝。

那麼樣的玻璃缸、瑪瑙碗不知弄壞了多少，也沒見個大氣兒，這會子一把扇子就這麼着了。何苦來！嫌我們就打發了我們，再挑好的使。好離好散的，倒不好？」寶玉聽了這些話，氣的渾身亂戰，因此說道：「你不用忙，將來有散的日子。」

襲人在那邊早已聽見，忙趕過來向寶玉道：「好好的，又怎麼了？可是我說的『一時我不到，就有事故兒』。」晴雯聽了冷笑道：「姐姐既會說，就該早來，也省了爺生氣。自古以來，就是你一個人伏侍爺的，我們原沒伏侍過。因為你伏侍的好，昨日才捱窩心腳，我們不會伏侍的，明日還不知是個什麼罪呢。」襲人聽了這話，又是惱，又是愧，待要說幾句話，又見寶玉已經氣的黃了臉，少不得自己忍了性子，推晴雯道：「好妹妹，你出去逛逛，原是我們的不是。」晴雯聽他說「我們」兩字，自然是他和寶玉了，不覺又添了醋意，冷笑幾聲，道：「我倒不知道你們是誰，別教我替你們害臊了！便是你們鬼鬼祟祟幹的那事，也瞞不過我去，那裡就稱起『我們』來了。那明公正道，連個姑娘[4]還沒掙上去呢，也不過和我似的，那裡就稱上『我們』了！」襲人羞得臉紫漲起來，想一想，原是自己把話說錯了。寶玉一面說道：「你們氣不忿，我明白偏抬舉他。」襲人忙拉了寶玉的手道：「他一個糊塗人，你和他分證什麼？況且你素日又是有擔待的，比這大的過去了多少，今日是怎麼了？」晴雯冷笑道：「我原是糊塗人，那裡配和我說話，我不過奴才罷咧！」襲人聽說道：「姑娘到底是和我拌嘴，是和二爺拌嘴呢？要是心裡惱我，你只和我說，不犯着當着二爺吵；要是惱二爺，不該這

這一句話等於補敘，「閃回」。

又是預言。

作者對人物命運了如指掌，故可以涉筆成讖，隨時給以神秘與威嚴的暗示。

晴雯說話尖刻如利刃，而且抓住破綻，直搗要害，痛快則痛快矣，對她自己卻是大大的不利！

寶玉一生氣，話也失了態。也有補「窩心腳」之歉意，「堤外損失堤內補」之意。

麼吵的萬人知道。我才也不過為了事，進來勸開了，大家保重。姑娘倒尋上我的晦氣。又不像是惱我，又不像是惱二爺，夾鎗帶棒，終久是個什麼主意？我就不說，讓你說去。」說着，就往外走。寶玉向晴雯道：「你也不用生氣，我也猜着你的心事了。我回太太去，你也大了，打發你出去，可好不好？」晴雯聽了這話，不覺又傷起心來，含淚說道：「我為什麼出去？要嫌我，變着法兒打發我去，也不能夠的。」寶玉道：「我何曾經過這樣吵鬧？一定是你要出去了，不如回太太，打發你去罷。」說着，站起來就要走。襲人忙用身攔住，笑道：「往那裡去？」寶玉道：「回太太去。」襲人笑道：「好沒意思！認真的去回，你也不怕臊了？便是他認真要去，也等把這氣下去了，等無事中說話兒回了太太也不遲。這會子急急的當一件正經事去回，豈不叫太太犯疑？」寶玉道：「太太必不犯疑，我只明說是他鬧着要去的。」晴雯哭道：「我多早晚鬧着要去了？饒生了氣，還拿話壓派我，只管去回，我一頭碰死了也不出這門兒。」寶玉道：「這又奇了，你又不去，你又鬧些什麼？我經不起這吵，不如去了倒乾淨。」說着，一定要去回。襲人見攔不住，只得跪下了。碧痕、秋紋、麝月等眾丫鬟見吵鬧得利害，都鴉雀無聞的在外頭聽消息，這會子聽見襲人跪下央求，便一齊進來都跪下了。寶玉忙把襲人拉起來，嘆了一聲，在床上坐下，叫眾人起去，向襲人道：「叫我怎麼樣才好！這個心使碎了也沒人知道。」說着不覺滴下淚來。襲人見寶玉流下淚來，自己也就哭了。

襲人並非軟弱，唇鎗舌劍並不含糊，而且處處為了二爺，仁義忠順，拳拳之心誠於中而形於外，能不動人，能不厲害？

比起晴雯的少林拳，襲人的拳路又高一籌了。

果然，寶玉順着襲人指的路，殺出了致命一招。

殺手鐧付諸使用，二爺的招數盡了，體面盡了，情義也盡了。

冷處理的原則。

回太太打發晴雯出去，這是命運的預演。「紅」中大量情節都不僅有預兆而且有預演。

又是「不奴隸，毋寧死」。

博愛多勞。多勞便必然徒勞。叫作心勞力絀。愛得太多，勞得便多，心使碎了，活該！吝惜自己的感情，珍重自己的感情，才不至如

*正在寶、襲、晴混戰之時，林黛玉自天而降，恰逢其時，恰說其話，真神人也！

晴雯在旁哭着，方欲說話，只見林黛玉進來，便出去了。林黛玉笑道：「大節下怎麼好好的哭起來？難道是為爭粽子吃爭惱了不成？」寶玉和襲人嗤的一笑。林黛玉道：「二哥哥不告訴我，我不問你也就知道了。」一面說，一面拍着襲人的肩，笑道：「好嫂子，你告訴我。必定是你們兩個拌了嘴。告訴妹妹，替你們和勸和勸。」襲人推他道：「林姑娘，你鬧什麼？我們一個丫頭，姑娘只是混說。」黛玉笑道：「你說你是丫頭，我只拿你當嫂子待。」寶玉道：「你何苦來替他招罵名兒。饒這麼着，還有人說閒話，還擱得住你來說這話。」襲人笑道：「林姑娘，你不知道我的心事，除非一口氣不來死了倒也罷了。」林黛玉笑道：「你死了，別人不知怎麼樣，我先就哭死了。」寶玉笑道：「你死了，我做和尚去。」襲人笑道：「你老實些罷，何苦還說這些話。」林黛玉將兩個指頭一伸，抿嘴笑道：「做了兩個和尚了。我從今以後都記着你做和尚的遭數兒。」寶玉聽了，知道是他點前日的話，自己一笑也就罷了。

種什麼因，結什麼果，襲人播種了與寶玉的「鬼鬼祟祟」，終於收穫了。

黛玉管襲人叫嫂子，夠「缺德」的。襲人口上不說，心裡能不記恨麼？

客觀上，性格的相似造成了派別的形成。客觀上，黛玉與晴雯站在一起了。

此「掉份兒」！

黛玉出現得好，說的話更好，與晴、襲、寶的混戰接上了茬。

死活也罷，做一遭再做一遭和尚也罷，適可而止，「一笑也就罷了」，不能一味糾纏泛濫下去，這也算哀而不傷，怨而不怒的傳統吧。

一時黛玉去了，就有人來說「薛大爺請」，寶玉只得去了，原來是吃酒，不能推辭，只得盡席而散。晚間回來已帶了幾分酒，踉蹌來至自己院內，只見院中早把乘涼的枕榻設下，榻上有個人睡着。寶玉只當是襲人，一面在榻沿上坐下，一面推他問道：「疼的好些了？」只見那人翻身起來說：「何苦來，又招我！」寶玉一看，原來不是襲人，卻是晴雯。寶玉將他一拉，拉在身邊坐下，笑道：「你的性子越發慣嬌了。早起就是跌了扇子，我不過說了那兩句，你就說上那些話。你說我也罷了，襲人好意來勸，你又括拉上他，你自己想想，該不該？」晴雯道：「怪熱的，拉拉扯扯做什麼！叫人來看見像什麼！我這身子也不配坐在這裡。」寶玉笑道：「你既知道不配，為什麼睡着呢？」晴雯沒的說，嗤的又笑了，說道：「你不來使得，你來了就不配了。起來，讓我洗澡去，襲人和麝月都洗了澡，我叫了他們來。」寶玉笑道：「我才又吃了好些酒，還得洗一洗。你既沒有洗，拿了水來咱們兩個洗。」晴雯搖手笑道：「罷，罷，我不敢惹爺，還記得碧痕打發你洗澡，足有兩三個時辰，也不知道做什麼呢，我們也不好進去的。後來洗完了，進去瞧瞧，地下的水淹着床腿，連蓆子上都汪着水，也不知是怎麼洗了，笑了幾天。我也沒工夫收拾水，也不用同我洗去。今兒也涼快，那會子洗了，這會子可以不用。我倒舀一盆水來，你洗洗臉通通頭。才鴛鴦送了好些果子來，都湃[5]在那水晶缸裡呢，叫他們打發你吃。」寶玉笑道：「既這麼着，你也不許洗去，只洗洗手，拿果子來吃罷。」晴雯笑道：「我慌張的狠，連扇子還跌折了，那裡還配打發吃果子。倘或再打破盤子，還更了不得呢。」寶玉笑道：「你愛打就打，這些東西原不過是借人所用，你愛這樣，我愛這樣，各自性情不同。比如那扇子原是搧的，你要撕着頑也可以使得，只是不可生氣時拿他出氣。就如杯盤，原是盛東西的，你喜歡聽那一聲響，就故意砸了也可以使得，

寶玉性子太好近於無用，鍾情太多近於濫了。

很像是伊甸園裡的故事。男男女女的無拘束無邪念無遮蓋的（裸體的）相處，也是一種烏托邦。至今國外有裸體公園，進園者把衣服脫光，便是此種烏托邦的偶爾實現。拍個電影，給個鏡頭如何？

沒有電冰箱。

可愛的少爺理論。可以懷着美好的心情去欣賞，哪怕這種欣賞帶有破壞性。

*設想一下寶玉碧痕洗澡的情景，本應該是很美的。而且，這一段說笑，絕對不含淫褻之意。

但是，天國裡的純淨的（排除了性意識）身體，又是非人間非現實的。這樣就更需要通過藝術表達這種對於人體，對於男女的無拘束無設防的快樂相處的幻想與追求。

這不是「黃」恰恰是「黃」的反面。

這又很容易走向「黃」。

許多美好的幻想再跨上一步就成了非禮下流。可憐的人類文明！

只別在生氣時拿他出氣。這就是愛物了。」晴雯聽了笑道：「既這麼説，你就拿了扇子來我撕，我最喜歡撕的。」寶玉聽了，便笑着遞與他。晴雯果然接過來，嗤的一聲，撕了兩半，接着又聽嗤嗤幾聲。寶玉在旁笑着説：「響得好，再撕響些！」正説着，只見麝月走過來，笑道：「少作些孽罷！」寶玉趕上來，一把將他手裡的扇子也奪了遞與晴雯。晴雯接了，也撕作幾半子，二人都大笑。麝月道：「這是怎麼説，拿我的東西開心兒！」寶玉笑道：「打開扇子匣子你揀了去，什麼好東西！」麝月道：「既這麼説，就把扇子搬出來，讓他盡力撕，豈不好？」寶玉笑道：「你就搬去。」麝月道：「我可不造這樣孽。他沒撕折了手，叫他自己搬去。」晴雯笑着，便倚在床上説道：「我也乏了，明日再撕罷。」寶玉笑道：「古人云『千金難買一笑』，幾把扇子能值幾何！」一面説着，一面叫襲人。襲人才換了衣服走出來。小丫頭佳蕙過來拾去破扇，大家乘涼，不消細説。

不可以因憤怒，有意識地去破壞有價值的東西。

一切決定於主觀動機，這就留下了為一切開脱的口子。

不免令人想起褒姒的撕綢取樂的故事。符合弗派心理學關於發泄的理論。但終讓人覺得罪過，覺得這埋伏下了晴雯終於下場兇險的種子。

至次日午間，王夫人、薛寶釵、林黛玉眾姐妹正在賈母房內坐着，就有人回：「史大姑娘來了。」一時果見史湘雲帶領眾多丫鬟媳婦走進院來。寶釵、黛玉等忙迎至階下相見。青年姊妹間經月不見，一旦相逢，其親密自不消説得。一時進入房中，請安問好，都見過了。賈母因説：「天熱，把外頭的衣服脱脱罷。」史湘雲忙起身寬衣。王夫人因而笑道：「也沒見穿上這些做什麼？」史湘雲笑道：「都是二嬸娘叫穿的，誰願意穿這些。」寶釵一旁笑道：「姨媽不知道，他穿衣裳還更愛穿那別人的衣裳。可記得舊年三四月裡，他在這裡住着，把寶兄弟的袍子穿上，靴子也穿上，額子也勒上，猛一瞧倒像是寶兄弟，就是多兩個墜子。他站在那椅子背後，哄的老太太只是叫『寶玉，你過來，仔細那上頭掛的燈穗子招下灰來迷了眼。』他只是笑，也不過去。後來大家忍不住笑了，老太太才笑了，說『扮作男人好看了』。」林黛玉道：「這算什麼。惟有前年正月裡接了他來住了沒兩日，下起雪來，老太太和舅母那日想是才拜了影[6]回來，老太太的一個新新的大紅猩猩氈斗篷放在那裡，誰知眼不見他就披了，又大又長，他就拿兩個汗巾子攔腰繫上，和丫頭們在後院子撲雪人兒去，一跤栽倒溝跟前，弄了一身泥。」說着，大家想着前情都笑了。寶釵笑問那周奶媽道：「周媽，你們姑娘還那麼淘氣不淘氣了？」周奶媽也笑了。迎春笑道：「淘氣也罷了，我就嫌他愛說話，也沒見睡在那裡還是咭咭呱呱，笑一陣，說一陣，也不知是那裡來的那些謊話。」王夫人道：「只怕如今好了，前日有人家來相看，眼見有婆婆家了，還是那麼着。」賈母因問：「今日還是住着，還是家去呢？」周奶媽笑道：「老太太沒有看見衣服都帶了來了，可不住兩天。」湘雲問道：「寶玉哥哥不在家麼？」寶釵笑道：「他再不想着別人，只想寶兄弟，兩個人好頑的。這可見還沒改了淘氣。」賈母道：「如今你們大了，別提小名兒了。」

剛說着，只見寶玉來了，笑道：「雲妹妹來了。怎麼前日打發人接你去不來？」王夫人道：「這裡老太太才說這一個，他又來提名道姓的了。」林黛玉道：

這種倒敘帶有招之即來的意味。偉大如曹雪芹，寫這樣一部人物、事件、生活細節眾多的長篇，也免不了這邊拉一下那邊補一下，不足為病，反而覺得自然然。

其實任何一個普通人向你講述一件事，也難免有跳越、補敘、倒敘、多頭、暫掛、空白……諸種手段。為何小說家要把自己搞得那麼乾巴？或者把一切敘述方式上的靈動歸之於洋玩意兒的啟發？

黛玉講起湘雲，這樣洒脫自在。是不是對象的風格也影響着主體呢？更妙。

只怕，當然這裡的怕並不是恐懼之意而是或然可能之意，但這裡用一「怕」字仍然令人浮想聯翩。

「你哥哥有好東西等着你呢。」湘雲道：「什麼好東西？」寶玉笑道：「你信他！幾日不見越發高了。」湘雲笑道：「襲人姐姐好？」寶玉道：「好，多謝你想着。」湘雲道：「我給他帶了好東西來了。」說着，拿出手帕子來，挽着一個疙瘩。寶玉道：「什麼好的，你倒不如把前日送來的那種絳紋石的戒指兒帶兩個給他。」湘雲笑道：「這是什麼？」說着便打開。眾人看時，果然是上次送來的那絳紋戒指，一包四個。林黛玉笑道：「你們瞧瞧他這個人，前日一般的打發人給我們送來，你就把他的也帶了來豈不省事？今日巴巴的自己帶了來，我當又是什麼新奇東西，原來還是他。真真你是個糊塗人。」史湘雲笑道：「你才糊塗呢！我把這理說出來，大家評一評誰糊塗。給你們送東西，就是使來的人不用說話，拿進來一看，自然就知是送姑娘們的了；若帶他們的這東西，須得我告訴來人，這是那一個丫頭的，那是那一個丫頭的，那使來的人明白還好，再糊塗些，丫頭的名字他也不記得，混鬧胡說的，反連你們的東西都攪糊塗了。若是打發個女人來還罷了，偏前日又打發小子來，可怎麼說丫頭們的名字呢？還是我來給他們帶來，豈不清白。」說着，把四個戒指放下，說道：「襲人姐姐一個，鴛鴦姐姐一個，金釧兒姐姐一個，平兒姐姐一個，這倒是四個人的，難道小子們也記得這麼清白？」眾人聽了都笑道：「果然明白。」寶玉笑道：「還是這麼會說話，不讓人。」林黛玉聽了，冷笑道：「他不會說話，就配帶金麒麟了！」一面說着，便起身走了。幸而諸人都不曾聽見，只有薛寶釵抿嘴一笑。寶玉聽見了，倒自己後悔又說錯了

豈不如「嫂子」？湘雲見寶玉要問襲人好，而寶玉要代致謝意。

區區小事，也有學問。未免無聊。越是富貴，越要自找麻煩也。

這四個人的名單學實為因僕敬主之學，明明是對於賈母、王夫人、鳳姐與寶玉的致意。

抿嘴一笑，不無快意。發現自己的對立面與另

話，忽見寶釵一笑，由不得也一笑。寶釵見寶玉笑了，忙起身走開，找了黛玉說笑去了。

賈母因向湘雲道：「吃了茶歇一歇，瞧瞧你嫂子們去。園裡也涼快，同你姐姐們去逛逛。」湘雲答應了。因將三個戒指包上，歇了一歇，便起身要瞧鳳姐等去。眾奶娘丫頭跟着，到了鳳姐那裡，說笑了一回，出來便往大觀園來，見過了李宮裁，少坐片時，便往怡紅院來找襲人。因回頭說道：「你們不必跟着，只管瞧你們的朋友親戚去，留下翠縷伏侍就是了。」眾人聽了，自去尋姑覓嫂，單剩下湘雲翠縷兩個。翠縷道：「這荷花怎麼還不開？」史湘雲道：「時候還沒到呢。」翠縷道：「這也和咱們家池子裡的一樣，也是樓子花。」[7] 湘雲道：「他們這個還不如咱們的。」翠縷道：「他們那邊有棵石榴，接連四五枝，真是樓子上起樓子，這也難為他長。」史湘雲道：「花草也是同人一樣，氣脈充足，長的就好。」翠縷把臉一扭，說道：「我不信這話，若說同人一樣，我怎麼不見頭上又長出一個頭來的人？」湘雲聽了由不得一笑，說道：「我說你不用說話，你偏好說。這叫人怎麼好答言？天地間都賦陰陽二氣，所生或正或邪，或奇或怪，千變萬化，都是陰陽順逆。就是一生出來人人罕見的，究竟道理還是一樣。」翠縷道：「這麼說起來，從古至今，開天闢地都是些陰陽了？」湘雲笑道：「糊塗東西，越說越放屁，什麼『都是些陰陽』，況且『陰』『陽』兩個字還只是一個字，陽盡了就成陰，陰盡了就成陽，不是陰盡了又有一個陽生出來，陽盡了又有個陰

一個對立上了就高興，是人之常情，也頗可笑。

從花草「樓子上起樓子」扯出陰陽來，不無牽強。看來是作者要湘雲在這裡大談一番陰陽。

生出來。」翠縷道：「這糊塗死我了！什麼是個陰陽，沒影沒形的。我只問姑娘，這陰陽是怎麼個樣兒？」湘雲道：「這陰陽不過是個氣罷了，器物賦了才成形質。譬如天是陽，地就是陰；水是陰，火就是陽；日是陽，月就是陰。」翠縷聽了，笑道：「是了，是了，我今日可明白了。怪道人都管日頭叫『太陽』呢，算命的管着月亮叫什麼『太陰星』，就是這個理了。」湘雲笑道：「阿彌陀佛！剛剛明白了。」翠縷道：「這些東西有陰陽也罷了，難道那些蚊子、虼蚤、蠓蟲兒、花兒、草兒、瓦片兒、磚頭兒也有陰陽不成？」湘雲道：「怎麼沒有呢？比如那一個樹葉兒還分陰陽呢，那邊向上朝陽的就是陽，這邊背陰覆下的就是陰。」翠縷聽了，點頭笑道：「原來這樣，我可明白了。只是咱們這手裡的扇子，怎麼是陽，怎麼是陰呢？」湘雲道：「這邊正面就為陽，那反面就為陰。」翠縷又點頭笑了，還要拿幾件東西要問，因想不起什麼東西來，猛低頭看見湘雲宮絛上的金麒麟，便提起來笑道：「姑娘，這個難道也有陰陽？」湘雲道：「走獸飛禽，雄為陽，雌為陰；牝為陰，牡為陽。怎麼沒有呢！」翠縷道：「這是公的，還是母的呢？」湘雲啐道：「什麼公的母的，又胡說了。」翠縷道：「這也罷了，怎麼東西都有陰陽，咱們人倒沒有陰陽呢？」湘雲沉了臉，說道：「下流東西，好生走罷！越問越說出好的來了。」翠縷道：「這有什麼不告訴我的呢？我也知道了，不用難我。」湘雲撲嗤的笑道：「你知道什麼？」翠縷道：「姑娘是陽，我就是

*史湘雲大談陰陽，從小說情節發展上看並不十分自然。按一般責任編輯的眼光，此段可有可無，大可刪去。好在人物、氣氛、環境都已寫活、寫「立」、寫得令人信服了。有些突兀之筆也就搭進去了。長篇小說（寫好了的話）更富承受能力。也可能別有深意，有待挖掘。也可能只是曹公有意在這裡哲學」一番。曹公寫「紅」，頗有求全的追求，他就是要寫個百科全書，豈能無哲學？

誰混誰呢？

陰。」湘雲拿手帕子掩着嘴笑起來。翠縷道：「説的是了，就笑的這麼樣。」湘雲道：「狠是，狠是。」翠縷道：「人家説主子為陽，奴才為陰。我連這個大道理也不懂得？」湘雲笑道：「你很懂得。」

翠縷已有覺察，故意打諢，大智若愚，彼此一笑。這也是一種可能。

正説着，只見薔薇架下金晃晃的一件東西。湘雲指着問道：「你看那是什麼？」翠縷聽了，忙趕去拾起來，看着笑道：「可分出陰陽來了。」説着，先拿史湘雲的麒麟瞧。史湘雲要他揀的瞧，翠縷只管不放手，笑道：「是件寶貝，姑娘瞧不得。這是從那裡來的？好奇怪！我從來在這裡沒見人有這個。」湘雲道：「拿來我瞧瞧。」翠縷將手一撒，笑道：「姑娘請看。」湘雲舉目一驗，卻是文彩輝煌的一個金麒麟，比自己佩的又大又有文彩。湘雲伸手擎在掌上，只是默默不語，正自出神，忽見寶玉從那邊來了，笑道：「你兩個在這日頭底下做什麼呢，怎麼不找襲人去呢？」史湘雲連忙將那麒麟藏起道：「正要去呢，咱們一處去。」説着，大家進入怡紅院來。襲人正在階下倚檻迎風，忽見湘雲來了，連忙迎下來，攜手笑説一向別情，一面進來歸坐。寶玉因笑道：「你該早來，我得了一件好東西，專等你呢。」説着，一面在身上掏了半天，「嗳呀」了一聲，便問襲人：「那個東西你收起來了麼？」襲人道：「你天天帶在身上的，怎麼問我？」寶玉聽了，將手一拍，説道：「這可丟了，往那裡找去！」就要起身自己尋去。史湘雲聽了，方知是他遺落的，便笑問道：「你幾時又有個麒麟了？」寶玉道：「前日好容易

由陰陽而問麒麟，由麒麟之陰陽而及人之陰陽，而見麒麟，而及麒麟失主寶玉，雖不甚了了卻「給你一個驚奇」（這是英語説法的直譯），讀之驀然心動。驀然心動後仍是一片迷茫。這種小説學也夠絕的了。

*此一回目及金麒麟種種，是「紅」的一大公案。解説紛紜，不及備述。

此評點不擬將力量用在這些類似猜謎的事情上。我們討論的是已經顯露出來，或雖然沒有完全顯露，卻確是有跡可尋，有案可查的東西。這些東西，已夠我們受用與傷腦筋了。

當然，猜謎也別有樂趣，去唬去蒙去穿鑿也有樂趣。但那是另外的路子了。

得的呢，不知多早晚丟了，我也糊塗了。」史湘雲笑道：「幸而是頑的東西，還是這麼慌張。」說着，將手一撒，笑道：「你瞧瞧，是這個不是？」寶玉一見，由不得歡喜非常。要知歡喜的事，下回分解。

*有的小說段落引起分析推理的興致。這後半回雖難以推理，卻仍給你以感覺。在沒有推理的依據，找不到推理的出路的時候，先不必着急，也不必否定作品的這一部分，還是尋找你的感覺吧。萬物—陰陽—麒麟—失落與撿拾，湘雲、翠縷、寶玉以及隱在後面的賈母、張道士、鳳姐……你感到了什麼了麼？

1 **蒲艾簪門，虎符繫背**：菖蒲、艾草插於門旁，虎符繫於小兒背上是端陽節風俗。

2 **賞午**：端陽正午吃飯，飲雄黃酒，稱「賞午」。

3 **行動**：猶如「動不動」。

4 **姑娘**：這裡指收房丫頭。

5 **湃**：用冰或冷水浸泡果品或飲料，使之變涼叫「湃」。

6 **拜了影**：過節或祭祀時，子孫叩拜祖先畫像，稱「拜影」。

7 **樓子花**：在花蕊裡又開出一層花，即重台複瓣。

第三十二回 訴肺腑心迷活寶玉　含恥辱情烈死金釧

話說寶玉見那麒麟，心中甚是歡喜，便伸手來拿，笑道：「虧你揀着了，你是何時拾的？」史湘雲笑道：「幸而是這個，明日倘或把印也丟了，難道也就罷了不成？」寶玉笑道：「倒是丟了印平常，若丟了這個，我就該死了。」襲人斟了茶來與史湘雲吃，一面笑道：「大姑娘，我聽前日你大喜呀！」史湘雲紅了臉吃茶，一聲也不答應。襲人笑道：「這會子又害臊了。你還記得十年前咱們在西邊暖閣上住着，晚上你同我說的話兒？那會子不害臊，這會子怎麼又臊了？」史湘雲笑道：「你還說呢，那會子咱們那麼好，後來我們太太沒了，我家去住了一程子，怎麼就把你派了跟二哥哥。我來了，你就不像先待我了。」襲人笑道：「你還說呢。先姐姐長姐姐短哄着我替你梳頭洗臉，做這個，弄那個，如今大了，就拿出小姐的款兒來。你既拿小姐的款，我怎麼敢親近呢？」史湘雲道：「阿彌陀佛，冤枉冤哉！我要這樣就立刻死了。你瞧瞧，這麼大熱天，我來了，必定趕來先瞧瞧你。不信你問縷兒，我在家時時刻刻那一回不唸你幾聲。」話猶未了，襲人和寶玉都勸道：「說頑話兒，你又認真了。還是這麼性急。」史湘雲道：「你

怎麼就該死？何言重也。

史湘雲也死呀活呀的，似乎不值。言重了。也算陰影？

不說你的話噎人，倒說人性急。」一面說，一面打開手帕子，將戒指遞與襲人。襲人感謝不盡，因笑道：「你前日送你姐姐們的，我已得了；今日你親自又送來，可見是沒忘了我。只這個就試出你來了。戒指兒能值多少，可見你的心真。」史湘雲道：「是誰給你的？」襲人道：「是寶姑娘給我的。」湘雲嘆道：「我只當林姐姐送你的，原來是寶姐姐給了你。我天天在家裡想着這些姐姐們，再沒一個比寶姐姐好的。可惜我們不是一個娘養的。我但凡有這麼個親姐姐，就是沒了父母也沒妨礙的。」說着眼圈兒就紅了。寶玉道：「罷，罷，罷！不用提起這個話了。」史湘雲道：「提這個便怎麼？我知道你的心病，恐怕你的林妹妹聽見，又嗔我讚了寶姐姐了。可是為這個不是？」襲人在旁嗤的一笑，說道：「雲姑娘，你如今大了，越發心直嘴快了。」寶玉笑道：「我說你們這幾個人難說話，果然不錯。」史湘雲道：「好哥哥，你不必說話叫我噁心。只會在我跟前說話，見了你林妹妹，又不知怎麼好了。」

寶姑娘何等周到，走在事情的前面了。

襲人道：「且別說頑話，正有一件事要求你呢。」史湘雲便問：「什麼事？」襲人道：「有一雙鞋，摳了墊心子，我這兩日身上不好，不得做，你可有工夫替我做做？」史湘雲道：「這又奇了，你家放着這些巧人不算，還有什麼針線上的，裁剪上的，怎麼叫我做起來？你的活計叫人做，誰好意思不做呢。」襲人笑道：「你又糊塗了。你難道不知道，我們這屋裡的針線，是不要那些針線上的人做的。」史湘雲聽了，便知是寶玉的鞋，因笑道：「既

*選擇上的分歧，寶、黛、釵、雲，四人已經分成了兩股道。

寶、黛是任性的、個人的、率真的、理想的（我行我素的），卻又是相當脫離實際的。哪一個實際活着的人能那樣活呢？

釵、雲是認同社會的現有價值標準的，現實的，實用的，卻又是相當庸俗和令人窒息（戕害心靈）的。

歸根結底，誰能無真性？誰能完全不認同（他人、社會）？

在我們每個人的心中，不是都或多或少，或偏於彼或偏於此地有

這種選擇上的爭執和困惑嗎？

是這麼說，我就替你做做罷。只是一件，你的我才做，別人的我可不能。」襲人笑道：「又來了，我是個什麼兒，就敢煩你做鞋了。實告訴你，可不是我的。你別管是誰的，橫竪我領情就是了。」史湘雲道：「論理，你的東西也不知煩我做了多少，今日我倒不做了的原故，你必定也知道。」襲人道：「我倒也不知道。」史湘雲冷笑道：「前日我聽見，把我做的扇套兒拿着和人家比，賭氣又鉸了。我早就聽見了，你還瞞我。這會子又叫我做，我成了你們奴才了。」寶玉忙笑道：「前日那事，本不知是你做的。」襲人也笑道：「他本不知是你做的。是我哄他的話，說是新近外頭有個會做活的，扎的絕出奇的花兒，我叫他們拿了一個扇套兒試試看好不好。他就信了，拿出去給這個瞧那個看的。不知怎麼又惹惱了那一位，鉸了兩段回來，他還叫趕着做去，我才說了是你做的，他後悔的什麼似的。」史湘雲道：「這越發奇了。林姑娘犯不上生氣，他既會剪，就叫他做。」襲人道：「他可不做呢。饒這麼着，老太太還怕他勞碌着了。大夫又說好生靜養才好，誰還肯煩他做呢？舊年好一年的工夫，做了個香袋兒；今年半年，還沒見拿針線呢。」

給寶玉做活，全憑襲人的交情面子，可嘆。

補敘了這麼一個故事。讀者會感到，已講述的故事之後，還有無數故事。這也是海明威的冰山論。

不言褒貶而褒貶之情已出。人是精靈，言語則是精靈之精靈也。

正說着，有人來回說：「興隆街的大爺來了，老爺叫二爺出去會。」寶玉聽了，便知賈雨村來了，心中好不自在。襲人忙去拿衣服。寶玉一面登着靴子，一面抱怨道：「有老爺和他坐着就罷了，回回定要見我。」史湘雲一邊搖着扇子，笑道：「自然你能會賓接客，老爺才叫你出去呢。」寶玉道：

本來是賈雨村言，書一開頭揑出來的，揑出來以後還真活了，摻和進來了。

「那裡是老爺，都是他自己要請我見的。」湘雲笑道：「主雅客來勤，自然你有些警動他的好處，他才要會你。」寶玉道：「罷，罷，罷，我也不稱雅，俗中又俗的一個俗人，並不願同這些人往來。」湘雲笑道：「還是這個情性改不了。如今大了，你就不願讀書去考舉人進士的，也該常會會這些為官作宰的，談談講講那些仕途經濟的學問，也好將來應酬庶務，日後也有個朋友。沒見你成年家只在我們隊裡攪些什麼！」寶玉聽了道：「姑娘請別的姐妹屋裡坐坐，我這裡仔細腌臢了你知經濟學問的人。」襲人道：「姑娘快別說這話。上回也是寶姑娘也說過一回，他也不管人臉上過得去過不去，他就咳了一聲，拿起腳來走了。這裡寶姑娘的話也沒說完，見他走了，登時羞得臉通紅，說又不是，不說又不是。幸而是寶姑娘，那要是林姑娘，不知又鬧得怎麼樣，哭得怎麼樣呢。提起這些話來，寶姑娘叫人敬重，自己過了一會子去了。我倒過不去，只當他惱了。誰知過後還是照舊一樣，真真是有涵養，心地寬大的。誰知這一個反倒同他生分了。那林姑娘見他賭氣不理他，他後來不知賠多少不是呢。」寶玉道：「林姑娘從來說過這些混賬話不曾？若他也說過這些混賬話，我早和他生分了。」襲人和湘雲都點頭笑道：「這原是混賬話。」

追敘得分明。傾向也分明。寶玉則更分明。與黛玉的關係已超越朦朧了。

一語道破，與黛玉引為同道。

原來林黛玉知道史湘雲在這裡，寶玉一定又趕來說麒麟的原故。因心下忖度着，近日寶玉弄來的外傳野史，多半才子佳人都因小巧頑物上撮合，或有鴛鴦，或有鳳凰，或玉環金佩，或鮫帕[1]鸞條，皆由小物而遂終身之願。

*這也算是罕見的大段心理描寫了。相當一部分心理活動是藉助語言來進行的，所以中國人的心理活動描寫，便大不同於巴爾扎克或者喬伊斯。

*是生活瑣事的細節的描寫。更是愛情的傾訴。和歐美式的擁抱、接吻、「I love you」、「I want you」（我愛你、我要你）是怎樣地不同啊。和現代青年的愛情亦差之遠矣。

今忽見寶玉亦有麒麟，便恐借此生隙，同史湘雲也做出那些風流佳事來。因而悄悄走來，見機行事，以察二人之意。不想剛走來，正聽見史湘雲說經濟一事，寶玉又說：「林妹妹不說這樣混賬話，若說這話，我也同他生分了。」林黛玉聽了這話，不覺又喜又驚，又悲又嘆。所喜者，果然自己眼力不錯，素日認他是個知己，果然是個知己。所驚者，他在人前一片私心稱揚於我，其親熱厚密，竟不避嫌疑。所嘆者，你既為我之知己，自然我亦可為你知己；既你我為知己，則又何必有金玉之論呢；既有金玉之論，也該你我有之，又何必來一寶釵呢！所悲者，父母早逝，雖有銘心刻骨之言，無人為我主張。況近日每覺神思恍惚，病已漸成，醫者更云氣弱血虧，恐致勞怯之症。我雖為你知己，但恐不能久待；你縱為我知己，奈我薄命何！想到此間，不禁滾下淚來。待進去相見，自覺無味，便一面拭淚，一面抽身回去了。

人生得一知己足矣！人生得一知己難矣！

感情深，思忖深。深深動人。嗚呼，哀哉！

這裡寶玉忙忙的穿了衣裳出來，忽見林黛玉在前面慢慢的走，若似有拭淚之狀。便忙趕上來，笑道：「妹妹往那裡去，怎麼又哭了？又誰得罪了你？」黛玉回頭見是寶玉，便勉強笑道：「好好的，我何曾哭了。」寶玉笑道：「你瞧瞧，眼睛上的淚珠兒未乾，還撒謊呢。」一面說，一面禁不住抬起手來替他拭淚。林黛玉忙向後退了幾步，說道：「你又要死了！做什麼這般動手動腳的！」寶玉笑道：「說話忘了情，不覺的動了手，也就顧不得死活。」林黛玉道：「死了倒不值什麼，只是丟下了什麼金，又是什麼麒麟，可怎麼好呢？」一句話又把寶玉說急了，趕上來問道：「你還說這話，到底是咒我還是氣我呢？」林黛玉見問，方想起前日的事來，遂自悔自己又說造次了，忙笑道：「你別着急，我原說錯了，這有什麼，筋都疊暴起來，急得一臉汗。」一面說，一面禁不住近前，伸手替他拭面上的汗。寶玉瞅了半天，方說道：「你放心。」林黛玉聽了，怔了半天，說道：「我有什麼不放心？我不明白這話。你倒說說怎麼放心不放心？」寶玉嘆了一口氣，問道：「你果然不明白這話？難道我素日在你身上的心都用錯了？連你的意思若體貼不着，就難怪你天天為我生氣了。」林黛玉道：「果然我不明白放心不放心的話。」寶玉點頭嘆道：「好妹妹，你別哄我，果然不明白這話，不但我素日之意白用了，且連你素日待我之意也都辜負了。你皆因多是不放心的原故，才弄了一身的病，但凡寬慰些，這病也不得一日重似一日。」林黛玉聽了這話，如轟雷掣電，細細思之，竟比自己肺腑中掏出來的還覺懇切，竟有萬句言語，滿心要說，只是半個字也不能吐，卻怔怔的望着他。此時寶玉心中有萬句言詞，不知一時從那一句說起，卻也怔怔的望着黛玉。兩個人怔了半天，林黛玉只咳了一聲，兩眼不覺滾下淚來，回身便要走。寶玉忙上前拉住道：「好妹妹，且略站住，我說一句話再走。」林黛玉一面拭淚，一面將手推開，說道：「有什麼可說的。你的話我都知道了！」口裡說，卻頭也不回竟去了。

寶玉望着，只管發起呆來。原來方才出來慌忙，不曾帶得扇子，襲人怕

親熱而又樸實。他們的愛情不但有先驗性，心靈性，震撼性，障礙性與虛幻性，也有世俗性與實在性。黛玉為寶玉拭汗，何等地動人！銘心刻骨的恩愛，寶玉不枉走人間一遭矣。

話也開始往實裡說。

轟雷掣電是真情，無限真情總是空。

＊讀者願意為寶黛而哭！這淚水中有點人生的滋味。幸虧人的淚腺還沒有完全枯萎，否則，人與機器人，人腦與電腦又有什麼區別呢？所以，小說還會有人寫下去，讀下去。文學，也還會傻傻地存在下去。不合時宜也罷。寶黛愛情，終於說出了口，也算驚心動魄！

＊真真地愛一個人，固大矣！鑿實了。從遊戲式的玩玩笑笑，說說逗逗，哭哭惱惱，終於到了訴肺腑，「轟雷掣電」的階段了。簡直是孤注一擲。愛一個人，就這樣艱難。能不為「人」一哭！寶玉鍾情至此，就是再有一千個不是，也可以原諒了。

他熱，忙拿了扇子趕來送與他，忽抬頭見了林黛玉和他站着。一時黛玉走了，他還站着不動，因而趕上來說道：「你也不帶了扇子去，虧我看見，趕了送來。」寶玉出了神，見襲人和他說話，並未看出是何人來，便一把拉住說道：「好妹妹，我的這心事從來也不敢說，今日我大膽說出來，死也甘心！我為你也弄了一身的病在這裡，又不敢告訴人，只好捱着。等你的病好了，只怕我的病才得好呢。睡裡夢裡也忘不了你！」襲人聽了，嚇得驚疑不止，只叫「神天菩薩，坑死我了！」便推他道：「這是那裡的話！敢是中了邪？還不快去？」寶玉一時醒過來，方知是襲人送扇。寶玉羞得滿面紫漲，奪了扇子，便抽身的跑了。

這裡襲人見他去了，自思方才之言，一定是因林黛玉而起，如此看來，將來難免不才之事，[2]令人可驚可畏。想到此間，也不覺怔怔的滴下淚來，心下暗度如何處治方免此醜禍。正裁疑間，忽見寶釵從那裡走來，笑道：「大毒日頭地下，出什麼神呢？」襲人見問，忙笑道：「那兩個雀兒打架，倒也好頑，我就看住了。」寶釵道：「寶兄弟這會子穿了衣服，忙忙的那去了？我才看見走過去，倒要叫住他問呢，他如今說話越發沒了經緯，我故此沒叫他，由他過去罷。」襲人道：「老爺叫他出去。」寶釵聽了，忙說道：「嗳喲！這麼黃天[3]暑熱的，叫他做什麼！別是想起什麼來生了氣，叫他出去教訓一場罷？」襲人笑道：「不是這個，想是有客要會。」寶釵笑道：「這個客也

好比是又犯了精神病！在惡濁的封建社會封建大家庭裡，當真地要死要活地愛上了一個人，這就是病，這就是癡，這就是大難臨頭。襲人之驚疑恐懼，不打一處來。

「暗度如何處治」云云，埋伏了不少謀略與故事。

陰影。老爺的大棒始終舉在寶玉頭上。

沒意思，這麼熱天不在家裡涼快，還跑些什麼！」襲人笑道：「你可說麼！」

寶釵因而問道：「雲丫頭在你們家做什麼呢？」襲人笑道：「才說了一會子閒話。你瞧我前日粘的那雙鞋子，明日求他做去。」寶釵聽見這話，便兩邊回頭，看無人來往，笑道：「你這麼個明白人，怎麼一時半刻的就不會體諒人情？我近來看着雲姑娘的神情，風裡言風裡語的聽起來，在家裡一點點做不得主。他們家嫌費用大，竟不用那些針線上的人，差不多的東西都是他們娘兒們動手。為什麼這幾次他來了，他和我說話兒，見沒人在眼前，他就說家裡累得很。我再問他兩句家常過日的話，他就連眼圈兒都紅了，口裡含含糊糊待說不說的。想其形景，自然從小沒爹娘的苦。我看他，也不覺的傷起心來。」襲人見說這話，將手一拍道：「是了，是了，怪道上月我求他打十根蝴蝶兒結子，過了那些日子才打發人送來，還說『這是粗打的，且在別處將就使罷；要勻淨的，等明日來住着再好生打罷。』如今聽姑娘這話，想來我們求他不好推辭，不知他在家裡怎麼三更半夜的做呢。可是我也糊塗了，早知道是這樣，我也不該求他的。」寶釵道：「上次他告訴我說，在家裡做活做到三更天，若是替別人做一點半點，他家的那些奶奶、太太們還不受用呢。」襲人道：「偏生我們那個牛心左性的小爺，憑着小的大的活計，一概不要家裡這些活計上的人做。我又弄不開這些。」寶釵笑道：「你理他呢，只管叫人做去就是了。」襲人道：「那裡哄得過他，他才是認得出來呢。說不得，我只好慢慢的累去罷了。」寶釵笑道：「你不必忙，我替你做些何如？」

已有私房話需說可說。

耳聽目明信息多。

從這一小事上看出史家的家道衰落，是這幾個家族的衰落之兆。也看出寶釵、湘雲、襲人的關係，特別是寶釵的全面洞察與體貼。還看出釵襲結盟、寶黛被孤立之態。

自薦得巧妙，合時。水到渠成。應該設立一門

＊其實，在賈府是奴婢，趕出去也是奴婢。配小子的下場同樣可怕。空洞的「自由」「獨立」實當不得飯吃。此外，奴隸意識比奴隸地位還可怕。被主家趕出來，這當是十分丟人的事。

襲人笑道：「當真的這樣，就是我的造化了。晚上我親自過來。」

「自薦學」。

一句話未了，忽見一個老婆子忙忙走來，說道：「這是那裡說起，金釧兒姑娘好好的投井死了。」襲人聽得，唬了一跳，忙問：「那個金釧兒？」那老婆子道：「那裡還有兩個金釧兒呢？就是太太屋裡的。前日不知為什麼攆他出去，在家裡哭天抹淚的，也都不理會他，誰知找不着他。才有打水的人說，那東南角上井裡打水，見一個屍首，趕着叫人打撈起來，誰知是他。他們還只管亂着要救活，那裡中用了！」寶釵道：「這也奇了。」襲人聽說，點頭讚嘆，想素日同氣之情，不覺流下淚來。寶釵聽見這話，忙向王夫人處來安慰。這裡襲人回去不提。

不奴隸，只好死！太不覺悟了。

一個「奇」字表達出寶釵的距離感。

卻說寶釵來至王夫人房裡，只見鴉雀無聞，獨有王夫人在裡間房內坐着垂淚。寶釵便不好提這事，只得一旁坐了。王夫人便問：「你從那裡來？」寶釵道：「從園裡來。」王夫人道：「你從園裡來，可曾見你寶兄弟？」寶釵道：「才倒看見了。他穿着衣服出去了，不知那裡去。」王夫人點頭嘆道：「你可知道一樁奇事？金釧兒忽然投井死了。」寶釵見說，道：「怎麼好好的投井？這也奇了。」王夫人道：「原是前日他把我一件東西弄壞了，我一時生氣，打了一下，攆他下去。我只說氣他幾天，還叫他上來，誰知他這麼氣性大，就投井了。豈不是我的罪過。」寶釵笑道：「姨娘是慈善人，固然

點頭嘆道，一樁奇事。噫！

又奇。當作奇事談。

是這樣想。據我看來，他並不是賭氣投井，多半他下去住着，或是在井跟前頑，失了腳掉下去的。他在上頭拘束慣了，這一出去，自然要到各處去頑頑逛逛，豈有這樣大氣的理！縱然有這樣大氣，也不過是個糊塗人，也不為可惜。」王夫人點頭嘆道：「這話雖然如此，到底我心不安。」寶釵笑道：「姨娘也不勞關心。十分過不去，不過多賞他幾兩銀子發送他，也就盡主僕之情了。」王夫人道：「才剛我賞了五十兩銀子與他娘，原要還把你姊妹們新衣服給他妝裹。誰知各丫頭可巧都沒有什麼新做的衣服，只有你林妹妹做生日的兩套。我想你林妹妹那個孩子素日是個有心的，況且他原也三災八難的，既說了給他過生日，這會子又給人去妝裹，豈不忌諱？因為這麼樣，我才現叫裁縫趕着做一套給他。要是別的丫頭賞他幾兩銀子也就完了。金釧兒雖然是個丫頭，素日在我跟前比我的女兒也差不多。」口裡說，不覺流下淚來。寶釵忙道：「姨娘這會子又何用叫裁縫趕去，我前日倒做了兩套，拿來給他豈不省事。況且他活的時候也穿過我的舊衣服，身量又相對。」王夫人道：「雖然這樣，難道你不忌諱？」寶釵笑道：「姨娘放心，我從來不計較這些。」一面說，一面起身就走。王夫人忙叫了兩個人跟寶姑娘去。

一時寶釵取了衣服回來，只見寶玉在王夫人旁邊坐着垂淚。王夫人正才說他，因見寶釵來了，就掩住口不說了。寶釵見此景況，察言觀色，早知覺了七八分，於是將衣服交明。王夫人將他母親叫來拿了去。再看下回分解。

保密。

解釋得奇。冷血，自欺，還有一種內在的精明和狡猾。

然而這也是一種「必要」。你無法做到同情每一個需要同情的人。人常常需要硬起心腸，若無其事。

很輕巧。

人的生命是很廉價的。討論金釧之死本身遠不如討論妝裹何出之深入熱烈。一條人命不如兩套衣裝。

什麼時候能懂得生命的珍貴呢？

果然心寬，果然可疼。

*此回讀罷，確有寶黛愛情已陷重圍之感。

寶釵的冷靜得體，時而令人毛骨悚然。

黛玉的任性也荒唐自苦。黛玉的一切，確是自討苦吃。

連「生存」都不考慮，還怎麼考慮愛情？她果真是絕對令人同情的嗎？感情與理智，獨立與趨同，我行我素與克己奉人，任何一面發展到極端都會走向自己的反面，美德美行可能類似惡德惡行。

1 **鮫帕：**薄紗帕子。南朝梁任昉《述異記》載，南海有鮫人能織鮫綃紗。後鮫字用以稱紗。

2 **不才之事：**這裡指有損名譽的事。

3 **黃天：**暑天稱黃天。

第三十三回

手足耽耽小動唇舌 不肖種種大承笞撻

寶玉的精神面貌確實不對頭，永遠不對頭。作為一個負責的父親，對於精神不振作的現象，自應深惡痛絕。

卻說王夫人喚上他母親來，拿幾件簪環當面賞與，又吩咐請幾眾僧人唸經超度他。他母親磕頭謝了出去。

原來寶玉會過雨村回來，聽見了金釧兒含羞自盡，心中早已五內摧傷，進來又被王夫人數說教訓了一番，也無可回說。看見寶釵進來，方得便走出，茫然不知何往，背着手，低着頭，一面感嘆，一面慢慢的信步來至廳上。剛轉過屏門，不想對面來了一人正往裡走，可巧撞了一個滿懷。只聽那人喝一聲：「站住！」寶玉唬了一跳，抬頭看時，不是別人，卻是他父親，早不覺倒抽了一口氣，只得垂手一旁站了。賈政道：「好端端的，你垂頭喪氣嗐些什麼？方才雨村來了要見你，那半天才出來；既出來了，全無一點慷慨揮灑的談吐，仍是葳葳蕤蕤的。我看你臉上一團私欲愁悶氣色，這會子又噯聲嘆氣。你那些還不足，還不自在？無故這樣，卻是為何？」寶玉素日雖然口角伶俐，只是此時一心總為金釧兒感傷，恨不得此時也身亡命殞，跟了金釧兒去。如今見他父親說這些話，究竟不曾聽見，只是怔怔的站着。

＊寶玉向黛玉傾訴了真情，立即捱打，這是一種非邏輯的銜接關係——蒙太奇關係。

寶玉捱打是為蔣玉菡事，與寶黛愛情無關，但接在一起寫，便另有一番滋味。接得好！回目安排得好！

大難果然臨頭！

賈政見他惶悚，應對不似往日，原本無氣的，這一來倒生了三分氣。方欲說話，忽有回事人來回：「忠順親王府裡有人來，要見老爺。」賈政聽了，心下疑惑，暗暗思忖道：「素日並不與忠順府來往，為什麼今日打發人來？」一面想，一面命「快請廳上坐」，急忙進內更衣出來接見時，卻是忠順府長府官。一面彼此見了禮，歸坐獻茶。未及敘談，那長府官先就說道：「下官此來並非擅造潭府，皆因奉命而來，有一件事相求。看王爺面上，敢煩老先生做主，不但王爺知情，且連下官輩亦感謝不盡。」賈政聽了這話，找不着頭腦，忙陪笑起身問道：「大人既奉王命而來，不知有何見諭，望大人宣明，學生好遵諭承辦。」那長府官冷笑道：「也不必承辦，只用老先生一句話就完了。我們府裡有一個做小旦的琪官，一向好好在府，如今竟三五日不見回去，各處去找，又摸不他的道路，因此各處察訪。這一城內，十停人倒有八停人都說，他近日和銜玉的那位令郎相與甚厚。下官輩聽了，尊府不比別家，可以擅來索取，因此啟明王爺。王爺亦說：『若是別的戲子呢，一百個也罷了；只是這琪官隨機應答，謹慎老成，甚合我老人家的心境，斷斷少不得此人。』故此求老先生轉達令郎，請將琪官放回，一則可慰王爺諄諄奉懇之意；二則下官輩也可免操勞求覓之苦。」說畢，忙打一躬。

賈政聽了這話，又驚又氣，即命喚寶玉出來。寶玉也不知是何原故，忙忙趕來。賈政便問：「該死的奴才！你在家不讀書也罷了，怎麼又做出這些無法無天的事來！那琪官現是忠順王爺駕前承奉的人，你是何等草莽，無故引逗他出來，

貴族之間，既有一損俱損一榮俱榮的結親結盟關係，也有素不來往的保持距離關係。其背後似有政治利益集團的劃分背景。素不來往者突然造訪，由不得賈政不緊張。

自稱「我老人家」，頗不多見。絕不考慮琪官本人意願。

確是該死！得罪了親王，是好玩的嗎？

如今禍及於我。」寶玉聽了，唬了一跳，忙回道：「實在不知此事，究竟『琪官』兩個字不知為何物，況更加以『引逗』二字。」說着便哭。賈政未及開口，只見那長府官冷笑道：「公子也不必掩飾。或藏在家，或知其下落，早說了出來，我們也少受些辛苦，豈不念公子之德？」寶玉連說：「實在不知。恐是訛傳，也未見得。」那長府官連笑兩聲道：「現有證據，必定當着老大人說了出來，公子豈不吃虧？既說不知此人，那紅汗巾子怎得到了公子腰裡？」寶玉聽了這話，不覺轟了魂魄，目瞪口獃，心下自思：「這話他如何得知？他既連這樣機密事都知道了，大約別的瞞他不過，不如打發他去了，免得再說出別的事來。」因說道：「大人既知他的底細，如何連他置買房舍這樣大事倒不曉得了？聽得說，他如今在東郊離城二十里有個什麼紫檀堡，他在那裡置了幾畝田地幾間房舍。想是在那裡也未可知。」那長府官聽了，笑道：「這樣說，一定是在那裡，我且去找一回，若有了便罷，若沒有，還要來請教。」說着，便忙忙的告辭走了。

賈政此時氣得目瞪口歪，一面送那官員，一面回頭命寶玉「不許動！回來有話問你。」一直送那官員去了，才回身，忽見賈環帶着幾個小廝一陣亂跑。賈政喝令小廝「給我快打！」賈環見了他父親，嚇得骨軟筋酥，趕忙低頭站住。賈政便問：「你跑什麼？帶着你的那些人都不管你，不知往那裡去，由你野馬一般！」喝叫：「跟上學的人呢？」賈環見他父親甚怒，便乘機說

這是要害，寶玉闖了禍，快株連上乃父了。

先賴。

便只有招認，以爭取坦白從寬了。算不算寶玉把琪官給「賣」了呢？以後，寶玉有何面目見他？

「請教」二字，用出威脅意味來。

*琪官置買房舍，寶玉琪官來往諸事，小說文本俱付闕如，略一提及，便知山外有山，樓外有樓，小說外還有許多小說故事。這也是長篇小說亦繁亦簡之處。

道：「方才原不曾跑，只因從那井邊一過，那井裡淹死了一個丫頭，我看人頭這樣大，身子這樣粗，泡得實在可怕，所以才趕着跑了過來。」賈政聽了，驚疑問道：「好端端，誰去跳井？我家從無這樣事情。自祖宗以來，皆是寬柔待下。大約我近年於家務疏懶，自然執事人操剋奪之權，[1]致使弄出這暴殄輕生的禍患。若外人知道，祖宗的顏面何在！」喝令叫賈璉、賴大來。小廝們答應了一聲，方欲去叫，賈環忙上前拉住賈政袍襟，貼膝跪下道：「父親不用生氣。此事除太太房裡的人，別人一點也不知道。我聽見我母親說……」說到這句，便回頭四顧一看，賈政知其意，將眼色一丟，小廝們明白，都往兩邊後面退去。賈環便悄悄說道：「我母親告訴我說，寶玉哥哥前日在太太房裡，拉着太太的丫頭金釧兒強姦不遂，打了一頓，金釧兒便賭氣投井死了。」話未說完，把個賈政氣得面如金紙，大喝「拿寶玉來！」一面說，一面便往書房去，喝令：「今日再有人來勸我，我把這冠帶家私[2]一應就交與他與寶玉過去！我免不得做個罪人，把這幾根煩惱鬢毛剃去，尋個乾淨去處自了，也免得上辱先人，下生逆子之罪。」眾門客僕從見賈政這個形景，便知又是為寶玉了，一個個咬指吐舌，連忙退出。賈政喘吁吁直挺挺的坐在椅子上，滿面淚痕，一疊連聲「拿寶玉！拿大棍！拿繩捆上！把門都關上！有人傳信到裡頭去，立刻打死！」眾小廝們只得齊聲答應，有幾個來找寶玉。

那寶玉聽見賈政吩咐他「不許動」，早知凶多吉少，那裡知道賈環又添了許多的話，正在廳上旋轉，怎得個人往裡頭捎信，偏生沒個人來，連焙茗也不知在

賈環真能抓住機會，變被動為主動，變辯解（自己之亂跑）為進讒，幾乎是早有準備，早有訓練一般。

寬柔何物？可寬柔處寬柔，「好好的爺們」被教壞之時，王夫人欲寬柔亦不可能。

進讒有術，賈環應發誣告獎：第一，抓住主子盛怒時機。第二，抓住一些影影綽綽的事，寶玉在太太房裡與金釧兒混鬧，非無根據。第三，打中要害，這一彙報足以令賈政休克。第四，利用災難性事件，利用主子在災難中找替罪羊心切的時機。

如見其容，如聞其聲。

立刻打死？不寬柔了。

那裡。正盼望時，只見一個老媽媽出來。寶玉如得了珍寶，便趕上來拉他，說道：「快進去告訴：老爺要打我呢！快去，快去！要緊，要緊！」寶玉一則急了，說話不明白，二則老婆子偏生又耳聾，不曾聽見是什麼話，把「要緊」二字只聽做「跳井」二字，便笑道：「跳井讓他跳去，二爺怕什麼！」寶玉見是個聾子，便着急道：「你出去叫我的小廝來罷。」那婆子道：「有什麼不了的事？老早的完了。太太又賞了銀子，怎麼不了事呢？」

這也是無巧不成書。

雖是打岔，仍是諷刺。死個把丫頭有什麼了不起？二爺的屁股可事關重大呢。

寶玉急得手腳正沒抓尋處，只見賈政的小廝走來，逼着他出去了。賈政一見，眼都紅了，也不暇問他在外流蕩優伶，表贈私物，在家荒疏學業，逼淫母婢，只喝命「堵起嘴來，着實打死！」小廝們不敢違，只得將寶玉按在櫈上，舉起大板打了十來下。寶玉自知不能討饒，只是嗚嗚的哭。賈政還嫌打的輕，一腳踢開掌板的，自己奪過板子來，狠命的又打了十幾下。寶玉生來未經過這樣苦楚，起先覺得打的疼，不過還亂嚷亂哭，後來漸漸氣弱聲嘶，哽咽不出。眾門客見打的不祥了，趕着上來懇求奪勸。賈政那裡肯聽，說道：「你們問問他幹的勾當，可饒不可饒！素日皆是你們這些人把他釀壞了，到這步田地，還來勸解。明日釀到他弒父弒君，你們才不勸不成！」

這幾條罪名，一、大致不算冤枉，與金釧事固有賈環誣告，寶玉也是罪責難逃。二、與璉、珍、蓉、薛蟠輩比，並不出格。賈政盛怒，一是嚴格要求親兒子嫡兒子，二是得罪了王爺，擔待不起，三是早就對寶玉不滿，寶玉有人護，他教訓不了，便也感到壓抑。

「不祥」二字用得好。無限上綱，泄怒老辦法。

眾人聽這話不好聽，知道氣急了，忙亂着覓人進去給信。王夫人不敢先回賈母，只得忙穿衣出來，也不顧有人沒人，忙忙扶了一個丫頭，趕往書房中來，慌得眾門客小廝等避之不及。賈政方要再打，一見王夫人進來，更加火上澆油，那

先是王夫人來勸，勸不住。有點像包拯鍘陳世美，先公主，後太后來說情，一級又一級地升格。潛台詞是：你們護的，你們慣的！益發意

板子越下去的又狠又快。按寶玉的兩個小廝忙鬆手走開，寶玉早已動彈不得了。賈政還欲打時，早被王夫人抱住板子。賈政道：「罷了，罷了！今日必定要氣死我才罷！」王夫人哭道：「寶玉雖然該打，老爺也要保重。且炎暑天氣，老太太身上又不大好，打死寶玉事小，倘或老太太一時不自在了，豈不事大！」賈政冷笑道：「倒休提這話。我養了這不肖的孽障，我已不孝，平昔教訓他一番，又有眾人護持，不如趁今日結果了他的狗命，以絕將來之患。」說着，便要繩來勒死。王夫人連忙抱住哭道：「老爺雖然應當管教兒子，也要看夫妻分上，我如今已五十歲的人，只有這個孽障，必定苦苦的以他為法，我也不敢深勸。今日越發要他死了，豈不是有意絕我。既要勒死他，快拿繩先勒死我，再勒死他。我們娘兒們不如一同死了，在陰司裡也得個倚靠。」說畢，抱住寶玉放聲大哭起來。賈政聽了此話，不覺長嘆一聲，向椅上坐了，淚如雨下。王夫人抱着寶玉，只見他面白氣弱，底下穿一條綠紗小衣，一片皆是血漬，禁不住解下汗巾去，由腿看至臀脛，或青或紫，或整或破，竟無一點好處，不覺失聲大哭起「苦命的兒」來，又想起賈珠來，便叫着賈珠哭道：「若有你活着，便死一百個我也不管了。」此時裡面的人聞得王夫人出來，那李宮裁、王熙鳳與迎春姊妹早已出來了。王夫人哭着賈珠的名字，別人還可，惟有李宮裁禁不住也放聲哭了。賈政聽了，那淚更似走珠一般滾了下來。

正沒開交處，忽聽丫鬟來說：「老太太來了。」一句話未了，只聽窗外顫巍

氣用事，意在示威。

王夫人勸得仍極禮貌有致。

抬出賈母，亦不靈了。

進而要繩勒死，事態更加嚴重，卻也顯出鬧劇色彩來了。氣極了，演出的便成鬧劇。

令人感動。

從另一面說，也是報應。逼死金釧，緊接着陷於此境，說出此話，「拿繩勒死」云云，豈戲言哉！

兩個人都哭了，動了感情，再寫寶玉捱板子後的狀態。

李紈槁木死灰，從不動情，此時插進來哭，極合情理。

巍的聲氣說道：「先打死我，再打死他，豈不乾淨了！」賈政見他母親來了，又急又痛，連忙迎出來，只見賈母扶着丫頭，搖頭喘氣的走來。賈政上前躬身陪笑說道：「大暑熱天，母親有何生氣的自己走來，有話只叫兒子進去吩咐便了。」賈母聽了，便止步喘息，一面厲聲道：「你原來和我說話！我倒有話吩咐，只是我一生沒養個好兒子，卻叫我和誰說去！」賈政聽這話不像，忙跪下含淚說道：「為兒的教訓兒子，也為的是光宗耀祖。母親這話，我做兒的如何當得起？」賈母聽說，便啐一口，說道：「我說了一句話，你就禁不起，你那樣下死手的板子，難道寶玉就禁得起了？你說教訓兒子是光宗耀祖，當日你父親是怎麼教訓你來！」說着，也不覺滾下淚來。賈政又陪笑道：「母親也不必傷感，皆是做兒子的一時性急，從此以後再不打他了。」賈母便冷笑幾聲道：「你也不必和我賭氣。你的兒子自然你要打就打。想來你也厭煩我們娘兒們，不如我們早離了你，大家乾淨。」說着，便命人去看轎，「我和你太太、寶玉立刻回南京去。」家下人只得答應着。賈母又叫王夫人道：「你也不必哭了。如今寶玉年紀小，你疼他，他將來長大為官作宦的，也未必想着你是他母親了。你如今倒不要疼他，只怕將來還少生一口氣呢。」賈政聽說，忙叩頭說道：「母親如此說，兒子無立足之地了。」賈母冷笑道：「你分明使我無立足之地，你反說起你來！只是我們回去了，你心裡乾淨，看有誰來不許你打。」一面說，一面只命快打點行李車輛轎馬回去。賈政直

語出不凡，先聲奪人，一語穿透多少屏障！賈母豈是等閒之輩！

一句一刀，刀刀見紅，字字出血！

對答如流，批深批透，賈寶玉體無完膚，賈政亦體無完膚矣。

高屋建瓴，勢如破竹。各有其悲。

都有無賴招數，賈母亦不例外。

旁敲側擊，句句擊中。比正面說還厲害。這也是語言的藝術，藝術的威力。

＊曹雪芹寫大場面，如指揮一個交響樂隊，賈政如何，賈環如何，寶玉如何，小廝如何，清客如何，聾婆子如何，王夫人如何，李紈如何……有條不紊，錯落有致，合成一個亦喜亦悲亦鬧亦正的大交響樂！

*佬大場面，面面俱到，你一言我一語，各有特色。讀之如身臨其境。寫活了，寫神了，寫絕了。

挺挺跪着，叩頭認罪。

「直挺挺」三字形容得有哏。

賈母一面說，一面來看寶玉，只見今日這頓打不比往日，又是心疼，又是生氣，也抱着哭個不了。王夫人與鳳姐等解勸了一會，方漸漸的止住。早有丫鬟媳婦等上來，要攙寶玉。鳳姐便罵：「糊塗東西，也不睜開眼瞧瞧！這個樣兒如何攙着走得？還不快進去把那藤屜子春凳[3]抬出來呢。」眾人聽了連忙進去，果然抬出春凳來，將寶玉抬放凳上，隨着賈母、王夫人等進去，送至賈母房中。

鳳姐精明，亂中有細，此種描寫應屬滴水不漏。

彼時賈政見賈母怒氣未消，不敢自便，也跟了進來。看看寶玉果然打重了。再看看王夫人，一聲「肉」，一聲「兒」的哭道：「你替珠兒早死了，留着珠兒，也免你父親生氣，我也不白操這半世的心了。這會子你倘或有個好歹，丟下我，叫我靠那一個！」數落一場，又哭「不爭氣的兒」。賈政聽了，也就灰心，自己不該下毒手打到如此地步。先勸賈母，賈母含淚說道：「兒子不好原是要管的，不該打到這個分兒。你不出去，還在這裡做什麼！難道於心不足，還要眼看着他死了才去不成！」賈政聽說，方退了出來。

你也灰心，我也灰心。可惜都在事後。災難非可防也。賈母略有鬆動，轟賈政出去如同赦了賈政。

此時薛姨媽同寶釵、香菱、襲人、史湘雲等也都在這裡。襲人滿心委曲，只不好十分使出來，見眾人圍着，灌水的灌水，打扇的打扇，自己插不下手去，便索性走出門到二門前，命小廝們找了焙茗來細問：「方才好端端的，為什麼打起來？你也不早來透個信兒！」焙茗急的說：「偏生我沒在跟前，

不服務了，便去查核始末。此高級服務也。

打到中間我才聽見了，忙打聽原故，卻是為琪官同金釧姐姐的事。」襲人道：「老爺怎麼知道的？」焙茗道：「那琪官的事，多半是薛大爺素昔吃醋，沒法兒出氣，不知在外頭挑唆了誰來，在老爺跟前下的火。那金釧兒的事大約是三爺說的，我也是聽見跟老爺的人說。」襲人聽了這兩件事都對景，心中也就信了八九分。然後回來，只見眾人都替寶玉療治。調停完備，賈母命「好生抬到他房內去」。眾人一聲答應，七手八腳忙把寶玉送入怡紅院內自己床上臥好。又亂了半日，眾人漸漸散去，襲人方進前來經心伏侍，問他端的。且聽下回分解。

焙茗也是親信，提供了重要與主要的情報。奴才需要掌握主子間矛盾的信息，很必要也很危險。

焙茗此說確否？至少也是事出有因。因此說而引起了薛家兄妹、母子矛盾，真是錯綜複雜（見後）。小事大事，同理。

*這是前四十回的一大高潮。這一高潮涉及許多人和事，許多矛盾側面。各種矛盾積累到一定程度，便要大鬧大亂一次。每個人的表現都恰如其分，恰有其理。忠順府長府官話說得並無差錯，賈政怒得更有道理，也是一身正氣。賈環進讒不佳，畢竟無風不起浪。賈政打得有理。王夫人說得有理。李紈哭得有理。賈母氣得罵得賴得有理。鳳姐料理得有理。襲人查核得有理。這一切矛盾又都成了以後的矛盾發展的預伏。真大手筆也！

1 **剋奪之權**：即生殺予奪之權。

2 **冠帶家私**：指功名官爵和財產。

3 **春櫈**：寬而長的櫈子。

第三十四回　情中情因情感妹妹　錯裡錯以錯勸哥哥

卻說襲人見賈母、王夫人等去後，便走來寶玉身邊坐下，含淚問他：「怎麼就打到這步田地？」寶玉嘆氣說道：「不過為那些事，問他做什麼！只是下半截疼得很，你瞧瞧打壞了那裡？」襲人聽說，便輕輕的伸手進去，將中衣脫下。略動一動，寶玉便咬牙叫「噯喲」，襲人連忙停住手，如此三四次才褪下來了。襲人看時，只見腿上半段青紫，都有四指闊的僵痕高了起來。襲人咬着牙說道：「我的娘，怎麼下這般的狠手！你但凡聽我一句話，也不到得這步地位。幸而沒動筋骨，倘或打出個殘疾來，可叫人怎麼樣呢！」

不過那些事。人皆知。賈政就是不允許。

襲人總結的教訓是寶玉應該聽她的。因為她賢良，因為她代表「正確」的東西。

正說着，只聽丫鬟們說：「寶姑娘來了。」襲人聽見，知道穿不及中衣，便拿了一床夾紗被替寶玉蓋了。只見寶釵手裡托着一丸藥走進來，向襲人說道：「晚上把這藥用酒研開，替他敷上，把那淤血的熱毒散開，可以就好了。」說畢，遞與襲人。又問：「這會子可好些？」寶玉一面道謝說：「好些了。」又讓坐。寶釵見他睜開眼說話，不像先時，心中也寬慰了好些，便點頭嘆道：「早聽人一句話，也不至於有今日。別說老太太、太太心疼，就是我們看着，心裡也……」

同樣的結論。

剛說了半句，又忙嚥住，自悔說的話太急了，不覺紅了臉，低下頭來。寶玉聽得這話如此親切稠密，大有深意，忽見他又嚥住不往下說，紅了臉，低下頭，只管弄衣帶，那一種嬌羞怯怯，竟難以言語形容，越覺心中感動，將疼痛早已丟在九霄雲外去了，想道：「我不過捱了幾下打，他們一個個就有這些憐惜之態，令人可親可敬。假若我一時竟遭殃横死，他們還不知何等悲感呢！既是他們這樣，我便一時死了，得他們如此，一生事業縱然盡付東流，亦無足嘆惜矣！」正想着，只聽寶釵問襲人道：「怎麼好好的動了氣，就打起來了？」襲人便把焙茗的話說出來了。寶玉原來還不知賈環的話，見襲人說出方才知道。因又拉上薛蟠，惟恐寶釵沉心，[1]忙又止住襲人道：「薛大哥從來不這樣的，你們別混猜度。」寶釵聽說，便知寶玉是怕他多心，用話攔襲人，因心中暗暗想道：「打得這個形象，疼還顧不過來，還這樣細心，怕得罪了人。你既這樣用心，何不在外頭大事上做工夫，老爺也歡喜了，也不能吃這樣虧。你雖然怕我沉心，所以攔襲人的話，難道我就不知我哥哥素日恣心縱慾，毫無防範的那種心性。當日為一個秦鍾，還鬧的天翻地覆，自然如今比先又加利害了。」想畢，因笑道：「你們也不必怨這個怨那個，據我想，到底寶兄弟素昔肯和那些人來往，老爺才生氣。就是我哥哥說話不防頭，一時說出寶兄弟來，也不是有心挑唆：一則也是本來的實話；二則他原不理論這些防嫌小事。襲姑娘從小兒只見過寶兄弟這樣細心人，你何嘗見過我哥哥那天不怕地不怕、心裡有什麼口裡說什麼的人呢。」襲人因說出薛蟠來，見

寶姑娘並非冷面冷心，只是不輕易放縱自己，不輕易形於色罷了。寶釵嬌態，第一次亮相。

居然昇華到世界觀、人生觀的高度。真是人各有志。寶玉的志，率性而已。

襲人何至如此冒失，把薛蟠也扯了出來？想是一、她要表達她對寶玉捱打事的認真查核的忠心。二、早已把寶釵引為同道，引為主子。自當不折不扣地去彙報。

寶釵的應對有多好！不替哥哥辯護而實辯護之，淡化之，從容自然大方談論之，不改自己舒舒服服應付裕如的狀態。應對外交的首要條件是自己無愧，無愧才能周

寶玉擱他的話，早已明白自己說造次了，恐寶釵沒意思，聽寶釵如此說，更覺羞愧無言。寶玉又聽寶釵這番一半是堂皇正大，一半是去己的疑心，更覺比先心動神移。方欲說話時，只見寶釵起身，說道：「明日再來看你，好生養着罷。方才我拿了藥來交給襲人，晚上敷上，管就好了。」說着，便走出門去。襲人趕着送出院外，說：「姑娘倒費心了。改日寶二爺好了，親自來謝。」寶釵回頭笑道：「有什麼謝處。你只勸他好生靜養，別胡思亂想的就好。要想什麼吃的頑的，悄悄的往我那裡去取了，不必驚動老太太、太太眾人，倘或吹到老爺耳朵裡，雖然彼時不怎麼樣，將來對景，終是要吃虧的。」說着，去了。

旋，無愧必能勝任。

端莊、世故、周全，而又一片好意，堪稱完美。

　　襲人抽身回來，心內着實感激寶釵。進來見寶玉沉思默默，似睡非睡的模樣，因而退出房外櫛沐。寶玉默默的躺在床上，無奈臀上作痛，如針挑刀挖一般，更熱如火炙，略展轉時，禁不住「噯喲」之聲。那時天色將晚，因見襲人去了，卻有兩三個丫鬟伺候，此時並無呼喚之事，因說道：「你們且去梳洗，我叫時再來。」眾人聽了，也都退出。

　　這裡寶玉昏昏默默，只見蔣玉菡走了進來，訴說忠順府拿他之事；一時又見金釧兒進來，哭說為他投井之情。寶玉半夢半醒，都不在意。忽又覺有人推他，恍恍惚惚聽得有人悲切之聲。寶玉從夢中驚醒，睜眼一看，不是別人，卻是林黛玉，猶恐是夢，忙又將身子欠起來，向臉上細細一認，只見他兩個眼睛腫得桃兒一般，滿面淚光，不是黛玉，卻是那個？寶玉還欲看時，怎奈下半截疼痛難禁，

金釧是死了。蔣沒有死呀，怎麼也入夢相訴？

支持不住，「噯喲」一聲，仍舊倒下，嘆了一聲，説道：「你又做什麼來，雖然太陽落下去，那地上的餘熱未散，走來倘又受了暑呢？我雖然捱了打，並不覺疼痛。我這個樣兒，是裝出來哄他們，好在外頭佈散與老爺聽，其實是假的。你不可信。」此時林黛玉雖不是嚎啕大哭，然越是這等無聲之泣，氣噎喉堵，更覺利害。聽了寶玉這番話，心中雖然有萬句言語，只是不能説得，半日方抽抽噎噎的説道：「你從此可都改了罷！」寶玉聽説，便長嘆一聲，道：「你放心，別説這樣話，我便為這些人死了，也是情願的！」一句話未了，只見院外人説：「二奶奶來了。」林黛玉便知是鳳姐來了，連忙起身説道：「我從後院子裡去罷，回來再來。」寶玉一把拉住道：「這又奇了，好好的怎麼怕起他來。」林黛玉急得跺腳，悄悄的説道：「你瞧瞧我的眼睛，又該他們取笑兒開心了。」寶玉聽説，趕忙的放了手。黛玉三步兩步轉過床後，剛出了後院，鳳姐從前頭已進來了，問寶玉：「可好些了？想什麼吃，叫人往我那裡取去。」接着，薛姨媽又來了。一時賈母又打發了人來。

至掌燈時分，寶玉只喝了兩口湯，便昏昏沉沉的睡去。接着，周瑞媳婦、吳新登媳婦、鄭好時媳婦這幾個有年紀常往來的，聽見寶玉捱了打，也都進來。襲人忙迎出來，悄悄的笑道：「嬸娘們略來遲了一步，二爺睡着了。」説着，一面帶他們到那邊房裡坐了，倒茶與他們吃。那幾個媳婦子都悄悄的坐了一回，問襲人説：「等二爺醒了，你替我們説罷。」

*願為「這些人」而死，亦即願為這些人而生。

這反映了寶玉的大寂寞，大虛空。他委實不知道為什麼而生。

他無法接受那毫不聯繫實際的忠孝那一套，他沒有也不需要有任何責任心，他其實生而無事。然而他又聰明靈秀，有一定的文化素養和審美情趣，他只能夠率性而為，把委實空虛的人生寄託在年輕貌美的異性同性友人身上。

黛玉的勸告與襲、釵大略一致，可見黛玉並不拒絕實用主義乃至機會主義，她愛寶玉，當然不希望寶玉總捱板子。黛玉身上有許多敏感、多情、恃才恃貌傲物、深沉而又尖刻的東西，因此，她常常與既定的文化導向、價值標準發生衝撞。但把她説成是整個封建主義的叛逆，甚至説成是反封建的先驅，過了。「訴肺腑」以後，寶黛的關係更加親昵了。

襲人答應了，送他們出去。剛要回來，只見王夫人使個婆子來，口稱「太太叫一個跟二爺的人呢。」襲人見說，想了一想，便回身悄悄的告訴晴雯、麝月、秋紋等人說：「太太叫人，你們好生在房裡，我去了就來。」說畢，同那婆子一徑出了園子，來至上房。王夫人正坐在涼榻上搖芭蕉扇子，見他來了，說道：「你不管叫個誰來也罷了。又丟下他來了，誰伏侍他呢？」襲人見說，連忙陪笑回道：「二爺才睡安穩了，那四五個丫頭如今也好了，也會伏侍二爺了，太太請放心。恐怕太太有什麼話吩咐，打發他們來，一時聽不明白，倒耽誤了事。」王夫人道：「也沒甚話，白問問他這會兒疼的怎麼樣。」襲人道：「寶姑娘送來的藥，我給二爺敷上了，比先好些了，先疼的睡不穩，這會子都睡沉了，可見好些了。」王夫人又問：「吃了什麼沒有？」襲人道：「老太太給的一碗湯喝了兩口，只嚷乾渴，要吃酸梅湯。我想酸梅是個收斂東西，剛才捱打，又不許叫喊，自然急的熱毒熱血未免存在心裡，倘或吃下這個去激在心裡，再弄出大病來，可怎麼樣。因此我勸了半天才沒吃，只拿那糖醃的玫瑰滷子和了，吃了小半碗，嫌吃絮了，不香甜。」王夫人道：「噯喲，你何不早來和我說。前日有人送了幾瓶子香露來，要給他一點子的，我怕胡糟塌了，就沒給。既是他嫌那玫瑰膏子絮煩，把這個拿兩瓶子去，一碗水裡只用挑得一茶匙，就香的了不得呢。」說着，就喚彩雲來，「把前日的那幾瓶香露拿了來。」襲人道：「只拿兩瓶來罷，多也白糟塌，等不夠，再來取也是一樣。」彩雲聽了，去了半日，果然拿了兩瓶來，付與襲人。襲

想了一想，便是有意識有計謀地利用這個機會了。

可見王夫人並未有與襲人談話的意圖。是襲人佔的主動。

使她們的談話的含義「升格」，「吩咐」云云，分明是說自己前來領旨。

襲人亦懂醫！原來她還兼保健護士！

人看時，只見兩個玻璃小瓶，卻有三寸大小，上面螺絲銀蓋，鵝黃箋上寫着「木樨清露」。襲人笑道：「好尊貴東西！這麼個小瓶兒，能有多少？」王夫人道：「那是進上的，你沒看見鵝黃箋子？你好生替他收着，別糟塌了。」

襲人答應着，方要走時，王夫人又叫：「站着，我想起一句話來問你。」襲人忙又回來。王夫人見房內無人，便問道：「我恍惚聽見寶玉今日捱打，是環兒在老爺跟前說了什麼話。你可聽見這個話沒有？你要聽見告訴我，我也不吵出來叫人知道是你說的。」襲人道：「我倒沒聽見這話，為二爺霸佔着戲子，人家來和老爺要，為這個打的。」王夫人搖頭說道：「也為這個，還有別的原故。」襲人道：「別的原故實在不知道了。我今日大膽在太太跟前說句不知好歹的話。論理……」說了半截忙又嚥住。王夫人道：「你只管說。」襲人道：「太太別生氣，我就說了。」王夫人道：「我有什麼生氣的，你只管說來。」襲人道：「論理，我們二爺也得老爺教訓教訓，若老爺再不管，不知將來做出什麼事來呢。」王夫人一聞此言，便合掌唸聲「阿彌陀佛」，由不得趕着襲人叫了一聲「我的兒，虧了你也明白，這話和我的心一樣。我何曾不知管兒子，先時你珠大爺在，我是怎麼樣管他，難道我如今倒不知管兒子了？只是有個原故：如今我想，我已經五十歲的人了，通共剩了他一個，他又長得單弱，況且老太太寶貝似的，若管緊了他，倘或再有好歹，或是老太太氣壞了，那時上下不安，豈不倒壞了，所以就縱壞了他。我常常掰着口兒說一陣，勸一陣，哭一陣，彼時他好過，後來還是不相干，

這樣小，怎麼像是香水或花露水？還是食品香精？挑一茶匙和一碗水，不知這是怎麼個吃法。

襲人主動來談，但不能由她主動說什麼情況。如果「格兒」不夠而又去主動說三道四，當屬於「越位」違例，效果適得其反。故是她「要走時」，「王夫人又叫」，才好。

已將此事告訴了寶玉和寶釵，卻不告訴王夫人，以免擔更大責任，也避免結怨趙姨娘，這也是中庸之道。這該算是襲人的奸詐還是忠厚呢？

這是一種進讒態勢，進讒者必須察顏觀色，說說停停，適可而止，才能不令主子生疑生厭，才能不至於以取寵始，以自取沒趣乃至自取滅亡終。

王夫人果然天真爛漫，一句話就使之折服交心。當然，想必王夫人素日對襲人印象就是好的。

端的吃了虧才罷。設若打壞了，將來我靠誰呢！」說着，由不得滾下淚來。

襲人見王夫人這般悲感，自己也不覺傷了心，陪着落淚。又道：「二爺是太太養的，太太豈不心疼。便是我們做下人的伏侍一場，大家落個平安，也算是造化了。要這樣起來，連平安都不能了。那一日那一時我不勸二爺，只是再勸不醒。偏生那些人又肯親近他，也怨不得他這樣，總是我們勸的倒不好了。今日太太提起這話來，我還記掛一件事，每要來回太太，討太太個主意，只是我怕太太疑心，不但我的話白說了，且連葬身之地都沒了。」王夫人聽了這話內中有因，忙問道：「我的兒，你只管說，近來我因聽見眾人背前面後都誇你，我只說你不過在寶玉身上留心，或是諸人面前和氣，這些小意思，誰知你方才和我說的話全是大道理，正合我的心事。你有什麼只管說什麼，只別叫別人知道就是了。」襲人道：「我也沒什麼別的說，我只想討太太一個示下，怎麼變個法兒，以後竟還叫二爺搬出園外來住就好了。」王夫人聽了，吃一大驚，忙拉了襲人的手問道：「寶玉難道和誰作怪了不成？」襲人連忙回道：「太太別多心，並沒有這話。這不過是我的小見識。如今二爺也大了，裡頭姑娘們也大了，況且林姑娘寶姑娘又是兩姨姑表姊妹，雖說是姊妹們，到底是男女之分，日夜一處起坐不方便，由不得叫人懸心，便是外人看着也不像大家子的體統。俗話說的好，『沒事常思有事』，世上多少沒頭腦的事，多半因為無心中做出，有心人看見，當作有心事，反說壞

*以襲人之卑微地位，她要相對地有一定「成就」，要「出人頭地」，只有牢牢地靠攏正統、維護正統、效忠正統，才有自己的立足點。自己立住了，才好談別的。而且，從邏輯上說，她這樣做，最符合主子的利益，故而方能分享一點主子的利益。她的這點見識，確實高明一籌，所以立即使王夫人折服。當時並不存在斯巴達克斯式的奴隸暴動領袖，我們到底還能怎麼要求襲人呢？道德標準常常與實用標準相悖離，我們又該怎樣評價襲人呢？

乘機表白、表功。

難得的是襲人說這些話時毫無愧色。可以設想，即使王夫人知道了寶襲的「同欽警幻所訓之事」，也仍然信任襲人。因為，自己做了什麼（只要是悄悄地做的，沒有捅破窗戶

＊襲人抓住了要害，綱舉目張。

父母都會有這種心理，認為青春期是一個危險期，希望自己的子女不致過早過濫地陷入性衝動性關係中，其實不僅封建社會然。但封建道德尤其重視「男女之大防」。襲人的話說中了王夫人的心病。

客觀上，這一番進言準備了此後王夫人的搜檢大觀園，大殺大砍，害了許多人。

了。只是預先不防，斷然不好。二爺素日性格，太太是知道的，他又偏好在我們隊裡鬧，倘或不防，前後錯了一點半點，不論真假，人多口雜，那起小人的嘴，有什麼避諱，心順了，說的比菩薩還好，心不順，就編的連畜生不如。二爺將來倘或有人說好，不過大家直過；[2]設若叫人哼出一聲不是來，我們不用說粉身碎骨，罪有萬重，都是平常小事，但後來二爺一生的聲名品行豈不完了，二則太太也難見老爺。俗語又說『君子防未然』，[3]不如這會子防避的為是。太太事情多，一時固然想不到。我們想不到則可，既想到了，若不回明太太，罪越重了。近來我為這事日夜懸心，又不好說與人，惟有燈知道罷了。」王夫人聽了這話，如雷轟電掣的一般，正觸了金釧兒之事，心下越發感愛襲人不盡，忙笑道：「我的兒，你竟有這個心胸，想得這樣周全！我何曾又不想到這裡，只是這幾次有事就忘了。你今日這一番話提醒了我，難為你成全我娘兒兩個聲名體面，真真我竟不知道你這樣好。罷了，你且去罷，我自有道理。只是還有一句話，你今既說了這樣的話，我就把他交給你了，好歹留心，保全了他，就是保全了我。我自然不辜負你。」

襲人連連答應着去了。回來正值寶玉睡醒，襲人回明香露之事。寶玉喜不自禁，即命調來吃，果然香妙非常。因心下記掛着黛玉，滿心裡要打發人去，只是怕襲人，便設一法，先使襲人往寶釵那裡去借書。

襲人去了，寶玉便命晴雯來，吩咐道：「你到林姑娘那裡看看他做什麼

紙）並不重要，重要的是大面上表什麼態，說什麼，這很符合國人的思維與判斷習慣。其次，襲人已有基礎，主子已有意把她給了寶玉，她本人並不受她維護的戒律的約束。把假想敵也抬出來，更證明自己的忠順。

也是雷轟電掣！

襲人大獲全勝。

人際關係，錯綜微妙，幾近派系瓜葛，互愛互

呢。他要問我，只說我好了。」晴雯道：「白眉赤眼兒[4]的，作什麼去呢？到底說句話兒，也像一件事。」寶玉道：「沒有什麼可說的。」晴雯道：「若不然，或是送件東西，或是取件東西，不然我去了怎麼樣搭訕呢？」寶玉想了一想，便伸手拿了兩條手帕子撩與晴雯，笑道：「也罷，就說我叫你送這個給他去了。」晴雯道：「這又奇了。他要這半新不舊的兩條帕子？他又要惱了，說你打趣他。」寶玉笑道：「你放心，他自然知道。」

晴雯聽了，只得拿了帕子往瀟湘館來。只見春纖正在欄桿上晾手帕子，見他進來，忙搖手兒說：「睡下了。」晴雯走進來，滿屋漆黑，並未點燈。黛玉已睡在床上。問是誰。晴雯忙答道：「晴雯。」黛玉道：「做什麼？」晴雯道：「二爺送手帕子來給姑娘。」黛玉聽了，心中發悶，暗想：「做什麼送手帕子來給我？」因問：「這帕子是誰送他的？必定是好的，叫他留着送別人罷，我這會不用這個。」晴雯笑道：「不是新的，就是家常舊的。」林黛玉聽了，越發悶住，細心搜求，一時方大悟過來，連忙說：「放下，去罷。」晴雯聽了，只得放了，抽身回去，一路盤算，不解何意。

這林黛玉體貼出手帕子的意思來，不覺神魂馳蕩：寶玉這番苦心，能領會我這番苦意，又令我可喜；我這番苦意，不知將來如何，又令我可悲；忽然好好的送兩塊帕子來，若不是領我深意，單看了這帕子，又令我可笑；再想私相傳遞，我又可懼；我自己每每好哭，想來也無味，又令我可愧。如此左思右想，一時五

防，精微已極！

晴雯的話有啟發作用，也顯示了晴雯的傾向性。

這一段似是三十二回聽寶玉傾訴真情後所感的再現與縈繞。

內沸然，由不得餘意綿纏，便命掌燈，也想不起嫌疑避諱等事，研墨醮筆，便向那兩塊舊帕上寫道：

其一

眼空蓄淚淚空垂，暗灑閒拋卻為誰？
尺幅鮫綃勞惠贈，叫人焉得不傷悲！

這三首題帕詩未見才華洋溢，但知刻骨銘心，此情勝於辭之作也。

其二

拋珠滾玉只偷潸，鎮日無心鎮日閒；
枕上袖邊難拂拭，任他點點與斑斑。

或曰：至情無文，至性無辭。

其三

彩線難收面上珠，湘江舊跡[5]已模糊；
窗前亦有千竿竹，不識香痕漬也無？

把它們不是當作詩，而是當作「哭泣」一讀可也。

林黛玉還要往下寫時，覺得渾身火熱，面上作燒，走至鏡台揭起錦袱一照，只見腮上通紅，真合壓倒桃花，卻不知病由此萌。一時方上床睡去，猶拿着帕子思索，不在話下。

卻說襲人來見寶釵，誰知寶釵不在園內，往他母親那裡去了。襲人不便空手回來。等至二更，寶釵方回來。原來寶釵素知薛蟠情性，心中已有一半疑薛蟠挑唆了人來告寶玉的，誰知又聽襲人說出來，越發信了。究竟襲人是焙茗說的，那焙茗也是私心窺度，並未據實。大家都是一半裁度，一半據實，竟認準是他說的。那薛蟠因素日有這個名聲，其實這一次卻不是他幹的，被人生生的一口咬死是他，有口難分。這日正從外頭吃了酒回來，見過母親，只見寶釵在這裡，說了幾句閒話，因問：「聽見寶兄弟吃了虧，是為什麼？」薛姨媽正為這個不自在，見他問時，便咬着牙道：「不知好歹的冤家，都是你鬧的，你還有臉來問！」薛蟠見說，便怔了，忙問道：「我何嘗鬧什麼？」薛姨媽道：「你還裝腔呢，人人都知道是你說的，還賴呢。」薛蟠道：「人人說我殺了人，也就信了罷？」薛姨媽道：「連你妹妹都知道是你說，難道他也賴你不成？」寶釵忙勸道：「媽媽和哥哥且別叫喊，消消停停就有個青紅皂白了。」向薛蟠道：「是你說的也罷，不是你說的也罷，事情也過去了，不必較證，倒把小事弄大了。我只勸你從此以後少在外頭胡鬧，少管別人的事。天天一處大家胡逛，你是個不防頭的人，過後沒事就罷了，倘或有事，不是你幹的，人人也都疑惑，說是你幹的，不用別人，我先就疑惑你。」薛蟠本是個心直口快的人，見不得這樣藏頭露尾的事，又是寶釵勸他不要逛去，他母親又說他犯舌，[6]寶玉之打是他治的，早已急得亂跳，賭神發誓的分辯。又罵眾人：「誰這樣編派我？我把那囚攮的牙敲了！分明是為打了寶玉，沒的獻勤兒，拿我來做幌子。難道寶玉是天王？他父親打他一頓，一家子定要鬧幾天？那一回為他不好，姨父打了他兩下子，過後老太太不知怎麼知道了，說是珍大哥治的，好好的叫了去罵了一頓。今日越發拉上我了！既拉上，我也不怕，索性進去把寶玉打死了，我替他償命，大家乾淨。」一面嚷，一面找起

薛蟠問得好。

寶玉實無什麼了不起，除了他在家中地位外，主要是處於小說中心位置罷了。

補敘插敘一無頭無尾之事。

（「紅」的結構行雲流水，疏而不漏，但並非天衣無縫。）

一根門閂來就跑，慌得薛姨媽抓住，罵道：「作死的孽障，你打誰去？你先打我來！」薛蟠的眼急得銅鈴一般，嚷道：「何苦來！又不叫我去，又好好的賴我。將來寶玉活一日，我擔一日的口舌，不如大家死了乾淨。」寶釵忙也上前勸道：「你忍耐些兒罷。媽媽急的這個樣兒，你不說來勸，你倒反鬧得這樣。別說是媽媽，便是旁人來勸你，也為你好，倒把你的性子勸上來。」薛蟠道：「你這會子又說這話。都是你說的！」寶釵道：「你只怨我說，再不怨你那顧前不顧後的形景。」薛蟠道：「你只會怨我顧前不顧後，你怎麼不怨寶玉外頭招風惹草的呢！別說別的，只拿前日琪官兒的事比給你們聽：那琪官兒，我們見了十來次，他並未和我說一句親熱話，怎麼前日他見了，連姓名還不知道，就把汗巾子給他，難道這也是我說的不成？」薛姨媽和寶釵急的說道：「還提這個，可不是為這個打他呢。可見是你說的了。」薛蟠道：「真真的氣死人了！賴我說的我不惱，我只為一個寶玉鬧的這樣天翻地覆的。」寶釵道：「誰鬧？你先持刀動杖的鬧起來，倒說別人鬧。」薛蟠見寶釵說的話句句有理，難以駁正，比母親的話反難回答，因此便要設法拿話堵回他去，就無人敢攔自己的話了；也因正在氣頭上，未曾想話之輕重，便道：「好妹妹，你不用和我鬧，我早知道你的心了。從先媽媽和我說，你這金要揀有玉的才可配，你留了心，見寶玉有那勞什子，你自然如今行動護着他。」話未說了，把個寶釵氣怔了，拉着薛姨媽哭道：「媽媽你聽，哥哥說

太急了。反而說明他對寶玉不無微詞，他與寶玉不無芥蒂。

薛蟠對寶玉有妒意。

都有捅要害刀見紅的本領。

*捱打前有預兆，有前因——蔣玉菡事，金釧事等。捱打中賈政是主要一方。捱打後有後果，有餘波。寶玉是堅持自己的選擇，打死也無憾，絕對不可能與乃父要求的那一套妥協了。黛玉是與寶玉的感情更深一層，已經不是兩小無猜的嗔嗔喜喜，而是生死相託的性質了。襲人利用這一事件發表了自己的「正確」見解並提出了「防範措施」，取得了王夫人的特殊信任，也推動了王夫人去準備採取行動。寶釵則通過看望

寶玉及與乃兄的糾紛暴露了真情，她對寶玉的興趣也已表面化了。曹雪芹的筆真如統率着幾個「方面軍」一般。

的是什麼話！」薛蟠見妹子哭了，便知自己冒撞，便賭氣走到自己房裡安歇不提。

寶釵滿心委曲氣忿，待要怎樣，又怕他母親不安，少不得含淚別了母親，各自回來，到房裡整哭了一夜。次日一早起來，也無心梳洗，胡亂整理便出來瞧母親，可巧遇見黛玉獨立在花陰之下，問他那裡去。薛寶釵因說「家去」，口裡說着，便只管走。黛玉見他無精打采的去了，又見眼上好似有哭泣之狀，大非昔日可比，便在後面笑道：「姐姐也自己保重些兒，就是哭出兩缸淚來，也醫不好棒瘡！」不知薛寶釵如何答對，且聽下回分解。

還是觸到痛處了。否則一笑一罵而已，哭不了一夜的。

1 **沉心：**多心之意。

2 **直過：**過得去的意思。

3 **君子防未然：**即君子防患於未然，意謂君子防備禍患於發生之前。

4 **白眉赤眼兒：**平白無故的意思。

5 **湘江舊跡：**傳說舜之二妃在湘江悼舜，淚灑竹上，竹盡成斑。後人以斑竹喻淚痕。

6 **犯舌：**多嘴多舌，搬弄是非的意思。

第三十五回 白玉釧親嚐蓮葉羹　黃金鶯巧結梅花絡

話說寶釵分明聽見林黛玉刻薄他，因記掛母親哥哥，並不回頭，一徑去了。這裡林黛玉還是立於花陰之下，遠遠的卻向怡紅院內望着，只見李宮裁、迎春、探春、惜春並各項人等都向怡紅院內去過之後，一起一起的散盡了，只不見鳳姐兒來，心裡盤算道：「如何他不來瞧寶玉？便是有事纏住了，他必定也是要來打個花胡哨，[1]討老太太、太太的好兒才是。今兒這早晚不來，必有原故。」一面猜疑，一面抬頭，再看時，只見花花簇簇一群人又向怡紅院內來了。定睛看時，只見賈母搭着鳳姐兒的手，後頭邢夫人、王夫人跟周姨娘並丫頭媳婦等人都進院去了。黛玉看了不覺點頭，想起有父母的好處來，早又淚珠滿面。少頃，只見寶釵、薛姨媽等也進去了。忽見紫鵑從背後走來，說道：「姑娘吃藥去罷，開水又冷了。」黛玉道：「你到底要怎麼樣？只是催我，吃不吃與你什麼相干！」紫鵑笑道：「咳嗽的才好了些，又不吃藥了。如今雖是五月裡天氣熱，到底也還該小心些，大清早起，在這個潮地方站了半日，也該回去歇息歇息了。」一句話提醒了黛玉，方覺得有點腿酸，呆了

黛玉不是喜散不喜聚麼？為何又羨聚悲散呢？她還是看不透，想不開，欠火候呀！黛玉心中不快，愛寶玉，關心寶玉的人太多了。又有多少「地盤」留給她呢？

*黛玉立在花陰之下，看一批批人看望寶玉，這個角度選得極佳。突出了寶黛二人處境之大不同，更突出了黛玉與這個家族的疏離感。情也是負擔，是沉重的包袱。黛玉反不能隨隨便便與別人一起去怡紅院「打花胡哨」。

半日，方慢慢的扶紫鵑回瀟湘館來。

一進院門，只見滿地下竹影參差，苔痕濃淡，不覺又想起《西廂記》中所云「幽僻處可有人行，點蒼苔白露泠泠」二句來。因暗暗的嘆道：「雙文[2]雖然命薄，尚有孀母弱弟；今日我黛玉之薄命，一並連孀母弱弟俱無。」想到這裡，又欲滴下淚來，不防廊上的鸚哥見黛玉來了，嘎的一聲撲了下來，倒嚇了一跳，因說道：「你作死呢，又搧了我一頭灰。」那鸚哥又飛上架去，便叫：「雪雁，快掀簾子，姑娘來了。」黛玉便止住步，以手扣架道：「添了食水不曾？」那鸚哥便長嘆一聲，竟大似黛玉素日吁嗟音韻，接着唸道：「儂今葬花人笑癡，他年葬儂知是誰？」黛玉、紫鵑聽了，都笑起來。紫鵑笑道：「這都是素日姑娘唸的，難為他怎麼記了。」黛玉便命將架摘下來，另掛在月洞窗外的鈎上，於是進了屋子，在月洞窗內坐了。吃畢藥，只見窗外竹影映入紗窗，滿屋內陰陰翠潤，几簟生涼。黛玉無可釋悶，便隔紗窗調逗鸚哥作戲，又將素日所喜的詩詞也教與他唸。這且不在話下。

且說薛寶釵來至家中，只見母親正是梳頭呢。一見他來了，便說道：「你大清早起跑來做什麼？」寶釵道：「我瞧瞧媽媽身上好不好。昨兒我去了，不知他可又過來鬧了沒有？」一面說，一面在他母親身旁坐了，由不得哭將起來。薛姨媽見他一哭，自己掌不住，也就哭了一場，一面又勸他：「我的

*林黛玉的這種敏感清雅的獨處生活方式，使評點者不倫不類的聯想起美國女詩人艾米莉·狄金森(Emily · Dickinson)，她完成學業後幾乎是足不出戶。她寫詩，完全不是為了發表，她很短命，溫柔纖細，死後才成為著名詩人。《追憶逝水年華》的作者普魯斯特也是長期過着封閉的生活的。林黛玉的特點其實適合搞藝術，她是藝術型人物。她與狄金森相比，最不幸之處是她並不能真正與世隔絕，相反，她處於關係複雜，

一時竟無塵囂俗氣。

別有天地非人間。高雅若是，豈能見容？

這種清雅閒逸環境，造就了黛玉性格，也毒蝕着黛玉的靈魂。

一個個縱橫捭闔、勾心鬥角的賈府的矛盾中，她與寶玉的感情甚至把她也推到了矛盾漩渦的中心，她成了矛盾一方，孤立無援必敗的一方。而且，她生活在一個視文學藝術為下流異端的社會裡。

兒，你別委曲了，你等我處分那孽障。你要有個好歹，我指望那一個來！」薛蟠在外聽見，連忙跑了過來，對寶釵左一個揖，右一個揖，只說：「好妹妹，恕我這次罷！原是我昨兒吃了酒，回來的晚了，路上撞客着了，來家未醒，不知胡說了什麼，連自己也不知道，怨不得你生氣。」寶釵原是掩面哭的，聽如此說，由不得又好笑了，遂抬頭向地下啐了一口，說道：「你不用做這些像生兒，[3]我知道你的心裡多嫌我們娘兒兩個，你是變着法兒叫我們離了你就心淨了。」薛蟠聽說，連忙笑道：「妹妹這從那裡說起，妹妹從來不是這樣多心說歪話的人。」薛姨媽忙又接着道：「你只會聽你妹妹的歪話，難道昨兒晚上你說的那話就該的不成？當真是你發昏了！」薛蟠道：「媽媽也不必生氣，妹妹也不用煩惱，從今以後我再不同他們一處吃酒閒逛如何？」寶釵笑道：「這才明白過來了！」薛姨媽道：「你要有個橫勁，那龍也下蛋了。」薛蟠道：「我若再和他們一處逛，妹妹聽見了只管啐我，再叫我畜生，不是人，如何？何苦來，為我一個人，娘兒兩個天天操心！媽媽為我生氣還猶可恕，若只管叫妹妹為我操心，我更不是人。如今父親沒了，我不能多孝順媽媽，多疼妹妹，反叫娘母子生氣，妹妹煩惱，連個畜生不如了。」口裡說着，眼睛裡禁不住也滾下淚來。薛姨媽本不哭了，聽他一說又勾起傷心來。寶釵勉強笑道：「你鬧夠了，這會子又招媽媽哭起來了。」薛蟠聽說，忙收了淚，笑道：「我何曾招媽媽哭來！罷，罷，罷，丟下這個別提了。叫香菱

「像生兒」是不是「相聲」？

薛蟠對母對妹還是很「義氣」的，也許「義氣」二字這裡用得有點滑稽。但薛蟠並非孝悌忠信之徒，也決不是狼心狗肺之屬。家人互勸，認罪賠禮，懺悔改過，這一套也是很有中國特色的。反映了家庭觀念，互相交插負責的觀念，與一種以個人為本位的文化傳統大不相同。

來倒茶妹妹吃。」寶釵道：「我也不吃茶，等媽媽洗了手，我們就進去了。」薛蟠道：「妹妹的項圈我瞧瞧，只怕該炸一炸[4]去了。」寶釵道：「黃澄澄的，又炸他做什麼？」薛蟠又道：「妹妹如今也該添補些衣裳了，要什麼顏色花樣，告訴我。」寶釵道：「連那些衣服我還沒穿遍了，又做什麼？」一時薛姨媽換了衣裳，拉着寶釵進去，薛蟠方出去了。

這裡薛姨媽和寶釵進園來看寶玉，到了怡紅院中，只見抱廈裡外迴廊上許多丫頭老婆站着，便知賈母等都在這裡。母女兩個進來，大家見過了。只見寶玉躺在榻上。薛姨媽問他可好些。寶玉忙欲欠身，口裡答應着「好些」，又說：「只管驚動姨娘姐姐，我當不起。」薛姨媽忙扶他睡下，又問他：「想什麼，只管告訴我。」寶玉笑道：「我想起來，自然和姨娘要去的。」王夫人又問：「你想什麼吃？回來好給你送來的。」寶玉笑道：「也倒不想什麼吃，倒是那一回做的那小荷葉兒、小蓮蓬兒的湯還好些。」鳳姐一旁笑道：「聽聽，口味不算高貴，只是太磨牙了。巴巴的想這個吃了。」賈母便一疊連聲的叫做去。鳳姐兒笑道：「老祖宗別急，我想想這模子是誰收着呢。」因回頭吩咐個婆子問管廚房的去要。那婆子去了半天來回說：「管廚房的說，四副湯模子都繳上來了。」鳳姐兒聽說，又想一想道：「我也記得交上來了，就不記得交給誰了，多半在茶房裡。」又遣人去問管茶房的，也不曾收。後來還是管金銀器的送來了。薛姨媽先接過來瞧時，原來是個小匣子，裡面裝着四副銀模子，都有一尺多長，一寸見方，上面鑿着有

從黛玉的角度已寫過此「看」，再從薛姨媽、寶釵角度寫，這使人想起拉美搞的「結構現實主義」。

豆子大小，也有菊花的，也有梅花的，也有蓮蓬的，也有菱角的，共有三四十樣，打的十分精巧。因笑向賈母、王夫人道：「你們府上也都想絕了，吃碗湯還有這些樣子。若不說出來，我見了這個也不認得這是做什麼用的。」鳳姐兒也不等人說話，便笑道：「姑媽那裡曉得，這是舊年備膳，他們想的法兒。不知弄些什麼棉麵，印出來，借點新荷葉的清香，全仗好湯，究竟沒意思，誰家常吃他呢。那一回呈樣的做了一回，他今兒怎麼想起來了。」說着，接了過來，遞與個婦人，吩咐廚房裡立刻拿幾隻雞，另外添了東西，做出十碗湯來。王夫人道：「要這些做什麼？」鳳姐兒笑道：「有個原故，這一宗東西家常不大做，今兒寶兄弟提起來了，單做給他吃，老太太、姑媽、太太都不吃，似乎不大好。不如借勢兒弄些大家吃，託賴着連我也嚐個新兒。」賈母聽了，笑道：「猴兒，把你乖的！拿着官中的錢做人情。」說的大家笑了。鳳姐也忙笑道：「這不相干，這個小東道我還孝敬得起。」便回頭吩咐婦人：「說給廚房裡只管好生添補着做了，在我賬上領銀子。」婆子答應着去了。

寶釵一旁笑道：「我來了這麼些年，留神看起來，二嫂子憑他怎麼巧，再巧不過老太太去。」賈母聽說，便答道：「我的兒，我如今老了，那裡還巧什麼。當日我像鳳哥兒這麼大年紀，比他還來得呢。他如今雖說不如我們，也就算好了，比你姨娘強遠了。你姨娘可憐見的，不大說話，和木頭似的，在公婆跟前就不獻好兒。鳳兒嘴乖，怎麼怨得人疼他。」寶玉笑道：「若這麼說，不大說話的就不

食文化。「中華料理」，精則雖精矣，有的不免繁瑣太過。

統籌兼顧，組織者的思路。

賈府的財務制度與財務運作令人很感興趣。這裡略見端倪，難知其詳。既談到「官中的錢」，「我的賬」，可能彼等有一筆「公款」，又各有一筆包給個人的費用，大鍋飯與分散承包並舉吧。

寶釵沒有放過奉承賈母的機會。賈母當仁不讓，自非等閒人物。

疼了？」賈母道：「不大説話的又有不大説話的可疼之處，嘴乖的也有一宗可嫌的，倒不如不説的好。」寶玉笑道：「這就是了。我説大嫂子倒不大説話呢，老太太也是和鳳姐姐的一樣看待。若説單是會説話的可疼，這些姐妹裡頭也只鳳姐姐和林妹妹可疼了。」賈母道：「提起姊妹，不是我當着姨太太的面奉承，千真萬真從我們家裡四個女孩兒算起，都不如寶丫頭。」薛姨媽聽説，忙笑道：「這話是老太太説偏了。」王夫人忙又笑道：「老太太時常背地裡和我説寶丫頭好，這倒不是假話。」寶玉勾着賈母原為讚林黛玉的，不想反讚起寶釵來，倒也意出望外，便看着寶釵一笑。寶釵早扭過頭去和襲人説話去了。

　　忽有人來請吃飯，賈母方立起身來，命寶玉好生養着罷，把丫頭們囑咐了一回，方扶着鳳姐兒，讓着薛姨媽，大家出房去了，猶問湯好了不曾，又問薛姨媽等：「想什麼吃，只管告訴我，我有本事叫鳳丫頭弄了來咱們吃。」薛姨媽笑道：「老太太也會慪他的，時常他弄了東西孝敬，究竟又吃不多。」鳳姐兒笑道：「姑媽倒別這樣説。我們老祖宗只是嫌人肉酸，若不嫌人肉酸，早已把我還吃了呢。」一句話沒説了，引的賈母眾人都哈哈的笑起來。

　　寶玉在房裡也掌不住笑。襲人道：「真真的二奶奶的嘴怕死人。」寶玉伸手拉着襲人笑道：「你站了這半日，可乏了？」一面説，一面拉他身旁坐下了。襲人笑道：「可是又忘了，趁寶姑娘在院子裡，你和他説，煩他們的鶯兒來打上幾根條子。」寶玉笑道：「虧你提起來。」説着，便仰頭向窗外道：「寶姐姐，吃

寶玉偏要提到林妹妹，可憐不識時務。既是閒話，也是投桃報李，更是由衷判定，有意透露「上意」。

王夫人也出來附和，情況更鄭重了。此時黛玉倍添寂寞，與鸚鵡「對話」而已。

鳳姐在賈母面前時刻扮演總管兼弄臣的角色。當眾這樣調侃，就不僅是邀寵，而且是示寵顯寵了。

寶玉這裡果真常常需要勞務引進嗎？

過飯叫鶯兒來，煩他打幾根條子，可得閒兒？」寶釵聽見，回頭道：「怎麼不得閒兒，一會兒叫他來就是了。」賈母等尚未聽真，都止步問寶釵。寶釵說明了。賈母便說道：「好孩子，你叫他來替你兄弟打幾根，你要人使，我那裡閒的丫頭多着的呢，你喜歡誰，只管叫來使。」薛姨娘、寶釵等都笑道：「只管叫他來做就是了，有什麼使喚的去處，他天天也是閒着淘氣。」

還是以此為藉口，變着法兒與各處女孩子調笑呢？

大家說着，往前正走，忽見湘雲、平兒、香菱等在山石邊掐鳳仙花呢，見了他們走來，都迎上來了。少頃出至園外，王夫人恐賈母乏了，便欲讓至上房內坐。賈母也覺腳酸，便點頭依允。王夫人便命丫頭忙先去鋪設座位。那時趙姨娘推病，只有周姨娘與那婆娘丫頭們忙着打簾子，立靠背，鋪褥子。賈母扶着鳳姐兒進來，與薛姨娘分賓主坐了。薛寶釵、史湘雲坐在下面。王夫人親捧了茶來奉與賈母，李宮裁捧與薛姨媽。賈母向王夫人道：「讓他們小妯娌伏侍，你在那裡坐了，好說話兒。」王夫人方向一張小杌子上坐下，便吩咐鳳姐兒道：「老太太的飯放在這裡，添了東西來。」鳳姐兒答應出去，便命人去賈母那邊告訴，那邊的婆娘們忙往外傳了，丫頭們忙都趕過來。王夫人便命「請姑娘們去」。請了半天，只有探春、惜春兩個來了。迎春身上不耐煩，不吃飯；林黛玉是不消說，十頓飯只好吃五頓，眾人也不着意了。少頃飯至，眾人調放了桌子，鳳姐兒用手巾裹了一把牙箸站在地下笑道：「老祖宗和姑媽不用讓，還聽我說就是了。」賈母笑向薛姨媽道：「我們就是這樣。」薛姨媽笑着應了。於是鳳姐放下四雙箸：上面兩雙是

「紅」描寫坐的規矩坐的過程恁多！

林黛玉再次疏離在圈子外邊。

賈母、薛姨媽，兩邊是薛寶釵、史湘雲的。王夫人、李宮裁等都站在地下看着放菜。鳳姐先忙着要乾淨傢伙來替寶玉揀菜。

少頃，荷葉湯來，賈母看過了。王夫人回頭見玉釧兒在那裡，便命玉釧與寶玉送去。鳳姐道：「他一個拿不去。」可巧鶯兒和同喜兒都來了。寶釵知道他們已吃了飯，便向鶯兒道：「寶二爺正叫你去打條子，你們兩個一同去罷。」鶯兒答應着，同玉釧兒出來。鶯兒道：「這麼遠，怪熱的，怎麼端了去？」玉釧笑道：「你放心，我自有道理。」說着，便命一個婆子來，將湯飯等類放在一個捧盒裡，命他端了跟着，他兩個卻空着手走。一直到了怡紅院門口，玉釧兒方接了過來，同鶯兒進入房中。襲人、麝月、秋紋三個人正和寶玉頑笑呢，見他兩個來了，都忙起來，笑道：「你們兩個來的怎麼碰巧，一齊來了。」一面說，一面接了下來。玉釧便向一張杌子上坐了，鶯兒不敢坐下。襲人便忙端了個腳踏來，鶯兒還不敢坐。寶玉見鶯兒來了，卻倒十分歡喜；見了玉釧兒，便想起他姐姐金釧兒來了，又是傷心，又是慚愧，便把鶯兒丟下，且和玉釧兒說話。襲人見把鶯兒不理，恐鶯兒沒好意思的，又見鶯兒不肯坐，便拉了鶯兒出來，到那邊房裡去吃茶說話兒去了。

這裡麝月等預備了碗箸來伺候吃飯。寶玉只是不吃，問玉釧兒道：「你母親身上好？」玉釧兒滿臉怒色，正眼也不看寶玉，半日方說了一個「好」字。寶玉便覺沒趣，半日，只得又陪笑問道：「誰叫你替我送來的？」玉釧兒道：「不過

奴可使奴。無怪乎她們不願被逐。

是奶奶太太們！」寶玉見他還是哭喪着臉，便知他是為金釧兒的原故，待要虛心下氣哄他，又見人多不好下氣的，因而便尋方法將人都支出去，然後又陪笑問長問短。那玉釧兒先雖不欲理他，只管見寶玉一些性氣也沒有，憑他怎麼喪謗，還是保存和氣，自己倒不好意思的了，臉上方有三分喜色。寶玉便笑求他：「好姐姐，你把那湯端了來我嚐嚐。」玉釧兒道：「我從不會餵人東西，等他們來了再吃。」寶玉笑道：「我不是要你餵我，我因為走不動，你遞給我吃了，你好趕早回去交代了，你好吃飯的。我只管耽誤了時候，你豈不餓壞了。你要懶怠動，我少不得忍了疼下去取來。」說着便要下床來，扎掙起來，禁不住噯喲之聲。玉釧兒見他這般，忍耐不住，起身說道：「躺下去罷！那世裡造下了業，這會子現世報，叫我那一個眼睛看得上！」一面說，一面哧的一聲又笑了，端過湯來。寶玉笑道：「好姐姐，你要生氣，只管在這裡生罷，見了老太太、太太可放和氣些，若還這樣，你就要捱罵了。」玉釧兒道：「吃罷，吃罷！不用和我甜嘴蜜舌的，我可不信這樣話。」說着，催寶玉喝了兩口湯。寶玉故意說：「不好吃，不好吃。」玉釧兒道：「阿彌陀佛！這還不好吃，什麼好吃呢？」寶玉道：「一點味兒也沒有，你不信，嚐一嚐就知道了。」玉釧兒果然真賭氣嚐了一嚐。寶玉笑道：「這可好吃了。」玉釧兒聽說，方解過他的意思來，原是寶玉哄他吃一口，便說道：「你既說不吃，這會子說好吃，也不給你吃了。」寶玉只管陪笑央求要吃。玉釧兒又不給他，一面又叫人打發吃飯。

寶玉見了玉釧，本應嚴肅、沉重、自責、一聲不吭、無地自容的。如今猶自天真調笑，實說明了善良如寶玉，也還是在某方面視奴婢如草芥的殘酷而自私的主子！

寶玉陪補也罷，耐性也罷，體貼也罷，仍然不出二爺的圈，紈絝子弟的圈。從人道主義的觀點看這一段，用一口湯的「奉獻」來挽回一條命的遺憾，這是令當今讀者感到很不對味兒，很反感的。

雪芹這樣津津有味地寫這些，實說明他也不懂得尊重金釧的生命價值。

丫頭方進來時，忽有人來回話，說：「傅二爺家的兩個嬤嬤來請安，來見二爺。」寶玉聽說，便知是通判傅試家的兩個嬤嬤來了。那傅試原是賈政的門生，原來都賴賈家的名聲得意，賈政也着實看待與別個門生不同，他那裡常遣人來走動。寶玉素昔最厭勇男蠢婦的，今日卻如何又命這兩個婆子進來？其中原來有個緣故：只因那寶玉聞得傅試有個妹子，名喚傅秋芳，也是個瓊閨秀玉，常聞人傳說才貌俱全，雖目未親睹，然遐思遙愛之心十分誠敬，不命他們進來，恐薄了傅秋芳，因此連忙命讓進來。那傅試原是暴發的，因傅秋芳有幾分姿色，聰明過人，那傅試安心仗着妹子要與豪門貴族結親，不肯輕易許人，所以耽誤到如今。目今傅秋芳已二十三歲，尚未許人，怎奈那些豪門貴族又嫌他本是窮酸，根基淺薄，不肯求配。那傅試與賈家親密，也自有一段心事。今日遣來的兩個婆子偏生是極無知識的，聞得寶玉要見，進來只剛問了好，說了沒兩句話。那玉釧兒見生人來，也不和寶玉廝鬧了，手裡端着湯卻只顧聽，寶玉又只顧和婆子說話，一面吃飯，伸手去要湯，兩個人的眼睛都看着人，不想伸猛了手，便將碗撞翻，將湯潑了寶玉手上。玉釧兒倒不曾燙着，唬了一跳，忙笑道：「這是怎麼了？」慌的丫頭們忙上來接碗。寶玉自己燙了手倒不覺的，只顧問玉釧兒：「燙了那裡了？疼不疼？」玉釧兒和眾人都笑了。玉釧兒道：「你自己燙了，只管問我。」寶玉聽了，方覺自己燙了。眾人上來連忙收拾。寶玉也不吃飯了，洗手吃茶，又和那兩個婆子說了兩句話。然後兩個婆子告辭出去，晴雯等送至橋邊方回。

寶玉之泛愛真無涯也。

成為擔心齡官受雨那一段的再現與變奏。蓮葉羹是物質食糧，與玉釧的調笑才是精神食糧。

那兩個婆子見沒人了，一行走，一行談論。這一個笑道：「怪道有人說他們家寶玉是像貌好，裡頭糊塗，中看不中吃的，果然竟有些呆氣。他自己燙了手，倒問別人疼不疼，這可不是呆了？」那一個又笑道：「我前一回來，聽見他家裡許多人抱怨，千真萬真的有些呆氣，大雨淋的水雞似的，他反告訴別人『下雨了，快避雨去罷。』你說可笑不可笑？時常沒人在跟前就自哭自笑的；看見燕子，就和燕子說話；河裡看見了魚，就和魚兒說話；見了星星月亮，他便不是長吁短嘆的，就是咕咕噥噥的。且一點剛性也沒有，連那些毛丫頭的氣都受到了。愛惜起東西來，連根線頭都是好的；遭塌起來，那怕值千值萬的都不管了。」兩個人一面說，一面走出園來回去，不在話下。

寶玉的心理狀態或可謂不無病態之處。但這兩個婆子的議論，表達的那種愚蠢與呆板，又應該由哪裡的心理醫生來治療呢？

或者可問，究竟是誰的心理缺陷更嚴重，更難治療些呢？

且說襲人見人去了，便攜了鶯兒過來，問寶玉道：「打什麼絛子？」寶玉笑向鶯兒道：「才只顧說話，就忘了你。煩你來不為別的，也替我打幾根絡子。」鶯兒道：「裝什麼的絡子？」寶玉見問，便笑道：「不管裝什麼的，你都每樣打幾個罷。」鶯兒拍手笑道：「這還了得！要這樣，十年也打不完了。」寶玉笑道：「好姐姐，你閒着也沒事，都替我打了罷。」襲人笑道：「那裡一時都打得完，如今先揀要緊的打兩個罷。」鶯兒道：「什麼要緊，不過是扇子，香墜兒，汗巾子。」寶玉道：「汗巾子就好。」鶯兒道：「汗巾子是什麼顏色？」寶玉道：「大紅的。」鶯兒道：「大紅的須是黑絡子才好看，或是石青的才壓得住顏色。」寶玉道：「松花色配什麼？」鶯兒道：「松花配桃紅。」寶玉笑道：「這才嬌艷。

又講起編織藝術或者工藝美術來了。

再要雅淡之中帶些嬌艷。」鶯兒道：「蔥綠柳黃我是最愛的。」寶玉道：「也罷了，也打一條桃紅，再打一條蔥綠。」鶯兒道：「什麼花樣呢？」寶玉道：「也有幾樣花樣？」鶯兒道：「一炷香、朝天凳、象眼塊、方勝、連環、梅花、柳葉。」寶玉道：「前兒你替三姑娘打的那花樣是什麼？」鶯兒道：「是攢心梅花。」寶玉道：「就是那樣好。」一面說，一面襲人剛拿了線來，窗外婆子說：「姑娘們的飯都有了。」寶玉道：「你們吃飯去，快吃了來罷。」襲人笑道：「有客在這裡，我們怎好去的！」鶯兒一面理線，一面笑道：「這話又打那裡說起，正經快吃了來罷。」襲人等聽說方去了，只留下兩個小丫頭呼喚。

寶玉一面看鶯兒打絡子，一面說閒話，因問他：「十幾歲了？」鶯兒手裡打着，一面答話：「十六歲了。」寶玉道：「你本姓什麼？」鶯兒道：「姓黃。」寶玉笑道：「這個名姓倒對了。果然是個黃鶯兒。」鶯兒笑道：「我的名字本來是兩個字，叫作金鶯，姑娘嫌拗口，就單叫鶯兒，如今就叫開了。」寶玉道：「寶姐姐也就算疼你了。明兒寶姐姐出嫁，少不得是你跟去了。」鶯兒抿嘴一笑。寶玉笑道：「我常常和襲人說，明兒不知那一個有福的消受你們主兒兩個呢。」鶯兒笑道：「你還不知我們姑娘有幾樣世上人都沒有的好處呢，模樣兒還在其次。」寶玉見鶯兒嬌腔婉轉，語笑如癡，早不勝其情了，那堪更提起寶釵來！便問道：「他好處在那裡？好姐姐，告訴我聽。」鶯兒道：「我告訴你，你可不許又告訴他去。」寶玉笑道：「這個自然的。」正說着，只聽見外頭說道：「怎麼這樣靜

果然面面俱到，萬物皆備於「紅」。

想到哪裡去了？

寶玉的意淫堪稱登峰造極。可笑可嘆復又可厭。

悄悄的？」二人回頭看時，不是別人，正是寶釵來了。寶玉忙讓坐。寶釵坐了。因問鶯兒：「打什麼呢？」一面問，一面向他手裡去瞧，才打了半截。寶釵笑道：「這有什麼趣兒，倒不如打個絡子把玉絡上呢。」一句話提醒了寶玉，便拍手笑道：「倒是姐姐說的是，我就忘了。只是配個什麼顏色才好？」寶釵道：「若用雜色斷然使不得，大紅又犯了色，黃的又不起眼，黑的又太暗。等我想個法兒：把那金線拿來，配着黑珠兒線，一根一根的拈上，打成絡子，這才好看。」

寶玉聽說，喜之不盡，一疊連聲就叫襲人來取金線。正值襲人端了兩碗菜走進來，告訴寶玉道：「今兒奇怪，剛才太太打發人替我送了兩碗菜來。」寶玉笑道：「必定是今兒菜多，送給你們大家吃的。」襲人道：「不是，指名給我送來，還不叫我過去磕頭。這可是奇了。」寶釵笑道：「給你的，你就吃去，這有什麼猜疑的。」襲人道：「從來沒有的事，倒叫我不好意思的。」寶釵抿嘴一笑，說道：「這就不好意思了？明兒還有更叫你不好意思的呢。」襲人聽了話內有因，素知寶釵不是輕嘴薄舌奚落人的，自己想起上日王夫人的意思來，便不再提，將菜與寶玉看了，說：「洗了手來拿線。」說畢，便一直出去了。吃過飯，洗了手，進來拿金線與鶯兒打絡子。此時寶釵早被薛蟠遣人來請出去了。

這裡寶玉正看着打絡子，忽見邢夫人那邊遣了兩個丫頭送了兩樣果子來

寶釵直取其玉。

是早有分析論證了麼？怎麼想得這樣充分？

襲人贏得了特殊補貼。

寶釵為何了如指掌？寶釵已經與王夫人商議過如何加賞襲人了麼？

＊其實，黛玉亦常有與眾同樂的機會。但這一回突出了她的冷落與寶玉這裡的紅火。直到此時，寶玉對於異性真是「吃」着這個拿着那個，揣着一個望着一個，天真爛漫，體貼忘我，而又是自我中心，精神受用。至少是精神的慰藉與彌補，寶玉的精神生活，其實大荒，荒蕪空虛得可怕。

與他吃，問他：「可走得了？若走得動，叫哥兒明兒過去散散心，太太實記掛着呢。」寶玉忙道：「若走得了，必定過來請太太的安去。疼的比先好些，請太太放心罷。」一面叫他兩個坐下，一面又叫秋紋來，把才剛那果子拿一半送給林姑娘去。秋紋答應了，剛欲去時，只聽黛玉在院內說話。寶玉忙叫「快請」。要知端的，且看下回分解。

*這也是愛麼？是奉獻也是自私，是寶玉的享樂。有人說他嗔他瞧不起他對他哭笑不得，但實際還是寵他愛他哄他親他，沒有哪個女孩子真的厭他恨他。

客觀上呢，他愛了誰就害了誰，不獨金釧。思之令人毛骨悚然。愛情就是這樣的，愛情的形象不僅有美好的一面。

1 **打個花胡哨**：裝樣子、敷衍之意。

2 **雙文**：指《西廂記》中的崔鶯鶯。因其名字是兩個鶯字相疊，故稱「雙文」。

3 **像生兒**：原指口技，這裡指裝模作樣，滑稽可笑的樣子。

4 **炸一炸**：金銀飾物舊了，經淬火加工，使之重現光澤，稱「炸」。

5 **喪謗**：惡聲惡氣，言語不中聽之意。

第三十六回　繡鴦夢兆絳芸軒　識分定情悟梨香院

話說賈母自王夫人處回來，見寶玉一日好一日，心中自是歡喜。因怕將來賈政又叫他，遂命人將賈政的親隨小廝頭兒喚來，吩咐他「以後倘有會人待客諸樣的事，你老爺要叫寶玉，你不用上來傳話，就回他說我說了：一則打重了，得着實將養幾個月才走得；二則他的星宿不利，[1]祭了星，不見外人，過了八月才許出二門。」那小廝頭兒聽了，領命而去。賈母又命李嬤嬤、襲人等來，將此話說與寶玉，使他放心。那寶玉素日本就懶與士大夫諸男人接談，又最厭峨冠禮服賀吊往還等事，今日得了這句話越發得了意，不但將親戚朋友一概杜絕了，而且連家庭中晨昏定省[2]一發都隨他的便了，日日只在園中遊頑坐臥，不過每日一清早到賈母、王夫人處走走就回來了，卻每日甘心為諸丫頭充役，竟也得十分消閒日月。或如寶釵輩有時見機勸導，反而生起氣來，只說「好好的一個清淨潔白女子，也學的釣名沽譽，入了國賊祿鬼之流。這總是前人無故生事，立意造言，原為引導後世的鬚眉濁物。不想我生不幸，亦且瓊閨繡閣中亦染此風，真真有負天地鍾靈毓秀之德！」眾人

*賈政對寶玉的「教育」徹底失敗了。第一，寶玉有賈母的護持。賈政要盡孝，就不能違背賈母的旨意。其實他痛打寶玉時已表露了對於賈母王夫人嬌縱寶玉的極端不滿。較量的結果，他敗了。第二，整個環境與賈政的教育脫節，賈政的正統脫離了生活，沒有了生命力。

整個一個不講理的理。

徹底解放了。

與其說是反封建不如說是一種反文化的性格。資本主義、社會主義同樣無法容忍賈寶玉的性格與道路。按照社會主義的要求，寶玉只合批

第三，即使釵、襲等正統派及在正統方面毫不遜色的王夫人，也不支持賈政的強硬做法。第四，打本身就解決不了「思想問題」。第五，寶玉的性格、「世界觀」已經形成，他與賈政的對立已經無法挽回。嗚呼賈政，回天無力矣。

見他如此瘋顛，也都不向他說正經話了。獨有林黛玉自幼不曾勸他去立身揚名，所以深敬黛玉。

倒批臭後送去勞教五年。文化的兩重性——滿足人性而又約束乃至戕害人性。「紅」有所反映，不簡單。

閒言少述，如今且說王鳳姐，自見金釧兒死後，忽見幾家僕人常來孝敬他些東西，又不時的來請安奉承，自己倒生了疑惑，不知何意。這日又見人來孝敬他東西，因晚間無人時笑問平兒。平兒冷笑道：「奶奶連這個都想不起來了？我猜他們的女兒都必是太太房裡的丫頭，如今太太房裡有四個大的，一個月一兩銀子的分例，下剩的都是一個月只幾百錢。如今金釧兒死了，必定他們要弄這一兩銀子的巧宗兒呢。」鳳姐聽了，笑道：「是了，是了，倒是你提醒了我，看來這起人也太不知足，錢也賺夠了，苦事情又攤不着，弄個丫頭搪塞身子就罷了，又要想這個。也罷了，他們幾家的錢也不能容易花到我跟前，這是他們自尋的，送什麼來，我就收什麼，橫豎我有主意。」鳳姐兒安下這個心，所以只管耽延，等那些人把東西送足了，然後乘空方回王夫人。

求職。

來者不拒，善財難捨，蝕本活該。鳳姐不是沒理，卻畢竟刻薄了些。

這日午間，薛姨媽母女兩個與林黛玉等正在王夫人房裡大家吃西瓜，鳳姐兒得便回王夫人道：「自從玉釧兒的姐姐死了，太太跟前少着一個人，太太或看準了那個丫頭，就吩咐了，下月好發放月錢。」王夫人聽了，想了一想，道：「依我說，什麼是例，必定四個五個的，夠使就罷了，竟可以免了

用人不按需要，而按規格，也屬弊端。

罷。」鳳姐笑道：「論理，太太說的也是，只是原是舊例，別人屋裡還有兩個哩，太太倒不按例了。況且省下一兩銀子也有限的。」王夫人聽了，又想了想，道：「也罷，這個分例只管關了來，不用補人，就把這一兩銀子給他妹妹玉釧兒罷。他姐姐伏侍了我一場，沒個好結果，剩下他妹妹跟着我，吃個雙分子也不為過。」鳳姐答應着，回頭望着玉釧兒笑道：「大喜，大喜！」玉釧兒過來磕了頭。

這樣地大喜！玉釧也認為是大喜吧？何等地不覺悟也。

王夫人又問道：「正要問你，如今趙姨娘、周姨娘的月例多少？」鳳姐道：「那是定例，每人二兩。趙姨娘有環兄弟的二兩，共是四兩，另外四串錢。」王夫人道：「月月可都按數給他們？」鳳姐見問得奇，忙道：「怎麼不按數給？」王夫人道：「前兒恍惚聽見有人抱怨，說短了一吊錢，是什麼緣故？」鳳姐忙笑道：「姨娘們的丫頭月例原是人各一吊錢。從舊年他們外頭商議的，姨娘們每位丫頭分例減半，人各五百錢，每位兩個丫頭，所以短了一吊錢。這也抱怨不着我，我倒樂得給呢，他們外頭又扣着，我難道添上不成。這個事我不過接手兒，怎麼來怎麼去，由不得我做主。我倒說了兩三回，仍舊添上這兩分的為是。他們說只有這個數，我難再說了。如今我手裡每月連日子都不錯給他們呢。先時在外頭關，那個月不打飢荒，何曾順順溜溜的得過一遭兒。」王夫人聽說，就停了半晌，又問：「老太太屋裡幾個一兩的？」鳳姐道：「八個。如今只有七個，那一個是襲人。」王夫人道：「這就是了。你寶兄弟也並沒有一兩的丫頭。襲人還算老太太房裡的人。」鳳姐笑道：「襲人還是老太太的人，不過給了寶兄弟使，他這一兩

問題在哪裡？誰有「貓膩」？

停了半晌，是且信且疑嗎？

銀子還在老太太的丫頭分例上領。如今說，因為襲人是寶玉的人，裁了這一兩銀子，斷乎使不得。若說再添一個人給老太太，這個還可以裁他的。若不裁他的，須得環兄弟屋裡也添上一個才公道均勻了。就是晴雯麝月等七個大丫頭，每月人各月錢一吊，佳蕙等八個小丫頭們，每月人各月錢五百，還是老太太的話，別人如何惱得氣得呢。」薛姨媽笑道：「只聽鳳丫頭的嘴，倒像倒了核桃車子[3]似的，只聽他的賬也清楚，理也公道。」鳳姐笑道：「姑媽，難道我說錯了不成？」薛姨媽笑道：「說的何嘗錯，只是你慢些說，豈不省力。」鳳姐才要笑，忙又忍住了，聽王夫人示下。王夫人想了半日，向鳳姐道：「明兒挑一個丫頭送去老太太使喚，補襲人，把襲人的一分裁了。把我每月的月例二十兩銀子裡拿出二兩銀子一吊錢來給襲人去。以後凡事有趙姨娘周姨娘的，也有襲人的，只是襲人的這一分都從我的分例上勻出來，不必動官中的就是了。」鳳姐一一的答應了，笑推薛姨媽道：「姑媽聽見了，我素日說的話何如？今兒果然應了我的話。」薛姨媽道：「早就該如此。模樣兒自然不用說的，他的那一種行事大方，說話見人和氣裡頭帶着剛強要強，這個實在難得。」王夫人含淚說道：「你們那裡知道襲人那孩子的好處，比我的寶玉強十倍。寶玉果然是有造化的，能夠得他長長遠遠的伏侍一輩子，也就罷了。」鳳姐道：「既這麼樣，就開了臉，明放他在屋裡豈不好？」王夫人道：「這不好，一則年輕，二則老爺也不許，三則那寶玉見襲人是他丫

照顧各方面，也是擺平之意。

襲人本來特殊（有根），如今更是特而又特，補了又補了。

對襲人的情更重，不但接受公補，而且接受私補，恩重如山。

薛姨媽居然也介入表態，自然寶釵就門兒清了。

王夫人含淚讚襲人，昏得可以。何以激動至此？幹實事不若進虛言，誠然。

模糊處理，「紅」已有之。

*襲人以奴婢之身不但獲殊榮，得殊賞，而且能感動得王夫人哭，乃至給以「比寶玉強十倍」的評價。了不得也。這就是文化的力量。襲人認認真真地站在正統上，立得穩，說得正，線直接掛到王夫人、寶釵處，一身「正」氣，實可敬可畏！

頭，縱有放縱的事，倒能聽他的勸，如今做了跟前人，[4]那襲人該勸的也不敢十分勸了。如今且渾着，等再過二三年再說。」

說畢，鳳姐見無話，便轉身出來。剛至廊檐上，只見有幾個執事的媳婦子正等他回事呢，見他出來，都笑道：「奶奶今兒回什麼事，說了這半天？可不要熱着。」鳳姐把袖子挽了幾挽，跐着那角門的門檻子笑道：「這裡過堂風倒涼快，吹一吹再走。」又告訴衆人道：「你們說我回了這半日的話，太太把二百年的事都想起來問我，難道我不說罷。」又冷笑道：「我從今以後倒要幹幾件刻薄事了。抱怨給太太聽，我也不怕。糊塗油蒙了心，爛了舌頭，不得好死的下作東西們，別做娘的春夢了！明兒一裹腦子扣的日子還有呢。如今裁了丫頭的錢就抱怨了咱們，也不想一想，自己也配使三個丫頭！」一面罵，一面方走了，自去挑人回賈母話去，不在話下。

卻說薛姨媽等這裡吃畢西瓜，又說一回閒話，各自方散去。寶釵與黛玉等回至園中，寶釵因約黛玉往藕香榭去，黛玉因說立刻要洗澡，便各自散了。寶釵獨自行來，順路進了怡紅院，意欲尋寶玉去談講以解午倦。不想一入院中，鴉雀無聞，一並連兩隻仙鶴在芭蕉下都睡着了。寶釵便順着遊廊來至房中，只見外間床上橫三豎四都是丫頭們睡覺。轉過十錦槅槅子，來至寶玉的房內。寶玉在床上睡着了，襲人坐在身旁，手裡做針線，旁邊放着一柄白犀麈。[5]寶釵走進前來，悄悄的笑道：「你也過於小心了，這個屋裡還有蒼蠅蚊子，還拿蠅帚子趕什麼？」

大事。對寶玉身邊人員的安排關係着賈家的未來，故是大事。以執事媳婦子的反映烘托之，烘雲托月。

是說趙姨娘嗎？或者與別的姨娘也有矛盾？鳳姐的罵有惱羞成怒（可見有鬼）與一不做二不休的意思，也算強人性情，唯缺少留有餘地的分寸感。

丫頭們似也閒適，遠勝務農做工。

襲人不防，猛抬頭見是寶釵，忙放針線起身，悄悄笑道：「姑娘來了，我倒不防，唬了一跳。姑娘不知道，雖然沒有蒼蠅蚊子，誰知有一種小蟲子，從這紗眼裡鑽進來，人也看不見，只睡着了，咬一口，就像螞蟻叮的。」寶釵道：「怨不得。這屋子後頭又近水，又都是香花兒，這屋子裡頭又香。這種蟲子都是花心裡長的，聞香就撲。」說着，一面就瞧他手裡的針線，原來是個白綾紅裡的兜肚，上面扎着鴛鴦戲蓮的花樣，紅蓮綠葉，五色鴛鴦。寶釵道：「噯喲，好鮮亮活計！這是誰的，也值的費這麼大工夫？」襲人向床上努嘴兒。寶釵笑道：「這麼大了，還帶這個？」襲人笑道：「他原是不帶，所以特特的做的好了，叫他看見由不得不帶。如今天熱，睡覺都不留神，哄他帶上了，便是夜裡總蓋不嚴些兒，也就罷了。你說這一個就用了工夫，還沒看見他身上帶的那一個呢。」寶釵笑道：「也虧你耐煩。」襲人道：「今兒做的工夫大了，脖子低的怪酸的。」又笑道：「好姑娘，你略坐一坐，我出去走走就來。」說着就走了。寶釵只顧看着活計，便不留心，一蹲身，剛剛的也坐在襲人方才坐的那個所在，因又見那個活計實在可愛，不由的拿起針來，就替他作。

是「小咬」嗎？

確實盡心，服務意識極強。

恐也是對特補的報答。

不由得接上了襲人活計、思路，並非僅是因為活計可愛。實是引為同道之意。

不想林黛玉因遇見史湘雲，約他來與襲人道喜。二人來至院中，見靜悄悄的，湘雲便轉身先到廂房裡去找襲人。林黛玉卻來至窗外，隔着窗紗往裡一看，只見寶玉穿着銀紅紗衫子，隨便睡着在床上，寶釵坐在身旁做針線，旁邊放着蠅帚子。林黛玉見了這個景兒，連忙把身子一藏，手捂着嘴，不敢笑出來，招手兒叫湘雲。

這個場面未免直露，與寶釵的韜光養晦風格不同，故令黛玉好笑。

＊作者偏讓寶玉在此時說此夢話，使矛盾更加激化了。

這種情節最不像寫實，不像有生活依據。而像小說家的純然虛構。

莫非是寶玉假夢話以說給寶釵聽？也不甚像，寶玉毋寧是歡迎寶釵對他有情的。

湘雲一見他這般光景，只當有什麼新聞，忙也來一看，也要笑時，忽然想起寶釵素日待他厚道，便忙掩住口。知道黛玉口裡不讓人，怕他取笑，便忙拉過他來道：「走罷。我想起襲人來，他說午間要到池子裡去洗衣裳，想必去了，咱們那裡找他去。」黛玉心下明白，冷笑了兩聲，只得隨他走了。

平日燒香，自有厚報。

這裡寶釵只剛做了兩三個花瓣，忽見寶玉在夢中喊罵說：「和尚道士的話如何信得？什麼是金玉姻緣，我偏說是木石姻緣。」寶釵聽了這話，不覺怔了。忽見襲人走進來，笑道：「還沒有醒呢？」寶釵搖頭。襲人又笑道：「我才碰見林姑娘、史大姑娘，他們可有進來？」寶釵道：「沒見他們進來。」因向襲人笑道：「他們沒告訴你什麼？」襲人紅了臉笑道：「總不過是他們那些頑話，有什麼正經的。」寶釵笑道：「今兒他們說的可不是頑話，我正要告訴你呢，你又忙忙的出去了。」一句話未完，只見鳳姐打發人來叫襲人。寶釵笑道：「就是為那話了。」襲人只得喚起兩個丫頭來，一同寶釵出怡紅院，自往鳳姐這裡來。果然是告訴他這話，又叫他與王夫人磕頭，且不必去見賈母，倒把襲人不好意思的。見過王夫人，急忙回來，寶玉已醒了，問起原故，襲人且含糊答應。至夜間人靜，襲人方告訴了。寶玉喜不自禁。又向他笑道：「我可看你回家去不去了！那一回往家裡走了一趟，回來就說你哥哥要贖你，又說在這裡沒着落，終久算什麼，說那些無情無義的生分話唬我。從今以後，我可看誰來敢叫你去。」襲人聽了，便冷笑道：「你倒別這麼說。

寶玉何得意忘形之有？

＊寶玉批判正統觀念的最高標準。大膽而又巧妙。他是以更加忠君愛國的面貌來批評為君為國而死的英雄的。

寶玉這一段「死」論很有名，也很重要。尤其是「從此不再託生為人」云云，徹底否定生命的意義，這在中國是非常罕見，非常異端的。蓋探討生命的終極意義不是我們的傳統，立德立功立言，起碼要傳宗接代，延續香火，這在國人中從來是毋庸討論的。

從此以後我是太太的人了，我要走連你也不必告訴，只回了太太便走。」寶玉笑道：「便就算我不好，你回了太太竟去了，教別人聽見說我不好，你去了你也沒意思。」襲人笑道：「有什麼沒意思，難道強盜賊我也跟着罷。再不然，還有一個死呢。人活一百歲，橫豎要死，這一口氣不在，聽不見看不見就罷了。」寶玉聽見這話，便忙握他的嘴，說道：「罷，罷，罷，不用你說這些話了。」襲人深知寶玉性情古怪，聽見奉承吉利話又厭虛而不實，聽了這些盡情實話又生悲感，便悔自己冒撞了，連忙笑着用話截開，只揀那寶玉素日喜歡的春風秋月，再談及粉淡脂紅，然後談到女兒如何好，不覺又談到女兒死，襲人忙掩住口。寶玉聽至濃快處，見他不說了，便笑道：「人誰不死，只要死的好。那些個鬚眉濁物，只知道文死諫，武死戰，這二死是大丈夫死名死節。究竟何如不死的好！必定有昏君，他方諫。他只顧他邀名，猛拚一死，將來置君於何地！必定有刀兵，他方戰。猛拚一死，他只顧圖汗馬之名，將來棄國於何地！所以這皆非正死。」襲人道：「忠臣良將，皆出於不得已他才死。」寶玉道：「那武將不過仗血氣之勇，疏謀少略，他自己無能，送了性命，這難道也是不得已！那文官更不比武官了，他唸兩句書記在心裡，若朝廷少有瑕疵，他就胡彈亂諫，只顧他邀忠烈之名，濁氣一湧，即時拚死，這難道也是不得已！還要知道，那朝廷是受命於天，他非聖人，那天地斷斷不把這萬幾重任與他了。可知他那些死的都是沽名，並不知大義。

這話厲害。

堂堂襲人，怎會言重至此？不是出格了嗎？是她得了特補以後壯了膽氣，開始收拾寶玉了嗎？

寶玉講得確有一個方面的道理。這道理相當老道，不像寶玉自己想出來的，倒像曹公的思忖，「請」寶二爺代他說出來的。

比如我此時若果有造化，該死於此時的，如今趁你們在，我就死了，再能夠你哭我的眼淚流成大河，把我的屍首漂起來，送到那鴉雀不到的幽僻之處，隨風化了，自此再不要託生為人，就是我死的得時了。」襲人忽見說出這些瘋話來，忙說睏了，不理他。那寶玉方合眼睡，次日也就丟開了。

一日，寶玉因各處遊的煩膩，便想起牡丹亭曲子來，自己看了兩遍，猶不愜懷，因聞得梨香院的十二個女孩兒中有小旦齡官最是唱的好，因着意出角門來找時，只見寶官、玉官都在院內，見寶玉來了，都笑讓坐。寶玉因問：「齡官在那裡？」都告訴他說：「在他房裡呢。」寶玉忙至他房內，只見齡官獨自倒在枕上，見他進來，文風不動。寶玉身旁坐下，又素昔與別的女孩子頑慣了的，只當齡官也同別人一樣，因近前來陪笑，央他起來唱「裊晴絲」[6]一套。不想齡官見他坐下，忙抬身起來躲避，正色說道：「嗓子啞了。前兒娘娘傳進我們去，我還沒有唱呢。」寶玉見他坐正了，再一細看，原來就是那日薔薇花下畫「薔」字的那一個。又見如此景況，從未經過這番被人厭棄，自己便訕訕的紅了臉，只得出來了。寶官等不解何故，因問其所以。寶玉便說了出來。寶官便說道：「只略等一等，薔二爺來了，他叫他唱是必唱的。」寶玉聽了，心下納悶，因問：「薔哥兒那裡去了？」寶官道：「才出去了。一定就是齡官要什麼，他去變弄去了。」

寶玉聽了，以為奇特，少站片時，果見賈薔從外頭來了，手裡提着個雀兒籠子，上面紮着小戲台，並一個雀兒，興興頭頭往裡來找齡官。見了寶玉只得站住。寶玉問他：「是個什麼雀兒，會銜旗串戲？」賈薔笑道：「是個玉頂金頭。」寶玉道：「多少錢買的？」賈薔道：「一兩八錢銀子。」一面說，一面讓寶玉坐，自己往齡官房裡來。寶玉此刻把聽曲子的心都沒了，且要看他和齡官是怎麼樣。只見賈薔進去笑道：「你來瞧這個頑意兒。」齡官起身問：「是什麼？」賈薔道：「買了雀兒你頑，省得天天悶的無個開心的。我先頑個你看。」說着，便拿些穀子哄的那個雀兒果然在那戲台上亂串，銜鬼臉旗幟。眾女孩子道「有趣」，獨齡官冷笑了兩聲，賭氣仍睡着去了。賈薔還只管陪笑，問他好不好。齡官道：「你們家把好好的人弄了來，關在這牢坑裡學這個勞什子還不算，你這會子又弄個雀兒來，也偏生幹這個。你分明弄了他來打趣形容我們，還問我好不好。」賈薔聽了，不覺忙起來，連忙賭神發誓，又道：「今兒我那裡的脂油蒙了心，費一二兩銀子買他來，原說解悶，就沒有想到這上頭。罷，罷，放了生，免你的災病。」說着，果然將那雀兒放了，一頓把將籠子拆了。齡官還說：「那雀兒雖不如人，也有個老雀兒在窩裡，你拿了他來弄這個勞什子也忍得！今兒我咳嗽出兩口血來，太太打發人來找你，叫你請大夫來細問問，你且弄這個來取笑兒，偏是我這沒人管的沒人理的，又偏病。」賈薔聽說，連忙說道：「昨兒晚上我問了大夫，他說不相干，吃兩劑藥，後兒再瞧瞧，誰知今兒又吐了。這會子就請他去。」說着，便要請去。齡官又叫：「站住，這會子大毒日頭地下，你賭氣子去請了來我

齡官是個人物！「覺悟」比晴雯還高，何況襲人！是個有人格自覺的女孩子！

也不瞧。」賈薔聽如此說，只得又站住。寶玉見了這般景況，不覺癡了。這才領會過畫「薔」深意。自己站不住，便抽身走了。賈薔一心都在齡官身上，也不顧送人，倒是別的女孩子送了出來。

那寶玉一心裁奪盤算，癡癡的回至怡紅院中，正值林黛玉和襲人坐着說話兒呢。寶玉一進來，就和襲人長嘆，說道：「我昨兒晚上的話竟說錯了，怪道老爺說我是『管窺蠡測』。昨夜說你們的眼淚單葬我，這就錯了。我竟不能全得了。從此後只是各人得各人的眼淚罷了。」襲人只道昨夜不過是些頑話，已經忘了，不想寶玉又提起來，便笑道：「你可真真有些瘋了。」寶玉默默不對，自此深悟人生情緣，各有分定，只是每每暗傷：「不知將來葬我灑淚者為誰？」

且說林黛玉當下見了寶玉如此形象，便知是又從那裡着了魔來，也不便多問，因說道：「我才在舅母跟前聽見說明兒是薛姨媽的生日，叫我順便來問你出去不出去。你打發人前頭說一聲去。」寶玉道：「上回連大老爺的生日我也沒去，這會子我又去，倘或碰見了人呢？我一概都不去。這麼怪熱的，又穿衣裳，我不去，姨媽也未必惱。」襲人忙道：「這是什麼話？他比不得大老爺，這裡又住得近，又是親戚，你不去豈不叫他思量。你怕熱，只清早起來到那裡磕個頭，吃鍾茶再來，豈不好看。」寶玉尚未說話，黛玉便先笑道：「你看着人家趕蚊子的分上，也該去走走。」寶玉不解，忙問：「怎麼

*世上並非只有寶玉一個男子，寶玉無法壟斷所有女子之愛，這道理並不複雜，為何如今才「識分定」？寶玉生活在一個多麼特殊的環境中，他的自我感覺混亂了，他自以為是全體少女的愛慕中心呢。齡官不參加這個爭寶玉寵的行列，已是與眾不同。對買鳥的反應，更是高出一格。可敬！

不是已經與黛玉說明了嗎，為何不知為誰呢？

不再像以前那樣疑忌，而是取笑輕鬆。想是黛

趕蚊子？」襲人便將昨日睡覺無人作伴，寶姑娘坐了一坐的話說了出來。寶玉聽了，忙說：「不該。我怎麼睡着了，就褻瀆了他。」一面又說：「明日必去。」

正說着，忽見史湘雲穿得齊齊整整走來辭說家裡打發人來接他。寶玉、黛玉聽說，忙站起來讓坐。史湘雲也不坐。寶黛兩個只得送他至前面。那史湘雲只得眼淚汪汪的，見有他家人在跟前，又不敢十分委曲。少時，寶釵趕來，愈覺纏綣難捨，還是寶釵心內明白，他家人若回去告訴了他嬸娘，待他家去又恐怕受氣，因此倒催他走了。眾人送至二門前，寶玉還要往外送他，倒是史湘雲攔住了。一時回身又叫寶玉到跟前，悄悄的囑咐道：「便是老太太想不起我來，你時常提着，好等老太太打發人接我去。」寶玉連連答應了，眼看他上車去了，大家方才進來。要知端的，下回分解。

玉對寶玉多了幾分把握了。

湘雲處境、離去以及到來，都是粗粗一表，便知端倪。

輕重疏密，必有區別，運筆自然用心，用心又不必太過，不避粗疏，不憚細密，是大家也。

這句話透露了點令人難過的消息。這麼多女孩子願意到賈府來？依賴賈母的蔭庇？這裡又有作者的傾向了。「紅」畢竟不無一定程度的自傳性，說來歸其，作者的屁股還是坐在賈家呀。

1 **星宿不利**：舊時占星術士認為星象的位置、運行與人的氣運有關，星宿不利會產生不吉利的事，須祭星君才可消解。

2 **晨昏定省**：是舊時子女侍奉父母早晚問安的禮節。

3 **倒了核桃車子**：比喻說話速度快，沒有間歇，一口氣說完。

4 **跟前人**：這裡指收房作妾的丫頭。

5 **白犀麈**：用犀牛角做柄的拂塵。麈是鹿的一種，古時拂塵多以麈尾製成。

6 **裊晴絲**：《牡丹亭．驚夢》中的一套唱詞。「裊晴絲」為第一支曲子〔步步嬌〕的首三字。

第三十七回 秋爽齋偶結海棠社　蘅蕪院夜擬菊花題

話說史湘雲回家後，寶玉等仍不過在園中嬉遊吟詠不提。

且說賈政自元妃歸省之後，居官更加勤慎，以期仰答皇恩。皇上見他人品端方，風聲清肅，雖非科第出身，卻是書香世代，因特將他點了學差，[1] 也無非是選拔真才之意。這賈政只得奉了旨，擇於八月二十日起身。是日拜別過宗祠及賈母，起身而去。寶玉等如何送行，以及賈政出差外面諸事不及細述。

單表寶玉自賈政起身之後，每日在園中任意縱性遊蕩，真把光陰虛度，歲月空添。這日甚覺無聊，便往賈母王夫人處來混了一混，仍舊進園來了。剛換了衣服，只見翠墨進來，手裡拿着一副花箋送與他。寶玉因道：「可是我忘了，要瞧瞧三妹妹去的，可好些了？你偏走來。」翠墨道：「姑娘好了，今兒也不吃藥了，不過是涼着一點兒。」寶玉聽說，便展開花箋看時，上面寫道：

妹探謹啟

*在寶玉捱打及前前後後的種種人際矛盾描寫之後，寫一寫大觀園的詩歌娛樂活動，既展示了生活的另一個側面，也變化了節奏，由疾而舒。寫出生活的多方面的特性，多方面的色彩，這是長篇小說的一大優勢。如是短篇結構，這些枝枝叉叉就都成了贅疣了。

會了字兒就要用字兒。有些用文字表達的東

二兄文几：前夕新霽，月色如洗，因惜清景難逢，未忍就臥，漏已三轉，猶徘徊桐檻之下，竟為風露所欺，致獲採薪之患。[2]昨親勞撫囑，已復遣侍兒問切，兼以鮮荔並真卿墨跡見賜，抑何惠愛之深耶！今因伏几處默，忽思歷來古人處名攻利敵之場，猶置些山滴水[3]之區，遠招近揖，投轄攀轅，[4]務結二三同志盤桓其中，或豎詞壇，或開吟社，雖因一時之偶興，每成千古之佳談。妹雖不才，幸叨陪泉石之間，兼慕薛林雅調。風庭月榭，惜未宴及詩人；帘杏溪桃，或可醉飛吟盞。孰謂雄才蓮社，[5]獨許鬚眉；不教雅會東山，[6]讓餘脂粉。若蒙造雪而來，[7]敢請掃花以俟。[8]謹啟。

西，反是口語表達不好的了。文字本是表達口頭語言的，但成為文字後，更凝固也更精練，更鄭重也更雅致，故近在咫尺，也有通信的需要。

同志！

寶玉看了，不覺喜的拍手笑道：「倒是三妹妹高雅，我如今就去商議。」一面說，一面就走，翠墨跟在後面。剛到了沁芳亭，只見園中後門上值日的婆子手裡拿着一個字帖兒走來，見了寶玉，便迎上去，口內說道：「芸哥兒請安，在後門等着呢。這是叫我送來的。」寶玉打開看時，寫道：

不肖男芸恭請

父親大人萬福金安。男思自蒙天恩，認於膝下，日夜思一孝順，竟無可孝順之處。前因買辦花草，上託大人洪福，竟認得許多花兒匠，並認得許多名園。前因忽見有白海棠一種，不可多得，故變盡方法，只弄得兩盆。大人若視男是親男一般，便留下賞頑。因天氣暑熱，恐園中姑娘們不便，故不敢面見。奉書恭啟，並叩　台安　男芸跪書。一笑。

此信讀來噁心，但這一類無恥巴結做法仍未見絕跡。攀高枝，捧臭腳，雖然不堪，仍然有效。

寶玉看了，笑問道：「獨他來了，還有什麼人？」婆子道：「還有兩盆花兒。」寶玉道：「你出去說，我知道了，難為他想着。你便把花兒送到我屋裡去就是了。」一面說，一面同翠墨往秋爽齋來，只見寶釵、黛玉、迎春、惜春已都在那裡了。

寶玉看了也笑，所謂官不打送禮的也。

寶玉並非利慾熏心之人，仍不能免俗，仍是聞（睹）阿諛而笑。

眾人見他進來，都大笑說：「又來了一個。」探春笑道：「我不算俗，偶然起了個念頭，寫了幾個帖兒試一試，誰知一招皆到。」寶玉笑道：「可惜遲了，早該起個社的。」黛玉說道：「此時還不算遲，也沒什麼可惜。但是你們只管起社，可別算我，我是不敢的。」迎春笑道：「你不敢，誰還敢呢。」寶玉道：「這是一件正經大事，大家鼓舞起來，不要你謙我讓的。各有主意只管說出來，大家評論。寶姐姐也出個主意，林妹妹也說句話兒。」寶釵道：「你忙什麼，人還不全呢。」一語未了，李紈也來了，進門笑道：「雅的很呀！要起詩社，我自舉我掌壇。前兒春天我原有這個意思的。我想了一想，我又不會做詩，瞎鬧些什麼，因而也忘了，就沒有說。既是三妹妹高興，我就幫你作興起來。」

組織文學社團。

要鼓舞。氣可鼓，不可泄。

黛玉道：「既然定要起詩社，咱們就是詩翁了，先把這些姐妹叔嫂的字樣改了，才不俗。」李紈道：「極是，何不起個別名，彼此稱呼倒雅。我是定了『稻香老農』，再無人佔的。」探春笑道：「我就是『秋爽居士』罷。」寶玉道：「居士、主人到底不雅，又累贅。這裡梧桐芭蕉盡有，或指桐蕉起個倒好。」探春笑道：「有了，我是喜芭蕉的，就稱『蕉下客』罷。」眾人都道別致有趣。黛玉笑道：

中國式的筆名之濫觴。「農」貼近自然，稱老農有雅氣。

「你們快牽了他去，炖了肉脯子來吃酒。」眾人不解。黛玉笑道：「莊子云『蕉葉覆鹿』。他自稱『蕉下客』，可不是一隻鹿麼？快做了鹿脯來。」眾人聽了都笑起來。探春因笑道：「你別忙使巧話來罵人，我已替你想了個極當的美號了。」又向眾人道：「當日娥皇女英灑淚在竹上成斑，故今斑竹又名湘妃竹。如今他住的是瀟湘館，他又愛哭，將來他那竹子想來也是要變成斑竹的，以後都叫他做『瀟湘妃子』就完了。」大家聽說，都拍手叫妙。林黛玉低了頭也不言語。李紈笑道：「我替薛大妹妹也早已想了個好的，也只三個字。」眾人忙問是什麼。李紈道：「我是封他為『蘅蕪君』，不知你們以為如何。」探春道：「這個封號極好。」寶玉道：「我呢？你們也替我想一個。」寶釵笑道：「你的號早有了，『無事忙』三字恰當得很。」李紈道：「你還是你的舊號『絳洞花主』就是了。」寶玉笑道：「小時候幹的營生，還提他做什麼。」探春道：「你的號多得很，又起什麼。我們愛叫你什麼，你就答應着就是了。」寶釵道：「還得我送你個號罷。有最俗的一個號，卻於你最當。天下難得的是富貴，又難得的是閒散，這兩樣再不能兼有，不想你兼有了，就叫你『富貴閒人』也罷了。」寶玉笑道：「當不起，當不起，倒是隨你們混叫去罷。」李紈道：「二姑娘、四姑娘起個什麼？」迎春道：「我們又不大會詩，白起個號做什麼？」探春道：「雖如此，也起個才是。」寶釵道：「他住的是紫菱洲，就叫他『菱洲』；四丫頭在藕香榭，就叫他藕榭就完了。」

李紈道：「就是這樣好，但序齒我大，你們都要依我的主意，管教說了大家

讀書強記，又善於聯想。

寶釵的調侃甚好。寶玉確是無事忙。寶釵調侃中有規勸寶玉找點正經事做之意。

先說無事忙，又恐寶玉不樂意，再說富貴閒人，恭維兩句，往回拉一拉。

寶釵何包辦了命名？而黛玉話不多，她不喜歡瀟湘妃子的不祥意味嗎？

合意。我們七個人起社，我和二姑娘四姑娘都不會做詩，須得讓出我們三個人去。我們三個人各分一件事。」探春笑道：「已有了號，還只管這樣稱呼，不如不有了。以後錯了，也要立個罰約才好。」李紈道：「立定了社，再定罰約。我那個地方大，竟在我那裡作社。我雖不能做詩，這些詩人竟不厭俗，容我做個東道主人，我自然也清雅起來了。若是要推我作社長，我一個社長自然不夠，必要再請兩位副社長，就請菱洲藕榭二位學究來，一個出題限韻，一位謄錄監場，亦不可拘定了我們三個不做，若遇見容易些的題目韻腳，我們也隨便做一首。你們四個卻是要限定的。若如此便起；若不依我，我也不敢附驥了。」迎春惜春本性懶於詩詞，又有薛林在前，聽了這話便深合己意，二人皆說「是極」。探春等也知此意，見他二人悅服，也不好強，只得依了。因笑道：「這話罷了，只是自想好笑，好好的我起了個主意，反叫你們三個來管起我來了。」寶玉道：「既這樣，咱們就往稻香村去。」李紈道：「都是你忙，今日不過商議了，等我再請。」寶釵道：「也要議定幾日一會才好。」探春道：「若只管會的多，又沒趣了。一月之中只可兩三次。」寶釵說道：「一月只要兩次就夠了。擬定日期，風雨無阻。除這兩日外，倘有高興的，他情願加一社的，或請到他那裡去，或附就了來亦可使得，豈不活潑有趣。」眾人都道：「這個主意最好。」

探春道：「這原係我起的意，我須得先做個東道主人，方不負我這興。」李紈道：「既這樣說，明日你就先開一社如何？」探春道：「明日不如今日，就是

一正二副好。由不會做詩的人擔任詩社「領導」也好，可見領導就是服務。

四個專業，三個行政，比例如何？

除了定期活動，還有特殊增添的安排。果然，寶釵、李紈、探春的組織能力都不低。這裡，已埋伏下了以後此三人「三套馬車」執政的種子。

此刻好。你就出題，菱洲限韻，藕榭監場。」迎春道：「依我說，也不必隨一人出題限韻，竟是拈鬮公道。」李紈道：「方才我來時，看見他們抬進兩盆白海棠花來，倒是好花。你們何不就詠起他來？」迎春道：「都還未賞，先倒做詩。」寶釵道：「不過是白海棠，又何必定要見了才做。古人的詩賦，也不過都是寄興寓情耳。若等見了做，如今也沒這些詩了。」迎春道：「既如此，待我限韻。」說着，走到書架前，抽出一本書來，隨手一揭，這首詩竟是一首七言律，遞與眾人看了，都該做七言律。迎春掩了詩，又向一個小丫頭道：「你隨口說一個字來。」那丫頭正倚門而立，便說了個「門」字。迎春笑道：「就是門字韻，『十三元』了。這頭一個韻定要『門』字。」說着，又要了韻牌匣子過來，抽出「十三元」一屜，又命那小丫頭隨手拿四塊。那丫頭便拿了「盆」「魂」「痕」「昏」四塊來。寶玉道：「這『盆』『門』兩個字不大好做呢。」

侍書一樣預備下四份紙筆，便都悄然各自思索起來。獨黛玉或撫弄梧桐，或看秋色，或又和丫鬟們嘲笑。迎春又命丫鬟點了一支「夢甜香」。原來這「夢甜香」只有三寸來長，有燈草粗細，以其易燼，故以此為限，如香燼未成便要受罰。一時探春便先有了，自己提筆寫出，又改抹了一回，遞與迎春。因問寶釵：「蘅蕪君，你可有了？」寶釵道：「有卻有了，只是不好。」寶玉背着手，在迴廊上踱來踱去，因向黛玉說道：「你聽，他們都有了。」黛玉道：「你別管我。」寶玉又見寶釵已謄寫出來，因說道：「了不得，香只剩了一寸了，我才有了四句。」

強調「言志」，並不強調紀實；強調寄託，並不強調狀物。總之，更強調詩人的主體性。

命題做詩，限律限韻，對於真正創作，並不可取，但對於以詩會友的聯歡活動，卻有助於整合、比類與保存。形式上的統一確也是一種統一，搞好了，照樣出好詩，成為詩壇佳話。計時方法也是越原始越有趣。比石英電子鐘強多了。

又向黛玉道：「香要完了，只管蹲在那潮地下做什麼？」黛玉也不理。寶玉道：「我可顧不得你了，好歹也寫出來罷。」說着，也走在案前寫了。李紈道：「我們要看詩了。若看完了還不交卷，是必罰的。」寶玉道：「稻香老農雖不善作，卻善看，又最公道，你就評閱優劣，我們都服的。」眾人都道：「自然。」於是先看探春的稿上寫道：

大體屬評論工作者。

詠白海棠

斜陽寒草帶重門，苔翠盈鋪雨後盆。
玉是精神難比潔，雪為肌骨易銷魂。
芳心一點嬌無力，倩影三更月有痕。
莫謂縞仙[9]能羽化，多情伴我詠黃昏。

缺少更深的意蘊與詩人的個性。

大家看了，稱賞一回，又看寶釵的道：

珍重芳姿晝掩門，自攜手甕灌苔盆。
胭脂洗出秋階影，冰雪招來露砌魂。
淡極始知花更艷，愁多焉得玉無痕。
欲償白帝[10]宜清潔，不語婷婷日又昏。

「淡極」句好。有境界也有自況。

李紈笑道：「到底是蘅蕪君。」說着，又看寶玉的道：

秋容淺淡映重門，七節[11]攢成雪滿盆。
出浴太真冰作影，捧心西子玉為魂。

「太真西子」云云，東拉西扯。

曉風不散愁千點，宿雨還添淚一痕。
獨倚畫欄如有意，清砧[12]怨笛送黃昏。

大家看了。寶玉說：「探春的好。」李紈終要推寶釵這詩有身份。因又催黛玉。黛玉道：「你們都有了？」說着，提筆一揮而就，擲與眾人。李紈等看他寫道：

半捲湘簾半掩門，碾冰為土玉為盆。

看了這句，寶玉先喝起彩來，只說：「從何處想來！」又看下面道：

偷來梨蕊三分白，借得梅花一縷魂。

眾人看了也都不禁叫好，說：「果然比別人又是一樣心腸。」又看下面道：

月窟仙人縫縞袂，秋閨怨女拭涕痕。
嬌羞默默同誰訴，倦倚西風夜已昏。

眾人看了，都道是這首為上。李紈道：「若論風流別致，自是這首；若論含蓄渾厚，終讓蘅蕪稿。」探春道：「這評的有理。瀟湘妃子當居第二。」李紈道：「怡紅公子是壓尾，你服不服？」寶玉道：「我的那首原不好，這評的最公。」又笑道：「只是蘅瀟二首還要斟酌。」李紈道：「原是依我評論，不與你們相干，再有多說者必罰。」寶玉聽說，只得罷了。李紈道：「從此後我定於每月初二、十六這兩日開社，出題限韻都要依我。這其間有高興的，只管另擇日子補開，那怕一個月每天都開社，我也不管。只是到了初二、十六這兩日是必往我那裡去。」寶玉道：「到底要起個社名才是。」探春道：「俗了又不好，忒新了，

嫌雕琢。

詠海棠而藉助梨花梅花，實非上策。

此詩有技巧而無內蘊。當然，不是黛玉的毛病。

寶玉原說探春的好，又說黛玉的好。不知是否有意壓低寶釵。

行使裁判權。

大約也是喜歡偶數。

刁鑽古怪也不好，可巧才是海棠詩開端的，就叫個海棠詩社罷。雖然俗些，因真有此事，也就不礙了。」說畢，大家又商議了一回，略用些酒果，方各自散去。也有回家的，也有往賈母王夫人處去的。當下無話。

且說襲人因見寶玉看了字帖兒便慌慌張張同翠墨去了，也不知何事。後來又見後門上婆子送了兩盆海棠花來。襲人問那裡來的，婆子們便將前番原故說了。襲人聽說，便命他們擺好，讓他們在下房裡坐了，自己走到房內稱了六錢銀子封好，又拿了三百錢走來，都遞與那兩個婆子道：「這銀子賞與那抬花兒的小子們，這錢你們打酒喝罷。」那婆子們站起來，眉開眼笑，千恩萬謝的不肯受，見襲人執意不收，方領了。襲人又道：「後門上可有該班的小子們？」婆子忙應道：「天天有四個，原預備裡面差使的。姑娘有什麼差使，我們吩咐去。」襲人笑道：「我有什麼差使？今兒寶二爺要打發人到小侯爺家與史大姑娘送東西去，可巧你們來了，順便叫後門上小子們僱輛車來，回來你們就往這裡拿錢，不用叫他們往前頭混碰去。」婆子答應着去了。

襲人回至房中，拿碟子盛東西與史湘雲送去，卻見槅子上碟槽空着。因回頭見晴雯、秋紋、麝月都在一處做針黹，襲人問道：「這一個纏絲白瑪瑙[13]碟子那裡去了？」眾人見問，你看我，我看你，都想不起來。半日，晴雯笑道：「給三姑娘送荔枝去的，還沒送來呢。」襲人道：「家常送東西的傢伙多，巴巴的拿

刁鑽古怪也是一種俗。

襲人有職有權，有度有例而又廣結善緣。

既是統一的家庭，又有各房的設備財產，也算分、統結合。

這個去。」晴雯道：「我何嘗不是這樣說。他說這個碟子配上鮮荔枝才好看。我送去，三姑娘也見了，說好看，連碟子放着，就沒帶來。你再瞧，那槅子儘上頭的一對聯珠瓶[14]還沒有收來呢。」秋紋笑道：「提起這瓶來，我又想起笑話來了。我們寶二爺說聲孝心一動，也孝敬到二十分。那日見園裡桂花，折了兩枝，原是自己要插瓶的，忽然想起來說，這是自己園裡才開新的鮮花兒，不敢自己先頑，巴巴的把那一對瓶拿下來，親自灌水插好了，叫個人拿着，親自送一瓶進老太太，又進一瓶與太太。誰知他孝心一動，連跟的人都得了福了。可巧那日是我拿去的。老太太見了這樣，喜的無可不可，見人就說：『到底是寶玉孝順我，連一枝花兒也想的到。別人還只抱怨我疼他。』你們知道，老太太素日不大同我說話，有些不入他老人家的眼。那日竟叫人拿幾百錢給我，說我可憐見的，生的單弱。這可是再想不到的福氣。幾百錢是小事，難得這個臉面。及至到了太太那裡，太太正和二奶奶、趙姨奶奶好些人翻箱子，找太太當日年輕的顏色衣裳，不知要給那一個。一見了，連衣裳也不找了，且看花兒，又有二奶奶在旁邊湊趣兒，誇寶二爺又是怎樣孝敬，又是怎樣知好歹，有的沒的說了兩車話。當着眾人，太太臉上又增了光，堵了眾人的嘴，太太越發喜歡了，現成的衣裳就賞了我兩件。衣裳也是小事，年年橫豎也得，卻不像這個彩頭。」晴雯笑道：「呸！好沒見世面的小蹄子！那是把好的給了人，挑剩下的才給你，你還充有臉呢。」秋紋道：「憑他給誰剩的，到底是太太的恩典。」晴雯道：「要是我，我就不要。若是給別人

奴才常被遷怒，也有被「遷喜」、「遷愛」的時候。

剩下的給我，也罷了。一樣這屋裡的人，難道誰又比誰高貴些？把好的給他，剩下的才給我，我寧可不要，衝撞了太太，我也不受這口軟氣。」秋紋忙問道：「給這屋裡誰的？我因為前日病了幾天，家去了，不知是給誰的。好姐姐，你告訴我知道。」晴雯道：「我告訴了你，難道你這會子退還太太去不成？」秋紋笑道：「胡說。我自聽了喜歡喜歡，那怕給這屋裡的狗剩下的，我只領太太的恩典，也不去管別的事。」眾人聽了，都笑道：「罵的巧，可不是給了那西洋花點子哈巴兒了。」襲人笑道：「你們這起爛了嘴的，得了空就拿我取笑打牙兒。一個個不知怎麼死呢。」秋紋笑道：「原來姐姐得了，我實在不知道，我陪個不是罷。」襲人笑道：「少輕狂罷。你們誰取了碟子來是正經。」麝月道：「那瓶也該得空收來了。老太太屋裡還罷了，太太屋裡人多手雜。別人還可以，趙姨奶奶一夥的人見是這屋裡的東西，又該使黑心弄壞了才罷。太太也不大管這些，不如早些收來正經。」晴雯聽說，便擲下針黹道：「這話倒是，等我取去。」秋紋道：「還是我取去罷，你取你的碟子去。」晴雯道：「我偏取一遭兒去，是巧宗兒你們都得了，難道不許我得一遭兒？」麝月笑道：「統共秋丫頭得了一遭兒衣裳，那裡今兒又巧，你也遇見找衣裳不成。」晴雯冷笑道：「雖然碰不見衣裳，或者太太看見我勤謹，一個月也把太太的公費裡分出二兩銀子來給我，也定不得。」說着又笑道：「你們別和我裝神弄鬼的，什麼事我不知道。」一面說，一面往外跑了。秋紋也同他出來，自去探春那裡取了碟子來。

晴雯語帶機關。

秋紋配合默契。算不算「影射」？通過取笑出出氣，幽默也是安全閥門。襲人懂得，允許人家說話乃至調侃她，才能避免矛盾激化。允許幽默比不允許幽默好。

晴雯這樣眼裡不摻砂子，固有語出傷人的一面，也有一定的震懾作用；她發出一個信號：我不是好惹的。

襲人打點齊備，叫過本處的一個老宋媽媽來，向他説道：「你先好生梳洗了，換了出門的衣裳來，如今打發你與史大姑娘送東西去。」宋嬤嬤道：「姑娘只管交給我，有話説與我，我收拾了就好一順去。」襲人聽説，便端過兩個小攝絲盒子[15]來，先揭開一個，裡面裝的是紅菱、雞頭兩樣鮮果；又揭那一個，是一碟子桂花糖蒸的新栗粉糕。又説道：「這都是今年咱們這裡園裡新結的果子，寶二爺送來與姑娘嚐嚐。再前日姑娘説這瑪瑙碟子好，姑娘就留下頑罷。這絹包兒是姑娘上日叫我做的活計，姑娘別嫌粗糙，將就着用罷。替我們請安，替二爺問好就是了。」宋嬤嬤道：「寶二爺不知還有什麼説的，姑娘再問問去，回來別又説忘了。」襲人因問秋紋：「方才可是在三姑娘那裡麼？」秋紋道：「他們都在那裡商議起什麼詩社呢，又都作詩，想來沒話，你只管去罷。」宋嬤嬤聽了，便拿東西出去穿戴了。襲人又囑咐他：「你從後門出去，有小子和車等着呢。」宋嬤嬤去了，不在話下。

襲人自寶釵處得知了湘雲的處境，便做此雪中送炭的好事。

如果僅僅作為關係學的做偽來看，亦不公正。有真誠的「助人為樂」的一面。既是施恩不望報也是「感情投資」。單純從動機上去區分真偽，確也越區分越混亂。

寶玉回來，先忙着看了一回海棠，至房內告訴襲人起詩社的事。襲人也把打發宋嬤嬤與史湘雲送東西去的話告訴了寶玉。寶玉聽了，拍手道：「偏忘了他。我自覺心裡有件事，只是想不起來，虧你提起來，正要請他去。這詩社裡若少了他，還有個什麼意思。」襲人勸道：「什麼要緊，不過頑意兒。他比不得你們，自在家裡又作不得主兒，告訴他，他要來又由不得他；若不來，他又牽腸掛肚的，

襲人拾遺補闕。

沒的叫他不受用。」寶玉道：「不妨事，我回老太太打發人接他去。」正說着，宋嬤嬤已經回來道生受，與襲人道乏，又說：「問二爺做什麼呢，我說和姑娘們起什麼詩社做詩呢。史姑娘道，他們做詩也不告訴他去，急的了不得。」寶玉聽了，轉身便往賈母處來，立逼着叫人接去。賈母因說：「今兒天晚了，明日一早去。」寶玉只得罷了，回來悶悶的。

次日一早，便又往賈母處來，催逼人接去。直到午後，史湘雲才來了，寶玉方放了心，見面時就把始末原由告訴他，又要與他詩看。李紈等因說道：「且別給他看，先說與他韻腳，他後來的，先罰他和了詩：若好，便請入社；若不好，還要罰他一個東道再說。」湘雲笑道：「你們忘了請我，我還要罰你們呢。就拿韻來，我雖不能，只得勉強出醜。容我入社，掃地焚香我也情願。」眾人見他這般有趣，越發喜歡，都埋怨昨日怎麼忘了他。遂忙告訴他詩韻。史湘雲一心興頭，等不得推敲刪改，一面只管和人說着話，心內早已合成，即用隨便的紙筆錄出，先笑說道：「我卻依韻和了兩首，好歹我都不知，不過應命而已。」說着，遞與眾人。眾人道：「我們四首也算想絕了，再一首也不能了，你倒弄了兩首，那裡有許多話說，必要重了我們的。」一面說，一面看時，只見那兩首詩寫道：

其一

神仙昨日降都門，種得藍田玉一盆。

自是霜娥偏愛冷，非關倩女欲離魂。
秋陰捧出何方雪，雨漬添來隔宿痕。
卻喜詩人吟不倦，豈令寂寞度黃昏。

其二

蘅芷階通蘿薜門，也宜牆角也宜盆。
花因喜潔難尋偶，人為悲秋易斷魂。
玉燭滴乾風裡淚，晶簾隔破月中痕。
幽情欲向嫦娥訴，無奈虛廊夜色昏。

此首略可。

眾人看一句，驚訝一句，看到了，讚到了，都說：「這個不枉做了海棠詩，真該要起海棠社了。」史湘雲道：「明日先罰我的東道，就讓我先邀一社可使得？」眾人道：「這更妙了。」因又將昨日的詩與他評論了一回。

至晚，寶釵將湘雲邀往蘅蕪苑去安歇。湘雲燈下計議如何設東擬題。寶釵聽他說了半日，皆不妥當，因向他說道：「既開社，便要作東，雖然是個頑意兒，也要瞻前顧後，又要自己便宜，又要不得罪了人，然後方大家有趣。你家裡你又做不得主，一個月統共那幾吊錢，你還不夠使，這會子又幹這沒要緊的事，你嬸娘聽見了，越發抱怨你了。況且你就都拿出來，做這個東也不夠。難道為這個家去要不成？還是和這裡要呢？」一席話提醒了湘雲，倒躊躇起來。寶釵道：「這個我已經有個主意。我們當鋪裡有一個夥計，他家田裡出的好螃蟹，前兒送了幾

周到，務實，建設性與可操作性。

個來。現在這裡的人，從老太太起，連上屋裡的人，有多一半都是愛吃螃蟹的。前日姨娘還說，要請老太太在園裡賞桂花吃螃蟹，因為有事，還沒有請。你如今且把詩社別提起，只普通一請。等他們散了，咱們有多少詩做不得的。我和我哥哥說，要他幾簍極肥極大的螃蟹來，再往鋪子裡取上幾罈好酒菜，再備四五桌果碟，豈不又省事，又大家熱鬧了。」湘雲聽了，心中自是感服，極讚想的周道。寶釵又笑道：「我是一片真心為你的話。你千萬別多心，想着我小看了你，咱們兩個就白好了。你若不多心，我就好叫他們辦去。」湘雲忙笑道：「好姐姐，你這樣說倒多心待我了。我憑他怎麼糊塗，連個好歹也不知，還成個人哩？我若不把姐姐當親姐姐一樣看待，上回那些家常煩難事也不肯盡情告訴你了。」寶釵聽說，便喚一個婆子來：「出去和大爺說，照前日的大螃蟹要幾簍來，明日飯後請老太太姨娘賞桂花。你說大爺好歹別忘了，我今兒已請下了人了。」那婆子出去說明，回來無話。

為之折服。

善能服人。服人又似計謀，計謀則無善，只似偽，似不善。這是為善的尷尬之處。

人類的悲哀之一，常常相信惡之真，懷疑善之偽。

這裡寶釵又向湘雲道：「詩題也不要過於新巧了，你看古人詩中那裡有那些刁鑽古怪的題目和那極險的韻，若題過於新巧，韻過於險，再不得好詩，終是小家子氣。詩固然怕說熟話，然亦不可過於求生，只要頭一件立意清新，措詞就不俗了。究竟這也算不得什麼，還是紡績針黹是你我的本等。一時閒了，倒是於身心有益的書看幾章是正經。」湘雲只答應着，因笑道：「我如今心裡想着，昨日做了海棠詩，我如今要做個菊花詩如何？」寶釵道：「菊花倒也合景，只是前人

寶釵的詩論有理。

這話既有輕視婦女輕視「文藝」認同三從四德的腐朽一面，也有戒驕戒躁的健康態度一面。免得做詩做成了瘋魔。

太多了。」湘雲道：「我也是如此想着，恐怕落套。」寶釵想了一想，説道：「有了，如今以菊花為賓，以人為主，竟擬出幾個題目來，都要兩個字：一個虛字，一個實字，實字就用『菊』字，虛字便用通用門的。如此又是詠菊，又是賦事，前人也沒狠做，也不能落套。賦景詠物兩關着，又新鮮，又大方。」湘雲笑道：「這卻狠好，只是不知用何等虛字才好。你先想一個我聽聽。」寶釵想了想，笑道：「『菊夢』就好。」湘雲笑道：「果然好，我也有一個，『菊影』可使得？」寶釵道：「也罷了，只是也有人做過，若題目多，這個也搭的上。我又有了一個。」湘雲道：「快説出來。」寶釵道：「『問菊』如何？」湘雲拍案叫妙，因接説道：「我也有了，『訪菊』如何？」寶釵也讚有趣，因説道：「索性擬出十個來，寫上再來。」説着，二人研墨蘸筆，湘雲便寫，寶釵便唸，一時湊了十個。湘雲看了一遍，又笑道：「十個還不成幅，爽性湊成十二個便全了，也如人家的字畫冊頁一樣。」寶釵聽説，又想了兩個，一共湊成十二個。説道：「既這樣，越發編出他個次序先後來。」湘雲道：「如此更妙，竟弄成個菊譜了。」寶釵道：「起首是憶菊，憶之不得，故訪，第二是訪菊；訪之既得便種，第三是種菊；種既盛開，故相對而賞，第四是對菊；相對而興有餘，折來供瓶為頑，第五是供菊；既供而不吟亦覺菊無彩色，第六便是詠菊；既入詞章，不可以不供筆墨，第七便是畫菊；既為畫菊，如是碌碌，究竟不知菊有何妙處，不禁有所問，第八便是問菊；菊如解語，使人狂喜不禁，第九是簪菊；如此人事雖盡，猶有菊之可詠者，菊影、

人從來都是活得很煩惱很辛苦的。但總有閒情逸致。何況這些公子小姐們？小說之道正如文武之道（大道總是相通的），叫做一張一弛。

菊夢二首續在第十、第十一，末卷便以殘菊總收前題之感。這便是三秋的妙景妙事都有了。」湘雲依言將題錄出，又看了一回，又問「該限何韻？」寶釵道：「我平生最不喜限韻，分明有好詩，何苦為韻所縛。咱們別學那小家派，只出題不拘韻，原為了大家偶得了好句取樂，並不為以此難人。」湘雲道：「這話狠是。這樣大家的詩還進一層，但只咱們五個人，這十二個題目，難道每人作十二首不成？」寶釵道：「那也太難人了。將這題目謄好，都要七言律詩，明日貼在牆上。他們看了，誰能那一個就做那一個。有力量者，十二首都做也可；不能的，作一首也可。高才捷足者為尊。若十二首已全，便不許他趕着又做，罰他便完了。」湘雲道：「這也罷了。」二人商議妥貼，方才息燈安寢。要知端的，且聽下回分解。

寶釵詩論，時有大氣。

*雪芹不厭其煩地通過自己喜愛的人不斷做詩論詩，除人物故事展開的需要、結構上的間離與調劑（如果老是一波未平一波又起，未免太促太火）的需要以外，似還有一個原因。

蓋我國傳統，視詩、文為上品而小說為通俗文學——引車賣漿者的文學。

雪芹必得多少展示自己的詩才才好。

1 學差：即「提督學政」，是朝廷派往各省主持生員考課的學官。

2 採薪之患：自稱患病的婉轉說法。

3 些山滴水：小巧的園林泉石。

4 投轄攀轅：殷勤留客之意。

5 蓮社：東晉名僧慧遠與劉遺民等在廬山東林寺結文社，名「白蓮社」。

6 東山：東晉謝安隱居會稽東山，嘗與文友在東山聚會吟詩作文。

7 造雪而來：踏雪而來之意。

8 掃花以俟：殷勤迎客之意。唐杜甫《客至》詩「花徑不曾緣客掃」。

9 縞仙：白衣仙女。

10 白帝：掌管四方的天帝。代指秋天。

11 七節：形容海棠花枝幹繁密。

12 清砧：指搗衣的聲音。

13 纏絲白瑪瑙：一種有天然絲紋纏繞的白瑪瑙。

14 聯珠瓶：雙瓶連成一體燒製，取珠聯璧合之意。

15 攝絲盒子：細竹絲編成的盒子。

第三十八回 林瀟湘魁奪菊花詩　薛蘅蕪諷和螃蟹詠

話說寶釵湘雲計議已定，一宿無話。湘雲次日便請賈母等賞桂花。賈母等都說道：「倒是他有興頭，須要擾他這雅興。」至午，果然賈母帶了王夫人鳳姐兼請薛姨媽等進園來。賈母因問：「那一處好？」王夫人道：「憑老太太愛在那一處，就在那一處。」鳳姐道：「藕香榭已經擺下了，那山坡下兩棵桂花開的又好，河裡水又碧清，坐在河當中亭子上豈不敞亮，看着水，眼也清亮。」賈母聽了，說：「這話很是。」說着，引了眾人往藕香榭來。原來這藕香榭蓋在池中，四面有窗，左右有迴廊，亦是跨水接峰，後面又有曲折橋。眾人上了竹橋，鳳姐忙上來攙着賈母，口裡說道：「老祖宗只管邁大步走，不相干，這竹子橋規矩是咯吱咯吱的。」

一時進入榭中，只見欄杆外，另放着兩張竹案，一個上面設着杯箸酒具，一個上頭設着茶筅茶具各色盞碟。那邊有兩三個丫頭搧風爐煮茶，這一邊另外幾個丫頭也搧風爐燙酒呢。賈母忙笑問：「這茶想的很好，且是地方、東西都乾淨。」湘雲笑道：「這是寶姐姐幫着我預備的。」賈母道：「我說這

＊也是一個高潮。享受人生（enjoy life）的高潮。矛盾重重乃至大打出手的高潮不易寫，快樂的高潮更不易寫。人生能有幾次快樂？

個孩子細緻，凡事想的妥當。」一面説，一面又看見柱上掛的黑漆嵌蚌的對子，命湘雲唸道：

芙蓉影破歸蘭槳，菱藕香深瀉竹橋。

賈母聽了，又抬頭看匾，因回頭向薛姨媽道：「我先小時，家裡也有這麼一個亭子，叫作什麼『枕霞閣』。我那時也只像他們姊妹們這麼大年紀，同姊妹們天天頑去。那日誰知我失了腳掉下去，幾乎沒淹死，好容易救了上來，到底被那木釘碰破了頭，如今這鬢角上那指頭頂大一塊窩兒就是那碰破的。眾人都怕經了水，又怕冒了風，都説了不得了，誰知竟好了。」鳳姐不等人説，先笑道：「那時要活不得，如今這麼大福可叫誰享呢！可知老祖宗從小兒的福壽就不小，神差鬼使碰出那個窩兒來，好盛福壽的。壽星老兒頭上原是一個窩兒，因為萬福萬壽盛滿了，所以倒凸高出些來了。」未及説完，賈母與眾人都笑軟了。賈母笑道：「這猴兒慣的了不得了，只管拿我取笑兒起來，恨的我撕你那油嘴。」鳳姐道：「回來吃螃蟹恐積了冷在心裡，討老祖宗笑一笑開心，一高興多吃兩個就無妨了。」賈母笑道：「明日叫你日夜跟着我，我倒常笑笑，覺得開開心，不許回家去。」王夫人笑道：「老太太因為喜歡他，才慣得他這樣。還這樣説，他明日越發無禮了。」賈母笑道：「我喜歡他這樣，況且他又真不是那不知高低的孩子。家常沒人，娘兒們原該這樣，橫豎禮體不錯就罷了，沒的倒叫他們神鬼似的做什麼。」

妥當。再次令賈母折服。

老人回憶自己的青年時代，另一方面，卻也使讀者想到這些青年人的老境。他們有賈母的這種福氣嗎？

湊趣逗笑亦是取寵妙法，不可不察。

說着，一齊進入亭子，獻過茶，鳳姐忙着安放杯箸。上面一桌，賈母、薛姨媽、寶釵、黛玉、寶玉；東邊一桌，史湘雲、王夫人、迎春、探春、惜春；西邊靠門一小桌，李紈和鳳姐，虛設坐位，二人皆不敢坐，只在賈母、王夫人兩桌上伺候。鳳姐吩咐：「螃蟹不可多拿來，仍舊放在蒸籠裡，拿十個來，吃了再拿。」一面又要水洗了手，站在賈母跟前剝蟹肉，頭次讓薛姨媽。薛姨媽道：「我自己掰着吃香甜，不用人讓。」鳳姐便奉與賈母。二次的便與寶玉，又說：「把酒燙得滾熱的拿來。」又命小丫頭們去取菊花葉兒桂花蕊熏的綠豆麵子，預備洗手。史湘雲陪着吃了一個，便下坐來，讓人又出至外頭，命人盛兩盤子與趙姨娘送去。又見鳳姐走來道：「你不慣張羅，你吃你的去。我先替你張羅，等散了我再吃。」湘雲不肯，又命人在那邊廊上擺了兩席，讓鴛鴦、琥珀、彩霞、彩雲、平兒去坐。鴛鴦因向鳳姐笑道：「二奶奶在這裡伺候，我可吃去了。」鳳姐兒道：「你們只管去，都交給我就是了。」說着，史湘雲仍入了席，鳳姐和李紈也胡亂應個景兒。鳳姐仍舊下來張羅，一時出至廊上，鴛鴦等正吃得高興，見他來了，鴛鴦等站起來道：「奶奶又出來做什麼？讓我們也受用一會子。」鳳姐笑道：「鴛鴦丫頭越發壞了，我替你當差，倒不領情，還抱怨我。還不快斟一鍾酒來我喝呢。」鴛鴦笑着，忙斟了一杯酒，送至鳳姐唇邊，鳳姐一挺脖子吃了。琥珀彩霞二人也斟上一杯，送至鳳姐唇邊，那鳳姐也吃了。平兒早剔了一殼黃子送來。鳳姐道：「多

宴請設桌，也是有講究的，其例大致可循。

螃蟹宴的設計者是寶釵，「施工」者是鳳姐。寶釵略高一籌。

*吃螃蟹一節，確實可以當作風俗畫來看，作者寫得有鼻子有眼，實實在在，方方面面，嚴絲合縫。這是求實求真的一套筆墨，閱讀效果是感同身受，使你忘了是小說。好小說既是小說，又常常不是小說。是小說，使你驚嘆於小說家的想像力、才華和博大精深，直至匠心獨運。不是小說，使你見到感到了時代、歷史、人生、宇宙，至少是生活的圖畫。

倒些薑醋。」一回也吃了，笑道：「你們坐着吃罷，我可去了。」鴛鴦笑道：「好沒臉，吃我們的東西。」鳳姐兒笑道：「你少和我作怪。你知道你璉二爺愛上了你，要和老太太討了你做小老婆呢。」鴛鴦紅了臉道：「啐，這也是做奶奶的説出來的話！我不拿腥手抹你一臉算不得。」説着，趕來就要抹。鳳姐兒道：「好姐姐，饒我這一遭兒罷。」琥珀笑道：「鴛丫頭要去了，平丫頭還饒他？你們看看他，沒有吃了兩個螃蟹倒喝了一碟子醋呢。」平兒手裡正剝了個滿黃螃蟹，聽如此奚落他，便拿着螃蟹照琥珀臉上來抹，口內笑罵：「我把你這嚼舌根的小蹄子。」琥珀也笑着往旁邊一躲，平兒使空了，往前一撞，正恰恰的抹在鳳姐腮上。鳳姐正和鴛鴦嘲笑，不防唬了一跳，噯喲一聲，眾人撐不住都哈哈的大笑起來。鳳姐也禁不住，笑罵道：「死娼婦！吃離了眼了，混抹你娘的。」平兒忙趕過來替他擦了，親自去端水。鴛鴦道：「阿彌陀佛！這才是現報呢。」賈母那邊聽見，一疊連聲問：「見了什麼了這樣樂？告訴我們也笑笑。」鴛鴦等忙高聲笑回道：「二奶奶來搶螃蟹吃，平兒惱了，抹了他主子一臉螃蟹黃子，主子奴才打架呢。」賈母和王夫人等聽了，也笑起來。賈母笑道：「你們看他可憐見兒的，那小腿子臍子給他點子吃也完了。」鴛鴦等笑着答應了，高聲的説道：「這滿桌子的腿子，二奶奶只管吃就是了。」鳳姐洗了臉走來，又伏侍賈母等吃了一回。黛玉弱不敢多吃，只吃了一點夾子肉就下來了。

賈母一時也不吃了，大家方散，都洗了手，也有看花的，也有弄水看魚的，

這個玩笑對於下面的情節有預示性。預示是長篇小説的一個手段，毫無預示的情節發生，會令讀者感到突然，乃至會影響可信性。

主奴之辨也要靈活掌握。大家高興時，不妨把弦放鬆，自由平等博愛，不分彼此，打成一片。真有了事，那也沒什麼客氣的。

賈母也湊趣。更見鳳姐之得寵。

幽默必須雙向、可逆。弄臣還要培養出「玩主」來。

遊頑了一回。王夫人因問賈母說：「這裡風大，才又吃了螃蟹，老太太還是回房去歇歇罷了。若高興，明日再來逛逛。」賈母聽了，笑道：「正是呢。我怕你們高興，我走了，又掃了你們的興。既這麼說，咱們就都去罷。」回頭囑咐湘雲：「別讓你寶哥哥林姐姐多吃了。」湘雲答應着。又囑咐湘雲寶釵二人說：「兩個也別多吃，那東西雖好吃，不是什麼好的，吃多了肚子疼。」二人忙應着送出園外，仍舊回來，命將殘席收拾了另擺。寶玉道：「也不用擺，咱們且做詩，把那大團圓桌子放在當中，酒菜都放着，也不必拘定坐位，有愛吃的去吃，大家散坐豈不便宜。」寶釵道：「這話極是。」湘雲道：「雖如此說，還有別人。」因又命另擺一桌，揀了熱螃蟹來，請襲人、紫鵑、司棋、侍書、入畫、鶯兒、翠墨等一處共坐。山坡桂樹底下鋪下兩條花毯，命支應的婆子並小丫頭等也都坐了，只管隨意吃喝，等使喚再來。

細細寫來，滴水不漏。

老輩人及時退出，以使青年人得以盡興。

開始進入無差別境界。

湘雲便取了詩題，用針綰在牆上。眾人看了，都說：「新奇，只怕做不出來。」湘雲又把不限韻的原故說了一番。寶玉道：「這才是正理，我也最不喜歡限韻。」林黛玉因不大吃酒，又不吃螃蟹，自命人掇了一個繡墩倚欄坐着，拿着釣竿釣魚。寶釵手裡拿着一枝桂花頑了一回，俯在窗檻上掐了桂蕊擲在水面，引的游魚浮上來唼喋。[1] 湘雲出一回神，又讓一回襲人等，又招呼山坡下的眾人只管放量吃。探春和李紈、惜春正立在垂柳蔭中看鷗鷺。迎春又獨在花蔭下拿着花針兒穿茉莉花。寶玉又看了一回黛玉釣魚，一回又俯在寶釵旁邊說

在和自然（哪怕是人造的自然）相對的時候，人顯得淨化了許多。

笑兩句，一回又看襲人等吃螃蟹，自己也陪他飲兩口酒。襲人又剝一殼肉給他吃。黛玉放下釣竿走至座間，拿起那烏銀梅花自斟壺來，揀了一個小小的海棠凍石蕉葉杯。丫頭看見，知他要飲酒，忙着走上來斟。黛玉道：「你們只管吃去，讓我自己斟才有趣兒。」説着，便斟了半盞，看時卻是黃酒，因説道：「我吃了一點子螃蟹，覺得心口微微的疼，須得熱熱的吃口燒酒。」寶玉忙接道：「有燒酒。」便命將那合歡花浸的酒燙一壺來。黛玉也只吃了一口便放下了。寶釵也走過來，另拿了一隻杯來，也飲了一口放下，便蘸筆把頭一個「憶菊」勾了，底下又贅一個「蘅」字。寶玉忙道：「好姐姐，第二個我已有了四句了，你讓我做罷。」寶釵笑道：「我好容易有了一首，你就忙的這樣。」黛玉也不説話，接過筆來把第八個「問菊」勾了，接着把第十一個「菊夢」也勾了，也贅上了一個「瀟」字。寶玉也拿起筆來，將第二個「訪菊」也勾了，也贅上一個「絳」字。探春起來看着道：「竟沒人作『簪菊』，讓我作。」又指着寶玉笑道：「才宣過總不許帶出閨閣字樣來，你可要留神。」説着，只見湘雲走來，將第四第五「對菊」「供菊」一連兩個都勾了，也贅上一個「湘」字。探春道：「你也該起個號。」湘雲笑道：「我們家裡如今雖有幾處軒館，我又不住着，借了來也沒趣。」寶釵笑道：「方才老太太説你們家裡也有個水亭，叫作『枕霞閣』，難道不是你的？如今雖沒了，你到底是舊主人。」眾人都道有理。寶玉不待湘雲動手，便代將「湘」字抹了，改了一個「霞」字。沒有頓飯工夫，十二題已全，各自謄出來，

帶有遊戲性、競賽性、測驗性和聯歡性。遊戲中亦可見性情，見真知灼見乃至見血淚，也仍然具有遊戲性。固不可一腦門子官司，搞得各個側面勢不兩立——那將是何等殺風景的事。

都交與迎春，另拿了一張雪浪箋過來，一並謄錄出來，某人作的底下贅明某人的號。李紈等從頭看道：

憶菊　　蘅蕪君

悵望西風抱悶思，蓼紅葦白斷腸時。
空籬舊圃秋無迹，冷月清霜夢有知。
念念心隨歸雁遠，寥寥坐聽晚砧遲。
誰憐我為黃花瘦，慰語重陽會有期。

平和安詳如寶釵，詩中亦不免「悶思」「斷腸」，詩詠憂思，蓋難免也。

訪菊　　怡紅公子

閒趁霜晴試一遊，酒杯藥盞莫淹留。
霜前月下誰家種，檻外籬邊何處秋。
蠟屐遠來情得得，[2]冷吟不盡興悠悠。
黃花若解憐詩客，休負今朝掛杖頭。[3]

問不着。

種菊　　怡紅公子

攜鋤秋圃自移來，籬畔庭前處處栽。
昨夜不期經雨活，今朝猶喜帶霜開。

「昨夜」句尚可，有幾分活氣。

冷吟秋色詩千首，醉酹寒香酒一杯。
泉溉泥封勤護惜，好和井徑絕塵埃。

對菊　枕霞舊友

別圃[4]移來貴比金，一叢淺淡一叢深。
蕭疏籬畔科頭[5]坐，清冷香中抱膝吟。
數去更無君傲世，看來惟有我知音。
秋光荏苒休辜負，相對原宜惜寸陰。

供菊　枕霞舊友

彈琴酌酒喜堪儔，几案婷婷點綴幽。
隔坐香分三徑[6]露，拋書人對一枝秋。
霜清紙帳來新夢，圃冷斜陽憶舊遊。
傲世也因同氣味，春風桃李未淹留。

詠菊　瀟湘妃子

無賴詩魔昏曉侵，繞籬欹石自沉音。[7]
毫端蘊秀臨霜寫，口角噙香對月吟。

滿紙自憐題素怨，片言誰解訴秋心。
一從陶令平章後，[8]千古高風說到今。

畫菊　蘅蕪君

詩餘戲筆不知狂，豈是丹青費較量。[9]
聚葉潑[10]成千點墨，攢花染出幾痕霜。
淡濃神會風前影，跳脫秋生腕底香。
莫認東籬[11]閒採掇，粘屏聊以慰重陽。

問菊　瀟湘妃子

欲訊秋情眾莫知，喃喃負手扣東籬。
孤標傲世偕誰隱，一樣花開為底[12]遲？
圃露庭霜何寂寞，雁歸蛩[13]病可相思。
莫言舉世無談者，解語何妨話片時。

簪菊　蕉下客

瓶供籬栽日日忙，折來休認鏡中妝。
長安公子[14]因花癖，彭澤先生是酒狂。

人們稱道這兩句，蓋內中有黛玉自己。

短鬢冷沾三徑露，葛巾[15]香染九秋霜。
高情不入時人眼，拍手憑他笑路旁。

菊影　枕霞舊友

秋光疊疊復重重，潛度偷移三徑中。
窗隔疏燈描遠近，籬篩破月坶玲瓏。
寒芳留照魂應駐，露印傳神夢也空。
珍重暗香踏碎處，憑誰醉眼認朦朧。

菊夢　瀟湘妃子

籬畔秋酣一覺清，和雲伴月不分明。
登仙非慕莊生蝶，[16]憶舊還尋陶令盟。
睡去依依隨雁斷，驚回故故[17]惱蛩鳴。
醒時幽怨同誰訴，衰草寒煙無限情。

殘菊　蕉下客

露凝霜重漸傾欹，宴賞才過小雪時。
蒂有餘香金淡泊，枝無全葉翠離披。

＊雪芹「替」那麼多女子做詩，大致都還有幾分女氣，內中心理依據頗可玩味。這也是一種體貼，一種「情結」。就詩而論，或未必甚佳，放在一起，便有驚人處。

半床落月蛩聲切，萬里寒雲雁陣遲。
明歲秋分知再會，暫時分手莫相思。

眾人看一首，讚一首，彼此稱揚不絕。李紈笑道：「等我從公評來。通篇看來，各人有各人的警句。今日公評：『詠菊』第一，『問菊』第二，『菊夢』第三，題目新，詩也新，立意更新了，只得要推瀟湘妃子為魁了；然後『簪菊』『對菊』『供菊』『畫菊』『憶菊』次之。」寶玉聽說，喜的拍手叫道：「極是，極公。」黛玉道：「我那個也不好，到底傷於纖巧些。」李紈道：「巧的卻好，不露堆砌生硬。」黛玉道：「據我看來，頭一句好的是『圃冷斜陽憶舊遊』，這句背面傅粉。『拋書人對一枝秋』已經妙絕，將供菊說完，沒處再說，故翻回來想到未折未供之先，意思深遠。」李紈笑道：「固如此說，你的『口角噙香』一句也敵得過了。」探春又道：「到底要算蘅蕪君沉，『秋無跡』，『夢有知』，把個憶字竟烘染出來了。」寶釵笑道：「你的『短鬢冷沾』，『葛巾香染』，也就把簪菊形容得一個縫兒也沒了。」湘雲笑道：「『偕誰隱』，『為底遲』，直直把個菊花問得無言可對。」李紈笑道：「你那『科頭坐』，『抱膝吟』，竟一時也捨不得別開，菊花有知，也必膩煩了。」說的大家都笑了。寶玉笑道：「我又落第。難道『誰家種』，『何處秋』，『蠟屐遠來』，『冷吟不盡』，都不是訪不成？『昨夜雨』，『今朝露』都不是種不成？但恨敵不上『口角噙香對月吟』、『清冷香中抱膝吟』、『短鬢』、『葛巾』、『金淡泊』、『翠離披』、

雪芹寫這一段時一定很開心。

自己擬了詩，再通過自己的人物評點誇獎一番，小說家一樂也。

一人化做千人面，千人同由一人牽，小說家就是小說——小說人物們的上帝、造物（造言）主。

*這三首「饒」上去的詩基本上是一個調子，遞進累加，逐步深入。

『秋無跡』、『夢有知』這幾句罷了。」又道：「明日閒了，我一個人做出十二首來。」李紈道：「你的也好，只是不及這幾句新巧就是了。」

為了凸現女孩子們的才氣，不惜回回讓寶玉「落第」。

大家又評了一回，復又要了熱螃蟹來，就在大圓桌上吃了一回。寶玉笑道：「今日持螯[18]賞桂，亦不可無詩。我已吟成，誰還敢做？」說着，便忙洗了手，提筆寫出。眾人看道：

持螯更喜桂陰涼，潑醋擂薑興欲狂。
饕餮[19]王孫應有酒，橫行公子[20]竟無腸。
臍間積冷饞忘忌，指上沾腥洗尚香。
原為世人美口腹，坡仙[21]曾笑一生忙。

有情致，無深度。

黛玉笑道：「這樣的詩，一時要一百首也有。」寶玉笑道：「你這會子才力已盡，不說不能做了，還貶人家。」黛玉聽了，並不答言，略一仰首微吟，提起筆來一揮，已有了一首。眾人看道：

鐵甲長戈死未忘，堆盤色相喜先嚐。
螯封嫩玉雙雙滿，殼凸紅脂塊塊香。
多肉更憐卿八足，助情誰勸我千觴。
對斯佳品酬佳節，桂拂清香菊帶霜。

黛玉能做出這樣狀寫饕餮的句子麼？

寶玉看了正喝彩，黛玉便一把撕了，命人燒去。因笑道：「我做的不及你的，我燒了他。你那個很好。比方才的菊花詩還好。你留着他給人看看。」

倒是，更樸真也更放得開一些。不像恁年輕人寫的。

寶釵笑道：「我也勉強了一首，未必好，寫出取笑兒罷。」說着，也寫了出來。大家看時，寫道：

桂靄桐陰坐舉觴，長安涎口盼重陽。

眼前道路無經緯，皮裡春秋空黑黃。

看到這裡，眾人不禁叫絕。寶玉道：「罵得痛快！我的詩也該燒了。」看底下道：

酒未滌腥還用菊，性防積冷定須薑。

於今落釜成何益，月浦空餘禾黍香。[22]

寓意不過是詩才的要求，不必當真。

眾人看畢，都說這是食蟹絕唱，這些小題目原要寓大意思才算是大才，只是諷刺世人太毒了些。說着，只見平兒復進園來。不知做些什麼，且聽下回分解。

「太毒了些」云云是雪芹狡獪處，虛虛往回拉一拉，做中庸有度狀。

*這是大觀園的一幅行樂圖。簡直是天堂，是活神仙的日子。有美景，有美食，有美文（詩）更有美人，幾乎人人開心，個個高興。幾近於一次聯歡節，狂歡節，詩歌藝術節，美食節，菊花節。節日般的快樂一去不再，永遠難忘。即使重返大荒山青埂峰無稽崖，重新永遠永遠地復歸為一塊石頭，想起這次吃蟹詠菊，能不依依？樂哉人生，哀哉人生！《紅樓夢》請君盡嚐人生滋味！

1 **唼喋**：指魚嘴在水面開合吞食。

2 **蠟屐**：屐是有齒的木底鞋，古人多着以登山。屐上塗蠟，能防水濕。**得得**：興致很高的樣子。

3 **掛杖頭**：古人稱買酒錢為杖頭錢。

4 **別圃**：指遠處的菊圃。

5 **科頭**：指不戴巾帽，表示疏狂不羈。

6 **三徑**：晉陶淵明《歸去來辭》「三徑就荒，松菊猶存」。後人常以「三徑」代指菊花。

7 **沉音**：即沉吟。

8 **陶令**：即陶淵明，平生愛菊，曾做過彭澤縣令。**平章**：評論，品評。

9 **丹青**：繪畫顏料，代指繪畫。**較量**：斟酌構思的意思。

10 **潑**：繪畫技法，指潑墨法。下句的「染」指渲染法。

11 **東籬**：晉陶淵明《飲酒》詩「採菊東籬下」，後人以「東籬」代指菊圃。

12 **為底**：為何之意。

13 **蛩**：蟋蟀一類的秋蟲，入秋鳴聲淒切。

14 **長安公子**：唐詩人杜牧，因其出身宰相之家，人稱「長安公子」。他《九月齊山登高》詩有「菊花須插滿頭歸」句，故稱「花癖」。

15 **葛巾**：東晉士人戴的一種布帽。

16 **莊生蝶**：莊生即莊子，名莊周，《莊子．齊物論》中載有莊生夢中化蝴蝶事。

17 **故故**：屢屢不斷的意思。

18 **螯**：螃蟹的夾子，代指螃蟹。

19 **饕餮**：傳說中一種貪吃的兇獸，後用以比喻人的貪饞。

20 **橫行公子**：指螃蟹。宋傅肱稱蟹為「橫行介士」，晉葛洪稱蟹為「無腸公子」。

21 **坡仙**：宋蘇軾號東坡居士，後人稱為「坡仙」。蘇東坡《初到黃州》詩有「自笑平生為口忙」句。

22 **浦**：水邊。此句是說蟹傷毀稻穀，被人蒸食後，月下水邊就只留下莊稼的芳香。

第三十九回

村老老是信口開河　情哥哥偏尋根究底

話説眾人見平兒來了，都説：「你們奶奶做什麼呢，怎麼不來了？」平兒笑道：「他那裡得空兒來。因為説沒有好生吃得，又不得來，所以叫我來問還有沒有，叫我要幾個拿了家去吃罷。」湘雲道：「有，多着呢。」忙命人拿盒子裝了十個極大的。平兒道：「多拿幾個團臍的。」眾人又拉平兒坐，平兒不肯。李紈拉着他笑道：「偏要你坐。」拉着他身旁坐下，端了一杯酒送到他嘴邊。平兒忙喝了一口就要走。李紈道：「偏不許你去。顯見得你只有鳳丫頭，就不聽我的話了。」説着，又命嬷嬷們：「先送了盒子去，就説我留下平兒了。」那婆子一時拿了盒子回來説：「二奶奶説，叫奶奶和姑娘們別笑話要嘴吃。這個盒子裡方才舅太太那裡送來的菱粉糕和雞油捲兒，給奶奶和姑娘們吃的。」又向平兒道：「説使喚你來你就貪住頑不去了。勸你少喝一鍾兒罷。」平兒笑道：「多喝了又把我怎麼樣？」一面説，一面只管喝，又吃螃蟹。李紈攬着他笑道：「可惜這麼個好體面模樣兒，命卻平常，只落得屋裡使喚。不知道的人，誰不拿你當做奶奶太太看。」

難得「老農」好興致。

「命」並不公正。李紈當有體會。

平兒一面和寶釵湘雲等吃喝着，一面回頭笑道：「奶奶，別這樣摸的我怪癢癢的。」李氏道：「噯喲！這硬的是什麼？」平兒道：「是鑰匙。」李氏道：「有什麼要緊的東西怕人偷了去，卻帶在身上。我成日家和人說笑，有個唐僧取經，就有個白馬來馱着他；劉知遠[1]打天下，就有個瓜精來送盔甲；有個鳳丫頭，就有個你。你就是你奶奶的一把總鑰匙，還要這鑰匙做什麼。」平兒笑道：「奶奶吃了酒，又拿我來打趣着取笑兒了。」寶釵笑道：「這倒是真話。我們評論起來，你們這幾個都是百個裡頭挑不出一個來的，妙在各人有各人的好處。」李紈道：「大小都有個天理。比如老太太屋裡，要沒那個鴛鴦如何使得。從太太起，那一個敢駁老太太的回，他現敢駁回，偏老太太只聽他一個人的話。老太太的那些穿戴的，別人不記得，他都記得，要不是他經管着，不知叫人誆騙了多少去呢。那孩子心也公道，雖然這樣，倒常替人上好話兒，還倒不倚勢欺人的。」惜春笑道：「老太太昨日還說呢，他比我們還強呢。」平兒道：「那原是個好的，我們那裡比得上他。」寶玉道：「太太屋裡的彩霞是個老實人。」探春道：「可不是，外頭老實，心裡有數兒。太太是那麼佛爺似的，事情上不留心，他都知道。凡一應事卻是他提着太太行。老爺在家出外去的一應大小事，他都知道。太太忘了，他背後告訴太太。」李紈道：「那也罷了。」指着寶玉道：「這一個小爺屋裡要不是襲人，你們度量到個什麼田地！鳳丫頭就是個楚霸王，[2]也得兩隻膀子好舉千斤鼎。他不是這個丫頭，他就得這麼周到了。」平兒道：「先時陪了四個丫頭來，

洋人讀到這裡很可能想入非非。

通過輕鬆說笑表達對於平兒角色的重要評價，寫來不費力，卻見匠心。

比喻極好，李紈老到——並非槁木死灰也。

寶釵有知人之長。

難得。

更佳。

每個屋裡的大丫頭，都是「秘書長」呢。

死的死，去的去，只剩下我一個孤鬼兒了。」李紈道：「你倒是有造化的，鳳丫頭也是有造化的。想當初珠大爺在日何曾也沒兩個人。你們看我還是那容不下人的？天天只見他兩個不自在，所以你珠大爺一沒了，趁年輕我都打發了。若有一個好的守得住，我到底有個膀臂了。」説着，不覺眼圈兒紅了。眾人都道：「這又何必傷心，不如散了倒好。」説着，便都洗了手，大家約着往賈母王夫人處問安。

眾婆子丫頭打掃亭子，收洗杯盤。襲人便和平兒一同往前去。襲人因讓平兒到房裡坐坐，再吃一鍾茶。平兒回説：「不吃茶了，再來罷。」一面説，一面便要出去。襲人又叫住，問道：「這個月的月錢連老太太還沒放呢，是為什麼？」平兒見問，忙轉身至襲人跟前，又見方近無人，悄悄説道：「你快別問，橫豎再遲兩天就放了。」襲人笑道：「這是為什麼，唬得你這個樣兒？」平兒悄聲告訴他道：「這個月的月錢，我們奶奶早已支了，放給人使呢。等別處利錢收了來湊齊了才放呢。因為是你，我才告訴你，可不許告訴一個人去。」襲人笑道：「他難道還短錢使，還沒個足厭？何苦還操這心。」平兒笑道：「何曾不是呢。他這幾年只拿着這一項銀子翻出有幾百來了。他的公費月例又使不着，十兩八兩零碎攢了又放出去，只他這體己利錢，一年不到，上千的銀子呢。」襲人笑道：「拿着我們的錢，你們主子奴才賺利錢，哄的我們呆等。」平兒道：「你又説沒良心的話。你難道還少錢使？」襲人

也是樂極生悲。

李紈的悲哀當然不在沒有好使的丫頭而在沒有丈夫，但她不能動輒為丈夫而哭，便把遺憾的心情遷移到丫頭上。

靠時間差中飽吃利，「紅」已有之。

平兒與襲人什麼關係，能透露這樣的核心機密？平兒幾個腦袋？管中窺豹，可見一斑。

*高興至極，忽然李紈傷心，因平兒而傷心。

李紈平兒，互相有一種（或李對平有一種）什麼樣的心情呢？

「不如散了倒好」。

無差別境界只是曇花一現。

轉眼又是種種恩怨、計較、陰謀、磨擦，至少也是探聽摸底，實在是累人。

＊劉老老說來就來，說走就走。來則必勝，順山順水，一串綠燈，所向披靡，真神人也。讀完《紅樓夢》，掩卷思之，最幸運的人就是劉老老。但未必有幾個人願做劉老老。還是去當寶玉、賈母乃至鳳姐的人多。

道：「我雖不少，只是我也沒地方使去，就只預備我們那一個。」平兒道：「你倘若有要緊事用銀錢使時，我那裡還有幾兩銀子，你先拿來使，明日我扣下你的就是了。」襲人道：「此時也用不着，怕一時要用起來不夠了，我打發人去取就是了。」

平兒答應着，一徑出了園門，只見鳳姐那邊打發人來找平兒說：「奶奶有事等你。」平兒道：「有什麼事這麼要緊，我為大奶奶拉扯住說話兒，我又不逃了，這麼連三接四的叫人來找。」那丫頭說：「你去不去由你，犯不上惱我。你自己敢和奶奶說去。」平兒啐了一口，急忙走來，只見鳳姐兒不在房裡。忽見上回來打抽豐[3]的那劉老老和板兒又來了，坐在那邊屋裡，還有張材家的周瑞家的陪着，又有兩三個丫頭在地下倒口袋裡的棗子倭瓜並些野菜。眾人見他進來，都忙站起來了。劉老老因上次來過，知道平兒的身分，忙跳下地來問「姑娘好」，又說「家裡都問好。早要來請姑奶奶的安，看姑娘來的，因為莊家忙，好容易今年多打了兩石糧食，瓜果蔬菜也豐盛，這是頭一起摘下來的，並沒敢賣呢，留的尖兒，[4]孝敬姑奶奶姑娘們嚐嚐。姑娘們天天山珍海味的也吃膩了，吃個野菜兒，也算我們的窮心。」平兒忙道：「多謝費心。」又讓座。自己坐了，又讓「張嬸子周大娘坐」，又命小丫頭子倒茶去。周瑞張材兩家的因笑道：「姑娘今日臉上有些春色，眼睛圈兒都紅了。」平兒笑道：「可不是。我原是不吃的，大奶奶和姑娘們只是拉着死

平兒、襲人這個檔次，有自己的關係網，有自己的語言。

埋伏着怎樣的用意？

為何有不耐煩情緒？是小煩見真情麼？

不但是下地而且是跳下地，果然「忙」於致敬。也說明老老身「腳」矯健。

這是一種直覺的健康意識。

灌，不得已喝了兩鍾，臉就紅了。」張材家的笑道：「我倒想着要吃呢，又沒人讓我。明兒再有人請姑娘，可帶了我去罷。」說着，大家都笑了。周瑞家的道：「早起我就看見那螃蟹了，一斤只好稱兩個三個，這麼兩三大簍，想是有七八十斤呢。」周瑞家的道：「若是上上下下只怕還不夠。」平兒道：「那裡都吃，不過都是有名兒的吃兩個子，那些散眾，也有摸得着，也有摸不着的。」劉老老道：「這樣螃蟹今年就值五分一斤，十斤五錢，五五二兩五，三五一十五，再搭上酒菜，一共倒有二十多兩銀子。阿彌陀佛！這一頓的錢夠我們莊家人過一年的了。」平兒因問：「想是見過奶奶了？」劉老老道：「見過了。叫我們等着呢。」說着，又往窗外看天氣，說道：「天好早晚了，我們也去罷，別出不去城才是饑荒[5]呢。」周瑞家的道：「這話倒是，我替你瞧瞧去。」說着一徑去了。半日方來，笑道：「可是你老的福來了。竟投了這兩個人的緣了。」平兒等問怎麼樣，周瑞家的笑道：「二奶奶在老太太跟前呢，我原是悄悄的告訴二奶奶，『劉老老要家去呢，怕晚了趕不出城去。』二奶奶說：『大遠的，難為他扛了些東西來，晚了就住一夜明日再去。』這可不是投上二奶奶的緣了。這也罷了，偏生老太太又聽見了，問劉老老是誰。二奶奶回明白了。老太太又說：『我正想個積古[6]的老人家說話兒，請了來我見一見。』這可不是想不到的投上緣了。」說着，催劉老老下來前去。劉老老道：「我這生像兒怎好見的。好嫂子，你就說我去了罷。」平兒忙道：「你快去罷，不相干的。我們老太太最是惜老憐貧的，比不得那個狂三詐四的那些人。

有摸得着，有摸不着的，能沒有怨忿嗎？能沒有矛盾、危機嗎？

福怎麼來的？踏破鐵鞋無覓處，得來全不費功夫。

富人需要個人陪着說話。如今（例如美國）便有僱人陪同聊天的。

暴發戶才狂三詐四。

想是你怯上，我和周大娘送你去。」説着，同周瑞家的引了劉老老往賈母這邊來。

二門口該班小廝們見了平兒出來，都站了起來，有兩個又跑上來趕着平兒叫「姑娘」。平兒問道：「又説什麼？」那小廝笑道：「這會子也好早晚了，我媽病着，等我去請大夫。好姑娘，我討半日假可使得？」平兒道：「你們倒好，都商議定了，一天一個告假，又不回奶奶，只和我胡纏。前日住兒去了，二爺偏生叫他，叫不着，我應起來了，還説我做了情。你今日又來了。」周瑞家的道：「當真的，他媽病了，姑娘也替他應着，放了他罷。」平兒道：「明日一早來。聽着，我還要使你呢，再睡的日頭曬着屁股再來！你這一去帶個信兒給旺兒，就説奶奶的話，問着他那剩的利錢。明日若不交來，奶奶不要了，爽性送他使罷。」那小廝歡天喜地答應去了。

平兒等來至賈母房中，彼時大觀園中姊妹們都在賈母前承奉。劉老老進去，只見滿屋裡珠圍翠繞，花枝招展的，並不知都係何人。只見一張榻上獨歪着一位老婆婆，身後坐着一個紗羅裹的美人一般的丫鬟，在那裡搥腿。鳳姐兒站着正説笑。劉老老便知是賈母了，忙上來陪着笑，福了幾福，口裡説：「請老壽星安。」賈母亦忙欠身問好，又命周瑞家的端過椅子來坐着。那板兒仍是怯人，不知問候。賈母道：「老親家，你今年多大年紀了？」劉老老忙起身答道：「我今年七十五了。」賈母向眾人道：「這麼大年紀了，還這麼硬朗。比我大好幾歲呢。我要到這麼年紀，還不知怎麼動不得呢。」劉老老笑道：「我們生來是受苦的人，老太

奴才中的等級關係、管理運作中不乏人情味。

鳳姐的舞弊中飽，竟是半公開的麼？

俯就中也有滿足與得意的享受。正如受寵也很痛苦。

太生來是享福的。若我們也這樣，那些莊家活也沒人做了。」賈母道：「眼睛牙齒都還好？」劉老老道：「都還好，就是今年左邊的槽牙活動了。」賈母道：「我老了，都不中用了，眼也花，耳也聾，記性也沒了。你們這些老親戚我都記不得了。親戚們來了，我怕人笑我，我都不會，不過嚼得動的吃兩口，睡一覺，悶了時和這些孫子孫女兒頑笑一回就完了。」劉老老笑道：「這正是老太太的福了。我們想這麼着不能。」賈母道：「什麼福，不過是老廢物罷了。」說的大家都笑了。賈母又笑道：「我才聽見鳳哥兒說，你帶好些瓜菜來，我叫他快收拾去了。我正想個地裡結的瓜兒菜兒吃。外頭買的，不像你們田地裡的好吃。」劉老老笑道：「這是野意兒，不過吃個新鮮。依我們倒想魚肉吃，只是吃不起。」賈母又道：「今日既認着了親，別空空的就去，不嫌我這裡，就住一兩天再去。我們也有個園子，園子裡頭也有果子，你明日也嚐嚐，帶些家去，也算是看親戚一趟。」鳳姐兒見賈母喜歡，也忙留道：「我們這裡雖不比你們的場院大，空屋子還有兩間。你住兩天，把你們那裡的新聞故事說些與我們老太太聽聽。」賈母笑道：「鳳丫頭別拿他取笑兒，他是屯裡人，老實，那裡擱得住你打趣。」說着，又命人去先抓果子與板兒吃。板兒見人多了，又不敢吃。賈母又命拿些錢給他，叫小幺兒們帶他外頭頑去。劉老老吃了茶，便把些鄉村中所見所聞的事情說與賈母聽。賈母越發得了趣味。正說着，鳳姐兒便命人請劉老老吃晚飯。賈母又將自己的

極奉承，又（至少今天看來）極諷刺。時過境遷之後，所有的奉承都成了諷刺也。

賈母難得找到個人訴訴苦。談話有時也需要超功利，找一個最不相干的、毫無利害與事務關係的對象談，才最好談。

養尊處優者更需要泥土氣息。

希望獲取點新鮮信息。

*大觀園雖然「天堂」，畢竟是人造的自然，封閉的自然，狹小的自然。賈母不能走馬觀花，更不能下馬看花，便召見一下來自大世界大自然的貧民，也可以算是一種開放的萌芽，一種換換口味的聊勝於無的寄託，一種可憐的興味吧。天堂如果封閉起來，就不再是天堂，而變成天堂的反面了。

菜揀了幾樣，命人送過去與劉老老吃。

鳳姐知道合了賈母的心。吃了飯，便又打發過來。鴛鴦忙命老婆子帶了劉老老去洗了澡，自己去挑了兩件隨常的衣服命給劉老老換上。那劉老老那裡見過這般行事，忙換了衣裳出來，坐在賈母榻前，又搜尋些話出來說。彼時寶玉姊妹們也都在這裡坐着，他們何曾聽見過這些話，自覺比那些瞽目先生說的書還好聽。那劉老老雖是個村野人，卻生來的有些見識，況且年紀老了，世情上經歷過的，見頭一個賈母高興，第二件這些哥兒姐兒們都愛聽，便沒話也編出些話來講。因說道：「我們村莊上種地種菜，每年每日，春夏秋冬，風裡雨裡，那裡有個坐着的空兒，天天都是在那地頭上做歇馬涼亭，什麼奇奇怪怪的事不見呢。就像去年冬天，接連下了幾天雪，地下壓了三四尺深。我那日起得早，還沒出房門，只聽外頭柴草響。我想着必定有人偷柴草來了。我爬着窗眼兒一瞧，卻不是我們村莊上的人。」賈母道：「必定是過路的客人們冷了，見現成的柴，抽些烤火去也是有的。」劉老老笑道：「也並不是客人，所以說來奇怪。老壽星當個什麼人，原來是一個十七八歲極標緻的一個小姑娘，梳着溜油光的頭，穿着大紅襖兒，白綾裙兒——」剛說到這裡，忽聽外面人吵嚷起來，又說：「不相干的，別唬着老太太。」賈母等聽了，忙問怎麼了。丫鬟回說：「南院馬棚子裡走了水[7]了，不相干，已經救下去了。」賈母最膽小的，聽了這話忙起身，扶了人出至廊上來瞧，只見東南上火光猶亮。賈母唬得口內唸佛，又忙命人去火神跟前燒香。王夫人等

真正的假語村言。

這「水」走得時機奇特？

賈母有一種災難的預感。登高必致失重，然也。

也忙都過來請安，又回說「已經救下去了。老太太請進房去罷。」賈母足足的看火光熄了，方領眾人進來。寶玉且忙問劉老老：「那女孩兒大雪地裡做什麼抽柴草？倘或凍出病來呢？」賈母說：「都是才說抽柴草惹出火來了，你還問呢。別說這個了，再說別的罷。」寶玉聽說，心內雖不樂，也只得罷了。劉老老便又想了一篇話，說道：「我們莊子東邊莊上，有個老奶奶子，今年九十多歲了，他天天吃齋唸佛，誰知就感動了觀音菩薩夜裡來託夢說：『你這樣虔心，原本你該絕後的，如今奏了玉皇，給你了孫子。』原來這老奶奶只有一個兒子，這兒子也只一個兒子，好容易養到十七八歲上死了，哭得什麼似的。落後果然又養了一個，今年才十三四歲，生得粉糰兒一般，聰明伶俐非常。可見這些神佛是有的。」這一夕話，暗合了賈母王夫人的心事，連王夫人也都聽住了。

也是預兆，也是警告。

有意投合？無意暗合？

寶玉心中只記掛着抽柴的故事，因悶得心中籌畫。探春因問他：「昨日擾了史大妹妹，咱們回去商議着邀一社，又還了席，也請老太太賞菊花，何如？」寶玉笑道：「老太太說了，還要擺酒還史妹妹的席，叫咱們做陪呢。等吃了老太太的，咱們再請不遲。」探春道：「越往前去越冷了，老太太未必高興。」寶玉道：「老太太又喜歡下雨下雪的。不如咱們等下頭場雪，請老太太賞雪豈不好？咱們雪下吟詩，也更有趣了。」林黛玉忙笑道：「咱們雪下吟詩，依我說，還不如弄一捆柴火，雪下抽柴還更有趣兒呢。」說着，

有為以後情節鋪墊的作用。

*這個故事講得吸引人。戛然而止，更神。這就夠了。既然是故事，何必索隱考據？便證實或證偽了，又如何呢？

寶釵等都笑了。寶玉瞅了他一眼，也不答話。

一時散了，背地裡寶玉到底拉了劉老老細問那女孩兒是誰。劉老老只得編了告訴他道：「那原是我們莊北沿地埂子上有一個小祠堂裡供的，不是神佛，當先有個什麼老爺。」說着，又想名姓。寶玉道：「不拘什麼名姓，你不必想了，只說原故就是了。」劉老老道：「這老爺沒有兒子，只有一位小姐，名叫若玉。小姐知書識字，老爺太太愛如珍寶。可惜這若玉小姐生到十七歲，一病死了。」寶玉聽了，跌足嘆息，又問後來怎麼樣。劉老老道：「因為老爺太太思念不盡，便蓋了這祠堂，塑了這若玉小姐的像，派了人燒香撥火。如今日久年深的，人也沒了，廟也爛了，那像也就成了精。」寶玉忙道：「不是成精，規矩這樣人是雖死不死的。」劉老老道：「阿彌陀佛！原來如此，不是哥兒說，我們都當他成精。他時常變了人出來各村莊店道上閒逛。我才說抽柴火的就是他了。我們村莊上的人還商議着要打了這塑像，平了廟呢。」寶玉忙道：「快別如此。若平了廟，罪過不小。」劉老老道：「幸虧哥兒告訴我，我明日回去攔住他們就是了。」寶玉道：「我們老太太、太太都是善人，就是闔家大小也都好善喜捨，最愛修廟塑神的。我明日做一個疏頭，[8]替你化些佈施，你就做香頭，[9]攢了錢，把這廟修蓋再裝塑了泥像，每月給你香火錢燒香豈不好？」劉老老道：「若這樣時，我託那小姐的福，也有幾個錢使了。」寶玉又問他地名莊名，來往遠近，坐落何方，劉老老便

＊劉老老信口開河，明言其假。寶玉認真對待，極述其真。說到柴火引起了火，似有一種神秘的感應。此後劉老老接着講下去的，是她原先想的那個故事嗎？這裡似有斷裂焉。焙茗費了半天勁，找到一個瘟神，聊供一笑嗎？在十分真切、感同身受的生活畫面之間之中，出現這樣一個撲朔迷離的段落，令人遐思，令人迷惑，乃至令人戰慄。不能給以充分完全的解釋也罷，至少在藝術上，

若玉之名有趣。若哪個玉？無怪寶玉浮想聯翩。「紅」中各色人物，若玉也是個若有若無若實若虛的人物。

逼死金釧卻忘了麼？

它是必要的與奇妙的。而我們今天的一些作家，是怎樣地不會不想不敢奇妙呀！

順口謅了出來。

寶玉信以為真，回至房中，盤算了一夜。次日一早，便出來給了焙茗幾百錢，按着劉老老說的方向地名，着焙茗去先踏看明白，回來再作主意。那焙茗去後，寶玉左等也不來，右等也不來，急得熱鍋上的螞蟻一般。好容易等到日落，方見焙茗興興頭頭的回來了。寶玉忙問：「可找着了？」焙茗笑道：「爺聽得不明白，叫我好找。那地名坐落不似爺說的一樣，所以找了一日，找到東北上田埂子上才有一個破廟。」寶玉聽說，喜得眉開眼笑，忙說道：「劉老老有年紀的人，一時錯記了也是有的。你且說你見的。」焙茗道：「那廟門卻倒也朝南開，也是稀破的。我找的正沒好氣，一見這個，我說『可好了』，連忙進去，一看泥胎，唬的我又跑出來了，活似真的一般。」寶玉喜的笑道：「他能變化人了，自然有些生氣。」焙茗拍手道：「那裡是什麼女孩兒，竟是一位青臉紅髮的瘟神爺。」寶玉聽了，啐了一口，罵道：「真是一個無用的殺才！這點子事也幹不來。」焙茗道：「爺又不知看了什麼書，或者聽了誰的混話，信真了，把這件沒頭腦的事派我去碰頭，怎麼說我沒用呢？」寶玉見他急了，忙撫慰他道：「你別急。改日閒了你再找去。若是他哄我們呢，自然沒了；若竟是有的，你豈不也積了陰騭。我必重重的賞你呢。」說着，只見二門上的小廝來說：「老太太房裡的姑娘們站在二門口找二爺呢。」不知找他有何言語，下回分解。

1 **劉知遠**：五代時後漢王朝的開國皇帝。明無名氏的南戲《白兔記》第十五齣《看瓜》有瓜精送盔甲的情節。

2 **楚霸王**：即項羽，楚國貴族之後，隨叔父項梁起義，秦亡後，自封西楚霸王。《史記》本傳稱他「力能扛鼎」。

3 **打抽豐**：也叫「打秋風」，指藉用各種關係和名義向人求取財物。

4 **尖兒**：同類物品中成色最好的稱「尖兒」。

5 **饑荒**：這裡是麻煩的意思。

6 **積古**：人情世故經多見廣的意思。

7 **走了水**：失火的意思，舊時忌諱，以水能滅火，用走水代替失火。

8 **疏頭**：舊時分條陳述的文字和僧道拜懺時焚化的祝文叫疏或疏頭。這裡指修廟募捐的啟事。

9 **香頭**：寺院中掌管香火人的頭目。

第四十回 史太君兩宴大觀園 金鴛鴦三宣牙牌令[1]

話說寶玉聽了，忙進來看時，只見琥珀站在屏風跟前說：「快去罷，立等你說話呢。」寶玉來至上房，只見賈母正和王夫人、眾姊妹商議給史湘雲還席。寶玉因說：「我有個主意，既沒有外客，吃的東西也別定了樣數，誰素日愛吃的揀樣兒做几樣，也不要按桌席，每人跟前擺一張高几，各人愛吃的東西一兩樣，再一個十錦攢心盒子，自斟壺，豈不別致。」賈母聽了說：「很是。」即命人傳與廚房：「明日就揀我們愛吃的東西做了，按着人數再裝了盒子來。早飯也擺在園裡吃。」商議之間早又掌燈，一夕無話。

次日清早起來，可喜這日天氣晴朗。李紈清晨起來，看着老婆子丫頭們掃那些落葉，並擦抹桌椅，預備茶酒器皿。只見豐兒帶了劉老老板兒進來，說：「大奶奶倒忙的緊。」李紈笑道：「我說你昨天去不成，只忙着要去。」劉老老笑道：「老太太留下我，叫我也熱鬧一天去。」豐兒拿了幾把大小鑰匙，說道：「我們奶奶說了，外頭的高几恐不夠使，不如開了樓，把那收的拿下來使一天罷。奶奶原該親自來的，因和太太說話呢，請大奶奶開了，帶着人搬罷。」李氏便命素雲

都是「無事忙」。

接了鑰匙，又命婆子出去把二門上小廝叫幾個來。李氏站在大觀樓下往上看着，命人上去開了綴錦閣，一張一張的往下抬。小廝老婆子丫頭一齊動手，抬了二十多張下來。李紈道：「好生着，別慌慌張張鬼趕着似的，仔細碰了牙子。」[2]又回頭向劉老老笑道：「老老也上去瞧瞧。」劉老老聽說，巴不得一聲兒，拉了板兒登梯上去。進裡面，只見烏壓壓的堆着些圍屏、桌椅、大小花燈之類，雖不大認得，只見五彩炫耀，各有奇妙。唸了幾聲佛，便下來了。然後鎖上門，一齊才下來。李紈道：「恐怕老太太高興，越發把船上划子、篙槳、遮陽幔子都搬了下來預備着。」眾人答應，又復開了門，色色的搬了下來。命小廝傳駕娘們到船塢裡撐出兩隻船來。

正亂着，只見賈母已帶了一群人進來了，李紈忙迎上去笑道：「老太太高興，倒進來了。我只當還沒梳頭呢。才掐了菊花要送去。」一面說，一面碧月早已捧過一個大荷葉式的翡翠盤子來，裡面養着各色折枝菊花。賈母便揀了一朵大紅的簪了鬢上。因回頭看見了劉老老，忙笑道：「過來戴花兒。」一語未完，鳳姐兒便拉過劉老老來，笑道：「讓我打扮你。」說着，把一盤子花橫三豎四的插了一頭。賈母和眾人笑的不住。劉老老笑道：「我這頭也不知修了什麼福，今兒這樣體面起來。」眾人笑道：「你還不拔下來摔到他臉上呢，把你打扮的成了老妖精了。」劉老老笑道：「我雖老了，年輕時也風流，愛個花粉兒的，今兒老風流才好。」

難得的是劉老老這種配合，要什麼有什麼。

說話間，已來至沁芳亭子上。丫鬟們抱了一個大錦褥子來，鋪在欄杆榻板上，賈母倚欄坐下，命劉老老也坐在旁邊，因問他：「這園子好不好？」劉老老唸佛說道：「我們鄉下人到了年下，都上城來買畫兒貼。時常閒了，大家都說，怎麼得也到畫兒上逛逛，想着那畫兒也不過是假的，那裡有這個真地方。誰知我今兒進這園子一瞧，竟比那畫兒還強十倍。怎麼沒有人也照着這個園子畫一張，我帶了家去給他們見見，死了也得好處。」賈母聽說，指着惜春笑道：「你瞧，我這個小孫女兒，他就會畫，等明兒叫他畫一張如何？」劉老老聽了，喜的忙跑過來，拉着惜春說道：「我的姑娘，你這麼大年紀兒，又這麼個好模樣兒，還有這個能幹，別是個神仙託生的罷。」

鄉下人極善表達，有所比附，說得又質樸，反而更有表現力。

賈母少歇一回，自然領着劉老老都見識見識。先到了瀟湘館。一進門，只見兩邊翠竹夾路，土地下蒼苔佈滿，中間羊腸一條石子漫的路。劉老老讓出路來與賈母眾人走，自己卻走土地。琥珀拉他道：「老老，你上來走，仔細青苔滑倒了。」劉老老道：「不相干的，我們走熟了的，姑娘們只管走罷，可惜你們的繡鞋，別沾了泥。」他只顧上頭和人說話，不防底下果踩滑了，咕咚一交跌倒。眾人都拍手呵呵的笑。賈母笑罵道：「小蹄子們，還不攙起來，只站着笑。」說話時，劉老老已爬了起來，自己也笑了，說道：「才說嘴就打了嘴。」賈母問他：「可扭了腰不曾？叫丫頭們捶一捶。」劉老老道：「那裡說的我這麼嬌嫩了。那一天不跌兩下子，都要捶起來還了得呢。」紫

連這一跤也跌得好，使老老更加可愛可喜。

*關上門自己吹自己捧實沒意思。所以很需要這樣一位劉老老前來大驚小怪，洋相百出，讚不絕口，歌盛頌德，使賈府的主子們更體會到自己的優越，更加確認自己是生活在天堂裡。只有劉老老和她的鄉下而沒有大觀園，固是遺憾。只有大觀園而沒有劉老老的一邊唸佛一邊誇讚一邊要醜，也是遺憾。

鵲早打起湘簾，賈母等進來坐下。林黛玉親自用小茶盤捧一蓋碗茶來與賈母。王夫人道：「我們不吃茶，姑娘不用倒了。」林黛玉聽說，便命丫頭把自己窗下常坐的一張椅子挪到下首，請王夫人坐了。劉老老因見窗下案上設着筆硯，又見書架上磊着滿滿的書。劉老老道：「這必定是那位哥兒的書房了。」賈母笑指黛玉道：「這是我這外孫女兒的屋子。」劉老老留神打諒了林黛玉一番，方笑道：「這那裡像個小姐的繡房，竟比那上等的書房還好。」賈母因問：「寶玉怎麼不見？」眾丫頭們答說：「在池子裡船上呢。」賈母道：「誰又預備下船了？」李紈忙回說：「才開樓拿的，我恐怕老太太高興，就預備下了。」賈母聽了，方欲說話時，有人回說：「姨太太來了。」賈母等剛站起來，只見薛姨媽早進來了，一面歸坐，笑道：「今兒老太太高興，這早晚就來了。」賈母笑道：「我才說來遲了的要罰他，不想姨太太就來遲了。」

說笑一回，賈母因見窗上紗顏色舊了，便和王夫人說道：「這個紗新糊上好看，過後就不翠了。這個院子裡頭又沒有個桃杏樹，這竹子已是綠的，再拿這綠紗糊上反不配。我記得咱們先有四五樣顏色糊窗的紗呢，明兒給他把這窗上的換了。」鳳姐兒忙道：「昨兒我開庫房，看見大板箱裡還有好幾匹銀紅蟬翼紗，也有各樣折枝花樣的，也有流雲蝙蝠花樣的，也有百蝶穿花花樣的，顏色又鮮，紗又輕軟，我竟沒見這個樣的。拿了兩匹出來，做兩床綿紗被，想來一定是好的。」賈母聽了笑道：「呸，人人都說你沒有不經過不見過的，連這個紗還不認得呢，明兒還說嘴。」薛姨媽等都笑說：「憑他怎麼經過見過，如何敢比老太太呢。老太太何不教導了他，連我們也聽聽。」鳳姐兒也笑說：「好祖宗，教給我罷。」賈母笑向薛姨媽眾人道：「那個紗比你們的年紀還大呢。怪不得他認做蟬翼紗，原也有些像，不知道的都認做蟬翼紗。正經名字叫『軟煙羅』。」鳳姐兒道：「這個名兒也好聽。只是我這麼大了，紗羅也見過幾百樣，從沒聽見過這個名色。」賈母笑道：「你能活了多大，見過幾樣東西就說嘴來了。那個軟煙羅只有四樣顏色：一樣雨過天晴，一樣秋香色，一樣松綠的，一樣就是銀紅的。若是做了帳子，糊了窗屜，遠遠的看着就似煙霧一樣，所以叫做『軟煙羅』。那銀紅的又叫作『霞影紗』。如今上用的府紗也沒有這樣軟厚輕密的了。」薛姨媽笑道：「別說鳳丫頭沒見，連我也沒聽見過。」鳳姐兒一面說話，早命人取了一匹來了。賈母說：「可不是這個！先時原不過是糊窗屜，後來我們拿這個做被做帳子，試試也竟好。明日就找出幾匹來，拿銀紅的替他糊窗子。」鳳姐答應着。眾人看了，都稱讚不已。劉老老也覷着眼看着，口裡不住的唸佛，說道：「我們想做衣裳也不能，拿着糊窗子豈不可惜？」賈母道：「倒是做衣裳不好看。」鳳姐忙把自己身上穿的一件大紅綿紗襖的襟子拉出來，問賈母薛姨媽道：「看我的這襖兒。」賈母薛姨媽都說：「這也是上好的了，這是如今上用內造的，竟比不上這個。」鳳姐兒道：「這個薄片子，還說是內造上用呢，竟連這個官用的也比不上了。」賈母道：「再找一找，只怕還有。若有時都拿出來，送這劉親家兩匹。有雨過天晴的，我做一

屬於紡織工藝。

儘管「色即是空」，寫起這些榮華富貴織錦美色來，曹公的得意之情溢於筆端。

多積蓄，高消費，炫耀奢華……

沒有幾個讀者有這種大富之家的經驗。但讀起來津津有味：不知這是否也反映了一種物質消費慾望。

這是否說明經濟結構、生產發展的一些變化，也在突破原有的秩序呢？「超穩定」也不可能一成不變。

個帳子掛。下剩的配上裡子，做些夾背心子給丫頭們穿，白收着霉壞了。」鳳姐兒忙答應了，仍命人送去。賈母便笑道：「這屋裡窄，再往別處逛去罷。」劉老老笑道：「人人都説大家子住大房。昨兒見了老太太正房，配上大箱大櫃大桌子大床，果然威武。那櫃子比我們一間房子還大還高。怪道後院子裡有個梯子。我想又不上房曬東西，預備這梯子做什麼？後來我想起來，定是為開頂櫃取放東西，離了那梯子怎麼上得去呢。如今又見了這小屋子，更比大的越發齊整了。滿屋裡東西都只好看，都不知叫什麼，我越看越捨不得離了這裡。」鳳姐道：「還有好的呢，我都帶你去瞧瞧。」説着，一徑離了瀟湘館。

衣、食、住、玩，都要講究，寫透。

沒有多少「行」，他們不行，而是關起門來「萬物皆備於我」。

大至於國，小至於家，都搞閉鎖。焉得不退化衰敗？

遠遠望見池中一群人在那裡撐船。賈母道：「他們既備下船，咱們就坐一回。」説着，向紫菱洲蓼溆一帶走來。未至池前，只見幾個婆子手裡都捧着一色捏絲戧金[3]五彩大盒子走來。鳳姐忙問王夫人：「早飯在那裡擺」王夫人道：「問老太太在那裡，就在那裡罷了。」賈母聽説，便回頭説：「你三妹妹那裡好，你就帶了人擺去，我們從這裡坐了船去。」鳳姐兒聽説，便回身同了李紈、探春、鴛鴦、琥珀帶着端飯的人等，抄着近路到了秋爽齋，就在曉翠堂上調開桌案。鴛鴦笑道：「天天咱們説外頭老爺們吃酒吃飯都有一個湊趣兒的，拿他取笑兒。咱們今兒也得一個女清客了。」李紈是個厚道人，聽了不解。鳳姐兒卻知説的是劉老老了，也笑説道：「咱們今兒就拿他取個笑兒。」二人便如此這般商議。李紈笑勸道：「你們一點好事也不做，又不是個小孩兒，還這麼淘氣，仔細老太太

一個園子裡什麼都有了，水路交通也有了。

說。」鴛鴦笑道：「狠不與大奶奶相干，有我呢。」

正說着，只見賈母等來了，各自隨便坐下。先有丫鬟端過兩盤茶來，大家吃畢。鳳姐手裡拿着西洋布手巾，裹着一把烏木三鑲銀箸，[4]按席擺下。賈母因說：「把那一張小楠木桌子抬過來，讓劉親家挨着我這邊坐。」眾人聽說，忙抬了過來。鳳姐一面遞眼色與鴛鴦，鴛鴦便忙拉劉老老出去，悄悄的囑咐了劉老老一席話，又說：「這是我們家的規矩，若錯了我們就笑話呢。」調停已畢，然後歸坐。薛姨媽是吃過飯來的，不吃，只坐在一邊吃茶。賈母帶着寶玉、湘雲、黛玉、寶釵一桌，王夫人帶着迎春姐妹三人一桌，劉老老挨着賈母一桌。賈母素日吃飯，皆有小丫鬟在旁邊，拿着漱盂麈尾巾帕之物。如今鴛鴦是不當這差的了，今日偏接過麈尾來拂着。丫鬟們知他要撮弄劉老老，便躲開讓他。鴛鴦一面侍立，一面遞眼色，劉老老道：「姑娘放心。」那劉老老入了坐，拿起箸來，沉甸甸的不伏手。原是鳳姐和鴛鴦商議定了，單拿了一雙老年四楞象牙鑲金的筷子與劉老老。劉老老見了，說道：「這叉巴子比我那裡鐵鍬還沉，那裡拿的動。」他說的眾人都笑起來。

只見一個媳婦端了一個盒子站在當地，一個丫鬟上來揭去盒蓋，裡面盛着兩碗菜。李紈端了一碗放在賈母桌上，鳳姐偏揀了一碗鴿子蛋放在劉老老桌上。賈母這邊說聲「請」，劉老老便站起身來，高聲說道：「老劉，老劉，食量大如牛，吃個老母豬不抬頭。」自己卻鼓着腮幫子不語。眾人先還發怔，後來一聽，上上

鴛鴦是有經驗有分寸的，如果不「用足」政策，活不起來，老太太也不盡興，故不能按李紈的規格組織娛樂活動。當然也不能過，不能逾越了森嚴的上下主奴界線。

鐵鍬一詞作為笑話出現在大觀園生活裡。

下下都哈哈大笑起來。湘雲撐不住，一口茶都噴了出來；林黛玉笑岔了氣，伏着桌子只叫噯喲；寶玉滾到賈母懷裡，賈母笑的摟着寶玉叫「心肝」；王夫人笑的用手指着鳳姐兒，卻說不出話來；薛姨媽也撐不住，口裡的茶噴了探春一裙子；探春手裡的茶碗都合在迎春身上；惜春離了坐位，拉着他的奶母叫揉一揉腸子。地下無一個不彎腰屈背，也有躲出去蹲着笑去的，也有忍着笑上來替他姐妹換衣裳的。獨有鳳姐鴛鴦二人撐着，還只管讓劉老老。劉老老拿起箸來，只覺不聽使，又道：「這裡的雞兒也俊，下的這蛋也小巧，怪俊的，我且得一個兒。」眾人方住了笑，聽見這話又笑起來。賈母笑的眼淚出來，只忍不住，琥珀在後搥着。賈母笑道：「這定是鳳丫頭促狹鬼兒鬧的，快別信他的話了。」那劉老老正誇雞蛋小巧，鳳姐兒笑道：「一兩銀子一個呢，你快嚐嚐罷，冷了就不好吃了。」劉老老便伸筷子要夾，那裡夾的起來，滿碗裡鬧了一陣，好容易撮起一個來，才伸着脖子要吃，偏又滑下來，滾在地下，忙放下筷子要親自去揀，早有地下的人揀了出去了。劉老老嘆道：「一兩銀子，也沒聽見個響聲兒就沒了。」眾人已沒心吃飯，都看着他取笑。賈母又說：「誰這會子又把那個筷子拿了出來，又不請客擺大筵席，都是鳳丫頭支使的，還不換了呢。」地下的人原不曾預備這牙箸，本是鳳姐同鴛鴦拿了來的，聽如此說，忙收了過去，也照樣換上一雙烏木鑲銀的。劉老老道：「去了金的，又是銀的，到底不及俺們那個伏手。」鳳姐兒道：「菜裡若有毒，這銀子下去了就試的出來。」劉老老道：「這個菜裡有毒，我們那些都

大觀園歡笑圖。

如畫。

一個鄉下人果真這樣可笑嗎？她們實在沒的可笑了吧？看不上喜劇也聽不上相聲。

上上下下已經有了笑的意圖，笑的部署，笑的準備，萬事俱備，劉老老才成為上好的笑料。否則，有什麼好笑的呢？

成了砒霜了。那怕毒死了，也要吃盡了。」賈母見他如此有趣，吃的又香甜，把自己的菜也都端過來與他吃。又命一個老嬷嬷來將各樣菜給板兒夾在碗上。

這話也厲害。把鄉下的生活飲食聯繫到砒霜上。

一時吃畢，賈母等都往探春臥室中去閒話。這裡收拾殘桌，又放了一桌。劉老老看着李紈與鳳姐兒對坐着吃飯，嘆道：「別的罷了，我只愛你們家這行事，怪道說『禮出大家』。」鳳姐兒忙笑道：「你可別多心，才剛不過大家取樂兒。」一言未了，鴛鴦也進來笑道：「老老別惱，我給你老人家陪個不是。」劉老老笑道：「姑娘說那裡話，咱們哄着老太太開個心兒，可有什麼惱的！你先囑咐我，我就明白了，不過大家取個笑兒，我要心裡惱，也就不說了。」鴛鴦便罵人：「為什麼不倒茶給老老吃。」劉老老忙道：「才剛那個嫂子倒了茶來，我吃過了，姑娘也該用飯了。」鳳姐兒便拉鴛鴦坐下道：「你和我們吃罷，省的回來又鬧。」鴛鴦便坐下了，婆子們添上碗箸來，三人吃畢。劉老老笑道：「我看你們這些人都只吃這一點兒就完了，虧你們也不餓，怪道風兒都吹的倒。」鴛鴦便問：「今兒菜剩的不少，都那裡去了？」婆子們道：「都還沒散呢，在這裡等着一齊散與他們吃。」鴛鴦道：「他們吃不了這些，挑兩碗給二奶奶屋裡平丫頭送去。」鳳姐道：「他早吃了飯了，不用給他。」鴛鴦道：「他吃不了，餵你的貓。」婆子聽了，忙揀了兩樣拿盒子送去。鴛鴦道：「素雲那裡去了？」李紈道：「他們都在這裡一處吃，又找他做什麼？」鴛鴦道：「這就罷了。」鳳姐道：「襲人不在這裡，你倒是叫人送兩樣給他去。」鴛鴦聽說，便命也送兩樣去。鴛鴦又問婆子

吃頓飯也要有指揮。並反映鴛鴦與平兒的親密關係。

們：「回來吃酒的攢盒可裝上了？」婆子道：「想必還得一回子。」鴛鴦道：「催着些兒。」婆子答應了。

鳳姐等來至探春房中，只見他娘兒們正説笑。探春素喜闊朗，這三間屋子並不曾隔斷，當地放着一張花梨大理石大案，案上磊着各種名人法帖，[5]並數十方寶硯，各色筆筒，筆海內插的筆如樹林一般，那一邊設着斗大的一個汝窯花囊，[6]插着滿滿的一囊水晶球的白菊。西牆上當中掛着一大幅米襄陽[7]《煙雨圖》，左右掛一副對聯，乃是顏魯公[8]墨，其聯云：

煙霞閒骨格　泉石野生涯

案上設着大鼎，左邊紫檀架上放着一個大官窯的大盤，盤內盛着數十個嬌黃玲瓏大佛手。右邊洋漆架上懸着一個白玉比目磬，[9]旁邊掛着小錘。那板兒略熟了些，便要摘那錘子要擊，丫鬟們忙攔住他，他又要那佛手吃，探春揀了一個與他説：「頑罷，吃不得的。」東邊便設着臥榻，拔步床[10]上懸着蔥綠雙繡花卉草蟲的紗帳。板兒又跑來看説：「這是蟈蟈，這是螞蚱。」劉老老忙打了他一巴掌道：「下作黃子，沒乾沒淨的亂鬧。倒叫你進來瞧瞧，就上臉了。」打的板兒哭起來，眾人忙勸解方罷。賈母因隔着紗窗往後院內看了一回，因説：「後廊檐下的梧桐也好了，只是細些。」正説話，忽一陣風過，隱隱聽得鼓樂之聲，賈母問：「是誰家娶親呢？這裡臨街倒近。」王夫人笑回道：「街上的那裡聽的見，這是咱們的那十來個女孩子們演習吹打呢。」賈母便笑道：「既他們演，何不叫他們進來演習。他們也逛一逛，咱們可又樂了。」鳳姐聽說，忙命人出去叫來，又一面吩咐擺下條桌，鋪上紅氈子。賈母道：「就鋪排在藕香榭的水亭子上，藉着水音更好聽。回來咱們就在綴錦閣底下吃酒，又寬闊，又聽的近。」衆人都說那裡好。賈母向薛姨媽笑道：「咱們走罷，他們姊妹們都不大喜歡人來，生怕醃臢了屋子，咱們別沒眼色，正經坐一回子船，喝酒去。」說着大家起身便走。探春笑道：「這是那裡的話，求着老太太姨媽太太來坐坐還不能呢。」賈母笑道：「我的這三丫頭卻好，只有兩個玉兒可惡，回來吃醉了，咱們偏往他們屋裡鬧去。」

吃完飯看演出，「紅」已有之。

或謂，「玉兒可惡」云云又透露了某種消息。抑或只是親熱笑談？存疑。

說着，衆人都笑了，一齊出來，走不多遠，已到了荇葉渚。那姑蘇選來的幾個駕娘早把兩隻棠木舫撐來，衆人扶了賈母、王夫人、薛姨媽、劉老老、鴛鴦、玉釧兒上了這一隻船。落後李紈也跟上去，鳳姐也上去，立在船頭上，也要撐船。賈母在艙內道：「這不是頑的，雖不是河裡，也有好深的，你快給我進來。」鳳姐笑道：「怕什麼，老祖宗只管放心。」說着便一篙點開了。到了池當中，船小人多，鳳姐只覺亂晃，忙把篙子遞與駕娘，方蹲下去。然後迎春姊妹等並寶玉上了那隻，隨後跟來。其餘老嬤嬤衆丫鬟俱沿河隨行。寶玉道：「這些破荷葉可恨，怎麼還不叫人來拔去。」寶釵笑道：「今年這幾日何曾饒了這園子閒了一閒，天天逛，那裡還有叫人來收拾的工夫。」林黛玉道：「我最不喜歡李義山[11]的詩，只喜他這一句：『留得殘荷聽雨聲』。偏你們又不留着殘荷了。」寶玉道：「果

可憐。

然好句，以後咱們別叫拔去了。」說着已到了花溆的蘿港之下，覺得陰森透骨，兩灘上衰草殘菱更助秋興。

賈母因見岸上的清廈曠朗，便問：「這是薛姑娘的屋子不是？」衆人道：「是。」賈母忙命攏岸，順着雲步石梯上去，一同進了蘅蕪苑，只覺異香撲鼻，那些奇草仙藤愈冷愈蒼翠，都結了實，似珊瑚豆子一般，累垂可愛。及進了房屋，雪洞一般，一色的頑器全無，案上只有一個土定瓶[12]中供着數枝菊花，並兩部書，茶奩[13]茶杯而已。床上只吊着青紗帳幔，衾褥也十分樸素。賈母嘆道：「這孩子太老實了。你沒有陳設，何妨和你姨娘要些。我也不理論，也沒想到你們的東西自然在家裡沒帶了來。」說着，命鴛鴦去取些古董來，又嗔着鳳姐兒：「不送些頑器來與你妹妹，這樣小器。」王夫人鳳姐等都笑回說：「他自己不要的。我們原送了來，都退回去了。」薛姨媽也笑說道：「他在家裡也不大弄這些東西的。」賈母搖頭道：「使不得。雖然他省事，倘來一個親戚看着不像；二則年輕的姑娘們，房裡這樣素淨，也忌諱。我們這些老婆子越發該住馬圈去了。你們聽那些書上戲上說的小姐們的繡房，精緻的還了得呢。他們姊妹們雖不敢比那些小姐們，也不要狠離了格兒。有現成的東西，為什麼不擺？若狠愛素淨，少幾樣倒使得。我最會收拾屋子的，如今老了，沒這閒心了。他們姐妹們也還學着收拾的好，只怕俗氣，有好東西也擺壞了。我看他們還不俗，如今讓我替你收拾，保管又大方，又素淨。我的體己兩件，

*寶釵不喜室內擺設。這甚至使讀者想到一些偉人。一般這樣的人都有超常的抱負，超常的精神寄託，超常的精神生活精神追求。如甘地、毛澤東、胡志明、格瓦拉等。但寶釵並不是（當然不是）這等人物。

那麼她是自謙？處處夾緊了尾巴？賈母這樣具體關心並佈置寶釵的房間陳設，當然也是寶釵的殊榮。確實也逐漸透露釵黛情爭的一種起伏消長。

賈母的眼光、經驗、心計，確不可等閒視之。只有有十分把握

探春房中陳設像個書生。寶釵房中則強調其樸素空洞。確實高人一籌。再對比一下可卿房中陳設的香艷與宮廷氣。有趣。

真是無微不至的關懷。老太太講到這裡，有一種施恩的喜悅，又有一種確實自信高明的良好自我感覺。

前面談「軟煙羅」已經高出一大截來了。就是對，就是好，就是高。這裡甚至也有老人的天真。

的人，才敢自嘲為「老廢物」。愈沒有底氣的人愈要擺出一副神靈金剛的樣兒來。

收到如今，沒給寶玉看見過，若經了他的眼，也沒了。」說着，叫過鴛鴦來吩咐道：「你把那石頭盆景兒和那架紗照屏，還有個墨煙凍石鼎，這三樣擺在這案上就夠了。再把那水墨字畫，白綾帳子拿來，把這帳子也換了。」鴛鴦答應着，笑道：「這些東西都擱在東樓上的不知那個箱子裡，還得慢慢找去，明兒再拿去也罷了。」賈母道：「明日後日都使得，只別忘了。」說着，坐了一回方出來，一徑來至綴錦閣下。文官等上來請過安，因問「演習何曲」。賈母道：「只揀你們熟的演習幾套罷。」文官等下來往藕香榭去不提。

這裡鳳姐兒已帶着人擺設齊整，上面左右兩張榻，榻上都鋪着錦裀蓉簟，每一榻前有兩張雕漆几，也有海棠式的，也有梅花式的，也有荷葉式的，也有葵花式的，也有方的，有圓的，其式不一。一個上面放着爐瓶一分，[14]攢盒一個。上面二榻四几，是賈母薛姨媽，下面一椅兩几是王夫人的，餘者都是一椅一几。東邊劉老老，劉老老之下便是王夫人。西邊便是史湘雲，第二便是寶釵，第三便是黛玉，第四迎春、探春、惜春挨次下去，寶玉在末。李紈、鳳姐二人之几設於三層檻內，二層紗廚之外。攢盒式樣亦隨几之式樣，每人一把烏銀洋鏨自斟壺，一個十錦琺琅杯。

大家坐定，賈母先笑道：「咱們先吃兩杯，今日也行一個令才有意思。」薛姨媽笑道：「老太太自然有好酒令，我們如何會呢，安心要我們醉了。我們都多吃兩杯就有了。」賈母笑道：「姨太太今兒也過謙起來，想是厭我

享受，享受，再享受。而已，而已，如此而已。

＊世界上的許多事物都是雙向的，而不是單一的。「紅」寫了賈母等人拿劉老老取樂，這是站在賈母一邊寫的。如果站在劉老老一邊呢，用劉老老的視角，她這是裝瘋賣傻，取笑眾人，孤膽英雄，獨闖「虎穴」，達到了一己的目的，也耍弄了這些「一陣風就能吹倒」的太太小姐們。正如評點者在一篇小說中說過的，魯迅當然極精彩地寫出了阿Q，如果請阿Q來寫寫——不會寫便說說評評描描——這些偉大作家們呢？

老了。」薛姨媽笑道：「不是謙，只怕行不上來，倒是笑話了。」王夫人忙笑道：「便說不上來只多吃了一杯酒，醉了睡覺去，還有誰笑話咱們不成。」薛姨媽笑道：「依令。老太太到底吃一杯令酒才是。」賈母笑道：「這個自然。」說着，便吃了一杯。

鳳姐兒忙走至當地，笑道：「既行令，還叫鴛鴦姐姐來行更好。」眾人都知賈母所行之令必得鴛鴦提着，故聽了這話，都說「狠是」。鳳姐便拉了鴛鴦過來。王夫人笑道：「既在令內，沒有站着的理。」回頭命小丫頭子：「端一張椅子放在你二位奶奶的席上。」鴛鴦也半推半就謝了坐，便坐下，也吃了一鍾酒，笑道：「酒令大如軍令，不論尊卑，惟我是主。違了我的話，是要受罰的。」王夫人等都笑道：「一定如此，快些說。」鴛鴦未開口，劉老老便下席擺手道：「別這樣捉弄人，我家去了。」眾人都笑道：「這卻使不得。」鴛鴦喝令小丫頭子們：「拉上席去！」小丫頭子們也笑着，果然拉入席中。劉老老只叫「饒了我罷！」鴛鴦道：「再多言的罰一壺。」劉老老方住了。鴛鴦道：「如今我說骨牌副兒，從老太太起，順領下去，至劉老老止。比如我說一副兒，將這三張牌拆開，先說頭一張，次說第二張，說完了合成這一副兒的名字，無論詩詞歌賦，成語俗話，比上一句，都要合韻，錯了的罰一杯。」眾人笑道：「這個令好，就說出來。」鴛鴦道：「有了一副了。左邊是張『天』。」賈母道：「頭上有青天。」眾人道：「好。」鴛鴦道：「當

近侍愈益被倚重。

中是個『五合六』。」賈母道：「六橋梅花香徹骨。」鴛鴦道：「剩了一張『六合幺』。」賈母道：「一輪紅日出雲霄。」鴛鴦道：「湊成便是個『蓬頭鬼』。」賈母道：「這鬼抱住鍾馗腿。」說完大家笑着喝彩。賈母飲了一杯。鴛鴦又道：「又有一副了。左邊是個『大長五』。」薛姨媽道：「梅花朵朵風前舞。」鴛鴦道：「右邊是個『大五長』。」薛姨媽道：「十月梅花嶺上香。」鴛鴦道：「當中『二五』是雜七。」薛姨媽道：「牛郎織女會七夕。」鴛鴦道：「湊成『二郎遊五嶽』。」薛姨媽道：「世人不及神仙樂。」說完大家稱賞。飲了酒。鴛鴦又道：「有了一副了。左邊『長幺』兩點明。」湘雲道：「雙懸日月照乾坤。」[15]鴛鴦道：「右邊『長幺』兩點明。」湘雲道：「閒花落地聽無聲。」[16]鴛鴦道：「中間還得『幺四』來。」湘雲道：「日邊紅杏倚雲栽。」[17]鴛鴦道：「湊成一個『櫻桃九熟』。」湘雲道：「御園卻被鳥銜出。」說完飲了一杯。鴛鴦道：「有了一副了。左邊是『長三』。」寶釵道：「雙雙燕子語樑間。」[18]鴛鴦道：「右邊是『三長』。」寶釵道：「水荇牽風翠帶長。」[19]鴛鴦道：「當中『三六』九點在。」寶釵道：「三山半落青天外。」[20]鴛鴦道：「湊成『鐵鏈鎖孤舟』。」寶釵道：「處處風波處處愁。」[21]說完飲畢。鴛鴦又道：「左邊一個『天』。」黛玉道：「良辰美景奈何天。」[22]寶釵聽了，回頭看着他。黛玉只顧怕罰，也不理論。鴛鴦道：「中間『錦屏』顏色俏。」黛玉道：「紗窗也沒有紅娘報。」[23]鴛鴦道：「剩了『二六』八點齊。」黛玉道：「雙瞻玉座引朝儀。」[24]鴛鴦道：

這些酒令風雅而不生僻，比現今的猜拳、「虎、槓、蟲、雞」要好一些。

你比神仙還樂！

*享受生活，都「沒了治」了。就這麼一個小天地，就這麼一些人，就這麼一些吃喝玩樂的事，連一個劉老老都當珍禽異獸來「獵奇」，不是正說明他們的生活的狹窄可悲麼？

「湊成『籃子』好採花。」黛玉道：「仙杖香挑芍藥花。」說完，飲了一口。鴛鴦道：「左邊『四五』成花九。」迎春道：「桃花帶雨濃。」[25]眾笑道：「該罰，錯了韻，而且又不像。」迎春笑着飲了一口。原是鳳姐和鴛鴦都要聽劉老老的笑話，故意都命說錯，都罰了。至王夫人，鴛鴦代說了一個，下便該劉老老。劉老老道：「我們莊家閒了也常會幾個人弄這個，但不如這麼說的好聽。少不得我也試一試。」眾人都笑道：「容易說的，你只管說，不相干。」鴛鴦笑道：「左邊『大四』是個人。」劉老老想了想，半日說道：「是個莊家人罷。」眾人哄堂笑了。賈母笑道：「說的好，就是這樣說。」劉老老也笑道：「我們莊家人，不過是現成的本色，眾位姑娘姐姐別笑。」鴛鴦道：「中間『三四』綠配紅。」劉老老道：「大火燒了毛毛蟲。」眾人笑道：「這是有的，還說你的本色。」鴛鴦笑道：「右邊『么四』真好看。」劉老老道：「一個蘿蔔一頭蒜。」眾人又笑了。鴛鴦笑道：「湊成便是一枝花。」劉老老兩隻手比着，就說道：「花兒落了結個大倭瓜。」眾人大笑起來。只聽外面亂嚷嚷的，何事？且聽下回分解。

這種村話的對比十分鮮明，出色。正如薛蟠的名句：「繡房裡鑽出個大馬猴」，「一根毢毢往裡戳」。別人的「創作」都是過眼煙雲，偏偏薛蟠與劉老老的插科打諢式的句子永垂不朽。

1 **牙牌令**：以骨牌的點數和顏色行酒令。行令時三張骨牌為一副，要分別報出名目，故稱「三宣」。

2 **牙子**：傢具邊沿鑲嵌的裝飾。

3 **捏絲戧金**：一種工藝，指用金絲捏成圖案鑲嵌在器物上的工藝。

4 **烏木三鑲銀箸**：在烏木筷的上中下三部分鑲銀，稱「三鑲」。

5 **法帖**：書法字帖。

6 **汝窯花囊**：汝窯燒製的插花器皿。汝窯，北宋時著名官窯，在今河南臨汝。

7 **米襄陽**：即米芾，北宋書畫家，因是襄陽人，號襄陽漫士。

8 **顏魯公**：即顏真卿，唐代書法家，因封魯郡公，故世稱顏魯公。

9 **比目磬**：雕有比目魚花紋的磬。磬是一種曲尺型的打擊樂器。

10 **拔步床**：又稱「八步床」，是一種有頂、有廊、有帳的大型木床。

11 **李義山**：即唐代詩人李商隱。下文所引的「留得殘荷聽雨聲」出自《宿駱氏亭寄懷崔雍崔袞》詩，原詩「殘」作「枯」。

12 **土定瓶**：定窯燒製的瓷瓶。定窯是宋代著名官窯之一，在今河北曲陽。「土定」是比較粗糙，質量較低的定窯產品。

13 **茶奩**：竹編棉裡的匣子，為茶壺保溫用。

14 **爐瓶一分**：包括香爐、香盒、瓶子的一套焚香用具。

15 **雙懸日月照乾坤**：本唐李白《上皇西巡南京歌》中成句。

16 **閒花落地聽無聲**：語出唐劉長卿《別嚴士元》詩。

17 **日邊紅杏倚雲栽**：唐高蟾《下第後上永崇高侍郎》詩中句。

18 **雙雙燕子語樑間**：化用宋劉季孫《題饒州酒務廳屏》「呢喃燕子語樑間」詩句。

19 **水荇牽風翠帶長**：唐杜甫《曲江對雨》詩中句。

20 **三山半落青天外**：唐李白《登金陵鳳凰台》詩中句。

21 **處處風波處處愁**：化用唐薛瑩《秋日湖上》詩「煙波處處愁」句。

22 **良辰美景奈何天**：語出明湯顯祖《牡丹亭．驚夢》。

23 **紗窗也沒有紅娘報**：語出金聖嘆評改本《西廂記》第一本第四折《鬧齋》。

24 **雙瞻玉座引朝儀**：語見唐杜甫《紫宸殿退朝口號》詩。原詩「玉」作「御」。

25 **桃花帶雨濃**：唐李白《訪戴天山道士不遇》詩有「桃花帶露濃」句。